한국문학의 만남과 성찰

한국문학의 만남과 성찰

정병헌

역락

머리말

내가 문학과 관련을 맺은 것은 오래 전부터이다. 어려서 할머니로부터 옛날이야기를 들었을 때도 알게 모르게 문학에 접하였을 것이기 때문이다. 그러나 앞에 놓인 현상을 관찰과 해석의 대상으로 바라보게 된 것은, 대학에 입학하고부터라고 할 수 있을 것이다. 그래도 그 기간이 벌써 50년이 가까워진다. 그 기간은 방대하면서도 정치한 저작을 남겼던 이율곡과 정조, 그리고 조지훈의 삶과 일치한다. 그들을 바라보면서 나름대로는 열심히 살아왔다고는 하지만, 지나고 보니 하잘 것 없는 것들만 선보인 것 같아 참 부끄럽다.

그런 모습이지만, 그대로 방치하기는 아까워 이렇게 묶어 보았다. 문학 일반에 관한 글, 고전과 현대를 아우르며 그 일관성을 찾아보고자 한 글, 고전소설의 지향을 살피고자 한 글, 작가의 면모를 살핀 글 등을 한군데 엮어 보니 마땅하게 한 방향으로 설정되지 않은 것 같아 보인다. 그러나 본래 문학이라는 것이 그렇게 인생의 요모조모한 것을 드러내는 것이라 위안하며 하나의 책 속에 넣었다.

오랜 기간 학생들과 문학을 이야기하였다. 이 책에 쓴 글은 그런 과정에서 얻어진 낙수(落穗)와 같은 것이다. 학교의 구성원으로서 요구받았던 논문의 형식으로 발표된 것이지만, 작가가 아닌 바에야 우리는 그렇게 논문으로서 말할 수밖에 없지 않은가. 그래서 여기에 실린 글은 하나같이 나의 생각과 세상을 바라보는 시각을 반영한 것이라고 할 수 있다. 학생과 이야기한 결과의 낙수와 같은 것이라고 말한 이유가 여기에 있다.

이제 이야기 상대였던 학생들과의 공식적인 자리가 조금 지나면 사라지게 된다. 과거를 되씹으며, 나와의 대화를 해야 할 준비를 하기 위해서도 지난날의 것을 묶을 이유는 있다고 본다. 정년을 맞이하며 전에 썼던 글을 읽으니, 이런 저런 소회가 가득하다. 그리고 보다 자유로운 시간이 주어지니, 그리고 나와의 대화를 소중하게 여기는 시간이 되니, 형식에 매였던 글에서는 벗어날 수 있을 것이라고 생각하였다.

이런 나의 생각을 반영하기 위해 논문으로 발표하였을 때는 필수적이었던 각주를 본문 속에서 처리하였다. 그렇게 하고 보니 본문만 읽고 지나쳤던 각주 부분이 새로운 생명을 획득한 것처럼 보이기도 한다. 자유로운 형식으로 말하면서 자유로운 마음을 거기에 담을 수 있는 하나의 실험인데, 어떨지는 좀 더 두고 바라보아야겠다.

여러 가지 기대와 설렘이 나의 앞에 놓여 있다. 문학의 길에는 이런 길도 있구나 생각하고 너그럽게 보아주시길 부탁드린다.

2016년 9월 1일
정병헌

차례

제1부 고전문학과 현대문학의 이야기성

제2부 주변에서 내면 성찰하기

제3부 고전소설의 연원(淵源)과 현장

제4부 작가의 삶과 문학

제5부 책 읽기와 세상살이

제1부

고전문학과 현대문학의 이야기성

이행기 한국문학의 특성*

1. 서론

서구 문명과 우리 문화의 접촉은 서구의 변모가 없는 채, 전통적인 우리 사회의 모든 기반을 송두리채 뒤흔든 것이었다. 좋든 싫든, 우리 현대의 많은 부분은 서구와의 접촉에 따른 결과라는 사실을 수긍할 수밖에 없다. 접촉했던 시기와 대상, 그리고 그에 대처했던 주체들의 의식 여하에 따라 그 모습은 수동적으로 변모되었다고 보아온 것이 지금까지의 일반적인 인식이었고, 또 그것은 어느 정도 실제에 부합한 의견이라고 할 수 있다. 이러한 이유에서 근대화는 곧 서구화라는 등식이 성립할 수 있었던 것이었다.

우리는 지금까지 통용되고 있는 위와 같은 일반 명제에 대하여 의문을 제기하고 그 실상을 확인하고자 하는 의도로부터 이 논의를 시작하고자 한다. 이는 우리의 전통적인 것과 변별되는 것만을 추출하여 새로운 서구의 것으로 인식하였던 방식에서 탈피하여, 전통적인 것과 공통적인 것을 밝히는 작업이 먼저 이루어져야 함을 뜻한다. 이는 서구의 근대가 함의(含

---

* 『중한인문과학연구』 4(중한인문과학연구회, 2000.1)에 실린 글을 정리하였다.

意)하는 긍정적인 제 요소를 우리의 전통 속에서 찾고자 하는 노력이며, 이러한 노력이 결실을 맺게 될 때 우리는 서구화라는 단일 개념으로 이해되고 있는 근대화의 진정한 노력을 우리의 전통 속에서 확인할 수 있을 것으로 본다. 또한 우리는 우리의 전통 속에서 근대적 자각의 노력을 확인할 수 있지만, 그것이 개화되지 못하였던 까닭과 서구의 격랑이 몰아쳤던 한 시대의 모습도 확인해 보고자 한다.[개화와 관련된 논의를 함에 있어 중국과 일본의 경우를 참고하는 것은 서구와의 접촉을 총체적으로 이해한다는 측면에서 대단히 필요하다. 이미 출발부터 삼국의 서양 문화 유입은 밀접한 관계를 맺으면서 출발했기 때문이다. 그 선구적 업적인 유길준(兪吉濬)의 서유견문(西遊見聞, 1889), 위원(魏源)의 해국도지(海國圖誌, 1842), 후쿠자와 유키치(福澤諭吉)의 서양사정(西洋事情, 1868)이 발표된 시기는 이후의 역사 전개와 일치하고 있다.] 그것은 기존 사회의 붕괴라는 측면에서 나타나는 불안감과 미지의 세계에 대한 설레임이 교차된 다성곡적(多聲曲的) 반응일 것으로 생각된다. 이는 전환시대의 우리 사회와 관련되는 문제이기 때문에 각 학문 영역별로 다양한 분석이 이루어졌다.

그러나 현상의 언어학적인 변용이 문학이라는 점에서, 문학에 나타난 충격의 대응방식을 연구하는 것은 기존 연구 결과의 보완이나 확인의 의미를 가질 것으로 생각된다. 문학은 현실을 반영할 뿐만 아니라, 예리한 감수성으로써 그 사회를 선도하기도 하기 때문이다. 이 반영과 선도가 역사의식과 어떤 방식으로 결부되는가에 따라, 문학은 그 사회의 순기능으로 작용하기도 하고, 또 역기능으로 작용하기도 한다. 여기에서는 이인직의 <혈의 누>(전광용·송민호 편, 『한국신소설전집』 1, 을유문화사, 1968)와 안국선의 <금수회의록>(전광용·송민호 편, 『한국신소설전집』 8)을 대상으로 이 시기 문학의 변모된 양상과 사회의식을 검토하고자 한다.

이인직과 안국선이 제시한 개화기 문학의 사회적 배경은 개화의 충격과 혼란, 그리고 수용과 방어의 중간에서 우왕좌왕하는 어정쩡한 상황으로 파악된다. 이 상황 속에서 한국의 지성인들은 일차적으로 서구의 우월성을 인식하고 이를 받아들이려 하였다. 이를 받아들이기 위하여는 그 수용을 가로막는 전통적 의식과 제도를 혁파하여야 했다. 이와 함께 그 밑바탕에는 서구의 충격 속에서 살아남아야 한다는 민족적 자각이 진하게 깔려 있을 수밖에 없었다. 이것 중 어느 것이 강조되어 있는가, 그 실체는 무엇인가 하는 점에서 이 작품들을 바라보고자 한다.

이인직과 안국선은 한국의 개화기 소설을 대표하는 작가이다. 이들은 이전의 전통적인 소설을 긍정적, 부정적으로 계승하면서, 새로운 시대의 이념을 자신들의 작품 속에 형상화 시키고자 하였다. 그들의 작품이 소속되는 개화기소설에 대한 평가는 양면으로 나뉘어 있지만, 그것이 한 시대의 역사적 위치를 차지하고 있는 것은 누구도 부인하지 않는다. 그 평가의 양면이라는 것도 사실은 지속의 관점인가, 아니면 변화의 관점인가 하는 점에서 변별되는 것이었다. 이러한 이유에서 위의 두 작품을 통하여 당대 지식인의 한 전형과 그들이 표방하는 의식의 양태를 점검해 보고자 한다.

2. 보편성의 지향과 그 허상

<혈의 누>는 우리의 영토 안에서 주변 강국이 힘을 겨루었던 청일전쟁을 시대적 배경으로 하고 있다. 친일적 성향이나 활동이 두드러졌던 작가의 관점에 서 있기 때문에 전개되는 역사를 바라보는 시각은 친일배청(親日排淸)의 색채가 강하게 드러나 있다. 작품의 첫머리는 이러한 작가의 현실 인식을 상징적으로 보여주고 있다.

일청전쟁의 총소리는 평양 일경이 떠나가는 듯하더니, 그 총소리가 그치

매 사람의 자취는 끊어지고 산과 들에 비린 티끌뿐이라.

　　　　　　　　　　　　　　　　—앞의 책, 13쪽, 이하 같음

　이인직은 1900년, 39세의 나이에 관비 유학생으로 동경정치학교에서 청강하였고, 일본 육군성의 한국어 통역으로 러일전쟁에 참여하였던 친일적 인물이다. 더구나 이완용의 비서로 근무하면서 일제에 국권을 넘기는 데 있어 막후에서 주도적인 역할을 담당한 것으로 알려져 있다. 그의 작품이 1906년 「만세보(萬歲報)」에 연재되면서, 그 첫머리에 일본이 등장하고 또 당시의 실정을 '피비린내 나는 무인지경'으로 인식하였음은 자못 의미심장하다. 자신이 걸어갔던 이후의 행적과, 그가 속한 우리나라의 미래가 그 구절 속에 함축되어 있기 때문이다.

　그의 유학 이전의 행적은 알려져 있지 않다. 다만 그의 연보를 참고할 때, 그의 출신이 권문세가가 아니었던 것만은 분명하다. 이러한 그의 출신 배경은 그의 친일적 경향과 구시대적 질서에 대한 강력한 비판을 오히려 가능하게 한 것으로 볼 수 있다. 이러한 배경 위에서 이루어진 일본 유학은 그의 생애의 향방을 결정짓는 가장 중요한 사건이라 할 수 있다. 짧은 기간의 청강임에도 불구하고, 그는 기왕의 조선적 제도를 비판할 수 있는 거리를 획득하였기 때문이다. 그러한 거리와 이에서 파생된 현실 인식이 바로 그의 첫 작품인 <혈의 누>에 잘 드러나 있는 것이다.

　이 작품에서 일차적으로 인식할 수 있는 것은 작가의 보편 지향 의식이다. 이러한 인식은 자신을 둘러싸고 있는 현실을 과감하게 비판할 수 있는 중요한 바탕이 되고 있는 것이다. 그런데 그에게 있어 보편은 일본을 통한 것, 그리고 일본에 편재한 것이라는 점은 너무도 당연한 것이었다. 그가 바라보는 세계의 넓이는 일본에 머물러 있기 때문이다. 자신과 같이 많은 나이에 유학을 떠나는 김관일을 통하여 이러한 모습은 다음과 같이 기술되어 있다.

> 그러하나 세상에 뜻이 있는 남자 되어 처자만 구구히 생각하면 나라의 큰
> 일을 못하는지라. 나는 이 길로 천하 각국을 다니면서 남의 나라 구경도 하
> 고, 내 공부 잘한 후에 내 나라 사업을 하리라 하고 밝기를 기다려서 평양을
> 떠나가니, 그 발길 가는 데는 만리 타국이라.(18쪽)

그러나 이러한 외국 체험은 단기간의 피상적인 것에 불과했기 때문에
구체적인 현실로 작용하지 못하고, 그러한 이유에서 외국에 대한 환상은
오히려 확대되어 나타난다. 추상적인 외국의 상황이 전범(典範)이 되기 때
문에 상대적으로 자신이 잘 알고 있는 국내적 상황은 비판의 대상이 될 수
밖에 없었던 것이다. 그 결과 구체적인 현실의 개혁을 위하여는 추상적인
외세의 유입이 당연하다는 인식에까지 이르게 된다.

> 우리가 입으로 조선말은 하더라도 마음에는 서양 문명한 풍속이 젖었으니
> 우리는 혼인을 하여도 서양 사람과 같이 부모의 명령을 좇을 것이 아니라
> 우리가 서로 부부될 마음이 있으면 서로 직접 하여 말하는 것이 옳은 일이
> 다.(49쪽)

> 구씨의 목적은 공부를 힘써 하여 귀국한 뒤에 우리나라를 독일국같이 연
> 방도를 삼되, 일본과 만주를 한데 합하여 문명한 강국을 만들고자 하는 비
> 사맥같은 마음이요, 옥련이는 공부를 힘써 하여 귀국한 뒤에 우리나라 부인
> 의 지식을 넓혀서 남자에게 압제받지 말고 남자와 동등한 권리를 찾게 하며,
> 또 부인도 나라에 유익한 백성이 되고 사회상에 명예 있는 사람이 되도록
> 교육할 마음이라.(50쪽)

문제는 매국에까지 이를 수 있는 이러한 발언이 아무런 비판없이 공감
대를 형성할 만큼 당대의 현실이 한계 상황에 이르렀다는 데 있다. 부패한

현실은 그의 철저한 통박에 기능적으로 대응할 수 없었던 것이다.

> 무죄히 죄를 받는 것도 우리나라 사람이요, 무죄히 목숨을 지키지 못하는
> 것도 우리나라 사람이라. 이것은 하늘이 지으신 것이런가. 아마도 사람의 일
> 은 사람이 짓는 것이다. 우리나라 사람이 제 몸만을 위하고 제 욕심만 채우
> 려 하고, 남은 죽든지 살든지, 나라가 망하든지 흥하든지, 제 벼슬만 잘하여
> 제 살만 찌우면 제일로 아는 사람들이라.(17쪽)

민족의 힘과 역량을 길러야 한다는 발언은 쉽사리 자국의 무능과 부패
의 고발로 전환되어 운명론적인 체념으로 바뀌고 있다. 이것이 위기에 처
한 상황에서 민족의 결집을 방해하는 부패의 후유증이라 할 수 있다. 이러
한 상황에서는 설사 나라가 망하여도 자신은 그 책임에서 벗어나 있다는
철저한 개인주의가 정당성을 확보한다. 막동이의 다음과 같은 발언이 이에
속한다고 할 수 있다.

> 나라는 양반님네가 다 망하여 놓으셨지요. 상놈들은 양반이 죽으라면 죽
> 었고, 때리면 맞았고, 재물이 있으면 양반에게 빼앗겼고, 계집이 어여쁘면
> 양반에게 빼앗겼으니, 소인같은 상놈들은 제 재물 제 계집 제 목숨 하나를
> 위할 수가 없이 양반에게 매였으니, 나라 위할 힘이 있습니까. 난리가 나도
> 양반의 탓이올시다.(24쪽)

민중 역량의 결집을 방해하는 타락한 양반의 대표적 인물로 제시된 것
이 평양감사이다. 그러나 이 작품에서 평양 감사는 구체적이고 기능적인
역할을 드러내지 않고 일반적인 서술로만 표현된다는 점에서 모든 전통적
구 제도의 상징으로 보아야 할 것이다.

> 평양도 백성은 염라대왕이 둘이라. 하나는 황천에 있고, 하나는 평양 선화
> 당에 앉았는 감사이라. 황천에 있는 염라대왕은 나이 많고 병들어서 세상이

귀치않게 된 사람을 잡아가거니와, 평양 선화당에 있는 감사는 몸 성하고
재물 있는 사람은 낱낱이 잡아가니, 인간 염라대왕으로 집집에 터주까지 겸
한 겸관이 되었는지, 고사를 잘 지내면 탈이 없고 못 지내면 온 집안에 동토
가 나서 다 죽을 지경이라.(17쪽)

이러한 신랄한 현실 비판이 그 나름대로 현실을 질적으로 승화시키고자
하는 이상주의적 태도에 기인하고 있음은 분명하다. 이러한 이유에서 비판
없는 사회는 정체된 사회라고 할 수 있는 것이다. 조선 후기 실학자들의
현실 진단이나 탈춤에서 보여주는 풍자와 해학은 궁극적으로 이상적 사회
의 건설을 지향하고 있다는 점에서 긍정적인 의미를 획득한다.

그런데 외세가 물밀듯이 들어오고 있는 상황에서 전통적 봉건 관료의
타락성 고발에 신명을 보이는 사태는 어떻게 이해하여야 하는 것일까? 그
리고 그 타락성이라는 것도 사실은 당대의 것이라기보다는 그 이전에 비
판할 수 없었던 전반적이고 관념적인 것으로 제시되기 때문에, 그것은 다
분히 감정적이고 흥미의 차원에 머물고 있다. 결론적으로 말하자면 이러한
비판은 서구 중심의 보편적인 의식에 기반하여 국내적 상황의 모든 것을
열등한 것으로 파악한 것에 다름 아니라고 할 수 있다. 서구로의 변화는
긍정적 상황으로의 변모인 것이고, 따라서 전통에 기반을 둔 이전의 모든
것은 타기(唾棄)의 대상이 될 수밖에 없는 것이다.

이러한 이유에서 외세와의 대항을 목표로 한 의병의 활동도 국법을 어
기는 무뢰한이나 범법자의 활동으로 파악되는 것이다.[그 무뢰지배가 옥순의
남매를 잡아 놓고 재약한 총부리를 겨누면서, (무뢰) "네가 웬 사람이며, 머리는 왜 깎았
으며, 여기 내려오기는 무슨 정탐을 하러 왔느냐? 우리는 강원도 의병이라. 너같은 수상
한 놈은 포살하겠다."하며 기세가 당당한지라. 옥남이가 천연히 나서더니, 일장 연설을
한다.(466쪽)] 과거의 제도나 관계를 맺고 있었던 청나라는 비판의 대상이 되
지만, 서구의 대표로 등장하는 일본에의 경사가 강하게 드러나는 것은 너

무도 당연한 현상이다.

> 철환이 다리를 뚫고 나갔는데 군의 말이, 만일 청인의 철환을 맞았으면
> 철환에 독한 약이 섞인지라 맞은 후에 하룻밤을 지냈으면 독기가 많이 퍼졌
> 을 터이나, 옥련이가 맞은 철환은 일인의 철환이라 치료하기 대단히 쉽다
> 하더니, 과연 삼주일이 못되어서 완연히 평일과 같은지라.(27쪽)

> 조선 풍속 같으면 청상과부가 시집가지 아니하는 것을 가장 잘난 일로 알
> 고 일평생을 근심 중으로 지내나, 그러한 도덕상의 죄가 되는 악한 풍속은
> 문명한 나라에는 없는 고로, 젊어서 과부가 되면 시집가는 것은 만국에 부
> 끄러운 일이 아니라.(32쪽)

이러한 진술이 당시의 독자들에게 자기 비하의 감정을 갖게 하였을 것
은 분명하다. 그리고 발달된 선진 제국을 본받기 위한 분발을 촉구하였을
수도 있다. 그러나 대상의 예리한 판단이 전제되지 않는 자기 비판은 올바
른 수용자세가 아니다. 더구나 이 시대는 가족제도나 봉건 관료의 타락상
등을 고발하고, 외세에 영합하는 시대가 아니다. 열강의 각축 속에서 국권
을 지켜야 하는 행동이 요구되는 시대였던 것이다. 그 시대에 대한 정밀한
의식이 없었기 때문에 그들은 자신도 모르게 제국주의적 침략의 전위대
역할을 하게 되었고, 문학은 그 소용(所用)으로 이용되었다고 할 수 있다.
이 결과 문학은 지성 활동의 전반적 표현이었던 전통적인 인식에서 극히
한정된 국면으로 축소되었고, 문학자는 주어진 활동 영역만이 문학으로 인
식하게 되었다. 이러한 인식은 전통적인 문학관과 구별되는 것으로써, 이
로써 전통시대의 문학과는 판연히 다른 문학관이 성립되었다.

그러나 앞에서 언급한 바와 같이 문학은 사회를 반영할 뿐만 아니라, 그
사회의 분석 위에서 사회의 나아갈 길을 밝히기도 한다. 현실의 제약과 문
학자 자신의 한계 설정 때문에 개화기 소설은 이러한 문학의 순기능(順機

能)이 퇴색하고, 사회의 요구에 순치(馴致)되기를 기다리는 나약성을 표출하고 있다. 확고한 자기 주체성이 확립되지 않은 기회주의적 속성을 노출하고 운명론적이거나 순응적인 것으로의 후퇴로 오히려 고전소설이 추구하던 건전한 양식의 세계가 단절되는 결과가 초래되었던 것이다. 잔혹한 범죄적 상황이 여과 없이 노출되고, 걸핏하면 자살하고자 하는 성향을 보이는 것은 이러한 이유 때문이다. 현실에 대한 적극적 반항은 대립과 갈등으로 드러나며, 소극적 반항은 좌절과 패배로 드러난다. 대립과 갈등의 감정적 표현은 폭력이나 범죄이며, 좌절 패배의 표현은 자살로 나타난다. 이 모두가 현실의 냉철한 인식에 기반하여 이루어진 이성적 사유의 결과가 아님은 분명하다.

> "죽은 년이 웬 일은 알아서 무엇하려느냐!" 하더니 달빛에 서리같이 번쩍거리는 칼을 빼어들고 춘천집 앞으로 달려드니 춘천집이 애걸복걸한다. 춘천집 : "내몸 하나는 능지처참을 하더라도 우리 거북이나 살려주오" 하는 목소리가 끊어지기 전에 그 목에 칼이 푹 들어가면서 춘천집이 뻐드러졌다. 칼 끝은 춘천집의 목에 꽂히고 칼 자루는 구레나룻 난 놈의 손에 있는데, 그 놈이 그 칼을 도로 빼어들더니 잠들어 자는 어린아이를 내려놓고 머리 위에서부터 내리치니, 살도 연하고 뼈도 연한 세 살 먹은 어린아이라, 결 좋은 장작 쪼개지듯이 머리에서부터 허리까지 칼이 내려갔더라. 구레나룻 난 자가 춘천집이 설 찔렸을까 염려하여 숨 떨어진 춘천집을 두세 번 거푸 찌르더니 두 송장을 끌어다가 사태 난 깊은 골에 집어 떨어뜨리는데, 적적한 산 가운데 은같은 달빛뿐인데, 그 밤 그 달빛은 인간에 제일 처량한 빛이더라.
>
> ―<귀의 성> 219쪽

처첩의 갈등을 문제 삼음으로써 전통적인 가족제도를 비판하고 있는 이인직의 <귀의 성>에서 나타나는 살인 장면은 인간성이 무시된 잔혹한 장면의 연속으로 되어 있다. 어떻게 하면 그 죽음의 장면을 보다 처참하고 비정하게 그릴 수 있는가에 작가의 관심은 집중되어 있을 뿐, 그것이 파급하는 효과나 그 밑에 깔려 있는 윤리의식에는 전혀 관심을 두지 않는 것이다. 이처럼 윤리를 도외시한 범죄적 상황의 제시는 어쩌면 당시와 같은 격동기를 견뎌내기 위하여 필요한 개인주의적 모습을 부각시키려는 의도인 것처럼 보여진다. 민족이나 국가, 또는 한 사회의 공동체 의식의 함몰 위에서 자신의 안위만을 생각하는 개화기 지식인의 지향은 이러한 개인주의적 태도 위에서 가능했다고 할 수 있기 때문이다.

현상에 대한 소극적 반항은 좌절, 패배이며, 이는 자살이라는 형태로 구체화된다.

> 남편이 살아오거니 하고 고대할 때는 마음을 붙일 곳이 있어서 살아 있거니와 죽어서 못 오거니 하고 단망하니 잠시도 이 세상에 있기가 싫다. 부인이 죽기로 결심하고 대동강 물에 빠져 죽을 차로 밤 되기를 기다려 강가로 향하여 가니, 그때는 구월 보름이라 하늘은 씻은 듯하고 달은 초롱같다.(21쪽)

> 이 세상을 얼른 버려 정상부인의 눈에 보이지 말고 하루바삐 황천에 가서 난리 중에 죽은 부모를 만나리라 결심하고 천연한 모양으로 부인에게 좋은 말로 대답하고, 그날 밤에 빠져 죽을 차로 대판 항구에로 나가다가 항구에 사람이 많은 고로 사람 없을 곳을 찾아간다.(34쪽)

자살이 대체로 여성과 연관되어 나타남은 이 작품의 남녀평등 지향이 관념적 상태에 놓여 있음을 보여준다. 좌절과 패배의 주체로 여성을 설정함으로써 그 여성 인식은 고대소설의 경지에서 조금도 진전하고 있지 않기 때문이다. 이것 또한 남녀평등 등의 성의 문제가 그 시대의 중심적인 문제가 아니었음을 보여준다. 따라서 여성의 힘찬 발언은 사실상 여성으로서의 정체성을 갖지 않은 보편인의 발언으로 보아 무방한 것이다.

이러한 점에서 이인직의 현실 인식은 <혈의 누>에서 비록 개화라는 시대적 산물과 새로움으로 치장되어 있지만, 그것이 현실을 총체적으로 점검한 결과 이루어진 것이 아니라 지극히 피상적이고 환상적인 차원 위에 이루어진 것임을 확인할 수 있다. 신연극에 대한 깊은 관심에도 불구하고, 판소리적 세계에서 한걸음도 더 나아가지 못한 그의 행적에서도 이 점은 분명히 드러난다. 그가 참여한 신연극에 대하여도 의욕만이 앞섰을 뿐, 그 결과는 전통적인 창극을 넘어서지 못했다는 평가가 아울러 존재하고 있다. 현실을 부정하며 버려야 할 대상으로 표현하면서도 결국 그에 발붙여 살 수밖에 없는 한계를 가진 인간―그것이 바로 <혈의 누>를 비롯한 신소설에서 표현된 인물이요, 또 개화기 지식인 자신들의 초상이었다고 할 수 있는 것이다.

3. 풍자와 현실 비판

<금수회의록>은 동물들의 언어를 통하여 인간 세계를 비판하는 우화적 성격을 지닌다는 점에서 여타의 개화기 소설과 구별된다. 이러한 표현 방식은 사실 안국선에서 비롯되는 것이 아니라, 그 이전의 문학에서도 쉽게 발견할 수 있는 것들이다. 가까운 예로 판소리계 소설인 <토끼전>의 경우가 바로 이에 해당하는데, 이처럼 동물을 등장시켜 인간세계를 풍자하는 우화(寓話)는 도덕적 명제나 인간 행동의 원리를 보여주는 짧은 이야기를 가리킨다. 우화는 그 결말 부분에 화자나 작중 인물 중의 하나가 진술하는 경구(驚句) 형식의 도덕적 교훈을 보여주는 것이 일반적이다. 우화가 인간 생활에서 요구되는 교훈을 전승하기 위해 고안된 형태라고 말하는 이유가

여기에 있다. <금수회의록>의 결말도 다음과 같은 경구로 이루어져 있다.

> 까마귀처럼 효도할 줄도 모르고, 개구리처럼 분수 지킬 줄도 모르고, 여우
> 보담도 간사한, 호랑이 보담도 포악한, 벌과 같이 정직하지도 못하고, 파리
> 같이 동포 사랑할 줄도 모르고, 창자 없는 일은 게보다 심하고, 부정한 행실
> 은 원앙새가 부끄럽도다. … 예수씨의 말씀을 들으니, 하나님이 아직도 사람
> 을 사랑하신다 하니, 사람들이 악한 일 많이 하였을지라도, 회개하면 구원
> 얻는 길이 있다 하였으니, 이 세상에 있는 여러 형제자매는 깊이깊이 생각
> 하오
>
> ─<금수회의록> 32쪽

<금수회의록>은 동물이 벌이는 사건을 기록한 것이 아니라 동물들이
회의하는 내용을 인간이 엿보고, 그 엿본 내용을 기록하였다는 점에서 전
통적인 우화와는 구별된다. 그런 점에서 우리 문학사의 한 전통으로 이루
어져 있는 몽유록(夢遊錄)의 한 작품으로 보기도 하는 것이다. 몽유록은 사
실적이고 교훈적인 내용을 전달하고자 하는 목적에서 쓰여진 것이라 하여
그 장르를 서사 장르인 소설이 아니라 교술장르로 보기도 한다. 이 작품이
몽유록 계통의 성격을 받아들인 것은 다음과 같은 도입부분과 결말부분의
서술에서 확인된다.

> 마침 서창에 곤히 든 잠이 춘풍에 이익한 바 되매 유흥을 금치 못하여 죽
> 장망혜로 녹수를 따르고 청산을 찾아서 한곳에 다다르니 …(13쪽)

> 그 안에 모였던 짐승이 일시에 나는 자는 날고, 기는 자는 기고, 뛰는 자
> 는 뛰고, 우는 자도 있고, 짖는 자도 있고, 춤추는 자도 있어, 다 각각 돌아
> 가더라. 슬프다!(30쪽)

동물들이 금수회의소(禽獸會議所)라는 특별한 장소에 모여 인간들을 비난

하는 모습을 목격한 이야기를 기록한 것이 바로 <금수회의록>이다. 그 장소는 현실에 존재하는 장소가 아니기 때문에 이를 목격하는 것은 꿈속에서 이루어진다. 그리고 다시 인간세상에 나오기 위하여 꿈을 깨는 과정이 필요한 것이다.

여기에 등장하는 동물들은 자신이 대변하고 있는 유형의 인간이 되어 말을 하고 행동한다. 우화적 수법이 표상하는 보다 본질적인 것은 동물의 모습이나 행위 자체를 묘사하고 서술하면서, 그것이 동시에 그 동물이 대변하는 인간 자체의 모습이나 행위로 자연스럽게 치환된다는 점에 있다. <토끼전>은 동물을 등장시키는 우화적 수법과 함께, 이념적 허상의 파괴를 효과적으로 드러내기 위하여 토론 방식의 전개를 취하고 있다. 상대방에게 묻고, 그에 대한 대답을 통하여 상대방의 기만성이나 허구성을 스스로 폭로하게 하는 것이다.

이에 비하여 <금수회의록>은 동물들이 인간세계의 실상을 비판하되, 인간의 답변은 생략되어 있다. 상대방과의 토론에 의하여 사태의 본질에 접근하는 것이 아니라, 일방적인 설득과 의견 개진만이 드러난다는 점에서 이는 연설 방식의 채택이라 할 수 있을 것이다. 그는 1907년 발간한 『연설법방(演說法方)』에서 연설의 방식과 효용을 정리하였는데, 이 책의 소설적 형상화가 바로 <금수회의록>이라고 할 수 있다. 이 작품의 서사성에 대한 결함으로 일방적인 비판만이 제기되고 그 반응을 제거한 연설적 방식을 지적하는 이유가 여기에 있다.

물론 이 작품에는 등장 인물의 일방적인 자기 진술만이 드러나 있다. 작품에서 드러난 사건이란 동물들이 모여 연설하는 것으로만 이루어져 있는 것이다. 그러나 이러한 방식을 수용한 것은 이 작품이 쓰여지던 당시의 시대 상황과 밀접한 관련을 맺는 것으로 보인다. 그 시대는 연설의 시대였다. 수많은 집회가 토론회라는 이름으로 열렸지만, 여기에서 이루어진 것은 자

신의 의견을 청중에게 개진하는 연설이었던 것이다. 이 작품은 당대 사람
들에게는 퍽 익숙했을 연설 방식을 작품의 구성으로 받아들였던 것이다.

이 작품은 다음과 같이 한 동물이 등장하여 자신의 의견을 진술하는 것
을 하나의 단락으로 구성하였다. 그 단락의 순서를 '개회'로부터 시작하여
1~8석, '폐회'로 정한 것도 연설회의 방식에 따른 것이다.

> 서언
> 개회 : 취지
> 제일석 : 까마귀, 반포의 효(反哺之孝)
> 제이석 : 여우, 호가호위(狐假虎威)
> 제삼석 : 개구리, 정와어해(井蛙語海)
> 제사석 : 벌, 구밀복검(口蜜腹劍)
> 제오석 : 게, 무장공자(無腸公子)
> 제육석 : 파리, 영영지극(營營之極)
> 제칠석 : 호랑이, 가정이맹어호(苛政猛於虎)
> 제팔석 : 원앙, 쌍거쌍래(雙去雙來)
> 폐회

여기에 등장하는 동물의 인간에 대한 비판은 대체로 유교 윤리에 입각
한, 전통적인 것이다. 그리고 <금수회의록>에서 표현하고자 하는 것은 서
구로부터 유입된 물질문명에 의하여 급격하게 변모를 겪고 있는 전통적인
세계의 모습이다. 이질적인 외세에 대응하는 자세가 전통성의 확인에 있다
는 것은, 그만큼 작가가 성숙한 관점을 견지하고 있음을 보여주는 것으로
생각할 수 있다. 그의 작품에서 빈번히 드러나는 기독교적 기반까지도 사
실상 전통적인 윤리와 충돌되지 않는 범위 안에서의 것이고, 이러한 점에
서 기독교적인 것을 과다하게 노출하는 것도 전통적인 사고가 결코 낡은
것만으로 이루어지지 않았다는 것을 설명하기 위한 기교로 파악될 수 있

을 것이다.

> 사람들은 우리를 쫓을 것이 아니라 불가불 쫓아야 할 것이 있으니, 사람
> 들아, 부채를 놓고 칼을 던지고, 잠깐 내 말을 들어라. 너희들이 당연히 쫓
> 을 것은 너희 마음을 수고롭게 하는 마귀니라. 사람들아 사람들아, 너희들은
> 너희 마음 속에 있는 물욕을 쫓아버리라. 너희 머리 속에 있는 썩은 생각을
> 내어 쫓으라. 너희 조정에 있는 간신을 쫓아버려라. 너희 세상에 있는 소인
> 들을 내어 쫓으라. 참외가 다 무엇이며 먹이 다 무엇이냐? 사람들아 사람들
> 아, 우리 수십억만 마리가 일제히 손을 비비고 비나니 …(28쪽)

작가의 의도를 압축한 것으로 보이는 파리의 발언 속에서 기독교 교리
는 전혀 전통적인 윤리와 배치되지 않는 것으로 이루어져 있다. 어쩌면 전
통적인 것과 화해를 이루며 융합하기를 바라는 작가의 견해가 표현된 것
으로 파악할 수도 있을 것이다. 외래의 사조가 유입되는 긍정적인 모습은
바로 이와 같이 조화를 통한 것이었다. 그림자처럼, 세월처럼 스며들어 왔
기 때문에, 그 수용에 따른 희생은 최소화될 수 있었던 것이다. 전통적인
교육을 받았던 안국선의 외래 종교 수용은 바로 이러한 차원의 것이었고,
그것은 바로 민족주의에 기반하는 것으로 이해할 수 있다.

이러한 기반 위에서 그가 파악한 현실의 개혁은 전통적 윤리의 회복, 정
부 관리의 혁신, 외세의 무력 침략에 대한 비판으로 요약할 수 있다. 그런
데 이 항목들은 최종적으로 국가의 존망과 관련되어 있다는 점에서, 이는
민족주의 정신을 함양하고 고취시켜야 한다는 작가의 견해를 표명한 것으
로 이해할 수 있다.

> 외국 사람에게 아첨하여 벼슬만 하려 하고, 제 나라이 다 망하든지 제
> 동포가 다 죽든지 불고하는 역적놈도 있으며, 임군을 속이고 백성을 해롭
> 게 하여 나랏일을 결딴내는 소인놈도 있으며, 부모는 자식을 사랑치 아니

하고 자식은 부모를 효도로 섬기지 아니하며, 형제간에 재물로 인연하여 골육상잔하기로 일삼고, 부부간에 음란한 생각으로 화목치 아니한 사람이 많으니 ….(15쪽)

사람들은 좁은 소견을 가지고 외국 형편도 모르고 천하 대세도 살피지 못하고 공연히 떠들며 무엇을 아는 체하고, 나라는 다 망하여 가건마는 썩은 생각으로 갑갑한 말만 하도다. 또 어떤 사람들은 제 나라 안에 있어서 제 나랏일을 다 알지 못하면서 보도 듣도 못한 다른 나라 일을 다 아노라고 추적대니 가증하고 우습도다. 연전에 어느 나라 어떤 대관이 외국 대관을 만나서 수작할 새 외국 대관이 묻기를, "대감이 지금 내부대신으로 있으니 전국의 인구와 호수가 얼마나 되는지 아시오?" 한데 그 대관이 묵묵히 무언하는지라 또 묻기를, "대감이 전에 탁지대신을 지냈으니 전국의 결총과 국고의 세출 세입이 얼마나 되는지 아시오?" 한데 그 대관이 또 아무 말도 못하는지라. 그 외국 대관이 말하기를, "대감이 이 나라에 나서 이 정부의 대신으로 이같이 모르니, 귀국을 위하여 가석하다." 하였고, 작년에 어느 나라 내부에서 각 읍에 훈령하고 부동산을 조사하여 보라 하였더니, 어떤 군수는 보하기를, "이 고을에는 부동산이 없다." 하여 일세의 웃음거리가 되었으니, 이같이 제 나라 일도 크나 적으나 도무지 아는 것도 없는 것들이 일본이 어떠하니, 아라사가 어떠하니, 구라파가 어떠하니, 아메리카가 어떠하니 제가 가장 아는 듯이 지껄이니 기가 막히오(21쪽)

사람은 한번만 벼슬자리에 오르면 붕당을 세워서 권리다툼하기와, 권문세가에 아첨하러 다니기와, 백성을 잡아다가 주리 틀고 돈 빼앗기와, 무슨 일을 당하면 청촉 듣고 뇌물 받기와, 나랏돈 도적질하기와, 인민의 고혈을 빨아먹기로 종사하니, 날더러 도적놈 잡으라 하면, 벼슬하는 관인들은 거반 다 감옥서 감이요(22~23쪽)

또 나라로 말할지라도 대포와 총의 힘을 빌어서 남의 나라를 위협하여 속국도 만들고 보호국도 만드니, 불한당이 칼이나 육혈포를 가지고 남의 집에 들어가서 재물을 탈취하고 부녀를 겁탈하는 것이나 다를 것이 무엇 있소? 각국이 평화를 보전한다 하여도 하나님의 위엄을 빌어서 도덕상으로

평화를 유지할 생각은 조금도 없고, 전혀 병장기의 위엄으로 평화를 보전
하려 하니 ….(19쪽)

　여간 좀 연구하여 아는 것이 있거든 그 아는 대로 세상에 유익하고 사회
에 효험 있게 아름다운 사업을 영위할 것이어늘, 조그만치 남보다 먼저 알
았다고 그 지식을 이용하여 남의 나라 빼앗기와 남의 백성 학대하기와 군함
대포를 만들어서 악한 일에 종사하니, 그런 나라 사람들은 당초에 사람 되
는 영혼을 주지 아니하였더면 도리어 좋을 뻔하였소.(22쪽)

　심각한 외세의 격랑 속에서 내부의 문제에 더 관심을 보이는 것은 어찌
보면 사태의 심각성을 모르거나 외면한 것으로 볼 수 있다. 그러나 외부적
인 문제에 대한 진지한 성찰이 전제된 비판은 반드시 필요한 것이다. 이러
한 기반 위에서는 내부의 심각한 상황을 초래한 자신의 문제를 해결하지
않고 외부적인 것에 대하여만 비판하는 것은 책임을 회피하는 것일 수 있
기 때문이다. 작가는 민족정신의 개조까지 언급함으로써 현실을 총체적으
로 이해하고 있음을 보여준다.

　남의 압제를 받아 살 수 없는 지경에 이르되 깨닫고 분한 마음이 없고 남
에게 그렇게 욕을 보아도 노여할 줄 모르고, 종노릇하기만 좋게 여기고 달
게 여기며, 관리에 무리한 압박을 당하여도 자유를 찾을 생각이 도무지 없
으니, 이것이 창자 있는 사람들이라 하겠소? … 내가 한번 어느 나라에 지나
다 보니, 외국 병정이 지나가는데, 그 나라 부인을 건드려 젖퉁이를 만지려
하매 그 부인이 소리를 지르고 욕을 한즉, 그 병정이 발로 차고 손으로 때려
서 행악이 무쌍한지라, 그 나라 사람들이 모여서서 그것을 구경만 하고 한
사람도 대들어 그 부인을 도와주고 구원하여 주는 사람이 없으니 그 사람들
은 그 부인이 외국 사람에게 당하는 것을 상관없는 줄로 알아서 그러한지
겁이 나서 그러한지 결단코 남의 일이 아니라 저의 동포가 당하는 일이니
저희들이 당함이어늘, 그것을 보고 분낼 줄 모르고 도리어 웃고 구경만 하
니, 그 부인의 오늘날 당하는 욕이 내일 제 어미나 제 아내에게 또 돌아올

> 줄을 알지 못하는가? … 나라에 경사 있으되 기뻐할 줄 알지 못하여 국기
> 하나 내어 꽂을 줄 모르니, 그것이 창자 있는 것이오?(26쪽)

이러한 비판은 당대의 현실을 정확히 판단한 결과 나타난 발언으로 생
각할 수 있다. 젊은 나이에 일본에 유학하였고, 서구의 문물을 비판적으로
수용하여 소개한 일이 있는 작가로서는 외세의 실상과 그에 대응하는 우
리의 자세에 대하여 심각하게 고민하였을 것으로 추측할 수 있다. 이러한
세계의 본질적인 파악은 사실상 당시의 현실로서는 소설화되기 어려웠을
수 있다. 급박한 상황 속에서 소설화를 위하여 여유를 부리는 것은 사치일
수도 있기 때문이다. 그가 우화적 수법을 사용하되 연설로 시종한 것은 이
러한 측면에서 이해할 수 있을 것이다. 바꾸어 말한다면 서구화와 동의어
로 파악되는 개화(開化)가 서사화 되기 위해서는 보다 많은 시간과 여유가
요구된다고 할 수 있다. 그러한 시간이 주어지지 않은 채 국권 상실이라는
사건이 도래하였던 것이다.

4. 결론

이 글은 우리의 근대화가 단순히 서구화를 의미하는가 하는 의문을 바
탕으로 서양의 충격에 대한 문학적 대응양상을 검토하고자 하는 의도에서
출발하였다. 이러한 작업의 시발점으로 우선 당대 사회를 잘 반영하고 있
는 작품을 선정하여 이에 드러난 의식의 편차를 파악하여 보았다.

보편 지향의 의식이 두드러진 <혈의 누>는 추상적인 외국의 상황을 전
범으로 삼았기 때문에, 구체적인 개혁을 위하여는 추상적인 외세의 유입이
당연하다는 식의 피상적이고 환상적인 현실 인식을 보여주고 있다. 신연극

에 대한 깊은 관심에도 불구하고 판소리적 세계에서 한 걸음도 나가지 못하고, 오히려 퇴행(退行)의 모습을 보이는 점에서 이 점은 분명하게 드러난다. 이후에 전개된 작가의 친일 행적은 이러한 도정의 당연한 귀결이었다고 할 수 있다. 우리를 둘러싸고 있는 현실을 과감하게 청산하고 새로운 세계를 건설해야 한다는 인식에 도달하였지만, 결국 무너져 가는 현실에 자신을 내맡길 수밖에 없었던 것이 개화기를 맞이하는 하나의 인물형이라고 할 수 있다.

우화적 성격을 지닌 <금수회의록>은 민족주의에 기반하여 전통윤리의 회복, 정부 관리의 혁신, 반외세라는 현실적 대안을 제시하고 있다. 그의 비판은 당대의 현실을 정확히 판단하고 이를 개혁하고자 하는 구체적인 인식에서 비롯된 것이다. 이후 전개된 역사는 그의 비판을 수용할 수 없는 상황이 전개되면서 이루어졌기 때문이다.

젊은 나이에 일본에 유학하였고, 서구의 문물을 비판적으로 수용하여 소개한 일이 있는 작가로서는 외세의 실상과 그에 대응하는 우리의 자세에 대하여 심각한 고려를 하였을 것으로 추측된다. 이러한 세계의 본질적인 파악은 당시 상황에서 소설로 형상화할 여유를 가질 수 없었다. 그가 우화적 수법을 사용하되 연설회의 방식으로 이 작품을 구성한 것은 이러한 측면에서 이해할 수 있을 것이다.

이 두 작품이 서구와의 접촉이 이루어졌던 격랑기를 대표할 수는 없다. 그러나 그러한 상황을 대하는 당대 지식인의 두 전형을 보여준다는 점에서 의미를 가진다고 할 수 있다.

<춘향전> 서사의 성격과 역사적 전개*

1. <춘향전>의 성격과 논의의 전제

<춘향전>은 우리에게 있어 영원한 고전이다. 어린아이로부터 어른에 이르기까지 누구나 춘향과 이도령의 사랑, 그리고 이별과 만남을 알고 있다. 어디에서고 접할 수 있는 흔해빠진 줄거리인데도 우리들은 춘향이야기가 반복될 때마다 당연한 듯이 열광한다. 춘향이 태어난 사월 초파일이 되면 그 배경이 되는 남원(南原)에서는 춘향제(春香祭)가 열려 그를 기리는 다양한 행사가 베풀어진다. 수많은 사람들은 춘향을 만나기 위하여 지방의 한 도시로 가고, 그곳에서 많은 사람들과 동질적 일체감을 느끼기도 한다.

<춘향전>이 이처럼 한국인들을 열광하게 하는 이유에 대하여 어느 누구도 명확하게 그 해답을 제시하지는 못한다. 그러나 누구나 춘향과 이도령의 만남과 사랑, 그리고 이별이 한국인에게 있어서는 대단히 익숙해져 있는 것이고, 그래서 다른 설명이 필요 없을 정도로 생활과 밀착되어 있다는 사실만은 지적할 수 있을 것이다. 그런데 <춘향전>은 이 당연한 사실

---

* 『공연문화연구』 6(한국공연문화학회, 2003.2)에 실린 글을 정리하였다.

을 문제되는 상황으로 제시하고 있다. 신분이 다른 두 남녀의 만남이 어떻게 진행되고 또 진행되어야 하는가, <춘향전>은 문제되는 만남의 현상과 당위를 보여주고 있는 것이다.

생각해보면 아무 것도 아니어야 할 사람의 차별은 지금도 지속되고 있는 문제이다. 많은 사람들은 능력이 아니라 출생이나 학력, 그리고 용모에 의하여 차별을 받고 있다고 생각한다. 따라서 이러한 정도의 이별과 고통이야 요즈음의 신문에서도 항용 접할 수 있는 것이다. 어쩌면 이기적(利己的)인 만남이 있는 곳에서는 언제든지 나타날 수 있는 것이 이러한 문제일 것이다. 사람들은 그러한 문제의 발생을 당연한 것으로 인식하고, 자신도 모르게 우쭐대거나 열등감에 사로잡히는 것이다.

그런데 춘향과 이도령은 이 당연한 것으로 인식될 수 있는 상황을 거부하였다. 더구나 춘향은 당시 천하게 여겼던 기생과 관련된 신분이다. 이것은 어떤 만남보다도 더 열악(劣惡)한 상황일 수 있다. 그런데도 춘향은 대부분의 사람들이 체념하면서 받아들이는 상황을 거부하고, 목숨을 바쳐 사랑하는 사람을 위해 절개를 지켰다. 사또 자제였고, 뒤에 암행어사가 된 이도령 또한 춘향과의 약속을 그냥 스쳐 지나가는 것으로 생각하지 않았다. 얼마든지 그렇게 할 수 있는데도 그는 이별한 춘향을 다시 찾아 둘 사이에 맺은 신의를 지켰다.

당연한 듯이 살아온 대부분의 사람들은 여기에서 잠깐 자신을 돌이켜 볼 것이다. 그들은 인간 이외의 것으로 사람을 차별하는 것이 인간성을 파괴하는 것임을 알게 되었을 것이다. 둘 사이의 사랑에서 문제되는 것은 신분인 것 같지만, 보다 중요한 것은 진실성과 인간의 평등에 대한 믿음임을 <춘향전>은 보여주고 있기 때문이다. 춘향의 승리나 변사또의 패배를 통하여 영원한 강자나 영원한 약자가 있을 수 없음을 보여준 것도 이러한 이유에서 설명할 수 있다.

큰 틀로 본다면 <춘향전>과 같은 이야기는 인류가 생긴 이래로부터 인류가 이 지구상에서 없어질 때까지 언제든지 있을 수밖에 없는 이야기이다. 여기에서 큰 틀이란 무엇인가 결핍된 상태에 처해 있고, 그 상태를 벗어나려는 의지를 보이고, 결국에는 그 결핍에서 벗어난다는 결핍과 해소의 틀을 의미한다. 그런데 이렇게만 본다면 세상 모든 이야기는 결국 부정적 상황의 해소를 위한 노력과 성취라는 것에서 벗어날 수 없다. 춘향이가 그러하고, 이형식이 그러하고, 그리고 정부인 장씨가 그러하다.[이광수의 작품 <무정>에서 이형식은 자신이 처한 상황을 사회적 환경으로 확대시킨 특이한 경우이다. 식민지 현실을 철저히 감추고 현실의 개혁을 논하는 것은 사실상 불가능한 일인데도, 이형식은 무모하게도 자신의 설익은 비전을 고집하고, 그것은 나름대로 용인되고 있다. 그것은 전적으로 시대와 사회에 대한 이광수의 시각에서 연유하는 것으로 보인다. 정부인 장씨는 이문열의 <선택>에 등장하는 인물이다. 이 작품에서 호령하는 장부인은 자신의 시대를 훌쩍 뛰어넘어 현대의 시공간으로 나타났다. 역사는 결코 사라진 것이 아니라, 끊임없이 현재와 관련을 맺는 문화 코드이다. 이러한 점에서 과거와 현재의 상호 존속은 작가의 효과적인 기교로 보인다. 그러나 분명한 것은 현재는 과거와 무관하게 나타난 것이 아니라는 점의 생산적 해석 문제이다. 과거와 기존의식이 현재와 신진 사고를 억압하고 제어하는 것으로 기능하는 것은 과거나 현재 양쪽 모두를 위해 바람직하지 못하다. 이 작품에 대한 많은 논란은 이러한 역사성 위에서 이해하는 것이 바람직하다.] 정부인 장씨는 자신의 안목으로 본다면 대단히 못마땅한 이 시대의 여인들을 꾸짖기 위해 시대를 뛰어넘어 이곳으로 왔다. 과거의 안목으로 본다면 현재의 상황은 도저히 그대로 두기 어려웠을 것이다. 그러나 과거의 인물들은 자신이 이 시대의 주인공이 아니라는 것을 알고 침묵하면서 지켜보기만 할 뿐이었다. 그런데 장부인은 이를 참지 못하고 이곳으로 왔다.

　　나를 수백 년 세월의 어둠과 무위 속에서 불러낸 것은 너희 이 시대를 살아가는 웅녀의 슬픈 딸들이었다. 너희 성난 외침과 괴로운 부르짖음이 나를 영겁의 잠에서 깨웠고 삶의 덧없어하는 한숨과 그 속절없음에 쏟는 넋두리가 이제는 기억에서 아련해진 내 한 살이를 돌아보게 하였다. 고단하고 성가실 때도 있었지만 아쉬움 없고 뉘우침 없는 이 땅에서의 내 팔십 년을, 그 숱한 크고 작은 선택들을.

자신의 꿈인 지향과 그것의 좌절이라는 점에서 본다면 이명준 또한 이러한 범주에서 벗어나는 것이 아니다.["이명준의 고뇌는 우리 현대사의 누구보다도 진지하고 근원적이며 치열할 수 있었다. 그리고 그가 절망하는 것은 대결하는 어느 한 이념 체계와 그 현실의 선택에 대한 주저로 말미암은 것이 아니라, 어느 이념도 그것의 실제화에 있어 개인과 공동체의 화해의 꿈을 보장해줄 수 없다는 순수한 지적 딜레마에서 빚어진 것이다." 김병익, 「다시 읽는 광장」, 『광장 / 구운몽』, 문학과지성사, 2001, 337쪽] 우리의 모든 문화 활동이 긍정적인 면을 향하는 과정에 놓여 있는 것이라고 본다면, 우리 문화 전반은 이러한 큰 틀에서 벗어나지 않는 것이다.

따라서 춘향이야기를 지나치게 확대함으로써 그 이야기가 갖는 요모조모한 즐거움을 느낄 수 없게 된다면, 그것은 춘향이야기를 위해서나 또는 모두가 그것과 유사하다고 싸잡아 평가받게 된 다른 문화를 위해서나 바람직한 일이 아닐 것이다. 춘향이야기는 그 자체로 놓아두는 것이 좋을 때가 있는 것이다.

2. 판소리 <춘향가>로의 전환과 서사적 성격의 변화

모든 존재는 상호 영향을 주고받으면서 존재한다. 그 영향은 공간적·시대적으로 가까우면 가까울수록 더 커지는 것이 일반적이다. 이 영향에 의하여 한 존재는 보다 자신의 영역을 살찌우기도 하고, 또 반대로 자신의 존재를 소멸시키기도 한다. 그러한 상호 영향 관계에 의하여 한 존재의 탄생과 소멸, 그리고 그 존재의 성장과 부침(浮沈)을 살필 수 있다는 점에서, 그 관련 양상을 살피는 것은 그 존재의 정체성을 살피는 데 있어 대단히 필요한 일이라고 할 수 있다.

우리가 대하는 <춘향전>은 판소리의 완성 시기인 17세기에 정립되었다고 보는 것이 일반적이다. <춘향전>의 정착이 판소리의 발생과 연관된다는 점에서 이 작품에 대한 검토는 곧 판소리의 발생을 해명하는 지름길이 된다고 할 수 있다. 판소리라는 새로운 양식의 출현은 그 공간과 시간적 관계로 볼 때, 그와 근접한 문화 양식과의 관계에서 설명될 수 있다. 이에는 문학만이 아니라, 당시의 음악과 이 문화를 향유하던 집단의 성격도 포함된다. 그리고 이러한 영향 관계를 파악하기 위하여 우리는 성글게나마 판소리의 장르적 정체성을 점검할 필요가 있다.

판소리는 연창자가 관객 앞에 혼자 서서 몸짓을 해 가며 노래와 말로 <춘향전>이나 <심청전>같은 긴 이야기를 엮어 나가는 우리 전통 예술의 한 갈래이다. 연창자와 관객 사이에는 고수(鼓手)가 있어 북 장단과 둘 사이의 중간 역할을 담당한다. 노래인 창은 장단과 창조가 결합되어 음악적으로 실현되고, 말로 이루어지는 아니리는 일상적 어투로 이루어진다. 그러

나 일상적 어투라고는 하지만, 그것은 판소리 문맥에 적합하도록 변용된
것이어서 음악과 결합되지 않았을 뿐, 일상적 구어와는 구별되는 판소리의
독특한 언어 표현이라고 하여야 할 것이다.

　기본적으로 창과 아니리는 상호 교체되어 나타난다. 그러나 그 교체는
형식적일 뿐, 질적인 면에서까지 동일한 것은 아니다. 중머리 장단의 창이
나온 뒤 중중머리 장단의 창이 나오기도 하며, 한 단위의 아니리가 끝난
뒤 또 아니리가 계속되기도 하는 것이다. 이렇게 장단과 창조의 교체, 그리
고 창과 아니리의 교체를 통하여 연창자 혼자서 여러 배역을 수행할 때 나
타나는 혼란을 방지하기도 한다.

　그런데 본래 이야기만으로 진행되었던 방식이 이와 같은 현재의 판소리
로 변화하게 된 것은 그 이야기가 시가(詩歌)와 결합하였기 때문이다. 전통
시대의 우리 시가란 필연적으로 음악과의 관련 속에서만 존재의 의미를
가지고 있다. 전통시대에 시(詩)가 음악에서 독립되어 독자적인 형태로 향
유된 것은 한시(漢詩)를 제외하고는 찾아볼 수 없는 것이다. 말과 문자가 일
치하지 않는 형태인 한시까지도 묵독(默讀)이나 일상적인 구어(口語) 방식으
로 향유되지는 않았던 것이다.

　이러한 점에서 판소리의 예술성이 그 이야기의 진지성이나 흥미 때문이
아니라, 대부분 시가와 결합된 음악의 차원에서 논의되는 것은 당연한 현
상이라고 할 수 있다. 판소리의 명창이 되는 가장 중요한 요건으로 득음(得
音)이 거론되는데, 득음의 요체(要諦)는 바로 음악적 실현으로 요약될 수 있
다. 요컨대 판소리가 예술 장르로 확립되는 데 있어 음악과 관련되는 시가
와의 결합은 결정적인 영향을 끼쳤다고 할 수 있는 것이다.

　다음의 도령과 방자가 대화하는 대목은 이야기 속에 시조가 첨가되고
있다.

　　도련님 하는 마리 금이냐 옥이냐 방ᄌ놈 엿ᄌ오디 금셩여슈 아니어든 금
　이 엇지 그 잇시며 옥츌곤강 아니어든 옥이 엇지 그 잇시리 도련님 그러ᄒ면
　　　─김진영·김현주 편저, 『춘향전전집』1, 도서출판 박이정, 1997, 258쪽

　이 금옥사설에서 채택된 시조는 <춘향가>의 이야기 진행으로 볼 때 그
정서와는 전혀 어울릴 것처럼 보이지 않는다. 그런데도 사육신(死六臣)의 하
나인 박팽년(朴彭年)의 죽음과 관련되는 시조가 여기에서는 방자가 도령을
희롱하기 위하여 채택된 것이다.

　　　금생여수(金生麗水) ㅣ 라 ᄒ들 물마다 금(金)이 남여
　　　옥출곤강(玉出崑崗)이라 ᄒ들 뫼마다 옥(玉)이 날쏜야
　　　암으리 사랑(思郞) ㅣ 중(重)타 ᄒ들 님마다 좃츨야
　　　　　　　　　　　　　　　　　　　　　　　─박팽년, 『해동가요』

　춘향의 정체를 빨리 알고 싶은 도령과, 이를 알면서도 도령의 조바심을
더욱 북돋우는 방자의 대화를 통하여 춘향은 섣불리 접근할 수 없는 상대
라는 사실을 환기한다. 이러한 의도를 위하여 박팽년의 시조가 가지고 있
는 비장감은 대단히 효과적으로 사용된다고 할 수 있다. 죽음과도 맞바꿀
수 있는 것으로 인식되는 임금에의 충성이 여기에서는 춘향에 대한 애정
으로 치환(置換)된 것이고, 그런 점에서 이도령의 춘향에 대한 사랑의 표현
에 대단히 기능적으로 작용하고 있는 것이다.
　이야기에 시가를 결합시킴으로써 새로운 장르를 개발한 것은 향유층과
의 소통에서 비롯된 것이었다. 향유층의 환호와 격려 속에서 천민 광대들
은 호구를 이어 나가고 자신들의 예술적 역량을 발휘할 수 있었기 때문이
다. 따라서 향유층과의 소통을 위하여 연창자는 서사의 진행을 잠시 멈추
고, 청중들이 호응하는 노래를 함께 부르기도 하는 것이다. 무가와 민요,
잡가 등이 판소리 속에 삽입되는 노래로 선택되는 까닭도 향유층과의 긴

밀한 소통을 위해서라고 할 수 있다. 이처럼 판소리의 판소리적 특성은 청중과의 소통을 목표로 하는 기존 가요의 광범위한 차용에서 찾을 수 있는 것이다.

이러한 기존 가요의 채택이 파급하는 효과는 상당히 큰 것으로 보인다. 연창자에게 요구되는 음악적 재능은 기존 가요의 채택만으로 끝나지 않기 때문이다. 서사 진행과 관련되어야 한다는 점에서 기존 가요의 채택은 나름대로의 한계를 지닌다. 서사적 진행과 밀접한 관련을 맺는 판소리 자체 내의 사설을 음악에 얹혀 부른 것은 이러한 이유 때문이다. 그리고 여기에서 이른바 연창자의 역량을 진솔하게 드러낼 수 있는 더늠이 가능하게 되었다. 더늠은 기본적으로 기존 가요의 채택과는 관계가 없다. 연창자는 스스로의 음악적 역량을 발휘하여 주어진 사설에 곡을 붙였던 것이다. 판소리를 더늠의 적층 예술이라 하고, 또 연창자를 단순히 노래 부르는 사람으로 제한하지 않는 이유가 여기에 있다. 이렇게 지속적으로 시가를 받아들임으로써 판소리는 스스로 변화하는 상황에 대처하여 살아남을 수 있었고, 이것은 장르의 확대와 새로운 소재의 발굴을 가능하게 하였던 것이다.

이러한 이유에서 이야기가 시대의 변화에 순응하면서 자신의 생명력을 키워 나가기 위한 선택이 바로 시가와의 결합으로 나타났고, 그것은 새 시대 예술장르를 만드는 절묘한 선택이었던 것이다. 이때 이러한 선택을 가능하게 하고 새로운 장르로의 변화를 가능하게 한 것이 당시의 전문 가객들인 광대 집단이라고 할 수 있다. 그들은 단순한 이야기 문학을 시가와 결합시켜 새로운 예술 형태의 가능성을 실험하였고, 그러한 실험이 현재의 판소리를 완성시켰던 것이다. 처음에는 단순히 기존의 시가를 받아들여 이야기 문학을 풍요롭게 하는 데 그쳤지만, 뒤에는 본래 이야기로 된 부분까지도 음악에 얹혀 음악적 문화로 이행하도록 하였다. 그리하여 판소리는 음악과 결합된 시가의 전시장이라고 할 만큼 다양한 음악 예술 형태를 포괄하게 되었던 것이다.[초기 판소리에 있어 이러한 변화는 다분히 실험적 의미를 가졌을 것으로 생각된다. 시가의 삽입을 통하여 청중과의 일체감 확보를 목표로 하였기 때문에 서사의 중단을 감수하면서까지 시가의 차용은 과감하게 이루어졌던 것이다.]

3. 판소리와 창극의 출현

이야기가 시가와 결합되면서 이야기나 시가가 가지는 각각의 성격은 판소리 속에서 화학 반응을 일으켜 복합적인 변화를 일으켰다. 따라서 이야기 속에 노래가 들어가면서 이야기가 추구하는 사실성의 구현이나 모방은 원론적으로 거부되었다. 동헌에서 곤장을 맞는 춘향이 '십장가(十杖歌)'를 부르는 것은 이야기의 성격으로 볼 때는 불가능한 결합이다. 그러나 십장가에 의하여 춘향의 고난은 정지되고, 그 비극성은 춘향만의 것이 아니라, 작품과 관련되는 모든 대상으로 확대된다. 이렇게 실제의 현장과 그 향유층의 인식 사이에는 엄청난 거리가 존재한다. 그리고 이 거리를 통하여 향유층은 이야기 속에서 벌어지고 있는 현장의 의미에 대하여 객관적 시각을 확보할 수 있게 되는 것이다. 또 '쑥대머리'에 이르러 서사의 진행은 한없이 정지되고 있다. 서사의 진행만으로 본다면 이는 대단히 비경제적이다. 그러나 여기에서는 서사의 숨가쁜 진행이 목표가 아니기 때문에, 사건이 정지되고 따라서 춘향의 고난이 확대되는 것은 오히려 지극히 생산적이고 기능적이다. 그 목표와 이반되어 서사의 진행을 촉급하게 진행하는 것은 그 목표와 관련지어 볼 때는 오히려 비생산적인 것이다. 그렇다면 시가를 받아들이면서 판소리는 이야기 문학의 서사 진행과는 다른 목표를 추구하는 상이한 장르로 변화되었다고 보아야 할 것이다. 판소리는 시가를 받아들이면서 이야기와는 차원을 달리하는 예술형태로 탈바꿈하게 된 것이다.

판소리 향유자는 사건의 진행이 정지된 십장가를 통하여 더 진한 감동을 느낀다. 그것이 사실성을 구현한 것인가 아닌가 하는 문제는 전혀 문제 삼지 않는다. 그것은 시가와 결합되어 이루어진 판소리의 관례(慣例)로 굳어져, 청중은 이에 따라 판소리에 접근하기 때문이다. 따라서 이러한 노래로의 실현을 현실성의 결여로 파악하는 것은 판소리의 관례를 인지(認知)하지 못한 까닭으로 볼 수 있다. 관례는 존중되어야 한다. 관례의 차이가 장르의 차이를 가져오는 것이고, 그래서 우리는 시를 시로 접근하고, 소설을 소설로 접근할 수 있는 것이다. 시를 소설로 접근하여 그 기형성(畸奇性)을 말한다면 그것은 그 시의 잘못이 아니라, 그것을 소설로 접근한 사람의 문화적 문맹(文盲)으로 치부하여야 할 일이다. 판소리는 이처럼 이야기에 노래가 결합하면서 노래의 중요한 속성, 시적 성격을 본질적인 것으로 받아들였기 때문에 이야기에서는 찾을 수 없는 자족적(自足的) 성격을 갖게 된 것이다.

여기서 우리는 시와 시를 포함하는 문학의 속성에 대하여 정리할 필요가 있다. 문학은 현실을 기반으로 하여 이루어지되, 문학의 현실은 실제의 현실과 다르다. 이것이 관념적으로는 문학과 역사를 구별하는 징표이고, 문학이 문학일 수 있는 진정한 이유이다. 작가는 현실을 기반으로 하여 작품을 쓰되, 작품 속의 세계는 작가의 허구적 상상력에 의하여 창조된 또 하나의 세계인 것이다. 작가의 창조 행위란 바로 이러한 이유에서 그 의미를 획득하는 것이고, 따라서 작품이 현실을 반영하고 있다는 것은 작가의 의식에 의하여 형상화된 세계가 역사적 추진력과 밀접하게 연관되고 있을 때, 가능한 말이라고 할 수 있다. 이것이 현실 세계와 작품의 거리를 형성하는 것이고, 그 정도의 차이는 있지만 모든 문학은 이러한 거리에 의하여 장르의 차이를 드러내게 된다고 할 수 있다. 서사가 보다 사실적인 경향을 띠는 데 반하여 서정은 시인의 의식에 의하여 창조된 또 하나의 세계일 뿐이다. 따라서 서정의 세계에서 드러나는 현실은 시인에 의하여 재구성된 별개의 세계이다. 그렇다면 서정은 표현의 문제에 있어 서사보다 더 세계의 실상에서 멀리 떨어져 있다고 할 수 있다.

이야기 문학인 판소리는 서정적 경향의 시가를 자신의 골격 속에 흡수하고, 그 서정성을 자신의 중요한 한 본질로 갖게 되었다. 판소리는 이를 통하여 현실의 모방이나 사실성의 구현이라는 서사의 중요한 특성을 포기하였다고 할 수 있다. 이러한 이유에서 본다면 춘향이 곤장을 맞으면서 십장가를 부르고, 옥중에서 쑥대머리를 부르는 것은 판소리로서는 전혀 이상한 일이 아니다. 오히려 슬픔이나 감격의 순간을 사실적으로 표현하는 것이야말로 가장 판소리에서 벗어난 표현이라고 할 수 있다.

소설 <춘향전>이 나타난 것은 판소리 <춘향가>의 사설이 문자로 정착되면서 나타났다고 보는 것이 통설이다. 그러나 이러한 견해는 소설 <춘향전> 전반에 해당하는 것은 아니다. 경판본 계열의 작품은 판소리의 영향권 속에서 이루어진 것으로 보이지 않기 때문이다. 따라서 춘향 이야기와 판소리 <춘향가>, 소설 <춘향전>은 계기적이고 단선적으로 나타난 것이 아니라 병렬적이고 복합적으로 진행되었다고 보아야 할 것이다. 모든 문화 현상이란 그런 변화를 거치면서 기반이 되는 문화와 다음의 새로운 문화가 경쟁 관계를 이루면서 나가게 된다. 그런 점에서 단선적인 방식으로의 이해는 그렇게 이해하고자 하는 어떤 특별한 의도가 있을 때에만 가능한, 이념적 차원의 것이라고 할 수 있다.

음악적 성격에 보다 깊은 관심을 기울이기 위하여 이야기적 성격은 형태만 남겨놓은 것이 우리가 대하는 판소리 <춘향가>이다. 따라서 판소리 <춘향가>를 대할 때에는 시가를 받아들이면서 이미 포기해버린 이야기적 성격을 언급하는 것이 온당하지 않다. 판소리 <춘향가>는 춘향 이야기로서가 아니라, 음악과 결합된 새로운 형태로 전환되어 감상되기를 기다리는 존재로 전환되었기 때문이다.

춘향 이야기는 음악을 수용하면서 판소리 <춘향가>로 전환되는 것만으로 그 변화를 멈추지 않았다. 판소리 <춘향가>는 다시 새로운 문화 형태인 극과 결합하면서 창극 <춘향전>을 선보였던 것이다. 그런데 판소리 <춘향가>에서 창극 <춘향전>으로 바뀌게 된 것은 춘향 이야기에서 판소리 <춘향가>로 이행한 것과는 다른 성격을 지니고 있다. 판소리 <춘향가>가 춘향 이야기의 서사적 성격을 해체하면서 일어난 것과는 달리, 창극 <춘향전>은 판소리의 극적 성격을 확대 수용하면서 동시에 판소리 <춘향가>의 음악적 성격은 온전하게 받아들였기 때문이다. 이미 잘 알려진 이야기의 틀을 무대에 올리면서 창극은 기존의 극과는 다른 것을 요구하는 관객의 기대와 마주할 수밖에 없었는데, 그것은 바로 판소리의 음악성이 살아 있는 극이라는 점이다. 앞에서 춘향 이야기에 음악성이 결합된 것을 화학적 결합이라고 하였는데, 판소리 <춘향가>와 극적 성격의 결합은 물리적 결합에 가까운 것으로 이해할 수 있다. 끊임없이 창극의 정체성에 대한 논란이 제기되는 것도 이러한 이유에서라고 할 수 있다.

이처럼 판소리 <춘향가>는 극적 성격을 수용하면서 다시 커다란 전환을 이루었다. <춘향전>은 누구에게나 익숙한 이야기이기 때문에, 서사적 전개를 위한 세심한 배려는 무의미한 것이 될 수도 있다. 그런데 창극에서는 이 서사적 진행과 관련된 부분은 도창(導唱)으로 실현함으로써 기존의 연극과는 차별성을 보이고 있다. 도창은 서사의 진행과 함께 음악성이 뛰어난 부분을 명창의 소리로 들려준다는 점에서 우리의 독특한 연극술[dramaturgy]이라고 할 수 있다. 도창이 진행되면서 모든 서사는 정지되고, 그 음악에 몰두할 것을 요구하기 때문이다. 영상의 이동을 통하여 의미를 전달하는 영화에서도 사건의 개요를 드러내는 요약 등을 자막(字幕)으로 처

리하는 경우가 있지만, 창극의 도창은 사건을 정지시키면서까지 이루어진
다는 점에서 커다란 차이가 있다.

따라서 도창은 판소리의 진행 방식을 창극이 존중하고 수용한 것으로
볼 수 있다. 연극인 창극은 처음부터 결말까지 진행되어야 한다는 점에서
부분창을 할 수 있는 판소리의 서사를 따르지 않고 이야기의 서사성으로
다시 회귀(回歸)하였다고 할 수 있다. 다만 음악으로서의 판소리라는 단계
를 거치면서 음악이 강조된 극으로 자신의 정체성을 정립한 것이다. 각각
의 배역을 맡은 배우가 등장하는 음악극이라면 장면이나 상황을 서술하는
'쑥대머리', '어사출도대목' 등은 공연할 수 없게 된다. 그런데 관객들은
<춘향전>과 불가분리의 관계에 놓여 있는 이러한 노래가 있어야 한다고
생각하는 것이다. 그것이 판소리라는 단계를 거친 <춘향전>과 이야기 단
계의 <춘향전>이 구별되는 까닭이다. 이처럼 도창은 판소리에서 이룩한
음악의 성취를 창극에서 인정하고, 이를 활용하기 위하여 도입된 장치라고
할 수 있는 것이다.[물론 극적 성격을 강조하면서 도창이 빈번하게 등장하는 것은 창
극의 생산적 발전을 저해한다는 견해도 아울러 존재한다.]

4. 소설 <춘향전>의 서사적 기반과 전망

소설 <춘향전>은 그 이전에 있었던 다양한 서사적 전통을 바탕으로 하
여 이루어질 수 있었다. 그렇기 때문에 춘향 이야기와 관련을 맺는 <춘향
전>, 판소리 <춘향가>와 관련을 맺는 <춘향전>, 창극 <춘향전>과 관련
을 맺는 <춘향전> 등 다양한 소설 <춘향전>이 나타날 수 있는 가능성이
항상 열려 있는 것이다. 따라서 소설 <춘향전>을 어느 한 계열로만 파악

하는 것은 전승의 실상을 무시한 것이라고 할 수 있다. 판소리적 요소를 바탕으로 하는 소설과 이야기적 요소를 바탕으로 하는 소설은 그 바탕이 다르기 때문에 지향하는 방향이나 표현하는 방식이 달라지는 것은 당연한 일이다. 이러한 차별성을 전제하면서 접근하는 것이 그 대상에 대한 온당한 대접이라고 할 수 있다.

판소리의 영향권 속에서 이루어진 <춘향전>의 가장 대표적인 작품은 <옥중화(獄中花)>이다. 이해조는 이 작품을 자신이 개작한 작품으로 공개하였다. 이와 함께 <강상련(江上蓮)>, <연(燕)의 각(脚)>, <토(兎)의 간(肝)> 등의 작품을 써서 <옥중화>에서 이룬 서사 유형을 확대하기도 하였다. 이해조는 무엇인가 그 이전의 <춘향전>과는 다른 독자성을 부여하였기 때문에, 이 작업에 자신의 이름을 부여하였다고 할 수 있다. 창본의 구성을 달리 하고 배역을 앞에 제시하는 것만으로는 자신을 작자나 편자로 드러낼 수는 없는 것이기 때문이다. 그는 자신의 작품을 통하여 판소리 이전의 <춘향가>가 가지고 있는 '이야기적 성격의 회복'을 보여주었다.["이해조가 판소리 사설을 개작하면서 고소설의 형식을 취하고 있다는 것은 그가 소설가가 아니라 이야기꾼으로 기능한다는 것을 말해준다." 황혜진, 「춘향전 개작 텍스트의 서사 변형 연구」, 석사 학위논문, 서울대학교 대학원, 1997, 75쪽]

이야기는 그것이 전승될 만한 이유가 있어서 전승되는데, 그 이유로 흔히 흥미나 교훈, 효용 등을 거론한다. 여기에서 이해조가 선택한 이야기성은 자신이 표현한 대로 교훈적인 면의 확대라고 할 수 있다. 이해조의 이전 춘향가에 대한 비난이 '음탕함'으로 집중되었던 것, 그리고 <옥중화>에서 춘향의 열녀로서의 의젓함이 강조된 것은 이러한 태도에서 기인한 것이라고 할 수 있다.[<옥중화>의 광고문은 이러한 그의 개작 의식을 분명하게 드러내고 있다. "만고열녀 춘향의 사적은 세상에서 책과 노래로 전하였으나 책은 너무 간략하고 노래는 너무 음탕할 새 …." 이해조, <화의 혈> 뒷면의 광고문.] 이해조에게

있어 이야기의 교훈성 회복은 일면 바람직한 국가의 미래 청사진 제시와
도 연결되어 있다. 현장성에 기반하여 관객과 영합하는 판소리의 속성상
교훈적 성격에서 벗어나고 있는 <춘향전>의 방향은 결코 그가 생각하는
조선의 미래에 도움이 되지 않는다고 보았다. 자신이 처한 시대에 문사(文
士)로서 할 수 있는 일이란 <춘향전>이나 <심청전>의 이야기가 처음 나
타났을 때의 교훈적 의미를 되살림으로써 사회의 건강성에 기여하는 것이
라고 생각하였던 것이다. 춘향이 정절을 중시하는 방향으로 강화되고, 이
몽룡 또한 사회가 요구한 인물상에서 벗어나지 않는 등 <옥중화>는 전지
적(全知的) 이야기꾼의 손에서 교훈적 요소를 갖춘 이야기로 전환되었던 것
이다. 이해조는 '농부가'에도 "사회에 영수 되어 ~ 대장부의 일이로다"와
같은 가르침을 넣고서야 만족할 수 있었다.

　판소리와의 관련 속에 이루어진 소설이 교훈성을 띠고 나타나는 것은
이광수의 <일설 춘향전>[이 작품은 본래 동아일보에 연재되었는데, 1929년 한성도
서주식회사에서 단행본으로 발간하였다.]과 이청준의 '어린이를 위한 판소리' 연
작물에서 극명하게 드러난다. <일설 춘향전>은 소설의 첫부분에 서술자의
해설 없이 몽룡과 방자의 대화로 작품이 시작되는 것을 제외하고는 기존
완판 계열의 서사를 그대로 따르고 있다. 이광수가 초기에 <춘향전>에 대
하여 비판적 태도를 취했다는 점을 상기할 때, 이는 대단히 흥미로운 변화
라고 할 수 있다. 이청준은 <춘향전>을 <춘향이를 누가 말려>라는 이름
의 우화로 재현하였는데, 여기에서 두드러진 것은 재미와 교훈성으로 요약
될 수 있다. 그것이 어린이를 대상으로 하여 이루어진 것이기 때문에 나타
난 당연한 현상으로 볼 수도 있다. 그러나 이러한 이야기로의 회귀는 <옥
중화>에서 확인한 바와 같은 선상에 놓여 있어 흥미로운 일이다.[『춘향이를
누가 말려』, 파랑새, 1997. 이청준은 <남도 사람>, <서편제> 등을 통하여 판소리와 관
련된 작품들을 창작하였다. 어린이를 위한 것으로는 <춘향이를 누가 말려>, <심청이는

빽이 든든하다>, <놀부는 선생이 많다>, <토끼야 용궁에 벼슬 가자>, <옹고집이 기가 막혀> 등이 있는데, 여기에서 추구한 것은 바로 본질적 의미의 이야기성이라고 할 수 있다.]

현장성과 거리를 유지하고 있다는 점에서 긍정과 부정의 양면적 평가를 아울러 받고 있는 경판 계열의 <춘향전>에서는 판소리와의 연관 관계를 찾아보기 어렵다. 이는 이 계열의 <춘향전>이 판소리로의 변화 이전에 존재했던 춘향 이야기에 그 연원을 두었기 때문으로 보인다. 그런데 <옥중화>나 <일설 춘향전> 등은 판소리와의 긴밀한 연관성을 보이면서도 오히려 이야기적 성격 회복에 중점을 두었다는 점에서 경판 계열 <춘향전>과의 연관성도 생각해볼 수 있다.

이주홍(李周洪)의 <탈선 춘향전>[신구문화사, 1955]이나 김주영(金周榮)의 <외설 춘향전>[민음사, 1994]은 사실성과 현실성을 부여하려는 작가의 의도가 드러나면서 작품의 양도 확대되었다. <탈선 춘향전>은 이몽룡과 춘향이 기차역에서 이별하고, 스스로를 홍길동의 후예라고 하는 루팽이 등장하며, 사교 댄스에 마음이 빼앗긴 향단이 등장하는 등, 시간의 간격을 무시하며 사건이 진행하고 있다. 또한 <외설 춘향전>은 지리산의 춘향 잉태 기원과 함께 아버지인 성참판이 죽고, 이몽룡은 팔난봉꾼으로 형상화 되어 있다. 김주영은 시대만을 조선조에 놓아두고, 현대의 복잡다기(複雜多岐)한 인간사를 형상화해 놓았다. 이 두 작품은 판소리라는 음악적 장치를 전혀 의식하지 않고, 소설의 핍진(逼眞)한 구성에 치중함으로써, <춘향전> 패러디의 새로운 국면을 열었다고 할 수 있다.

최인훈은 <춘향뎐>에서 기존 <춘향전>을 새롭게 해석하고, 인간 평등이 실현되는 낙원을 제시하였다.[『최인훈 대표작 선집』, 도서출판 책세상, 1989] 이 작품은 옥중의 춘향이 꿈을 꾸는 장면부터 시작하여 해결되지 않는 현실을 벗어나기 위해 춘향이 야반도주를 하고, 결국에는 지리산에서 삶의 터전을 마련하는 것으로 결말을 이루고 있다. 이 작품에서 춘향은 처음에는 정절이데올로기에 함몰되어 있었지만, 이것마저도 초월하면서 현실을 등지고 만다. 또한 이몽룡의 구원자적 성격을 제거함으로써 인간적, 세속적 사랑을 중시하는 세태를 드러내고 있다. 당연히 힘든 현실을 벗어나 낙원을 찾고자 하는 두 사람의 앞에 그들 나름의 별세계가 펼쳐진다. 이는 관습화된 낙원 설화의 유형을 차용한 것인데, 그 낙원의 낙원다움은 <춘향전>의 발생부터 문제삼았던 인간 평등과 관련된다. 따라서 <춘향뎐>은 주제면에서 기존의 <춘향전>을 전승, 심화시킨 것으로 평가할 수 있다.[한 심마니가 그들로 추정되는 사람들을 만나고 돌아오는 길에 큰 산삼을 발견하는데, 이는 제도에 희생당한 춘향과 그 재생을 상징하고 있는 것으로 보인다. 이를 통하여 어디 하나 피할 길 없는 세계의 모습과, 절망하면서도 꿈을 잃지 않은 자아의 대결적 면모를 확인시키고 있다.] 이는 <춘향전>이 문제삼았던 현실이 지금 이 시대에도 여전히 해결되어야 할 과제로 남아 있음을 보여준다. 또한 작가는 환상과 현실을 아울러 보여주면서 춘향이 도망친 여자일 수 없다는 인상을 독자에게 주기도 하고, 심지어는 지리산에서 춘향과 같이 사는 남자가 이몽룡이 아닐 수 있다는 가능성까지도 열어두고 있다.

　판소리 <춘향가>를 바탕으로 하여 이루어진 개작 작품들은 이야기적 성격의 회복에 관심을 기울였고, 이는 결국 교훈성의 강조로 실현되었다. 이러한 교훈성의 강조를 통하여 작가들은 소설과 현실의 관련에 대한 일종의 메시지를 드러냈다고 할 수 있다. 이에 반하여 춘향 이야기, 또는 소설 <춘향전>에 바탕을 둔 작품들은 <춘향전>에서 표면적으로 드러났던 정절 등의 교훈적 요소를 단순한 장식 차원에서만 사용하고 있다. 여기에서는 오로지 춘향 현상이 이루어진 과정을 진지하게 탐색하고 제시함으로써 패러디를 뛰어넘는 현대소설 <춘향전>이 나타날 수 있었던 것이다.

오영수 소설의 설화 수용과 지향*

1. 머리말

우리의 소설사에서 오영수는 독특한 위치를 차지하고 있다. 오로지 단편
에만 매달려 소품과 같은 소설 세계를 펼쳐 보였고, 그래서 서정적이고 아
스라한 정경이 그의 작품 속에서는 드러나고 있다. 이러한 모습 때문에 산
문정신이 치열하지 못하다는 평가를 받기도 하지만, 이는 그만큼 우리의
소설 세계를 확장시키고 그 깊이를 더하였다는 의미를 갖는 것이기도 하다.

오영수가 주로 산과 바다를 배경으로 하는 작품을 쓰고, 작품을 이끌어
가는 제재로 낚시질을 즐겨 사용한 것은 그의 생활이 그러한 배경과 제재
에 밀접하게 연관되었기 때문이다. 작품이란 그렇게 작가의 생활과 사고를
반영하고 있다. 이러한 배경, 제재와 함께 우리의 관심을 끄는 것은 그가
즐겨 설화를 끌어들이고, 그 설화를 소설 속에 용해시켰다는 점이다. 몇 작
품들은 아예 설화를 직접 제시하고, 그 설화가 현대에 어떻게 다시 살아나
고 있는가를 보여주기도 한다. 또 설화를 숨긴 채 현재의 이야기만 제시함

---

* 『고전문학과교육』 19(한국고전문학교육학회, 2000.2)에 실린 글을 정리하였다.

으로써 몽환(夢幻)과 동심(童心)의 세계로 이끌기도 한다.

그의 소설 속에 등장하는 설화는 설화 그 자체로서 작품을 이루는 경우, 설화와 이를 바탕으로 하는 또 하나의 세계를 병치(並置)하는 경우, 그리고 설화는 작품 속에 드러나지 않게 하고 다만 숨겨져 있는 설화를 바탕으로 하여 이루어지는 현대의 이야기만 제시하는 경우로 나누어볼 수 있다. 이 것이 그가 본래 의도한 결과인지 알 수는 없지만, 그가 소설의 바탕을 이루고 있는 설화의 세계에 대하여 깊은 관심을 보였다는 점은 여기에서 분명하게 드러난다.

그가 즐겨 소설 속에서 언급하고 있는 설화는 주로 전설(傳說)과 민담(民譚)에 관련된 것들이다. 전설은 그 속성상 우리에게 그 이야기가 결코 헛된 꿈이 아니라는 증거를 강하게 드러내고 있다. 그렇지만 그 증거라는 것은 얼마든지 무시될 수 있을 만큼 사소한 것이 대부분이다. 그런 점에서는 신화(神話)처럼 장대하지 않고, 또 민담처럼 우직하지도 않다. 어쩔 수 없이 이루어지는 일들에 대하여 그냥 입을 벌리고 놀라는 소시민의 모습이 전설에서는 드러나는 것이다. 그 놀라움마저도 다른 사람에게는 하찮은 것이 될 수 있는 것들이 대부분이다.

오영수는 그런 전설의 세계를 기반으로 하는 작품들을 우리에게 남겨주었다. 그렇기 때문에 우리들이 별로 관심을 기울이지 않는 것들에 대하여 섬세한 접근을 시도할 수 있었다. 전설이라는 것이 본래 그렇기 때문이다. 그의 작품 세계가 작가의 주변에서 멀리 떨어지지 않은 채 중심부를 바라보며 뱅뱅 돌고 있고, 또 그래서 일정한 정도의 절제를 유지하고 있는 것은 그가 끌어들인 설화적 세계에서 기인하는 것으로 볼 수도 있다. 또한 소박성과 우직한 희망을 보여주는 작품들을 남겨 주었는데, 이 작품들은 민담적 가능성을 기반으로 하여 이루어졌다는 점에서 주목할 만하다. 거창한 가능성과 활기찬 미래는 아니지만, 주어진 현실 속에서 행복을 추구하

는 모습은 비극적이고 담박한 그의 주된 경향에서 볼 때 이색적이라고 할
수 있기 때문이다.

이런 관점으로 보게 되면 지금까지 오영수의 작품세계로 언급되었던 토
속성과 리얼리즘에서 벗어나 있는 작품들이 새로운 조명을 받을 수 있다.
그의 작품이 대부분 설화와의 관련 속에서 서술되었지만 설화적 구성에
대한 조명은 별로 이루어지지 않았기 때문이다. '토속성이나 리얼리즘' 자
체도 작품을 바라보는 평론의 시각에서 재단된 것이라고 할 수 있다. 따라
서 설화와의 관련성 속에서 그의 작품을 바라보는 것이야말로 그가 택한
구성방식에 입각하여 작품에 접근한다는 것을 의미한다. 당연한 결과로 세
계를 변혁시키고자 하는 가열찬 의지나 또 하나의 이상향을 선보이는 것
은 설화적 세계를 기반으로 하여 출발하는 그의 작품에서 찾지 않아도 된
다. 그가 출발한 관점과 다른 방향에서 그의 작품을 보면서 비판하는 것은
연구자의 관점을 강요하는 것으로도 볼 수 있기 때문이다.

그가 그린 세계는 하찮은 일상사나 개인적인 취향이라고 치부할 수 있지
만, 또 다른 시각으로 보면 그것이야말로 우리를 우리답게 하는 진실한 모
습이라고 할 수 있다. 세상이란, 그리고 세상에서 벌어지는 일이란 그렇게
요란하거나 거창한 것만으로 채워지는 것은 아니기 때문이다. 거시적 시각
에 함몰되어 지나쳤던 우리의 인정과 요모조모한 일상사가 훌륭한 이야깃
거리의 하나라는 사실을 오영수는 설화와의 관련 속에서 새삼 일깨워주었
다고 할 수 있다. 이처럼 설화와의 관계 속에서 그의 작품을 바라보는 것
은, 작지만 오묘할 수 있다는 그의 지향을 확인하는 실마리가 될 수 있다.

2. 소설의 설화적 기반

소설이 설화를 기반으로 하여 이루어진다는 점은 너무도 당연한 사실이기에 하나마나한 말이다. 구비문학시대의 설화는 기록문학 시대의 소설에 그 서사의 흐름을 넘겨주었기 때문이다. 그런 점에서 설화와 소설은 서사라는 공통 자질을 가지면서, 다만 말과 문자라는 표현 수단을 달리하고 있는 문학 형태라고 할 수 있는 것이다. 그러나 표현 수단이 달라지면 그 그릇에 담기는 내용도 변화되기 마련이다. 더구나 집단적 향유의 구비문학과 개성의 추구를 지향하는 소설이 공통 기반만을 가질 수는 없다. 그래서 설화와 소설은 별개의 것인 양 서로의 길을 걸어갔고, 그에 대한 접근도 서로 다른 것만을 고수하게 되었다. 한쪽은 고전문학의 영역으로, 그리고 또 한쪽은 상당한 정도 현대문학 연구의 대상이 되었다.

그러나 설화가 서사의 흐름을 소설에게 넘겨주었다 하여 그 수명을 다한 것은 아니다. 설화는 소설과 함께 지금도 그 왕성한 생명력을 과시하고 있고, 끊임없이 서사의 경계를 넓혀가고 있기 때문이다. 설화의 관점에서 본다면 소설의 작자는 현대의 이야기꾼이며, 설화는 기록문학의 영역에서 살아가기 위하여 소설이라는 영역을 개척한 것으로 볼 수 있는 것이다. 이 지점에서 우리는 설화와 소설의 관계를 점검할 수 있는 가능성을 발견하게 된다.

설화는 흔히 신화와 전설, 민담으로 구분한다. 물론 개별적인 이야기로 들어가면 그 경계가 모호해질 수밖에 없지만, 이는 모든 이론 체계가 갖는 운명이라고 할 수 있다. 체계는 항상 현상의 설명을 위하여 후속(後續)되는 작업이고, 그 작업이 이루어지는 순간 현상은 새로운 환경에 적응하기 위하여 그 모습을 달리하는 것이 세상의 진실한 모습이기 때문이다. 변화와 적응이야말로 문학을 살아있는 존재가 되게 한다는 점에서 이러한 일탈(逸脫)은 오히려 당연한 현상이라고 할 수 있다.

신화는 신성한 존재에 대하여 이의(異意) 없이 숭앙(崇仰)을 보이는 이야기라고 할 수 있다. 나라나 집안을 일으키면서 나타나는 신이(神異)한 일에 대하여 무한한 신뢰와 경배를 보이는 것은 그 소속된 집단의 구성원이 가지는 당연한 의식이라고 할 수 있다. 이러한 신뢰와 숭앙에 대하여 회의(懷疑)를 가지면서 나타나는 장르가 전설이라고 할 수 있다. 그런 점에서 보면 전설은 신성적 세계에 대한 인간적 자각이 이루어지면서 나타난 형태라고 할 수 있다. 숭앙의 대상이 인간의 관점으로 보게 되니 '지렁이'도 되고, 또 퇴치하여야 하는 괴물로 판명되기도 하는 것이다.[『삼국유사』의 견훤 탄생 설화는 견훤을 지렁이의 아들이며, 테세우스에게 죽음을 당한 미노타우로스는 반인반우(半人半牛)의 괴물이다.] 숭앙의 감정이 무너지는 데서 느끼는 허무와 놀라움이 전설의 기반이 되었던 것이다. 민담은 성장과 가능성을 기반으로 하여 이루어진 이야기이다. 그래서 그 전개는 간난(艱難)을 제거하면서 밝은 미래로 나가는 것이 일반적이다. 그리고 그 나가는 길에 거추장스러운 것은 아예 무시하거나 제거하기 때문에, 사회가 요구하는 관례나 도덕의 관점으로 접근하는 것이 부질없음을 보여주기도 한다. 그래서 현실을 책임지고 있는 세대의 어른이 미래의 세대인 어린 아이에게 존경을 받는 것이 아니라 조롱의 대상으로 전락하는 것은 민담에서 항용 볼 수 있는 모습이다.

설화가 이런 세 가지 형태로 이루어졌다고 한다면, 기록문학 시대의 설화인 소설은 이 세 가지 형태를 기반으로 하여 이루어졌다고 할 수 있을 것이다. 그래서 <유충렬전>은 주로 신화를 기반으로 하여 이루어졌고, 『금오신화』의 다섯 작품은 전설을 기반으로 하여 이루어졌다. 또한 <춘향

전>은 민담을 기반으로 하여 이루어졌다고 할 수 있는 것이다. <유충렬전>과 같은 영웅소설이 주로 가문(家門)의 회복을 지향하는 것은 신화가 국가나 가문의 창시를 드러내는 것과 유사한 사고를 반영한다. 또한『금오신화』의 작품에 등장하는 죽음이나 꿈은 전설에 등장하는 원귀(冤鬼)나 몽유(夢遊)의 소설적 변형이라고 할 수 있다. 전설을 기반으로 하여 이루어진 소설이 비극적 결말로 귀결되는 것 또한 전설을 받아들이면서 나타나는 필연적 현상이라고 할 수 있다. <춘향전>은 당대의 사회가 굳건한 사회 유지의 수단으로 채택하였던 신분제도의 문제성을 건드리고 있는 소설이다. 같은 신분끼리만 통혼(通婚)을 하는 것이 요구되는 상황에서 이를 뛰어넘는 문제를 제기하고 있기 때문이다. 그리고 무모(無謀)할 수 있는 그런 시도가 해피엔딩으로 귀결되는 것은 민담이 가지고 있는 인간 본위적 사고에서 볼 때 당연한 것이라고 할 수 있다. 민담을 바탕으로 하여 이루어진 소설은 기존의 권위나 이념을 파괴하는 방향으로 진행되기 마련이다. 어른의 관점에서 본다면 대단할 수 있는 성적 방탕이나 호탕한 낭비 등이 아무런 회의 없이 나타나는 것은 그 스토리가 충족을 지향한다는 민담 귀결의 대전제 위에서 이루어지기 때문이다.

오영수의 소설에서 많이 발견되는 것은 전설을 기반으로 하여 이루어지는 이야기이다. 전설의 전형적인 모습은 그 이야기가 가지고 있는 비극성과 그 증거의 보유에 있다고 할 수 있다. 누구에게나 나타날 수 있는 비극성이 결코 꿈속에서 이루어진 것이 아니라 실제 있었던 것이라는 사실을 보여주는 것이 구체적인 증거물이다. 그래서 그 증거를 보면서 이야기가 가지고 있는 깊이 속에 빠져들게 되는 것이다. 전설의 비극성과 증거가 결코 멀리 떨어진 것이 아니라는 점을 깨닫게 되었을 때 느끼는 감정의 기복(起伏)은 전설이 노리는 중요한 미적 현상인 것이다.

3. 오영수 소설의 설화 수용 양상

오영수의 소설에서 설화가 드러나는 방식은 앞에서 언급한 바와 같이 중요 제재의 하나로 설화의 모습을 표면에 드러내는 경우와 설화를 바탕으로 한 현실 세계의 모습을 병치(並置)하는 경우, 그리고 현대의 이야기로 제시되어 있지만 그 이야기를 가능하게 하는 설화를 내면에 감추고 있는 경우로 구분하여 생각할 수 있다. 세 번째의 경우는 대부분의 현대 소설가가 사용하는 방법이기 때문에 논외(論外)로 하고, 여기에서는 앞의 두 가지 방식을 대상으로 하여 작품의 실상에 접근하고자 한다.

설화와 관련된 작품들은 설화를 기반으로 하고 있다는 증거물을 전면에 내세우고 있다. 그래서 그 증거물은 이미 흘러간 과거가 아니라, 현재를 제약하는 멍에로서의 기능을 확보하고 있는 것이다. 고무신, 비오리, 머루, 고개, 비파와 산호물부리는 이러한 증거물로서의 역할을 담당하고 있다. 특히 작가는 수련과 실걸이꽃, 소쩍새가 어떻게 나타나게 되었는가를 보여줌으로써 사물설명전설이 구연되고 향유되던 옛 모습을 재현하고 있다.

<고무신>[『오영수 대표 단편 선집』, 책세상, 1989]의 첫머리는 "보리밭 이랑에 모이를 줍는 낮닭 울음만이 이따금씩 들려오는 고요한 이 마을에도 올봄 접어들어 안타까운 이별이 있었다."로 시작된다. 이 작품은 '안타까운 이별'의 이야기이고, 그 이야기가 결코 지어낸 허구가 아니라 실제 존재했던 것임을 제목인 '고무신'을 통하여 증명하고 있는 것이다. 그렇게 해서 귀환 동포들이 모여 사는 '무료에 지친' 산기슭 마을에 흘러든 엿장수와 식모살이를 하고 있는 남이의 애틋한 이야기를 서술하고 있다. 전후(戰後)

에는 어느 누구도 유복하고 풍족한 삶을 누리지 못했지만 그래도 사람 사는 모습은 지속되고 있었다. 그들은 험난한 환경 속에서도 서로 사랑을 키워가고, 또 인연을 만들어갔던 것이다.

남이가 아끼던 옥색 고무신을 아이들이 엿으로 바꿔 먹으면서 엿장수와 남이의 애틋한 마음의 교감(交感)은 시작된다. 몰래 옥색 고무신을 사주었던 엿장수의 풋풋함과 처음으로 맞게 된 사랑을 소중하게 간직하고자 하는 남이의 결연은 그러나 시집을 보내기 위하여 아버지가 등장하면서 아무 일도 없었던 듯 사라질 수밖에 없게 된다. 이리저리 핑계를 대면서 미루어보지만, 따라갈 수밖에 없는 사정이라 남이는 시간을 끌면서 엿장수를 기다리고, 그리고 억지로 엿을 사서 아이들에게 나누어준다. 그러나 그것으로 모든 것은 끝난다. 엿장수는 남이를 붙들 힘이 없고, 또 남이는 아버지를 거역할 수 있는 용기가 없었기 때문이다.

그래서 아버지로 대표되는 세계의 권위는 남이나 엿장수의 실낱같은 싹을 짓밟고 지나갔다. 그런데 모든 것이 끝난 것 같았지만, 그들은 그 과거가 결코 없었던 것이 아님을 몰래 증명하고 있었다. 남이에게는 엿장수가 돌려준 옥색 고무신이 있고, 또 엿장수에게는 섬광(閃光)처럼 자신의 마음을 흔든 남이와의 추억이 남아 있는 것이다. 남이의 '저고리 앞섶에 붙어 가슴패기로 기어오르는' 벌을 붙잡느라 넘어졌던 엿장수, 그리고 그 벌에 쏘인 모습을 보며 깔깔대던 남이의 송곳니를 무척 예쁘게 보았던 엿장수 ― 아무도 알 수 없는 비밀이지만, 그 둘은 '고무신'이라는 구체적 물증을 보여주면서 자신들의 은밀한 교감을 현실화하고 있는 것이다. 남이가 꽃놀이 가는 줄로 알았던 곳은 다른 곳이 아닌 바로 그 '자지내 골짜기'이고, 또 남이가 가는 모습을 엿장수가 안타깝게 바라보고 있는 곳은 '울음고개'였다. 이런 지명들은 전설이 다루고 있는 가장 보편적인 현상에서 유래한 것이라고 할 수 있다. 그것들은 방해하는 다른 사람을 제쳐두고 은밀하게 이루어진 두 사람의 비밀스런 만남과 이별을 증언하고 있기 때문이다. 울음고개 위에 서 있는 엿장수와 아버지를 따라가고 있는 남이의 모습이 이 작품의 결말인데, 유난히 '옥색 고무신'이 클로즈업되는 까닭이 여기에 있는 것이다.

> 다만 한 가지 철수 내외에게 수수께끼는 마을 중턱에서 남이를 보내고 서서 그 뒷모양을 바라보는데, 남이가 어이한 옥색 고무신을 신고 가는 것이다. 더구나 한 번도 신지 않은 새 것을……
> 철수 내외는 서로 얼굴만 쳐다볼 뿐 도로 물어본달 수도 없고 해서 그만두었다. 보리밭 사이 조그만 언덕배기로 옥색 고무신을 신은 남이는 갔다. 자지내 골짜기로 꽃놀음을 가는 줄만 알았던 남이가 난데없는 영감 하나를 따라가고 있는 광경을 엿장수는 울음고개 위에서 멀거니 바라보고 있는 것을 남이 자신이야 알 리도 없었다.(27쪽)

이러한 전설적 형상화의 모습은 <머루>[『오영수 대표 단편 선집』, 책세상, 1989]에서도 나타난다. "일찍 둔 맏딸이 경풍에 죽고, 다음 맏아들은 해방한 해 전에 일본서 뼈가 나왔다. 여섯 살 먹은 석이와 젖먹이 연이를 안고 마흔둘에 과부가 되었던" 석이 엄마는 석이와 연이를 키우면서 과거를 옛날 이야기할 정도로 행복한 미래를 꿈꾸고 있었다. 건실하게 큰 석이는 집안을 책임졌고, 그리고 옆집의 분이와 미래를 약속하였다. 연이도 사랑스럽게 커 주었다.

열심히 노력하여 송아지를 사고, 봄이면 분이와 혼례를 치를 예정이었지만, 그러나 '인민공화국 수립을 위해서 투쟁하는 빨치산'이 들어오면서 그들이 가지고 있던 소박한 꿈은 산산이 부서졌다. 분이 아버지는 도망하다 총에 맞아 죽고, 그리고 석이 엄마는 끌려가는 송아지를 붙잡으며 막아서다 내리치는 총자루에 맞아 죽었다. 그리고 분이네는 그 마을을 떠나고, 분이는 그 좋아하는 '머루철에는 꼭 온다'면서 어머니와 함께 떠났다.

그러나 떠나간 곳이라고 안전할 리 없을 것이다. 그래서 그들의 귀환은 그저 헛된 바람이라고 할 수 있는 것이다. 그렇게 그들이 가지고 있던 기쁨과 사랑, 그리고 희망은 사라지는 것처럼 보였다. 그러나 겨울이 가고 여름이 가고, 또 가을이 짙어 '고므재 층듬에는 올해사 말고 머루가 탐스럽게 달렸고', 탐스럽게 익은 머루 알알에는 그리워하는 분이와 떠나간 사람들의 얼굴이 하나씩 하나씩 박혀 다시 그 모습을 드러내고 있다. 그리워하는 얼굴들이 선명하게 박혀 있는 머루가 있는 한, 그들이 가지고 있던 과거는 결코 사라지지 않게 되었던 것이다.

<비오리>의 끝부분에는 "비오리는 이 지방에만 있는 새라고는 하나 학명 기타에 대해서는 책임을 질 수 없다."고 쓰여 있다. 그 한자음을 '석춘조(惜春鳥)'라고 썼으니, '봄을 아쉬워 하는 새' 정도로 생각할 수 있을 것이다. 그러나 이렇게 구체적인 증거를 들이대는 것 자체가 사실은 뭔가 의심을 살 만한 요소가 있기 때문이라고 할 수 있다. 1950년 발표된 <머루>에서 애달픈 모습으로 우리에게 남겨졌던 '석이'와 '머루'가 1955년 발표된 이 작품에서 다시 등장하는 것 자체가 사실은 작가의 전설적 증거물에 대한 집착과 관련된다고 할 수 있다. 아마도 이 두 단어는 오랫동안 작가의 뇌리(腦裏)를 맴돌고 있던 상념으로 보아 무방할 것이다.

<비오리>는 미모와 재력을 가진 아내와 건실한 삶을 꾸리고 싶은 남편의 갈등을 그린 작품이다. 섭은 아내인 경의 행동이 못마땅했지만 가정을 지켜나가기 위하여 꾹 참고 지낸다. 그러나 아들 석을 낳고서도 생활이 전혀 변하지 않자, 섭은 아들을 데리고 시골 학교로 전근을 간다. 그런데 그곳에서 생활을 보살펴주고 있는 산지기의 딸 순이는 그를 아이 딸린 홀아비로 알고 은근히 호감을 가지고 있다. 그래서 더욱 아내가 생활 태도를 바꾸고 시골로 합류하기를 바라고 있는 것이다.

여기에서 '비오리'는 '진달래가 질 무렵, 봄이 가는 것이 안타까워서 밤

에만 우는 새'로 설명하고 있다. 그런데 작품 후반에서 아내가 남편과 아들을 보러 왔다가 다시 돌아설 때 비오리가 자꾸 울어대는 것으로 보아, 비오리는 바로 젊음이 가는 것을 신경질적으로 안타까워하는 아내의 투사(投射)로 볼 수 있을 것이다.

자존심을 내세우는 두 사람의 성격상 그들의 감정은 평행선을 그으면서 진행될 것이다. 그리고 무엇보다도 '밤에만 우는 비오리'가 아내로 표상된 것처럼, 둘의 결합은 이루어지지 않을 것이다. 그래서 밤마다 우는 비오리의 울음소리를 들으며 아내를 생각하게 될 것이다. 그것이 비오리라는 전설적 증거를 채택한 작가의 비극적 선택인 것이다. 왜냐하면 전설의 속성상 남편의 행동이나 사고는 합리적 수준이라는 것을 전제하고 있고, 그 합리성이 이해할 수 없는 돌출성과 만나 '놀라고 파탄을 일으키는' 것이 바로 전설적 구성이기 때문이다.

<고개>는 올라가는 데 오리, 내려가는 데 오리가 걸린다 하여 십리 고개로 붙여진 고개 마루에 거처하는 한 할머니의 과거와 현재를 그리고 있는 작품이다. 길손과 장꾼들에게 밀주(密酒)를 만들어 파는 할머니의 과거는 한 나그네가 등장하면서 솔솔이 풀어헤쳐진다. 얼굴이 험상궂게 생긴 그 나그네를 본 순간 할머니는 먼 옛날의 악몽 같았던 일을 떠올린다. 나그네는 이 할머니가 자신의 계모라는 사실을 모른 채 자신의 지난날을 회상한다. 그리고 그는 다음날 감옥에 들어가기 전에 계모를 만날 수 있을까 하는 기대를 가지고 이곳에 온 것이라고 말한다.

그 나그네는 죽이고 싶도록 자신의 아버지가 미워 목 졸라 죽였고, 계모는 그런 자신을 다른 사람들이 알아채지 않도록 숨긴 뒤 몰래 도망가게 하였다는 것이다. 그런 모습을 생각하면서 사내는 그 계모도 자신의 아버지를 죽이고 싶을 정도로 미워했을 것이라고 말한다. 사내가 살인을 저지르도록 만든 것은 아버지였지만, 아버지를 죽였을 때 마지막으로 자신의 이

름을 부르던 아버지의 목소리와 자신이 돌보지 못하여 죽어가는 아들의
목소리가 자꾸만 생각이 나서 그 현장에 다시 찾아왔던 것이다. 사나이는
그 이튿날 경찰에게 붙잡혀 갔고, 할머니는 백일기도를 작정하고 상계사로
들어갔다는 것이 이 작품의 결말이다. 따라서 이 작품은 고개가 안고 있는
둘만의 사연을, 알지 못하는 독자에게 전달하기 위하여 쓰인 것으로 볼 수
있다. 이는 바로 설화가 갖는 중요한 기능과 상통하는 것이다. '고개'는 그
냥 스쳐 지나가면 없어질 수밖에 없었던 일들이, 그래도 의미 있는 하나의
진실이었음을 보여주는 전설적 증거물로서의 역할을 하고 있는 것이다.

　<비파>[『오영수 전집』 3, 현대서적, 1968]와 <산호물부리>[『오영수 소설집 황
혼』, 창작과비평사, 1977]는 하숙집에서 만났던 미요[美代]라는 소녀와 근엄한
이조(李朝)의 모습으로 남아 있는 조부(祖父)를 연상하게 하는 증거물로서의
기능을 가지고 있는 사물이다. 비파의 살갗에 마치 입김처럼 서린 솜털은
예외 없이 미요의 귓불을 생각하게 하고, 또 윤이 자르르 흐르는 옥물부리
는 그것을 물고 있었던 조부를 떠올리게 하는 것이다. 그래서 증거물로 사
용된 비파와 산호물부리는 어디에나 존재하는 일반명사로서의 사물이 아
니라, 특정한 시간과 공간 그리고 인물과 결합하여 윤기(潤氣)를 머금은 특
별한 대상으로 변모한다. 그런 전설적 증거물을 소품으로 제시한 것이 이
들 작품이라고 할 수 있다.

　오영수가 전설적 기반을 구체적으로 드러낸 작품으로 <수련>과 <실걸
이꽃>이 있다. 이 두 작품은 두 꽃의 형성 전설을 작품 속에 구체적으로
제시하고, 그 전설의 세계를 현실 속에서 재현하고 있다는 점에서 오영수
의 설화에 대한 이해를 잘 보여주는 작품으로 평가할 수 있다.

　낚시를 좋아하는 B라는 남자가 교문리 장자늪 낚시터에서 우연히 정옥
이라는 젊은 여자 낚시꾼과 만나게 된다. 그 만나는 장소가 전국적으로 널
리 퍼져 있는 <장자못 전설>을 바탕으로 하여 이루어진 낚시터라는 점에

서, 이 장소는 이미 전설과 깊은 관련을 맺고 있다. 별로 인정하고 싶지는 않지만, 운명과 같은 주변의 상황 변화에서 전설의 비극성을 진하게 보여 주고 있기 때문이다. 마치 전설이 그러한 것처럼 여기서 처음 만난 정옥과 B는 매주 일요일 혹은 토요일마다 만나 소박한 정을 나누게 된다. 그러면 서 가난 때문에 치근덕거리는 남자를 피해 이곳에 머물게 된 사연을 알게 된다. 그러나 그런 정옥의 문제를 해결할 능력이 없기 때문에 속만 썩이다 헤어지는데, 여기에서 그러한 구성이 이루어진 것은 이미 수련의 전설에서 예견되었던 것이다. 작품 속에서 설명하고 있는 수련의 전설은 이러하다.

원래 수련은 꽃이 홍, 백 두 종류인데 낮에는 폈다가 밤에는 꽃잎을 닫고 잠을 자기 때문에 수련이라고 전해 온다.

옛날, 중국 산서에 퍽 연을 사랑하는 선비가 있었다. 이 선비의 하는 일은 앞 연못에 핀 수련을 바라보면서 시를 읊거나, 현금을 뜯는 것이었다.

어느 날 낮 꿈에 한 수련 꽃 속에서 그림 같은 소년이 고개를 내밀고 좀 떨어져 있는 붉은 꽃에다 대고 손짓 눈짓을 하고는 숨어버렸다. 다음날 꿈 에는 붉은 꽃 속에서 역시 그림 같은 소녀가 얼굴을 내밀고 방긋이 웃으면 서 전날의 흰 꽃에다 대고 손짓을 하고는 숨어버렸다. 참 이상했다. 선비가 잠을 깨어보니 수면에는 잠자리만 한가로이 날고 있을 뿐이었다.

다음날도 선비는 애써 꿈을 꾸었다. 두 소년 소녀가 나타나 서로 손을 잡 고 물 위를 미끄러지듯 춤을 추었다. 선비는 그 춤이 하도 아름다워서 현금 을 뜯었다. 소년 소녀도 더욱 흥겹게 춤을 추고 선비는 정신없이 현금을 뜯 기만 했다.

그런데 이렇게 매일 꿈을 꾸다가 깨어보면 흰 꽃과 붉은 꽃이 조금씩 사 이가 가까워지는 것이었다. 선비는 무슨 생각에서인지 두 꽃 사이를 전대로 떼어놓고 흰 꽃잎을 하나 따버렸다. 다음날 소년은 팔소매 없는 옷을 입고 못내 부끄러워하면서 소녀의 시선을 피했다.

며칠 뒤에 꽃은 저버리고 말았다. 선비는 슬퍼하면서 몹시 후회를 했다. 그러나 이렇게 중얼거렸다.―두 꽃이 합쳐버리면 아무리 현금을 뜯어도 다 시는 춤을 추지 않았을 것이다―라고 이 이야기를 들은 정옥은 "참 재미있는 얘기군요. 애급(埃及) 국화라죠. 꽃말은 환상(幻想)이든가? 순결(純潔)이든가?……"라고 말함으로써, B와 자신에게 펼쳐질 미래를 암시하고 있다. 그들 둘 사이는 전설의 소년 소녀가 그러하고, 또 환상이라는 꽃말이 그러한 것처럼 숙명적인 이별이 전제되어 있는 것이다. 전설 속의 소년과 소녀가 선비의 꿈을 매개로 하여 가까워졌던 것처럼, B와 정옥은 낚시를 통하여 만남을 지속할 수 있었다. 그러나 소년 소녀의 만남이 꿈속에서만 존재하는 것처럼, 낚시터를 떠나면 그들의 만남도 의미를 상실한다. 낚시터는 생활의 터전이 아니기 때문이다. 그래서 둘의 만남은 수련의 꽃말처럼 순결을 간직한 채 추억의 대상으로 사라지는 것이다.

그들이 만드는 추억의 경험은 우장(雨裝)한 채 소나기를 피하거나 정옥을 업고 개울을 건너기도 하면서 한여름 내내 계속된다. 그러나 어느 날 정옥은 쪽지를 남겨두고 떠나버렸고, 쪽지를 맡은 주인 영감은 그것을 잃어버렸노라고 하였다. 이 쪽지의 상실은 마치 수련의 꿈속에서 팔을 잃은 소년의 모습과도 같다. 그것은 그들의 이별을 전제하는 것이기 때문이다. 그 쪽지 속에는 아마도 둘의 만남을 위한 약속이 들어있을 것이다. 그러나 그 쪽지를 받았다면, 그래서 그 약속대로 그 둘이 만났다면 이 작품은 수련의 전설이 될 수 없다. 그들은 소년처럼 팔을 잃고 슬픈 춤을 추면서 환상을 안고 살아가야 할 운명을 지녔기 때문에, 쪽지의 분실은 필연적인 귀결이라고 할 수 있다.[두 남녀의 만남과 연관되는 존재로 '뱀', '잠자리', '방아깨비' 등이 나타난다. 그런데 이것들은 모두 여인이 남겨준 '쪽지'와 같이 상실을 드러내고 있다는 점에서, 둘 사이에 일어난 사건을 전설화하는 데 기여하고 있다.]

세상이란 그런 것이다. 그렇게 추억으로 남겨진 과거로 점철(點綴)되어 있는 것이 우리의 현재인지 모르는 것이다. 그렇게 끝나고, 그리고 다른 일이 앞에 나서면서 앞에 있었던 일들은 또 과거의 흔적으로만 남는 것이다.

아무 것도 아닌 것처럼 과거를 추억하다가 드디어는 망각 속으로 그것을 흘려보내는 것이 우리의 삶이라고 할 수 있다.

그러나 그렇게 쉽게 흘려보낼 수 없이 진한 모습으로 남는 과거도 있을 것이고, 그래서 그것은 현재의 생활까지 제약하는 경우도 있을 것이다. '수련이 지고 또 필 때'마다 장자늪 낚시터를 찾는 B에게 있어 정옥과의 만남은 그런 과거였다. 그런 과거 하나쯤 가지는 사람이 있어야 우리의 삶은 보다 풍족해질 것이다. 악착스럽게 현실의 이익만을 추구하는 삶 속에 있다가 그가 남긴 낚싯대를 꺼내보고, 또 수련을 보면서 그 꽃 속에서 과거를 잊지 못하는 것이야말로 우리의 '순결'한 원시의 모습일 것이기 때문이다.

<실걸이꽃>[『오영수전집』 5, 현대서적, 1968]은 제주도의 산야에 피는 실걸이꽃의 전설을 바탕으로 하여 이루어진 작품이다. 억센 가시가 마치 낚시처럼 날카로워 옷자락에 닿기만 하면 절대 놓을 것 같지 않아 보이는 꽃이다. 그 꽃에 관한 전설이 이 작품에는 다음과 같이 소개되어 있다.

옛날 어느 외로운 바닷가 마을에 젊은 과부가 살았다. 좋은 재취자리가 있으나 입성이 없었다. 그래서 이 과부는 푼푼이 모은 돈을 가지고 대처로 나가 옷감을 사가지고 돌아오게 됐다. 그런데 과부가 사는 마을을 눈앞에 두고 갑자기 일어난 풍랑에 배가 기우뚱거리자 그 천 보따리를 그만 물속에 빠뜨려버렸다. 보따리를 건지려고 이 과부도 물속으로 뛰어들었다.

그러나 다시는 과부도 보따리도 떠오르지 않았다. 그래서 사람들은 이 과부의 넋이 실걸이꽃이 돼서 낚시 바늘 같은 가시를 달고 사람만 얼씬하면 옷을 걸어 당기고 한 번 걸면 가시가 부러지기 전에는 놓아주지 않는다고 생각하게 되었다.

실걸이꽃이 가지고 있는 강인함과 집념은 이 작품 속에서 별로 기능적으로 작용하는 것 같지 않다. 고등학교 교사 시절의 제자였던 해연(海燕)이 제주도로 '그'를 불렀고, 그래서 꿈같은 며칠을 보낸 뒤 다시 출발점인 서울로 돌아오면서 작품은 끝나고 있기 때문이다. 순수하고 풋풋한 사과의 향처럼 애잔한 모습이 이 작품의 분위기를 형성하고 있을 뿐이다. 그러나 이렇게 저렇게 핑계를 대면서 '그'를 머물게 하는 해연이 "물귀신이 아니라 실걸이꽃이죠." 하면서, 그 순수함 속에 감춘 집착과 한은 실걸이꽃의 강인함과 집념을 충분히 보여주고 있다. 다만 그것이 내면화되어 표출되지 않고 있을 뿐인 것이다.

실걸이꽃의 전설을 들어 알게 된 뒤, 그는 해연의 자신을 향한 마음의 깊이를 알게 된다. 그러나 그런 '감춤'이 베일을 벗고 드러난다면, 그것은 이미 전설로서의 성격을 상실하게 된다. 그래서 언젠가 그 끝을 알 수 없게 되었을 때, 그 흔적을 찾게 하는 실마리로서의 역할만을 담당하게 하고 있다. 해연은 자신의 소망이 현실로 이루어진다면, "그렇지만 그렇게 되면 전설이 못되잖아요? 못되기 보담 전설성이 없잖아요?"라고 말하고 있어 그 전설적 비극성을 예감하고 있는 것이다. 그도 또한 소중한 전설로 간직하기 위하여 다시 출발점으로 돌아가는 비행기를 타는 것이다.

그러나 그것으로 모든 것이 끝나지 않을 것임을 그들은 잘 알고 있을 것이다. 언젠가 다시 활화산처럼 타오르는 그런 때를 대비하고 있는 것이 전설적 증거물이기 때문이다. 그래서 결말은 자아의 분리로 끝맺고 있다. "비행기는 지금 서울을 향해 북으로 날고 있다. 그러나 그의 마음 한 가닥은 실걸이꽃 가시에 걸려 마치 고치에서 실이 뽑히듯 반대쪽으로만 풀려가고 있었다."

<소쩍새>[『오영수전집』 4, 현대서적, 1968]는 새와 꽃 모두를 전설로서의 기능을 보여주는 소재로 삼고 있는 작품이다. 어려웠던 시절에는 배가 고파 죽는 사람도 많았다. 그래서 살기 위하여 자신의 육신 하나 얼마든지 버릴 준비가 되어 있었던 것이 그 시절을 살아가는 사람들의 마음가짐이기도 하였다.

돌이엄마는 어렸을 때에 어느 양반 댁의 종으로 들어가는 엄마를 따라가
서 살았다. 젊은 어머니는 그러나 주인영감의 유혹에 빠져서 한두 번 사통
(私通)한 것이 마나님에게 알려져 쫓겨나고, 어린 딸인 돌이엄마만이 또 그
집의 종으로 남게 되었다. 그녀는 그 집의 머슴과 결혼하여 신혼생활을 누
리기도 했지만, 남편은 주인집의 아들을 대신하여 군대에 나갔다가 전사하
고 만다.

그러자 주인은 손바닥만한 땅을 주어서 아이를 가진 젊은 과부를 내쫓았
다. 진달래꽃이 흐드러지게 피는 해는 흉년이 든다는 말처럼 그 해에는 진
달래꽃이 지천으로 피었고, 그래서 쑥을 캐 죽을 쑤어 먹으며 연명해야 했
다. 그러던 어느 날 동리의 부잣집에 초상이 났다. 그녀는 초상집의 일을 하
면 보리쌀 한 되씩을 준다는 말을 듣고 굶어 허기진 돌이를 혼자 집에 남겨
둔 채 초상집으로 가서 일을 하였다.

그리고 일이 끝나 허위허위 돌아와 보니 돌이는 핏빛의 두견화를 입에 물
고 죽어 있었다. 돌이엄마도 마치 넝마처럼 돌이 위에 꼬꾸라져 죽는다. 그
리고 이 해 봄부터 그 마을에는 유난히도 소쩍새가 많이 울게 되었다.

진달래꽃과 소쩍새는 우리의 전설 속에서 모두 배고픔과 연관되어 있다.
촉(蜀)을 그리워하는 망제(望帝)의 혼(魂)이 새가 되었다는 것은 기아(飢餓)를
훨씬 뛰어넘은 호사(豪奢)스러운 중국의 전설인 것이다. 이 작품에 등장하
고 있는 '밥알꽃 이야기'도 이 작품이 가지고 있는 배고픔과 전설적 환기
(喚起)를 일깨워주는 역할을 하고 있다. 살았을 때 쌀밥 한 번 구경 못하고
죽은 여인의 넋이 꽃이 되었는데, 그 꽃은 평생 잊을 수 없었던 쌀밥을 그
리워해서 흰 밥알이 대롱대롱 달려 있다고 한다. 굶주린 백성들의 영혼은
죽어서도 먹을 것에 대한 선망을 드러내고 있는 것이다.

사람이 죽어 새가 되었다는 이야기는 이미 <우렁이색시 이야기>에서
정형화 되어 있었다. 우렁이 색시를 현관(縣官)에게 빼앗긴 농사꾼은 장작
을 쌓아놓고 그 위에 앉아 불을 질렀다. 그리고 불이 다 꺼진 뒤에 파랑새
한 마리가 날아올라 관아(官衙)의 담을 넘어갔다. 산 채로는 넘을 수 없었던

관아의 높은 벽은 죽어 새가 되니 날아갈 수 있었던 것이다. 그러나 다시 파랑새는 현관의 담뱃대에 맞아 죽었고, 그래서 남편의 죽은 넋인 줄 안 아내가 곱게 길러 뽕을 먹는 누에가 되었던 것이다. 명주옷이 되어 아내와 한 몸이 되고자 하는 남편의 마음은 그렇게 담을 넘었고, 또 성취를 이루게 된다. 봄마다 피는 진달래꽃과 그 위를 날면서 우는 소쩍새는 <우렁이 색시 이야기>의 파랑새처럼 돌이와 돌이엄마의 지난(至難)했던 삶을 일깨워주는 역할을 하고 있다.

<갯마을>과 <메아리>는 바다와 산골의 모습을 서정적으로 그리고 있는 작품이다. 해녀의 딸인 해순이는 배를 타고 바다로 고기잡이를 나갔다가 돌아오지 않는 남편 성구를 기다리며 시어머니와 함께 살고 있다. 그런데 후리막에서 일을 하고 있는 상수와 관계를 맺고 상수를 따라 논과 밭이 있는 육지로 가서 살게 된다. 그러나 해순이는 바다가 못 견디게 그리워 모든 것 다 떨쳐버리고 다시 갯마을로 돌아오고 만다.

이 갯마을에는 건강한 삶이 있을 뿐, 헛되이 욕망을 억제하는 윤리의 사슬이 존재하지 않는다. 그리고 <메아리>에도 간난의 삶을 헤쳐 나가는 강인한 의지와 인정이 가득하다. 어디에도 부부의 정감이 서린 삶을 해치는 장치는 마련되어 있지 않은 것이다. 겉으로 보기에는 <갯마을>과 <메아리>의 차이는 바다와 산의 차이만큼 크다. 출렁이는 격동의 바다와 어디 하나 움직임이 없는 산의 적막이 거기에서 일어나는 사건의 크기를 조절하고 있기 때문이다. 그래서 <갯마을>에는 죽음과 남녀의 격정이 있지만, <메아리>에는 한없이 착한 부부의 애틋한 사랑이 넘치고 있다.

그러나 이 두 작품은 작지만, 세계를 안은 사람의 마음새가 점점 그 크기를 키워가면서 확대되어 간다는 점에서 공통점을 가지고 있다. 이미 모든 고난을 거쳐 진이 빠졌을 법한데, 그래도 그들은 새로운 삶을 꿈꾸고 이를 실천하고 있다. 그래서 커다란 영웅은 아니지만 부러울 것 없는 자신들만의 세계를 향해 나가는 것이다. 살 만하면 자신의 남자를 붙잡아 갔던 바다와 그 속에서 삶의 의욕을 불태우던 사람들을 잊지 못해 다시 갯마을로 찾아오는 해순이, 그리고 아내와 간통하면서 자신의 터전을 송두리째 짓밟았던 사내를 다시 산으로 끌어들여 살아가는 박노인은 그래서 건강한 자연과 같은 존재이다.

그리고 보다 분명한 것은 그 바다와 산이 결코 그들의 삶을 가로막는 절벽으로 존재하는 것이 아니라, 그들에게 끊임없이 활력을 불어 넣어주는 샘물과 같은 기능을 한다는 점이다. 여기에서 자연은 등장하는 인물들이 가지고 있는 무지할 정도의 소박함을 포근히 감싸주고 있는 것이다. 그래서 자아와 세계는 사이좋은 일치를 보여주고 있다. <머루>나 <비오리>에서와 같은 훼방이 존재하지 않아 그 진행 또한 결코 어둡지 않다. 인적 없는 첩첩 산중, 그리고 파도가 휘몰아치고 있는 바다에는 항상 위험이 도사리고 있을 것이다. 풍랑이 쳐서 배가 뒤집힐 것이요, 산을 타다가 뒹굴어 몸이 상하기도 할 것이다. 그러나 그런 모든 것 재끼고 긍정적인 쪽으로만 이야기는 흘러간다.

이런 진행은 우리의 옛이야기에서 흔히 접했던 모습이다. 아무 힘도 없는 어린 아이가 힘든 과업을 위해 나서고, 그리고 주변은 그 아이가 과업을 수행할 수 있도록 일치단결하여 도움을 주는 이야기, 이 두 작품은 드물게도 오영수가 민담을 그 바탕으로 하여 꾸려가고 있는 작품이다. 그래서 그의 작품에서는 예외적으로 긴 작품이 될 수 있었다. 현실에서는 이루어지기 힘들겠지만, 그래도 이루어졌으면 좋겠다는 작가의 꿈이 서려 있는 것이다. 마치 민담이 그러했던 것처럼.

4. <잃어버린 도원>과 이야기의 원천

오영수는 설화를 바탕으로 소설 세계를 구축함으로써 진한 전통의 끈을 놓지 않고 있다. 따라서 설화가 가지고 있는 힘과 역동성은 오영수의 작품을 읽는 독자가 놓치지 말아야 할 중요한 품목이라고 할 수 있다. 오영수의 소설적 긴장을 유발하고 있는 중요한 장치가 바로 설화의 수용과 깊은 관련이 있기 때문이다.["우리 나라 지명에는 대부분이 어떤 신화적 또는 전설 또는 지형, 또는 특산물 등등에 유래하기 때문에—가령 가장 가까운 예로 신라의 건국을 비롯해서 금오산, 금척, 나정, 계림, 금개구리 등 모두가 그렇다." 작가의 말이다.] <잃어버린 도원>은 오영수 소설이 가지고 있는 설화적 바탕과 소설적 긴장의 실체를 드러내고 있다는 점에서 그의 소설 창작의 비밀을 밝히는 중요한 단서를 제공하는 작품이라고 할 수 있다. '도원'은 그가 가는 것이면서 동시에 독자가 도달해야 할 이상향이기도 하기 때문이다.

이 작품은 '동경과 꿈을 위해서 모든 생활 여건을 뿌리치고' 잃어버린 도원을 찾아 헤매는 구체적 행보를 잘 보여주고 있다. 이런 모습을 사람들은 '일종의 정신착란이나 실성증세, 신이 들리거나 매구혼이 씌거나 미치광이'로 치부하였지만, 그러면 그럴수록 '미궁 속으로 끌려들어가고 혼매(昏昧) 도착증은 더욱 기승을 부린다.' 이런 증상이 진행되면서 '나'는 잃어버린 도원을 찾아 헤매는 것이다.

그 잃어버린 도원이 '나'에게 있어서는 '금배미'였다. 상상으로만 존재하던 도원의 실마리는 버스 속에서 술에 취한 할아버지들의 이야기를 들으면서 구체화되었다. 그들은 내리면서 자기들이 내리는 곳을 '금배미'라고 했던 것이다. 그러나 그 할아버지들이 내린 뒤 숱하게 많은 사람들에게 금배미가 어딘지 물어보았지만, 아무도 아는 사람들이 없었다. 또다시 금배미를 듣게 된 것은 시골의 장판에서 더덕을 파는 할머니에게서였다. 할머니는 어릴 적 할아버지가 너무 우는 자신을 '금배미 골짝에다 버린다고' 했을 뿐 그 이상은 모른다고 하였다. 버스를 내리던 할아버지들을 찾아 물어보기도 하였지만, 그들도 함부로 갈 수 없는 곳이라는 말만 할 뿐 더 이상의 정보를 알고 있는 것은 아니었다.

그러던 어느 날 해질녘 '나'는 비몽사몽의 경험을 하게 된다. 그 날도 어김없이 금배미를 찾아 헤매던 중에 '옷은 갈기갈기 찢기고 얼굴은 피투성이가 돼가지고 기진맥진 돌아오려 하니 바위산이 코앞을 막아선' 것이다. 정상을 향하여 반쯤 오르자 갑자기 '찢어진 옷자락이 나뭇가지 여기저기에 깃발처럼 걸려 있는' 모습이 보였다. 그러나 자신의 옷차림새를 보니 어느 곳 하나 찢어져 나간 곳이 없이 매끈한 채로였다. 그리고 정상에 올라 아래를 내려다보니 뿌연 안개 속에 한 마을이 보이는 것이었다. 그곳은 '개울을 사이하고 이쪽저쪽에는 복숭아꽃이 온 골짜기를 싸 덮다시피' 했고, 복숭아나무와 수양버들에 가린 초가집 두 채가 나란히 붙어 있었다.

초막집 축담 앞에는 '파뿌리가 된 파파할머니가 감자와 푸성귀를 앞에 놓고 잠이 들어 있었다.' 불러 보았지만 평화롭게 잠이 들어 있을 뿐 깨지 않았고, 그래서 돌층계를 내려와 분지 전체를 들러 보았다. 그리고 자신이 서 있는 곳이 바로 '무릉도원'이라는 생각을 하게 되었다. 실제로 복숭아꽃은 맑은 물위를 미끄럼 타듯 내려오고 있었다. 돌다리 건너의 초막집에는 젊은 여자가 혼자서 물레질을 하고 있었다. 그리고 물을 청하자 여인은 '눈이 부시도록 금빛이 나는 놋대접'에 물을 부어 건네주는 것이었다. 고맙다는 인사를 한 뒤, 여유를 갖고 '징검다리 돌팍 위에 앉아 발을 물에 담그고 동서남북을 두루두루' 살펴보니 바로 떠오르는 것이 무릉도원(武陵桃源)

이라는 중국의 고사(故事)였다.[작품 속에서 소개하는 무릉도원의 고사는 다음과 같다. "옛날, 무릉이란 곳에 사는 한 어부가 물길을 잃고 헤매다보니 수중 동굴이 나타났다. 어부는 그 동굴을 빠져나가자 경탄앙천(驚歎仰天), 별천지가 나타났다. 아아(峨峨)한 기암 폭포, 만발한 도화, 강변에 낚시를 드리운 백수(白鬚)의 어옹, 한가히 졸고 날으는 백구. 어부는 어떻게 이 별천지를 빠져나와 태수에게 이 사실을 알렸다. 태수는 심복 몇 사람에게 사실 여부를 알아오라고 해서 어부를 따라 보냈다. 그러나 그 뒤 어부도 사자도 다시는 돌아오지 않았다."]

그런 상상 속의 무릉도원을 '나'는 현실의 모습으로 바라보고 있는 것이다. 다리를 건너가니 어떤 할머니가 어린 푸성귀를 가리고 있었다. 그리고 할머니와의 대화를 통하여 자신이 그렇게 찾고 있는 '금배미'가 바로 여기라는 것을 확인하게 된다. 그리고 왜 금배미라는 이름을 갖게 되었는지를 듣게 된다. 할머니가 들려준 '금배미 이야기'는 다음과 같다.

자식이 없는 부자 내외가 집 뒤에 당을 짓고 신령에게 자식 점지하여 주기를 빌었다. 그래서 열 달이 지나 아들 쌍둥이를 낳게 되었다. 그러나 먼저 낳은 아이는 앉은뱅이였고, 둘째는 앞을 보지 못하는 아이였다. 형제가 일곱 살이 되자 상심했던 부모가 세상을 떠났다. 눈 먼 동생은 앉은뱅이 형을 업고 돌아다니며 걸식으로 연명하였다.

형제는 대처로 나가는 길에 약을 캐고 사는 노인 내외의 집에서 잠을 자게 되었다. 그런데 지나가던 나그네가 고개 밑의 옹달샘에 누런 뱀이 앉아 있어 물을 먹지 못하게 되었다는 말을 하였다. 형제는 자기들이 마셨을 때는 아무렇지도 않았는데 하며 그 샘에 가 보니 누런 황금 기둥이 들어 있었다. 두 형제는 서로 가지라고 하다가 다시 샘 속에 넣고 돌아왔다.

또 지나가던 나그네가 샘 속에 뱀이 두 동강이 나 있어 물을 먹을 수 없다는 말을 하였다. 형제가 가보니 황금 기둥이 두 동강이 나 있었다. 형제는 하늘이 자신들에게 준 것이라 믿고, 다시 자신들이 살던 곳으로 돌아와 아들딸 낳고 잘 살았다. 그때부터 그 마을을 금배미 동네라고 하였다.

할머니의 이야기를 듣고 다시 오겠다는 말을 하면서 헤어졌는데, 동네로 나가는 길이 전혀 보이지 않았다. 천신만고 끝에 동네로 돌아왔을 때는 '며칠 또는 몇 달이나 시간이 걸렸는지 통 기억할 수가' 없었다. 그리고 이웃사람들도 몰라볼 만큼 모습이 달라져 있는 것이었다.

겨우 정신을 추스르고 다시 금배미 마을로 들어갈 준비를 하기 시작하였다. 그러나 첫날은 바위벼랑이 앞을 막아 돌아섰다. 그리고 "다음날은 나무 때문에 방향을 잃고 돌아왔다. 어떤 날은 남으로 또 어떤 날은 북쪽으로, 아니면 출발지점으로 되돌아오기도 했다." 그렇게 금배미마을은 다시 돌아갈 수 없었다. 사람들은 '미치광이가 다 됐느니, 영낙없이 매구혼[夢遊病]이 씌었느니, 혹은 버얼써 나가버렸느니, 이혼병(離魂病)이니' 하면서 손가락질 하였지만, 자신은 경험했던 일이 너무도 생생하여 금배미마을을 찾겠다는 생각을 떨쳐버리지 못하는 것이었다.

현실적으로 일어나고, 그리고 다른 사람도 인정할 수 있는 것만이 사실은 아니다. '경험했던 일이 너무도 생생하여' 그 사실을 없었던 것으로 치부할 수 없는 것이다. 그것이야말로 자신을 속이는 일이 될 수 있다. 설사 현실적으로 일어나지는 않았지만 그렇게 되기를 간절히 소원하는 것 또한 진실한 마음의 표현이라고 할 수 있다. 그리고 이러한 심정적 진실을 찾아 형상화하는 것이야말로 실체적 진실을 추구하는 역사와는 다른 문학의 몫이라고 할 수 있는 것이다. 따라서 자신의 마음이 추구하는 진실의 모습을 찾아 헤매는 '나'의 모습은 심정적 진실을 추구하는 문학인으로서의 자신을 형상화한 것이라고 할 수 있다. 그 진실은 보이고 잡히는 의식의 세계를 훨씬 뛰어넘는 광대한 영역임을 그는 잘 알고 있었다. 그 광대한 세계를 호흡하기 위하여 오영수는 바다에서 대처로, 그리고 다시 산으로의 행보를 계속했던 것이다.

5. 결론

이 글은 오영수 소설이 설화와 어떤 관계를 가지고 있는가를 검증하기 위하여 작성되었다. 앞에서 이야기한 바와 같이 이러한 논의는 사실상 무의미하기까지 하다. 현대의 소설은 구비문학시대의 이야기를 발판으로 하여 이루어진 것이기 때문이다. 그런데도 이러한 논의가 의미를 갖는 것은 설화 연구가 이룩한 높은 수준의 축적이 현대 소설의 이해나 감상에 제대로 적용되고 있지 않기 때문이다. 현대의 소설가는 자신의 몸속에 흐르고 있는 이야기적 전통을 자신의 개성적 문체로 표현하고 있어, 그 설화적 축적을 음미하는 것은 소설의 소중한 기층(基層)을 확인하는 것이 될 수 있다.

오영수는 설화적 전통을 창작의 기반으로 삼아 자신의 개성적 문체를 확립하였다는 점에서 주목을 받은 작가라고 할 수 있다. 그는 설화의 다양한 측면을 자신의 창작에 활용하였는데, 특히 전설에 기반을 둔 소설의 창작이 두드러진다. 이런 이유에서 그의 작품은 증거물의 제시와 비극적 결말, 그리고 인간의 왜소성 부각 등 전설적 성격을 강하게 드러내고 있다. 그가 그린 인간상은 서사의 전개에 따라 결말로 향하고 있지만, 그 서사의 축은 전설이 추구하는 바에 따라 이동하고 있는 것이다. 특정한 지역이나 물건 등에 대한 애착은 그의 고향이나 옛것에 대한 기호(嗜好)로 치부할 수 있는 것이지만, 달리 말한다면 전설적 기반에서 연유하는 필연적 소산(所産)이라고 할 수 있는 것이다.

오영수의 소설 중에서 밝음을 지향하는 몇 작품은 민담적 전통에 기반을 두고 이루어졌다. 시대나 환경에 영향을 받지 않고 밝은 미래를 향하는 인물들의 건강한 삶은 민담의 주인공들이 가지고 있는 순진함과 낙천성에서 유래한 것으로 볼 수 있다. 그의 대표작으로 일컬어지는 <갯마을>이나 <메아리>가 추구하는 건강성은 이러한 서사적 기반 위에서 설명할 수 있을 것이다.

오영수는 자신의 창작이 이야기의 원천에 근거를 두고 있음을 <잃어버린 도원>에서 명확하게 드러내고 있다. 이런 견해는 이 작품을 설화와 소설의 관계라는 관점에서 조명했을 때 도출될 수 있었다. 따라서 현대소설의 개성적 표현이 표출되는 방식도 설화와의 관계를 통해 보다 섬세하게 확인할 필요가 있을 것이다.

우황청심환과 명품(名品), 그리고 사랑*

1. 『열하일기』에 나타난 우황청심환

① <성경잡지(盛京雜識)>[십리하(十里河)로부터 소흑산(小黑山)에 이르는 5일 동
   안의 기록]

   7월 13일 기축. 날은 맑으나 바람이 심하다.
   날이 저물어 먼 곳에 자욱이 번지는 연기를 바라보고 말을 채찍질하여 다
음 숙참을 향하여 달리는데 참외밭에서 한 늙은이가 나와 말 앞에 엎드려
서너 칸짜리 낡은 외딴집을 가리키면서, "이 늙은 놈이 혼자 길가에서 참외
를 팔아 호구를 하는데, 아까 당신네 조선 사람 사오십 명이 이곳을 지나다
가 잠시 쉬면서 처음엔 값을 내고 참외를 사 먹더니, 떠날 때 참외를 한 개
씩 손에 쥐고 소리를 지르면서 달아났습니다." 한다. 나는, "그럼, 왜 우두머
리에게 고하지 않았는가?" 하니, 늙은이는 눈물을 흘리며 "그렇지 않아도 그
리하였으나, 그 어른이 귀먹고 벙어리인 척하시는데 나 혼자 어찌 그 사오
십 명의 힘센 장정을 당하오리까. 방금도 그자들을 쫓아갔지만 한 사람이
가는 길을 막으며 참외로 냅다 저의 면상을 갈기니, 눈에 별안간 번갯불이

---

* 『열하일기의 재발견』(월인, 2006.12)에 실린 글을 정리하였다.

일고 아직도 참외물이 마르지 않았습니다." 하고는 결국 청심환을 달라고
조른다. 내가 없다고 하니 창대의 허리를 꼭 껴안고 참외를 팔아달라고 떼
를 쓰고는 참외 다섯 개를 앞에다 내놓는다. 내가 마침 목이 마르던 참이라
한 개를 벗겨 먹어보니, 향기와 단맛이 비상하므로 장복더러 남은 네 개를
마저 사가지고 가서 밤에 먹기로 하고, 그들에게도 각기 두 개씩을 먹였다.
모두 아홉 개인데, 늙은이가 80푼을 달라고 우겨댄다. 장복이 50푼을 주니
성을 내며 받지 않는다. 창대와 둘이 주머니를 톡톡 털어서 모두 71푼을 내
준다. 나는 먼저 말에 오르고 장복을 시켜 주게 했는데, 장복이 주머니를 털
어 뵈자 그제야 가만히 받는다. 그는 애초에 눈물을 흘려 가련한 빛을 보인
다음, 억지로 참외 아홉 개를 팔고 거의 백푼에 가까운 비싼 값을 내라고 떼
를 쓰니 심히 통탄할 만한 일이다. 그러나 우리 일행의 하인들이 길에서 못
되게 구는 것은 더욱 한스러운 노릇이다. 어두워서야 숙참에 이르렀다. 참외
를 내어 청여(淸如 내원의 자)·계함들에게 주어 저녁 뒤 입가심으로 먹게
하고, 길에서 하인들이 참외를 빼앗았다는 이야기를 한즉, 여러 마두들은,
"도무지 그런 일이 없었습니다. 그 외딴집 참외 파는 늙은 것이 본시 간교하
기 짝이 없어, 서방님이 홀로 떨어져 오시니 거짓말을 꾸며 짐짓 가엾은 꼴
상을 지어 청심환을 얻으려던 것이죠" 한다. 나는 그제야 비로소 속은 것을
깨닫고, 그 참외 사던 일을 생각하니 분하기 짝이 없다. 대체 그 갑작스런
눈물은 어디서 솟았을까? 시대(時大)[마두(馬頭)의 하나인 창대(昌大)라고도
함. 마두는 역마의 일을 맡아보는 사람을 가리킴]의 말이, "그 놈은 한인(漢
人)일 겝니다. 만인(滿人)은 그다지 요악한 짓은 아니합니다." 한다.

② <관내정사(關內程史)>[산해관에서 연경에 이르는 11일 동안의 기록]

7월 28일 갑진. 아침에 갰다가 오후엔 바람과 우레가 크게 일었으나, 비
내리는 기세는 앞서 야계타에서 만난 것만 못했다.

길에서 소낙비를 만났다. 비를 피하느라 한 점포에 들어가니 차를 내어
오고 대접이 좋았다. 비가 한동안 멎지 않고 천둥소리도 드높아진다. 그 점
포의 앞마루가 제법 넓고 뜰도 백여 보나 되는데, 마루 위에는 늙고 젊은 여
인 다섯이 부채에 붉은 물감을 들여 처마 밑에 말리고 있었다. 이때 별안간

말몰이꾼 하나가 알몸으로 뛰어드는데 머리에는 다 해진 벙거지를 쓰고 허리 아래에는 한 토막 헝겊으로 겨우 가리었을 뿐이라, 그 꼴은 사람도 아니요 귀신도 아니요 그야말로 흉측했다. 마루에 있던 여인들이 왁자지껄 웃고 지껄이다가 그 꼴을 보고는 모두 일거리를 버리고 도망친다. 주인이 몸을 기울여 이 광경을 내다보고는 얼굴을 붉히더니, 의자에서 벌떡 일어나 팔을 걷고 쫓아 나가 철썩하고 그의 빰을 한 대 때렸다. 말몰이꾼은, "말이 굶고 있어 보리 찌꺼기를 사러 왔는데 당신은 왜 공연히 사람을 치오." 한다. 주인은 "이 녀석, 예의도 모르는 녀석. 어찌 벌거벗고 당돌하게 구는 거야." 한다. 말몰이꾼이 문 밖으로 뛰어나갔으나 주인은 오히려 분이 풀리지 않아 비를 맞으면서 뒤를 쫓아 나갔다. 그제야 말몰이꾼이 몸을 돌이켜 욕질을 하고 가슴팍을 한주먹 내지르니, 점방 주인은 흙탕 속에 나가 넘어진다. 마부가 또다시 한쪽 다리로 그의 가슴을 질끈 눌러 밟고는 달아나버린다. 점방 주인은 몸을 움직이지 못하고 죽은 사람처럼 누웠다 일어나 아픔을 못 이겨 비틀거리며 걸어오는데, 온몸이 진흙투성이가 되고 성이 나서는 점방 안으로 들어와 곱지 않은 눈으로 나를 보는데 입으로 말은 못하나 형세가 매우 사납다. 나는 그럴수록 짐짓 눈을 내리뜨고 사색을 가다듬어 늠름히 범하지 못할 기세를 보인 다음, 이윽고 얼굴빛을 부드럽게 해 주인더러 "하인이 매우 무례하여 이런 일을 저질렀으니, 마음에 두지 마시지요." 했다. 주인이 곧 노여움을 풀고 웃으며 "도리어 부끄럽습니다. 선생, 다시는 그 말씀을 마십시요." 한다. 우세(雨勢)가 점차 드높고 오래 앉았으니 몹시 답답하였다. 주인이 방으로 들어가더니 옷을 갈아입고 8, 9세쯤 되어 보이는 계집애를 데리고 나와 내게 절을 시킨다. 아이 생김새가 우악스럽고 못났다. 주인이 웃으며, "이게 제 셋째 딸년입니다. 전 사내아이를 두지 못했습니다. 선생께선 보아 하니 점잖은 어른이시니 정으로 이 아이의 수양아비로 모셨으면 합니다." 하기에 나도 웃으며 "실로 주인의 후의는 감사합니다. 하지만 일이 그렇지 않은 것이 나로 말하면 외국 사람으로 이번에 한번 왔다 가면 다시 오기 어렵기에, 잠깐 동안 맺은 인연이 나중에 서로 생각하는 괴로움만 남길지니 이는 한갓 부질없는 일입니다." 했다. 주인은 그래도 수양아비가 되어 달라 하나 나 역시 굳이 사양했다. 만일 한 번 수양딸을 삼으면 돌아갈 때 으레 연경의 좋은 물건을 사다 주어 정표를 삼아야 하니, 이는 실로 마두(馬頭)들 사이에 항상 있는 일이라 한다. 괴롭고도 우스운 일이 아닐 수 없다. 비가 잠시 멎고 산들바람이 일기에 곧 일어나 문을 나가니 주인이 문까지 나와서 읍하고 작별하는데, 제법 섭섭한 모양이다. 청심환 한 개를 내주었더니, 그는 수없이 사례를 했다.

③ <관내정사>

8월 3일 기유. 개다.

곧 수레에서 내려 두 하인과 함께 당씨(唐氏)의 집을 찾아갔다. 마치 익숙한 곳처럼 당씨집까지 찾아드니 문 앞에 하인 셋이 있다가 마중을 나오면서, "대감께선 아침 일찍 관가로 들어갔습니다." 하기에 "그럼, 어느 때쯤이나 돌아오실까?" 하고 물었더니, 그는 "묘시(卯時)에 나가셔서 유시(酉時)면 돌아오십니다." 한다. 그 중 한 사람이 "잠깐 외관(外館)에 올라 땀을 들이시지요" 하기에 따라가니, 허술하게 생긴 선비가 나와 맞는데 그의 성은 주(周)라고 기억되나 이름은 잊었다. 당원항이 아들 셋을 두었는데 모두 잘났다더니, 이제 두 아이가 방에서 나와 공손히 읍하는 데 묻지 않아도 원항의 아들임이 틀림없다. 두 아이의 나이를 물었더니, 맏이는 열셋, 다음은 열하나였다. 나는 곧 "형의 이름은 장우(張友)고, 아우의 이름은 장요(張瑤)가 아니냐?" 하고 물었더니 둘이 함께 "예, 그렇습니다. 어른께선 어찌 아시옵니까?" 한다. 나는 "너희들이 글을 잘 읽는다 하여 이름이 해외(海外)에까지 들리더구나." 하였다. 조금 뒤에 그 집 하인이 파초잎 모양으로 생긴 흰 주석쟁반을 들고 나와, 더운 차 한 잔과 빈과(蘋果) 세 개, 양매탕(楊梅湯) 한 그릇을 은근히 권한다. 하인이 그 집 늙은 마나님의 말씀을 전갈하되, "지난해 조선 어른 두 분이 가끔 제 집에 놀러 오셨는데, 지금도 평안하신지요? 만일 청심환을 가지고 오신 게 있다면 한 두 개 주십시오" 한다. 나는 "마침 지니고 온 것이 없사오니, 뒷날 다시 올 때 갖다 드리겠습니다." 하고 답을 전했다. 앞서 듣기에 당씨의 늙은 마나님은 늘 동락산방(東絡山房)에 있으며 나이가 여든이 넘어도 근력이 오히려 좋다고 했는데, 하인이 멀리 손으로 가리키며 "노마나님이 방금 중문에 나오셔서, 귀국 사람들의 옷차림을 구경하시고 계십니다." 한다. 나는 마주 보기가 겸연쩍어서 못 본 체하고, 붉은 종이로 만든 중머리 부채 두 자루와 여러 가지 빛깔의 시전지(詩箋紙)를 내

어 장우와 장요에게 나누어 주고, 열흘 안으로 다시 오리라 약속하고 일어
섰다. 돌아보니 당씨집 늙은 어머니는 아직도 대문 안에서 두 몸종의 부축
을 받은 채 서 있었다.

④ <환연도중록(還燕道中錄)>[열하에서 다시 연경으로 돌아오는 6일 동안의 기록]

8월 17일 계해. 개고 따뜻하다.
살고 있는 중은 둘뿐인데, 난간 아래에서 오미자(五味子) 두어 섬을 말리
고 있기에 내 무심코 두어 낱을 주워 입에 넣었다. 한 중이 주시(注視)하다
가 노발대발 소리를 치는데, 그의 행동이 몹시 사나웠다. 나는 곧 일어나 난
간을 기대고 섰는데, 마침 마두(馬頭) 춘택(春宅)이가 담뱃불을 붙이러 들어
섰다가 그 꼴을 보고 크게 노하여 그자 앞으로 달려가 욕질을 한다. "우리
영감께옵서 더운 날씨에 찬물 생각이 나, 이 자리에 가득 찬 것들 중 불과
몇 알을 씹어 해갈이라도 하려 하신 터인데, 너같이 양심 없는 까까중놈아
하늘에도 높은 하늘이 있고, 물에도 깊은 물이 있거늘, 이 당나귀처럼 높낮
이도 분간하지 못하고 얕은 것과 깊은 것도 측량할 줄 모르는 이런 무례한
놈, 이게 무슨 꼴이냐." 하며 꾸짖는다. 중은 모자를 벗어 들고는 입에 거품
을 내면서 어깻죽지를 기웃거리면서 까치걸음으로 앞까지 와서는, "너희들
영감이 내게 무슨 상관이란 말이냐? 하늘같이 높아 너는 두려울지 몰라도
나는 두려울 게 없다. 제 아무리 관운장이 다시 살아오고 마른 날에 벼락이
떨어져도 난 두려울 게 없다." 한다. 춘택이 그의 뺨 한 대를 치고 이어 수
없이 우리나라의 욕설을 퍼붓는다. 중이 그제야 뺨을 손으로 가리고 비틀거
리며 들어가 버린다. 나는 목청을 높여 춘택을 나무라고 요란을 일으키지
못하게 하였다. 춘택은 오히려 분기를 이기지 못하여 당장에 죽을 작정으로
싸우려 든다. 한 중은 부엌문에 서서 빙그레 웃으면서 편도 안들고 말리지
도 않는다. 춘택은 또 한 주먹으로 그를 두들겨 엎고는 "우리 영감께옵서 이
일을 만세야(萬歲爺 : 황제를 높여서 하는 말) 앞에 여쭙는다면, 네놈의 대가
리는 날아가던지, 그렇지 않다면 이 절을 소탕하여 깨끗이 평지를 만들 것
이다. 이놈." 하며 호통친다. 중은 옷을 툭툭 털고 일어나며, "너희 영감이
공짜로 오미자를 훔치고, 또 네놈을 시켜 사발처럼 모진 주먹을 보내니, 이

게 무슨 도리야." 하며 꾸짖으나 중의 기색은 차차 죽어 간다. 춘택은 더욱 기를 내어 "무슨 공짜야, 기껏해야 한 말이 되겠느냐 한 되가 되겠느냐? 그까짓 눈꼽처럼 작은 한 알 때문에 우리 영감님의 높으신 위신을 깎았단 말이냐. 만세야께옵서 만일 이 일을 아신다면 너같은 까까중놈의 대가리통은 대번에 날아가고 말 것이야. 그리고 우리 영감께옵서 이 일을 만세야께 여쭙는다면, 네놈이 우리 영감은 두렵지 않다지만 만세야도 두렵지 않단 말이냐." 하고 폭언을 퍼부었다. 그제야 중은 기가 죽어서 다시 앙갚음의 말을 내지 못한다. 춘택은 또 무수히 욕지거리를 하는데, 세력을 피며 걸핏하면 만세야를 팔아 댄다. 이때에는 응당 만세야의 두 귀가 가려웠으리라. 대개 춘택이 말끝마다 황제를 일컬으니, 그가 헛 세력을 믿고 허풍을 떠는 꼴이란 사람으로 하여금 허리를 끊도록 하였다. 그 중은 진짜 그를 두려워하여 만세야라는 석 자를 듣자 마치 뇌성이나 귀신을 본 것처럼 떨 뿐이다. 그제야 춘택이 벽돌 하나를 뽑아서 중에게 던지려 한다. 두 중은 별안간 웃음을 지으며 달아나 숨어 버렸다가, 곧 아가위(산사 : 山楂) 두 개를 가지고 나와 웃는 얼굴로 바치며 청심환을 요구한다. 그러고 보면 애초에 이러한 짓은 청심환을 얻기 위한 것에 불과한 것이다. 그의 마음씨를 따져 본다면, 실로 옳지 못하다고 할 수 있다. 내가 즉시 청심환 한 알을 내어주니, 중은 머리를 무수히 조아린다. 얼마나 뻔뻔스러운가. 아가위는 크기가 살구처럼 굵은데 너무 시어 먹을 수 없었다.[이 번역은 민족문화추진위원회 역 『국역 열하일기』(고전국역총서 18~19, 1966)와 이상호 역 『열하일기』(보리, 2004)를 이용하되, 필자가 일부 수정하였음]

2. 명품의 실상과 허상

『열하일기』에는 우황청심환에 관한 기록이 심심찮게 나타나고 있다. 연행(燕行)의 기록 속에서 우황청심환이 여러 번 검색되는 것이 처음에는 퍽 신기한 일로 생각되었다. 그것이 중국인들의 갈구하는 물품으로 나타나 있어 더욱 그러한 마음이 들었다. 왜냐하면 수년 전 북경에 들렀을 때는 오히려 우황청심환을 사는 한국인들로 북경 시내의 중심에 위치한 한 약방이 북새통을 이룬 모습을 목격하였기 때문이다.

1990년 여름의 일로 기억된다. 중국과의 수교(修交)가 이루어지기 전, 학생들을 인솔하고 중국을 갈 기회가 있었다. 당시만 해도 해외에 나가는 일이 일반화 되지 않았고, 더구나 수교 이전의 중국으로 가는 일이어서 같이 가는 일행들은 무엇무엇 사오라는 주위의 부탁을 많이 받았던 것 같다. 학생들도 어떻게 알았는지 모처럼의 중국 여행에서 사올 물건을 수첩에 빼곡히 적어 왔다고 한다.

만리장성 관람을 마치고, 기다리던 북경의 유명하다는 약방에 인원을 풀어 놓자, 학생들은 벌떼처럼 그 안으로 몰려 들어갔다. 사실은 그렇게 몰려 들어갈 수 없을 만큼 그 안은 한국인들로 가득 차 있었다. 당연히 우황청심환이 구입 품목 1위에 있었고, 각종의 무슨 무슨 환(丸)이 있어, 알고 사는 것인지 그냥 쓸어 담는 것인지, 마구 거둬들이는 것이었다. 안내하는 사람의 말에 의하면 한국인들이 몰려드는 아침이면 창고에 쌓아 두었던 각종의 한약들이 얼마 안 있어 바닥난다는 것이었다. 정말 그랬다. 사람들은 한 갑, 두 갑 사는 것이 아니라 아예 몇 상자씩 구입하고 있었기 때문이다.

이것 안 사가면 큰일이다 싶어 나도 몇 갑 사기는 했지만, 사실 그때까지 나는 우황청심환이 무엇인지, 그리고 어떤 용도로 사용하는 것인지 알지 못했었다. 그래서 우황청심환이 대단한 약재이고, 한국에는 없는 희귀한 물품이라고 생각을 했었다. 아이가 경련을 일으킬 때, 비장해 두었던 우황청심환을 조금 떼어 물에 개어 먹인다는 정도가 그에 대해 내가 알고 있는 내용의 전부였다고 해도 과언이 아니었다.

안내하던 분은 북경의 방송국에서 조선어 아나운서를 하고 있다고 하였는데, 방송국의 직원이 어떻게 사사로이 관광의 안내를 맡는지 그 또한 신기한 일이었다. 나중에 상해를 갔을 때는 아예 그쪽 대학의 교수가 안내를 맡고 있었다. 그쪽의 급여가 대단히 열악하다는 점, 그래서 부수적인 일을 하는 것에 대하여 전혀 거리낌이 없다는 것을 알게는 되었지만, 한쪽의 체제 속에서만 호흡하던 나로서는 그런 모든 것이 퍽 신기해 보였다.

우황청심환에 대하여 전혀 무지했던 나로서는 몇 갑이라도 산 것이 대단하여 의기양양했지만, 그 우쭐함이 오래 가지는 못하였다. 여행에서 돌아와 얼마 있지 않아 중국산 한약이나 농산품의 조악(粗惡)함과 위험성에 대한 보도가 잇달아 나왔고, 그래서 사왔노라 자랑도 하지 못하고 장롱 속에 두었다가 결국은 버리고 말았기 때문이다. 물론 그것을 사용할 필요가 없었던 것은 그나마 행운이라고 할 수 있다.

이때까지만 해도 나는 우황청심환이 본래 중국에 존재하고 있었고, 우리나라에서 생산되는 우황청심환은 그 방법을 본떠 만드는 것이라고 알고 있었다. 그래서 종주국인 중국의 약에 대하여 열광적인 애착을 보이는 것은 당연하다고 생각하였다. 그런데 우황청심환에 대해 더 조사를 해본 뒤에, 나는 이런 태도가 큰 나라에 대한 열등감의 표현이라는 생각에 씁쓸함을 금할 수 없었다. 우리의 선조(先祖)가 마련한 소중한 자산을 다른 나라의 것으로 알고 있었으니 참 한심스러웠기 때문이다.

우황청심환은 간단히 청심환이라고도 부르는데, 심경(心經)의 열을 푸는 환약으로 알려져 있다. 우황, 인삼, 산약 등 30여 가지의 약재로 만든 알약인데, 중풍으로 졸도하고 팔다리가 뻣뻣해지는 데나 간질, 경풍 등에 특효약이라고 한다. 예로부터 즉효가 있어 사후 약방문의 뜻을 가진 "죽은 다음에 청심환"과 같은 속담이 있을 정도로 그 효능을 인정받았다. 특히 우리나라의 것은 허준의 『동의보감(東醫寶鑑)』에서 기록한 방법대로 처리한 것이어서 중국인들에게는 만병통치약으로 인식될 만큼 대단한 인기를 누렸다고 한다. 『동의보감』의 처방대로 만들어진 우황청심환의 효능이 대단하여 기약(奇藥)이나 묘약(妙藥)으로 인식되었고, 『동의보감』은 중국이나 일본에서 수 차례 간행할 정도로 인정을 받았다. 조선의 청심환은 그 원방대로 만들었지만, 중국의 청심환은 처방이나 약재가 상이하여 제대로의 효능을 발휘하지 못하였다고 한다. 『열하일기』에 중국인들이 청심환 찾는 기사가 여러 번 나타나고, 중국에 가는 사신들도 청심환을 준비하고 가서 관료들에게 주어야 소기의 목적을 달성하였다고 한 것은 이러한 이유 때문이다. 그래서 어떤 사람은 우리나라의 것은 우황청심원 또는 청심원으로 불러 구별하기도 하지만, 대체로는 비슷한 뜻으로 사용하고 있다.

중국의 의서(醫書)에 우황청심환이 처음 등장하는 것은 송(宋)의 진사문(陳師文)이 신종(神宗)의 명을 받아 각종 의서의 요체를 모아 편찬한『태의국방(太醫局方)』에서라고 한다. 그는 후에 보다 많은 의서를 모아 집대성본인 『교정태평혜민화제국방(校正太平惠民和劑局方)』을 1151년에 편찬하는데, 이를 간단히 『화제국방』이라고 일컫는다. 허준의 『동의보감』은 여기에 조선의 토질과 조선인의 신체적 특성에 맞춘 새로운 처방을 하였으니, 그 약재의 구성이나 조합의 방법이 중국의 그것과는 다를 수밖에 없었다.

이런 연유로 우황청심환은 마치 그 원조가 우리나라인 것으로 알려지게 되었다. 그런데도 이제 다시 중국의 것을 본래의 것인 양 생각하여 줄을 지어 사 오게 되었으니 참 세상이나 인심의 변화란 예측할 수 없는 일이다. 근래에는 중국의 농산물이나 약재에 대한 믿음이 덜해져서 무조건 하급품으로 취급하는 경향을 보이고 있다. 그래서 원산지 표시에 중국이 있으면 우선 구매 대상에서 제외하기도 하는 것이다. 그러나 중국의 것은 으레 싸구려나 품질이 조악한 것으로 치는 것도 중국의 것에 대한 맹목적 믿음과 마찬가지로 별로 올바른 자세는 아닐 것이다.

큰 나라로서의 중국에 대한 인식이 변한 것과 달리 미국에 대한 맹목적 믿음은 결코 사라지지 않는 것 같다. 특히 미국의 식품에 대한 안전성 판별은 유달리 대단한 것으로 우리는 알고 있다. 그래서 미국 식약청[FDA]의

인가를 받은 제품이라면, 당연히 믿을 수 있다고 생각한다. 한국의 식품들이 미국에 상륙하기 위해 당하는 수모(受侮)는 선진국 수준의 식품 생산을 위해 당연한 것으로 여기기도 한다. 그만큼 미국의 식약청은 우리에게 굳센 신뢰의 상징으로 비쳐지고 있다.

그런데 얼마 전 미국의 쇠고기 생산과 관련된 현지의 촬영 동영상은 우리의 신뢰를 한껏 비웃고 있었다. 소를 살찌우기 위하여 전혀 운동할 수 없도록 가두어 놓거나 도살(屠殺)하는 장면은, 취재했던 기자의 말대로 지옥을 방불하게 하는 것이었다. 미국이라면 넓은 초원에 한가로이 소를 방목하고, 청결하게 도살할 것이라는 믿음은 여지없이 깨지고 말았다. 그런 비인간적인 상황이 알려지지 않고 날마다 미국인의 주식인 햄버거의 주원료로 도살된 쇠고기가 공급되는 것은 협회의 로비 때문이라는 충격적인 사실도 보도되었다. 우리나라에서 쇠고기의 무게를 늘리겠다고 도살하기 전에 물을 먹이는 것쯤은 이런 미국의 실상과 비교할 때, 귀여운 애교처럼 보아줄 수 있을 것이다.

이 일로 미국의 쇠고기 수입에 대한 부정적 여론이 많이 나타났겠지만, 그러나 미국의 물량과 명품에 대한 기호(嗜好)는 여전히 계속될 것이다. 한미 자유무역협정[FTA]이 진행되면서 미국은 의약품의 개방을 거세게 요구하고 있다. 아마도 우리들의 외국산 제품에 대한 맹목적 신뢰를 미국은 잘 알고 있을 것이다. 그러노라면 우리의 김치나 인삼, 그리고 우황청심환까지도 미국의 것이라야 믿을 만한 것이라는 시대가 올까 두렵다.

과거의 것이라고 다 좋은 것은 아니지만, 시대를 뛰어넘어 이룩해 놓은 신뢰 구축은 반드시 회복되어야 할 가치라고 생각한다. 믿을 수 있는 명품 우황청심환을 통하여 얻을 수 있었던 중국인들의 확고한 신뢰를, 이제는 모든 한국산 제품으로 확대하여 믿을 수 있는 나라, 믿을 수 있는 사람들로 각인(刻印)시키는 것이 반드시 이룰 수 없는 꿈은 아닐 것이다.

3. 아쉬움과 화해의 상징, 우황청심환

박완서의 <우황청심환>은 1991년 『창작과 비평』에 실린 소설이다. 이산가족의 상봉(相逢)을 제재로 하여 가족 간의 따뜻한 인간미가 섬세하게 묘사되어 있고, 여기에 약간의 수다가 잔재미를 더해주고 있는 등, 박완서의 진가가 여실하게 드러난 작품이라고 할 수 있다. 우리가 일반적으로 알고 있는 우황청심환에 대한 상식과, 전혀 딴 세상에 살던 사람이 갑자기 친척이라고 나타났을 때 갖게 되는 당혹감 등이 잔잔하게 그려져 있어 원숙해진 작가의 연륜을 더듬어보는 재미도 느낄 수 있다.

줄거리는 남궁씨가 여행 중 비행기 속에서 겪은 일과, 돌아와 맞닥뜨린 연변 친척과의 일, 그리고 이를 둘러싸고 있는 가족 간의 일로 이루어져 있다. 은행에서 퇴직하여 마땅한 일을 갖지 못했던 남궁씨는 갑자기 친구가 떠나는 바람에 그가 운영하던 조그만 회사를 맡았다. 남궁씨는 그 회사의 고용 사장으로, 오 년여 만에 안정적인 회사로 만들어 놓았다. 그러나 회사가 정상상태로 돌아서자, 그 친구의 아들이 회사를 경영하겠다고 나선다. 남궁씨는 그 아들이 퇴직을 위로하기 위해 보내 준 두 달 여 동안의 외국 여행을 마치고 집에 돌아왔다.

이 때 집에는 예전에 독립 운동을 하러 만주로 간 증조부의 자손인, 연변에 사는 육촌 동생과 그의 가족들이 와 있었다. 그들은 한국에서 많은 이익을 남기기 위하여 중국에서 가져온 한약재를 팔려고 하였다. 아내는 이들을 못마땅하게 여기지만, 남궁씨는 정상적인 궤도에 올라선 회사를 다시 인수하여 미안해하는 친구의 아들에게 부탁하여 그 약재들을 처분해 준다. 동생

네 식구들이 떠난 뒤 남궁씨는 아내가 그들을 못마땅해 했던 이유가 집을 나가 소식도 없는 둘째 아들 현이 때문이었다는 것을 알게 된다.

성지 순례를 다녀오는 노인 일행과 맞닥뜨렸던 사건과 연변에서 찾아온 친척과의 만남으로 이 작품은 이루어져 있는데, 여기에서 핵심적인 제재로 등장하는 것이 바로 우황청심환이다. 우황청심환이 나타나 있는 부분만을 따라가다 보면, 이 작품이 무엇을 말하고 있는지 확연히 드러날 정도로 우황청심환은 이 작품에서 중요한 기능을 담당하고 있는 것이다.

① 노파가 주머니 끈을 풀고 그 안에서 우황청심환을 꺼냈다. 노파는 그걸 꼭 정육각형의 갑째 건네주지 않고 밀랍으로 포장된 동그란 내용물을 꺼내 손바닥으로 한번 궁글려보고 나서 내놓았다.

"우황청심환은 뭐니뭐니해도 중국 본바닥 거라야지 요새 나온 국산은 믿을 게 못 돼요"

노파의 말투로 보아 그게 국산이 아니란 걸 스스로 확인해 보면서 대견스러워 하고 싶어 그러는 것 같았다. 노파가 차곡차곡 배낭 속에 챙겨 넣은 것만큼의 포도주를 마셔댔기 때문일까, 남궁씨는 수치감 같기도 하고 쓸쓸함이나 슬픔 같기도 한 참을 수 없는 느낌으로 까딱하면 울 것 같았다. 그건 어쩌면 뿌리 깊은 열등감이었다.

② 어머니가 돌아가신 후, 남궁씨에게도 비로소 우황청심환을 선물로 받아보는 일이 생겼다. 역시 은행에 다닐 적이었는데 큰 돈을 대부받은 고객으로부터였다. 사무적인 절차의 심부름 외에는 그가 대부를 위해 힘쓴 바는 전혀 없었다. 그때도 그럴 만한 위치에 있지 않았고, 사직할 때까지도 그럴 만한 지위에 있어 본 적이 없는 남궁 씨였다. 그만한 액수의 대부라면 대개 어느 선에서 결정이 나게 된다는 걸 알고 있는 정도가 고작 그의 관록이었다. 그런데도 그 고객은 고맙다는 인사와 함께 중국산 우황청심환 열 개 들이 한 상자를 선물로 놓고 갔다. 사무적인 수고에 대한 가벼운 인사치레로 적당한 물건이라고 여긴 듯했다. 그때만 해도 국산 청심환에 대한 신뢰도도 높고, 외국나들이 다녀오는 사람도 부쩍 늘어나 중국산이 별로 귀물이 아닐

때였다. 그럼에도 불구하고 남궁씨는 거액의 뇌물을 받은 것처럼 음흉하게 가슴을 울렁거렸다. 그 후에도 그 고객만 나타나면 뭔가 편의를 봐 주어야 할 것 같은 강박관념으로 비굴하게 웃으며 허둥대던 생각을 하면 아직도 남궁씨는 진저리가 쳐지면서 닭살이 돋곤 했다.

③ 스튜어디스가 칸막이 뒤로 사라지자 누군가가 하품하는 소리로 말했다.
"저 여자 보니까 한국 다 온 실감나네, 제기랄."
다들 옳소 하는 표정으로 고개를 끄덕였다. 노파에게 우황청심환을 가지러 왔던 빨간 잠바가 다시 통로 쪽에서 남궁씨의 어깨를 짓누르면서 노파에게 속삭였다.

④ "내가 시집 식구 치다꺼리를 안 했다구? 아이구 기가 막혀."
할 말이 너무 많아 되레 말문이 막혀 입술만 떠는 아내를 바라보면서 남궁씨는 비로소 아차, 싶었지만 돌이킬 수 없는 일이었다. 아내야 사 년 동안이나 노모의 뒤를 받아 낸 시집살이를 생각하고 분개하고 있다는 게 뻔했지만, 남궁씨는 우황청심환으로 하여 겪은 모멸감마저 떠올랐다.

⑤ "그래 네 말이 맞다. 이 양반이 하도 남의 화를 돋우니까 초점이 흐리게 되지 뭐냐? 그 사람들이 여럿인 건 문제도 아니라구요. 그 여럿이 제가끔 얼마나 큰 한약 보따리를 들고 왔는지 알아요? 우황청심환만 해도 네 사람 걸 한데 모아 논 게 이불 보따리만합니다."
남궁씨는 우황청심환 소리에 정신이 번쩍 났다. 중국을 찾는 한국 관광객이 그걸 몽땅 쓸어 사는 바람에 지방에 따라서는 품귀 현상까지 빚고 있다는 걸 신문에서 읽은 생각이 났다. 그 좋은 게 저절로 굴러 들어왔는데 모두들 귀찮아하는 걸 남궁씨는 도무지 이해할 수가 없었다.
"우황청심환이라면 현금과 마찬가질 텐데 무슨 걱정이란 말이요?"
"그랬으면 오죽이나 좋겠수, 이 답답한 양반아. 글쎄 중국산 우황청심환이 함량 미달의 가짜라는 게 밝혀졌지 뭐유. 우리 기술로 분석한 결과 그렇게 밝혀졌다고 신문에서 떠들고 나자 청심환 인기가 뚝 떨어질밖에요. 하필 고 때를 맞추어 그 사람들이 들이닥칠게 뭐람."
아내의 말에 추연한 동정심이 어렸다. 요는 우황청심환이 문제지, 아내가 그 사람들을 특별히 귀찮아하는 것은 아닌 듯했다.

⑥ 남궁 씨는 못 듣는 척했지만, 수면을 갈망하면서도 잠들지 못할 때의 불유쾌한 각성 상태를 아내의 목소리는 마냥 끌고 갔다. 차내에서 못다 한, 연변동포들이 얼마나 못살고 조야하고 억척스럽다는 얘기를 아내는 지치지도 않고 하고 싶어 했다. 가짜로 판명이 난 청심환을 진짜라고 우기면서 연줄을 통해 억지로 떠맡기는 것도 한계에 달한 동포들이 직접 거리로 나앉아서 덕수궁 돌담길이 중국산 약종상 길로 변했다는 얘기도 했다.

⑦ 장판 비닐이 주글주글 낡은 방은 부모 자식 간이라 해도 네 식구씩이나 기거하기엔 협소한 방이었다. 게다가 한쪽 벽엔 우황청심환을 비롯한 각종 약재가 장롱 하나 부피는 되게 쌓여 있었고 그 위에는 녹용이 한대 통째로 우아하고도 신비한 위용을 자랑하고 있었다. 그러나 남궁 씨 눈엔 우황청심환만 들어왔다. 그리고 그의 가족사 속의 한 기인이 만들어 낸 불가사의한 거리를 뛰어넘어 간신히 상봉한 후손들의 감회를, 우황청심환의 값어치가 떨어진 것만큼의 무게가 짓누르는 것처럼 느껴졌다. 처량하고도 고약한 느낌이었다. 만약 저 아우가 한낱 환약 따위의 값어치에 따라 인격까지 격하시키는 이 땅의 인심을 안다면 어떤 마음일까 자괴하면서도 그런 느낌을 극복할 수는 없었다.

⑧ 현관서부터 여관 전체에 음식 냄새가 배어 있었다. 여인숙과 민박을 혼합한 것 같은 더러운 여관방을 꼬박꼬박 호텔이라 부르는 아우에게 남궁 씨는 연민을 느꼈다. 개운치 않은 연민이었지만 아무튼 그런 느낌의 연장선상에서 돌연 생겨난 우월감 때문에 남궁씨는 적지 않은 양의 우황청심환을 팔아 보겠다고 떠맡았다.

⑨ 거리에 나선 남궁씨는 촌스러운 보자기 사이로 비죽비죽 비져 나오는 청심환갑을 내려다보이면서 왜 하필 허구많은 약재 중에서 우황청심환이었을까? 하고 자신의 미련한 선택에 쓴웃음을 지었다.

⑩ "회장님으로 모실 생각이었습니다만……."

젊은 사장이 말끝을 흐렸다. 자네 호의는 받은 셈 치겠네, 하면서 남궁씨는 약보따리를 끌렀다. 자초지종을 간략하게 설명하고 나서 덧붙였다.

"하필 가짜라고 소문난 물건을 가져와서 안 됐네만 속내 아는 자네가 갈 아줘야지 어쩌겠나?"

"가짜는요. 그건 사회주의 나라의 경제체제를 모르는 무식한 사람들이 하는 소리지요. 공장이 다 국영인데 어떻게 가짜를 만듭니까. 함량 기준이 우리하고 좀 다르다고 가짜라고 단정을 해 버리니, 국교를 목말라 하면서 그런다는 건 암만 생각해도 경솔한 짓이에요."

이렇게 적극 청심환을 두둔하면서 그걸 몽땅 인수해 주었다.

"고맙긴 하네만 그걸 다 얻다 쓰려구?"

"두고두고 해외에 나갔다 올 적마다 선물로 쓰죠 뭐. 나갈 때마다 선물 챙기기도 보통 일이 아니거든요."

"내친 김에 하나 더 청을 하겠네. 꼭 들어 줘야 하네. 안 들어주면 퇴직금 달라고 데모할지도 모르니 알아서 하게."

"설마 제가 퇴직금 안 드릴까봐 이리 엄포를 놓으십니까? 말씀해 보세요"

⑪ 아내가 기다렸다는 듯이 와락 돌아누우며 그의 가슴을 마구 두드렸다. 격렬한 오열 사이사이로 아내가 울부짖었다.

"현이 자식 나쁜 자식. 망할 놈의 새끼야, 그 새낀 정말. 아 아, 당신 말짝으로 그 새낀 망종이야. 고작 그게 사회주의라니? 그 거렁뱅이 근성이. 그 자식은 그게 뭐가 좋다고 신세를 망치고 엉, 엉, 엉."

아내는 막무가내로 울부짖었다. 남궁씨는 비로소 그 동안 그들 부부가 사이에 끼고 엇갈린 게 연변 동포가 아니라 둘째아들 현이었다는 걸 깨달았다. 연변 동포에 대한 미움도 호의도 실은 그들의 실상과는 아무런 상관이 없는 것이었다. 낯선 친척을 보는 시각의 차이는 현이로부터 비롯되고 있었다.

우황청심환은 위와 같이 사건 전개의 핵심에 놓이는 11개의 단락에 나타난다. ①에서 우리는 우황청심환에 대한 우리의 일반적인 생각과, 그에 대한 남궁씨의 집착이 바로 '열등감'에 놓여 있다는 것을 알게 된다. 평범하게 생각하면 아무렇지도 않을 수 있는 노파의 행동에 대하여 유난히 부정적인 반응을 보인 것도 사실은 참을 수 없는 '수치감' 때문이었던 것이다. 이것은 바로 ②에서 어머니에게는 한 번도 써보지 못했던 우황청심환을 뇌물로 받았을 때의 모멸감과 연관되어 있어 더욱 강렬하게 각인되어 있다. 항상 부모에게는 무언가 못해드렸다는 안타까움을 우리는 가지고 있다. '별 것 아닐 수 있는' 우황청심환을 '거액의 뇌물'처럼 느끼고, 그래서 항상 마음 저변에 응어리처럼 상처로 남았던 이유도 바로 여기에 있었던 것이다. ④에서처럼 우황청심환 얘기만 나와도 '모멸감'이 떠오를 만큼 남궁씨 또래의 남자들에게 있어 가장 심각한 문제는 끈끈하게 얽혀 있었던 가정의 파괴 현상이었다.

③은 한국에 돌아와도 다시 우황청심환과 관련된 일이 기다리고 있을 것이라는 암시를 주고 있다. 우황청심환만 나오면 이유 없이 예민한 반응을 보이던 남궁씨가 사고의 전환을 이룬 것은 연변에서 온 먼 친척이 가져온 우황청심환 때문이었다. 영원히 엇박자로 나갔을 아내와의 감정의 폭은 이로 인해 ⑤에서처럼 화해의 실마리를 찾아가고 있는 것이다. 아내도 결코 자신이 소중하게 생각하는 가족 간의 끈끈함에 대하여 부정적인 것만은 아니라는 것을 이를 통해 알 수 있었기 때문이다. 어머니가 돌아가시기 전 4년 동안이나 뒤를 받아낸 아내에 대한 고마움과 연민도 함께 어울려 부부의 사랑은 다시 정겨운 모습으로의 회귀를 보여주고 있는 것이다.

⑥과 ⑦도 친척으로 남아 있는 연변 동포에 대한 안타까움이 우황청심환을 매개로 하여 표출되어 있다. 대륙적이라고 명명할 수 있는 동포로서의 연대감은 연변에 갔을 때마다 동포들에게서 느꼈던 감정이다. 그래서 어떤 작가는 그곳을 '사람이 살고 있는 곳'으로 말하기도 했다. 그런 저변(底邊)의 울림에 따라 남궁씨는 서슴없이 그것을 팔아 주겠노라 나서게 된다. 수많은 약재 중에서 그가 선택한 것은 '미련하게도' 다시 우황청심환이다. 우황청심환의 극복을 통하여서만 남궁씨는 가슴의 응어리를 씻어낼 수

있기 때문이다.

우황청심환은 단순히 아내와의 관계를 복원시키는 데 머무르지 않고, ⑩에서처럼 자신을 몰아냈던 이유로 서운한 감정을 가지고 있었던 친구의 아들과도 화해를 도모하게 한다. 남궁씨의 큰아들처럼 차갑게 대할 수도 있었겠지만, 친구의 아들은 그를 이해하고 서운치 않게 해준다. 친구의 아들과 화해가 이루어지자, 그에 대한 부정적 인식은 서서히 벗겨지고 있다. 친구 아들의 중국산 청심환에 대한 설명도 '적극 두둔하는' 것으로 들려 고맙게 여기는 것이다.

그러고 보면 남궁 씨에게 있어 우황청심환은 응어리이면서, 혹처럼 안고 가야 할 소중한 그 무엇이라고 할 수 있다. 그것을 가족 간의 끈끈한 정으로 말할 수 있을 것이다. ⑪은 집 나간 아들을 통하여 아내와의 사이를 더욱 끈끈하게 동여매는 대단원의 단락이다. 우황청심환은 이처럼 오랜 동안 소원했던 가족 간의 사랑을 확인시켜주는 매개(媒介)로서의 기능을 담당하고 있는 것이다.

끝도 모르는 인간사의 요모조모*

이 책의 3부에 실려 있는 <장수산—벌목의 노래>, <시간의 모래밭>, <땅거미> 그리고 <쓴 맛을 봐야>는 모두 인생을 저만치 두고 관조한 후의 경지를 그리고 있다. 때로는 폭풍처럼 후회가 밀려오고, 또 때로는 짐짓 뒷짐지고 인생을 달관하는 듯 보이지만, 모든 작품의 밑바탕에 공통적으로 깔려 있는 것은 그 끝도 없는 인생살이의 헛헛함이라고 할 수 있다. 계획한 대로 인생이 살아진다면 퇴직자에게 닥치는 쓸쓸함이 어디 있을 것이며, 인생의 끝을 아들에게 밀려 요양원에 갇히는 일이 어찌 내게 일어날 수 있는가. 내 아들이라는 사실은 생각할 필요도 없었는데, 사실은 그렇지 않다는 사실을 어떻게 받아들일 수 있겠는가.

인생은 이렇게 나를 비켜가며 전혀 손쓸 수 없는 미지의 영역인지 모른다. 그것을 우리는 모른 채로, 아니면 나와는 관계없는 일로 치부하며 살고 있는 것이다. 그러다가 막상 그런 일이 닥치면 얼마나 황당하고 분하고, 속이 쓰릴 것인가. 이런 요모조모한 일들이 여기에는 이렇게, 또 저기에는 저렇게 구체화된 모습으로 그려지고 있다. 어찌할 것인가? 전혀 손쓸 수 없

---

* 이 글은 소설가 우한용의 네 번 째 소설집 『멜랑꼴리아』(문학나무, 2013)의 발문(跋文)으로 쓰여졌다. 이 소설집은 모두 3부로 구성되어 있는데, 작가와의 친분을 바탕으로 1부의 발문은 강릉대학교의 최병우 교수, 2부의 발문은 경인교육대학교의 박인기 교수, 3부의 발문은 필자가 맡아 썼다.

는 그 영역을 마치 지배하는 듯 큰소리치지만, 그것이 가지고 있는 허망함을 우리는 잘 알고 있다. 작품 속의 사실들은 결코 먼 세계의 일, 나와는 관계없는 일이 아닌 것이다. 이런 대리체험이야말로 우리가 문학을 향유하는 중요한 몫이라고 할 수 있다. 작가는 그렇게 우리의 상상력을 자극하기 위하여 구체적이고도 정교한 얼개를 보여주고 있는 것이다. 앞의 세 작품들은 그렇게 망연한 모습의 군상들을 그리고 있다.

이런 것이 우리의 삶이고 결말일 수 있음을 아는 그 순간, 우리는 깊은 성찰의 세계로 발을 내디딜 수 있게 된다. 아직은 그래도 자신의 삶과 객관적 거리를 유지하며 자신을 닦달할 수 있는 시간을 가지고 있기에, 조금은 여유를 가지며 그 해결을 모색하는 것이다. 작가는 어떤 해답을 제시하고 있는가? 텅 비어 아무리 휘휘 저어도 잡힐 것 없는 인생살이를 구체적인 미각(味覺)으로 붙잡아 긍정적이고 화사한 모습으로 그린 <쓴 맛을 봐야>에서 작가는 가느다란 해답의 실마리를 제시하고 있다. 이쯤에서는 저 나락(奈落)으로 떨어져 망연해 하지도 않고, 또 누구에게 배신도 당하지 않는 일상의 자미(滋味)가 배어나기 마련이다. 3부의 맨끝, 그래서 당연히 이 작품집의 맨끝에 이 작품이 놓이게 된 것은 그런 점에서 의미심장하다. 작가는 그렇게 인생을 구체적인 감각으로 환원시키고 있는 것이다.

이 작품들이 가지고 있는 묘사의 치밀함, 자로 잰 듯 정교하게 흘러가는 시간의 흐름은 그렇게 산 작가의 일상에서 비롯된 것으로 보인다. 때로는 포용하고, 또 때로는 분노하지만 결코 도를 넘지 않는 중용의 생활은 밋밋하기도 하고, 또 바람에 휘날리는 도인(道人)의 옷깃처럼 허망하기도 할 것이다. 작품을 읽고 난 뒤 책을 덮으면서 밀려오는 헛헛함은 그래서 아무렇지 않게 살았던 삶을 다시 생각하게 하는 것이다. 어머니를 내다버리는 아들에게까지 포용의 손길을 내보이고, 남의 아들을 키우게 한 아내에게 끝도 없는 인간애를 펼치는 것은 삶에 대한 그런 거리의 유지 때문일 것이다.

이 작품들이 아무렇지도 않게 시간의 흐름을 관용(寬容)으로 치환하고 있음은 아무래도 작가의 삶을 설명할 때 그 해답의 실마리를 찾을 수 있다. 그래서 작품집의 끝자락에서 잠깐 작가에 대한 이야기를 하고자 한다. 작가는 일상적으로 우공(于空)이라는 호를 사용하고 있다. 여러 의미로 사용될 수 있어, 부르는 사람마다 각기 자신의 생각대로 사용할 것이다. 그러나 나는 아무래도 어조사우(于)에 빌공(空)이 가장 어울리는 뜻이라 생각하여 그 뜻대로 그를 바라보고 그를 생각한다. 텅 비어 아무 것도 없음은, 아무 것도 없는 것이 아니라 무한(無限)을 채울 수 있는 스스로의 비움을 의미하는 것이라고 할 수 있다. 그의 삶은 그렇게 '우공'을 닮았다. 본래 이름이란 주어진 것이지만, 주어진 것은 이름만이 아니라 이름에 담긴 뜻까지도 아니겠는가. 그는 어떠어떠하게 주어진 이름을 자신의 것으로 삼고, 그에 담긴 뜻을 살아가고 있는 것 같다. 그렇게 작가를 생각하고 보니 작품의 텅 빔, 그리고 세상 모든 것을 보듬고 가는 작품 속 인물들의 행동이 선연(鮮然)하게 이해가 된다. 그렇게 작가는 자신의 삶과 사유를 공교로이 작품 속에 숨겨 드러내고 있는 것이다.

우공의 작품은 풍부한 교양을 바탕에 깔고 있다. 그래서 한번 읽고 놓아 버리는 작품이 아니라, 두고두고 거기에서 제시된 지향을 생각하게 한다. 이는 작가의 풍부한 독서 경험과 발로 뛴 현장 경험의 충만함이 있었기에 가능한 일이다. <장수산―벌목의 노래>는 실제로 정지용 시의 작가적 이해가 그 구상(構想)의 요체이다. 정지용의 <장수산>은 이 작품에서 그 구체적 현장과 시대와 인물을 얻어 그 생명의 날개를 펴고 있는 것이다. 그 속에 등장하는 『논어』와 현진건의 <술 권하는 사회>, 그리고 이범선의 <오발탄> 등 종(縱)도 횡(橫)도 없이 등장하는 문화의 편린들은 그의 왕성한 독서의 경험이 있어 나타난 현상이다.

<쓴 맛을 봐야>는 어떤가. 그는 여기에서 박학한 식물의 세계에 머무르

지 않고, 그 잎과 뿌리의 세세한 맛을 표현하고 있다. 이는 단순한 지식의 나열이 아니라 구체적인 경험의 진열이다. 어느 하나 그의 코를 스치지 않은 향과, 혀를 스치지 않은 맛이 있을 수 없다. 그는 그래서 항상 대상에게 가까이 다가가 코를 들이대고, 또 입에 넣어본다. 구체적인 감각의 보증이 있고서야 그는 마음을 놓고 자신의 작품에 진열한 뒤 독자의 품평(品評)을 기다리는 것이다. 그래서 독자는 사건의 전개라는 서사의 속성을 잠시 던져두고, 그 맛의 다양하고 오묘한 세계 속에 빠져들기도 하는 것이다. 작품의 감상에 어디 정도(正道)가 있겠는가. 다양한 독자와의 접촉과 여유 있는 해석이 있어 그 작품의 향기가 멀리멀리 퍼지면 되는 것 아니겠는가.

<땅거미>는 시대의 아픔을 땅거미라는 절묘한 시간으로 대치하여 형상화한 작품이다. 아마도 작가는 수없이 땅거미 지는 시간을 보고 또 보고 하였으리라. 그래서 '낮이 마무리되고 밤으로 접어들기 직전, 그야말로 한 짬의 그 시간은 신비감과 두려움이 가득했다'고 결론하였다. 낮은 밀려오는 밤을 향해 최후의 빛을 굉연(轟然)히 분사(噴射)하고서야 그 숨을 다한다. 낮이면 광명 속에서 볼 수 없었던 산들, 그리고 밤이 되면 어둠에 묻혀 더 이상 볼 수 없는 산들, 그 산들이 자신들의 모습을 확연히 보여주는 시기는 이 땅거미일 수밖에 없다. 민족의 수난과 함께 묻혀버린 개인의 아픔은 이런 산들처럼 땅거미 속에서 제 모습을 내보이는 것이다. 그러고 보면 '땅거미'는, 밤이 가고 아침이 오기 전 어슴프레 밝아오던 '여명(黎明)'이 '칠흑의 밝음'을 의미하는 것과 다르지 않다. 이곳의 접점과 저곳의 접점은 서로 통하는 것이기 때문이다. 그래서 긴 밤 지내고 어둠이 마지막 용트림하는 여명의 순간도 눈 똑바로 뜨고 아침을 맞는 사람만이 볼 수 있다.

공부하는 사람의 중요한 표지(標識)는 손에서 책을 놓지 않는 것[手不釋卷]이라 하였다. 우공은 천연한 작가의 모습으로 현장을 뛰고, 산을 일구고, 그리고 인생의 백과전서를 뒤지고 있다. 그래서 그의 작품 속에서는 욕(辱)

마저도 교양이 넘치고 있다. 음탕(淫蕩)함마저도 선연한 영롱함으로 뒤바뀌고 있다. 이것이 작가가 내보이는 향기가 아니겠는가. 우공은 또 변화된 모습을 보여줄 것이다. 머무는 물은 썩는 것처럼, 가만히 서 있으면 곰팡이가 필 테니까. 그렇게 변화하는 모습을 발견하는 것은 독자들이 갖는 또 하나의 즐거움이다. 아니다. 작가에게 있어서는 그것이야말로 문학의 생산성과 건전성을 위한 피나는 고통일 것이다.

제2부

주변에서 내면 성찰하기

음주문화와 문학적 형상화*

1. 머리말

인간의 삶을 구체적으로 표현하여 향유자를 변화시키는 문화는 문학이 유일(唯一)하다. 구체적 이미지를 통하여 드러낸다는 점에서 음악과 미술은 언어를 매개로 하여 상황을 전하는 문학보다 더 구체적이다. 그러나 음악, 미술과 같은 시간예술이나 조형예술은 이것을 다시 언어로 치환(置換)하여 전함으로써 문화의 전승이 이루어진다는 점에서 구체적이면서 동시에 추상적인 성격을 지니고 있다. 문학은 인간을 다른 동물과 구별시키는 중요 자질인 언어 그 자체를 사용하여 대상을 형상화한다는 점에서 보다 구체적이라고 할 수 있는 것이다.

이런 점에서 문학이 인간의 구체적 삶을 그리고자 하는 것은 너무도 당연한 일이다. 그런데 인간의 구체적 삶이란 먹고 입고 자는 본원적(本源的) 모습을 그 기반으로 하고 있다. 따라서 구체적 삶을 그린 문학에서 우리는

---

* 이 글은 『한국어와 문화』 3(숙명여자대학교 한국어문화연구소, 2008)에 실린 글을 정리하였다.

먹고 입고, 또 서로 보대끼는 관계의 모습을 쉽게 찾아볼 수 있는 것이다. 먹고 마시는 섭취(攝取)의 문화가 문학의 중요한 소재로 사용되고 있는 것도 이 때문이다. 이 섭취의 문화 중 '술'이 가장 애호를 받고 있다는 점은 문학과 관련지어 생각할 때 상당한 의미를 가진다. 술은 그 자체로서 문학과 깊은 관련을 가지고 있어 태초의 신화로부터 현대에 이르기까지 문학의 단골 소재로 인식되고 있는 것이다. 현대문학의 기틀을 잡은 초기 문인들의 술과 관련된 일화(逸話)는 헤아릴 수 없이 많다. 그리고 그러한 체험은 고스란히 문학에 반영되어 그야말로 '술의 문학'이라 할 만한 흐름을 이루었다.

　　여기에서는 술이 중심 제재로 선정된 고전 작품에 나타난 술 문화의 양상을 살펴보고자 한다. 사실적 성향을 보이는 현대의 작품과 달리 고전 작품들은 술이 가지고 있는 본질적 기능을 잘 표현하고 있어, 문학이 추구하는 바와도 상당한 정도 맞닿아 있다. 따라서 술 문화를 기반으로 하여 작품을 바라보는 것은 그렇지 않은 것과 상당한 정도의 차이를 보일 것으로 생각한다.

2. 술로 문학 향유하기

　　우리의 문학은 술로부터 시작되고 있다. 최초의 시가(詩歌)로 알려져 있는 <공무도하가(公無渡河歌)>는 바로 술병을 들고 머리를 풀어헤친 늙은이가 물에 빠지는 사건으로부터 연유한다. 왜 죽음이라는 최후의 순간까지 그는 술병을 잡고 있었을까? 그를 말리느라 뒤쫓아 온 아내는 또한 공후(箜篌)를 들고 있었다. 그래서 남편이 빠져 죽자 서글프게 공후를 타며 노래를 부른 뒤 같이 물에 뛰어 들었다. 도대체 술의 어떤 점이 최초의 문학을 가능하게 했을까?

문학은 기본적으로 허구(虛構)이며 상징(象徵)이다. 상상의 산물이라는 점에서 문학은 실제의 기록인 역사와 구별된다. 그래서 문학 자료를 통하여 실제로 존재했던 삶의 모습을 추정하는 것은 사실 온당한 것이 될 수 없다. 그러나 문학은 있을 법한 현실을 창조한다는 점에서 실체적 진실이 아니라 심정적 진실을 드러낸다고 할 수 있다. 기생인 춘향은 결코 양반인 이도령과 결혼할 수 없지만, <춘향전>의 향유자들은 기어코 둘의 결혼을 성사시키고자 했다. 같은 사람이고 서로 사랑하는 남녀인데 결혼할 수 없게 하는 제도란 고쳐져야 한다고 생각했기 때문이다. 물론 실체적 진실은 결혼할 수 없는 것인데도 말이다.

임금에게 아내를 빼앗긴 백성이 어떻게 자신의 아내를 다시 찾을 수 있겠는가? 그러나 <우렁이 색시 이야기>에서 아내의 아버지는 용왕(龍王)이었기에 백성은 임금과 용감하게 경쟁을 할 수 있었고, 경쟁하다 물에 빠져 죽은 임금을 대신하여 임금의 자리에 오를 수 있었다. 가능한 일이겠는가? 그러나 그 향유자들은 임금이라 하여 백성의 아내를 빼앗는 것은 옳지 않다고 생각했고, 그래서 어떤 방법으로라도 임금을 징치(懲治)하고 백성에게 아내를 되돌려줘야 한다고 생각했다. 그런 점에서 문학을 통하여 당대인들의 저변 의식을 살피는 것은 대단히 유용(有用)하고, 여기에 문학의 문학다움이 존재한다.

술은 이러한 문학의 문학다움에 간여(干與)하는 중요한 매개물로 작용하는 것처럼 보인다. 따라서 술을 '알코올 성분이 들어 있는 음료를 통틀어 이르는 말'과 같이 일상적으로 규정하는 것은 술이 문학 속에서 차지하는 의미를 밝히는 데 있어 전혀 기능적(機能的)이지 못하다. 문학은 현실의 언어를 사용하되, 그 언어가 표상(表象)하는 의미를 사용한다는 점에서 일상적 언어와 구별되기 때문이다. 따라서 표층적(表層的) 의미의 언어에 머물러 문학에 접근하는 것은 문학을 문학으로 향유하는 바른 자세가 될 수 없는 것이다. 종이 조각들이 나비가 되어 훨훨 날아가는 것처럼 술이 일상적 의미의 굴레를 넘어서 전혀 다른 존재로 변화하는 마술(魔術)을 발견하게 되었을 때, 술은 문학 속에서 대단히 기능적인 매개물로 작용할 수 있는 것이다. 술이 '알코올'이라는 성분을 가지고 있어 취하게 하고, 과도(過度)하게 마시면 주망(酒妄)을 일으키고 심지어는 죽음에 이르게 한다는 외면(外面)에 집착한다면, 술이 가지는 진정한 의미는 발견할 수 없다.

그런 점을 우리의 동양 문화권에서 술과 관련된 두 뛰어난 인물의 작품 해석에서 확인할 수 있다. 도연명(陶淵明)은 그의 <오류선생전(五柳先生傳)>에서 "性嗜酒, 家貧, 不能常得, 親舊知其如此, 或置酒而招之, 造飮輒盡, 期在必醉, 旣醉而退, 曾不吝情去留(성품이 술을 즐겨 하였으나 집이 가난하여 언제나 얻을 수는 없었다. 친구들이 그 형편을 알고 간혹 술자리를 베풀어 부르면 가서 마시되 문득 다 마셔버린다. 그 기약을 반드시 취함에 두니 실컷 취해서 물러갈 때는 일찍 가고 싶으면 가고 머물러 있고 싶으면 있고 마음에 거리낌이 없이 자기 하고 싶은 대로 하였다)"라고 하였다.[최인욱 역, 『고문진보(古文眞寶)』, 을유문화사, 1986, 375쪽] 대체로의 의미는 번역문과 같되, 그 마지막 구절(旣醉而退, 曾不吝情去留)을 술의 본질과 관련하여 해석한다면, '이미 취하여 돌아섬에 이르러는 가고 머무는 정에 인색하지 않았다'라고 하는 것이 좋다. <오류선생전>에서의 '가고 머무는 것'은 단순히 친구의 집과 자신의 거처라는 공간으로 한정되지 않고 삶과 죽음으로 확대되는 것이기 때문이다. 이런 경지의 사람을 일러 이른바 '주선(酒仙)'이라 하였고, 도연명은 바로 그러한 사람을 이 작품에서 형상화 하였던 것이다.

또한 술을 말함에 있어 항상 거론되는 이태백(李太白)은 그의 <춘야연도리원서(春夜宴桃李園序)>에서 "幽賞未已 高談轉淸 開瓊筵以坐花 飛羽觴而醉

月(고요히 경치를 바라보는 즐거움이 아직 끝나지 않고 고상한 담화가 갈수록 맑은 분위기를 더해가니 훌륭한 연석에 꽃을 대해 앉아서 새깃 모양의 잔을 주고받으며 달빛 속에 취한다.)"이라고 하였다.[앞의 책, 244쪽]대체로의 번역은 위와 같되, 혹 '고담(高談)'을 '술이 취하여 크게 말함'으로 번역하는 정도의 차이를 보이고 있다. 그런데 여기에서 술과 관련되어 문제가 되는 것은 바로 '개경연이좌화(開瓊筵以坐花) 비우상이취월(飛羽觴而醉月)'이다. 경연은 형제들이 모여 베푸는 좋은 잔치를 가리킨다. 그래서 '이 좋은 잔치에서 꽃을 대하여 앉는다.'는 말은 복숭아꽃 오얏꽃이 어우러진 동산이라는 배경과 관련지어 볼 때 합당한 것 같지만, '술을 마시며 바라보니 형제 하나하나가 꽃처럼 아름다워 보인다.'고 하는 것이 술 마시는 정취에 더 어울린다고 할 수 있다. 이것을 심지어는 '좋은 잔치를 여니 기생이 앉고'로 번역하는 경우도 있는데, 이는 형제간의 정을 나누는 그윽한 잔치와는 배치(背馳)되는 것이라고 할 수 있다. 다음의 '飛羽觴而醉月'을 '술잔을 주고받으며 달빛 속에 취한다'로 해석하는 것은 뒤에 나오는 '벌이금곡주수(罰以金谷酒數)'에서 보는 바와 같이 낭자한 술자리와는 그렇게 썩 어울리는 것 같지 않다. '우상'은 날개 모양의 잔이니 밑이 뾰족하여 자리에 놓을 수 없게 되어 있다. 그래서 마신 후에는 다른 사람에게 바로 권하도록 만들어진 것인데, 이것이 날개 모양으로 되어 있으니 새처럼 날아다니는 것과 연관되는 것이다. 그런 의미에서 이 자리의 술 마시는 형태는 대작(對酌)이 아니라 수작(酬酌)이라고 할 수 있다. 잔을 권하는 모습이 이러하니 '술잔이 날고'로 표현해야 술 마시는 현장의 모습이 보다 선명하게 드러난다. 그윽하게 취한 눈으로 보면 세상은 모두 취한 것 아니겠는가. 그래서 이 구절은 '깃 모양의 술잔이 나니, 달도 취하는도다' 정도로 번역할 수 있는 것이다. 자타가 공인하는 주선(酒仙) 이태백의 명문(名文)은 이렇게 술과 관련지어 해석하였을 때, 제 멋이 난다.

술이 인간적 삶을 영위하는 데 있어 중요한 문화의 하나라는 사실을 인정한다면 인간의 삶과 직결되어 있는 문학에서 술이 차지하는 의미도 보다 각별해질 것이다. 그렇게 술을 보았을 때 문학은 보다 풍요로운 모습을 띠고 우리의 앞에 설 수 있는 것이다.

3. 술의 몽환적(夢幻的) 성격과 문학의 본질

술도 세상의 모든 물상과 같이 긍정과 부정의 양면성을 지니고 있다. 따라서 술이 가지고 있는 긍정적인 면은 받아들이고 부정적인 면은 드러나지 않도록 노력하라고 할 수도 있다. 그러나 이러한 교훈적인 담화는 문학 형상화에서 술이 담당하고 있는 의미를 해석하는 데 있어 전혀 도움을 주지 못한다. 그런 태도는 그야말로 일상적 삶의 현장에서 보여져야 하는 것이기 때문이다. 문학은 그런 일상의 교훈적 세계를 뛰어넘어 존재한다. 많은 문학 작품에서 술은 그것이 가지고 있는 몽환적 성격 때문에 선택되었다. 그리고 그렇게 선택한 까닭은 인간이 영위하는 삶의 문학적 형상화에서 몽환적 세계의 도입이 필수적이라고 생각하고 있기 때문이다. 그래서 술이 가지고 있는 몽환적 세계의 부정은 곧바로 인간 문화의 부정이라는 지탄(指彈)을 받게 된다.

술이 일상의 교훈적 세계를 뛰어넘어 또 하나의 세계에 진입(進入)하게 하고, 그것이 나름대로의 진정성을 갖는다는 사실을 『성경(聖經)』은 다음과 같이 드러내고 있다.

노아는 처음으로 밭을 가는 사람이 되어서 포도나무를 심었다. 한 번은 노아가 포도주를 마시고 취하여 자기 장막 안에서 아무 것도 덮지 않고 벌거벗은 채로 누워 있었다. 가나안의 조상 함이 그만 자기 아버지의 벌거벗은 몸을 보았다. 그는 바깥으로 나가서 두 형들에게 알렸다. 셈과 야벳은 겉옷을 가지고 가서 둘이서 그것을 어깨에 걸치고 뒷걸음쳐 들어가서 아버지의 벌거벗은 몸을 덮어드렸다. 그들은 아버지의 벌거벗은 몸을 보지 않으려고 얼굴을 돌렸다. 노아는 술에서 깨어난 뒤에 작은 아들이 자기에게 한 일을 알고서 이렇게 말했다. "가나안은 저주를 받을 것이다. 가장 천한 종이 되어서 저의 형제들을 섬길 것이다." 그는 또 말했다. "셈의 주 하나님은 찬양받으실 분이시다. 셈은 가나안을 종으로 부릴 것이다. 하나님이 야벳을 크게 일으키셔서 셈의 장막에서 살게 하시고 가나안은 종으로 삼아서 셈을 섬기게 할 것이다."

—창세기 9:20~27

　여기에서 '노아의 벌거벗은 몸'은 바로 본능적 몽환의 세계를 가리키는 것으로 이해할 수 있다. 옷을 입고 다른 사람에게 보여지는 일상의 세계와는 달리 몸에 아무 것도 걸치지 않은 또 하나의 세계가 있음을 알고, 그것을 인정하는 것과 그렇지 않은 삶이 여기에서는 같이 드러나 있다. 그리고 그 결과는 한 종족에 대한 영원한 찬양과 또 한 종족에 대한 처참한 저주라는 양 극단으로 귀결되고 있다. 모든 것을 현실적 안목으로 바라보고 그것이 전부인 것처럼 치부하는 존재의 결말은 이렇게 참혹(慘酷)한 모습으로 나타난다. 사실 여기에서 드러내고자 하는 신의 세계를 설명하는 데 있어 술 이외에 어떤 도구가 선택될 수 있겠는가. 그런 점에서 술은 대단히 기능적인 역할을 담당하고 있다.

　우리의 고전문학을 열어주는 〈단군 신화(檀君神話)〉에는 술이 존재하지 않지만, 술이 가지고 있는 몽환적 기능은 다른 매개체로 전이(轉移)되어 존속하고 있다. 같은 굴에서 살고 있는 곰과 호랑이가 사람이 되고자 했을 때, 환웅(桓雄)이 지시한 것은 쑥과 마늘만을 먹으면서 백 일 동안 햇빛을 보지 말라는 것이었다. 쑥이 가지고 있는 효능의 하나로 마취(痲醉) 효과를

들고 있다. 양봉업자(養蜂業者)들은 쑥 연기의 이러한 효능을 잘 알고 있어
벌을 효과적으로 다스리는 데 이 쑥을 사용하고 있는 것이다. 여기에 마늘
의 강렬한 냄새가 더해진다면 그 효과는 더욱 상승하게 될 것이다. 따라서
환웅의 지시는 일상의 질서를 벗어나 생산성의 세계인 카오스의 영역으로
넘어오라는 것이었다. 그 세계 속에서는 동물인 곰이 사람이 되고 또 하느
님과 결합하고, 그리하여 인간인 단군을 수태(受胎)할 수 있는 것이다.

<동명왕 신화>는 이러한 몽환적 세계의 필요성과, 이것이 술과 직결된
다는 것을 구체적으로 언급하고 있다.

> 그 여자들이 왕을 보자 곧 물로 들어갔다. 좌우가, "대왕은 왜 궁전을 지
> 어서 여자들이 방에 들어가기를 기다렸다가 못 나가게 문을 가로막지 않으
> 십니까?" 하였다. 왕이 그렇게 여겨 말채찍으로 땅에 그으니 구리집이 갑자
> 기 이루어져 장려하였다. 방안에 세 자리를 베풀고 술상을 차려놓았다. 그
> 여자들이 각각 그 자리에 앉아 서로 권하며 마셔 술이 크게 취하였다. 왕이
> 세 여자가 크게 취한 것을 기다려 급히 나가 막으니 여자들이 놀라 달아나
> 다가 맏딸 유화가 왕에게 붙잡혔다. ~ 하백은 참으로 천제의 아들이라고 생
> 각하여 예로 혼인을 이루고 왕이 딸을 데려갈 마음이 없을까 두려워하여 풍
> 악을 베풀고 술을 내어 왕을 권하여 크게 취하자, 딸과 함께 작은 가죽 수레
> 에 넣어 용거에 실으니 이는 하늘에 오르게 함이었다. 그 수레가 미처 물에
> 서 나오기 전에 왕이 술이 깨어 여자의 황금비녀로 가죽 수레를 뚫고 홀로
> 나와서 하늘로 올라갔다.
>
> —<동명왕편>

신화는 그 신화를 통하여 이루고자 하는 목적의 실현을 위하여 존재한
다. 그리고 그 목적은 우리 일상적 인간의 세계를 뛰어넘는 숭고한 가치이
다. 그런 점에서 신화가 실현하고자 하는 목표는 어떤 수단을 동원해서라
도 이루어져야 하는 것이다. 그래서 인간 윤리를 척도로 하여 신화의 전개
를 재단하는 것은 신화에 대한 바른 접근이 될 수 없는 것이다. 해모수(解

慕漱)가 인간 세계에 도달한 이유는 인간 세계에 질서를 세우고자 함이고, 그것은 자신의 후계자를 통하여 이루어져야 했다. 그래서 여인의 선택은 필수적인 것이었고, 그 대상으로 선택된 것이 유화부인(柳花夫人)이다. 유화부인과 만나는 방식은 여러 가지가 있을 수 있다. 그리고 어떤 방법을 선택하는가 하는 것은 전혀 각 지역이 가지고 있는 문화적 전통에 따르게 될 것이다. 고구려의 신화는 그것을 술에의 탐닉(耽溺)으로 해결하였다. 따라서 여기에서의 술은 단순히 취하고 그치는 일상적 세계의 술이 아니라, 또 하나의 세계로 들어가기 위한 도구로서의 기능을 담당하고 있는 것이다. 몽환의 세계가 생산성과 결부된다는 것은 『성경』이나 고구려 신화의 세계에서 동일하게 드러나 있는 것이다.

고구려의 신화는 해모수와 유화부인의 만남에만 술이 사용되지 않고, 해모수와 유화부인을 강렬하게 결합시키고자 하는 하백(河伯)의 욕구 실현을 위해서도 사용되고 있다. 죽은 자와 산 자가 같이 살 수 없듯이, 천상의 존재인 해모수와 지상의 존재인 유화부인은 그 관계를 지속시킬 수 없는 필연성을 지니고 있다. 해모수는 유화부인의 잉태(孕胎)를 위해서만 그 기능이 한정되어 있기 때문이다. 그런데 하백은 지속적으로 이어지는 관계를 희구(希求)하였다. 그래서 선택된 것이 몽환적 세계로의 진입(進入)과 관련되는 술인 것이다. 그러나 술에 취한 해모수가 그대로 유화부인과 하늘로 올라갔다면 주몽의 탄생은 이루어지지 않는다. 그래서 해모수는 황금비녀로 부대를 뚫고 혼자서만 하늘로 올라가는 것이다.[<장자못전설>에서 아이를 업고 고승의 뒤를 따르던 며느리는 '뒤를 돌아보지 말라'는 금기(禁忌)를 어기고, 물에 잠기는 동네를 바라보았다. 그 순간 며느리는 돌이 되어버렸다. 여기에서 며느리는 반드시 금기를 어기고, 뒤를 돌아보기로 기약되어 있다. 그래서 이상세계는 항상 도달할 수 없는 저 멀리에 존재하게 되는 것이다. 유화 또한 해모수를 따라 하늘로 올라갈 수 없도록 예정되어 있는 것이다. 그래야 주몽은 하느님의 뜻을 받들어 나라를 세울 수 있기 때문이다.]

따라서 신화 속에 존재하는 속임수나 인간 윤리의 파괴를 인간의 척도
(尺度)로 재지 않아야 한다. 저공(狙公)이 원숭이들에게 아침에 네 개를 주고
저녁에 세 개를 준다고 한 것은 저공의 교활(狡猾)함을 말하는 것이 아니다.
거짓말을 하지 않아야 한다는 것은 일상의 윤리이지만, 삶을 지속시키는
것은 일상의 윤리를 뛰어넘는 본원적인 일이라고 할 수 있다.[『장자(莊子)』
「제물론(齊物論)」과 『열자(列子)』 「황제편(黃帝篇)」에 나오는 '조삼모사(朝三暮四)'는 상
대방의 의견을 받아들여 함께 일을 하고 있다는 동지적 유대감이 필요함을 말하고 있다.
상대방을 무시하고 일방적으로 명령하게 되면 비록 옳은 결정이라 해도 상대방은 받아
들이기 어려운 것이다. 장자에 실린 글은 다음과 같다. "狙公賦芋 曰 朝三而暮四 衆狙皆
怒 曰 然則朝四而暮三 衆狙皆悅(저공이 상수리를 주며 아침에 세 개 저녁에 네 개를 주
겠다 하니 원숭이들이 모두 화를 냈다. 다시 말하기를 그러면 아침에 네 개를 주고 저녁
에 세 개를 주겠다 하니 원숭이들은 모두 기뻐하였다.)] 그래서 용궁(龍宮)에 끌려간
토끼는 간(肝)이 출입하는 또 하나의 구멍을 자신이 가지고 있다고 거짓말
을 하는 것이다. 따라서 거짓말을 하였다 하여 토끼를 지탄하는 것은 <토
끼전>의 지향에서 벗어나 있는 것이다.

그래서 저공의 행위는 성인이 우매한 백성을 교화시키는 방편으로 간주
된다. 하백이 해모수에게 술을 먹인 일도 이러한 신화적 질서를 뛰어넘으
면서까지 딸의 행복을 이루게 하고자 하는 아버지의 소망으로 풀이할 수
있는 것이다. 그것이 이루어지 않았기에 하백은 화를 내고 딸의 입을 길게
늘어뜨려 보기 흉하게 만드는 신체적 징벌을 내렸던 것이다.

앞에서 언급한 것처럼 우리의 문학사 첫머리를 장식하는 <공무도하가>
는 술과 연관된 비극적 상황을 보여주고 있다. 술병을 들고 머리를 풀어헤
친 늙은이가 물에 빠져 죽고, 말리러 쫓아 왔던 아내는 주저앉아 가지고
온 공후를 타며 노래를 부른 후 남편을 따라 물에 몸을 던졌다. 이에 대한
탁월한 연구에 의하면 백수광부는 '주신(酒神)'이며, 주신의 죽음은 정의에

위배된 악마를 죽이고자 하는 신화 향유자들의 인식을 보여주는 것이라고 하였다. 죽음의 순간까지도 자신이 소중하게 들고 있었던 '술병'과 '공후'는 두 인물의 정체성을 드러내기 위한 증거물이라고 할 수 있다. 그런 점에서 죽음의 세계로 서슴없이 들어가는 이 두 인물을 주신과 음악의 신으로 보는 견해는 일견 타당성을 갖는다. 술병으로 자신의 정체성을 드러냄으로써 신이 일상적 존재가 아니라 몽환의 세계, 초월적 세계의 존재라는 점을 보여주고 있기 때문이다.

그러나 주신을 정의에 위배되는 악신으로 보는 것은 문학의 교훈적 기능을 중시한 데서 나온 견해라고 할 수 있다. 불멸의 존재가 신(神)이기 때문에 물속으로 들어가는 것은 신의 신상(身上)에 아무런 변화를 주지 않는다. 따라서 주신이 물속에 들어가는 것을 막고자 하고, 또 그 사태에 대하여 서글픈 노래를 부른다는 것은 이 사태를 바라보는 인간의 감정을 표현한 것이라고 할 수 있다. 문제는 불사(不死)의 신이 물속에 들어가는 것을 목격한 존재가 유한(有限)한 생명을 지닌 인간 곽리자고(霍里子高)라는 점에 있다. 곽리자고는 물속으로 들어가는 신의 모습을 자신들이 겪는 죽음으로 인식하였다. 이러한 인식은 바로 '신의 시대'가 가고 '인간의 시대'가 도래(到來)하였음을 의미한다. 인식에 의하여 세계는 존재하고, 설명되는 것이기 때문이다.

술이 이처럼 몽환적 세계 그 자체를 가리키거나, 또는 그 세계에 진입하기 위해 선택되는 도구로 설정되어 있는 것은 우리의 고전문학에서 대단히 일상적이다. <한림별곡>의 "황금주(黃金酒) 백자주(柏子酒) 송주예주(松酒醴酒) / 죽엽주(竹葉酒) 이화주(梨花酒) 오가피주(五加皮酒) / 앵무잔(鸚鵡盞) 호박배(琥珀盃)예 가득 브어"는 술의 종류를 나열하면서 시적 공간을 몽환의 세계로 변화시킨다. 그래서 술과 관련하여 당연히 거론해야 하는 유령(劉伶)과 도잠(陶潛)의 취한 모습이 등장할 수 있었다.[유령은 진(晉)나라 죽림칠현(竹林

七賢)의 한 사람으로 <주덕송(酒德頌)>을 지었으며, 자가 연명(淵明)인 도잠 또한 술과 관련하여 반드시 등장하는 인물로 <귀거래사(歸去來辭)> 등을 지었다.]이러한 장면의 전환은 <상대별곡(霜臺別曲)>에서도 "팽룡포봉(烹龍炮鳳) 황금례쥬(黃金醴酒) 만루대잔(滿鏤臺盞)"과 같이 동일한 방식으로 나타나고 있다.

<상춘곡(賞春曲)>도 술 마시는 자리가 이상향으로 변모한다는 점에서는 유사한 모습을 보이고 있다. "갓 괴여 닉은 술을 갈건(葛巾)으로 밧타 노코 곳나모 가지 것거 수(數) 노코 먹으리라 / 화풍(和風)이 건듯 부러 녹수(綠水)를 건너오니 청향(淸香)은 잔에 지고 낙홍(落紅)은 옷새 진다 / 준중(樽中)이 뷔엿거든 날다려 알외여라 소동(小童) 아해다려 주가(酒家)에 술을 들어 / 얼운은 막대 집고 아해난 술을 메고 미음(微吟) 완보(緩步)하야 시냇가에 호자 안자 / 명사(明沙) 조흔 믈에 잔 시어 부어 들고 청류(淸流)를 굽어보니" 도화(桃花)가 떠내려 오는데, 이것은 바로 음주(飮酒)의 장소가 이상향인 무릉도원(武陵桃源)으로 변모하였음을 의미한다. 정철(鄭澈) 또한 <관동별곡(關東別曲)>에서 술과 몽환의 세계를 직접 언급하고 있다.

유하주 가득 부어 달다려 무론 말이 영웅은 어대 가며 사선은 긔 뉘러니
아모나 맛나보아 녯 기별 뭇자 하니 선산 동해예 갈 길히 머도 멀샤
송근을 볘여 누어 픗잠을 얼픗 드니 꿈애 한 사람이 날다려 닐온 말이
그대를 내 모로랴 상계에 진선이라 황정경 일자를 엇디 그릇 닐거두고
인간의 내려와서 우리를 딸오난다 겨근덧 가디 마오 이 술 한 잔 머거 보오
북두성 기우려 창해수 부어내여 져 먹고 날 머겨날 서너 잔 거후로니
화풍이 습습하야 양액을 추혀드니 구만 리 장공에 져기면 날리로다
이 술 가져다가 사해예 고로 난화 억만창생을 다 취케 맹근 후의
그제야 고텨 맛나 또 한 잔 하쟛고야 말 디쟈 학을 타고 구공의 올나가니

서정적 자아는 꿈속으로 들어가는데, 꿈속의 세계 또한 음주의 장소이다. 그 음주가 자신에서 머무르지 않고 억만창생으로 확산된다는 점은 그

야말로 몽환적 세계의 양적 확대를 의미한다. 온 세상이 취해 돌아가는 것을 고민의 해소와 같은 긍정적 의미로 파악하고 있는 것이 <관동별곡>의 술 형상화인 것이다.

술이 곧바로 몽환과 이상의 세계를 의미하지는 않지만, 그 세계로 진입하는 역할을 하는 것도 우리의 고전문학이 선택한 형상화 방식이다. 송순(宋純)은 <면앙정가(俛仰亭歌)>에서 '온 가짓 소래로 취흥(醉興)을 배야거니' 근심이나 시름이 다 사라진다고 하였고, 윤선도(尹善道)는 <만흥(漫興) 3>에서 "잔 들고 혼자 안자 먼 뫼흘 바라보니 / 그리던 님이 오다 반가옴이 이러하랴"고 하였다. 그래서 말이나 웃음이 필요 없는 충만(充滿)의 세계가 전개되는 것이다. <청산별곡(靑山別曲)>이 지향하는 세계도 송순이나 윤선도가 꿈꾸었던 몽환의 세계였고, 그곳은 바로 '조롱곳 누로기 매와' 나를 붙잡는 음주의 장소였던 것이다.

술을 주인공으로 하여 서사의 세계를 펼친 작품으로 임춘(林椿)의 <국순전(麴醇傳)>과 이규보(李奎報)의 <국선생전(麴先生傳)>이 있는데, 중국의 고대 서사나 설화를 취하고 있다는 점에서 유사한 면모를 보이고 있다. 그러나 두 작품은 작가의 생애가 서로 대조적인 것과 같이 작품의 전개에 있어서도 차별성을 보이고 있다. <국순전>의 국순(麴醇)은 조풍(祖風)이 있었으나 미천한 재주로 출세하여 왕실을 어지럽히는 간신으로 형상화 되었는데, <국선생전>의 국성(麴聖)은 국정에 힘이 되고 제왕을 도와 태평세월을 이루게 하는 공신으로 그려져 있다. 국성은 도적들이 집결된 수성(愁城)에 물을 대어 한 번에 도적을 평정하는 공을 세우는데, 이는 마음의 근심은 술로 다스려야 함을 의미한다고 할 수 있다. 이처럼 외면적으로는 <국순전>이 술을 부정적으로 인식하고 <국선생전>은 긍정적으로 그리고 있는 것처럼 보이지만, 술을 의인화하여 주인공으로 삼은 것은 술의 그럴 만한 존재 이유가 있기 때문이라는 점에서 공통적이다. 여기에서 술을 마실 수밖

에 없는 부조리한 현실과 그에 대립되는 이상세계를 설정하고 그에 진입
하는 도구로서 술이 제시되었다는 것을 유의할 필요가 있다. 작가는 문제
의 해답을 제시한 것이 아니라 문제를 제기하고 토론하고자 한다. 술은 어
떤 기능을 담당하고 있는가? 고난의 현실을 타개하는 방법으로 술 이외의
다른 대안은 없는가? 이 두 작품은 그런 질문을 독자에게 던지고 있는 것
이다.

　술자리가 현실과 대립되는 또 하나의 세계라는 설정은 고전소설 전반에
서 두드러지게 나타나고 있다. <죽부인전(竹夫人傳)>의 죽부인은 신선술에
빠져 돌로 변해 버린 남편이 돌아오지 않게 되자, 평소부터 즐기던 술에
탐닉하면서 자신의 만절(晩節)을 지킬 수 있었다. 김시습(金時習)의 『금오신
화(金鰲新話)』에 실린 <만복사저포기>, <이생규장전>, <취유부벽정기>,
<용궁부연록>의 이상적 상황은 항상 술자리로 이루어져 있다. 탑돌이를
통하여 만난 양생(梁生)에게 명계(冥界)의 여인은 인간 세상의 것이라고 할
수 없는 술을 권하였고, 이생(李生)을 끌어들인 최 처녀는 술을 권하며 사랑
을 맺었고 또 이별하였다. 홍생(洪生)은 술이 취하여 선녀인 기씨녀(箕氏女)
와의 가연(佳緣)을 이룰 수 있었다. 몽환적 세계의 존재를 인정하지 않는다
면 김시습의 『금오신화』는 존재할 수 없고, 그 세계의 한 가운데 술이 위
치하고 있는 것이다.

　술과 연관되어 있는 몽환적 세계가 보다 구체적으로 드러나 있는 작품
으로 <운영전(雲英傳)>과 <구운몽(九雲夢)>을 들 수 있다. 유영(柳泳)은 춘흥
(春興)을 못 이겨 궁중으로 들어가 가지고 있던 술 한 병을 다 마시고 잠이
들었다가 깨어, 죽은 김진사와 운영의 기구한 사건을 듣는다. <운영전>의
사건은 궁녀의 사랑을 가로막는 제도로부터 비롯되었다. 술자리에서 이루
어지는 김진사와 운영의 하소연은 바로 사랑하는 사람끼리 사랑할 수 있
는 세계가 실현되어야 한다는 점으로 요약할 수 있다. 그러한 이상 세계에

의 지향이 술로 형상화 되어 있는 것이다. <구운몽>의 사건은 성진(性眞)
과 팔선녀가 수정궁에서 만나는 것으로부터 시작된다. 그런데 그러한 만남
이 이루어진 것은 바로 용왕이 권한 술에 성진이 취하였기 때문이다. 인간
으로 다시 만난 양소유(楊少遊)와 팔선녀가 이전의 세계로 돌아가는 것 또
한 술자리에 나타난 육관대사를 통하여 이루어진다. 이처럼 다른 세계로의
진입이 항상 술과 관련되어 일어나고 있는 것은 술이 가지고 있는 제도적
관습 때문이라고 할 수 있을 것이다.

4. 술의 현실적 인식과 문학

술은 우리의 식생활을 풍요롭게 하는 식품의 하나이지만, 강한 중독성을
지니고 있다는 점에서 다른 음료와 구별된다. 중독성은 일상적 세계에서
요구되는 이성적 활동을 마비시키고 광증(狂症)으로 이끌기도 한다. 한없이
즐겁게 하고, 또 끝없는 나락(奈落)으로 떨어지게 하는 술의 확대와 축소 기
능이 있어 술은 인간 생활에서 요구되는 과감성의 원천(源泉)이면서 동시에
비이성적 행동의 원흉(元兇)이라는 평가를 받기도 한다. 이러한 술의 기능
이 현실적 삶의 유지를 위해 이용되기도 하는데, 술이 삶의 전개에 있어
필연적 존재 이유를 갖는다는 것을 『성경』은 다음과 같이 말하고 있다.

롯은 소알에 사는 것이 두려워서 두 딸을 데리고 소알을 떠나 산으로 들
어가서 숨어서 살았다. 롯은 두 딸들과 함께 같은 굴에서 살았다. 하루는 큰
딸이 작은 딸에게 말하였다. "우리 아버지는 늙으셨고 아무리 보아도 이 땅
에는 세상 풍속대로 우리가 결혼할 남자가 없다. 그러니 우리가 아버지께
술을 대접하여 취하시게 한 뒤에 아버지 자리에 들어가서 아버지에게서 씨
를 받도록 하자." 그 날 밤에 두 딸은 아버지에게 술을 대접하여 취하게 한

뒤에 큰 딸이 아버지 자리에 들어가서 누웠다. 그러나 아버지는 큰 딸이 와서 누웠다가 일어난 것을 전혀 알아차리지 못하였다. 이튿날 큰 딸이 작은 딸에게 말하였다. "어젯밤에는 내가 우리 아버지와 함께 누웠다. 오늘 밤에도 우리가 아버지께 술을 대접하여 취하게 하자. 그리고 이번에는 네가 아버지 자리에 들어가서 아버지에게서 씨를 받아라." 그래서 그 날 밤에도 두 딸은 아버지에게 술을 대접하여 취하게 하였고 이번에는 작은 딸이 아버지 자리에 들어가 누웠다. 그러나 이번에도 그는 작은 딸이 와서 누웠다가 일어난 것을 전혀 알아차리지 못하였다. 롯의 두 딸이 드디어 아버지의 아이를 가지게 되었다. 큰 딸은 아들을 낳고 아기 이름을 모압이라고 하였으니, 그가 바로 오늘날 모압 사람의 조상이다. 작은 딸도 아들을 낳고 아기 이름을 벤암미라고 하였으니 그가 바로 오늘날 암몬 사람의 조상이다.

—창세기 19:30~38

결혼할 상대가 없어 종족(宗族)이 사라져야 할 상황이지만, 아버지를 통하여 대를 잇고자 하는 두 딸의 행동은 일상적인 윤리(倫理)로 볼 때 타당하지 않다. 그런 윤리를 그대로 따라야 한다면 인간 존재의 첫째 본능이라고 하는 종족 보존은 포기되어야 하는 것이다. 그러나 살인(殺人)은 절대 옳지 못한 행동이지만, 전쟁 상황에서는 더 많은 살상(殺傷)이 표창받기도 하는 것처럼, 각 사회나 상황마다 선택의 우선순위는 다르기 마련이다. 딸들은 근친상간(近親相姦)이라는 윤리보다 종족보존(種族保存)이라는 통서(統緖)를 더 중요시하였다. 그리고 가정 윤리의 최후 보루(堡壘)인 아버지의 권위를 훼손하지 않기 위하여 '술'을 선택하였다. 이 술이 있음으로써 딸들은 종족 보존이라는 사명을 달성할 수 있었고, 아버지는 윤리의 파괴라는 멍에를 벗어날 수 있었다.

술이 가지고 있는 이러한 양면성은 인간생활의 다양한 측면을 드러내는 문학에서 즐겨 형상화되고 있다. 술이 현실과 다른 또 하나의 세계를 표상하는 존재로서가 아니라, 현실을 장식하는 도구로서의 존재로 인식되어 있

는 것이다. "이 몸 싀어져서 님의 잔의 술이 되어 / 흘러 속의 드러 님의 안
흘 알고란쟈 / 매야코 박절한 뜻이 어늬 궁긔 들엇는고"라는 시조에서는 임
과의 이별을 아쉬워하여, 죽어 임의 마시는 술이 되었으면 하는 바람을 내
비친다. 정철(鄭澈)의 <장진주사(將進酒辭)>는 술이 가지고 있는 향락적 성
격을 극대화한 작품이라고 할 수 있다. 죽어 돌아가는 곳이란 다 같은 곳,
그래서 살아 있는 동안 마음껏 현실을 즐겨야 할 것 아니겠는가. 현실을
즐기는 열락(悅樂)의 대표로 선정된 것이 정철에게 있어서는 술이다. 흔히
술을 즐기는 사람에게 있어 모든 반찬은 안주이고, 술을 마시지 못하는 사
람에게 있어 모든 안주는 반찬이라는 말이 있다. 술에 탐닉한 사람에게 있
어 술은 다른 어떤 식품보다 우위에 놓이는데, 정철은 자신의 삶에서 그것
을 여실하게 보여주었다. 판소리 단가(短歌)인 <편시춘(片時春)>에서 "유령
(劉伶)이 기주(嗜酒)헌들 분상토(墳上土)에 술이 올거나 / 살아 생전에 많이 먹
고 놀고 헐 일을 하면서 놀아보세"라고 한 것도 정철의 <장진주사>에서
제시한 생각에서 벗어나지 않는다.

술은 인간관계를 윤택하게 하는 역할도 하지만, 정도가 심해지면 한정된
소수나 혼자만의 여유를 즐기는 대인기피증(對人忌避症)에 빠지게도 한다.
술을 마주하고 혼자 앉아 있거나, 또는 벗과 앉아 있는 모습은 우리의 민
화(民畵)에서 흔히 발견되고 있는데, 이러한 관습은 오래 전부터 있어온 것
이다. "창 밧기 국화를 심어 국화 밋틔 술을 비저 / 술 닉자 국화 픠쟈 벗님
오쟈 둘 도다온다 / 아희야 검은고 청 쳐라 밤새도록 놀리라"는 술을 마주
한 인간관계를 달과 꽃과 풍류가 감싸고 있는 모습을 통하여 잘 보여주고
있다. "재 너머 성궐롱 집의 술 익단 말 어제 듯고 / 누은 쇼 발로 박차 언
치 노하 지즐 투고 / 아해야 네 궐롱 겨시냐 뎡좌수 왓다 하여라"는 술에
목말라 있는 화자의 급박함 속에 벗과의 돈독한 정이 녹아 있어 더욱 정겹
게 느껴진다. 술이 되었다는 말을 듣고 그래도 체면 차리느라 하루를 기다

렸지만, 그 하루는 아마도 아무 일도 할 수 없는 의미 없는 시간이었을 것
이다. 그래서 이제는 괜찮겠지 하고 나서지만, 짐짓 내보였던 체면은 어느
새 사라지고 소를 박차며 타자마자 벌써 벗의 집에 도달하고 있는 것이다.
술 좋아하는 벗에게 술이 익었다는 기별을 해준 벗과 또 흥겹게 달려간 인
간관계가 있어 이 작품은 더욱 흥청거리고 있다.

　<홍길동전>에서 술은 집단의식을 고취하는 도구로서의 성격을 지니고
있다. 갈 곳 없이 떠도는 홍길동은 도적의 무리를 만나 그 괴수가 되는 자
리에서 술을 통한 맹약(盟約)을 하기 때문이다. 이러한 관습이 벗과 함께
하는 돈독한 우정의 연장선상에 놓여 있음은 물론이다. 그런데 박지원(朴趾
源)의 <허생전(許生傳)>에서 허생이 마시는 술에는 흔쾌(欣快)함과 우울(憂鬱)
함이 공존(共存)하고 있다. 사실 지향의 작품이라면 어쩔 수 없이 우울하고
가라앉은 모습으로 그려질 수밖에 없는 것이 우리의 현실이기에, 이는 적
절한 형상화라고 할 수 있을 것이다. 허생은 자신의 살림을 도와주는 변씨
(卞氏)가 '술병을 들고 찾아가면 아주 반가워하며 서로 술잔을 기울여 취하
도록 마셨다.' 그러나 이완(李浣) 대장이 찾아가자 허생은 이 대장을 밖에
세워둔 채 변씨와 취토록 술을 마신 후에야 그를 불러 마주한다. 여기에서
의 술은 세상살이가 배어 있는 '세상살이 그 자체'로서 기능한다고 할 수
있다.

　　변씨는 그때부터 허생의 집에 양식이나 옷이 떨어질 때쯤 되면 몸소 찾아
　가 도와주었다. 허생은 그것을 흔연히 받아들였으나 혹 많이 가지고 가면
　좋지 않은 기색으로,
　　"나에게 재앙을 갖다 맡기면 어찌 하오?"
　　하였고, 혹 술병을 들고 찾아가면 아주 반가워하며 서로 술잔을 기울여
　취하도록 마셨다.
　　…

밤에 이 대장은 구종들도 다 물리치고 변씨만 데리고 걸어서 허생을 찾아갔다. 변씨는 이 대장을 문 밖에 서서 기다리게 하고 혼자 먼저 들어가서 허생을 보고 이 대장이 몸소 찾아온 연유를 이야기했다. 허생은 못 들은 체하고,
"당신 차고 온 술병이나 어서 이리 내 놓으시오"
했다. 그리하여 즐겁게 술을 들이키는 것이었다. 변씨는 이 대장을 밖에 오래 서 있게 하는 것이 민망해서 자주 말하였으나, 허생은 대꾸도 않다가 야심해서 비로소 손을 부르게 하는 것이었다.

우리의 소설 문학에 지대한 영향을 끼쳤던 <수호지(水滸志)>와 <삼국지연의(三國志演義)>는 영웅의 형상화가 술에 대한 자세에서 비롯된다는 것을 잘 보여주었다. 영웅들은 술 속에서 자신들의 포부를 펼치고, 또 술로 인하여 그 포부가 무참히도 좌절되기도 하였다. 술을 잘 다스렸을 때의 장비(張飛)는 한중(漢中)에서 적을 유인하는 도구로 술을 사용하였고, 술에 빠졌을 때의 장비는 술로 인하여 부하에게 자신의 목을 바쳐야 했다. 이러한 술의 호기(豪氣)와 주망(酒妄)은 우리의 영웅소설에서 흔히 나타나는 관습으로 자리잡게 되었다. 그래서 술을 마심에도 절도를 지켜야 한다는 발언은 '도도한 취흥'에 맞서 설득력을 얻게 되는 것이다. "술도 머그려니와 덕 업스면 난(亂)ᄒᆞᄂᆞ니 / 춤도 추려니와 예 업스면 잡(雜)되ᄂᆞ니 / 아마도 덕례를 딕히면 만수무강ᄒᆞ리라<파연곡(罷宴曲)>"와 같은 작품이 윤선도에게서 나타나는 것은 술의 부정적 측면이 일상화된 현실 때문으로 볼 수 있다. 이러한 부정적 측면은 악인(惡人) 형상화에 즐겨 술이 사용되었다는 점에서 찾아볼 수 있다. <누항사(陋巷詞)>에서 소 빌리러 갔던 서정적 자아를 무참하게 했던 것은 주인의 '어젯밤의 전녠 집 져 사람이 목 불근 수기치를 옥지읍게 꾸어내고 간 이근 삼해주를 취토록' 권하였기 때문이다. 여기에서 술은 다른 사람의 마음을 움직이기 위한 뇌물(賂物)로서의 성격을 가지고 있다. 또 <우부가(愚夫歌)>의 악인 형상도 술과 관련되어 있어 더욱 현실적이다.

주리 틀려 경친 것을 옷을 벗고 자랑하며 술집이 안방이요 투전방이 사랑이라
늙은 부모 병든 처자 손톱 발톱 제쳐가며 잠 못자고 일삼는 것 술내기로 장기 두고
책망 없이 바린 몸이 무삼 생애 못 하여서 누이 자식 조카 자식 색주가로 환매하여
부모가 걱정하면 와락 날아 부르대며 아낙이 사설하면 밥상 치고 계집 치기
도망산에 뫼를 썼나 저녁 굶고 또 나간다 포청 귀신 되었는지 듣도 보도 못 할레라

여기에서 술집과 술내기, 색주가가 등장하면서 인간이 지니고 있어야 할
도덕성은 심각하게 훼손되고, 드디어는 차라리 포청 귀신이 되었을 것이라
는 험담을 듣는다. 술은 한 인간의 죽음을 초래하기까지 하는 것이다. <춘
향전>에서 춘향과 이도령이 만날 때 벌이는 술자리와 변사또가 생일잔치
에서 벌이는 술자리는 인간관계의 형성과 파멸이라는 양 극단을 극명하게
보여주는 예라고 할 수 있다.

① 각색 술병을 놓았으되 꽃 그린 왜화병, 벽해수상 거북병, 목 긴 거위병,
니적선의 포도주, 진처사의 국화주, 마고선녀 천일주, 산중처사 송엽주며,
인년주, 백화주, 익마고, 감홍로, 죽력고, 계당주, 황소주, 과하주, 모주, 막걸
리, 모두 합해 혼돈주를 노자작 앵무배에 가득 찰찰 가득 부어 도련님께 권
할 적에,
"불로초로 술을 빚어 만년잔에 가득 부어 잡으시오 이 술 한 잔 잡으시면
하오리다 남산수를 제 것 두고 못 먹으면 왕장군의 고자로다 인생 한 번 돌
아가면 뉘라 한 잔 먹자 하리 살았을 제 이리 노세."
도령이 술이 반취함에 춘향더러 갖은 소리를 다하여 흥을 돋우라 하니 연
하여 부르되, 도령이 술이 진취토록 먹은 후에 횡설수설 중언부언하며 온가
지로 힐난할제 이미 삼횡두전 야오경이라

② 이윽고 배반(杯盤)이 들어올새 운봉이 통인 분부하여
"술상을 저 양반께 드리라."
하니 통인 높이 부어 드리니 어사 받지 않고,
"내 가만히 본즉 어떤 데는 기생 년으로 술 드리고, 어떤 데는 이 모양으

로 얼렁뚱땅하니 어쩐 일이요 대저 술이란 것은 권주가 없으면 무미하니
기생 중 묘한 년으로 하나 보내오"

①의 술자리는 긍정적 인간관계의 형성에 술이 등장하면서 앞에서 언급
했던 몽환적 세계를 열어주고 있다. 반복되는 술 이름의 나열은 둘이 앉은
자리를 이상적 세계로 변모시키고 있는 것이다. 그래서 둘의 성희는 '즐겁
되 음란하지 않은' 모습으로 우리에게 다가온다. 그러나 ②의 술자리는 차
별과 갈등을 더욱 드러내고 있다. 이 사람에게는 이런 술상을 주고, 저 사
람에게는 저런 술상을 주어 차별을 고착시키고 있다. 이런 자리에서의 술
은 이상적 세계로의 진입을 위한 것이 아니라, 현실의 모순과 부조리를 더
욱 드러내는 데 기여하고 있다. 그래서 드디어는 '금준미주천인혈(金樽美酒
千人血, 좋은 항아리에 담겨 있는 달콤한 술은 백성의 피)'이라는 결과에 도달하게
되는 것이다.

5. 술을 통하여 문학 바라보기

술은 물로 이루어져 있지만, 그 속에 불을 지니고 있다는 점에서 필연적
으로 물과 불의 양면적 성격을 가지고 있다. 문학 작품에 형상화되고 있는
술은 상황에 따라 물을 선택하기도 하고 불을 선택하기도 하였다. 물의 수
평적 흐름이 선택되었을 때 술은 유유자적한 취흥을 드러내고, 불의 수직
적 흔들림이 선택되었을 때 술은 불안과 격정을 드러낸다. 그러나 물이라
하여, 또 불이라 하여 긍정적이거나 부정적이라는 것은 아니다. 모든 것은
그 자체로서 긍정 부정이 되는 것이 아니라, 다른 것과의 관계 속에서 가
치를 형성하게 되기 때문이다. 지귀(志鬼)의 '불'은 대상을 활활 태우는 파

괴(破壊)로 보이지만, 선덕여왕을 향한 뜨거운 열정일 때 그것은 황홀하도록 아름다운 존재로 변모한다. 유화부인에게 있어 물은 생명의 원천이지만, <서경별곡>의 물은 임과 나를 단절시키는 장벽(障壁)으로 존재하고 있다. 대상이란 이렇게 양면성을 지니고 있다.

술은 이러한 양면성을 그 형질 속에 가지고 있어 현실의 다양한 삶을 표현하는 데 대단히 유용하게 사용되고 있다. 과도한 음주가 빚는 망각까지도 축제(祝祭)에서 용인되었던 것은 긴장 속의 현실만이 능사가 아니라는 지혜에서 비롯되었다. 몽환의 세계를 꿈꾸면서 이완(弛緩)의 자유를 느끼는 것 또한 세계를 구성하는 데 있어 반드시 요구되는 우리의 중요한 한 부분이기 때문이다. 실제의 삶을 그리는 역사와 달리, 문학은 현실에 봉사하는 것이 아니라 꿈에 봉사한다. 이루어진 역사만이 진실이 아니라, 이루어져야 한다고 믿는 심정적 진실 또한 그 나름대로의 가치를 지니고 있다. 문학은 바로 그러한 우리의 바람을 실현시켜 주는 구체적 산물이다. 그런 점에서 술은 문학의 본질과 맞닿아 있다고 할 수 있다. 술이 문학 형상화의 중요한 핵심으로 자리잡게 된 이유도 여기에서 찾을 수 있을 것이다.

문학에서 차지하는 술의 역할에 대하여 이의(異意)를 제기하는 사람도 있을 것이다. 그래서 술의 폐해를 고발하지 않는 것에 대하여 의아(疑訝)해 하기도 할 것이다. 그러나 술에 탐닉(耽溺)하여 폐인(廢人)이 되는 것까지도 문학은 긍정적으로 수용한다. 그것이 문학을 문학으로 보는 바른 태도이다. 독자는 문학에서 교훈이나 지식을 얻으려 하지 않고, 작가가 제공하는 꿈의 세계를 소요(逍遙)하고자 하기 때문이다. 교훈이나 지식을 제공할 만한 능력을 작가는 갖지 못하고 있고, 따라서 그런 것을 원하는 독자라면 자신이 원하는 바를 문학 외의 다른 곳에서 찾아야 할 것이다. 술의 기능이 변하지 않는 한, 술은 앞으로도 문학의 중요한 동반자(同伴者)이다.

『왕오천축국전』의 삽입시와 이미지*

1. 서론

혜초(慧超)의 『왕오천축국전(往五天竺國傳)』은 우리의 문학사상 문헌 형태로 남아 있는 최초의 작품이다. 또 저 먼 인도로 구도(求道)의 여행을 다녀와 기록한 최초의 기행문학이다. 이 『왕오천축국전』이 있어 신라의 젊은 청년 혜초는 오로지 공부를 위하여 그 머나먼 길을 떠난 인물로 기억되고 있는 것이다. 혜초가 중국으로 건너간 것은 20세가 되기 전이었다.[그의 출생은 대체로 704년(혹은 700년)으로 알려져 있으며, 중국으로 건너간 것은 719년, 인도로의 구법 여행은 723년부터 727년까지인 것으로 알려져 있다. 따라서 그가 중국으로 간 것은 15살(또는 19살) 정도의 어린 나이이다. 대체로 중국으로의 유학은 이런 정도의 나이에 이루어진 것이 관례였던 듯하다.]

그렇게 중국으로 간 사람은 많다. 공자(孔子)는 '열다섯에 학문에 뜻을 두었다(十有五而志于學)'고 하였다. 모든 일생의 방향은 십대(十代)에 확립되고, 그 이후는 그것을 얼마나 성실하게 추진(推進)하였는가 하는 문제만 남을

---

* 『고전문학과 교육』 25(한국고전문학교육학회, 2013)에 실린 글을 정리하였다.

뿐이다. 자신이 세운 목표를 수행함에 있어 십대의 강한 정신력과 넘치는 힘은 가장 든든한 바탕이 된다. 그래서 뜻을 이룬 사람들의 십대는 공자와 마찬가지로 대단히 중요하다.

최치원(崔致遠)도 더 나은 성취를 위하여 십대 초반에 중국으로 유학을 떠났다. 더 큰 성취를 향하여 그는 부모의 슬하에 있을 어린 나이에 부모와 고향을 떠났다. 그 떠남이라는 것의 허망함과 그리고 아득함, 그리고 그 밑에 깔려 있는 진한 슬픔을 안은 채 그는 떠났을 것이다. 최치원의 아버지는 20세가 되도록 과거에 급제하지 않으면 자신의 아들로 인정하지 않겠다고 하였다. 그렇게 모진 말을 하지는 않았겠지만, 장도(壯途)에 오른 아들은 아버지의 뜻을 그렇게 받아들였을 것이다. 그러면서 자신의 불타는 투지(鬪志)를 다짐하였을 것이다. 그렇게라도 해야 견딜 수 있는 이방(異邦)에서의 공부였을 것이기 때문이다.

혜초 또한 그러했을 것이다. 이곳에 있어도 그냥 살아갈 수 있겠지만, 그는 더 원대한 포부를 품고 중국으로의 험난한 여행에 나섰다. 여행에서 닥칠 어려움을 모두 극복하겠노라 마음으로 굳게굳게 다짐했을 것이다. 사실은 이런 마음가짐부터가 여행이 주는 큰 혜택이라고 할 수 있다. 이곳에 있으면서도 저 먼 곳에서 치러야 할 삶을 상상하고, 그 어려움을 이기겠다는 각오를 다지고 있기 때문이다. 그래서 꿈을 가진 자는 항상 여행을 꿈꾼다. 그것이 시간 여행이든, 아니면 공간을 이동하는 것이든.

작은 나라에서 더 큰 것을 배우겠노라 꿈은 크게 가졌지만, 그러나 긴 여정, 그리고 언어의 소통 등, 어느 하나 쉬운 문제는 없었을 것이다. 그런 문제를 안고 혜초는 중국으로 들어갔고, 거기에서 포교(布敎)를 위하여 인도에서 온 스승 금강지(金剛智)와 만났다. 그의 법명(法名)은 삼장(三藏)이었고, 나중에 혜초가 가야 할 천축국의 승려였다. 스승은 해로(海路)로 중국에 들어왔는데, 혜초는 나중에 그 역(逆)의 방향으로 구도의 길을 떠나고 돌아왔다. 그리고 스승이 중국에 밀교(密敎)를 포교하기 위해 왔기 때문에 혜초도 자연스럽게 밀교의 전수자가 되었다.

금강지의 문하에 들어가 불교의 심원(深遠)한 경지를 실천하던 혜초는 더 먼 수도의 길을 위하여 천축(天竺)으로 여행을 떠났다. 유럽의 지식인들이 이탈리아와 그리스를 보고 드디어 세계인으로서의 자세를 가졌듯이, 그는 불교 승려로서 중국에 만족하지 않았다. 그래서 그 근원인 천축국으로의 여행을 감행하였다. 물론 스승이 그곳으로부터 왔기 때문에 선택하였을 수도 있다. 그러나 모두가 그런 선택을 하는 것은 아니다. 혜초였기에 그런 선택과 실천이 이루어졌던 것이다.

그가 간 길은 현재 남아 있는 기록만으로는 자세히 드러나지 않는다. 앞의 상당한 부분이 일실(逸失)되어 출발이나 인도로의 입국 과정을 알 수 없기 때문이다. 그렇지만 그는 남아 있는 부분에서 직접 체험한 것, 그리고 여행하면서 자신이 겪지 않았지만 듣고 알게 된 것까지를 모두 기록하였다. 현재의 우리들도 먼 나라로 갈 때는 대부분 안내자의 도움을 받는다. 그리고 여행지에 대한 상당한 지식은 그 안내자로부터 듣게 되는 것이 일반적이라고 할 수 있다. 그의 기록 속에 안내자에 대한 언급은 없지만, 혜초 또한 상당한 부분 안내자의 도움을 받았을 것이다. 또한 여행을 떠나기 전에 그보다 먼저 인도에 갔던 사람들의 여행기를 자세히 숙독했을 것이다.[현장(玄奘)의 『대당서역기(大唐西域記)』, 법현(法顯)의 『불국기(佛國記)』, 의정(義淨)의 『대당서역구법고승전(大唐西域求法高僧傳)』 등은 이미 인도를 떠나는 여행자에게 있어 필수적인 지침서로 인식되었을 것이다. 그가 『왕오천축국전』에서 기록한 방식 또한 앞의 기록들에서 상당한 부분 받아들여 이루어졌을 것이다.] 그의 스승인 금강지의 자세한 설명도 들었을 것이다. 『왕오천축국전』은 그래서 그가 직접 겪은 것만이 아니라 들은 것, 읽은 것 등 모든 것이 망라된 종합적 기록이라고 할 수 있는 것이다.

신라에서 중국으로 건너간 혜초는 왜 몇 년 되지 않아 다시 머나먼 인도로의 여행을 계획하였을까? 그리고 자신의 견문을 왜 기록으로 남겼을까? 이런 의문은『왕오천축국전』을 읽으면서 항용 제기되는 질문일 것이다. 누구나 인도로의 여행을 시도하지는 않는 것이고, 또 인도를 다녀온 사람 모두 여행기(旅行記)를 남긴 것은 아니기 때문이다. 이에 대한 대답을 혜초는 스스로 밝히지 않았다. 따라서 주변 정황과『왕오천축국전』의 구성을 통하여 추측할 수밖에 없는 실정이다.[혜초가『왕오천축국전』의 저자가 아닐 수 있다는 견해도 제시되었다. 실제로 현존『왕오천축국전』에서 정확한 연대가 밝혀진 곳은 "여기서부터 동서는 모두 대당 경계인데, 모두 알고 있어 자세히 말하지 않겠다. 개원(開元) 15년 11월 상순에 안서에 도착했다. 이때 절도사는 조군이다."의 기록밖에 없다. 이는 727년을 가리키는데, 모든 연대의 산정은 이를 기준으로 계산하고 있다. 여기에서는 안서도호부의 절도대사인 조이정(趙頤貞)을 '조군'으로 지칭하고 있는데, 27세(혹은 23세)의 신라 승려인 혜초가 그렇게 호칭을 붙일 수 있을지는 의문이다. 다만, 혜림(慧琳)의『일체경음의(一切經音義)』에는 조이정의 이름이 직접 제시되어 있기 때문에 현존 절략본(節略本)을 기록한 사람이 그런 호칭을 붙일 수 있는 가능성은 존재한다. 또한『왕오천축국전』의 네 번째 시에서는 "평생에 눈물 흘린 적 없었으나 / 오늘은 하염없이 눈물 흘린다오"라는 구절이 나오는데, 27세(혹은 23세)의 나이인 젊은 이국의 승려가 '평생'이라는 말을 사용하는 것은 아무래도 어울리지 않는다. 이 연대에 속하면서 혜초라는 이름을 가진 승려에는 소림사 혜초, 당동하사자정전(唐東夏師資正傳) 혜초, 고차(庫車) 혜초, 고수토라석굴(庫水吐喇石窟) 혜초, 길상원(吉祥院) 혜초, 본원사(本願寺) 혜초, 향수사(香水寺) 혜초 등 많이 있다. 원전의 복원과 함께 작자에 대한 논의도 본격적으로 이루어져야 할 것이다. 그러나 이러한 의문에도 불구하고 금강지와 불공(不空)의 제자로 기록된 혜초를 '신라 혜초'로 명기하였다는 점에서, 결정적인 자료가 나오지 않는 한『왕오천축국전』의 작가는 혜초로 인정할 수밖에 없다. 박현규, 「혜초 인물자료 검증」, 『한국고대사탐구』4, 한국고대사탐구학회, 2010, 125~147쪽. 작가 논의에 대하여는 정병삼, 『역주 왕오천축국전』, 한국전통사상총서

10, 대한불교조계종한국전통사상서 간행위원회 출판부, 2009, 17~30쪽을 참고할 수 있음.]

 이 글은 혜초의 『왕오천축국전』이 가지고 있는 성격과 문학사적 의의를 밝히는 것을 목적으로 하여 계획되었다. 특히 그의 기행문 속에 포함되어 있는 다섯 편의 시에 대한 검토를 통하여 그의 시가 가지고 있는 위상을 확인하고자 한다.

2. 『왕오천축국전』의 문학적 성격

 『왕오천축국전』이 인도를 여행한 기행문이라는 점에 대하여는 대체로 동의하고 있다. 그러나 모든 기행문이 수필문학이라는 것에는 동의하지 않는 사람들이 많다. 그들은 기행문이 문학의 한 장르인 수필이 되기 위하여는 여기에 사용된 언어가 함축적이고 독자의 정서면에 호소하는 것이어야 한다는 점을 충족시켜야 한다고 말한다. 문학의 언어가 현실의 언어와 구별된다는 것은 당연한 일이기 때문이다. 문학이 되기 위하여는 시작하는 처음과 종결하는 끝을 가진 하나의 세계일 수 있어야 한다. 그런 점에서 『왕오천축국전』은 문학 작품으로 보기보다는 '투철한 탐험가 정신의 소산'인 '문명탐험기(文明探險記)'라 규정되기도 한다.[정수일, 「혜초의 서역 기행과 왕오천축국전」, 『한국문학연구』 27, 동국대학교 한국문학연구소, 2004, 37쪽]

 이것이 문학으로서의 성격을 갖지도 않을 뿐만 아니라, 이미 기록된 서역 관련 구법 기록물보다 그 가치에 있어 미흡하다는 주장은 『왕오천축전』을 이 세상에 소개한 펠리오(Pelliot)의 입에서 나왔다. 그는 법현의 『불국기』나 현장의 『대당서역기』와 비교하여 『왕오천축국전』은 문학적 가치나 서술의 정밀성에서 뒤떨어진다고 판단한 것이다.[그러나 이는 현전하는 『왕오

천축국전』이 초고본인지, 아니면 원본을 베껴 쓴 사람의 산절(刪節) 과정에서 나타난 것
인지에 대한 의문이 존재하고 있어 확정하여 말할 수 있는 것은 아니다. 실제로『일체경
음의』의 해당 부분에 나타나는 어휘가 현존하는 책에 나타나지 않는 것으로 보아 현전
본은 초고본이라고 할 수 없을 것이다. 더구나 문법이나 행문상 부자연한 모습을 전제하
고 그 이유를 혜초의 이국인임에서 찾으려 하는 것은 혜초의 학문적 수준을 몰각한 데서
비롯된 것으로 볼 수 있다. 따라서 현전하는『왕오천축국전』을 실체 그대로 인정하고,
이것이 가지는 의미를 추구하는 것이 보다 합리적일 것이다. 정기선,「혜초 왕오천축국
전 소고」,『퇴계학과 유교문화』28, 경북대학교 퇴계학연구소, 2000, 290쪽]

> 새로 발견된 이 여행기는 법현과 같은 문학적 가치도 없고, 현장과 같은
> 정밀한 서술도 없다. …… 그의 문체는 평면적이다. 몇 수의 시가 들어 있지
> 만, 그것은 아예 수록하지 않은 것만 못하다. 그의 서술은 절망적으로 간단
> 하고 단조롭다. 그러나 그것은 도리어 동시대적 기술이라는 증좌일 것이다.
> —정수일 역주,『혜초의 왕오천축국전』, 학고재, 2004, 55~56에서 재인용

페리오의『왕오천축국전』에 대한 평가는 이 저작의 문학적 성과를 몰각
(沒却)하고, 자신이 얻고자 하는 사실의 기록이 주밀(周密)하지 못하다는 선
입관에 의하여 이루어진 것이다. 그러나 평가의 잣대를 설정하고 그에 합
당한가의 여부를 판단하는 재단적(裁斷的) 태도에서 벗어나게 되면『왕오천
축국전』이 가지고 있는 새로운 지평이 빛을 발하게 되는 것을 알 수 있다.

> ① 이 여행기가 존재하기에 한국문학의 역사는 문헌상 8세기 이전으로 소
> 급된다. 또한 그 속에 삽입된 서정적인 한시들은 한국의 지식인들이 매우
> 이른 시기에 한자와 한문을 받아들여 자신의 생활 감정과 사상을 동아시아
> 보편문학의 형태로 표출할 수 있었음을 분명하게 증명해 준다.
> —심경호,「혜초의 왕오천축국전」,『한국의 고전을 읽는다』1,
> 휴머니스트, 2006, 188쪽

② 기행문의 요체는 정확한 노정과 섬세하고도 예민한 관찰, 방문지의 풍속, 정경이 종합적으로 묘사되어 독자로 하여금 그 분위기 속에 몰입하게 하는 데에 있다. 혜초의 기행문은 이것이 잘 드러나 있다.

—장덕순, 『한국수필문학사』, 박이정출판사, 1995, 7쪽

③ 혜초는 『왕오천축국전』에서 자신의 불교적 처지를 크게 내세우지 않고, 가는 지역마다 그 지역에 관한 모든 사항을 종합적으로 기술하고자 하였다. 동시에 자기 개인 경험을 개입시키지 않고 그 지역에 관한 모든 지식을 총정리하여 간명한 언어로 정서적 표현을 최대한 배제하고 기술하였다. 이러한 기술태도로 볼 때 혜초는 『왕오천축국전』을 성지순례기로서 썼다기보다는, 원천적인 동기는 성지순례가 되겠지만 이 글을 쓸 때에는 인도라는 나라에 관한 모든 정보를 가장 객관적이고 종합적으로 전달하고자 하는 의도가 강했음을 알 수 있다. 삽입시 5편에 나타난 주관적, 정서적 표현에서 부처님의 나라를 여행하는 가슴 벅찬 감동은 첫째 시 한 수에만 나타날 뿐이라는 점에서도 그러한 사실을 엿볼 수 있다. 그리고 각 지역에 관한 인문지리학적인 지식을 최대한 있는 그대로 기술하기 위해서 산문과 시라는 두 가지 형태로 표현을 엄격히 이원화시켰을 것이다. 그러니 혜초가 산문과 시의 표현을 엄격히 구분한 데에는 이러한 저술의도도 크게 작용했다고 보아야겠다.

—이진오, 「왕오천축국전 연구의 글쓰기 방식과 저술의도」,
『고전산문연구』1, 태학사, 1998, 194쪽

①은 현상과 역사의 실체로서의 『왕오천축국전』에 대한 정당한 문학사적 평가라는 점에서 의미를 갖는다. 그는 당대 보편 문화의 현장인 중국에서 중국인을 대상으로 당당하게 글을 썼다. 그리고 그가 쓴 다섯 편의 한시는 신라인으로서는 최초의 기록문학이라는 의미를 갖는다. 그는 당으로 유학을 떠난 후 4년이 되는 해에 인도로의 여행을 떠났기 때문에, 신라에서는 한시의 향유가 교양으로 인정되었음을 알려주는 것이기도 한다. 이렇게 혜초는 우리 기록문학사의 상한(上限)을 올려놓았다.

②는 혜초의 『왕오천축국전』이 최초의 기행문이며, 기행문이 갖추어야 할 요소를 제대로 갖춘 작품임을 설명하고 있다. 혜초는 어떤 의미에서이건 국내의 좁은 울타리를 넘어 먼 인도까지 성공적으로 여행하고, 이를 기록으로 남긴 세계인으로서의 위상을 갖는다. 그가 지나간 발자취는 당시 중국인들이 인도로 가는 여정을 명확하게 알려주고 있다. 또한 그는 불교 승려이면서도 결코 자신의 종교 그 자체에 몰입하여 대상을 바라보지 않았다. 이를 통하여 독자는 선입견 없이 그가 제공하는 정보를 받아들일 수 있게 되는 것이다. 글쓰기는 사람에 따라 각각 다른 방식으로 이루어진다. 그런 점에서 글쓰기 방식은 그 사람의 개성을 드러내는 것이고, 그것이 바로 문학의 본질에 합당한 것이다. 혜초는 힘든 구법(求法)의 길을 거쳤고, 이를 전달할 수 있는 효과적인 방식을 고민하였을 것이다. 기존의 여행기와는 다른 방식이라야 자신의 기록이 의미를 가질 것이라고 생각하였을 것이다. 젊은 혜초는 글쓰기의 대상이 되는 나라의 형편을 대단히 객관적으로 서술하고, 작가의 정체를 글 속에 감추었다. 그렇게 해야 자신의 글이 독자에게 읽힐 수 있을 것이라고 생각하였던 것이다.

③은 『왕오천축국전』의 글쓰기 방식과 그것이 가지는 효과를 잘 요약하고 있다. 혜초 이전에도 이미 인도를 여행하고 그 체험을 기록으로 남긴 사람들은 많이 있었다. 혜초는 인도로의 여행 이전에 이러한 선행 기록을 충실하게 검토했을 것이다. 그리고 그러한 기록들이 자신의 입지(立地)와 다르다는 점, 그리고 기록한 사람들의 처지 또한 자신과 많은 차이가 있다는 점을 통감(痛感)했을 것이다.

현장은 인도를 방문하여 불적(佛跡)을 순례하는 것을 평생의 소원으로 삼았고, 이를 실행에 옮긴 사람이다. 또한 당시 불교계에서 논쟁의 쟁점이 되었던 문제들과 의혹들을 직접 성지(聖地)에서 해결하고자 하는 의도를 가지고 여행에 나선 사람이었다. 요컨대 그는 이미 불교계의 지도적인 위치에 있었고, 따라서 장장 17년간의 여행은 왕실을 위시한 주변으로부터의 열렬한 환대와 축하 속에 진행되었던 것이다. 의정 또한 현장의 성공에 자극을 받아 인도로의 여행을 결심하였고, 『남해기귀내법전』과 『대당서역구법고승전』을 저술하여 측천무후(則天武后)에게 헌상(獻上)하였다. 25년의 여행이 열렬한 환대 속에서 이루어진 것은 물론이다.[이용재, 「대당서역기와 왕오천축국전의 문학적 비교 연구」, 『중국어문학논집』 56, 중국어문학연구회, 2009, 373~374쪽]

혜초의 인도 여행은 의정보다 50년 후에 이루어졌다. 그러나 그의 여행은 주변의 환대나 기대 속에서 이루어진 것이 아니었다. 물론 그가 승려였기에 성지를 참배하고자 하는 소망은 항상 가지고 있었을 것이다. 또한 불적의 현장에 직접 가 봄으로써 자신의 신앙심을 한 단계 높이고자 하는 의도도 당연히 있었을 것이다. 그러나 이는 당시의 불교계나 국가적 차원이 아닌 개인적 차원의 문제로 국한된다. 또한 그가 신라에서 온 지 얼마 되지 않은 젊은 이방인 승려였다는 점도 고려되어야 할 것이다.[인도의 여행길에 오른 나이도 법현은 62세, 현장은 33세, 의정은 37세였다. 이에 반하여 혜초는 겨우 19살(또는 23살)의 어린 나이였고, 더구나 이방에서 온 승려였다.]

그렇다면 그의 여행은 법현과 현장, 그리고 의정에 의하여 촉발된 인도 구법 여행의 열기와 자신이 처한 환경, 그리고 이를 인식하고 있는 스승 금강지의 적극적인 후원에 의하여 이루어진 것으로 볼 수 있을 것이다. 실제로 그는 인도의 여행이 성공적으로 끝난 뒤 금강지의 제자로서 확고한 위상을 확립하게 되는 것이다.[이러한 이유에서 혜초의 여행은 영향력 있는 승려로서의 정체성을 확립하는 데 있어 통과의례(通過儀禮)의 구실을 하였다는 평가를 할 수 있다. 신은경, 「왕오천축국전에 대한 비교문학적 연구」, 『한국언어문학』 66, 한국언어문학회, 2008, 70쪽]

그의 여행은 일차적으로 불교 8대 성지의 참배가 목적이라고 할 수 있을 것이다. 그러나 이는 불교 승려로서 당연히 표방할 수 있는 목적이고,

이를 추동(推動)하게 한 것은 앞에서 말한 개인적인 환경 속에서 찾아야 할 것이다. 그런 점에서 그가 서역으로 간 이유를 신앙심과 함께 외국에 대한 견문 욕구, 이방인으로서 받게 되는 정신적 폐해의 극복, 당시에 만연한 구법 여행의 열기를 모방하고자 한 데서 찾는 것은 상당한 설득력을 갖는다. [송기헌, 「왕오천축국전과 혜초 서역 순례의 관광학적 고찰」, 『출판문화연구논문집』 1, 혜전대학, 1999, 215~218쪽]

이처럼 확고한 내면적 동기가 있었기 때문에 그는 자신의 여행을 스쳐 지나가는 기억으로만 남겨놓을 수 없었다. 수많은 구법 여행자가 있었고 이를 성공적으로 수행한 사람들이 있었지만, 그들 모두 자신의 여행 체험을 기록으로 남긴 것은 아니다. 법현이나 현장, 의정과 같이 왕실의 적극적인 후원을 받은 사람들은 그에 대한 보고의 성격으로 여행기를 작성하여야 했을 것이다. 그러나 혜초는 그런 것에서 자유로우면서도 3권에 이르는 방대한 저술을 남겼던 것이다.[혜림의 『일체경음의』는 혜초의 『왕오천축국전』이 3권으로 이루어졌음을 추정하게 한다.]

그는 자신의 여행이 가지고 있는 소중한 결과를 주위에 널리 알릴 필요가 있었다. 지식의 전파는 물론이고 자신의 미래와 관련되어서도 그의 여행은 정확하게 이루어졌음을 보고해야 했던 것이다. 그의 여행 기록이 작가 자신의 개인적 간여를 용납하지 않는 객관적 서술로 이루어진 것도 그러한 의도에서 비롯된 것으로 볼 수 있다.[여행기의 제목을 『대당서역기』나 『대당서역구법고승전』과 같이 당(唐)을 주체로 하지 않은 것도 혜초의 내면을 짐작하게 하는 요소이다. 이는 역설적으로 그를 답답하게 하는 환경의 억압에서 그가 자유롭지 않음을 보여준다.]

실제로 그는 『왕오천축국전』을 저술하게 된 동기를 짐작하게 하는 글을 남겨 놓았다.

또 안서대도호부에서 남쪽으로 호탄국까지는 이천 리이다. 이곳에도 많은 중국 군대가 주둔하고 있다. 절도 많고 스님도 많으며, 대승법이 행해지고 있다. 고기를 먹지 않는다. 여기서부터 동쪽은 모두 당나라 영역이다. 누구나 다 알고 있어 말하지 않아도 다 안다. 개원 15년 11월 상순에 안서대도 호부에 도착하였는데, 그때 절도대사는 조군이었다.

—정병삼 역주, 앞의 책, 175~176쪽

여기에서 그는 "누구나 다 알고 있어 말하지 않아도 다 안다."는 말을 통하여 기록 필요성이 없는 것은 과감하게 생략하였다. 이를 통하여 우리가 추측할 수 있는 것은 선행 기록에서 언급된 사항, 그리고 이미 누구에게나 알려져 있는 사실 등은 그의 관심사가 아니었다는 점이다. 그가 정치적 상황, 의복, 언어, 풍속, 산물, 음식에 대한 관심을 비롯하여 법의 운용이나 세금 부과, 빈부의 정도, 소송의 방법, 나라의 위치, 지형, 기후 등 세세한 사항을 일률적으로 기재한 것은 기존의 기록에서 그러한 사항들이 누락되었기 때문인 것이다.[박기석, 「혜초 왕오천축국전의 기행문적 고찰」, 『중세 여행체험과 문학교육』, 월인, 2012, 161쪽]

자신이 승려이면서도 불교에 대한 것은 소승(小乘)과 대승(大乘)에 관한 것이 거의 전부였다는 사실도 이런 이유에서 설명이 가능할 것이다. 요컨대 그는 보다 신선하고 새로운 지식, 그리고 객관적으로 인정될 수 있는 지식을 자신의 여행기 속에 담고자 하였던 것이다. 그런 관점에서 대상을 바라보니, 대상은 또 그렇게 존재할 수밖에 없는 것이다. 그렇게 혜초는 자신의 관점에서 대상을 독자에게 전달하였다.[그의 산문이 화려함을 추구하지 않고 질박한 모습으로 보인 것은 따라서 비판받을 요소가 아니다. 좋은 글이란 작가의 의도가 독자에게 잘 전달되도록 쓰여진 글이라는 관점에서 혜초의 글쓰기를 평가해야 할 것이다. 유영화, 「왕오천축국전 연구」, 『수선논집』 16, 성균관대학교대학원학생회, 1991, 25~226쪽]

그는 자신이 보고 들은 기록들을 정확하게 전달할 목적으로 글을 작성하였지만, 한편으로는 그에 수반되는 자신의 감흥(感興)을 도외시하지 않았다. 이는 산문 속에 같이 교직(交織)되어 있는 시(詩)를 통하여 충족되고 있다. 산문은 산문대로의 역할을 담당하고 있고, 또 시는 시대로의 역할을 부여받아 그 사명을 다하고 있는 것이 『왕오천축국전』의 글쓰기 방식이라고 할 수 있는 것이다. 그렇다면 그가 사물에 접하여 반응하는 감성적 표출은 그의 시를 통하여 확인할 수 있을 것이다.

3. 혜초 시의 이미지

혜초는 『왕오천축국전』에 다섯 편의 시를 남김으로써 산문의 지향과는 다른 또 하나의 지향을 병렬시켰다.[혜초의 여행 기록은 상당한 부분 의정의 『대당서역구법고승전』을 본받았다고 할 수 있는데, 의정 또한 그의 여행기에서 다섯 편의 시를 남겨 놓았다. 물론 『왕오천축국전』의 앞부분이 일실되었기 때문에 혜초는 더 많은 시를 지었을 것으로 추정할 수 있다. 그러나 두 사람의 시가 주제나 내용에 있어 매우 비슷하다는 점은 주목을 요한다. 신은경, 앞의 논문, 74쪽]

따라서 시는 산문의 보조적인 위치에 머무는 것이 아니라, 『왕오천축국전』을 완성하는 중요한 핵심으로서의 역할을 하고 있는 것이다. 산문의 지향과 시의 지향이 어우러져 『왕오천축국전』의 총체성이 드러나기 때문이다. 산문의 지향이 객관성을 통한 지식의 전달이었다면, 시는 현장에서 느끼는 감회의 서정적(抒情的) 동화(同化)라고 할 수 있을 것이다. 독자는 지식의 습득에 머무는 것이 아니라, 시의 세계 속에 빠져들어 흥분과 비탄, 안도의 감정을 공유하는 것이다. 그의 시가 한 여정이 끝나고 다음 여정으로 넘어가기 전에 놓여 있는 것도 전달된 지식을 가슴으로 확인할 수 있게 하기 위한 의도라고 할 수 있다. 여기에서 우리는 혜초의 시가 현장에서 이루어지고, 현장을 떠나 존재할 수 없는 필연적 관련성을 확인할 수 있다.

본래 시는 현장과의 긴밀한 관련 속에서 이루어졌다. 특히 우리 고대의 시가는 그 시가가 이루어진 배경을 드러내는 현장의 이야기와 더불어 존재하는데, 이는 시란 그런 것이어야 한다는 당대인들의 인식을 보여주는 것이라고 할 수 있다. <공무도하가(公無渡河歌)>나 <황조가(黃鳥歌)>, 그리고 <구지가(龜旨歌)> 등은 이야기와 노래가 긴밀하게 결합하여 이를 분리시킬 수 없게 한다. 노래란 본래 그렇게 출발하였고, 또 그렇게 인식되어야 함을 보여주는 것이라고 할 수 있다. 고구려와 수나라의 전쟁이라는 실제의 역사 속에서 이루어진 을지문덕의 <여수장우중문시(與隋將于仲文詩)>도 이러한 결합을 여실하게 보여주고 있다.

시가 가지고 있는 현장성은 문학이 현실을 보고하는 것이 아니라 그렇게 이루어져야 할 꿈의 세계를 보여주고 있다는 점에서 당연한 귀결이라고 할 수 있다. <황조가>에서 짝을 지어 나는 꾀꼬리는 이별의 상처를 지닌 존재 앞에서 의미를 갖는다. 그것도 대단한 인물의 아픔일 때 그 진폭은 더 커진다고 할 수 있다. 황제인 유리왕의 한 아내가 남편을 두고 떠나는 상황이라면 이와 관련되는 작품의 제작이 이루어져야 한다고 생각하고, 이와 상반되는 자연 현상으로 다정하게 짝을 지어 노니는 꾀꼬리를 설정하게 되는 것이다. 혜초는 그러한 전통의 연장선상에서 현장과 시가 어떻게 조응(照應)할 수 있는가를 잘 보여주었다.

혜초는 여행 중 가장 인상 깊었던 장면을 선정하여 시로 지음으로써 독자로 하여금 풍부한 상상의 세계 속으로 빠져들게 하였다. 시는 본래 그렇게 대상을 시인과 동질적인 것으로 변모시키는 효과를 가지고 있기 때문이다.

① 보리수가 멀다고 걱정 않는데 / 어찌 녹야원이 그리 멀다 하리오
다만 길 험함을 근심할 뿐 / 업연(業緣)의 바람 몰아쳐도 개의찮네.
팔 탑을 친견하기란 실로 어려운데 / 불경은 오래 전에 타버려 못 봐.
어찌 이리 사람 소원 이루어졌는가 / 오늘 아침 내 눈으로 보았구나.
不慮菩提遠 焉將鹿苑遙 只愁懸路險 非意業風飄
八塔難誠見 參差經劫燎 何其人願滿 目覩在今朝
[번역은 기존 연구와 역주(譯註)를 참고하였다. 참고한 자료는 지안(『왕오
천축국전』, 불광출판사, 2010), 심경호(앞의 논문), 이진오(앞의 논문), 이석호
(『왕오천축국전』, 을유문화사, 1974), 정수일(앞의 책), 이승하(「순례자의 여
수와 향수의 시학」, 『한국문예창작』 16, 한국문예창작학회, 2009), 정기선(앞
의 논문), 정병삼(앞의 책)의 번역이다.]

② 달 밝은 밤에 고향길 바라보니 / 뜬구름은 너울너울 바람 타고 돌아가네.
편지 써서 구름 편에 부치려 하나 / 바람은 빨라 내 말을 들으려고 돌아보
지도 않네.
내 나라는 하늘 가 북쪽에 있고 / 다른 나라는 땅 끝 서쪽에 있네.
따뜻한 남쪽에는 기러기 오지 않으니 / 누가 소식 전하러 숲으로 날아가리.
月夜瞻鄉路 浮雲颯颯歸 緘書忝去便 風急不聽廻
我國天岸北 他邦地角西 日南無有鴈 誰爲向林飛

③ 고향의 등불은 주인을 잃고 / 타향의 보배나무도 꺾여버렸으니
신령스런 영혼은 어디로 갔는가? / 옥같던 용모는 이미 재가 되었으니
생각하니 가엾고 애절하구나 / 그대 소원 못 이룬 것 슬퍼하노니
누가 고향 가는 길을 알리오 / 돌아가는 흰 구름만 부질없이 바라보네.
故里燈無主 他方寶樹摧 神靈去何處 玉皃已成灰
憶想哀情切 悲君願不隨 孰知鄉國路 空見白雲歸

④ 그대는 서쪽 토번 멀다 한탄하나 / 나는 동쪽 길 먼 것을 애달파하네.
길 황량하고 구름 산은 엄청 높고 / 험한 골짜기에는 도둑도 많다지.
나는 새 산봉우리 높아 놀라고 / 사람은 기우뚱한 다리 지나기 어렵네.
평생에 눈물 흘린 적 없었으나 / 오늘은 하염없이 눈물을 뿌린다오

君恨西蕃遠 余嗟東路長 道荒宏雪嶺 險澗賊途倡
飛鳥驚峭嶷 人去偏樑難 平生不捫淚 今日灑千行

⑤ 차가운 눈은 얼음을 끌어 모으고 / 찬 바람은 땅이 갈라지도록 매섭구나.
망망대해 얼어붙어 단이 되었고, / 강물은 제멋대로 벼랑을 깎아먹는다.
용문(龍門)엔 폭포조차 끊어지고 / 정구(井口)엔 서린 뱀같이 얼음이 엉키어
있도다.
횃불 들고 오르며 부르는 노래 / 파미르 고원을 어찌 넘어갈 수 있을까?
冷雪牽氷合 寒風擘地烈 巨海凍墁壇 江河凌崖囓
龍門絶瀑布 井口盤蛇結 伴火上垓歌 焉能度播蜜

첫 번째 시에서 혜초는 마하보리사에 도착하여 성지를 순례하고자 했던
소원이 성취된 기쁨을 읊었다. 그 성취는 어린 나이에 이국(異國)인 중국에
왔고, 또다시 인도를 방문함으로써 그의 힘들었던 시절을 날려버릴 만큼
강렬한 동력(動力)이었다. 득의에 찬 그의 심정은 멀리 가야 하는 녹야원도
두렵지 않았고, 심지어는 '업연(業緣)'의 바람도 개의치 않을 정도로 치솟고
있다. 그는 친견(親見)하기 어렵다는 여덟 탑을 바로 눈앞에 두고 있기 때문
이다.

이 시에서 '바람'의 심상은 그저 스쳐가는 어휘가 아니다. 바람은 두 번
째 시의 "뜬구름은 너울너울 바람 타고 돌아가네. / 편지 써서 구름 편에 부
치려 하나 바람은 빨라 내 말을 들으려고 돌아보지도 않네."에서 다시 나타
난다. 그리고 여행을 마무리하는 다섯 번째 시의 '찬 바람은 땅이 갈라지도
록 매섭구나.'에서도 반복되고 있다. '바람' 이외에도 수많은 자연 현상이
혜초의 곁을 스쳐 지나갔을 것이다. 그런데 그는 이 '바람'에 주목하였다.
그만큼 바람은 그의 뇌리에 깊이 각인(刻印)되었다는 것을 의미한다.

'바람'의 사전적 의미는 '기압의 변화 또는 사람이나 기계에 의하여 일
어나는 공기의 움직임' 정도로 요약될 수 있을 것이다. 그러나 혜초의 시

에서 바람은 이러한 사전적 정의를 뛰어넘어 새로운 의미를 획득하게 된다. 바람은 이곳에서 저곳으로 이동하면서 이곳에 있는 물체를 저 먼 곳으로 옮김으로써 이곳의 모습을 변화시키게 된다. 그 결과 이곳에 있는 존재는 사라져 없어지게 된다. 그 대상은 물체에 머무르는 것이 아니라 우리의 생명까지 포함하는 모든 것으로 확대된다. 바람이 '허무(虛無)'의 이미지를 갖게 되는 이유가 여기에 있다.

'바람'은 있었던 것의 사라짐을 의미하면서 시의 세계를 풍부하게 장식하였다. 월명사(月明師)는 <제망매가>에서 굳게 버티고 있는 나무와 그 나뭇잎을 현상 그대로 가만 두지 않는 '바람'을 형상화 하고 있다. 잎이 바람에 날려 사라지는 것처럼 누이 또한 눈앞에서 사라지고 있는 것이다.[생사 길은 예 있으매 머뭇거리고 / 나는 간다는 말도 몯다 이르고 어찌 갑니까 / 어느 가을 이른 바람에 이에 저에 떨어질 잎처럼 / 한 가지에 나고 가는 곳 모르온저]

정민교(鄭敏僑)의 작품으로 알려진 시조에서 '간밤의 불던 바람에 만정도화 다 지거다.'라 하고, 조지훈(趙芝薰)이 <낙화(落花)>에서 '꽃이 지기로서니 / 바람을 탓하랴.'라고 한 것도 모두 바람이 갖는 허무의 속성을 드러낸 것으로 볼 수 있다.

그런데 혜초는 첫째 시에서는 허무를 유발(誘發)하는 바람, 결국 운명과의 대결도 불사하겠다는 강인(強忍)한 의지를 보여주었다. '업연의 바람'도 두려워하지 않고 정면으로 맞서고자 하지만, 그러나 바람과의 대결이 그리 만만한 것이 아니라는 것은 바로 알게 된다. 모든 것은 자신의 의지와는 다른 방향으로 흘러가는 것이고, 그것을 용인할 수밖에 없음을 깨닫게 되는 것이다. 이런 깨달음이야말로 자신의 내적 성장을 의미하는 것일 수도 있다. 그래서 종국에는 대상의 냉혹(冷酷)한 매서움 앞에서 떨고 있는 자신을 발견하게 되는 것이다.

바람의 허무함 앞에서 자신을 강고(強固)하게 지킬 수 있었던 것은 앞에서 있는 여덟 탑의 굳건한 무게가 있었기 때문이다. 돌로 된 부동의 탑 앞에서 바람은 그 변화의 의지가 소멸될 수밖에 없다. 유치환(柳致環)이 허무의 바람에 대한 강인한 저항을 '바위'로 표상한 것도 바로 이러한 이유에서라고 할 수 있다. 이런 이유에서 탑은 그대로 남아 있고, 다만 불경이 타버려 보지 못했다고 번역하는 것이 타당하다.

두 번째의 시는 흔히 고향에 대한 그리움을 드러낸 시라고 말한다. 또한 이 시의 마지막 구절에 있는 '림(林)'이 '계림'을 줄여 쓴 것으로 보아 혜초가 신라의 승려임을 증명하는 자료로 삼기도 한다.[정수일, 앞의 논문, 30쪽. 나아가 신은경은 이 구절이 마음의 고향인 신라를 향한 것이고, 다섯 번째의 시에 나타나는 "파미르 고원을 어찌 넘어갈 수 있을까?"에서 가야 할 목표가 중국이라 하여 이중의 객수(客愁)를 표현한 것으로 보기도 하였다. 신은경, 앞의 논문, 79쪽]

그러나 혜초는 어린 나이에 중국으로 건너갔고, 모든 삶을 중국에서 보냈다. 신라에서의 가족 관계나 출신 등이 알려져 있지 않기 때문에, 그가 출생한 신라에 대한 의식을 살필 수는 없다. 그러나 여행에서의 귀환 이후의 행적을 볼 때, 시에서 나타난 표현을 지나치게 신라와 연관시키는 태도는 바람직하지 않다. 시가 언어의 상징성을 중요한 자질로 하고 있다는 점에서는 더욱 그렇다. 따라서 그 번역은 '숲으로 날아가리'를 택함으로써, 구름 편에 자신의 여정을 전하고자 하지만 그 방법을 찾지 못하여 안타까워하는 마음을 표현한 것으로 보는 것이 바람직하다.

달 밝은 밤하늘을 쳐다보면, 그 달을 바라보는 고향의 사람들과 상상 속의 해후(邂逅)를 하게 된다. 그래서 달을 이동시키는 구름은 소식을 전하는 전령(傳令)처럼 느끼기도 할 것이다. 그런데 앞에서 검토한 바와 같이 바람은 나 몰라라 앞으로 내달리고 있는 것이다. 여기에서 작가는 첫 번째의 시에서 가졌던 득의의 마음이 한껏 가라앉게 됨을 느끼게 될 것이다. 이러한 자기 내면화를 통하여 성숙해 가는 작가의 모습이 이 시에서 잘 표현되고 있다.

세 번째 시는 고향으로 돌아가지 못하고 죽은 중국 승려를 애도(哀悼)하는 시이다. 많은 승려들이 인도로의 구법 여행에 나섰을 것이지만 임무를 완수하고 다시 돌아온 사람은 그리 많지 않았을 것이다. 의정의 『대당서역구법고승전』 서문에 의하면 "서행을 떠난 자는 거의 50명에 달했지만 살아서 그 이름을 남긴 자는 겨우 몇 명에 불과했다."고 기록하고 있다.[이용재, 앞의 논문, 372쪽에서 재인용] 따라서 도중에 죽은 승려의 이야기는 남의 일로 들리지 않았을 것이다. 그것은 조금 뒤의 자신일 수도 있기 때문이다.

첫 구의 '등불'은 갑자기 돌출한 어휘다. 그런데 의정이 인도를 여행하고자 한 목적을 밝힌 글에는 "현장의 성공에 자극 받고 불법을 중국에 유통, 중생들을 피안(彼岸)으로 오르게 하는 사다리가 되고, 탐욕의 바다를 건네주는 배가 되는 전등(傳燈)의 불빛이 되리라"는 구절이 나타난다.[이용재, 위의 논문, 374쪽] 혜초가 인도의 여행 이전에 이미 의정의 저술을 깊이 탐독하였을 것이기 때문에, '고향의 등불'은 바로 '불교에 있어서는 변방일 수밖에 없는 중국에 불법을 전하는 등불'로서의 의미로 해석될 수 있다. 이렇게 '등불'을 해석하면, 바로 다음의 '타향의 보배나무도 꺾여버렸으니'는 열심히 수련하여 보배로 다듬어진 승려의 죽음을 안타까워하는 시인의 마음을 표현한 것이 된다.

불도를 닦는 승려에게 있어 죽음은 이 세상에서 저 세상으로 자리를 옮기는 것에 불과한 것이다. 그런데도 혜초가 고향으로 돌아가지 못하고 죽은 한 승려를 애도하는 까닭은 고향으로 돌아가지 못한다는 것이 바로 자기의 본질, 존재를 회복하지 못한다는 것으로 인식되었기 때문이다. 이는 구도의 길을 더 계속할 수 없다는 의미를 갖기 때문에 그 승려의 좌절을 애석해 하는 것이다. 그렇지만 바로 "누가 고향 가는 길을 알리오 돌아가는 흰 구름만 부질없이 바라보네."에서 자신의 정체성을 확인하게 된다. 이런 점에서 이 시는 혜초의 내면의 성숙과 함께 앞에서 언급한 통과의례적 성격을 잘 보여주고 있다.

네 번째 시는 '이리 가고, 저리 가는' 인생살이의 모습을 그림처럼 보여주고 있는 작품이다. 사신(使臣)은 이역(異域)으로 가고, 자신은 사신이 출발한 중국으로 돌아가는 모습이 잘 표현되어 있기 때문이다. 서로 가는 방향은 다른데, 그리고 여정을 시작하는 사람과 귀환(歸還)하는 사람의 처지도 다른데, 이 지점에서 시인은 한없는 눈물을 흘리고 있다. 따라서 "평생에 눈물 흘린 적 없었으나 오늘은 하염없이 눈물을 뿌린다오."는 현재의 험난한 여정을 직접적으로 제시한 것이 아니라, 이역으로 떠나는 사신을 보니 지나온 모진 간난(艱難)들이 떠오른 것이고, 그것이 바로 인생의 진실한 모습임을 발견한 데서 오는 처절한 인식이라고 할 수 있다. "산은 거칠고~ 기우뚱한 다리 지나기 어렵네."도 실제 이루어진 현실을 묘사한 것이 아니라 사람 살아가는 총체적 어려움의 상징적 표현이라고 할 수 있다. 여기에서 시인은 비로소 '하염없이 눈물을 뿌리는' 깨달음의 경지에 들어서게 되는 것이다. 이러고 보면 모든 것이 이 세상에서 저 세상[彼岸]으로 들어가는 교량(橋梁)일 수 있음을 깨닫게 된다.

다섯 번째 시는 겨울 어느 날 토하라에서 눈을 만난 감회를 읊고 있다. 앞의 시에 잇달아 제시함으로써 그는 불법을 구하러 천축까지 가는 승려도 예사 사람의 외로움과 괴로움을 떨쳐버릴 수 없음을 토로하고 있다. 앞의 시가 험난한 여정을 직접적으로 제시한 것이 아니라 인생살이의 어려움을 상징적으로 제시한 것처럼, 이 시 또한 시의 본령인 상징으로 이해할 수 있다. '파미르 고원'은 그 자체가 현실일 뿐만 아니라 넘어야 할 높은 고지가 될 수 있기 때문이다. 앞에서 우리는 '바람'의 이미지를 통하여 한없이 나약한 자신을 깨닫게 되고 이것이 바로 대각(大覺)일 수 있음을 알 수 있었다. 이 지점에서 '횃불'은 파미르 고원을 넘기 위한 실질적인 도구에서 인생의 고해(苦海)를 헤치고 나가는, 찬연한 상징의 등불로 변모하게 된다. 용문(龍門)과 정구(井口)가 바로 현장인 이곳이 아니라 머릿속으로 떠올린 중국의 겨울날 정경이라는 점에서도[신은경, 앞의 논문, 79~80쪽] 이 시의 배경은 구체적 현실을 떠나 보편(普遍)의 대해(大海)로 확대되고 있는 것이다. 이러한 깨달음과 보편적 진실에의 도달을 통하여 이 시는『왕오천축국전』의 대미(大尾)를 훌륭하게 장식하고 있다.

4. 결론

현존하는 기록에 따르면 작가가 구체적으로 적시(摘示)된 을지문덕의 <여수장우중문시>나 진덕여왕의 <치당태평송>은 모두 7세기에 이루어진 작품이다. 그 이전의 작품들은 모두 배경설화를 가지고 있기 때문에 오늘날까지 유전하게 된 것이며, 을지문덕과 진덕여왕의 작품도 전쟁이라는 거대한 역사적 사건과 연계되고 있기 때문에 기록될 수 있었다.

이런 우리 문학사에서 혜초의『왕오천축국전』과 다섯 수의 한시는 분명한 시기와 작가가 확정되어 있다는 점에서 중요한 의미를 갖는다. 이러한 문학사적 위치에도 불구하고 혜초의 작품은 문학적인 검토가 충분하게 이루어지지 않았다. 본고는 이러한 문제의 인식 위에서 작성되었다.

그는『왕오천축국전』속에 자신이 직접 경험한 것만이 아니라 그곳에 가서 듣고, 또 알게 된 것을 자기화 하여 풀어냈다. 우리가 사는 삶의 거의 대부분은 허구(虛構)와 상상(想像)으로 이루어져 있다. 한 사람과의 교유(交遊)를 위하여 손 하나 뻗는 것도 수많은 생각의 흐름이 우리의 머리를 스쳐 간 뒤에 나타나게 된다. 그런 생각의 과정을 없는 것으로 친다면, 우리의 세계라는 것은 대단히 삭막(索莫)할 수밖에 없다. 그래서 혜초는 자신이 다 녔던 지역의 모습을 세심하게 관찰하였고, 그리고 들은 바를 기록하였다. 그런 기록 속에 그곳의 역사와 풍물은 오롯이 담겨진 것이고, 그러다 보니 그 역사와 풍물은 사라져버리고 기록만이 남게 되었다.

혜초의 출발은 장엄하였다. 신라에서 중국으로 가는 여행은 아마도 가슴 두근거리는 설렘으로 시작하였을 것이다. 그리고 수도승으로서의 자세를 갖춘 혜초에게 있어 그 근원을 찾아 떠나는 여행은 당찬 계획으로부터 시 작되었을 것이다. 그는 원기 백배하여 힘차게 장도(壯途)에 오를 수 있었다. 그리고 그 기상은 하늘을 찌를 듯하였다.

혜초는 자신의 기행문 속에 문득문득 시를 써 넣었는데, 산문 속에 시를 넣어 자신의 생각을 응축(凝縮)하여 표현하는 방식은 오래 된 관습이었다. 그 시로의 응축을 통하여 말하고자 하는 바가 집중된다는 점에서, 이는 마 치 판소리에서 중요한 감정의 전달을 창(唱)으로 처리하는 것과 같다. 일상 적인 언어 형식의 '아니리'로 진행하다, 창으로 바뀌면서 창의 부분은 일상 어와는 다른 특별한 내용을 담고 있다는 생각을 갖게 한다. 실제로 창으로 이루어진 부분은 <쑥대머리>나 <추월만정(秋月滿庭)>과 같이 마음속 깊은 곳에서 우러나오는 감정의 응어리인 것이 일반적이다.

그 시들은 작품 나름으로 서로 연관을 갖고 전체적인 짜임새를 갖추고 있 음을 알 수 있다. 즉 산문 서술이 정서적 표현과 개인적 체험을 극도로 배제 하였다면, 시는 이를 효과적으로 보완해 주고 있는 것이다. 이를 통하여 우 리는 숭고한 구도자(求道者)로서의 정신세계를 또한 느껴볼 수 있다. 이 시가 있음으로써 『왕오천축국전』이 객관적이고 간결한 문장의 여행기록에 머물 지 않고 기행문으로서의 문학적 향취를 느낄 수 있게 하는 것이다.

혜초가 불교의 한 종파인 밀교(密敎)의 승려였다는 것이 불교사에서는 큰 문제가 될지 모른다. 밀교의 전승 역사가 혜초 때까지로 그 시원(始源)이 올라갈 수 있기 때문이다. 그의 스승이 그러하니 혜초는 당연히 불교의 근원지인 인도에 가고자 하는 꿈을 가졌을 것이다. 이렇게 모든 것은 그렇게 되도록 하는 인연이 있어 또 결과를 그렇게 만드는 것처럼 보인다. 십대의 청년이 신라에서 중국으로 갔고, 그리고 밀교의 승려인 스승 금강지를 만났다. 아마도 이런 것들이 전생에 이미 정해진 것인지 모른다. 그래서 신라의 소년은 승려가 되었고, 밀교에 깊이 침잠하였다. 그러니 한국 불교사에서 그를 그렇게 언급하는 것도 충분히 의미 있는 일일 것이다.

혜초는 인도를 거쳐 다시 중국으로 돌아왔지만, 거기에 머물면서 밀교 경전의 번역과 포교에 힘썼을 뿐, 다시 그의 고국인 신라로 돌아오지 않았다. 그는 그렇게 자신의 나라를 뛰어넘는 세계인(世界人)으로 성장하였던 것이다. 그러니 그로 인하여 밀교의 전래가 앞당겨졌다거나, 불교사의 새 장을 열었다거나 하는 것은 세계를 호흡하는 혜초에게 있어서는 그리 큰 문제가 될 수 없는 것이다. 혜초는 저 먼 옛날, 벌써 신라를 뛰어넘어 세계를 호흡하는 세계인의 한 전형이 되어 있었기 때문이다.

가사(歌辭) 교육의 현황과 창작의 필요성*

1. 머리말

　　교육 현장에서 가사는 어김없이 중요한 교육 자료로 활용되고 있다. 교과서에서 가사는 중요한 학습 텍스트로서의 위상을 확보하고 있고, 해마다 치러지는 대학수학능력시험의 언어영역에서도 출제 가능성이 가장 높은 고전 자료로 인식되고 있는 것이다. 더구나 고등학교의 검인정 도서인 대부분의 문학 교과서는 대학교의 국문학 개론이나 가사 관련 전공과목에서 배울 수 있는, 깊이 있는 내용을 싣고 있다. 그래서 중요 가사 작품의 내용과 작가의 생애는 물론이고, 장르적 성격이나 작품의 배경 등도 상세하게 다루고 있는 것이다. 국정의 교과서인 국어에서 가사는 문학의 성격이나 언어 사용의 패턴을 익히는 자료로 활용되기도 한다. 문학의 본질과 일반적 성격을 이해하는 텍스트로 가사 작품이 제시되고 있으며, 또 글의 표현 방식을 익히는 데도 가사의 다양한 수사가 응용되고 있는 것이다. 이런 점에서는 역사 속에서만 의미를 가지고 있는 가사가 현대의 살아 있는 장르

---

* 『고시가연구』 21(한국고시가문학회, 2008)에 실린 글을 정리하였다.

와 다름없는 대접을 받고 있다고 할 수 있다.

그러나 이러한 외면적 현상만을 통하여 가사의 향유와 교육이 제대로 이루어지는 것으로 생각하는 사람은 아무도 없다. 가사는 이미 역사적 사명을 끝낸 문화유산으로서의 존재 의의만을 가지고 있고, 따라서 가사의 생동성이나 생명력 등에 대해서는 전혀 관심을 기울이지 않고 있기 때문이다. 당연히 문학의 이해와 감상의 완성 단계인 창작에 기울이는 노력은 거의 없었다고 할 수 있다. 문학을 이해하고 감상하는 과정 역시 창작을 통하여 충족될 수 있다는 점에서, 가사는 현대시의 한 영역을 차지하면서 생명력을 유지하고 있는 시조와는 다른 지점에 놓여 있다고 할 수 있다.

여기에서는 현재 이루어지고 있는 가사 교육의 현실을 점검함으로써 가사 향유의 생산적인 방향을 모색하고자 한다. 이는 가사의 생산적이고 기능적인 교육이 현재의 우리의 문학 활동에 필요하다는 전제 위에서 이루어진다. 이른 바 '죽은 나무 꽃 피우기'가 이미 지나간 과거의 것을 회생시키는 것으로서의 의의만을 갖는 것으로 한정되어서는 안 되기 때문이다. 따라서 가사의 활성화가 현재의 우리에게 필요한 구체적 이유 또한 같이 규명되어야 우리의 전제는 의미를 갖게 될 것이다. 가사 활성화의 필요성이 또한 같이 논의되어야 하는 까닭이다.

2. 가사 교육의 실제

해방 이후 제도권 교육에서 가사 작품은 빠지지 않고 그 내용에 포함되었다. 이는 2007년 개정된 새 교육과정에서도 그대로 이어받고 있어 앞으로도 지속적으로 이루어질 것으로 보인다. 국어 교육과정 9학년도의 교육

과정은 "한국 문학의 대표적인 고전 작품을 찾아 읽고 그 가치와 중요성을 이해한다."로 그 활동을 제시하고, 그 하위 항목에 '고전 작품 읽기의 가치와 중요성 이해하기, 고전 작품에 대한 자신의 견해 정리하기, 고전 작품에 대한 의미 있는 경험 표현하기'를 두고 있다.[『교육과정』, 교육인적자원부 고시, 2007 국어 교육과정 9학년] 특히 문학교육과정은 '한국문학의 범위와 역사' 항목을 제시하고 그 하위 활동으로 "한국 문학의 개념, 영역, 갈래, 역사를 이해한다. 대표적인 작품을 통해 한국 문학의 전통과 특질을 이해한다. 지역 문학과 한민족 문학을 이해한다."를 설정하였다.[『교육과정』, 교육인적자원부 고시, 2007, 국어 교육과정 문학]

이러한 교육과정의 바탕 위에서 교육의 지침을 제공하고 있는 교과서는 가사장르의 교육에 대하여 충분할 정도의 지면을 할애하고 있다. 국정의 국어 교과서는 대체로 정철(鄭澈)의 <관동별곡(關東別曲)>을 교육 대상 작품으로 선정하고 있다. 이는 상당히 오랜 교과서 제작의 관습으로 작용해 왔는데, 대체로 이 작품이 교과서가 요구하는 수준과 가치체계에 부합되었기 때문일 것으로 보인다. <관동별곡> 전편이 소개된 뒤의 학습활동으로, 표현에서 느낄 수 있는 것과 내용에서 느낄 수 있는 것을 함께 제시하였다. 학습 내용은 크게 '시간 중 학습활동', '내용 따라잡기', '목표 달성하기'의 세 부분으로 이루어져 있는데, 뒤의 두 영역은 '시간 중 학습활동'을 바탕으로 스스로 학습할 수 있도록 구안되어 있다. '시간 중 학습활동'은 다시 내용과 표현 방식, 화자와 관련된 내용, 작가와 시대 상황으로 구분되어 있다. 특이한 것은 이 활동에서 가사의 장르적 속성과 관련된 내용은 포함되어 있지 않다는 점이다.[이러한 태도는 국정의 국어 교과서에 일관되어 있다. 아마도 문학 교과서에서 충실하게 배울 수 있다는 것을 전제로 하는 것인데, 그 결과 선택 과목인 문학을 수강하지 않은 학생이 중등교육에서 역사적 장르에 대한 교육을 받을 기회는 사실상 봉쇄되어 있는 것이다. 내용과 표현에 관련된 학습활동은 ① 이 부분의 주요 내용은 무엇인가? ② 일출의 아름다움이 어떻게 표현되어 있는가이다. 화자와 관련된 학습 활동은 ① 자연에 대한 화자의 태도는 어떠한가? ② 이 부분에서 알 수 있는 화자의 다짐은 무엇인가이다. 그리고 작가와 시대상황에 관련된 활동은 ① 작가가 생각하는 당시의 시대상황은 어떤 모습으로 드러나 있는가? ② 목민관으로서의 자세를 알 수 있는 구절은 무엇인가이다.] 이는 가사를 과거에 존재했을 뿐 현재는 사라진 역사적 장르로 인식하는 태도와는 배치되는 것으로 볼 수 있다.

　이러한 시각의 연장선상에서 '내용 따라잡기'도 가사를 현재 창작되고 있는 시가와 동일한 방식으로 이해하기를 강조하고 있다.['내용 따라잡기'에 제시된 과제는 다음의 두 가지이다. ① 인상적이었던 구절을 찾아 적고, 이에 대한 생각이나 느낌을 적어보자. ② 작가가 자연을 바라보는 태도와 그 속에 담긴 작가의 생각은 무엇인지 정리해 보자. 물론 고전시가 교육이 이 시대에도 의미 있는 문화가 될 수 있다는 전제에서 표현론과 관련짓는 태도는 최근의 고전시가 교육 연구자들에 의하여 제기되고 있다. 그러나 이것이 경제적인 것인가에 대하여는 별도의 논의가 필요할 것이다.] 그러나 과거의 현상에 기초하여 이루어진 작품을 현재의 시각에서 이해하기를 요구하는 것은 무리일 수밖에 없다. 일차적으로 고문(古文)으로 이루어진 작품을 접하면서 학생들은 과거의 글에 대한 거리감을 느끼게 된다. '내용 따라잡기'에 도달하기 위해서는 현대어로의 번역과 문학의 감상이라는 두 단계의 과정을 거쳐야 하는 것이다. 감상에 도달하기 위해 번역은 필수적으로 요구되는데, 그러나 현재 이루어지고 있는 교육 현장의 모습은 대체로 번역의 단계에서 머물고 있는 것이 사실이다. 따라서 고전 자료의 학습을 통하여 문학의 향기를 맛보는 것은 거의 불가능한 것이다.

　'목표 달성하기'에 제시된 자료 또한 옛 선인들의 <관동별곡>에 대한 평(評)이고, 이러한 평가가 나타난 까닭을 작품 속에서 찾아보게 하고 있다. 이는 문학 향유의 공감 영역을 시대를 뛰어넘어 연결시키고자 하는 의미에서 의미 있는 접근이라고 할 수 있다. 그러나 이는 당시의 문학적 관습과 시대 상황에 대한 이해를 전제했을 때 가능한 학습 활동이다. 이것은 문학을 전공한 학생들이 도달해야 할 목표라고 할 수 있는 것이다.['목표 달성하기'에 제시된 내용은 홍만종, 김만중, 이수광이 <관동별곡>에 대하여 평한 바를 제시하고, 이러한 평가를 받은 이유를 운율 및 형식적 측면과 내용 및 표현의 측면에서 설명하도록 요구하고 있다. 또한 이를 바탕으로 <관동별곡>에 대한 각자의 평론을 쓰도록 하고 있다. 이러한 내용은 고전 시가를 전공하는 학자들의 논문 과제로 제시되어 있다는 것을 참고할 필요가 있다. 제시된 평들도 당시의 문학 이해 방식이나, 전적(典籍)에 대한 이해가 전제되었을 때에만 의미를 갖게 될 것이다. 이런 점에서 '목표 달성하기'에 제시된 학습활동은 고등학교 교육에서 습득해야 하는 일반교양의 수준을 뛰어넘고 있다.]

문학 교과서에 가사를 수록한 이유는 "한국 문학의 개념, 영역, 갈래, 역사를 이해한다. 대표적인 작품을 통해 한국 문학의 전통과 특질을 이해한다. 지역 문학과 한민족 문학을 이해한다."는 교육과정상의 목표를 달성하기 위함이다. 대부분의 문학 교과서는 평균 두 편의 가사 작품을 수록하고 있는데, 제시된 학습 활동은 대학교 국문학과의 전공과정에서 이루어지고 있는 내용을 두루 포괄하고 있다. 학습 활동이 교과서의 내용 그대로 이루어진다고 보기는 어렵지만, 교과서 편찬자의 기대치는 가사문학 전반에 대한 깊이 있는 내용의 이해에 있음이 분명하다. 학생 개인의 편차는 존재하지만, 국문학과에 진학한 학생들의 평균적인 수준은 그러나 이러한 교과서 편찬자의 요구와 일치하지 않는다. 이른바 교과서 따로, 학습 결과 따로의 현상이 여기에서도 잘 드러나고 있는 것이다.

이 지점에서 우리는 왜 고전문학을 교육하고 전수해야 하는가에 대한 기본적인 생각을 정리할 필요가 있다. 고전문학을 교과서에 수록하여 가르치는 이유는 이 시대 문학 작품 중에서 좋은 것이 모자라서도 아니고, 또 우리의 고전문학이니 당연히 다루어야 한다는 사명감 때문도 아니다. 고전문학을 다루는 이유는 당대의 문학이나 외국의 문학이 담당하지 못하는 고유의 영역이 있기 때문에 당당하게 채택되었다고 보아야 한다. 그것을 우리는 당대의 문학이나, 이에 영향을 끼친 외국 문학에 대해 시대적·사회적·문화적 층위 등 다양한 부분에서 '타자(他者)'로서의 의미를 많든 적든 가지고 있다는 점에서 찾을 수 있다.

따라서 한 시대의 영화를 누리고 후대의 문학에 자리를 양보한 고전문학을 학습하는 것은 소외되고 결핍된 요소를 찾아 풍요로움을 선사하는 문학의 속성을 제대로 이해하는 것이 될 것이며, 이 점이 바로 교육을 통해 체험하고 소화해야 할 중요한 가치가 되는 것이다. 옛 시대의 생활이나 언어 등의 장벽에서 벗어나고, 그러면서도 고전문학의 역사성이 문학의 이해와 성장에 자양분이 될 수 있도록 하는 것이 이 시대 고전문학 교육이 담당할 중요한 몫인 것이다. 그런 점에서 다분히 지식과 이해에 치중되어 있는 교과서의 학습 내용은 재고할 필요가 있는 것이다.

이러한 반성 위에서 우리가 가장 관심을 갖는 부분은 바로 가사의 창작과 관련된 것이다. 문학의 창작은 문학의 이해와 감상을 충족시키는 데 있어 필수적인 요소로 작용하기 때문이다. 앞에서 제기한 고전문학 교육의 과제도 바로 이러한 창작 교육의 부재에서 비롯된다고 할 수 있다. 국어 생활과의 관련을 중시하는 국어 교과목은 그렇다 하여도 문학의 향수를 목표로 하고 있는 문학 교과목에서 창작 교육이 전혀 반영되지 않은 것은 그러한 점에서 문학 교육의 파행(跛行)을 초래하는 하나의 원인이 된다고 할 수 있다.

특히 고전문학과 창작 교육이 단절된 것은 고전문학을 역사적 사명을 다하고 사라진 존재로 보는 데서 연유한다. 그러나 고전문학은 그 사명을 다한 것이 아니라 현대의 문학 속에서 자신의 존재를 굳건하게 확보하고 있다는 인식이 필요하다. 역사적 장르 중 사라진 것은 그 시대 명칭이나 특정 형식을 관형어로 갖는 '향가'나 '고려시가', '악장', '가전문학' 등이 있을 수 있다. 이 특정의 관형어를 제외하면 남는 것은 소설이나 수필, 시가 될 것이다. 시대에 따라 그 표현하는 방식이나 소재는 달라지지만, 소설이나 수필, 시로서의 본질은 그대로 견지(堅持)하고 있는 것이다. 그래서 '가사는 더 이상 창작되지 않는다.'고까지 단정할 수는 없다.

가사가 종언(終焉)을 고했다고 하는 1860년에서 1918년의 시기에 집중적으로 작품이 창작된 것을, '마지막 불꽃'으로 치부하는 것도 바람직한 견해로 받아들이기는 어렵다. 이후에도 가사는 끊임없이 창작되고 향유되었기 때문이다. 가사는 설득과 비판 등, 그 이전의 가사에서는 드러나지 않았던 새로운 영역을 개척하였다. 심지어는 역사와 지리도 그 내용으로 받아들임으로써 가사가 포괄할 수 있는 세계의 폭을 보여주기도 했다. 제문(祭文)과 상장(喪章)으로까지 그 영역이 확장되는 것은 그러한 점에서 가사가 나가야 할 미래라고 할 수 있는 것이다.[모봉남의 『엄마의 가사문학』(신지서원 ; 부산, 1998)은 제문과 사돈 상장으로 이루어졌다. 또한 이휘(조춘효 주석)의 『소정가사』(이회문화사, 2003)는 34편의 가사 작품과 4편의 서(書), 11편의 서(序), 4편의 제문, 도합 53편이 실려 있다. 특히 이휘는 2001년 가사문학관 주최의 창작 가사 공모에서 대상을 수상하기도 하였다. 1991년 『소고당(紹古堂) 가사집(歌辭集)』 상하 2권을 출간한 고단은 1999년 다시 『소고당 규방가사속집 전』을 발간하여 왕성한 창작욕을 드러냈다. 그는 국악인 김소희가 방일영문화재단 국악대상을 받은 사실을 축하하는 송시(頌詩)를 가사로 발표하기도 하였다. 이처럼 전통적인 가사 창작의 틀에서 벗어나 새로운 세계를 재치 있게 그리고 있는 것도 이 시대 가사의 영역 확장에서 드러나는 현상이다. 젊은 세대의 주워섬기는 랩처럼 주저리주저리 읊어대는 방식이나, 그것이 드러내는 소재의 무제한성도 규범적인 장르의 문학으로서는 감당하기 어려운, 가사만의 독특한 문학 세계라고 할 수 있다. 형식적인 면에서 전통적인 가사를 그대로 이어받고 있는 작품들이 가지고 있는 가장 큰 약점은 압축적인 표현과 이미지의 제시가 부족하다는 점일 것이다. 그러나 이는 그것을 전문으로 지향하는 현대의 시에서 찾아야 할 것이고, 현대의 창작 가사는 그것이 감당할 수 있는 또 다른 방식의 요구를 하는 것이 타당하다. 그러한 압축적 표현과 이미지의 제시 또한 활발한 창작을 통하여 극복될 수 있음을 2005년 가사문학관 주최 창작 가사 공모에서 대상으로 선정된 이진주의 <김치별곡>과 같은 젊은 가사 작가의 작품에서 확인할 수 있다.]

가사의 창작이 소수의 여성에 한정되어 있거나 생산된 작품의 분량이 제대로 드러나지 않고 있는 남한의 경우와는 달리 북한과 그 영향권에 놓여 있었던 연변(延邊) 지역에서는 가사의 창작이 적극적으로 이루어지고 있다. 이곳에서는 이른바 유행가의 가사와 전통 장르인 가사를 '시행(詩行) 조직과 음악과의 결합 면에서' 공통점을 지니고 있다는 점에서 동일한 개념으로 파악하고 있다. 그 결과 유행가의 가사가 문학 향유의 영역에서 배제되고 있는 남한과 달리 적극적이고 집중적인 육성의 대상이 될 수 있었다. 그리고 가사를 서정시보다 저급한 장르라고 하는 것에 대해서도 서정시와 가사는 서로 다른 문화의 방향을 가지고 있으며, 각각의 특성에 따라 독자적인 영역을 가지고 있는 것이라는 적극적인 옹호론을 전개하고 있다. 특히 가사가 서정시에 대하여 가지고 있는 우월성은 광범위한 대중성의 확보에 있고, 그 현상 자체가 가사의 존재 이유를 충분하게 설명하고 있다는 것이다.[김경석, 『가사·창작·감상』, 한국문화사, 1996, 159쪽]

이러한 주장은 남한에서도 충분히 고려되어야 할 견해라고 할 수 있다. 시인들이 외부와 차단된 채 자신들의 테두리 안에 갇혀 외로운 문학 활동을 하는 데 반하여 대중가요는 광범위한 대중의 열렬한 지지와 성원을 확보하고 있는 것이다. 가사가 이러한 대중가요의 범위를 포용해야 할 것인가에 대하여는 새삼스러운 고민이 필요할 것이지만, 노래로 불리지 않는다 하여도 곡을 떠나 독립적으로 존재할 수 있다는 이유에서 '가사시'를 설정하고자 하는 견해도 제시되어 있다.[남희풍, 『가사문학 창작 연구』, 한국학술정보, 2005, 349쪽] 살아 숨쉬는 가사 창작의 필요성은 다음의 글에서 충분히 논의되고 있다.

> 가사가 가지고 있는 여러 가지 우월성들을 부정하면서 저급적인 문학으로 보는 것은 조금도 근거가 없다. 서구라파로부터 전해 들어온 자유시만을 고상한 문학 장르로 인정하면서 그것을 계승 발전시키려고 하지 않는다면 그것은 민족 문학 전통에 대한 허무적 태도가 아닐 수 없다. 기실 가사나 서정시나 모두 우리의 시가문학사에서 독특한 자리를 차지하는 장르이므로 그것들의 높낮이를 따질 것이 아니라 동등하게 중시를 돌려 창작 발전시켜야 한다.
>
> ─남희풍, 위의 책, 159~160쪽

북한의 가사 창작 열기가 정부의 적극적인 비호 아래 이루어지고 있는 현실은 또 그대로의 의의를 가지고 있을 것이다. 이 또한 '그 시기, 그 곳'의 사정을 문학적으로 반영한 것이기 때문이다. 정호원의 『함경도 사람』, 김학송의 『낙엽에 묻힌 사람』, 리상각의 『눈물의 편지 한 장』, 박홍률의 『청산의 샘물』, 박장길의 『부부 사이는 춘하추동』 등 집중적으로 소개되고 있는 연변 지역의 가사집을 통하여 가사 창작이 가지고 있는 다양한 문학 세계와 생명성을 우리는 확인할 수 있다. 이러한 현상이 북한에서는 더욱 적극적이고 생산적인 방향에서 이루어지고 있는데, 이질성의 극복이라는 차원에서도 가사 창작에 대한 공통적 사유의 기반을 마련할 필요가 있을 것이다.[한국학술정보(주)는 2005년부터 2006년 사이에 연변지역 가사 작가의 창작집을 집중적으로 소개함으로써 북한 지역의 가사 창작에 대한 열기를 짐작할 수 있게 하였다.]

3. 가사 창작의 필요성

역사적 시가 장르로 존재하고 있는 것은 대체로 향가와 고려시가, 시조, 가사 등인데, 이것들이 공통적으로 가지고 있는 자질은 노래로 불리어졌다는 점에서 찾을 수 있다. 그런데 노래로 불리어지는 성격은 유행가나 성악에 넘기고, 음악성이 무시되고 이미지나 시적 기교로 이루어지는 언어문화는 현대시가 담당하고 있는 것이 우리의 현실이다. 전통시가는 이처럼 음악성을 가진 이유로 해서 더 이상 전승되지 않았다. 시조는 재빨리 그 음악성을 제거하고 현대시의 성격을 받아들였다. 그러나 여기에서 말하는 음악성이란 이른바 '가창'에 국한할 뿐, 시조가 가지고 있는 또 하나의 본질적 자질인 운율의 문제까지를 포기한 것은 아니다. 시조가 가지고 있는 '노래성'은 여전히 존재함으로써 서구의 영향을 받아 이루어진 자유시와의 차별성을 보여주고 있고, 그런 점에서 나름대로의 존재 이유를 확보하고 있는 것이다. 가사의 경우 또한 시조의 이러한 모습을 본받을 수 있을 것이다. 그러나 과연 시조의 경우와 같이 가사를 존속시키는 것이 이 시대에도 필요한 것인가에 대한 검증이 있은 뒤에야 이러한 논의는 가능할 것이다. '죽은 나무 꽃 피우기'가 능사는 아니기 때문이다.

가사가 이 시대에도 계속하여 창작되고 향유되어야 할 필요성을 우리는 가사 자체의 장르적 성격에서 찾을 수 있다. 가사에 대한 다음의 일반적인 설명을 토대로 하여 논의를 지속하고자 한다.

① 가사는 한국적 문학 형태론(장르론)에서 보는 경우와 일반적 문학 형태론으로 보는 두가지 경우로 나누어 살펴야 한다. 한국적 문학 형태론은

시가문학과 산문문학으로 장르를 이분하는 것을 의미하며 일반적 문학
형태론은 서양의 일반적인 장르 구분인 시, 소설, 희곡,수필의 4대 구분
론을 의미한다.
② 전통적 한국식 문학 형태론으로 논한다면 가사는 당연히 시가문학의 영
역에 귀속되어야 한다.
③ 일반적 문학 형태로 논한다면 가사는 수필문학에 포함되어야 한다.
　　　　　　　　　—최강현, 『가사문학론』, 새문사, 1986, 10~11쪽

　이 논의에서 우리는 가사가 시가의 성격과 수필의 영역을 아울러 지니
고 있다는 점, 그래서 현대의 시(詩)가 상당 부분 가사의 창작에서 미진한
점을 보충할 수 있을 것이라는 점을 암시받을 수 있다. 이는 현대의 시가
가지고 있는 운율적 자질의 상실을 가사의 창작이 보완할 수 있을 것이라
는 전제 위에서 이루어진다. 또한 수필의 창작은 과거의 시대나 지금의 시
대에도 공존하고 있다. 그러나 지난 시대의 수필은 현대의 수필과 같은 성
격의 글과 함께 가사라는 또 하나의 형태를 동시에 지니고 있었고, 그것은
나름대로의 충분한 존재 이유가 있었다는 점을 같이 논의하고자 한다.
　잘 알려진 바와 같이 현대의 시는 서구문학의 영향을 받아 이루어지면서
지난 시대 시가 가지고 있었던 운율을 버리고 시인 개인의 개성적 운율을
강조하였다. 외형적인 것이건, 내재적인 것이건 운율은 시를 성립시키는 중
요 자질의 하나이다. 시가 갖는 특수성이란 '노래하기'에서 찾을 수 있고,
그런 점에서 시가 시로 성립되는 일차적 자질은 운율이라고 할 수 있는 것
이다. 심하게 말한다면 운율이 고려되지 않았다면 시가 아닌 것이다.
　현대의 시는 점차 그 중요 기능을 주제의 강조 및 주지적인 것 또는 회
화적인 것으로 전환시킴에 따라, 리듬은 현대시의 의미 구조 속에 용해되
어 있는 미학적 요소로 생각하는 경향을 보이고 있다. 이러한 인식에 따라
운율은 시를 미적 구조로 상승시키고 시 정신을 생동적인 것으로 만들어

주는 잠재적 동인으로 생각하는 경향이 차츰 짙어져 가고 있는 것이다.[이러한 인식은 시가 표상하는 바가 작가의 '사상 내지 의도를 형성 내지 제시하는' 데 있다는 점에서 기인한다. 이렇게 보면 시는 시인이 난삽하게 펼쳐놓은 퍼즐과 같다는 결론에 이른다.]

그러나 이러한 논의도 현대시에 있어서의 운율 자체를 부정하는 것은 아니다. 운율의 개념을 확대하고, 이것이 의미 구조 속에 적절하게 용해되었다는 것을 전제하고 있기 때문이다. 운율은 시를 시로 논의함에 있어 여전히 비껴가서는 안 되는 필수 자질인 것이다. 그런데도 현대의 시 이해와 감상은 근원적인 운율 논의를 애써 외면하고 있다. 운율 논의가 소수의 고전문학 연구자들에 의하여 지속되고 있다는 점은 고전 시가가 외형적 운율의 표지(標識)를 가지고 있다는 점에서 자못 시사적이다.[김대행 교수가 엮은 『운율』(문학과지성사, 1984)에는 다음의 글이 실려 있는데, 이는 고전시가의 운율에만 국한하여 논의한 것이 아니다. 특히 조동일 교수의 논문은 내재율이라는 이름으로 얼버무리는 현대의 자유시 몇 편을 분석한 결과 일정한 율격적 규칙이 발견된다는 점을 밝혔다. 그 결과 조동일 교수는 전통적인 율격의 구조를 그대로 지니고 있는 시를 정형시라 하고, 전통적 율격을 '변형시켜' 새로운 규칙을 창조한 시를 자유시라고 불러야 한다고 주장하였다. 이를 통하여 현대시에 있어서도 운율에 대한 논의는 반드시 필요함을 보여 주었다.

김대행, 「운율론의 문제와 시각」, 「압운론」; 정병욱, 「고시가 운율론 서설」; 성기옥, 「한국시가율격의 기층체계」; 김흥규, 「평시조 종장의 율격·통사적 정형과 그 기능」; 조동일, 「현대시에 나타난 전통적 율격의 계승」]

김기림의 <바다와 나비>에 대한 다음의 해석은 이러한 현대시 이해의 전형성을 잘 보여주고 있다. 다음에 논의할 교육과 관련짓기 위하여 긴 글이지만, 인용하기로 한다.

이 시의 제목인 <바다와 나비>는 어떤 다른 대상을 나타내는 비유의 매개항이다. 바다가 새로운 세계라면 나비는 새로운 세계를 향해 돌진한 주체가 된다. 바다가 삶의 영역 전체라면 나비는 삶의 의미를 탐구하는 존재의 의미를 지닌다. 그런데 바다라는 공간은 너무 넓고 나비라는 존재는 너무 연약해서 대비가 된다. 우선 바다에 나비가 날아다닌다는 상황부터가 일상의 논리로는 가능하지 않은 일이다. 나비는 장다리밭을 날아다녀야 제격이지 않은가. 그런데 아이러니컬하게도 나비가 바다로 뛰어든 것이다. 나비는 바다가 얼마나 깊은지 알지 못하기 때문에 아무런 두려움도 없이 바다 위를 날아간다. 바다의 푸른빛이 푸른 무밭으로 보여서 내려갔는지는 모르지만 결국 바다 물결의 습기가 날개에 배어 지친 모습으로 돌아온다. 바다에서 꽃을 발견하지 못하고 돌아오는 나비 허리에 새파란 초승달이 비칠 뿐이다.

그런데 '나비 허리에 찬 새파란 초생달이 시리다'는 구절은 참신한 감각성이 돋보이는 표현이긴 한데, 현실적으로는 불가능한 상황이다. 초승달은 초저녁에 서쪽 하늘에 잠깐 보이기 때문에 희미하게 나타날 뿐이지 새파란 모습으로 보이는 일은 없다. '새파란'이 초승달의 날카로운 모습을 색깔로 표현한 말이라고 이해한다 해도 나비가 초승달이 뜬 시간까지 바다 위를 날아다닐 가능성은 없는 것이다. 그러므로 이 나비는 실제의 나비가 아니라 김기림 자신을 나타낸 것으로 보인다. 일본 유학을 마치고 3월에 현해탄을 건너 돌아오는 김기림의 눈에 초승달이 비쳤을 것이고 거기서 새파란 초승달 아래 바다를 날아가는 나비의 애처로운 모습이 연상되었을 것이다. 그는 바다와 나비의 관계를 통하여 새로운 세계에 뛰어들었던 자신의 모습을 나타내고자 한 것이다. … 이 시는 김기림의 위기의식이 그대로 반영된 것이기에, 다시 말하면 그의 내면이 정직하게 드러난 것이기에 한 편의 시로서 큰 울림을 갖는다. 경박하고 허세에 찬 기교 위주의 과거 시들과는 질적으로 구분된다. 시가 성공하려면 시인의 자의식이 강하게 작용해야 한다는 창작의 진실을 여기서도 다시 한번 확인하게 된다. 자신의 모습을 정직하게 인식할 때 시의 기교도 표현의 대상과 어울리는 양상으로 정착되는 것이다. 기교와 인식은 이런 긴밀한 관계를 맺고 있다.

그러면 이 시는 김기림의 개인적 체험을 드러내는 데 국한되는 것이냐 하면 그렇지 않다. 여기에는 새로운 세계를 추구하는 자가 필연적으로 마주치게 되는 운명적 절망감이 나타나 있다. 그만큼 이 시는 주제의 보편성을 획득하고 있는 것이다. 사람이라면 누구든 새로운 세계를 찾아가려는 욕망을 지닌다. 그래서 대상 세계에 대한 지식도 없이 당돌하게 새로운 세계에 몸을 던진다. 그리하여 그는 사랑을 할 수도 있고, 정치를 할 수도 있고 문학을 할 수도 있으리라. 그러나 결국 그는 자신의 뜻을 다 이루지 못한 채 지친 모습으로 돌아올 수밖에 없다. 삶의 의미를 탐구하는 인간은 결국 삶의 넓이에 압도되어 절망하고 만다. 이것이 인간 범사의 보편적 논리임을 시인은 깨달은 것이다. 또한 이 시에 그러한 보편성이 내재해 있기에 우리는 이 시에서 우리 자신의 모습까지 상상할 수 있다.

—이숭원, 『한국 현대시 감상론』, 집문당, 1996, 119~122쪽

도도한 시 해석의 흐름이 처음에는 의미의 파악으로 한정하면서 시 자체의 논의로 이루어져 있지만, 점차로 시에서 시인으로 그 시각이 옮아가고 있다. 그렇게 될 수밖에 없는 이유를 사실적일 수 없는 시적 발화[나비 허리에 찬 새파란 초생달이 시리다]에서 찾고 있는데, 우리는 이 진술이 사실적이 아니라는 이유로 전혀 비논리적이라거나 비약이라고 생각하지 않는다. 시적 자유를 거론할 필요도 없이 그것은 시인에게 있어 진실한 것이고, 그래서 이 시는 함축과 여유를 가지고 있는 것이다. 이렇게 되면 시의 해석은 그야말로 '시인이 난삽하게 펼쳐놓은 퍼즐'을 풀어나가는 과정이라고 해야 할 것이다.

그러나 더 큰 문제는 이 시가 시만으로서 가지고 있는 특성에 대한 고려가 이 글에는 전혀 드러나지 않았다는 점에 있다. 결국 도달한 것은 작가의 생애에 대한 정밀한 분석을 통하여 시가 가지고 있는 논리 구조를 해명하고 있는 것이다. 이러했을 때 작품의 해석과 감상은 작가의 사유체계와 외적 환경에 대부분을 의지해야 한다는 결과에 이르게 된다. 이 시의 작가가 김기림(金起林)으로 알려져 있지 않았다면, 이 시 해석의 상당 부분은 진술될 수 없기 때문이다. 이른바 현대의 문학 연구가 상당한 정도 작가론에 경사(傾斜)되어 있다는 점을 이 논의는 잘 보여주고 있다.

이 작품에 대한 시 교육의 한 전범 속에서도 시를 바라보는 관습적 시각은 그대로 유지되고 있다. 말하자면 우리는 시가 가지고 있는 본질적 논의보다 시를 둘러싸고 있는 작가나 시대 상황을 더 중요시하는 시 해석 문화를, 교육을 통하여 공간적으로 시간적으로 확장하고 있는 것이다.

> 바다는 광물성을 지닌 거대한 비생명체이나, 어찌 보면 무수한 생명체를 간직한 또 하나의 거대한 생명체라고 할 수 있다. 그것은 숱한 비밀을 감추고 끊임없이 요동하며 살아 숨쉬는 괴물인 것이다. 이 시인은 이 비정의 물체에 연약한 나비를 대비시켜 독자에게 하나의 회화적 인상을 주려고 시도한 듯하다. 참신한 비유와 감각적 표현이 두드러진 것은 이러한 인상을 강렬하게 만들기 위한 수법이자, 시인 자신의 인식 방법이라 볼 수 있다.
> ―김은전, 「시교육의 성격과 목표」, 『현대시교육론』, 시와 시학사, 1996, 26~30쪽

이 작품의 교육에 있어 전제되는 것은 시의 이해이고, 따라서 시를 이해하기 위한 단계를 설정해야 할 것이다. 위 글에서는 이미지와 비유에 대한 질문을 통해 이를 해결하고 있는데, 이에 대한 대답을 종합화 체험화하는 차원으로 승화할 것을 요구하고 있다. 그러나 우리는 '종합화 체험화' 해야 할 이해의 질문 속에서 이 시가 가지고 있는 운율의 성격을 찾을 수 없다.

이와 같이 시의 해석이나 시를 교육하는 현장에서 시의 본질이라고 할 수 있는 운율이 자신의 설 자리를 잃은 까닭은 어디에 있는가? 전통의 시가문학에서 현대의 시문학으로 넘어오면서 우리의 시를 바라보는 시각은 운율 중심에서 이미지 중심으로 변화되었다. 현대의 시에 이르러 운율은 내재율로 통칭되고, 그것은 전혀 시인의 재량에 맡겨졌던 것이다. 이러한 태도는 시의 매력이 '귀로 듣는 시간적인 음악성에서 눈으로 보고 생각하는 공간적인 회화성'으로 바뀌었다는 인식을 그 기반으로 삼고 있다.[구상,

『현대시 창작 입문』, 현대문학사, 1988, 118쪽. 구상(具常)은 정비석(鄭飛石)과의 사이에
서 있었던 일화(逸話)를 통하여 내용이 시의 성립을 결정한다고 하였다. "소설가 정비석
씨는 때마다 나를 놀리기를 '임자의 시 따위는 내 소설 한 권이면 천 편도 만들 수 있지!
그저 내 문장을 마디마디 잘라서 줄줄이 늘어놓고 잘라놓으면 시란 말이야.' 하는데 이것
은 그야말로 자유시의 시각적 형식성만을 보고 하는 이야기로, 그래서 나는 '그댁 소설
한 권은 내 시 한 줄에 맞먹는 줄은 모르시고' 하고 응수한다. 말하자면 시가 되느냐 안
되느냐는 그 내용에 있는 것으로 시의 형식은 그 내용, 즉 주제와 제재와 그 에네르기(시
적 열정)를 통어하여 질서짓는 정신이 결정한다고 하겠다." 정비석의 발언이 행만 구분하
면 시가 된다는 것을 말한 것은 아니다. 마찬가지로 구상의 발언도 형식을 결정하는 요
인이 오로지 내용에 있다는 것은 아니다. 그러나 내용에 치중하였을 때 다른 언어로 이
루어진 시를 번역한 경우와 창작시의 구분은 모호해진다. 이 경우 '시는 번역할 수 없다'
는 일반적 정의는 의미를 상실하게 된다.]

　　운율이 시를 규정짓는 본질임에도 이를 대하는 시인들의 인식은 대단히
부정적이다. 이미지에 관하여는 시를 가르치고 배우는 데 있어 가장 기본
이 되는 개념이라고 말하면서, 운율(리듬)을 지나치게 의식하면 '넌센스 포
에트리'가 된다고까지 말한다.[김춘수, 『시의 이해와 작법』, 고려원, 1990, 20~23쪽.
김춘수는 여기에서 더 나아가 영어와 한국어를 비교하면서, 한국어가 갖는 '성격상의 제
약으로 주로 음수만으로 운율을 구성'하였고, 결과적으로 '그러한 운율이 이룩한 시 작품
은 빈약하고 단조롭다'고 하였다. 이러한 태도의 연장선에서 영시와 한국시를 교향악과
독주로 비유하였다.] 이는 운율의 중시(重視)가 시를 무의미한 형식의 나열로
이해하게 할 수 있다는 우려를 표명한 것으로 생각할 수 있다. 이런 결과
시의 창작이나 해석의 교육에 관한 논의에서 운율에 관한 항목을 찾기는
쉽지 않게 된 것이다.[오규원은 자유시에서 리듬을 창조하는 방법으로 ①전통적인
시의 율격을 적절하게 변형시켜 운용하는 방법, ②전통적인 시가, 무가, 민요 등의 양식
또는 그 어투를 적절하게 차용하는 방법, ③동일한 형태소, 낱말, 이미지, 어절, 통사 및

그 형식을 반복하는 방법으로 제시하였다. 이를 통하여 시가 율격의 창조가 시인의 중요한 책무라는 사실과 함께 율격의 구조적 형식이 미적 감수성을 자극하는 '울림'과 관련된다는 점을 지적하였다. 이에 따르면 국어사전의 낱말 풀이라 할지라도 이를 운문화한 경우, 시라는 양식 자체가 가지고 있는 울림을 갖게 된다는 것이다. 오규원, 『현대시 작법』, 문학과지성사, 2003, 37쪽]

지금까지의 논의에서 강조하고자 한 것은 시가 가지고 있는 일차적 특질은 운율이라는 점, 그래서 시가 시로서 존재하기 위해 운율은 포기할 수 없다는 점이었다. 그런데 시인만의 개성적 운율은 운율 일반의 논의 위에서 이루어지는 것이지 시인 개인에게 무제한의 방임을 허용하는 것은 아니다. 운율 일반의 전제를 위해서도 가사가 가지고 있는 소박한 운율 체계는 계속 강조되어야 하는 것이다. 이렇게 되었을 때 한국 시를 향유하는 우리는 이른바 '운율 공동체(韻律共同體)'라는 울타리 속에 같이 거주할 수 있게 된다. 한국의 시라면 공통적으로 가지고 있는 저변의 도저한 흐름은 이러한 운율 공동체의 형성에서 이루어질 수 있는 것이고, 여기에서 가사의 창작은 소중한 일익(一翼)을 담당할 수 있는 것이다.

다음으로 가사 창작이 필요한 이유를 우리는 가사가 가지고 있는 수필적 성격과 외형적인 운율 체계에서 찾을 수 있다. 주지하는 바와 같이 수필은 본질적으로 작가와 대단히 밀착된 장르이다. 작가를 둘러싼 시대와 환경에서 수필은 자유롭지 않은 것이다. 수필은 처음부터 그런 깊은 연관성을 지니고 출발하였다. 소설과 달리 수필은 작가 자신과 독자가 실명(實名)으로 대면하고 있기 때문이다.

그런데 여기에서의 장르 구별 또한 그렇게 명확하게 이루어지는 것은 아니다. 실명으로 등장하는 작가라 할지라도 그는 이미 한 작품의 구성 요소가 되어 실제의 독자와는 거리를 유지하고 있는 것이다. 수필 속의 작가라고 규정된 인물은 작품의 구조에 합당한 부분만 제시되어 있고 따라서 문학 속에 표현된 세계는 현실 어디에도 존재하지 않는 것이다. 이것이 관념적으로는 작가의 허구화를 통과한 문학과 현실을 그대로 기록한 문자 행위와의 차이라고 할 수 있다.

우리가 통상 문학과 기록의 차이를 쉽게 말할 수 있었던 까닭은 상상의 방향으로 멀리 간 것과 실제의 현실 쪽으로 멀리 간 것을 비교의 대상으로 선택하였기 때문이다. 그런데 수필은 바로 상상과 현실의 접점에 놓여 있기 때문에 문학인가, 기록인가에 대한 논란이 뒤따르고 있는 것이다. 그러나 이 또한 인간의 문화 행위이고, 또 필요에 의해 전승되어 온 것이어서 그러한 혼란과 모색은 아주 오래 전부터 있어 왔던 일이다.

수필은 문학과 문학 아닌 것의 사이에 존재하면서 서로의 편으로 끌어들이기도 하고, 또 서로를 배척하기도 한다. 그런데 우리는 이러한 포용성이나 배타성이 반드시 부정적 의미만을 갖지는 않는다는 발상의 전환을 할 필요가 있다. 오히려 협소한 의미의 문학으로는 포괄할 수 없는 중요한 부분을 바로 수필이 담당하고 있다는 점에서, 수필은 문학이 문학 아닌 것에 대하여 감추어 놓은 비장의 '전략적 품목'이라고 할 수 있는 것이다.["우리가 꼭 짚고 넘어가야 할 것이 있다. 그것은 가사가 '우리말로 구성지게 씌어진 문학적 작품들이면 몰아쳐 붙여졌던 당시의 한 관례일 뿐인지도' 모르겠기 때문에, 그것이 우리말의 진술 방식의 가능한 모든 유형들을 실험할 수 있었던, 우리 국문문학의 가장 전략적일 수 있었던 항목이었을 것이라는 사실이다." 김병국, 『한국 고전문학의 비평적 이해』, 서울대학교출판부, 1995, 168쪽]

문학과 비문학의 사이에 있으면서 문학의 영역에 더 가까이 다가서 있다는 것은 수필의 치명적 결함이 아니라 오히려 강점(强點)이 된다는 것으로 발상을 전환했을 때, 수필은 어느 장르에 소속될지 몰라 어정쩡한 모습에서 모두를 포용하는 너른 어깨의 소유자로 변모할 수 있다. 따라서 우리는 수필을 대함에 있어 그 결함을 찾으려는 노력보다는 그것이 가지는 강점을 어떻게 우리의 문학 교육에 유용하게 활용할 수 있겠는가 하는 점으로 시선을 돌려야 할 것이다. 그것이 보다 생산적인 논의를 가능하게 하기 때문이다.[우리는 어떤 연사를 초빙하여 강연을 듣고, 그것이 끝나면 그의 어법이나 청중에 대한 예절이 어떠했는가 하는 말을 하는 경우가 흔히 있다. 그 때 어법이나 예절 때문에 그의 강연 내용까지도 평가절하(平價切下)하거나 또는 치지도외(置之度外)하는 경우를 볼 수 있다. 그러나 분명한 것은 그를 초빙하여 강의를 듣고자 했던 것은 그의 강연 내용 때문이었지 그의 어법이나 또는 예절 때문이 아니라는 사실이다. 따라서 그의 말하는 투가 좀 귀에 거슬린다고 하더라도 그는 말투를 고치기 위해서 온 학생이 아니라 그의 강연하는 내용이 우리에게 필요하기 때문에 모셔 온 사람이라는 것을 확인할 필요가 있는 것이다.

적당한 비유가 될지 모르지만 수필은 이렇게 우리의 질정(叱正)과 판단(判斷)을 기다리는 학생으로 서 있는 것이 아니라, 우리가 무언가 필요해서 그의 속에 들어가고자 초빙한 손님이라고 할 수 있다. 그러니 비싼 돈 들여 그를 초빙해놓고 그에게서 무언가 받아들이지 않고 오히려 그를 가르치고자 한다면 이는 이중 삼중의 손해가 아닐 수 없다. 앞에 놓여 있는 수필에게서 우리는 무엇을 얻을 수 있는가. 그것이 바로 수필이 우리에게 필요한 효용의 문제일 것이다.]

문학을 처음 시작하는 사람에게 있어 수필은 문학과 비문학의 경계에 놓여 있다는 점에서 문학이란 무엇인가 하는 문제의 해결에 대단히 도움을 주는 형태가 될 수 있다. 일기를 쓰고 기행문을 쓰면서 문학의 영역에 들어서는 것은 그런 점에서 대단히 유용한 문학교육의 왕도(王道)라고 할 수 있다. 자신의 생활과 주변에서 일어나는 일을 기록하는 것은 문학적 형상화의 첫걸음이기 때문이다. 여기에서 더 나아가 산문체의 수필과 함께 운문체의 수필인 가사를 생활화 하는 것은 앞에서 말한 운율 공동체의 확립과 깊은 연관을 갖는다는 점에서 적극 권장할 일이라고 본다. 결국은 시나 소설과 같은 장르의 문제가 아니라, 인간적 성장과 이를 표현하는 방법의 발견이 우리의 나갈 길이 될 것이기 때문이다.

4. 결론

우리의 문화 유산 중에서 역사적 장르로 놓아둘 것이 있고, 또 필요에 의하여 오래 된 서가(書架)에서 꺼내 다시 잘 닦아 사용할 대상도 있다. 가사는 바로 그러한 필요성을 지니고 있는 장르라는 것이 지금까지 말한 요지이다. 가사가 이미 생명이 다 끝난 역사적 장르라고 보는 것은 역(逆)으로 가사가 지속적으로 창작될 수 있다는 반어(反語)로도 들릴 수 있다. 가사가 시대적 사명을 다하고 사라지게 된 이유로 제시된 '설득적 의도의 극대화'나 '오락 지향의 편향성' 등은 현대에 이르러 오히려 그 필요성이 점증(漸增)하고 있기 때문이다. 율문의 가사 창작이 활성화 될 때, 경건(敬虔)과 선민의식(選民意識)으로 또래 집단을 형성하는 현대시의 문제점 또한 해소(解消)할 수 있는 방안으로 떠오르게 될 것이다.

가장 중요한 것은 우리 모두가 운율 공동체 속에 포함되어야 한다는 것, 그러한 이념의 실현을 위하여 가사가 가지고 있는 역사성과 풍부한 성숙성은 대단히 의미 있는 자산(資産)이 될 수 있다는 점이다. 시조의 현대화가 오랜 과정을 거쳐 자신의 위치를 차지하고 현대시의 운율적 결함이라는 약점을 보완하고 있는 것처럼, 현대 가사의 창작은 서구의 시를 따라가느라 바빠 소홀했던 우리 시의 아픈 역사를 보완해줄 수 있을 것으로 본다. 또한 가사 장르가 가지고 있는 확장적 성격과 운율에 대한 깊은 관심을 현대에 다시 재창조하는 것은 우리 문학의 폭과 깊이를 더하고 문학의 내면을 보다 풍요롭게 할 것이다.

고전문학 교육의 보편성과 특수성*

나는 원칙에 대하여 토론하기 위하여 이 책을 썼다. 아득한 지식의 숲에
들어가 학자들은 범속한 현학주의에 타락한 채 방황하고 있으며, 편협한 이
념에 집착하여 교사들은 천박한 실용주의를 내세우고 정체되어 있다. 이론
은 이론 자체를 위한 심심풀이가 아니라 인간의 행복에 봉사하는 무기가 되
어야 한다. 그리고 인간에 관한 일 치고 교육에 무관한 것은 없는 법이다.
　　　　　　　　　　　　　　　　—김인환, 『문학교육론』의 머리말에서

1. 고전문학교육 논의의 전제

고전문학 교육을 논의함에 있어 두 가지의 전제를 설정하고자 한다. 첫
째는 문학이란 일상적인 글쓰기와는 구별되는 또 하나의 문화라는 사실이
다. 너무도 명백한 일이어서 이에 대하여 아무도 의문을 제기하지 않지만,
사실은 우리는 일상적으로 사용하는 실용적인 언어와 문학에서 사용되는
언어를 거의 동일한 의미로 사용하고 있다. 문학의 기초 과정에서 현실의
언어와 문학의 언어가 구별된다는 것을 반복적으로 학습하였지만, 그러나
실제의 현장에서는 이러한 반복 학습이 전혀 효력을 발휘하지 않는 것처

---

*『한국고전연구』 15(한국고전연구학회, 2007)에 실린 글을 정리하였다.

럼 보이는 것이다. 그래서 문학과 비문학의 경계에 놓이는 수필은 논설까지를 포함함으로써 문학의 경계를 모호하게 하고 있다. 급기야는 문학이 문자행위 전반을 아우르는 문화로 규정되기도 한다. 그렇게 되었을 때 상상력의 소산인 문학의 독서는 당연히 일상적 독서 방법을 원용하여 이해할 수밖에 없을 것이다. 그렇게 된 이유는 어디에 있는가? 이런 의문을 바탕으로 우리는 고전문학이 문학이라는, 너무나도 평범한 전제에서 이 논의를 시작하고자 한다.

다음으로 전제하고자 하는 것은 문학을 바라보는 관점은 시대에 따라 변할 수 있다는 사실이다. 에이브럼즈는 문학의 구성 요소를 우주와 작품, 예술가, 청중으로 설정하였다. 이를 우리 식의 관점으로 바꾸어 본다면 우리를 둘러싸고 있는 세계와 세계를 반영하는 작가와, 그 구체적 실상인 작품, 그리고 이를 또 하나의 문화로 받아들이는 향유층으로 구성된 네트워크가 바로 문학이라고 할 수 있을 것이다. 서구적 방식의 문학 연구 수용을 통하여 우리의 문학 연구는 본 궤도에 올랐다고 할 수 있다. 따라서 우리도 그쪽에서 주된 관심을 두고 문학을 바라본 방식을 자연스럽게 수용하였다고 할 수 있다.

서구 문화의 두 양상이 헬레니즘과 헤브라이즘으로 유형화된다는 점에서 세계의 반영인 문학도 이 범위에서 크게 벗어나지 않는다. 이 두 문화는 인간을 중심으로 놓느냐, 신을 중심에 놓느냐에 따라 구별되지만, 본질적으로 신과 인간이 수직적 관계에 놓인다는 점에서는 궤를 같이 하고 있다. 중세의 경직된 사고는 신 중심의 이념을 집중적으로 드러낸 것이고, 바로 문학의 정치한 연구는 성서의 창조자 중심적 해석을 본뜬 것으로 이해할 수 있다. 바꾸어 말하면 문학의 연구는 초기부터 지금까지 작가 중심으로 진행되었다고 볼 수 있는 것이다. 공급자 중심적 해석에서 벗어나기가 그렇게 어려운 것은 성서의 일 자 일 획도 변용하여 해석할 수 없다는 근본주의자들의 논리와 작가 중심의 문학 연구가 대세를 이루는 현실이 잘 보여주고 있다.

고전문학이 문학이라는 점에서 우리는 고전문학을 대하는 기본이 문학 아닌 것을 대하는 것과 같아서는 안 된다는 것, 그러나 현실은 지나치게 문학을 문학 아닌 것으로 경사하여 바라보지는 않는가 하는 반성을 할 필요가 있다. 그리고 고전문학의 교육이 어느 특정한 요소에 편중되어 이루어짐으로써 문학에 대한 총체적 시야를 가로막지는 않았는가에 대한 반성 또한 필요하다는 것이 이 글에서 논의하고자 하는 핵심이 될 것이다.

2. 고전문학을 문학으로 바라보기

고전문학을 문학으로 바라본다는 것은 문학이 언어예술이며 허구와 상상력의 산물이라는 점, 그리고 독자와의 대면을 통하여 다시 살아나는 존재라는 점을 분명하게 인식한다는 것을 의미한다. 그런데 여기에서 우리가 고전문학과 관련지어 특히 주목하고자 하는 것은 문학이 독자와의 대면을 통하여 다시 살아나는 존재라는 사실이다. 고전문학이 문학일 수 있고, 또 고전일 수 있는 까닭은 결국 독자와의 대면에 의하여 결정되는 것이기 때문이다.

문학은 실제의 기록이 아니라 있을 법한 일을 작가가 유기적으로 구성하여 전달한다. 그러나 실제의 모습이라 하더라도, 독자에게 있어서는 그것과 허구의 차이가 변별되지 않는다. 한 인물의 실제적인 모습과 행위도, 먼 후일 시간이 지나면 그것이 실제 있었던 일인지 없었던 일인지 모르게 되는 일은 우리 일상생활에서 얼마든지 있을 수 있기 때문이다. 이러한 이유에서 문학이 추구하는 허구의 의미는 무질서한 듯이 보이는 현실의 것을 질서화 한다는 것으로 그 범위를 확대하여야 할 것이다.

아무런 관련 없는 사람들과 그저 스쳐 지나가는 일이나 허무함일 수 있는 숱한 일들이 무질서하게 널려 있는 것이 우리가 사는 현실이다. 따라서 작가가 아무리 현실을 그대로 모사했다고 하여도, 그것은 이미 유기적 질서화를 도모한 결과라는 점에서 허구적 산물일 수밖에 없다. 이렇게 볼 때, 허구는 전달의 의도에 적합한 것만으로 사태를 압축하고, 그 의도에 합당하지 않은 것은 제거하여 일목요연하게 보여주는 행위라고 할 수 있는 것이다. 문학 또한 선택과 배제라는 문화의 일반 원칙을 충실히 따르고 있는 것이다.

그러나 무질서한 현실은 어디에도 존재하지 않는다. 삼라만상은 각각 자신의 길을 향하고 있는 것이니, 만약 그것이 질서화 되어 있지 않은 것처럼 보인다면, 그것은 그 질서를 발견하지 못했기 때문일 것이다. 그러니 작가는 그 나름대로 무질서해 보이는 현실의 질서를 발견하여 제시하는 사람이라고 할 수 있다. 그런데 그 발견된 질서는 결코 절대적인 것이 아니다. 독자는 작가에 의해 발견된 질서를 보면서, 자신에게는 없었던 (사실은 없었던 것처럼 보였던) 새로운 세계를 경험하고, 더 나아가 자신도 새로운 질서를 찾는 작업에 동참하는 것이다. 이러한 창조적 독서를 통하여 우리는 삶의 영역을 확대하고, 자신의 소양을 살찌우게 된다.

문학 작품에서 사실이나 현상을 재구성하는 능력을 넓은 의미에서 상상력이라고 한다. 작가가 발휘하는 상상력과 독자의 상상력이 서로 어울리고 맞아 돌아갈 때, 문학은 독자에게 감동을 줄 수 있다. 결국, 독자가 작품을 읽는다는 것은 상상력을 발휘할 수 있도록 스스로 작품을 선택하고, 그 안에서 작가와 함께 이야기를 나누는 것이라고 할 수 있는 것이다. 문학이 스스로의 통찰과 관조에 의하여 자기를 확인하는 행위라고 말하는 이유가 여기에 있다.

우리는 무한정으로 넓고 깊은 체험을 하기는 어렵다. 우선 시간의 제약을 받는다. 그리고 어디에고 갈 수 있는 것도 아니다. 또한 특별한 경우가 아니면 체험하기 어려운 일도 있는 법이다. 그런데 우리는 작품을 읽음으로써 현실에서 접하기 어려운 체험을 할 수 있다. 이는 문학 작품을 통해 새로운 세계에 접할 수 있다는 의미가 된다. 작품을 읽으면서 우리는 주인공이 겪는 체험 속에 자신을 투영하고, 함께 즐거워하고 슬퍼한다. 이처럼 문학 작품은 우리들의 체험을 넓혀 주는 구실을 하지만, 동시에 그 문학은 독자와 만남으로써 자신의 생명력을 이어가는 것이다.

다음으로 문학의 언어는 예술적 목적을 위하여 사용되었다는 점에서 일상의 언어와 구별된다. 문학은 상상력의 소산이라는 점에서 일상의 언어로 이루어진 실용문과 구별되는 것이다. 본고사라는 이름만 사용하지 않으면 어떤 것도 용인될 수 있다는 논리를 바탕으로 이 시대의 광풍을 몰고 온 논술은 그 글의 발단과 구성, 그리고 효용성이라는 점에서 실용문을 대표하고 있다. 그런데 대학에서의 신입생 선발의 한 방식으로 도입된 논술고사는 그 평가의 객관성을 확보하기 위하여 제시문을 주고, 이를 바탕으로 자신의 생각을 전개하도록 요구하고 있다. 즉 논술에 앞서 제시된 글의 정확한 이해가 전제되고 있는 것이다. 정확한 독해가 이루어지지 않으면, 잘못된 전제를 바탕으로 이루어진 논술이 좋은 평가를 받기는 어렵게 되어 있는 것이다. 여기에서 정확한 독해의 가장 중요한 요건이 바로 '글을 쓴 필자의 의도'라고 할 수 있는 주제의 파악이다. 우리는 독자의 다양성에도 불구하고 주제는 객관적으로 입증 가능하다는 환상을 가지고 있다. 그나마 실용적인 문장에 있어 이 환상은 통용되는 것처럼 보이기도 한다. 독서의 지도가 주제의 파악에 심혈을 기울이고, 필자에 의해 이미 확보된 주제라는 보물찾기에 몰두하고 있는 것은 바로 이 때문이라고 할 수 있다.

그런데 앞에서 이미 말한 바와 같이 문학은 독자와의 만남을 통하여 새롭게 그 의미가 부여되는 문화의 산물이다. 문학은 '천의 얼굴'을 내면에 감춘 채로 독자와의 만남을 기다리고 있다. 그리고 독자와 대면하면서 그에 합당한 자신의 모습을 독자에게 보여주고 있다. 바꾸어 말하면 문학은 독자의 상황에 따라 스스로를 변용시키는 살아있는 존재인 것이다. '살아 있음'의 가장 중요한 특징은 바로 상황에 따라 자신을 변화시킨다는 것에 있기 때문이다. 그래서 중학교 때 읽은 <데미안>과 대학생이 되어 읽은 <데미안>은 같은 <데미안>이 될 수 없는 것이다. 이러한 이유에서 실용문의 독서에서 가장 중요시하는 주제 파악이 문학 독서의 처음과 끝이 되어서는, 그 문학은 설 자리를 잃게 될 것이다.

그런데 논의가 고전문학에 이르게 되면 우리는 이러한 문학에 대한 기본적인 생각을 어느 순간 훌쩍 벗어버리고 만다. 그러한 이유를 고전문학이 가지는 범위의 포괄성에서 찾기도 한다. 우리는 선인들이 향유하던 모든 문학 형태를 고전문학이라는 이름으로 부르고 있다. 그런데 이 작품들은 엄밀한 의미에서 고전인 문학만으로 이루어진 것 같지는 않다. 고전이란 일차적으로 시대와 공간을 뛰어넘는 보편적 가치를 지니고 있는 저작으로 인식되기 때문이다. 이러한 이유에서 우리는 고전문학을 서구 문학의 영향을 받아 이루어진 근대문학 이전의 문학, 즉 전통시대의 문학으로 규정하기도 한다. 그것이 이 시대의 문학에 영향을 주는 전범으로서의 고전이 아니라, 다만 지난 시대의 것을 존중하는 의미에서 고전으로 부른다고 생각하는 것이다.

또한 우리는 고전문학을 우리와는 다른 시대, 다른 환경 속에서 선인들이 향유하던 역사적 형태일 뿐이라고 인식한다. 따라서 고전문학을 공부하는 이유는 그것이 우리의 현재와 긴밀한 관계를 맺고 있기 때문이 아니라, 선인들이 향유하던 소중한 유산이기 때문이라고 말하는 것이 옳다. 박물관에 보관된 선인들의 유품이 그 고유의 효용을 잃고 연구와 관찰의 대상만으로 존재하는 것처럼, 고전문학도 그 효용성을 잃고 과거 한 시대의 향유물이었다는 유품으로서의 의미만을 지니는 것처럼 보인다. 현재의 우리에게 직접적인 효용은 없지만, 그래도 선인들이 향유하던 문학이기 때문에 그것에 대한 이해와 체계적인 지식을 갖추는 것은 문화인으로서 취해야 할 태도인 듯이 생각하기도 한다.

고전문학을 단순히 지난 시대의 문학으로 인식하기 때문에, 그 문학의 이해는 우리 시대 문학의 이해 방식과 다를 수밖에 없다. 더구나 고전문학을 표기하고 있는 언어는 우리 시대의 것과는 다른 방식, 예컨대 한자나 향찰, 또는 옛글자들이다. 그 언어 장벽을 뛰어넘기 위하여 고전문학 교육의 현장에서는 향찰의 해독과 한문의 번역이 문학 자체의 향유보다 우선하기 마련이다. 또는 언어의 변천 상황을 가르치는 것으로 <구운몽>의 수업을 충당하기도 한다. 나아가 당시의 신분제도나 남녀 차별에 관한 토론을 벌임으로써 <춘향전>의 교육이 완결되기도 한다.

고전문학 교육의 현장에서 보다 중요하게 이루어지는 것은 고전문학 자료의 목록을 작성하고, 그것의 배경적 상황을 파악하게 하는 일이다. 신라의 향가와 고려시대의 시가와는 어떤 관계가 있는가? 작가들의 계층적 성격은 어떠한가? 그리고 각각의 작품들은 사회의 모습을 어떻게 반영하고 있는가? 대체로 이러한 백과사전적인 지식이 고전문학사라는 이름으로 고전문학 교육의 현장에서 중요한 위치를 차지하였던 것이다.

고전문학을 지나간 시대의 것만으로 인식할 때, 필연적으로 현재의 것은 과거의 것이 가지는 결점을 보완한 것이라는 생각을 가지게 된다. 이러한 진화론적 논의를 바탕으로 우리는 과거의 문학과 현재의 것을 비교하여 현재의 것은 과거의 어떤 점을 개선한 것인가 하는 논의가 자연스럽게 이루어지는 것이다. 그 결과 고전문학은 우리 앞에 그 남루한 모습을 유감없이 드러내고 있다. 죽어 시체가 되었음에도, 그 형해(形骸)를 가릴 수 있는 최소한의 포장을 상실한 채 벌거벗겨진 모습으로 우리 앞에 놓여 있는 것이다.

　　—개성적인 이미지로 이루어져 있는 현대시와 비교할 때 시조나 가사는 도식적인 주제와 구성으로 이루어져 있다
　　—고전소설은 권선징악이라는 천편일률적인 주제로 이루어져 있다. 그것은 또한 사건의 전개가 필연적이지 못하고 우연의 남발로 이루어져 있다. 또 꿈이나 허황한 일들이 빈번하여 작품의 사실성을 저해하고 있다. 현대문학은 이러한 고전문학의 결함을 해소하고 있다.

이처럼 우리가 고전문학에서 배우는 것은 과거의 한 시대에 우리 선인들이 향유하였던 문학의 본질적인 내용이 아니라, 그것에 대한 이차 자료로서의 지식 항목이 대부분이다. 현대문학이 고전문학을 극복하면서 나타난 것이라는 인식에 머무는 한, 고전문학에서 문학의 본질적인 내용을 배운다는 것은 사실상 시간의 낭비가 아닐 수 없다. 과거의 것을 극복하고 그 결함을 해소한 현대의 문학에서 문학 본연의 것을 배우는 것이 보다 합리적일 것이기 때문이다. 고전문학 교육이 살아 있는 문학의 현장에서 벗어나 사물화된 장식품을 대하듯 이루어지고 있는 이유는 바로 여기에도 있었다. 그렇게 보면 고전문학 교육은 분명 현대문학 교육과는 다른 방식으로 이루어져야 할 것이기 때문이다.

고전문학이 이 시대에는 그 본래의 의미를 잃고 진열대 위에 놓여 있는 장식품일 수 있다. 그러나 특정한 사람에게는 고전이 오늘의 현재와 긴밀한 연관을 맺는 경우도 있다. 유리장 속에 갇혀 있는 것으로 보거나, 아니면 살아 숨 쉬는 대상으로 보거나, 분명한 것은 고전문학이 문학이라는 사실이다. 그것이 문학이기 때문에 우리가 그것에 문학 이외의 방식으로 접근하는 것은 대상을 올바로 대하는 태도가 아니다. 그것은 그 문학을 위해

서나, 또는 그렇게 접근하는 사람에게나 모두에게 불행한 일이다. 그리고 그러한 환경은 이를 둘러싸고 있는 문화를 황폐화시킬 뿐인 것이다.

설사 그것이 고전문학을 잘 대접해서 하는 일이라 해도, 고전이라는 이름으로 그것을 해체하고 분석하는 것은 그것의 총체적 이해를 위하여 바람직한 태도가 아니다. 그렇게까지 해서 받는 '고전'이라는 명예는 결코 올바르거나 값진 것이 될 수 없다. 따라서 고전으로서의 가치와는 관계없이 그것은 문학으로 이해되어야 마땅한 대상인 것이다. 언어 현상을 규명하기 위한 자료나 시대 배경을 알기 위한 자료로 고전을 활용하는 것은 자유이지만, 이 또한 문학의 본질과는 거리가 먼 것이다.

3. 문학을 바라보는 시각 바꾸기

우리의 고전문학에 대한 본격적인 연구는 그렇게 오래 된 것이 아니다. 김태준의 고전소설에 대한 연구나 조윤제, 이병기의 고전 시가에 대한 연구로부터 기산한다면 100여 년의 역사도 갖지 못했다. 이 짧은 역사를 통하여 우리는 5권으로 이루어진 한국문학통사를 갖게 되었고, 또 세계문학사를 쓰겠다는 포부를 내보이기도 하였다. 가히 대단한 발전과 숨 가쁜 행진을 해왔다고 자부할 수 있다.

그러나 이 짧은 역사가 그렇게 꼭 짧은 것이라고 볼 수만은 없다. 우리 고전문학의 주변은 거의 상상할 수 없을 정도로 변화하였다. 우리가 살고 있는 강토는 식민지의 동토에서 자주 독립국으로 바뀌었다. 또 삶의 모습도 참 많이 바뀌었다. 마땅히 그 삶의 질도 바뀌었고, 따라서 사유의 방식도 상상할 수 없을 정도로 바뀌었다. 물론 변하지 않는 관점으로 본다면 변한 것은 아무 것도 없다는 소동파식 논법을 수용한다 하여도, 그 변화의 폭이 과거의 전통시대와는 비교할 수 없을 정도라는 것은 누구나 용인한다.

문학은 세계를 기반으로 하여 또 하나의 세계를 구축하는 창조 행위라고 할 수 있다. 어느 분야나 마찬가지이지만, 특히 문학이 현실의 변화에 더 민감할 수밖에 없는 이유가 바로 여기에 있다. 그리고 앞에서 말한 바와 같이 문학이란 세계와 세계를 반영하는 작가와, 그 구체적 실상인 작품, 그리고 이를 또 하나의 문화로 받아들이는 향유층으로 구성된 네트워크이다. 따라서 문학의 연구와 교육은 이러한 네 가지 구성 요소에 대한 합당한 배려 속에서 균형을 유지한다고 할 수 있다.

전통적으로 문학을 바라보는 관점은 작가 중심적 시각 위에서 형성되었다. 이것은 앞에서 말한 바와 같이 창조자 중심, 공급자 중심의 관행이 확립되었고, 그 관행에서의 일탈은 엄청난 시련을 불러왔다는 과거의 경험에 기인한 것으로 볼 수 있다. 창조자에 대한 용훼가 가져올 수 있는 역사적 재앙은 헤아릴 수 없이 많기 때문이다. 그 결과 연구자는 작가의 연보 작성과 사생활 복원에 온 힘을 쏟을 수밖에 없었다. 작가에 대한 자료의 발굴 하나가 엄청난 연구사적 의미를 갖게 되었고, 연구자는 작가의 주변을 어슬렁거리며 부스러기 하나라도 수집하기 위해 애를 써야 했다. 그래서 『금오신화』 연구가 김시습의 생애 검토로 끝날 수 있었고, <홍길동전>은 허균의 인생 역정과 관련지어 설명되었다. 심지어는 작품이 작가를 설명하는 보조적인 자료로 사용되기도 하였다.

이러한 현상은 현대문학이라고 하여 예외가 아니다. 오히려 작가와의 친밀성에 기초한 글이 살아있는 연구로 평가되는 것이 현대문학의 보편적 현상이라고 할 수 있는 것이다. 작가의 생애가 작품 속의 인물 형상화와 깊은 관련을 맺을 것이라고 생각하는 한, 창작론의 중심에는 항상 작가가 놓여 있게 될 것이다. 그래서 작품에 대한 가장 성실한 이해는 작가 이상일 수 없다는 결과에 이르게 된다. 실제로 어떤 시인은 자신의 작품에 대한 다양한 평가에 대하여, 자신은 그런 의도로 작품을 쓰지 않았다고 연구자를 질타하였다. 연구자는 속절없이 자신의 작가에 대한 무지를 부끄럽게 생각할 뿐이었다.

작품이 세계를 반영한다는 것은 원론적인 입장에서 진실이다. 작품 속의 사건이나 인물이 허구적인 것이라 하여도 현실과 깊은 관련을 가지면서 이루어진다는 점, 따라서 작품 속의 시대나 사회에 대한 통찰은 작품을 이해하는 중요한 도구가 될 수 있는 것이다. 그러나 문학이 세계를 모방하거나 반영한다는 사실은 문학이 허구의 산물이라는 전제 위에서만 용인될 수 있다. <양반전>의 이해는 이를 가능하게 한 제도의 이해가 필수적이지만, 그 제도에 대한 시각은 사람마다 다를 수밖에 없다. 수많은 인파가 거리로 몰려나왔던 1980년의 봄을 어떤 사람들은 민주화를 위한 대장정으로 보았고, 또 어떤 사람들은 폭력과 무질서가 난무하는 부정적 상황으로 보아 억압하였다. 그것이 꼭 어느 일방에 의하여 이루어진 사실의 왜곡으로 규정될 수는 없는 것이다. <장님과 코끼리>의 우화는 총체적 성찰의 바탕 위에서 대상을 파악해야 한다는 교훈으로 이해할 수 있지만, 보다 깊은 속 의미는 인간이란 그렇게 한정된 시각으로 대상을 바라볼 수밖에 없다는 인간에 대한 비극적 인식에 놓여 있다. 우화에 등장하는 장님은 바로 우리 자신의 불구적 모습이기 때문이다.

그럼에도 작품을 둘러싼 세계에 대한 맹목적 신뢰와 경사는 작품을 설명하는 객관적 원리의 발견이라는 점에서 더욱 거세지고 있다. 작품에 등장하는 사건이나 인물, 그리고 배경이 되는 이념에 대하여 연구자는 시시콜콜히 파악하고자 한다. 역사학의 성과도 점검해야 하고, 마르크시즘의 대강도 이해해야 한다. 또 정약용이나 박지원의 실학에 대한 논의도 참고해야 한다. 문학 교수의 연구실은 그래서 항상 수많은 책으로 가득 차 있다. 그러나 어떻게 사회학이나 역사학을 전공하는 사람들과 전공의 지식을 겨룰 수 있겠는가? 그래서 문학 연구자는 참 주눅들 대상이 많다.

이런 질곡에서 벗어나는 방법은 문학의 본질적인 내용을 연구의 중심에 놓았을 때 찾을 수 있을 것이다. 작품을 둘러싼 세계와 작가로부터 해방되어 작품 본연의 구조를 연구하는 일은 따라서 문학 연구자만이 가장 자신 있게 수행할 수 있는 일이다. 이렇게 되면 문화사를 서술하는 역사학자는 작품에 대한 깊은 이해를 바탕으로 하고 있는 문학 연구에 상당한 정도 주눅들 수밖에 없을 것이다. 문학 연구가 세계를 바탕으로 작품을 해석하던 시대의 역사학자나 사회학자는 문학 연구자의 도움 없이 문화사를 서술할 수 있었지만, 문학의 구조 자체에 바탕을 둔 문학의 이해는 문외한이어서 문학 연구자의 도움을 절실하게 필요로 하게 되는 것이다. 신비평이 기존의 관행에 바탕을 둔 문학 연구의 거센 비판을 받았던 까닭을 여기에서 찾을 수 있을 것이다.

문학이 독자와의 만남을 통하여 완성된다는 것은 문학 수업 첫머리에서 강조되는 사항이다. 여기에서 강조되는 것은 문학 향유의 주체로 부상한 독자의 중요성이라고 할 수 있다. 개별 독자의 다양한 해석이 체계화라는 학문의 성격과 위배된다는 비판 속에서도 그 영역을 넓혀가고 있는 것은 바로 문학의 본질이 그러하다는 원론에서 설명이 가능하다. 다양한 작품 향유가 문학을 보다 풍요롭게 하는 것이고, 이러한 다양성을 묶는 새로운 원리의 발견이야말로 더욱 값진 것이기 때문이다. 향유자에 대한 관심의 증대는 문학을 소수의 엘리트주의에서 벗어나게 한다는 점에서, 문학이 추구하는 진정한 의미의 평등 실현이라고 할 수도 있다. 권위 있는 해석에 어정쩡하게 따라가던 독자는 자신이 주체가 되어 독립적으로 하나의 사유 체계를 만들어갈 수 있기 때문이다.

우리는 오래 전에 문학 연구의 틀을 세운 김태준이나 조윤제, 그리고 이

병기에게서 조금도 벗어나 있지 않다. 이는 지금의 고전문학 교육 현실이 그들의 문학을 바라보고 연구하고, 교육하는 시각에서 자유롭지 못했다는 의미이다. 물론 국지적으로는 뼈대와 같았던 그들의 입론을 충분한 양으로 살찌웠지만, 그들은 지금도 여전히 유효한 망령으로 우리 앞에 서 있는 것이다. 물리학의 대상은 변하지 않았지만 뉴턴은 아인슈타인으로, 그리고 소립자 물리학으로 변하였다. 그러나 과거의 것은 현재의 기반이 아니고, 현재를 이루게 하고 자신은 역사적 사명을 마쳤다. 누구 하나 뉴턴으로 돌아가지는 않고 있는 것이다. 그런데 고전문학은 여전히 그들이 주장했던 민족주의나 리얼리즘, 그리고 작가 중심적 시각에서 자유롭지 못하다. 그 이유를 우리는 흔히 인문학의 본래적 속성이라 하여 자랑스럽게 말하곤 한다.

4. 고전문학 교육의 방향

한 교수는 자신의 전공과목인 '한문학개론'이 정족수 미달로 인하여 폐강되었다고 대단히 분개하였다. 그리고 이것은 곧바로 인문정신의 위기로 이어져 참 오래 동안 울분을 서로 교환하였다. 참 안타까운 일이다. 교육이란 결코 시장의 물건처럼 달라는 대로 줄 수는 없는 것이고, 가치가 있는 것을 골라 피교육자에게 전달해야 한다. 가치를 결정하는 것은 전혀 교수 개인의 문제이고, 그것을 전달해야 하는 의무를 지닌 교육자로서는 학생들이 신청하지 않아 폐강된다는 것은 대단히 난감한 일이 아닐 수 없다.

어른이 보면 참 젊은이는 버릇없고, 못마땅한 존재이지만, 그러나 미래는 어쩔 수 없이 그들의 것일 수밖에 없다. 어른들도 그 이전의 어른의 눈에는 또 그렇게 보였을 것이다. 그렇게 형편없게 될 수밖에 없는 그들의 미래일 텐데, 그래도 우리의 역사는 발전해 왔다. 다른 것은 몰라도 평등을 향한 역사의 길은 분명 발전한 것이라고 할 수 있다. 태어나면서부터 사람의 사는 방식이 달라야 하고, 어울리는 사람도 달라야 하는 사회에서 누구나 능력에 따라 자신의 일을 하는 근대 사회로 바뀌어 온 것은 그 버릇없는 젊은 사람들의 반동 때문에 가능한 일이었다. 기성의 것만을 묵수하였다면, 그러한 역사의 발전은 가능하지 않았을 것이다.

모든 문화 행위는 필요에 의해서 발전한다. 따라서 어떤 의미에서건 필요하지 않은 것은, 실용성을 결여한 것은 문화의 전수에서 낙오할 수밖에 없다. 변화에 적응한다는 것은 그 스스로를 실용적인 것으로 바꾸었다는 것을 의미한다. 고전문학은 어디에 쓸 물건인가. 거기에 대한 대답은 고전문학의 생존을 위해서 반드시 구해야 할 필연이다. 하다못해 국가고시의 필수과목으로라도 넣어야 그것은 필요한 과목이 된다. 그러나 그렇게 옹색한 지점에서 고전문학의 필요성을 찾아서는 안 될 것이다. 이익이나 정약용 등은 똑같은 학문이되, 구체적이고 실질적인 분야에 가치를 두었다. 그들의 그러한 전환은 실용정신에 기초하여 이루어진 것이었다. 그것이 진부하고 도식화된 과거의 학문의 방향을 바꾸었다. 이 시대의 고전문학도 또다시 그들의 변화의 기반이었던 실용정신을 되새길 필요가 있다. 조선 이래로, 아니면 신학문이 시작된 이래로 이리 바꾸고 저리 바꾸어 정말 천편일률적인 한문학개론도 실질적인 내용의 것으로 전환시킬 필요가 있을 것이다. 의약이나 생활, 산업과 관련되는 한문 전적의 번역 등, 교과 담당자의 괴로운 사색의 과정이 교과목의 운영에 드러나야 하는 것이다. 한문학의 변화를 구체적 작품의 나열을 통하여 개관하는 전통적인 방식이 지금도 유효하다면, 그것을 납득할 수 있도록 설명해야 한다. 현명하고 약삭빠른 학생들은 그것이 가지는 효용성을 충분히 간파할 수 있을 것이다.

고전문학은 우리에게 있어 문학의 원형으로 존재하고 있다. 신문학이 서구문학의 영향을 받아 이루어진 것이라고는 하지만, 그 바탕은 엄연히 고전문학의 전통 위에 놓여 있다. 따라서 이 시대 문학의 창조에 고전문학은 귀중한 원리를 제공할 수 있다. <상록수>의 박동혁과 채영신의 형상화는 그 어디에서도 아니고 고전소설에서 으레 등장했던 '재자가인형'의 반복이다. 우리에게 유난히도 익숙한 모습으로 그들이 다가왔던 것은 바로 그러한 전통적 인물 형상 원리를 심훈이 사용하였기 때문이다. 그래서 동혁의 모습은 지도자의 외모에 합당하도록 우람한 모습으로 형상화되어 있고, 영신 또한 강렬한 소명의식을 지닌 전사이면서 동시에 여성으로서의 미모를 갖추고 있어 애틋한 사랑을 불러일으키는 존재로 그려지고 있는 것이다. 또 당연히 결합할 수밖에 없는 두 청춘 남녀가 사랑에 빠졌으나 숱한 장애가 닥치고, 이를 극복해 가는 재자가인형의 전형적 구조와 이상적인 남녀의 모습은 어김없이 <상록수>에서 다시 반복되고 있는 것이다.

문학은 인간생활의 구체적이고도 총체적인 인식의 표현이라는 점에서 다양한 문화 방식의 보고라고 할 수 있다. 고전문학이 대상으로 하고 있는 재료가 그러한데, 그 재료를 다루는 학자들은 지금까지 그 재료를 지극히 한정적인 것으로만 사용하였다는 지적을 할 수 있다. 누구나 문학을 영위하였고, 그것을 즐겨 기록으로 남겨 놓았던 선인들의 문학 향유 방식은 오늘에 되살려야 할 소중한 문화이다. 그러니 고전문학의 영역에서 즐겨 표현론을 가르치고, 글쓰기의 원리를 추출하여 이 시대의 글쓰기에 기여하고, 독서의 원리, 나아가 사람 사는 방식으로서의 문화론과 접맥하는 것은 고전문학 본연의 정신을 회복하는 것이라고 할 수 있다. 자신을 포함하는 주변에게 남김없이 기여하고 베푸는 것이야말로 진정 자신을 풍족하게 살찌우는 것이라는 인식의 전환이 필요한 이유가 여기에 있다.

한국문학의 현재와 미래*

잘 알려진 바와 같이 우리의 근대 문학은 서구문학의 영향을 받으면서 이루어졌다. 고전문학과 현대문학의 시대 구분은 따라서 서구문학의 영향을 받기 이전의 문학과 그 이후의 문학으로 구분될 수 있는 것이다. 그런데 서구문학은 우리 전통문학의 존재를 인정하고, 그것의 변화를 도모하는 정도로 영향을 끼치지 않았다. 기존의 문학은 서구문학이 들어오면서 송두리째 그 모습을 상실하고, 서구의 것을 추종하는 방향으로 변모되었던 것이다. 따라서 그것은 영향이 아니라 이식(移植)이었다는 평가를 받기도 하였다. 이러한 현상은 서구의 영향 속에 놓인 동양 삼국의 공통된 모습이기도 하다.

우리의 경우는 중국이나 일본의 경우보다 더 심각한 상황일 수밖에 없었다. 서구의 영향 위에 일본의 식민 지배라는 멍에가 짓누르고 있었기 때문이다. 40여 년 가까운 식민 통치는 우리의 것을 송두리째 바꾸어 놓기에 충분한 기간이었다. 그런 암울한 과정을 거쳐 광복이 이루어졌지만, 곧 이어 미 군정이 실시되면서 우리의 역량을 집결시킬 수 있는 차분한 시간을 가질 수 없었다. 그리고 동족상잔의 비극을 겪으면서 그나마 가지고 있던 유산은 산산조각이 났고, 그 폐허의 더미 위에서 우리의 역사는 다시 일어

---

* 『새국어생활』 25권 4호(국립국어원, 2015)에 실린 글을 정리하였다.

서게 되었다. 폐허 위에서 건설된 우리 문화는 이제 세계의 선진국들과 어깨를 나란히 할 정도로 괄목할 만한 진전을 이루었던 것이다.

이처럼 광복 70년의 역사를 나름대로 정리해 본 것은 문학이 우리의 일상과 역사, 환경을 반영하면서 커 왔기 때문이다. 따라서 우리 문학은 잔혹했던 식민지의 역사나 6·25의 비극적인 모습 등이 문학으로 승화될 수 있는 여유를 갖지 못한 채 그야말로 숨 가쁘게 달려온 것으로 요약할 수 있다. 자신의 문학사를 갖지 못하는 대부분의 나라와 달리 이렇게 험난한 과정을 거치면서 독자적인 문학의 꽃을 피운 것은 진정 기적으로 설명할 수 있을 것이다. 그런 점에서 식민지의 엄혹한 시기 속에서 우리 문학의 정수가 우리 시대로 이어질 수 있게 되었던 기적을 먼저 이야기하고, 우리 문학의 근원과 우리 시대 문학의 관련 속에 나타난 밝은 면과 어두운 면, 그리고 새 시대 우리 문학의 전망을 이야기하는 순서로 이 글을 전개하고자 한다.

1. 식민지 시대와 우리 시대를 잇는 가교

전남 광양시 진월면 망덕리의 포구에는 문화재청 등록문화재 341호로 지정되어 있는 '정병욱 생가'가 있다. 이 집은 정병욱의 부친이 양조장과 주택으로 같이 사용하기 위해 지은 건물이지만, 이것만으로 문화재 지정이 된 것은 아니다. 한국인이 가장 애송하는 시로 뽑힌 윤동주의 <서시>가 포함되어 있는 『하늘과 바람과 별과 시』의 육필 원고가 일제의 암흑기, 이곳에 숨겨져 있었고, 그래서 우리에게 전해질 수 있었기 때문에 이 집은 소중한 우리의 문화 자산으로 여겨졌던 것이다.

윤동주는 자선 시집『하늘과 바람과 별과 시』를 3부 만들어 한 부는 자신이 가졌고, 나머지 두 부는 학부의 스승인 이양하와 후배인 정병욱에게 주었다고 한다. 본래 윤동주는 1941년 졸업기념으로 연희 시대의 작품 18편을 묶어 시집을 발간하기 위해 이양하를 찾아 그 방도를 구했지만, 뜻을 이루지 못했다고 한다. 그의 시가 일제의 눈을 거스를 것으로 생각했기 때문이었다. 그래서 육필 원고로 만족할 수밖에 없었고, 일본으로 건너가 옥중에서 죽음을 맞이했던 것이다.

윤동주가 검거된 반 년 후 정병욱도 학병으로 끌려가게 되자, 정병욱은 어머니에게 윤동주의 시집 원고와 자신의 책과 노트를 소중하게 간수해 달라고 한다. 그리고 자신이나 윤동주가 돌아오지 않게 되면 광복 후 연희 전문학교로 보내어 세상에 알려 달라고 부탁을 하게 되는 것이다. 다행하게도 정병욱은 전선에 투입되었다가 부상을 입어 후송되었고, 해방을 맞게 된다. 그리고 광복과 함께 북간도 용정에서 귀국한 윤동주의 가족에게 윤동주가 1943년 일본 경찰에 체포되었고, 1945년 2월 후쿠오카 감옥에서 악형으로 세상을 떠났다는 충격적인 소식을 듣는다.

정병욱은 어머니에게 맡겨 두었던 윤동주의 시집 원고를 받고, 여기에 자신과 윤동주의 가족들이 보관하고 있던 유작들을 합하여 그의 3주기가 되는 1948년 1월 마침내 우리가 보는『하늘과 바람과 별과 시』의 출간을 이루게 된다. 정병욱의 어머니는 혹시 그의 작품들을 일제에게 들킬까봐 망덕 포구에 있는 집의 부엌 마룻장을 뜯고 그 밑에 소중하게 감추어 두었다고 한다.

일제가 발악했던 식민지 말기, 언어의 정수인 시의 창작은 공개적으로 이루어질 수 없었다. 그러나 1946년 발간된 박목월과 조지훈, 박두진의『청록집』과 식민지 시기 청년의 순수함과 열정, 그리고 저항의 표상인『하늘과 바람과 별과 시』를 통해 우리말을 사용할 수 없었던 시기에도 지속적으로 창작되었던 언어생활의 정수를 확인할 수 있다. 윤동주가 있음으로써 우리는 '부끄럽지 않고 슬프고 아름답기 한이 없는 시'를 갖게 되었던 것이다.

2. 서구 문학의 수용, 얻은 것과 잃은 것

우리의 현대는 서구와 접촉하면서 시작되었다. 우리가 사는 집과 음식, 생활이 서구의 것으로 길들여지면서 우리는 우리의 것이 부담스러워졌다. 주택은 양옥이 편하게 되었고, 한복은 명절이나 결혼식 등 특정한 날에나 겨우 입는 것으로 거추장스럽게 여겨졌다. 빙 둘러앉아 같은 반찬을 나누어 먹던 식탁의 모습도 깔끔하고 단출한 모습으로 바뀌었다. 국가의 표준적인 모습을 보여 주는 경찰이나 군인의 제복도 당연히 우리의 것이 아니라 편리함과 실용성을 추구하는 서구의 것으로 정착되었다.

주변 환경을 반영하면서 이루어지는 문학도 여기에서 벗어날 수 없었다. 우리의 전통적인 문학은 낡고 허름한 모습으로 인식되었다. 그래서 서구의 것으로 탈바꿈할 수 있는 것만이 살아남을 수 있게 되었다. 음악과 어울려 전승되었던 시조와 가사는 특정 예술가에게서 들을 수 있는 전통 예술로서만 남게 되었다. 중국의 영향권에서 위세를 떨치면서 전통 시의 본령을 차지했던 한시(漢詩)는 이제 문학사의 주류에서 벗어나 연구의 대상으로만 남게 되었다.

우리 시대의 시는 서구의 시를 번역한 작품들과 외면적으로는 아무런 차이를 갖지 않은 것으로 보인다. 다음에 보이는 발레리의 <석류>를 번역한 작품은 이가림의 창작시 <석류>와 외면적으로 아무런 차이를 보이지 않는다. 이러한 현상은 우리 시대 시의 보편적 현상이라고 할 수 있다.

알맹이들의 과잉에 못 이겨
방긋 벌어진 단단한 석류들아,
숱한 발견으로 파열한
지상(至上)의 이마를 보는 듯하다!

너희들이 감내해 온 나날의 태양이,
오 반쯤 입 벌린 석류들아,
오만으로 시달림받는 너희들로 하여금
홍옥의 칸막이를 찢게 했을지라도,

비록 말라빠진 황금의 껍질이
어떤 힘의 요구에 따라
즙 든 붉은 보석들로 터진다 해도,
이 빛나는 파열은
내 옛날의 영혼으로 하여금
자신의 비밀스런 구조를 꿈에 보게 한다.
　　　　　—발레리, <석류>(김현 옮김, 『해변의 묘지』, 민음사, 1996)

언제부터
이 잉걸불 같은 그리움이
텅 빈 가슴 속에 이글거리기 시작했을까

지난 여름 내내 앓던 몸살
더 이상 견딜 수 없구나
영혼의 가마솥에 들끓던 사랑의 힘
캄캄한 골방 안에
가둘 수 없구나

나 혼자 부둥켜 안고
딩굴고 또 딩굴어도

자꾸만 익어가는 어둠을
이젠 알알이 쏟아놓아야 하리

무한히 새파란 심연의 하늘이 두려워
나는 땅을 향해 고개 숙인다
온몸을 휩싸고 도는
어지러운 충만 이기지 못해
나 스스로 껍질을 부순다

아아, 사랑하는 이여
지구가 쪼개지는 소리보다
더 아프게
내가 깨뜨리는 이 홍보석의 슬픔을
그대의 뜰에
받아 주소서

　　　　　　—이가림, <석류>(『순간의 거울』, 창작과비평사, 1995)

　번역을 거친 시와 조금도 다를 바 없는 이러한 모습이 우리 시에만 나타
난 현상은 아니다. 중국과 일본의 현대시 또한 우리와 유사한 모습으로 정
착되었고, 제3세계의 시 또한 여기에서 크게 벗어나지 않는다. 따라서 시
의 문학성에 대한 비평도 서구의 방식을 그대로 수용할 수밖에 없었다. 시
자체의 언어미나 음악성은 논의의 장에서 사라지고, 주제의 강조 및 주지
적인 것 또는 회화적인 것에서 시의 예술성을 찾게 된 것이다. 그렇게 되
면서 우리는 시인이 펼쳐놓은 난삽한 퍼즐을 푸는 과정이 시의 감상인 것
처럼 인식하게 되었다.

　임진왜란 당시 붙잡혀간 조선인들은 시조를 읊고 민요를 부르면서 고향
에 대한 그리움을 달랬다고 한다. 그런데 시의 향유 방식이 달라지면서 시
를 생활 속에서 누리던 관습은 사라지고, 시의 주제나 이미지를 찾아내는

관례가 나타나게 된 것이다. 운율 논의가 소수의 고전 문학 연구자들에 의하여 지속될 뿐, 현대시의 이해와 감상에서 애써 외면되고 있는 까닭이 여기에 있다고 할 것이다. 그래서 시 수업에서 가장 기본이 되는 개념은 이미지이며, 운율(리듬)을 지나치게 의식하면 '난센스 포에트리'가 된다고 말하게 된다.

이처럼 우리는 서구의 시와 만나면서 우리 시의 맥박을 잃고 시의 지식을 받아들였다. 받는 것이 있으면 잃는 것이 반드시 있는 법이다. 잃는 것이 그 본질적인 것이 되지 않도록 하는 것이 외국 문화의 수용에서 챙겨야 할 기본이라고 할 수 있다. 그런 문화 수용의 힘든 과정을 거치면서 우리의 시는 괄목할 만한 진전을 이루었다. 이는 이질적인 것을 우리의 것으로 변용시킬 수 있는 포용력과 끊임없는 노력이 있어 가능한 것으로 볼 수 있다. 새롭게 이루어진 우리 시의 모습은 이제 우리의 맞춤복처럼 우리의 몸에 딱 들어맞는 문화가 된 것이다. 그래서 죽음을 앞에 둔 상황에서 윤동주의 절창이 이루어졌고,『청록집』에 실린 조지훈과 박목월의 화답시 <완화삼>과 <나그네>가 나타날 수 있었다.

3. 고전 문학의 발전과 중국의 영향

서구 문학을 수용하면서 우리의 현대 문학이 출발하였다. 그리고 외국 문학의 수용 과정에서는 필연적으로 얻는 것과 잃는 것이 있기 마련이다. 그래서 항상 주체적인 수용을 강조하지만, 그것이 생각만큼 쉬운 것은 아니다. 문화는 물과 같이 위에서 아래로 흐르는 것이고, 이를 거스르는 것은 대단한 노력을 수반하기 때문이다.

 서구 문학의 수용과 관련된 말을 하였지만, 전통 시대 문학은 전반적으로 중국 문학의 영향 속에서 이루어졌다. 소설의 발생이 그러했고, 또 한국 시 문화의 대종이 한시의 향유라는 점도 그러했다. 관료 배출의 공식 통로인 과거 시험에서 중국의 사상과 문학은 필수 과목이었다. 그래서 당연히 지참해야 할 수험서는 경서와 역사서, 그리고 『문선』과 『고문진보』였다. 우리 문학 중에서 표준을 삼을 수 있다고 하여 『동문선』을 편찬하기도 하였지만, 오랜 역사와 문화의 침전으로 이루어진 중국 문학을 대치할 수는 없었다. 이규보가 과거 급제자의 수만큼 소동파가 나왔다고 말할 만큼 우리의 문학은 전적으로 중국에 기울어져 있었던 것이다. 당연히 한문이 공식적인 문화 활동의 도구로 사용되었고, 이는 한글이 창제된 후도 마찬가지였다. 말로 이루어지는 문화는 우리의 말로 전승되었지만, 그것의 기록은 한자로 번역하면서 이루어질 수밖에 없었다.

 따라서 소설이나 시는 한자로 기록되고 전승될 수밖에 없었다. 최초의 소설로 일컬어지는 『금오신화』나 수많은 한시 문화유산은 그래서 한자를 상용할 수 있는 소수 향유자들의 전유물이었던 것이다. 작품을 창작하고 수용하는 향유자들은 시간의 완급은 있었지만 우리말을 번역하여 한문으로 적고, 그 한문을 다시 우리말로 번역하는 과정을 거쳐야만 했다. 중국인들과의 교유에서 자연스럽게 필담을 나눌 수 있었던 까닭이 여기에 있다.

 그런데 이들이 향유했던 한문학이 우리 문학으로 인정되는 이유는 그 작가가 한국인이었기 때문만은 아니다. 그들의 문학은 필수적으로 한국 문학으로서의 독자성을 지녀야 할 것을 요구받게 되었던 것이다. 정약용이 "나는 조선 사람이니 즐겨 조선시를 짓는다."라는 이른바 '조선시 선언'을 한 것은 그런 점에서 중요한 의미를 갖는다. 중국 시와 얼마나 밀접한 연관성을 가지고 있는가가 시의 우열을 가름했던 시대, 그래서 누구나 이러한 분위기에서 자유로울 수 없었던 시대에 정약용은 조선적인 것이 조선

시의 중심이 되어야 한다고 주장했던 것이다.

한국 문학의 독자성을 위한 노력과 함께 향유자 확대를 위한 한글로의 번역이 이루어졌다. 두보의 시가 번역되었고, 중국 소설이 번역되었으며, 우리의 한문 소설인 채수의 <설공찬전>도 번역되었다. 이런 과정을 거쳐 우리말로 이루어진 시조와 가사가 시 문학의 주류로 정착될 수 있었고, 최초의 한글 소설인 <홍길동전>이 창작될 수 있었다. 중국적인 것이 판을 치던 시대에 정약용이 조선적인 시를 쓴다고 한 것에서, 김만중은 훨씬 더 나아간 견해를 표명하였다.

> "지금 우리나라의 시문(詩文)은 자기 말을 버리고 남의 나라 말을 배워 쓴 것이니, 설령 아주 비슷하다 해도 다만 앵무새가 사람의 말을 흉내낸 것일 뿐이다. 시골에서 나무하는 아이들이나 물 긷는 아낙네들이 흥얼거려 서로 화답하는 소리가 비록 정제되지 않은 말로 이루어져 있지만, 참과 거짓으로 말한다면 사대부들의 '이른바' 시부와는 결코 같이 말할 수 없는 것이다."
>
> ─김만중, 『서포만필』

김만중의 생애가 그러하듯 주장의 표현은 대단히 과격하다. 자신들을 대단한 문화인으로 만들어 주었다고 자부하는 시부(詩賦)의 앞에 '이른바[所謂]'라는 관형어를 붙이고 있는 것이다. 그들의 문학은 문학으로 인정할 수 없다는 속내가 이 말 속에 들어 있는 듯하다. 그런 그이기에 남성들의 최고 목표인 '부귀공명'을 다시 생각해 보게 한 <구운몽>과 당시 가정의 문제를 직접 거론한 <사씨남정기>를 창작할 수 있었다. 허균의 <홍길동전>은 단순히 최초의 한글 소설이었다는 점에서만 그 문학사적 의미가 국한되지 않는다. 김만중의 작품들과 마찬가지로 허균은 기득권층은 개혁할 생각도 없었던 문제, 그러나 직접 그 피해를 입고 있는 집단으로서는 피눈물을 토할 수밖에 없는 '사람 차별'의 문제를 직접 거론하였던 것이다. <홍

길동전>의 시대 배경이 세종 시대로 설정된 것도 그 시대에 서얼 차별 제도가 확립되었기 때문이다.

김만중과 허균을 보면서 우리는 한국 문학이 나가야 할 방향에 대하여 소중한 지침을 얻게 된다. 그것은 진솔한 한국인의 소리를 담아야 한다는 점, 그리고 당대 현실의 가장 절실한 문제에 대한 고민과 탐색이 있어야 한다는 점일 것이다. 김만중이 중국의 모방에 급급한 문학을 앵무새가 사람의 소리를 흉내낸 것이라고 한 점이나, 허균이 당대 사회가 해결해야 할 최대 문제로 인간의 차별을 내세운 것은 지금의 현실에서도 여전히 유효한 문제이다. 이것이야말로 문학이 존재하는 이유이고 사명이기 때문이다.

그렇다면 이 시대 한국 문학의 작가들은 한국인의 진정한 소리를 무엇으로 인식하고, 또 이 시대가 당면한 최대의 문제는 무엇이라고 진단하는 것인가? 문학은 문제를 해결할 수도 없고 또 해결을 요구하지도 않는다. 다만 제기된 문제의 실상을 독자 앞에 내보임으로써 그 문제의 확산을 도모하는 것이 문학일 뿐, 거창한 것을 해결하는 존재가 아닌 것이다. 미국의 남북전쟁에서 북군의 승리를 이끈 진정한 주역은 <톰 아저씨네 오두막 집>의 작가인 해리엇 비처 스토(Harriet Beecher Stowe) 부인이라는 평가를 받는다. 작가는 노예를 사람으로 보고, 그들을 사람으로 대하지 않는 현실을 진실하게 그렸다. 노예 해방의 선언은 그런 인식의 확산 위에서 가능했다는 점을 이 평가가 말해 주고 있다.

현실의 진단은 현실에 대한 진지한 성찰 위에서 가능할 것이다. 그리고 그것의 허구적 형상화는 작가의 창작적 기교에 관한 문제일 것이다. 현실의 문제를 정면으로 마주 보고 그 세계와 더불어 같이 가야 함을 인식했을 때 비로소 작가는 세계의 실상을 볼 수 있고, 세계와 교감을 이루게 된다. 이를 다른 말로 '사랑'이라고 할 수 있다. 그렇다면 작가는 사랑으로 세계를 대하고 그 실상을 형상화할 수 있을 때, 작가로서 진정한 사명을 다하게 된다고 할 수 있을 것이다.

4. <상록수>와 전통의 계승

윤동주가 그러했듯 19살의 순수한 청년 심훈은 1919년 3·1운동에 가담하였고, '큰 소원'에 대한 열정과 낭만이 아로새겨진 편지를 어머니에게 보냈다. 뒤에 지어진 <그 날이 오면>의 싹은 이 편지에서 이미 드러나고 있다. 소설과 시, 그리고 영화로까지 폭넓게 펼쳐졌던 그의 문학활동은 그러나 그가 36세의 나이로 요절하면서 마감을 하게 된다. 그의 대표작인 <상록수>는 동아일보 창간 15주년을 기념하는 현상 모집에 당선된 것이었고, 여기에서 받은 원고료의 일부는 '상록학원'의 설립에 쓰인다. 이 사건은 지극히 어려운 살림에도 불구하고 그가 미래 지향적인 성향을 지니고 있었음을 잘 보여 주는 것이었다. 자신이 태어나고 삶의 태반을 보냈던 서울을 떠나 낯선 농촌 현장에 거처를 마련하고, 후세를 교육하기 위한 학교를 설립한다는 것이 누구에게나 가능한 것은 아니다. 더구나 그는 경제적으로 대단히 궁핍한 상황에 처해 있었다.

이 작품의 주인공들은 대단히 낭만적이고 이상을 지향하는 인물들이다. 그런데 이러한 인물들은 이미 고전 소설의 영웅 형상화에 드러나 있어 우리에겐 전혀 낯설지 않은 모습이다. 동혁의 모습은 지도자의 외모에 합당하도록 우람한 모습으로 형상화되어 있고, 영신 또한 강렬한 소명 의식을 지닌 전사이면서 동시에 여성으로서의 미모를 갖추고 있어 애틋한 사랑을 불러일으키는 존재로 그려지고 있는 것이다.

또한 당연히 결합해야 하는 두 청춘 남녀가 사랑에 빠졌지만 숱한 장애가 닥치고 이를 극복해 가는 로맨스의 전형적 구조와 이상적인 남녀의 모습은 어김없이 <상록수>에 반복되어 나타난다. 첫 만남에서 두 사람은 숙명인 듯한 교감을 느꼈고, 이후 조금도 변하지 않는 강한 인연을 지속한다. 둘 사이의 관계가 신뢰에 기반하고 있고, 환경에 의한 방해는 오히려 두 사람의 사랑을 더 결속시킨다는 점은 김시습의 『금오신화』에 나타난 형상화 방식과 유사하다. 인간성에 대한 믿음을 바탕에 두고 있기 때문에 사랑하는 사람들은 삶과 죽음의 경계까지도 넘나들고 있다. <만복사저포기>의 양생이 그러하고, <이생규장전>의 이생이 그러하다. 그들은 한번 맺은 인연을 소중하게 지속시키고 있는 것이다. 이러한 낭만적 속성이 <상록수>에도 그대로 반복되고 있어, 우리는 두 사람과 오래 전부터 알고 있었던 것과 같은 친밀감을 느끼게 되는 것이다.

더구나 둘 사이의 사랑이 여성의 주도하에 이루어지고 있는 것 또한 『금오신화』에서 이미 보았던 모습이다. <이생규장전>의 최랑은 스스럼없이 이생을 자신의 거처로 불러들인다. 이러한 모습이 전혀 부도덕한 것으로 보이지 않는 것은 그들의 만남이 이미 예정되어 있었기 때문이다. 만약 주위의 눈을 의식하여 그 소중한 만남이 이루어지지 않는다면 그것이야말로 오히려 부도덕한 일로 인식되는 것이다. 사랑하고 결합하기로 되어 있는 인물을 두고 다른 사람과 인연을 맺을 수는 없다고 그들은 생각한다. 여성들은 이러한 사고의 과정을 거쳐 과단성 있는 행동을 보여 주고 있다. 이 의도적 만남을 통하여 그들은 자신들의 생각을 행동으로 옮기는 결단을 하게 된다. 일은 이렇게 만남을 통하여 이루어지는 것이다.

여주인공인 영신은 스스럼없이 남성에게 가고, 그리고 둘의 사이는 약혼자의 관계로 발전한다. 열정을 가지고 사업에 투신하는 여성과 사랑하는 사람 앞에서 한없이 애틋하게 작아지는 두 측면을 영신은 유감없이 보여 주고 있다. 인간이란 모두 이러한 양면성을 지닌 존재일 것이다. 변학도 앞에서 그렇게 차갑고 도저한 모습을 보이던 춘향이지만, 이도령 앞에서는 그 마음을 얻고자 가슴 두근거리며 바라보는 사랑스러운 여인으로 변모한 다. 바로 이러한 양면을 지니고 있기 때문에 여주인공의 앞에 놓여 있는 일도, 그리고 열정도 더 사랑스러운 모습으로 포장되고 있다. 영신의 모습 에서 표독스러운 투사의 모습을 느낄 수 없는 것은 바로 이러한 이유 때문 이다.

이처럼 심훈은 <상록수>에서 전통적인 남녀의 사랑을 반복함으로써 그 들과 그들의 사업을 퍽 익숙한 것으로 인식하게 한다. 이와 함께 우리의 고전 소설이 즐겨 사용했던 시의 활용 또한 작가는 놓치지 않고 있다. "이 런 때 이런 경우에 동혁이가 시를 좋아하는 사람이었다면 <비 맞고 찾아 온 벗에게>라는 조운의 시조 두 장을 가만히 입 속으로 읊었으리라." 하면 서 시조를 인용하고 있는 것이다.

> 어젯밤 비만 해도 보리에는 무던하다.
> 그만 갤 것이지 어이 이리 굳이 오노
> 봄비는 차지다는데 질어 어이 왔는가.

> 비 맞은 나뭇가지 새 움이 뾰족뾰족.
> 잔디 속잎이 파릇파릇 윤이 난다.
> 자네도 그 비를 맞아서 정이 치[寸]나 자랐네.

이 시를 인용함으로써 작가의 낭만적인 자세와 시정신은 작중 인물인 동혁에게 전이되고, 결과적으로 우락부락한 인상의 동혁은 대단히 섬세한 정서를 지닌 인물로 변화하고 있다.

5. 굴종에서의 탈출과 자존감 회복

병자호란은 1636년 12월 청나라가 조선으로 쳐들어오면서 시작되었다. 그리고 다음 해 1월 인조가 청 태종 홍타이지에게 무릎을 꿇고 항복하면서 종결되었다. 청나라는 다른 나라의 항복을 받아 본 전례가 없었다. 그래서 자신들이 무엇을 요구해야 하는지를 알 수 없어, 조선이 명나라에 하던 방식대로 해줄 것을 요구한다. 조선은 청나라에게 했던 치욕의 방식을 이미 조선 초부터 명나라에 하고 있었던 것이다. 남한산성에 고립되어 있던 12월 말에도 조선은 명나라의 은혜에 감읍하는 행사를 지내고 있었다. 그리고 일제의 식민지로 전락하고, 독립이 되었지만 남북으로 분단되어 강대국의 전쟁터가 될 수밖에 없었다. 오랜 역사 속에서 강대국에 대한 굴종적 태도는 실리의 추구라는 이유로 용인되어 왔던 것이다.

광복 70년이 되는 2015년, 우리의 역사에서 의미 있는 문화 행사가 있었다. 백제의 역사 유적 지구가 유네스코의 세계 문화유산으로 등재되었던 것이다. 유네스코는 이 유산이 한·중·일 동아시아 삼국 고대 왕국들 사이의 상호 교류 역사를 잘 보여 준다는 점과, 백제의 내세관·종교·건축 기술·예술미 등을 모두 포함하고 있는 백제 역사와 문화의 특출한 증거라는 점 등을 높이 평가하였다고 한다.

이를 계기로 이미 문화유산으로 등재되어 있는 '경주 역사 유적 지구'와 함께 삼국시대 두 왕국의 문화가 세계인이 기억할 문화유산으로 인식되는 중요한 의의를 획득하게 되었다. 이는 또한 북한과 함께 고구려와 발해의 역사 문화에 체계적으로 접근하여 문화유산으로 등재해야 하는 사명 의식을 갖게 하였다는 점에서 더욱 중요한 의의를 갖는다. 그런 점에서 백제 역사 유적의 문화유산 지정은 우리의 역사와 문화에 대한 자긍심을 한껏 드높여 주는 계기가 되었다.

그러나 이러한 문화적 쾌거는 일본의 문화유산 등재 문제로 언론의 조명을 받지 못하였다. 같은 시기에 일본은 메이지 산업 시설 23곳을 '메이지 산업혁명 : 철강, 조선 그리고 탄광 산업 시설'로 지정하여 유네스코에 등재를 신청하였는데, 그 중 일곱 곳이 조선인 강제 징용의 한이 서린 곳이었기 때문이다. 일본은 이러한 사실은 적시하지 않은 채, 아시아에서는 유일하게 서구 열강을 본받아 산업화를 이루었다는 자신들의 역사 미화에 이를 이용하고자 했다. 따라서 일본의 신청은 강제 노역과 관련되는 주변국, 특히 한국의 저항을 초래할 수밖에 없었다. 이를 의식하여 일본은 마감일을 며칠 앞두고 비공개로 신청하고, 또 한국이나 중국인들이 강제 노역에 동원된 1910년 이후의 역사를 포함시키지 않기 위하여 그 기간을 1850년부터 1910년까지로 한정하기도 하였다.

일본이 이렇게 미래에 벌어질 일까지 예상하면서 세심하게 일을 처리한 데 반하여 한국은 일본의 신청에도 대범한 듯 별로 대응을 하지 않았다. 한국은 일본과의 수교 50년을 의미 있게 맞이하기 위하여 노력하였고, 또 한일 관계 냉각의 책임이 상당 부분 한국에 있다는 미국 등의 시선에 곤혹스러워 하기도 했기 때문이다. 아베는 끊임없이 자신은 친선을 도모하고 있다는 제스처를 취하고 있었지만, 한국은 그것이 의미하는 바를 알아채지 못한 것 같았다. 고도의 계략 앞에서 참으로 순진한 몸짓으로 이에 대응하는 것으로 보였다. 마치 우리의 전 역사에서 일본은 우리를 침략하기 위해 끊임없는 탐색을 하였지만, 우리는 그 속셈을 알지 못했거나 또는 알면서도 적당한 대처 방법을 찾지 못했던 방식이 반복되었던 것과 같다. 과거의 역사에서 일본의 해적들은 끊임없이 해안은 물론 내륙 깊숙이 침범하였다.

또 화친의 가면을 쓴 채 통상 요구나 개항 요구를 통하여 그들의 거점을 마련하기도 하였다. 그리고 침략의 구체적 계획을 수립하기 위한 첩자를 보내 세세하게 우리의 실정을 탐지하기도 하였다. 그 결과가 임진왜란이나 일제 강점으로 나타났던 것이다.

문화유산의 등재는 세계문화유산위원회 21개국의 총의에 의하여 결정된다. 일본은 이미 기존 위원국이었고, 그나마 한국은 결정되기 1년 전에 위원국에 들어갔기 때문에 위원회에서 한일 간의 격돌은 불가피한 상황이었다. 한국이 위원국이 아니었다면 이 게임은 하나마나한 것일 수도 있었다. 또한 일본은 다음 해에는 위원국이 아니기 때문에 이번의 등재는 필사적으로 이루어 놓아야 할 일이었다. 한국은 이 격돌을 위하여 새로 들어갔고, 일본은 이번이 아니면 다음 해에는 들어갈 수 없는 운명적 상황이 벌어진 것이다.

의장국인 독일을 위시하여 다른 위원국들은 두 나라가 원만한 타협을 이루어 기존의 관행대로 표결 없이 통과되기를 희망함으로써 두 나라 사이의 협상을 강요하였다. 그리고 결정을 하루 늦춰가면서까지 두 나라의 협상을 독촉하였다. 이는 두 나라의 정상을 비롯한 외교 당국의 필사적인 외교전의 결과이기도 하고, 또한 한국이나 일본 어느 쪽에도 손을 들어주기 어렵다는 위원국들의 내심을 보여 주는 것이기도 하다.

일본은 아시아 유일의 서구화를 이룩한 흔적, 그리고 서구 열강을 본떠 식민지를 개척한 조상들의 업적이 세계가 인정하는 문화유산으로 등재될 것이라는 자신을 가지고 있었다. 그런데 한국인들의 '강제 노역'이 이루어진 현장이라는 역사적 사실을 명기하라는 한국의 요구에 봉착하였던 것이다. 이는 산업화가 자신들의 정당한 활동이 아니라, 주변국에 대한 침략과 비인간적 노역을 통하여 이룩된 결과라는 사실을 기록에 남겨 놓아야 한다는 점에서 일본으로서는 받아들이기 어려운 요구였을 것이다. 식민지 시절 피해에 대한 보상은 이미 한일협정으로 끝났고, 또 식민지였기 때문에 자신들과 동등한 국민의 차원에서 동원된 것이라는 논리를 내세웠지만, 타협을 원하는 위원국들의 요구를 따를 수밖에 없었다. 그래서 결정을 하루 늦춰가면서까지 협상을 벌였고, 우리의 요구 사항을 등재 결정문의 본문은 아니지만 각주 형식으로 처리하기로 합의하였던 것이다.

이 같은 타협은 강제 동원 문제를 일본이 공식적으로 인정하게 한 한국의 실리와 자신들로서는 껄끄러운 문제를 본문이 아니라 각주 형식으로 처리함으로써 얻게 된 일본의 명분이 조화를 이루었다는 평가를 받았다. 이에 대하여 한국에서는 '일본의 잔꾀에 또 당했다거나, 뒤통수를 맞았다.' 는 불만이 나왔고, 일본에서도 '한국에 과도하게 양보했다.'거나 '강제 노동을 인정한 것처럼 오해를 불러일으키게 되었다.'는 비판이 쏟아지기도 하였다.

그러나 이러한 일련의 과정을 통하여 일본의 역사가 주변국의 침략과 폭압 속에서 이루어졌다는 사실이 온 세계에 널리 알려지게 된 것은 분명한 사실이다. 결정을 하루 늦춰가면서까지 진행되는 협상의 과정이 온전한 모습으로 세계에 알려졌기 때문이다. 물론 본문에 기록되는 것을 관철하면 더 좋았을 것이지만, 협상이 일방적일 수 없다는 점에서 이 정도의 결과는 '판정승'이라는 평가에 인색할 필요는 없다고 본다. 무엇보다도 일본이 한국과 관련되는 사항에서 강대국임을 내세워 일방적으로 몰아붙일 수 없다는 사실을 깨닫게 한 것은 기대 밖의 성과라고 할 수 있다. 합의가 된 이튿날 곧바로 일본이 강제노역에 해당하는 'forced to work'라는 말을 '원하지 않음에도 일하게 됐다.'로 번역하여 자국민에게 알리는 신경질적 반응을 보인 것도 이러한 이유 때문으로 볼 수 있다.

식민지였던 국가가 상대국에게 침탈을 인정하게 하고, 침략국의 성장이 자신들의 뼈아픈 고통을 통하여 이루어졌다는 사실을 인정하라는 요구는 어디에서도 없었다. 남미나 아프리카에 수많은 식민지를 경영했던 서구 열강 어느 나라도 이런 저항에 부딪힌 일은 없었던 것이다. 그런데 한국의 이러한 요구를 세계가 받아들였고, 결국 일본은 자신들의 문화유산이 주변국의 침탈과 착취 위에서 이루어졌다는 사실을 부분적으로 인정할 수밖에 없었던 것이다. 같은 위원국이면서 일본의 침략으로 고통을 겪었던 베트남이나 필리핀, 말레이시아 등이 어떤 생각을 가지고 이를 지켜보았을까 하는 생각이 드는 대목이기도 하다.

한국이 치욕의 역사를 상대방으로 하여금 분명하게 적시하게 한 것은 다시는 이를 되풀이하지 않겠다는 결연한 의지의 표현이라고 할 수 있다. 그리고 이는 우리가 받았던 치욕을 객관적으로 인식할 수 있게 되었다는 것을 의미하는 것이기도 하다. 그런 거리감의 확보가 있을 때만 굴종의 역사는 미래의 희망찬 역사의 밑거름이 될 수 있다고 본다.

6. 새 시대 우리 문학의 전망

굴종의 상황 속에서도 우리의 선인들은 우리 문학이 나가야 할 방향을 정확하게 인지하고, 이를 실천하기 위해 노력했다. 전통 시대의 허균과 김만중은 우리의 문학이 진술한 한국인의 소리를 담아야 하며, 당대 현실이 가지고 있는 절실한 문제에 대한 고민과 탐색이 있어야 한다고 주장하고 이를 문학으로 형상화하였다. <홍길동전>이 인간의 차별에 대한 진지한 고민을 형상화한 것처럼, 최고의 고전인 <춘향전>도 인간 차별을 직접적으로 거론하였다. 우리 시대의 작가들도 현실의 문제에 대한 진지한 고민을 통하여 문학이 가진 사명을 일깨워야 문학에 대한 새로운 조명을 할 수 있을 것이다. 이 시대 문학에 대한 대중의 외면은 단순히 매체의 변화라는 환경에서 찾을 수 있는 것은 아니기 때문이다.

심훈은 <상록수>에서 고전 문학이 소중하게 가꾸어 놓은 전통을 그 바탕에 두고 그 위에 자신의 줄기를 뻗고 열매를 탐스럽게 열게 했다. 지난 전통을 폐기하고 새것을 받아들이는 것이 아니라 과거를 소중하게 키워 새 시대에 걸맞은 모습으로 형상화하였던 것이다. 문학에 대한 순수한 열정과 시대 상황에 대해 고귀한 분노를 터뜨렸던 윤동주의 정신, 그리고 이를 후세에 전하기 위해 전력을 다했던 정병욱의 노력이 우리 시대의 문학을 이만큼 키워 줄 수 있었다.

우리 시대의 작가들은 이러한 바탕 위에서 자신의 개성과 창의력, 그리고 상상력을 통하여 우리의 문학이 세계 문학과 어깨를 나란히 할 만큼 성장시켜 왔다. 그렇게 이 시대의 문학을 책임지고 있는 작가들에 대한 우리의 사랑이 새로운 시대의 문학을 개척하는 밑거름이 될 수 있을 것이다. 대상은 보고 싶은 대로 보이기 마련이다. 사랑의 눈으로 보았을 때 그것은 사랑스러운 모습으로 우리에게 찬연한 모습을 보여 줄 것이고, 허접하게 보면 또 그것은 그렇게 보일 수밖에 없을 것이다. 작가들이 겪었던 고난과 열정을 이해하고, 그것이 가지고 있는 소중한 의미를 다음의 세대에게 넘겨줄 필요가 있는 것이다. 이것이야말로 우리의 문학에 대한 진정한 사랑의 표현이라고 할 수 있을 것이다.

긴 시간 가지고 있었던 굴종 콤플렉스를 떨쳐도 괜찮은 모습을 우리는 광복 70년을 맞아 이루어진 문화유산 지정에서 확인할 수 있었다. 과거의 시대가 가지고 있었던 고난과 아픔까지도 소중한 우리의 자산으로 받아들이기 위해 우리는 친일 논란이나, 이념 논쟁, 그리고 최근 신경숙에 대하여 제기되었던 표절 의혹에서도 대범한 사랑의 자세를 취해야 한다고 본다. 물론 친일이나 표절 문제 등은 적당히 용인하기 힘든 엄청난 문제임이 분명하지만, 그것을 문학사 전체에서 바라보며 우리의 소중한 자산을 찾아낸 다는 시각으로 보면 그 안에서 우리의 소중한 자산을 찾을 수 있을 것이고, 방기(放棄)해야 할 부정적 요소로 보면 그것이 차지했던 그 넓이는 또 속절 없이 사라지게 될 것이다. 우리의 긴 문학사를 놓고 보았을 때 그것들이 차 지하는 비중은 너무 작은 한 지점이 될 수도 있는 것이기 때문에 보다 대 범한 자세가 필요할 것이다.

현재에도 존재하는 사면 제도와 같이 문학에서도 과거의 문제를 덮고 미래의 문학, 세계로 향하는 문학을 위하여 '흠 찾아내는 작업'보다는 창조 에 열정을 보이는 계기로 광복 70년을 자리매김할 필요가 있다. '백마를 타고 오는 초인'은 천리마와 같이, 꿈과 같이 우리 앞에 나타나는 존재가 아니라, 우리가 찾고 키우기를 기다리는 존재이다. 잠시의 부정적인 평가 를 이유로 천리마일지도 모르는 대상을 사장(死藏)시키는 일은 우리 모두에 게 바람직한 일이 아닌 것이다. 천리마를 얻기 위해서는 죽은 천리마의 뼈 라도 수습할 수 있는 지혜가 절실하게 요구된다고 할 수 있다.

1990년대 후반 북한의 문화정책과 동향*

1. 북한 문화 정책의 수립과 운용

북한의 문화 정책은 정치 이념의 확산에 기반을 두고 추진되어 왔다. 따라서 정치와의 깊은 관련 속에서만 문화의 이해는 가능하다. 그런데 광복과 함께 수립된 북한의 정치 지배 집단은 시대의 변화에도 불구하고, 그 기본적인 골격은 전혀 변화하지 않았다. 상황에 따라 운용하는 정책의 표현은 달랐지만, 그 기본적인 지향은 동일하였던 것이다. 따라서 변화하지 않는 큰 흐름 속에 위치하는 한 시기의 문화 동향 또한 그 개별성을 인정하기 어려운 것이 그 실상이다.

모든 것은 보는 관점에 따라 달리 보이는 것이다. 유사하다고 보면 모든 것은 유사할 수밖에 없고, 다르다고 보면 대상은 또 달리 보이는 것이다. 해방 이후 반제의식의 고취나 사회주의의 우월성을 강조하는 지향은 동일하였지만, 그 표현 방식은 시대에 따라 바뀔 수밖에 없었다. 모든 문화 현상의 규범이 되는 문예 이론도 1950년대에는 카프의 전통을 이어받은 사

---

* 『한국민족문화』 18(부산대학교 한국민족문화연구소, 2001)에 실린 글을 수정, 보완하였다.

회주의 리얼리즘을 기반으로 하였지만, 1960년대에는 주체사상이 모든 문예이론의 핵심으로 자리잡았다. 그리고 1967년의 문화계 종파 투쟁을 겪는 과정에서는 항일혁명문학이 더욱 강조되기도 하였다. 1970년대 이후에는 김정일 종자론을 거쳐 1980년대 초에는 일상성을 강조하는 '숨은 영웅 형상 문학'이 제기되었고, 1980년대 후반부터는 주체문예이론이 그 중심에 자리잡게 되었다. 이렇게 길게 볼 때는 큰 흐름 속에서 변함없는 일관성을 유지하고 있는 것 같지만, 그 내부에는 사회의 변동이나 주변 여건의 변화를 반영하는 기운이 잠재하고 있는 것이 사실이다.

1990년대 후반의 북한은 대내적으로는 김정일 체제의 확립과 식량난 해결이라는 엄청난 과제의 해결을 도모해야 했다. 그것이 단기적으로 해결될 문제가 아니기 때문에, 드러난 외형상의 변화는 없지만 모든 정책 운용의 기반에 이 두 과제가 놓여 있음은 분명하다. 대외적으로는 핵 의혹과 관련된 미국과의 협상, 그리고 분단 후 공식적으로 이루어진 금강산 관광이 현안으로 드러나기도 하였다. 대내적인 두 문제와 대외적인 두 문제는 사실상 대단히 밀접한 관련을 이루면서 추진된 것으로 보인다. 핵 의혹 문제의 해결 과정이나 금강산 관광 등은 북한의 식량난과 관련되어 진전되고 있고, 그 밑바탕에는 김정일 체제의 정치적 안정이 놓여 있기 때문이다.

북한의 문화 동향은 이러한 문화 외적 상황과 긴밀하게 연관되면서 진행되었다. 전쟁을 경험한 1950년대에는 미국에 대한 적개심을 바탕으로 반제의식을 고취하는 것이 핵심적인 정책 과제였다면, 유일 체제가 성립되던 1960년대에는 김일성 우상화가 문화 정책의 주안점이 되었다. 천리마시대를 거쳐 3대혁명의 시대에는 문화를 경제적 선동에 활용되었다. 따라서 초기에는 문화의 정치적 측면이 강조되었으나 1970년대 이후에는 경제적인 측면이 보다 부각되었던 것이다. 1980년 이후 문화의 여가 기능이 강조되었던 것은 부분적으로 산업화에 따른 북한 주민의 의식 변화와 사회 체제의 복잡화와 관련된 현상이었다. 또 1980년대 후반부터 사상성이 중시되는 문화정책으로 돌아선 것은 사회주의권 몰락이라는 대외 환경 변화와 김정일로의 권력 이양이라는 권력 구조 변화에서 비롯된 것이다.

1990년대 들어 가장 중요한 변화는 김정일로의 권력 이양이라는 점에서 찾을 수 있다. 특히 문화 분야는 직접적으로 이러한 변화를 반영하였다. 1980년대 중반까지만 해도 김일성의 교시와 김정일의 지적은 각종 문화예술 관련 문헌에 공존했지만, 1990년대 들어서는 김일성의 교시가 사라지고, 김정일의 지적만이 남게 되었다. 김정일은 1960년대 중반 문예분야에 손을 뻗치면서 모든 문예노선과 정책을 새롭게 정리하고 그 구체적인 계획 수립과 집행에 이르기까지 직접 관장하여 왔다. 1980년대 권력을 완전히 장악한 뒤에도 그는 문예정책 일반은 물론이고, 영화, 가극, 소설, 노래, 시 창작에 이르기까지 대단한 집착을 보이고 있다.

그러나 그는 1991년 다부작 극영화 <민족과 운명> 창작을 직접 지시하면서 이를 마지막으로 문예분야에 대한 직접적 개입을 하지 않겠다고 선포하였다. 실제로 1994년 김일성이 사망하고, 당 총비서직을 승계하면서, 문예정책에 대한 그의 관심은 예전과 같지는 않은 것으로 보인다. 그렇지만 1990년대 들어서도 김정일의 이름으로 '무용예술론', '음악예술론', '미술론', '주체문학론' 등 문화예술 분야의 이론서들이 발간되고, 모든 문화예술 관련 서적과 잡지들은 김정일을 '스승으로, 어버이로' 높이는, 김정일의 절대화를 최우선 과제로 삼고 있다. 최근 들어 가장 중요하게 논의되는 주제도 '조선민족 제일주의 정신'과 그 구현인데, 이는 김일성과 김정일의 우상화를 통한 사회주의 체제 우월성 강조로 구체화되고 있다.

2. 1990년대 후반 북한 문화의 현주소

1) 문학

1990년대 후반의 북한 문학은 엄청난 대내외적 변화에도 불구하고 표면적으로는 큰 변화를 보이지 않았다. 수령결사옹위정신, 당의 정책에 따라 경제 건설에 매진하는 인민들의 투쟁 모습, 군사중시사상, 조국통일을 강조하는 문예물의 창작 촉구는 그 이전과 마찬가지로 여전히 강조되는 사항이었기 때문이다.[북한 문예잡지 <조선예술> 1998년 1월 호는 사설을 통해 그 이전과 동일한 방향을 제시하였다.] 그런데 문제는 이러한 촉구가 단순히 창작의 방향을 계도하는 정도만의 구속이 아니라는 점에 있다. 이러한 촉구는 사실상 창작에 있어 하나의 재[尺]로 작용하고 있어, 개성적인 변용은 거의 이루어질 수 없게 제도화되어 있는 것이다. 제도로 정착되어 창작의 자유로운 변용을 불가능하게 하는 것이 바로 북한의 독특한 검열제도 때문이라고 할 수 있다.

북한은 문학예술작품에 관한 심의를 체제 유지와 관련된 문제로 파악하고 있다. 만약 작품 심의를 소홀히 할 경우 문예물의 대중적 파급 효과와 위력으로 체제 유지와 주민들의 사상 의식에 부정적 영향을 주는 등 심각한 결과를 초래할 수 있다고 믿기 때문이다. 북한에서의 문예 작품 심의는 문예물의 종류와 특성에 따라 구분되는데, 가장 복잡한 다단계 심의를 거쳐야 하는 분야는 소설·시·아동문학·희곡 등 문학작품의 경우이다. 문학작품이 독자의 손에 오기까지에는 소속 기관의 심의와 출판사의 내부

검열, 국가문학작품심의위원회의 검열, 출판검열총국의 최종 검열을 통과
하여야 한다. 여기에서 검열의 기준이 사상성의 문제로 집중될 것임은 너
무나 자명하다. 이러한 과정을 거쳐야 하기 때문에, 공표된 문학 작품은 집
단 의식과 강한 정치 지향성을 드러낼 수밖에 없는 것이다.

1998년에 발간된 주요 출판물은 4월 김일성의 86회 생일을 앞두고 노동
당출판사에서 출판된 <인민들 속에서> 제 56권, 김일성 선집 제 20, 21권
이 있으며, 10월에는 김일성 총서 <위대한 수령 김일성 동지의 불멸의 혁
명 업적> 제 9권 '주체형의 혁명무력 건설' 등이 발간되었다. 또한 평양방
송은 최고인민회의 제 10기 대의원선거 분위기를 고조시키기 위해 조선작
가동맹 소속 시인들의 벽시(壁詩)가 평양대극장 앞에 전시되었다고 보도하
였는데, 여기에 전시된 작품들은 <제 666호 선거구는 나의 선거구>, <인
민은 장군님을 지지합니다>, <우리는 어디에 나섰는가>, <나의 선거표>,
<잊지 말자>, <선거표는 공민의 심장>, <대의원 후보자들에게서> 등 20
여 편이었다. 이 작품들에 대하여 평양방송은 "사람들의 심금을 뜨겁게 울
려주며, 최고인민회의 대의원선거에 한 사람같이 참가해서 충성의 한 표,
찬성의 한 표를 바치도록 적극 고무 추동해 주고 있다."고 평가하였다.

2) 음악

1990년대의 북한 가요는 최고의 실력자로 부상한 김정일에 대한 찬양을
강하게 드러내고 있다. 이러한 경향은 김일성의 사망 이후 더욱 노골화되
었는데, 이를 주도한 대표적인 작가에는 이종오, 황진영, 설명순 등이 있다.
이종오는 보천보전자악단 소속 작곡가로 <기다렸습니다(92년)>, <그이의
한 생(93년)>, <백두의 말발굽소리(93년)>, <우리 장군님 제일이야(93년)>
등의 대표작을 가지고 있다. 특히 이종오는 김정일에 대한 충성을 강조한

노래 외에도 <도시 처녀 시집 와요(90년)>, <축배를 들자(90년)>, <휘파람 (90년)>, <기러기떼 날으네(92년)> 등 북한 주민들이 즐겨 부르는 노래들을 만들어내 히트곡 제조기라는 평판을 받았는데, 특히 <휘파람>은 공전의 대히트를 기록하였다. "어제밤에도 불었네 휘파람 휘파람 / 벌써 몇 달째 불었네 휘파람 휘파람 // 복순이네 집 앞을 지날 땐 이 가슴 설레여 / 나도 모르게 안타까이 휘파람 불었네"로 이어지는 이 작품은 북한에서는 드물 게 개인의 사랑을 소재로 한 발랄한 멜로디의 작품인데, 이 작품을 모르는 사람이 없을 정도로 광범한 사랑을 받았다. 또 <내 나라 제일로 좋아>는 김정일이 직접 지시하여 이루어진 다부작 시리즈 극영화 <민족과 운명> 의 모티브를 제공한 노래로 알려져 있다.

황진영 역시 보천보전자악단 소속으로 이종오와 함께 북한 가요계를 이 끌고 있다. 그는 김정일을 찬양하는 노래인 <경례를 받으시라(91년)>, <우 리를 보라(92년)>, <당신이 없으면 조국도 없다(93년)> 등을 작곡하였다. 설 명순은 북한군 현역 소장으로 조선인민군협주단 단장직을 맡고 있는데, <초병은 수령님께 뜨거운 인사를 드립니다(62년)>, <당중앙의 불빛(84년)>, <초소에 수령님 오셨네(84년)>, <김정일동지는 우리의 최고 사령관(93년)>, <용서하시라(93년)> 등을 작곡하였고, 북한에서는 드물게 개인 작곡집 <설 명순 작곡집>을 1982년에 출판하기도 하였다. 특히 1996년에 작곡한 <김 정일장군의 노래>는 <김일성장군의 노래>와 함께 각종 행사의 의전가(儀 典歌)로 불려지고 있다.

1998년에 발표된 가요도 <수령님과 장군님은 한 분이시네>, <태양절을 노래하세>와 같이 김정일 일가를 찬양하거나, <내 삶의 보금자리>, <내 고향을 나는 사랑해> 등 사회주의의 찬양을 주 내용으로 하고 있는 작품 들이 대부분이다. 이는 김정일의 우상화를 주축으로 군사 중시, 사회주의 찬양 등의 내용을 반영한 1997년의 가요계 동향과 별다른 변화가 없음을 보여주고 있다.

제 1회 윤이상통일음악회가 11월에 열렸는데, 이를 통하여 남북예술인들이 함께 어울려 화합을 도모할 수 있었다.

3) 공연 예술

북한은 사상교양사업이 정치・경제・군사 등 여러 부분의 성패를 결정 짓는 요인으로 보고, 이를 매우 중요시하고 있다. 선전 선동에 근원을 둔 공연예술은 입체성을 띤 종합예술로서 문학이나 미술과 같은 평면적 예술 창작품들보다 생동감 있고 친근하게 주민들의 사고체계 속으로 스며들 수 있는 것으로 판단하여 더욱 관심을 기울이고 있는 분야이다.

공연예술분야는 크게 무대선동공연과 현장선동공연으로 구분할 수 있다. 무대선동공연은 규모가 크고 특정한 행사에서 이루어지는 것이 보통이다. 그 내용도 사회주의 특유의 예술성이나 사상성이 강조되는데, 구체적으로는 혁명가극, 경희극, 혁명연극 등으로 나타난다. 이를 공연할 수 있는 단체는 노동당의 특별한 지원을 받아 육성되는데, 대표적인 것은 '만수대예술단'이다. 이 단체의 전용극장은 만수대예술극장인데, 극장의 총 면적은 60,000㎡에 이르며, 수천 명이 동시에 공연할 수 있는 2,200㎡의 회전무대와 4,000명을 수용할 수 있는 관람석을 갖추고 있다. 이 외에도 군협주단, 보천보전자악단, 왕재산경음악단 등의 단체가 그 공연을 주로 맡는데, 그 무대는 평양대극장, 4・25문화회관, 만수대예술극장 등이 주로 이용된다.

현장선동공연은 말 그대로 작업 현장에서 이루어지는 공연을 말한다. 당에서 하달되는 정책을 생동감 있게 전달해야 하기 때문에 신속하고 기동력을 갖추고 있다는 점을 그 특성으로 들 수 있다. 당의 결정이 발표되면 최소한 3~4일 안에 작품을 창작하고, 1주일 내에 공연을 하게 되므로 '기동예술선동대'라는 명칭으로 불리기도 한다. 현장선동공연은 강한 사상성의 편향에도 불구하고, 현장에서 문화 향수를 누릴 수 있다는 점에서 주민들에게 비교적 긍정적인 평가를 받고 있다.

경희극은 해학을 위주로 낡고 부정적인 측면을 비판할 때 자주 사용하는 극의 한 형태인데, <자강도 사람>이 공연되었다. 이 작품은 '중소형 발전소 건설에 집중하고 있는 자강도 주민'을 소재로 하여 제작되었다. 노동신문은 이 공연에 대하여 "최후 승리를 위한 강행군을 힘있게 다그쳐 나가는 우리 인민들에게 승리의 신심과 투쟁의 열정을 안겨주고 있다."고 평가하였는데, 실제로 북한 주민들에게 대단한 반향을 불러 일으켰다.

김정일은 김일성이 항일 빨치산 투쟁 시절에 썼다고 주장하는 연극들을 국립 연극단에서 재창작하거나 창작하도록 지시하였는데, 이렇게 하여 이루어진 작품을 '혁명연극'이라고 부른다. 이 중 <성황당>은 북한 연극의 창작에 있어 모범으로 삼고 있는 작품인데, 북한 국립연극단은 8월 31일 평양에서 김정일의 혁명연극 <성황당> 지도 20주년 기념 보고회를 열고 주민들의 사상 무장 강화에 기여하는 연극 작품들을 더 많이 창작할 것을 다짐했다.

북한에서 특히 관심을 기울이고 있는 공연으로 '교예'가 있다. 북한은 이 교예를 '인간의 창조적 노동의 산물'로 규정하고 적극 장려하고 있기 때문에, 북한의 서커스는 세계적 수준에 도달한 것으로 평가받고 있다. 이러한 명성에 걸맞게 '평양 교예단' 소편대는 지난 12월 1일부터 5일까지 독일 뮌헨에서 열린 <1998 별들의 공연>에 참가하여 관중들로부터 호평을 받았다.

김정일의 영화에 대한 식견은 아마추어적 수준을 넘어서는 것으로 평가받고 있다. 자신도 문화를 애호하는 지도자로 비쳐지는 것을 원하기 때문에, 북한의 영화계는 거의 전적으로 김정일의 지도에 의하여 운영되었다.

영화의 연출이나 촬영, 심지어는 배역의 분담 등 제작의 전 과정은 김정일의 통제 속에서 이루어지고 있다. 따라서 오락성보다는 사회주의 체제의 우수성을 홍보하는 내용이 그 대부분을 차지하고 있다.

북한의 조선기록과학영화촬영소는 정권 수립 50주년을 맞아 사회주의 체제의 우월성을 선전하는 두 편의 영화를 제작했다. 기록영화 <내 조국 빛내리>는 해방 이후 북한이 걸어온 50년을 영상화한 것이며, 과학영화 <유구한 역사로 빛나는 조선>은 "조선 사람이 평양 일대 대동강 유역에서 발상하여 인류 진화 발전의 순차적인 과정을 거쳐 본토 기원의 단일성 민족이라는 것을 구체적인 역사 유적, 유물들을 통해 보여주고 있다."는 평가를 받고 있다. 이러한 기록물의 홍보를 통하여 북한은 민족의 정통성을 확보하려는 강한 의도를 보이고 있다. 이는 단군릉의 건립 등 이른바 '대동강 문화'에 대한 집중적 홍보와 그 궤를 같이 하는 것으로, 남북 협상의 테이블에서 유리한 고지를 선점하려는 장기적인 포석이라고 할 수 있다.

1998년에 제작 발표된 영화는 1월 11일 조선예술영화촬영소의 <둘째 딸>을 필두로 12월 현재 총 17편으로 집계되었다. 이는 작년의 15편에 비해 소폭 증가한 것인데, 올해 제작된 영화 중에서 눈길을 끄는 작품은 2부로 구성된 <줄기는 뿌리에서 자란다>이다. 북한은 노동자들의 근로 의욕 고취를 위해 조선예술영화촬영소가 제작한 이 영화를 작업장에서 집단으로 관람시키고 있다.

북한 영화계는 1998년 한 해 동안 다양한 대외 행사를 펼쳤다. 비동맹권 국가들이 주로 참가하는 6차 평양영화축전이 9월 16일부터 25일까지 평양 국제영화회관에서 개막되었는데, 개막식에 앞서 참가자들은 <민족과 운명>, <평양영화축전의 나날들을 회고하여>, <내 나라 제일로 좋아> 등을 감상했다. 비동맹국가 30여 나라와 7개 국제기구들이 참가한 가운데 평양에서 개막된 이 영화제에는 예술 기록단편영화 총 70여 편이 출품되었다.

이 영화제에서 북한은 97년 제작한 <먼 훗날 나의 모습>이 극영화 부문에서, 또 <천하제일봉>이 단편극영화 및 기록영화 부문에서 각각 최고상인 햇불금상을 차지했다. 이와 함께 극영화, 기록 만화, 티브이 영화 등 출품작의 매매를 목적으로 한 평양영화시장도 9월 17일부터 24일까지 열렸다. 또 신상옥 감독이 납북되어 제작했던 <불가사리>가 7월 일본에서 상영되기도 하였다.

만화영화사업은 원화, 선화, 배경그림 등 그림그리기와 색칠산업에 많은 인력이 투입되어야 하는 노동집약적인 특징 때문에, 다른 분야에 비해 비교적 발달되어 있다. 북한의 만화영화산업을 주도하고 있는 4 · 26아동영화촬영소는 1960년 북한 최초의 만화영화 <금도끼와 쇠도끼>를 창작한 이후, 많은 만화영화를 제작하였다. 이 촬영소는 이탈리아나 프랑스의 작품을 수주받아 채색 원화 제작 등의 작업을 하기도 한다.

북한에서 인기가 있는 만화영화로는 50부작 <소년장수>, <령리한 너구리> 등이 꼽힌다. <소년장수>는 본래 100부작을 목표로 하여 제작되었는데, 그 줄거리는 "외적을 물리치는 싸움에서 목숨을 바친 아버지가 남긴 유일한 유품인 장검을 이어 받은 아들이 고된 훈련과 연습을 통해 무술의 달인이 된 후, 장수가 되어 지혜와 힘으로 아버지를 죽인 적들을 물리친다."는 내용으로 이루어져 있다. 외적과의 대결 구도 속에서 조선민족제일주의사상을 구현하고 있는 이 작품을 북한에서는 '제기한 문제성에 있어서나 영화적 형상 창조에서 철저하게 조선식, 우리식을 구현한 아동영화계의 걸작'으로 평가하고 있다. 특히 주인공을 고구려 소년으로 설정함으로써 고조선—고구려—고려—조선—북한으로 이어지는 역사적 정통성을 부각시키려는 의도까지 내포하고 있다. 극 구성의 완결성과 기존 만화 영화가 지니는 결함을 많이 극복하였기 때문에, 이 작품은 북한 당국의 의도와 관계없이 어린이들은 물론이고 어른들에게까지 매우 큰 인기를 끌고 있다.

<령리한 너구리>는 동물들을 만화의 캐릭터로 사용, 어린이들에게 큰 인기를 끌었다. 주인공으로 등장하는 너구리와 다른 동물들과의 갈등 구조를 통해 선과 악, 옳은 것과 그른 것 등을 대비시키고, 영리한 주인공 너구리의 행동을 통해 어린이들에게 긍정적인 이념을 가르치고자 하는 지향을 보이고 있다. 이 작품은 어린이에게 합당한 수준의 내용과 등장인물을 설정하였고, 세밀한 그림을 통해 주인공의 성격을 잘 드러냈다는 평가를 받았다.

이 외에도 <나비와 수탉>, <날개 달린 룡마>, <도적을 쳐부신 소년>, <호랑이를 이긴 고슴도치> 등이 제작되었다. <나비와 수탉>, <날개 달린 룡마>는 김일성이 들려주었다는 동화를, <도적을 쳐부신 소년>과 <호랑이를 이긴 고슴도치>는 김정일이 들려주었다는 동화를 만화영화로 옮긴 것이다. <도적을 쳐부신 소년>은 1987년에 열린 제1회 평양국제영화제에서 문화영화부문 금상을 수상하였다.

국립민족예술단의 민속무용조곡 <평양성 사람들>이 6월 초순부터 청년중앙회관에서 공연되었다. 이 작품은 1990년대 들어 주창된 '조선민족제일주의' 방침에 따라 1997년에 만들어졌는데, "씩씩하고 우아하며 발랄하고 흥취있는 민족무용들과 특색있는 민족음악으로 훌륭히 형상되었다."는 평가를 받고 있다. 이 작품은 1990년대 들어 창작된 북한의 공연물 가운데 민족 가극 <춘향전>과 함께 최대의 성과로 꼽히고 있으며, '임진왜란 때 자기 조국과 향토를 무한히 사랑하며 그를 지켜 용감히 싸운 평양성 사람들의 슬기롭고 근면한 기상'을 그 주 내용으로 하고 있다.

가극이나 연극은 창작가 개인에 의하여 만들어지는 것이 아니라 소재 선택과 완성에 이르기까지 중앙당 선전선동부의 지도 아래 집체 창작의 원칙에 의해 만들어지고 있다. 지금까지 가극, 연극의 소재 선택은 대부분 김정일의 직접적 지시에 의해 제작되었다. 특히 5대 혁명가극을 비롯하여

<청춘과원>이나 <춘향전>과 같은 가극, <성황당>, <경축대회> 등의 연극과 같이 1980년대까지 만들어진 수십 개의 작품은 모두 김정일의 지시와 지도, 심의를 거쳐 완성되었다.

1998년도에 북한은 시나리오계의 유망주로 위웅용을, 그리고 남자 배우로 유원준을 집중적으로 홍보하였다. 위웅용은 90년대 중반 <해운동의 두 가정>으로 정식 데뷔했으며, 지난 해 북한 영화계의 최고 성과로 꼽히는 <먼 훗날의 나의 모습>에서 열연하였다. 민주조선은 그에 대하여 작품 창작 과정에서 '특색있고, 의의있는 종자를 골라잡기 위한 시간을 아끼지 않는다'고 평가하였다. 유원준은 1998년 6월 10일 숙환으로 사망하였는데, 당의 문예사상과 방침을 받들고 주체영화예술의 발전을 위하여 활동한 인물로 평가되고 있다. 그는 북한 영화계에서 '가장 관록있는 배우'로 일컬어졌는데, 특히 북한 사회주의 체제의 우월성을 선전하는 다부작 예술 영화인 <민족과 운명>의 노동계급 편에서 주인공역을 맡은 최고의 배우로 알려져 있다.

4) 미술

북한은 1월 15일 국제문화회관에서 '최후 승리'를 위한 전체 주민들의 강행군을 독려하고자 제작한 50여 점의 선전화 전람회를 개막했다. 이 전람회의 성격은 "최후 승리를 위한 강행군을 힘있게 벌이고 있는 우리 인민들의 영웅적 투쟁 모습을 생동한 화폭으로 펼쳐 보이고 있다."며, "우리 모두는 지금이야말로 김정일장군님을 믿고 따르며 사회주의 조국을 받들어 순결한 양심을 다 바쳐 나가야 한다."고 말한 문화예술부 부부장 송석환의 개막식 연설에 잘 요약되어 있다.

또한 1월 초에는 '송화미술원' 소속의 김상직, 황영준, 이맥림 등 원로화가 29명의 미술 전람회가 평양 국제문화회관에서 개최되었다. 북한은 고령의 화가들을 '송화미술원'이라는 단체에 집단 배치시켜 작품 활동을 하게 하였는데, 노동신문은 이 전람회에 대해 "숨이 지는 마지막 순간까지 당이 쥐어준 붓대를 기운차게 휘둘러 수령님과 장군님의 불멸의 역사, 우리 민족의 넋과 인민의 기개를 화폭에 전해가려는 창작가들의 뜨거운 맥박이 깃들어 있다."고 보도하였다.

최재남과 곽태영은 북한에서는 보기 힘든 '2인 미술 조각 전람회'를 3월 12일 국제문화회관에서 가졌다. 여기에는 김정일 일가의 찬양을 소재로 한 유화 스케치 등 작품 60점, 조각 30여 점이 전시되었는데, 유화의 특징적인 창작 기법과 인민의 정서와 미감에 맞는 묘사 수법을 잘 사용하여 관람자들의 호평을 받았다. 이어 6월에는 박경희의 미술 전람회, 8월에는 김용운의 전시회가 잇달아 열렸다. 박경희는 김일성 등 '3대 장군'의 우상화 그림을 그린 인물인데, 중앙방송은 동평양극장에서 열린 이 전시회가 '활동적이면서도 박력있는 필법, 참신하면서도 생동한 묘사로 형상'되었다는 찬사를 받고 있다고 보도하였다.

북한은 매년 각 기관에서 디자인한 작품을 한 곳에 모아 산업디자인전을 열고 있는데, 그 최고 기관은 '경공업미술창작사'인 것으로 알려졌다. 북한은 상품의 경쟁력 확보를 위하여 평양과 각 지방에 산업디자인 기관을 설립하였는데, 경공업미술창작사의 디자인 작품은 사회주의적 내용과 민족적 형식을 잘 표현하고 있는 것으로 알려져 있다.

1998년의 북한 미술은 예년과 같이 활발한 활동을 계속하였다. 그것은 북한의 집단주의적 선동에 미술이 대단히 유효하다는 평가에 힘입은 것이어서 작품의 전반적 성향이 김정일 우상화와 사회주의적 선양에 치우칠 수밖에 없었다.

3. 북한 문화 정책의 지향

1998년의 북한 문화는 김정일의 개인 우상화와 주민사상 강화, 근로의 욕 고취에 초점을 맞추어 진행되었다. 이는 개인의 자유로운 창작 활동이 차단되고, 개인의 역량을 집단의 지향에 집결시키는 문화 정책의 필연적 결과라고 할 수 있다. 따라서 이러한 결과는 지배 집단이 동일하다는 점, 외부적 현상을 바라보는 인식이 동일하다는 점에서 종전의 모습에서 크게 벗어나지 않는다.

그렇지만 1998년의 주목할 만한 변화는 민족의 정통성 확립 쪽으로 문화 지향의 추(錘)가 이동하고 있다는 점에서 찾을 수 있다. 김정일이 직접 지시하여 이루어진 다부작 시리즈 극영화 <민족과 운명>이나, 본래 100부작을 목표로 하여 제작된 <소년장수> 등에서 이러한 성격은 잘 드러나고 있다. '고조선—고구려—고려—조선—북한'으로 민족의 정통성이 이어졌다는 인식은 민족과 체제, 향토에 대한 사랑 등을 통하여 더욱 구체화되고 있다. 또한 조선기록과학영화촬영소가 정권 수립 50주년을 맞아 제작한 기록영화 <내 조국 빛내리>와 과학영화 <유구한 역사로 빛나는 조선>은 '사회주의 체제의 우월성'과 '인류 진화 발전의 순차적인 과정이 평양 일대 대동강 유역에서 발상'하였다는 점을 집중적으로 부각시키고 있다.

이러한 변화는 이미 '단군릉'의 성역화와 '대동강 문화'의 설정을 통하여 예고된 것이었다. 1998년 3월 북한은 대동강 유역에서 발굴된 상고 유물의 의의를 설명하면서, 그 성과를 '대동강 문화'로까지 확대하였다. 고고학적 발굴을 통해 역사적으로 중요한 의미를 갖게 된 특정 지역의 문화에 고유한 이름을 부여하는 것은 일상적인 학술 행위의 하나이다. 그러나 '대동강 문화'의 설정은 이러한 학술 행위의 연장선상이 아니라, 정치적 목적에서 이루어진 것이라는 점에서 우리의 관심을 끄는 사건이다. 이것은 1993년 10월 평양에서 발굴되어 성역화의 과정을 거친 단군릉의 정체를 최종적으로 확인하고 일단락짓는 의미를 내포하고 있기 때문이다.

북한은 단군릉의 발표 이래 평양을 민족 문화의 중심 무대로 설정하려는 노력을 지속적으로 추구하였다. 매년 '단군 및 고조선에 관한 학술 발표회'를 개최하였고, 이를 통하여 김일성 정권의 민족사적 정통성을 확보하고, 평양을 '혁명의 성지'에서 '민족의 성지'로까지 격상시키고자 하였던 것이다. 이것은 대내적으로는 주민의 사상적 동일체감을 형성하고, 대외적으로는 남한에 대한 정통성 우위를 확보하고자 하는 의도에서 이루어졌다고 할 수 있다. 이는 통일을 위한 남북한의 협상에서도 다시 재론되어야 할 만큼 중요한 무게를 지니고 있는 문제이다. 그러나 이를 위하여 북한의 고고학 성과를 통하여 확보된 광대한 고조선의 강역이 한반도 서부와 만주 일대로 좁혀지고, 결과적으로 고대사의 왜곡을 가져온 것은 대단히 안타까운 일이다. 1월 중 발굴된 평양시 대성동 구역 청암동에 위치한 토성이 아래는 단군조선시대에 이루어진 것이고, 윗성벽은 고구려시대에 축조된 것이라고 발표된 것도 이와 같은 맥락에서 이루어진 것이다.

1998년도의 북한 문화는 제국주의적 사상 문화에 대립되는 주체적 문화의 건설, 혁명에 기여하는 혁명적 문화의 발전이라는 큰 틀을 기반으로 하면서도, 정통성 확보의 선점(先占)을 기하고자 하는 시대적 인식을 반영하는 흐름을 보여주었다고 할 수 있다.

제3부

고전소설의
연원(淵源)과 현장

<사씨남정기>의 인물 형상과 지향*

1. 머리말

<사씨남정기>는 가정 내의 사건, 그 중에서도 처와 첩의 갈등을 그리고 있다는 점에서 흔히 '처첩 갈등형(妻妾葛藤型) 가정소설'로 분류하고 있다. 실제로 이 작품에는 정처와 첩실 사이의 팽팽한 긴장감과 이에 연유하는 사건이 가정이라는 공간 내에서 이루어지고 있다. 그러나 사건이 벌어지고 있는 공간은 가정을 벗어나 중국 남방으로 확대되고 있고, 사건의 성격도 단순히 처첩의 갈등으로 끝나지 않고 정치적 세력의 대결로까지 확대되고 있다. 따라서 이 작품은 단순히 가정 내의 일에 대한 견해의 차이를 극대화하고, 이를 작품으로 형상화 하였다는 점으로 국한(局限)하여 보기는 어렵다.[가정소설의 결말이 첩이나 계모의 제거를 통한 가운(家運)의 회복으로 이루어진 것은 문제의 실상을 왜곡(歪曲)하고 사태의 원인을 개인적 차원으로 돌리려는 의도에서 비롯한 것으로 볼 수 있다. 대부분의 가정소설은 현실세계에서 더 빈번하게 발생하는 첩이나 계모에 대한 부당한 횡포를 철저하게 외면하고 있기 때문이다. 현실과의 관련 속에

---

* 『한국언어문학』 70(한국언어문학회, 2009.9)에 실린 글을 정리하였다.

서 가정소설의 이념 지향을 분석한 이원수, 『가정소설 작품세계의 시대적 변모』(경남대
학교출판부, 1997)는 이를 적절히 설명하고 있다.]

　이 작품은 가정소설이라는 하나의 유형성을 제시한 작품이다. 가정 내의
사건을 다룬 이야기는 이전에도 많이 있었다. 왕실에서부터 일반 가정에
이르기까지 문제를 지닌 제도가 있는 곳에서는 언제든지 그런 문제가 드
러나는 사건이 존재한다. 그리고 당연히 그에 대한 이야기가 따라 나타나
게 된다. 그런 사건 중 가장 빈번하게 나타난 것이 바로 한 남자에게 두
명 이상의 부인이 존재하거나, 또는 부인이 죽은 뒤 새로 들인 부인과 전
실 부인의 자녀들 사이에서 나타나는 갈등에 관한 것이었다. 유리왕(瑠璃王)
의 두 부인인 화희(禾姬)와 치희(雉姬)의 다툼이나, 호동왕자(好童王子)의 죽
음, <장화홍련전(薔花紅蓮傳)> 등은 바로 이러한 문제를 형상화한 것이다.
그리고 그러한 이야기의 결과는 현실을 그대로 반영하였기 때문에 대부분
비극적인 결말로 이루어졌다.

　<사씨남정기>는 한 남자가 처와 첩을 두는 것이 보편화된 사회에서 제
기되는 문제점을 바탕으로 하여 이루어졌다. 이러한 처첩의 갈등을 제재로
삼고 있는 이야기는 기본적으로 처와 첩을 두는 제도, 그리고 처의 자녀와
첩의 자녀를 차별하는 제도를 바탕으로 하여 이루어진 것이었다. 따라서
그러한 제도의 변화 없이는 결코 이상적인 가정으로의 전환이 이루어질
수 없었다. 그런데도 이 문제를 드러내고 있는 이야기는 제도에 대한 직시
(直視)나 개혁(改革)보다는 이를 운용한 개인(個人)에 초점을 맞추어 해결을
시도하였다.[호동왕자의 자결로 귀결되는 비극성에 대하여 김부식(金富軾)은 제도가
갖는 문제점이 아니라, 그 책임을 두 사람의 공동적인 과오(過誤)로 돌리고 있다. 김부식
은 사평(史評)에서 "지금 왕이 참소하는 말을 믿어 죄 없는 애자(愛子)를 죽였으니 그 어
질지 못함은 말할 것도 없거니와 호동도 죄가 없는 것은 아니니 왜냐하면 자식으로서 아
비에게 꾸지람을 듣게 될 경우에는 마땅히 순(舜)임금이 고수(瞽叟)에게 대하듯이 하여

작은 매는 맞고 큰 매는 달아나 아버지를 불의에 빠뜨리지 않도록 해야 하는 것이다."라고 하여 원비(元妃)가 느끼고 있는 처첩의 문제를 도외시하고 있는 것이다. 김부식(신호열 역주), 『삼국사기』, 동서문화사, 1976, 297쪽]

그렇게 귀결된 이유를 우리는 제도의 개혁이 이루어지기 위해서는 오랜 시간이 필요한 것이고, 더구나 그러한 제도에 대한 직접적인 공격은 그 제도를 바탕으로 하여 이루어진 현실을 부정하는 결과를 초래하기 때문으로 생각할 수 있다. 그러한 이유에서 제도에 대한 문제 인식 없이 개인의 변화에만 초점을 맞추는 것을 가정소설의 한계로 지적하기도 한다. 그러나 소설이 향유되는 시대의 상황이 제도에 대한 공격을 허용하지 않았다는 것을 전제한다면, 이를 가정소설이 갖는 한계라고 지적하는 것은 옳지 않다. 오히려 그러한 문제를 작품의 동기(動機)로 설정하는 것 자체가 그 제도가 갖는 문제의식을 드러낸 것이고, 또 이를 논의의 대상으로 삼은 것 자체가 장기적으로는 제도의 개혁을 목표로 하는 것이기 때문이다.

이런 관점에서 우리는 소설이 출발이나 결과를 통하여 문제를 제기하는 것이 아니라, 과정 속에서 문제의 심각성을 독자와 공유하는 장르라는 사실을 확인할 필요가 있다.[따라서 소설을 비롯한 문학 작품에 대하여 지나치게 주제 중심으로 접근하는 것은 바람직하지 않다. 작품의 결말이 반드시 작가의 창작 의도와 일치하는 것은 아니기 때문이다. 작가의 의도를 선명하게 드러내는 것은 향유자의 상상력을 제약한다는 점에서 오히려 피해야 할 점이라고 할 수 있다. 그런 점에서 많은 제약 속에서 창작되어야 했던 고전 작품을 감상할 때, 작품의 출발이나 결말에 나타난 교훈적 서술은 과정의 불순(?)함을 포장하기 위한 장치로 보는 태도가 필요하다. 따라서 출발이나 결말에만 관심을 집중하는 것은 문학을 문학으로 바라보지 않는 독서 태도라고 할 수 있다.] <사씨남정기>에 등장하는 사정옥이나 교채란, 그리고 유연수는 대단히 일상적인 인물이되, 이 작품이 있기까지 그 전형성을 확보하지 않았던 인물들이다. 너무도 친근하여 관심을 두지 않았지만, 그들은 우리의 소설사에서 처음으로 등장하는 인물형인 것이다. 그런 관점에서 이들의 형상화 방식을 구체적으로 살펴보고, 그것이 의미하는 바를 규명함으로써 이 작품이 가지고 있는 소설적 다양성을 확인할 필요가 있다.

2. 새로운 인물형 탄생과 양상

1) 사정옥형 인물의 고정성(固定性)과 허상(虛像)

사정옥은 <사씨남정기>를 이끌어가는 중심 인물이다. 그녀는 사실상 이 작품에서 일어나는 모든 사건의 중심에 놓여 있고, 또 이 작품에서 일어나는 핵심적인 사건의 실마리를 제공한 인물인 것이다.[행위의 주체를 중심으로 볼 때 이 작품은 다음과 같은 사건의 연속으로 이루어진다. 여기에서 사정옥은 항상 사건 전개의 핵심에 놓여 있다. 유연수의 가문(家門)을 소개하는 것으로 이 작품이 출발하고, 또한 유연수 가문의 화평(和平)으로 귀결되는 것은 이 작품에서 이루어진 가정소설의 전형이라고 할 수 있다.

① 유연수의 가문 소개 ② 사정옥은 편모 슬하에서 성장한다. ③ 사정옥은 유연수의 아내로 영입된다. ④ 사정옥은 유연수에게 교채란을 첩으로 맞이하게 한다. ⑤ 교채란이 아들 장주를 낳는다. ⑥ 사정옥이 아들 인아를 낳는다. ⑦ 교채란은 동청과 십랑, 냉진 등과 사정옥을 모함한다. ⑧ 교채란은 사정옥을 장주의 살해자로 모함한다. ⑨ 유연수가 사정옥을 가문에서 축출한다. ⑩ 축출당한 사정옥은 초월적 세계의 도움으로 위기를 모면한다. ⑪ 사정옥이 임소저를 만나 도움을 받는다. ⑫ 유연수가 동청의 모함으로 귀양간다. ⑬ 교채란이 인아를 죽이게 하였으나 설매가 살려준다. ⑭ 유연수는 방면되어 오다가 설매를 만나 모든 일의 진상을 알게 된다.]

이 작품은 교채란의 취첩(娶妾)에서 모든 사건이 비롯되는데, 남편인 유연수에게 취첩을 권유한 인물이 바로 사정옥이다. 사정옥은 정처(正妻)라는 막강한 위치에 있었기 때문에 자신의 권유로 들어오게 된 첩이 가정의 혼란을 초래할 것이라는 예상을 전혀 하지 않았다. 그녀는 주위에서 일어나는 상황의 변화를 자신의 관점에서 바라보고 해결하려고 하였던 것이다. 바꾸어 말하면 그녀는 인간을 다양한 사고의 집합체로 보지 않고 제도에 의하여 만들어진 존재로 보았던 것이다. 그만큼 그녀는 구체적 삶의 세계에서 벗어나 이념적 세계에서 살아가고 있는 것이다.

그녀의 이념 지향적인 모습은 주로 관음보살(觀音菩薩)이나 전설상의 이상적 여인들과 비교되는 모습에서도 확인된다. 그녀는 그런 이상적 여인상을 모범으로 삼으며 자라왔기 때문에, 현실에 존재하지 않는 이념적 지향의 여인들을 닮아 있었던 것이다. 그리고 그녀는 모습뿐만이 아니라 생각과 행동까지도 그들을 닮으려 노력하였다. 행동거지 하나하나, 그리고 사고의 방향까지도 이 지상의 것이 아닌 초월적 세계의 것을 닮고자 했던 것이다. 순수한 진공의 세계에 살고 있는 모습이란 바로 이러한 의미에서 사용된 것이다.[사정옥을 '투명인간'으로 보는 견해도 이와 같은 이유에서이다. "당시인들은 '투명인간'으로 존재하는 사씨를 현부인으로 부각시켜 당대의 여성들에게 귀감을 삼도록 했고, 또 그러한 그녀를 본받도록 은연 중 강요하기도 하였다." 이금희, 「사씨남정기의 주제와 사상」,『서포 김만중의 문학과 사상』, 중앙인문사, 2005, 365쪽]

이런 사정옥의 모습은 당시의 일반적인 여성 교육에서 이루어진 것이다. 교육을 통하여 도달하고자 한 목표가 바로 현실에 존재할 수 없는 이상적 여성상의 양성이었기 때문이다. 그리고 그러한 결과물이 바로 사정옥이라는 구체적 인물로 드러난 것이다. 이처럼 조선조 여성 교육의 목표치로 제시된 것이 사정옥이기 때문에, 그녀는 진실한 삶의 모습이 아니라 이념적 구현체로서의 모습을 띠고 있는 것이다. 그런 점에서 조선시대가 목표로 하고 있는 여성의 관점에서만 본다면, 사정옥은 어느 하나 나무랄 데 없는 현숙한 이미지를 가지고 있다. 사정옥을 며느리로 받아들이는 과정에서 밝혀진 사정옥의 모습은 이런 교육의 지향을 여실하게 드러낸 것이다.

그러나 과연 이런 관점에서만 사정옥을 바라볼 수 있을 것인가. 사정옥이 받은 교육은 자신이 해야 하는 행위만이 아니라, 남에게 대하는 방식까지도 포함되어 있다. 모든 행위는 객체와의 관계 속에서 그 의미를 갖기 때문이다. 그런 점에서 사정옥이 다른 인물과 관계를 맺는 모습을 점검할 필요가 있을 것이다. 사정옥이 작품의 전면(前面)에 등장하는 것은 그녀가 유연수와의 혼인 대상으로 거론되었기 때문이다.

그런데 같이 거론된 대상이 권문귀족(權門貴族)으로서의 엄승상댁 소저와 요조현숙(窈窕賢淑)한 사급사댁 소저의 둘로 압축되었다. 일차적으로 요조숙녀와 권문귀족은 대상이 되는 여인 개인과 그 여인을 포함하는 가문(家門)으로 구별된다. 즉 사정옥에게 대하여는 개인으로서의 품성(稟性)이라는 잣대를 들이댔고, 엄승상댁 소저에게는 개인의 문제가 아니라 가문(家門)의 우월성을 내세웠던 것이다. 두 여인에게 대한 잣대가 달랐기 때문에 형평(衡平)을 잃었다고 지적하는 것은 아니다. 이 작품의 주인공으로 사정옥을 선택한 것에는 관습적으로 내려온 가문 중심의 혼인보다는 그 당사자에 대한 고려가 우선해야 한다는 메시지가 포함되어 있다는 점을 지적할 수 있는 것이다. 이는 가문을 혼인의 최우선 조건으로 삼았던 당시의 결혼 관습에 대하여 일정한 정도의 비판적 시각을 보여준다고 할 수 있다.

조선 후기에 오면서 상당한 정도 완화되기는 했지만, 조혼(早婚)의 습속은 그대로 계속되고 있었다. 잦은 전란과 불확실성 때문에 일찍 혼처(婚處)를 정해두고 가계(家系)를 잇고자 하는 생각이 지배적이었기 때문이다. 이런 이유에서 혼인의 당사자는 서로를 판별할 수 있는 여유를 가질 수 없었다. 당연히 두 집안의 어른이 내리는 결정에 당사자들은 그대로 따를 수밖에 없었던 것이다. 가문으로서는 그 당사자의 사람됨보다는 그 집안의 과거와 현재의 모습을 통하여 자신의 가문이 영달할 수 있는 선택을 하게 된다. 그런 관습이 지켜지고 있던 시기에 시아버지인 유현은 가문보다는 대상이 되는 여인의 품성을 우선시하여 대상자를 선정하였던 것이다. 그런 점에서 사정옥은 기존의 관습을 깨뜨리고 발탁된 인물이라고 할 수 있다.

사정옥을 발탁한 이유로 제시된 것은 주로 당시 여인에게 요구되는 품성의 우월함이었다. 그녀는 '선인이 하강한 듯한 성덕자질(聖德資質)'을 가지고 있었고, 길쌈범절과 문장재학도 뛰어나서 마치 '현세 사람이' 아닌 듯하였다. 또 그녀에 대하여는 이미 '천상의 선녀요, 인간 사람이 아니라'는 세평(世評)이 존재하고 있었다. 작품에 등장하는 인물의 성격은 그 사람의 말이나 글, 또는 주위 사람들의 평가, 그리고 서술자의 설명에 의하여 이루어진다. 사정옥은 주위의 이러한 평가와 함께 최종적으로 글을 통하여 자신의 고결한 품성을 드러내고 있다. 즉 사정옥의 인간됨을 알기 위하여 찾아간 묘회에게 써준 <관음화상>의 찬문(讚文)을 통하여 그녀는 자신의 세상을 바라보고 살아가는 바른 길을 제시하였던 것이다. 그렇게 하여 그녀는 작품의 주인공이 되는 길로 들어섰다. 이후 사정옥이 꾸려가는 모든 삶은 출발의 자세에서 조금도 벗어나지 않는 모습으로 나타난다.

사정옥은 출발의 모습에서 이미 그녀의 미래를 짐작할 수 있는 전형적인 모습을 확고하게 드러내고 있다. 이는 겉과 속이 일치한다는 점에서 긍정적이라는 평가를 받을 수 있다. 그러나 그의 생활을 제약하고 있는 것은 누구나 인정하는 상식의 범위에서 벗어나지 않는 것이기 때문에, 상황의 변화를 인정하는 포용성은 찾아보기 어렵다. 그래서 우리는 사정옥에게서 사랑스럽고 포근한 여성으로서보다는 원칙을 충실하게 고수(固守)하는 매몰찬 사대부가(士大夫家) 안주인의 인상을 받게 되는 것이다.

사정옥은 매파가 와서 유연수와의 결연을 추진하는 과정에서도 윤리적

인간형으로서의 모습을 보여준다. 당연한 듯한 매파의 '소녀의 재색을 듣고' 통혼(通婚)을 추진한다는 말에, 사정옥은 '색은 말하되 덕을 말하지 않으니' 받아들일 수 없다고 거절하였다. 자신의 아버지가 얻었던 청덕(淸德)의 이미지를 언급하지 않은 것도 통혼을 받아들일 수 없다는 이유였다. 그녀에게 있어 아버지의 청덕은 집안의 가난을 상쇄(相殺)할 수 있는 자존심의 보루(堡壘)였던 것이다.

그런데 통혼의 과정에 있어 당사자인 유연수는 소외되고 아버지인 유현이 나서고 있으며, 사정옥은 어머니를 제치고 유현의 파트너로 나서고 있다. 유현은 부귀를 갖춘 권문대가로서 일찍이 상처(喪妻)를 하였지만, 후처를 맞이하거나 첩을 거두지도 않았다. 물론 그에게는 남겨진 아들이 있다는 점에서 사정옥의 경우와 직접적인 비교를 할 수 없지만, 계실을 당연시하는 당시의 관습으로 볼 때 유현의 행동은 당시의 상황에서는 대단히 희귀(稀貴)한 일이라고 할 수 있다. 특히 유연수가 사정옥의 권유를 받아들여 교채란을 첩으로 받아들였고, 또 이로 인하여 가정 내의 문제가 작품의 현안(懸案)으로 제기된 것에 비하면 유현이 문제의 소지가 될 수 있는 가정 내의 문제를 미리 제거하였다는 것은 대단히 의미심장하다. 그런 유현과 사정옥이 파트너가 됨으로써 재색보다는 품성이 강조되는 혼인 과정이 이루어졌던 것이다. 사정옥은 그렇게 사태의 중심에 선 여인이었다.

결혼 후 시아버지인 유현과 나누는 사정옥의 언행도 현부(賢婦)의 이념에서 조금도 벗어나지 않는다. 그래서 글 솜씨를 알고자 하는 유현에게 '음풍영월(吟諷詠月)하며 한묵(翰墨)을 희롱함'은 여자의 마땅한 일이 아니라 하였고, 고인(古人)의 글 읽기는 '착한 일은 본받고 악한 일은 징계하기 위함' 때문이라고 대답한다. 모든 문화 행위가 덕의 확립과 실천에 귀일된다는 재도(載道)의 문학관은 사정옥에게서 구체적인 생활로 구현되고 있음을 알 수 있다. 또한 사정옥은 이 대화에서 남편과 아내가 나아가야 할 길을 이미 제시하였다. 즉 아내는 남편의 잘못을 보았을 때 간쟁(諫爭)하되, 그런 일이 결코 바람직한 일은 아니라고 규정하는 것이다. 여기에서 비유를 든 것은 암탉의 울음을 경계한 것이었다. 나이 들어 이념만으로 살아갈 수 있는 유현으로서는 심히 만족스러운 며느리였을 것이다. 그래서 신물(信物)을 주어 자신의 진정한 며느리로 인정하고, 집안을 편히 이끌어갈 것을 당부하게 되는 것이다.

그런 시아버지가 죽음을 맞이하였다. 사정옥과 이념적으로 밀착되어 있는 유현이 있었을 때와 유고(有故)의 상황은 대단히 달라질 수밖에 없다. 나이 든 이념형의 유현이 사라지고, 가장(家長)의 위치를 떠맡은 유연수의 새로운 치가(治家)는 사정옥의 이념적 원칙과 일치할 수 없을 것이기 때문이다. 유현이 자신을 대신할 수 있는 누이동생 두부인에게 신신당부하지만, 출가외인인 두부인이 매사를 통어(統御)하기에는 어려웠을 것이다. 그래서 유현은 유연수에게 고모인 두부인과 며느리인 사정옥을 섬기고 대접하도록 유언을 할 수밖에 없다. 현철한 사정옥을 며느리로 맞아들이고서 죽는 유현으로서는 아무런 유감이 없을 것이다. 그런데도 이렇게 신신당부를 하는 것은 앞으로 닥칠 이 가정의 격랑(激浪)을 예고하는 복선(伏線)으로 기능하고 있다. 유현은 며느리인 사정옥이 구체적 상황에 적응하는 인물이 아니라, 그렇게 되어야 하는 이념에 충실한 인물임을 간파(看破)하였던 것이다.

문제는 사정옥 스스로에게서 나타났다. 십년이 지나도록 아이를 낳지 못함으로써 사정옥이 그토록 갈구하던 현부(賢婦)로서의 결정적 흠결(欠缺)을 갖게 되었기 때문이다. 현처로서의 확고한 의식을 가지고 있는 사정옥으로서는 결단을 할 필요가 있었을 것이다. 그것이 첩을 들이는 일로 나타난다. 그러나 <사씨남정기>가 배경으로 하고 있는 사회에서 가문의 대를 잇는다는 것과 사정옥이 자신의 흠결을 취첩(娶妾)으로써 해결하고자 하는 것 사이에는 엄청난 괴리(乖離)가 있다. 물론 서자(庶子)를 통하여 대를 잇게 하는 것은 허용되어 있었다. 그러나 적서(嫡庶)의 차별이 이미 굳을 대로 굳어진 그 당시에 서자를 통하여 대를 잇는 것은 그 가문의 전락(轉落)을 의미하는 것이었다. 대체로는 같은 집안의 아이로 양자(養子)를 들여 가문을 잇게 하는 것이 일반적이었다.[적서차별이 공식적으로 철폐된 것은 고종 19년(1882)의 일이다. 명종 10년(1555)에는 서얼금고(庶孼禁錮)의 범위가 아들 손자에서 자손 대대로 확대되었고, 선조 16년(1583)에는 일정량의 곡식을 바치면 서얼에게도 과거 응시의 길을 열어주는 납속허통(納贖許通)이 실시되기도 하였다. 이러한 제도의 시행에도 불구하고 서얼에 대한 실질적인 차별은 계속되었다. 서자로 가문을 이었을 때 나타날 수 있는 문제의 발생을 막기 위하여 친서자(親庶子)를 배제하고 원촌(遠寸)의 질항(侄行)을 양입(養入)하는 것이 당연시 되었던 것이다. 이원수, 『가정소설 작품세계의 시대적 변모』, 경남대학교출판부, 1997, 32~35쪽] 따라서 선비에게 있어 일처일첩이 관습적으로 허용되어 있다고 할 때, 그 첩은 다만 남편의 성적 쾌락을 위한 것으로 그 의미가 한정되었던 것이다.

이러한 현실 인식을 바탕으로 두부인과 유연수는 사정옥의 선택이 옳지 않음을 말하지만, 사정옥은 항상 자신의 선택이 정도(正道)에 있음을 자신하고 있었다. 사정옥의 생활은 그런 방식으로 이루어졌을 것이다. 똑똑하고 영민한 딸은 아버지의 전폭적인 지지를 받으면서 자랐을 것이고, 아버지가 돌아가자 어머니는 그 딸의 결정에 아무런 이의(異意)를 제기할 수 없었다. 딸의 결혼에 있어서도 어머니는 오로지 딸의 선택을 전폭적으로 따르고 있었던 것이다. 그리고 시집온 뒤에도 시아버지의 신뢰를 받으면서 자신의 뜻대로 집안을 이끌 수 있었다. 집안을 이끌어가는 데 있어 경쟁적 관계에 놓일 수 있는 시어머니는 시집오기 전에 이미 세상을 떠났기 때문이다.

사정옥은 첩의 성정(性情)이나 미모 여부에 전혀 관심을 기울이지 않았다. 첩인 교채란과의 경쟁관계를 염두에 둘 필요가 없이 자신은 정실로서의 확고한 위상을 가지고 있기 때문이다. 실제로 당시의 제도는 사정옥이 가지고 있는 생각과 일치한다. 규정대로라면 첩은 정실의 밑에서 다스려지는 대상일 뿐인 것이다. 그러나 규정이 그대로 준수될 것인가의 문제는 바로 남편에 달려 있다는 것을 사정옥은 간과(看過)하고 있었다. 남편이 어느 편에 서느냐에 따라 첩의 위치는 상대적으로 달라질 수 있기 때문이다. 실제로 그런 일들이 많이 발생하고 있어 두부인은 '남자의 마음이 한번 기울어지면 도로 잡기 어렵다'고 만류하였던 것이다.

첩으로 들어올 여자의 조건을 사정옥은 '인품이 순박하고 생산이나 잘하면' 되는 것으로 파악하였다. 가문을 이을 아들의 생산을 원했기 때문에 그 신분은 사족(士族)의 딸이어야 했을 것이다. 그래서 자색(姿色)이 비할 데 없는 미모의 교채란이 선택되었던 것이다. 교채란은 가난한 삶이 지겨웠을 것이다. 그래서 '가난한 선비의 첩이 되느니 차라리 재상가의 첩이 되겠다'고 작정하였다. 이러한 조건을 가졌다면 사정옥은 그 전개될 미래에 대하여 고민을 했어야 했다. 유연수는 첩을 들임이 단순히 대를 이음에 머물지 않는다는 것을 알기 때문에 교채란의 미모를 긍정적으로 생각하였고, 이는 당시 남성들이 가지고 있는 일반적인 관념이었다. 여기에서 사정옥과는 다른 유연수의 생각이 표출되었고, 문제는 불거지기 시작했던 것이다.

그러나 또 사정옥은 자신만만했다. 지금까지 누려온 생활에서 그는 그렇게 살아왔기 때문이다. 그래서 '교교한 색태가 해당화가 아침 이슬을 머금은 듯'하고, 유연수가 교채란과의 화촉동방(華燭洞房)에서 운우지연(雲雨之宴)을 벌여도 '희색이 만면할' 수 있었다. 두부인이 교채란의 미모를 걱정했어도 그 미모가 오히려 남편을 즐겁게 할 수 있을 것이라며 긍정적으로 받아들였던 것이다.

교채란은 원하는 바대로 아들인 장주를 낳음으로써 자신이 이 집에 들어온 목적을 충실히 완수하였다. 그리고 당연히 자신의 아들이 유씨 집안의 대를 이을 것으로 생각하였을 것이다. 그래서 방심할 수도 있었을 것이다. 사정옥이 모란이 활짝 핀 후원에 가서 한가함을 즐기고 있을 때, 교채란이 거주하는 백자당에서 거문고 소리에 이어 노래 소리가 들렸다. 그것은 교채란이 한가한 때 매양 타는 것이었고, 아마도 이는 유연수와 더불어 서로 소일(消日)하는 즐거움이었을 것이다. 그런 음악이기 때문에 당연히 즐거움을 더할 수 있는 것이어야 했다. 그런데 사정옥으로서는 향락을 위한 음악이 달갑지 않았다. 그리고 '청루(靑樓)에서나 뜯는' 그런 음악이 자신의 집안에서 울리는 것을 못마땅해 했던 것이다. 그래서 교채란에게 그런 음악을 하지 못하도록 꾸짖었다. 가히 사대부가 안주인으로서의 품격과 위치가 명확하게 드러나는 순간으로 볼 수 있을 것이다.

사실상 사정옥의 가정 다스리는 모습이 구체적으로 드러난 것은 바로 교채란을 꾸짖는 이 대목뿐이라고 할 수 있다. 대부분의 것은 관념적으로 진술될 뿐 구체적인 행동으로 드러나지 않았던 것이다. 그런데 이 부분만은 직접적인 대면을 통하여 사정옥의 집안 다스림이 나타났고, 바로 그런 구체적 행동은 교채란으로 하여금 자신의 위치를 명확하게 인식하게 하는 결과를 초래하였다. 자신이 아무리 대를 이을 아들을 낳았다 하더라도 결코 떳떳하게 살아갈 수 없다는 것을 교채란은 뼈저리게 느꼈을 것이다. 그리고 자신의 나아갈 길에 대하여 심각한 고민을 했을 것이다. 사정옥은 지금까지 해온 것과 같이 자신만만하게 자신의 소신(所信)대로 행동하였지만, 그러나 대상은 자신에게 우호적인 친정어머니나 시아버지, 두부인 등이 아니었다. 그들은 사정옥의 다스림을 받는 존재가 아니었던 것이다.

자신의 뜻대로 모든 일을 처리할 수 있었던 사정옥은 드디어 또 한번의 새로운 전기(轉機)를 맞게 된다. 실로 오랜만에 태기(胎氣)가 있어 아이를 낳게 되었던 것이다. 교채란으로서는 이미 향락을 추구하는 음악 때문에 자신의 위치에 대한 심각한 고민을 했던 터에, 정실의 출산은 그야말로 충격적인 사건이 아닐 수 없었을 것이다. 사정옥보다 우월할 수 있는 유일한 일이 바로 대를 잇는 아이의 생산이었는데, 사정옥이 아이를 갖게 된다는 것은 자신의 기반을 송두리째 흔드는 것이 되기 때문이다. 그래서 교채란 의 음모가 시작되었다.

대를 잇기 위하여 사정옥은 첩을 들이게 하고, 그리고 소원대로 첩이 아 이를 갖게 되었다. 그런데 정작 아이를 갖지 못할 줄로 알았던 자신이 아 이를 갖게 되었을 때, 사정옥은 교채란이 가질 수 있는 충격과 상심에 대 하여 배려해야만 했다. 그러나 이에 대하여 배려한 흔적은 찾기 어렵다. 오 로지 '장부 고혹하는 술법을 익힌' 교채란에게 깊이 빠진 유연수를 걱정할 뿐이었다. 교채란으로서 믿을 수 있는 것은 오로지 유연수밖에 없었기 때 문에 그에게 전적으로 매달려야만 했다. 그리고 결국은 사정옥을 배제하는 길이라면 어떤 일도 할 수 있다며, 타락의 길로 빠지게 되는 것이다.

교채란이 꾸민 흉계로 결국 유연수는 사정옥을 의심하고, 그 사이가 멀 어지게 되었다. 정상적인 관계라면 감히 흔들릴 수 없는 처와 첩의 위치도 그 중심에 서 있는 남편의 태도 여하에 의해서는 얼마든지 흔들릴 수 있었 다. 바로 이 작품 서두에서 유현과 두부인이 사정옥의 절행과 현덕을 강조 하였던 까닭이 여기에 있었다. 절행이나 현덕은 그것이 빛날 수 있는 절박 한 순간에 확인할 수 있는 덕목이기 때문이다.

자신의 완전성과 윤리적 우월성에 바탕을 두었기 때문에 사정옥은 자신 을 모해하는 시도에 대하여 전혀 굴함이 없다. 그러나 차근차근 옭아매는 모함의 굴레에서 사정옥은 상황에 전혀 대처를 하지 못하고 속수무책으로 당할 수밖에 없었다. 모든 일의 중심은 자신에게 있는 것이 아니라 바로 남편에게 있었고, 상대방은 그런 세력의 중심을 향하여 집요한 공작을 했 기 때문이다. 드디어 시아버지가 준 옥지환을 훔쳐 냉진으로 하여금 사정 옥의 정부(情夫) 행세를 하게 하였고, 이미 사정옥에 대하여 의심의 마음을 가지고 있었던 유연수는 사정옥을 축출(逐出)하려는 마음을 굳히게 된다.
두부인의 만류에 의하여 시비들을 엄형(嚴刑) 문초(問招)하는 것으로 끝나지
만, 사정옥은 그런 모함을 받은 사실에 대하여 스스로 죄인을 자청하는 것
으로 대처한다.

후견인(後見人)인 두부인의 원조에 힘입어 사정옥은 궁지를 벗어났지만
상대방은 두부인이 자리를 비운 사이에 더 흉악한 일을 꾸며 사정옥을 축
출하는데 성공한다. 두부인이 아들의 임지(任地)를 따라 감으로써 사정옥을
비호(庇護)할 수 있는 인물이 사라지게 되었고, 아들인 장주의 살해에 연루
를 시켰기 때문이다. 드디어 사정옥은 유연수에 의하여 소집된 종족회의를
통하여 음행(淫行)을 이유로 정실에서 폐출(廢黜)되고, 첩실인 교채란이 정실
의 위치를 차지하였다.

폐출된 사정옥은 친가(親家)로 가지 않고 시부모의 묘소 근처로 갔다. 사
정옥의 최후 거점(據點)이 되는 것은 바로 자신을 인정해 준 시아버지 유현
이었기 때문이다. 이는 시부모와의 인연을 굳게 간직함으로서 후일을 기약
할 수 있기 때문에 선택된 것이기도 하다. 더구나 이곳은 유씨의 선산(先山)
이 있는 곳이기 때문에 유씨의 종족과 노비가 많이 사는 곳이기도 하였다.
그래서 자신의 무고(無辜)함을 여론화할 수 있는 장점을 가지기도 하는 것
이다. 사정옥이 택하는 것은 이러한 방식이었다. 그리고 이는 곧바로 죽은
시부모가 현몽(現夢)하여 사정옥에게 닥치는 위협을 알려주고, 그 해결책을
제시해주는 방향으로 귀결된다.

그러나 분명한 것은 지금까지 전개된 모든 사건은 현실적인 차원에서
이루어진 것이었고, 여기에 이르러 최초로 초월적 세계의 간여(干與)가 나
타난다는 점이다. 이는 현실적으로는 닥친 문제를 해결할 수 없다는 상황
의 인식에서 나타난 것으로 볼 수 있다. 사정옥과 시부모의 혼령이 만나는
것은 그런 점에서 사정옥과 사정옥에게 동조하는 집단의 꿈이라고 할 수

있는 것이다. 그런 초월적 세계의 간여를 통하여서만 해결이 이루어진다는 점에서 그만큼 사정옥이 처한 상황은 심각하다고 할 수 있다. 초월적 세계의 간여는 받은 편지가 위서(僞書)임을 지적할 정도로 구체적인 것이어서 사정옥의 개입이나 참여를 근원적으로 차단하고 있다. 사정옥은 다만 그 지시를 충실하게 이행하면 되는 것이다. 그렇게 하여 사정옥은 잔명(殘命)을 유지한다.

초월적 세계의 간여에 의해서만 해결이 된다는 점에서 그 해결은 완벽한 것이 될 수 없었다. 그리고 혼미(昏迷)한 중에 만나는 아황(娥皇)과 여영(女英)의 격려, 여승 묘희의 꿈속에 나타난 관음보살의 지시에 의한 구원 등 초월적 세계의 지속적인 간여를 통하여 사정옥의 생명이 보존된다는 점에서 인간 세계의 손을 떠난 것이기도 하다. 그리고 사정옥은 묘희의 조카인 임추향을 만나 도움을 받는다. 이 인연으로 임추향은 후일 유연수의 첩이 되는데, 이는 같은 첩의 위치인 교채란과 대비시키기 위하여 설정된 인물로 보인다. 첩을 들이는 것이 공인(公認)된 사회에서 교채란으로 하여 벌어진 가정의 분란은 교채란 개인의 문제로 몰아가는 것이 필요할 것이다. 교채란과 달리 현숙한 여인이 첩으로 들어왔을 경우는 가정의 분란이 일어나지 않는다는 것을 드러내기 위하여 선정된 인물이 바로 임추향인 것이다.

초월적 세계의 간여로 살아난 사정옥은 다시 시부모가 몽중(夢中)에서 이른 말에 따라 위기에 처한 유연수를 구하여 상봉한다. 유연수는 이미 비녀(婢女)의 자백을 들어 사정옥의 무고함과 자신의 잘못을 알고 있었다. 그리고 모진 고생이 있은 뒤에야 사정옥은 제도와 이념에 바탕한 대응이 아니라 변화하는 상황에 능숙하게 대처하는 살아있는 존재가 되었다. 유연수에게 앞으로의 행동방식을 설명하고, 또 상대방이 취할 행동도 점검함으로써 구체적인 삶을 살아가는 여인이 되는 것이다.

그러나 다시 위기 전의 상태로 돌아온 사정옥은 예전의 모습으로 돌아갔다. 돌아온 뒤 맨 먼저 한 일은 바로 앞에서 말한 임추향을 천거하여 첩으로 들이는 일이었던 것이다.[교채란을 맞으면서 일어났던 엄청난 사건을 겪었으면서도 다시 임추향을 첩으로 맞이하는 것은 문제의 발단을 제도적인 문제에서 개인적인 문제로 변질시키는 효과를 갖는다. 교채란을 맞아 문제가 있었지만, 임추향이 들어오니 문제가 없다고 함으로써 작자는 처첩제도의 문제성을 제기하였다는 비판에서 벗어날 수 있는 것이다. 이원수, 앞의 책, 151쪽] 임추향이 키우고 있는 아들이 자신의 아들인 인아라는 것을 알지 못하였기 때문에 벌어진 일이지만, 이는 사정옥의 관대함을 과시하기 위한 행동이기도 하다. 일처일첩의 관습화된 제도 속에서 사정옥은 그 제도를 충실하게 준수하는 여인이라는 것을 보여줄 필요가 있었기 때문이다.

처음 교채란을 들일 때도 명분은 후사를 잇기 위한 것이었다. 그런데 사정옥의 출산으로 교채란의 위기가 시작되었고, 모든 문제는 바로 여기에서 비롯되었던 것이다. 적자인 인아의 생사가 확인되지 않았고, 또 자신의 나이가 사십에 이르러 출산을 할 수 없다고 생각했기 때문에 사정옥은 다시 취첩을 권유하는 것이다. 유연수는 인아의 생사를 확인하지 않은 것과 또 양자를 들여 대를 이을 수 있다고 하였다. 그러나 사정옥은 자신의 뜻대로 임추향을 불러 오고 그리고 취첩의 행사를 진행하는 것이다. 이것이야말로 가문의 안주인이 당연히 행할 일이라고 생각하였기 때문이다.

임추향에게도 교채란이 처한 상황과 유사한 장면이 벌어졌다. 대를 이을 아이를 생산하기 위하여 첩으로 들어왔는데, 장성한 적자(嫡子)가 있어 자신이 낳은 아이는 가문의 대를 잇는 위치에서 벗어나게 되었기 때문이다. 그런데도 사정옥은 기어코 임추향을 첩으로 들임으로써 교채란이 처했던 소외감(疏外感)과 불만(不滿)의 상황을 반복하였다. 요컨대 사정옥은 교채란이나 임추향의 생각이나 처한 상황에 대한 고려 없이 제도의 준수에 충실한 인간형이었던 것이다. 이것이야말로 처와 첩의 관계가 확고하게 제도화

되어 있고, 그 제도 속에서 성장하며 사회화된 행동과 사고라고 할 수 있을 것이다.

이러한 확고한 인식은 냉진이 죽은 뒤 창기(娼妓)가 된 교채란을 치죄(治罪)하는 과정에서도 여실하게 드러난다. 유연수는 교채란을 잡아다가 죽이려 하지만, 사정옥은 집안의 불미스러운 일이 널리 알려질 것을 우려하여 이를 말린다. 유연수는 첩실로 들인다고 속여 교채란을 집으로 붙잡아 왔고, 열두 가지 죄목을 낱낱이 대며 교채란을 죽이고자 하였다. 사정옥은 살기를 애걸하는 교채란을 향해 자신에게 해를 끼친 것은 용서할 수 있지만, 가문과 유연수를 모해하였으니 죽음을 면할 수 없다고 하였다. 다만 유연수를 모셨던 사람이니 신체를 온전히 하여 죽일 것을 청할 뿐이다.

이렇듯 사정옥은 자신이 속한 집단과 제도 속에서 안존하고, 그 제도를 굳건히 지켜나가고자 하는 인물로 형상화되어 있는 것이다. 그에게서 약자(弱者)를 배려하고 아량(雅量)을 보이는 모습은 전혀 찾아볼 수 없다. 따라서 사정옥이 선한 인물이라고 했을 때의 '선함'이란 제도에의 순종과 인내를 말하는 것으로 한정해야 할 것이다.[사정옥의 태도 저변에 '지체 높은 사대부가 여인으로서의 그 서릿발 같은 자존심'이 놓여 있다는 지적은 그래서 타당하다. 사정옥이 드러내는 행동은 인간적 정감이 아니라 차가운 이념과 제도에 바탕을 둔 것이기 때문이다. 양승민, 「금병매를 통해 본 사씨남정기」, 『고소설연구』13, 한국고소설학회, 2002, 92~100쪽]

2) 교채란형 인물의 의지와 삶

교채란이 이 작품의 전면에 등장하는 것은 사정옥의 취첩 권유 때문이었다. 겨우 스물 셋의 사정옥은 이미 십년의 결혼 생활을 하였고, 자신이 대를 이을 아이를 생산하지 못할 것으로 생각하였다. 그래서 첩실이 될 사람을 물색하였고, 여기에서 선택된 인물이 바로 교채란이다. 교채란은 사족(士族)의 딸이었지만, 부모가 모두 죽고 언니의 집에서 성장하였다. 그래서 '가난한 선비의 아내가 되느니 차라리 재상가의 첩이 되겠다'고 생각한 여인이었다. 조혼(早婚)이 상례화 되어 있던 당시에 열여섯이 되도록 혼처를 정하지 못하였다는 점에서 교채란은 극심한 경제적 어려움을 겪었을 것으로 추정할 수 있다. 이런 궁핍함이 그녀로 하여금 첩이 되어서라도 지긋지긋한 가난을 벗어나고 싶어 했던 것이다.[교채란이 유연수, 동청, 냉진을 거쳐 드디어는 술집어미에게 자신을 의탁하는 창기로 전락하는 것은 그녀의 물질에 대한 집착 때문이었다. 어린 시절의 궁핍함은 그녀로 하여금 물질적 욕망을 최우선의 목표로 설정하게 하였던 것이다.]

뛰어난 자색(姿色)을 지녔고, 또한 사족의 딸이라는 유리한 점을 가지고 있었기 때문에 교채란은 무난히 유연수의 첩이 될 수 있었다. 사정옥은 대를 이을 아이를 생산하기 위한 여인이니 '인품이 순박하고 생산이나 잘 하는' 여인을 원하였지만, 첩이란 남편의 성욕을 만족시키기 위한 역할을 갖는 것이 당시의 관습이었다. 교채란은 이러한 이중의 요구를 인식하고 있었고, 이를 충실하게 이행했던 것이다.

교채란은 '총명하고 민첩하여' 남편의 뜻을 잘 받들었고, 또 정실인 사정옥을 지성으로 섬겼다. 그리고 원하는 대로 잉태를 하게 되었다. 교채란이 첩으로 들어온 일차적 이유는 대를 이을 아들을 낳기 위한 것이므로, 그녀가 아이의 성별(性別)에 대하여 깊은 관심을 갖는 것은 당연한 일이다. 그래서 뱃속의 남녀를 분간할 수 있고, 또 태중의 여아를 남자로 변하게 하는 술법을 익힌 십랑을 불러 소원대로 아들을 낳게 되는 것이다. 현재도 태중(胎中)의 아이를 분별하여 낙태(落胎)하는 일이 심심치 않게 보도되고 있다. 그만큼 남아 선호의 뿌리는 깊이 각인되어 있어 범법 행위가 자행되고 있는 것이다. 오로지 아들을 낳기 위한 목적으로 들어간 교채란으로서는 그런 편법(便法)에 마음이 끌리지 않을 수 없는 것이다.

그리고 아들을 낳아 한결 마음이 놓이게 된 교채란은 자신의 거소에서 한가롭게 <예상우의곡(霓裳羽衣曲)>을 타고, 또 당나라의 기녀 설도(薛濤)가 지은 노래를 청아하게 불렀다.[설도는 우리에게 <동심초>로 번안되어 가곡으로 불려지는 <춘망사(春望詞)>를 지은 중국의 기녀 시인이다. 지금도 성도(成都)의 공원에는 설도의 동상이 서 있어 그의 사랑과 예술을 기리고 있다.] <예상우의곡>은 당(唐)의 현종(玄宗)이 꿈속에서 천상(天上) 월궁(月宮)에 가서 노니는 것을 내용으로 하여 만든 악곡이다. 교채란은 자신이 첩으로 발탁된 이유가 대를 이을 아이를 낳는다는 것과 함께 남편인 유연수의 성적인 유희 상대가 되어야 한다는 것을 인식하고 있었다. 교채란이 들려준 음악은 바로 유연수의 지친 심신을 풀어주는 역할을 하는 것이었고, 따라서 교채란으로서는 당연히 이를 습득해야 했을 것이다.

그런데 사정옥은 현종이 양귀비에게 혹하여 나라를 어지럽혔고, 또 설도는 창기이니 그들에 관한 음악을 멀리 해야 할 것이라고 훈계하였다. 이는 당대 선비들의 예술에 대한 평가와 그 맥을 같이 하는 것으로서 내용이나 작가의 정체성(正體性)이 보장되어야 그 작품 또한 가치를 지닌다는 것이었다. 따라서 바른 마음과 이를 구현한 음악에 관심을 기울여야 한다는 것은 정실인 사정옥으로서는 당연히 가져야 할 태도이지만, 이를 첩실인 교채란에게까지 강요할 수는 없는 일이었다. 처와 첩이 가장(家長)에게 대하는 방식은 달라야 하기 때문이다. 그런데 사정옥은 교채란에게도 자신과 같은 생각을 갖도록 강요하였다. 교채란은 당연히 이에 대하여 반발하였고, 음악을 듣고자 하는 유연수에게 그 사정을 얘기한다. 유연수와 사정옥의 첩에 대한 인식의 차이는 이미 드러나 있었다. 유연수는 당시의 관습대로 정실에게서 얻지 못하는 성적 충족을 첩에게서 기대하고 있었기 때문이다. 따라서 유연수는 사정옥의 행동을 교채란에 대한 투기(妬忌)로 해석한다.

첩에 대한 인식의 차이를 통하여 노정(露呈)된 두 사람의 차이점은 사정옥의 임신으로 인하여 그 정점에 이르게 된다.[사정옥의 임신은 처첩 간의 문제를 확대하기 위하여 설정한 장치로 해석할 수 있다. 이를 통하여 축첩제도는 자그마한 변화를 통하여서도 얼마든지 터질 수 있는 화약고(火藥庫)임이 드러나게 되었다. 작가는 의식적이든, 무의식적이든 이러한 제도의 문제점을 고발한 셈이다.] 교채란은 자신이 첩으로 들어온 이유가 대를 잇기 위한 아이를 잉태함에 있었고, 아들을 낳음으로써 그 소임을 다하였다고 생각하였다. 정실과 첩이라는 어엿한 상하(上下)의 질서가 존재하고 있지만, 대를 잇는 아들을 낳았고 또 유연수의 총애를 받고 있으니 교채란으로서는 자신만만할 수 있었던 것이다. 그런데 정실인 사정옥이 아들을 갖게 된다면, 이 모든 것이 다 무너지게 된다. 자신이 낳은 아들은 첩실의 아들인 서자일 뿐 대를 잇는 아들로서의 역할을 상실하게 되는 것이다. 당연히 아들을 매개로 하여 이루어진 자신에 대한 총애(寵愛)도 그 의미가 퇴색할 것은 물론이다.

물론 지긋지긋했던 가난의 굴레는 유씨 가문의 첩실이기 때문에 벗어날 수 있었다. 본래 첩실로 들어가고자 한 것이 가난에서 벗어나고자 한 것이었기 때문에 이 정도에서 만족할 수도 있을 것이다. 그러나 사람의 마음이란 처음에 가졌던 그대로 머물러 있는 것은 아니다. 상황이 바뀌면서 사람들은 그 변화된 상황에 맞게 그 소망(所望)의 높이를 높이기도 하고 또 낮추기도 하는 것이다. 그래서 교채란이 변화된 상황에 맞게 자신의 눈높이를 바꾼 것은 충분히 있을 수 있는 것이다.

그런데 자신의 존재 자체를 송두리째 무시해버릴 수 있는 사건이 일어나게 된 것이다. 교채란으로서는 이러한 사태만은 막아야 했다. 그래서 낙태(落胎)시킬 약을 몰래 먹이려고 했지만 실패로 돌아가고, 그녀에게는 최악의 사태인 적자(嫡子)가 태어나게 되었다. 더구나 적자가 탄생하게 되니, 유연수는 그 적자에게 더 정을 쏟을 수밖에 없었다. 그리고 이것은 교채란에게 더 큰 죄악을 저지르게 하는 계기가 되었다.

교채란은 자신이 처한 목표를 달성하기 위하여 온몸을 던지는 인물이다. 가난을 벗어나기 위하여 사족(士族)의 여인이면서도 첩실 되기를 마다하지 않았다. 최근까지도 존속되었던 첩은 항상 주위의 차가운 눈초리를 받아야 하는 존재였다. 남편의 사랑을 빼앗아간 여인이었기 때문에 항상 정실과 그 자녀들은 물론 이웃의 눈총과 질시를 받아야 했던 것이다. 이 작품이 제작되었던 17세기의 상황은 상하의 질서가 철벽처럼 굳어진 제도로서 존재하고 있었다. 자신만이 아니라 자신이 낳은 아이들에게까지 그 신분의 멍에는 대물림될 수밖에 없었다. 그런 상황에서 교채란은 과감하게 첩으로의 길을 선택하였던 것이다.

목표 중심적 인간형으로서의 교채란은 부인의 제거를 위해 모든 방법을 동원하게 된다. 목표 중심적 인간형이란 마치 아이와 같아 그 목표만을 볼 뿐, 그 중간의 모습은 무시하는 행동 양식을 보인다. 찻길 저쪽에서 자신을 부르는 어머니만이 보일 뿐, 아이는 붉은 색 정지신호를 무시하고 차도로 뛰어드는 것이다. 교채란은 사정옥과 그 아들인 인아의 제거만이 목표이기 때문에 유연수의 서기(書記)로 들어온 동청과 사통(私通)하면서까지 그 목표의 달성을 위하여 매진한다.

이를 위하여 교채란이 취한 방법은 그야말로 다양하기 이를 데 없다. 우선 교채란은 더 철저하게 유연수의 사랑을 얻기 위하여 장부(丈夫) 고혹(蠱惑)하는 술법을 배우고 이를 실행한다. 또한 사정옥 모자를 제거하기 위해 다양한 사술(邪術)을 동원한다. 이 과정에서 교채란은 동청의 도움을 얻기 위하여 그와 정을 통하고, 또 동청의 사주(使嗾)에 의하여 자신의 아들을 죽음으로 내몰기까지 한다. 이에 이르게 되면 교채란의 행동은 오로지 사정옥 모자의 제거 그 자체에만 집착한 것으로 볼 수 있다. 사정옥 모자가 제거된다고 해도 그녀는 이미 유연수의 정실이 될 수 있는 자격을 상실하였기 때문이다.

교채란은 동청을 시켜 사정옥의 필체(筆體)로 저주하는 글을 쓰게 하고, 이를 유연수에게 보임으로써 사정옥에 대한 유연수의 의심을 증폭시킨다. 또한 친정어머니의 간병(看病)을 위하여 사정옥이 집을 비운 사이에 시아버지가 주었던 신물(信物)을 훔쳐 냉진에게 주고, 유연수와 만나게 하여 사정옥이 정부(情夫)에게 준 것으로 오해하게 한다. 이로 인하여 유연수는 결정적으로 사정옥의 음행(淫行)을 믿고 정실의 위치에서 내쫓을 결심을 하였다. 결정적인 순간에 두부인이 나타나 교채란은 사정옥을 축출하지 못하지만, 이미 유연수는 교채란의 뜻대로 움직이는 상황이 되었고, 그래서 사정옥에 대한 처분까지도 교채란과 상의하게 되었다.

교채란은 동청의 아들을 낳고서도 유연수의 아들이라고 속인다. 그리고 사정옥의 후원자인 두부인이 아들의 임지(任地)를 따라가게 되자, 사정옥의 제거를 위한 본격적인 활동을 도모한다. 동청의 계교에 따라 자신의 아들인 장주를 죽이고, 이를 사정옥이 죽인 것으로 모함을 하는 것이다. 이로써 유연수는 일족(一族)을 모은 자리에서 사정옥을 내치고, 교채란으로 정실을 삼는다. 이것으로 교채란은 모든 소원을 이룬 것처럼 보이지만, 목표를 이루기 위해 저지른 죄악의 고리는 그를 정실의 위치에 머무를 수 없게 한다. 이 과정에서 교채란은 동청과 음행을 저질렀고, 또 아들인 장주를 죽음에 이르게 하였기 때문이다. 그야말로 교채란은 스스로가 정한 목표를 달성하는 과정에서 수많은 죄악을 저질렀던 것이다.

교채란은 쫓겨난 사정옥이 시부모의 묘소 옆에 거처를 정하자, 확실하게 후환(後患)을 제거하기 위하여 냉진으로 하여금 사정옥을 겁탈(劫奪)하도록 계교를 꾸민다. 이는 꿈속에서 나타난 시아버지의 가르침으로 실패하지만, 사정옥을 시부모의 묘소가 있는 곳에서 쫓아내는 효과는 거둘 수 있었다. 교채란은 유연수에게 사정옥이 정부를 따라간 것으로 모해(謀害)하고, 아들인 인아가 유씨 집안의 아이일 수 없다 하여 내치기를 주장한다. 그러나 유연수는 아들인 인아가 아버지인 유현을 많이 닮았다는 이유를 들어 이를 물리친다.

드디어 교채란은 동청과 함께 남편인 유연수를 제거하는 모의를 착수한다. 천자(天子)를 비방하고 당시의 세력가인 엄숭을 폄하(貶下)하는 유연수의 글을 찾아 엄숭에게 전했고, 이에 따라 유연수는 멀리 떨어진 행주로 귀양을 가게 된다. 교채란은 집안의 모든 보배를 챙겨 벼슬을 한 동청과 함께 임지로 향하게 된다. 그리고 비녀(婢女)인 설매에게 사정옥의 아들인 인아를 죽이도록 지시한다. 교채란은 명실상부하게 동청의 아내가 되어 새로운 삶을 시작하였고, 동청이 계림태수로 영전(榮轉)까지 하게 되어 미래는 환하게 열리는 듯하였다.

그러나 유연수가 살아 있고, 또 사정옥이 존재하고 있는 한 교채란의 행복은 일시적일 수밖에 없었다. 그래서 자신의 행복을 가로막는 존재와의 투쟁은 필수적일 수밖에 없었다. 이 과정에서 유연수와 만나 교채란 일행의 음모를 폭로했던 시비 설매가 자결한 일도 있었다. 그리고 지속적으로 둘의 행적을 추적하지만, 초월적 세계의 개입으로 이루어진 유연수와 사정옥의 삶을 뒤바꿀 수는 없었다. 그것은 그렇게 되기로 한 작품의 귀결이었고, 또 그 당시의 사회가 요구하는 방향이었기 때문이다. 한 가문을 대표하는 정실의 진로는 모진 고생을 거쳐서라도 기어코 행복한 결말로 이루어져야 하기 때문이다.

교채란은 한 남자를 독점하고자 하는 여인이었다. 그리고 끊임없이 남자의 품을 찾아 떠돌아다니는 여인이었다. 그래서 자신의 아이를 희생하면서까지 유연수를 독점하였고, 또 동청의 아이를 가진 납매를 죽임으로써 자신의 독점(獨占)을 방해하는 자에게 가혹한 보복을 가하였다. 이러한 냉혹함은 이미 자신의 욕망을 달성하기 위해서는 아들의 죽음을 용인하는 것에서 이미 드러났었다. 그리고 냉진의 고변(告變)으로 동청이 죽음을 당하자, 교채란은 또 냉진과 어울려 후일을 도모하였다. 그러나 가지고 있는 재물을 모두 도둑맞게 되자, 그들이 저질렀던 음모의 길은 끝이 났다. 그렇게도 피하고 싶었고, 그래서 부귀로의 긴 여행에 나섰던 교채란은 이제 다시 궁핍한 환경으로 내몰리게 되었던 것이다.

3) 유연수형 인물의 유형성

유연수는 전통시대를 살아가는 평범한 선비의 모습으로 이 작품에 등장한다. 혁혁한 집안의 아들로 태어났고, 또 뛰어난 재능을 보여 십 세에 치른 향시(鄕試)에서 장원을 하였고, 십오 세에는 장원 급제를 하여 즉시 한림(翰林) 편수(編修)를 제수받았다. 그리고 나이 어림을 이유로 굳이 벼슬을 사양하여 나이 스물이 되면 실직(實職)에 반드시 나오도록 허락을 받은 사람이었다. 어머니가 일찍 돌아가신 것을 제외하고는 무엇 하나 부러울 것 없는 환경에서 그는 제도의 혜택을 마음껏 누릴 수 있는 처지에 있었다.

아버지는 아들이 자랑스러웠을 것이다. 그리고 그에 합당한 며느리를 맞고자 하였다. 아내를 맞이하는 과정에서 유연수의 간여(干與)는 전혀 드러나 있지 않다. 오로지 아버지인 유현과 고모인 두부인의 처사에 맡기고, 그는 그 결과만을 기다리고 있는 것이다. 그래서 아내로 맞이한 사람이 사정옥이다. 이 당시의 결혼 관습은 대체로 이러했을 것이다. 결혼의 당사자는 물러서 있고, 오로지 어른들 사이에서 이런저런 사정을 감안하여 혼약을 맺었기 때문이다.

그러나 사정옥은 유연수와 달리 자신의 결혼 상대를 고르는 일에 주도적으로 나섰다. 이는 두 사람의 결혼 생활에 있어 주도적인 위치를 누가 차지하고 있는가 하는 점을 보여주는 일이라고 할 수 있다. 그렇게 유연수는 집안일은 제쳐두고 자신의 일에 몰두하는 사람이었다. 이런 일을 두고 '어리석은 남편과 현명한 아내'를 떠올리거나, 또는 '지인지감(知人知鑑)을 가진 시아버지의 며느리 선택이야기'를 떠올릴 필요는 없을 것이다. 유연수는 그런 상황에 맞는 인물도 아니고, 또 유연수가 취한 행동은 당시의 일반적인 관습이었을 것이기 때문이다. 다만 사정옥이 가정사를 주관함에 있어 주도적인 위치를 차지하게 된다는 점만은 이를 통해서 확인할 수 있을 것이다.

사정옥과 유연수의 의견이 충돌한 것은 첩을 들이는 일에서였다. 가정의 일은 전적으로 사정옥이 주관하였기 때문에 유연수가 나설 일이 아닐 수도 있다. 그러나 첩을 들이는 문제는 단순한 가정사가 아니라 유연수 자신과도 관계되는 일이었다. 다만 당시의 일반적인 관습이 일처 일첩을 용인하는 것이었기 때문에, 유연수는 사정옥의 '진정을 몰라' 의심할 뿐이었다. 유연수로서는 첩을 들임으로써 집안에 분란이 생길까 걱정하였을 뿐이다. 제도로 확립되어 있는 취첩을 그로서는 전혀 마다 할 이유가 없는 것이다. 그래서 '첩 두는 것이 아직 바쁘지 아니하나 부인이 어진 뜻으로 권하니 막기 어렵고, 또한 교씨 그렇듯 아름답다 하니' 진정 흐뭇하여 받아들이는 것이다.

한림으로서는 교씨가 아름답고 또 아이를 갖게 되니, 교씨에게 마음이 끌릴 수밖에 없었을 것이다. 더구나 당시의 첩을 바라보는 인식은 정실을 바라보는 것과는 차이가 있었다. 정실이 갖추어야 할 부덕을 첩에게도 똑같이 요구하지 않았던 것이다. 집안을 다스리는 정실과는 달리 첩은 사적(私的)인 성적 유희의 대상으로 인식되고 있었기 때문이다. 유연수는 당시의 그런 일반적인 관례에 충실한 사람이었다. 그는 교채란이 청루(靑樓)의 음악을 즐긴다는 이유로 사정옥에게 꾸지람을 받은 것을 이해할 수 없는 인물이다.

그래서 유연수는 사정옥이 교채란에게 취하는 태도를 못마땅하게 생각하였고, 이것이 결과적으로 사정옥의 폐출(廢黜)로 이어졌던 것이다. 유연수는 교채란의 말을 다만 침묵으로 넘겼을 뿐이고, 그 진위(眞僞)를 알려는 노력을 하지 않았다. 이런 태도는 가정사나 여성끼리의 일에 일일이 간섭하거나 말을 하는 것에 대한 부정적 인식의 결과일 수도 있다. 그들은 '말로써 말 많음'을 걱정하는 사람들이었다. 그래서 들은 바를 한쪽 귀로 흘려보내는 것이 미덕이라고 생각하였다. 하인들이 다투는 상황에서 명재상으로 알려진 황희(黃喜)는 두 사람의 의견 모두가 옳다고 하였다. 누가 옳으니 그르니 하면서 일은 점점 더 커져간다고 생각했던 것이다. 그들은 그렇게 말을 아끼는 것을 덕으로 생각하였다. 그래서 내심으로는 사정옥이 못마땅했지만, 교채란을 짐짓 나무람으로써 사태를 해결하고자 하였던 것이다.

그런 상황에서 정실인 사정옥이 아이를 갖게 되었고, 그리고 적자가 태어났다. 교채란은 대를 이을 아들을 낳음으로써 자신의 사명을 다하였는데, 정실이 아들을 낳는 것은 평범하게 넘어갈 일이 아니었다. 여기에는 여러 가지 일들이 서로 얽혀 있어 풀기 어려운 일들이 벌어질 수 있는 것이다. 그런데도 유연수나 사정옥은 이에 대한 배려를 전혀 하지 않았다. 이는 처첩의 관계를 수직적(垂直的)으로 이해하고 있었기 때문에 나타날 수 있는 당연한 반응이라고 할 수 있다. 첩이 한 인간으로서의 자격과 능력을 가지고 있다는 사실에 대하여 그들은 전혀 관심을 가질 필요가 없었던 것이다.

유연수는 처와 첩의 중간에 서서 둘 사이를 조정할 임무를 가진 존재이다. 그런데 그는 그런 자신의 임무에 대하여 전혀 의식하지 않았다. 그래서 자신의 마음 가는 대로 적자인 인아를 편애하였고, 아이를 자랑스러워했던 것이다.

유연수의 아버지인 유현은 사람을 선택하기 위하여 신중에 신중을 거듭하는 사람이었다. 그는 숱한 과정을 거쳐 며느리를 선택하였다. 그래서 그의 선택은 착오를 일으키지 않았다. 부인이 죽어도 후처(後妻)를 얻지 않고, 또 첩을 들이지 않은 것도 바로 유현의 예지(叡智)에 바탕한 결과일 것이다. 그러나 유연수는 이성적이기보다는 감성에 기초하여 사람을 선택하였다. 부정적 소문을 많이 가지고 있는 동청을 자신의 서기로 받아들이는 과정에서 이는 여실하게 나타나고 있다. 그가 자신의 집에 오기까지의 과정에 대하여 그는 전혀 고려하지 않았다. 사정옥의 충언이 있었지만, 자신의 의지대로 동청을 신임(信任)하였던 것이다.

감정에 기초하여 매사를 처리하였기 때문에 교씨의 음모에 대하여도 그 진위(眞僞)를 파악하려는 노력을 하지 않았다. 집안에 흉사(凶事)가 계속 벌어지고 있음에도 이에 대한 의미있는 대처를 전혀 하지 않았던 것이다. 그렇게 보면 교씨가 저질렀던 음행과 흉사의 상당한 부분은 바로 유연수의 단호하지 못한 성격과 안이한 대처 방식에서 비롯되었다고 할 수 있다. 유연수는 아버지가 있어 모든 일을 처리해주는, 그런 상황에서만 편안할 수 있는 성격을 가지고 있었던 것이다. 어떤 일에 적극적으로 대처하거나, 일을 추진하는 것은 그런 유연수에게서는 기대할 수 없는 덕목이라고 할 수 있다. 그래서 유연수는 위급한 상황이 닥치자 어쩔 줄 몰라 발을 동동 구를 뿐인 것이다.

그는 과거에 급제하고, 또 안정된 상황에서 백성을 다스리는 일을 잘 처리하는 사람이었다. 그래서 조정의 명을 받아 백성을 다스리는 일에는 재빠르게 대응하였다. 그런 점에서 그는 당시의 선비가 가지고 있는 일반적인 성격을 전형적으로 드러내는 인물이라고 할 수 있다. 쩨쩨하게 가정사에 간여하지 않고, 치국(治國)에 열정을 기울이는 그런 사람이 긍정적인 인물로 평가되는 시기였기 때문이다. 그런 사람이 엄청난 위기에 봉착하였다. 그리고 초월적 세계의 간여에 의해서 겨우 생명을 부지(扶持)하는 일이 벌어졌다. 가정 내의 일을 제대로 처리하지 못하면 치국(治國)도 제대로 이루어질 수 없음이 유연수를 통하여 분명하게 드러난 것이다.

이것이 의미하는 바는 가정의 문제를 떠나서는 어떤 일도 제대로 이루어질 수 없음을 보여주는 것이라고 할 수 있다. 가정의 문제에 대하여 심각하게 고려하지 않았을 때, 개인으로서의 자신은 물론이요 사직(社稷)까지도 위태로움에 빠질 수 있음이 여실하게 드러난 것이다. 흉모를 꾸민 동청과 냉진이 죽고, 또 교채란을 처단한 것으로 사태가 해결된 것은 아니다. 초월적 세계의 간여에 의해서만 생명을 부지하였다는 것은 현실적으로는 패배했음을 의미한다. 유연수가 겪는 고난의 과정을 통하여 조선조 선비들을 지탱해 온 덕목들의 허구성이 남김없이 드러났던 것이다.

3. 인물 형상화의 방식과 지향

제도 속에서만 의미를 갖는 인물, 그래서 그 제도의 힘 앞에서 인간미를 상실한 여인이 바로 사정옥이라고 할 수 있다. 이런 이념형의 여성을 모범으로 삼아 본받도록 하는 것이 바로 조선조 사대부의 여성 교육이었다. 그들은 자신이 누리고 있는 제도가 당연한 것으로 생각하고, 그 제도를 운영하는 주체가 바로 사람이라는 사실에 무심하였다. 그리고 그 제도 속에서 차별받는 존재들도 어엿한 사람이라는 사실에 대하여 눈감았다. 자신과 신분이 다른 사람의 생각이나 처하는 상황에 대하여는 차갑게 뿌리치는 단호함만이 있는 것이다. 사정옥에게서 우리는 고통 받는 주변 사람을 배려하는 따뜻함을 발견할 수 없다. 찾을 수 있는 것은 윗사람으로서의 시혜(施惠)와 아량이 있을 뿐인 것이다. 그 윗사람이라는 것이 제도가 주는 혜택에서 비롯되는 것임은 물론이다. 그런 점에서 사정옥의 선함은 제도에의 순응과 묵수(墨守)로 그 의미가 한정되어야 할 것이다.

교채란이 보여준 인간형은 그런 제도와는 다른 각도에서 출발하고 있다. 사대부가에서 태어났지만 가난한 사람의 정실이 되기보다는 부유한 집의 첩실이 되기를 자원한 여인이 교채란인 것이다. 그렇기 때문에 어떤 일에 대처하는 행동 방식은 항상 자신의 이해관계를 바탕으로 한 것이었다. 그런 점에서 교채란은 물질적 풍요를 추구하는 게젤샤프트적 인간형이라고 할 수 있다. 그가 행한 악덕(惡德)은 물론 용납할 수 없는 것이지만, 제도로 인하여 고난을 받는 사람에게 그 제도를 묵수하면서 인간이기를 포기하라고 강요할 권리는 아무에게도 없다. 그런 점에서 교채란의 수난과 죽음은 바로 인간에 대한 배려를 도외시했던 신분제도의 모순에서 비롯된 것으로 볼 수 있다.

유연수는 다양한 혜택을 받으며 살아갔던 조선조 선비의 전형성을 보여주고 있다. 제도 속에서만 편안할 수 있었던 그들은 그 제도의 허구성이 드러났을 때 그에 대하여 전혀 대처할 수 있는 능력을 갖지 못하였다. 그래서 초월적 세계의 간여에 의해서만 그들은 다시 원래의 모습을 회복할 수 있었던 것이다. 이런 점에서 유연수는 조선조를 지탱해온 신분제도의 허구성을 상징적으로 보여주고 있는 인물형이라고 할 수 있다.

<사씨남정기>는 인현왕후(仁顯王后)의 폐출과 관련된 목적소설로 알려져 있다.[처첩의 갈등을 사건 전개의 축으로 삼고 있다는 점과 창작에 관한 여러 정황을 고려할 때, 이 작품이 인현왕후 폐출과 관련된다는 점은 명백하다. 그러나 이 작품이 가정소설 창작의 한 전형이 되었다는 점은 이 작품이 이룩한 인물의 전형성 창조에 기인한 바 크다. 사회적 배경에 관한 논의를 배제하고 논의를 진행한 것은 이러한 이유 때문이다.] 또한 처첩간의 쟁투를 전면에 내세운 가정소설이라고 할 수도 있다. 이런 지적은 당연히 할 수 있는 것이지만, 보다 중요한 문제는 이 작품을 통하여 가정 내의 문제가 가정에 머물지 않고 국가적인 위기로까지 비화

(飛火)된다는 사실을 지적함에 있다고 할 수 있다. 처첩간의 문제를 이렇게 정면으로 다루어본 일은 이 작품 이전에는 없었던 일이다. 그리고 첩의 교활성에 초점을 맞추었지만, 교채란의 생동성은 그를 단순히 생래(生來)의 악녀(惡女)로 규정할 수 없게 한다. 그녀를 둘러싼 상황이 그렇게 하도록 했고, 그 상황을 만든 것은 바로 신분의 차별에 바탕을 둔 사람의 차별이었기 때문이다. 사람을 사람으로 대접하지 않았기 때문에 눈물 흘렸어야 할 수많은 사람들의 탄식을 교채란은 역설적으로 대변해주었던 것이다.

문학이 가지고 있는 가장 중요한 자질은 허구성과 상징성에 있다. <사씨남정기>는 가정 안에서 일어난 일, 그리고 그들의 일상에 가장 근접해 있었던 처첩의 문제를 통하여 조선조 후기에 제기되었던 신분제도의 모순을 형상화하였다는 점에서 그 의의를 찾을 수 있다. 사정옥과 교채란, 그리고 그 사이에 어정쩡하게 서 있는 유연수는 바로 조선조 후기의 처첩제도가 낳은 인물형이다. <사씨남정기>는 인간을 위하여 인간이 만든 제도가 인간을 배제(排除)하고 황폐화(荒廢化)시키는 모습을 구체적인 생활을 통하여 보여주었다. 그러한 인간형이 당시의 보편성을 획득함으로써 이후 나타나는 가정소설의 전형으로 자리잡을 수 있었다.

<방한림전(方翰林傳)>의 비극성과 타자(他者) 인식*

1. 서론

문학이 존재하는 이유를 여러 가지 관점에서 설명할 수 있다. 인간이라는 존재의 확인을 위한 필연적 선택이라는 절대적 관점을 선택할 수도 있고, 인간의 다양한 문화의 표현일 뿐이라는 관점을 선택할 수도 있다. 그러나 인간이 나타나면서부터 문학은 존재하였다는 점에서, 위와 같은 극단적 설명만으로 문학의 존재 이유를 해명하기는 어렵다. 문학에 대한 진지성을 확보하기 위하여 문학이 인간의 역사에 필연적으로 존재해야 하는 이유를 나름대로 설정할 필요가 있기 때문이다.

<방한림전>을 연구의 대상으로 선택한 이유는 이 작품이 바로 문학의 존재 이유를 설명하기에 가장 합당한 작품이라는 생각에서이다. 주지하는 바 이 작품은 한 여성이 자신의 여성임을 숨기고, 남성과 대등한 처지에서 경쟁하고 승리하며 일생을 마친 이야기를 담고 있다. 주인공인 방관주가 여성임을 숨겨야 하는 이유는 당연히 시대적인 제약과 연관되어 있다. 여

---

* 『고전문학과 교육』17(한국고전문학교육학회, 2009)에 실린 글을 정리하였다.

성이 해야 할 일과 남성이 해야 할 일을 구별하고, 여성의 남성에 대한 종속적 위치를 제도화 하였던 조선시대가 이런 형상화를 가능하게 하였기 때문이다.

인간이란 자신들의 편리한 삶을 위하여 이념이나 제도를 만들지만, 그것이 이루어지는 순간 그것들의 제약을 받기 마련이다. 그런데 그 제도나 이념은 인간 전체의 동의를 바탕으로 이루어지는 것이 아니라, 그것을 만든 주체들의 생각과 이상을 반영하기 때문에 이에서 소외된 집단의 희생을 수반하게 된다. 그리고 그 희생은 이념과 제도의 그늘에 가려 역사 변화를 주체적으로 이끌어갈 수 있는 동력(動力)을 상실하게 마련이다. 집단과 이념의 이름 아래 자행(恣行)된 인간성 상실의 예는 강대국에 의한 정복(征服)과 문화의 인멸(湮滅)로부터 개인의 생명 경시(輕視)에 이르기까지 이루 헤아릴 수 없이 많다.

<방한림전>은 이러한 소외(疏外)의 영역에 놓여 있는 여성들의 몸짓을 극단화하여 표현한 작품이다. 여성이 남장(男裝)을 하고 남성의 모습으로 영웅적 행위를 도모한 작품은 많다. 이러한 일련의 작품을 여성영웅소설이라고 하는데, 이러한 작품 중에서도 <방한림전>은 대단히 특이한 성격을 지니고 있다. 일차적으로 이 작품은 여성만의 혼인(婚姻)을 이룸으로써 그 이전에 나타났던 이성(異性) 간의 결연과는 판이하게 다른 구성을 택하였다. 비록 한 여성이 남장을 하여 다른 사람들을 속이고 있지만, 실제로는 여성과 여성의 혼인이 공식적으로 이루어지고, 더구나 여기에 왕의 동의까지 이루어졌다면, 이는 대단히 심각한 일이 아닐 수 없다.

이러한 작품이 조선조의 말기에 나타난 것만으로도 이 작품이 갖는 의미는 충분이 존재한다. 왜냐하면 여기에서 제시된 어둠과 그늘은 전통시대의 제도와 이념이 공식적으로 사라졌다고 하는 지금 이 시대에도 또 동일하게 존재하는 중요 현상이기 때문이다. 이 작품이 문학의 존재 이유를 설

명하기에 적합한 까닭이 여기에 있다.

이 작품에 나타난 비극성은 표면적으로는 '여성으로 태어남'의 문제에 국한될 수 있다. 그러나 여성으로 태어남이 모두에게 비극적인 것은 아니다. 오히려 여성으로 태어남을 즐기고 향유하는 집단도 얼마든지 존재하기 때문이다. 표면적으로는 소수 집단으로 존재하는 문제적 개인으로서의 두 여성이 가지고 있는 비극성을 당시의 시대적 상황과 연관지을 수 있을 것이다. 따라서 이 작품이 가지고 있는 비극성을 작품의 전개 속에서 설명하고, 이를 주류계층에서 소외된 집단의 행동방식과 관련지어 설명하고자 한다. 방관주나 영혜빙의 행동은 개성적(個性的)인 모습뿐만이 아니라, 그 시대 여성의 전형적(典型的)인 사유체계를 형상화한 것으로 볼 수 있기 때문이다.

다음으로 대두(擡頭)되는 비극성은 이른바 '숨김'의 문제이다. 여성임을 숨기고 남성으로 생활한다는 것은, 그래도 괜찮고 그렇지 않아도 좋은 선택의 문제가 아니다. 성(性)의 혼란을 초래하는 강상(綱常)의 문제로 확대될 수 있는 것이, 여기에서 드러나고 있는 숨김의 문제인 것이다. 이 숨김에서 자유롭지 못하기 때문에 두 여성은 항상 조바심 속에서 나날을 보낼 수밖에 없다. 이러한 숨김과 조바심, 그리고 사회적 역학 관계 또한 우리가 주목해야 할 부분이라고 본다. 서사의 전개만이 이 작품이 추구하고자 하는 목적이 아니라고 생각하기 때문이다.

이 숨김의 연속선상에 놓여 있는 것이 그 상태를 지속하기 위한 '꾸밈'의 문제이다. 이 꾸밈은 여성이 남성으로 행동하는 것이 실제로 가능할 것인가 하는 현실적인 문제와 함께 작품 구성에 있어 요구되는 관례(慣例)도 함께 고려해야 할 것이다. 작품에서 이루어진 현실은 우리가 사는 실제의 현실이 아니고, 작품의 전개를 위하여 꾸며진 현실이기 때문이다. 따라서 지나치게 우리가 사는 현실의 논리를 적용하여 작품의 진실성을 호도(糊塗)

하는 것은 바람직한 태도라고 할 수 없다. 이러한 두 측면의 고려를 통해
이 작품의 진정성이 보다 폭넓게 드러날 수 있을 것이다.

이 논의를 통하여 주류(主流)에서 소외된 집단의 심층적 성격이 드러난다
면, 그것이야말로 문학이 진정으로 포착해야 할 중요한 사건이라고 할 수
있다. 문학이 존재하는 이유는 바로 소외된 집단의 감춰진 비극성을 백일
하에 드러냄으로써 그 해결을 도모하는 데 있기도 하기 때문이다. 따라서
이러한 접근을 통하여 소설 연구의 폭을 넓히고, 결과적으로 작품 독해의
한 방법을 탐구하는 의미를 드러낼 수 있게 될 것이다. 문학적 삶의 조명
을 위해 과감하게 실제적 삶을 꿈으로 처리하는 고전소설의 형상화 방식
은 그 나름대로 작품의 목표를 달성하기 위한 리얼리티의 추구라고 할 수
있다.

2. 위장(僞裝) 남성으로서의 숨김과 출발의 문제

불행하여 문백 소저 팔 세 되매 방공 부부 일시에 쌍망하니 불의에 호천
지통을 만나 애훼함이 예의 넘고 집상함이 규구의 어김이 없어 친척과 노복
으로 더불어 부모 양례를 지내고 스스로 가사를 다스려 삼상을 극진히 받들
어 조석 읍혈지통을 망연히 감동하더라(219쪽)
[인용문 뒤의 쪽수는 정병헌·이유경, 『한국의 여성영웅소설』(태학사,
2012)의 해당 부분을 가리킨다. 앞으로의 인용도 이와 같은 방식으로 제시
한다.]

<방한림전>은 시대의 요구를 거부하는 여성의 출생과 이를 용인하는
부모의 죽음으로부터 출발하고 있다. 겨우 팔 세 된 여아(女兒)를 이 세상에
두고 부모는 일시에 세상을 떠난다. 부모는 아이의 과거와 현재, 그리고 미

래를 가능하게 하는 원천이다. 어떤 부모를 만나는가에 따라 아이의 삶이 규정되는 것은 지금 우리 시대에도 통용되고 있다. 더구나 신분과 남녀의 차별이 제도적으로 강제되었던 전통사회에서 부모와의 만남은 삶의 모든 것을 좌우하는 문제였다. 신분의 열세(劣勢)를 딛고 자신의 성취를 이루는 것은 거의 불가능한 일이었다. 또 여자로 태어나서 남자와 동등한 역할을 하는 것도 원천적으로 막혀 있었다. 그렇기 때문에 열등한 신분과 여자로 태어난 사람에게 이 시대의 준거(準據)를 들이대면서 해결책을 찾지 못한 것이 마치 평등 추구 의식을 갖지 못한 것으로 몰아붙이는 것은 옳지 않다. 그런 의식을 표출할 수 있는 길은 사실상 원천봉쇄(源泉封鎖) 되어 있었기 때문이다.

사람만큼 오랜 양육 기간을 거쳐 세상을 홀로 살 수 있는 능력을 갖게 하는 동물은 따로 없다. 그 오랜 동안 아이는 부모를 통하여 세상을 살아갈 수 있는 제도와 규범을 본받게 되는 것이다. 남성은 남성답게 길러지고, 또 여성은 여성답게 길러지는 사회화의 과정을 거치는 것이다. 그리고 또 양반은 양반으로, 상민은 상민으로 길러지면서 그 사회의 제도는 지속되었다. 그 제도가 가지고 있는 불평등은 제도의 압도적 우위 속에서 밖으로 표출될 수 없었다. 이처럼 제도 속에서 편할 수 있는 사람과 그 제도로 인하여 험난한 삶을 살아가야 하는 사람들 모두 자신에게 부여된 규범을 습득했던 것이다.

그런데 겨우 팔 세 된 아이를 놓고 일시에 부모가 세상을 떠남으로써 아이는 세상에 던져졌다. 그리고 그 아이는 남성으로 길러진 여아(女兒)였다. 여성으로 살아가기에는 지난(至難)의 고통이 따라야 했던 조선조의 현실을 부모는 잘 알고 있었다. 오랜 기간 기다리다 얻은 '꽃 같은' 아이였기에, 아이가 원하는 대로 남성의 옷을 입혀 여성임을 숨길 수 있게 하였다. 그러나 부모는 이것이 오랜 동안 지속될 수 있을 것으로 생각했겠는가? 안타까운 마음에서 딸의 요구를 들어주었을 것이고, 그리고 성장하면 본래의 모습으로 돌려놓을 수 있을 것으로 생각하였을 것이다. 여성임을 숨긴 채 살아가는 것이 불가능하다는 것을 부모가 모를 리 없었을 것이기 때문이다.

그런데 부모가 같이 죽게 되자, 아이는 자신이 누리던 삶의 방식을 지속하였다. 유모(乳母)가 성의 도착(倒錯)이 가지고 있는 위험성을 경고하고 이를 되돌리려고 하였지만, 둘 사이가 주종(主從)의 관계였기 때문에 그 환원(還元)은 불가능한 일이었다. 그리고 아이는 자신의 그런 행동을 부모가 용인하였고, 또 그렇게 키운 것이라고 굳게 믿었다. 그렇게 믿음으로써 자신의 행동을 합리화할 수 있기 때문이다.

여성으로서는 자신이 주체가 되어 아무런 일도 할 수 없었던 시대, 부모의 밑에서 남복(男服)을 입고 살아갔던 아이는 외모로서의 남성을 그대로 유지하였다. 이것이 이 작품에서 벌어지는 모든 사건의 출발이고, 또 과정이고, 그리고 귀결이었다. 왜 이런 출발은 이루어졌는가, 그리고 그 출발이 비정상적이었기 때문에 그 비정상을 감추고 살아가는 살얼음 딛듯 하는 인생의 도정(途程), 그리고 비정상의 종말은 어떻게 귀결되는가가 이 작품의 핵심이 되는 것이다.

여성이면서 남성인 체 위장(僞裝)하며 살아가는 것은 분명 비정상적인 일이라고 할 수 있다. 그런 비정상적인 일을 이 작품은 문제로 삼았다. 이 작품에서 일어나는 일의 모든 문제되는 상황은 모두 이 비정상적인 일에서 비롯되었던 것이다. 비정상적인 일이란 항상 그것이 폭로되는 것을 염려하는 두려움을 동반한다. 더구나 성(性)의 위장은 단순히 도덕적인 일에서 끝나는 것이 아니라, 강상(綱常)을 뒤흔드는 범죄로 여겨지는 것이었다. 그런 인식은 세상이 달라진 지금도 마찬가지일 것이다. 남성이면서 여성인 체 살아가는 것, 또 여성이면서 남성으로 살아가는 것은 현대에서도 정상적인 모습으로 인식되지 않는 것이다.

그런데 세상을 숨겨야 하는 두려움을 감수하면서까지 이런 비정상을 감행하는 것은 그럴 만한 이유가 있어서이다. 이것이 바로 소설적인 리얼리티이다. 아무런 이유도 없는데 사건을 만들고, 또 전개시키는 것은 소설적 진실성을 상실한 것으로 볼 수 있는 것이다. 그리고 그 이유를 우리는 여성으로서 살아가는 것의 고단함 때문이라는 점에 쉽게 동의할 수 있을 것이다. 부모의 암묵적(暗默的) 동의(同意) 위에서 아이는 그런 위장을 할 수 있었고, 또 그래서 아이를 양육하는 부모가 없어졌어도, 방관주는 어려서부터 해오던 방식을 지속하였던 것이다.

어린 딸을 보면서 부모는 여성이기 때문에 겪어야 하는 고단함, 그리고 하고싶은 일을 할 수 없는 좌절감을 안타까워했을 것이다. 그래서 자신의 품속에 있을 때만이라도 그런 환경을 의식하지 않고 자유롭게 살 수 있도록 하였던 것이다. 세상 물정을 알게 되면 언제든지 다시 원래의 상태로 돌려놓을 수 있다고 믿었을 것이다. 그런데 부모가 갑자기 돌아가신 것이다. 이처럼 이 작품은 부모의 자식에 대한 안쓰러움과 성의 정체성을 바로잡을 수 없었던 환경으로부터 출발하고 있다.

> 문백 소저 천성이 소탈하고 검소하여 취삼으로 체긴 옷을 입고자 하는지라. 방공 내외 여아의 뜻을 맞추어 소원대로 남복을 지어 입히고 아직 어린 고로 여공을 가르치지 않고 오직 시서를 가르치니 … 방적수선을 권한 즉 스스로 폐하니 부모 또한 여아의 재모 범인이 아니라. 또한 싫게 여김을 구태여 권치 않고 여복으로 나오지 아니하고 친척으로 하여금 아들이라 하더니(218~219쪽)

태어나면서부터 천형(天刑)처럼 주어진 불평등에는 여러 양태가 있을 것이다. 스스로 살아가고 싶은 인생을 선택할 수 없는 여건은 그런 신체적인 것과 함께 당연히 제도적인 것과 관련된다. 멀쩡한 정신과 사지(四肢)를 가졌으면서도 이렇게 살아야 하고, 또 저렇게 살아야 하도록 양식화 해 놓은 것이 바로 전통사회의 제도였다. 그 제도에 얽매어 많은 사람들은 사람답지 않은 삶을 영위해야 했다. 그것은 영위(營爲)가 아니라 내던져진 삶이었다. 어떤 사람은 나면서부터 떵떵거리며 뭇 사람을 호령하였고, 또 어떤 사람은 그저 죽도록 머리를 조아리면서 죽을 죄를 지은 것처럼 행동해야 했다. 그 태생 자체가 죽을 죄가 되는, 그래서 평생을 그렇게 살아가야 할 아이를 낳은 부모의 심정은 어떠했을까. 그것이 신분 타파를 위한 행동으로 나타나면서 끝없이 사회의 분란을 일으키는 원인이 될 것임은 당연하다. 그런 사회의 그러한 제약에서 벗어나고자 하는 몸부림을 폭동(暴動)으로 인식하는 것은, 평등한 사회를 살아가는 이 시대의 정당한 인식이 아닐 것이다.

<홍길동전>이나 <춘향전>은 이러한 신분의 문제를 작품의 출발로 삼았고, 그래서 여기에서 일어나는 모든 사건은 신분과 관련되어서만 유의미한 단위가 된다. 따라서 임금이 홍길동을 병조판서로 인정하고, 또 홍길동 스스로 율도국의 왕이 되는 것은 출발에서 거론된 신분의 문제에서 해방되는 것을 의미한다. 그리고 그 해방은 홍길동 개인에게 국한되는 것이 아니라, 서얼(庶孼) 모두에게로 확대되는 것이다. 여기에서 홍길동의 신분 상승이 개인에게 국한되는 것으로 파악하는 것은 문학이 갖는 상징성을 도외시한 해석이라고 할 수 있다. 그런 문학적 복선(伏線)이 있어 작가는 짐짓 신분의 문제에서 여유로운 태도를 취하고 있는 것이다.

마찬가지로 춘향은 양반 도령과 결혼할 수 없는 기생인데도 이도령과 결혼을 하였다. 이본(異本)에 따라서는 기생이기도 하고, 또 대비 속신(代婢贖身)한 여인기도 하다. 그 결말도 정실(正室)로의 승격이 이루어지기도 하고, 또는 첩실(妾室)로 만족하는 경우도 있다. 그 어떤 경우라도 <춘향전>이 신분제도를 출발의 문제로 삼았다는 것은 분명한 일이다. 따라서 그 과정이나 결말에 있어 대립되는 계층의 요구를 받아들여 변형시킨다 해도

출발에서 제기한 문제의식은 여전히 남을 수밖에 없는 것이다. 신분제도에 대하여 문제를 제기하고 있는 춘향을 주인공으로 선택한 순간, 이 작품은 독자들에게 신분제도가 가지고 있는 문제를 끊임없이 생각하게 하는 것이다. 문학은 독자와의 만남에 의하여 그 세계를 만들어가는 문화이기 때문이다.

<방한림전>은 여성이 남장으로 살아가는 모습을 출발의 문제로 제기하였다는 점에서 여타의 여성영웅소설과 구별되지 않는다. 여성영웅소설은 여성이 공적(公的)인 일에 진출할 수 없도록 규제되어 있는 제도의 문제점을 그 출발로 하고 있기 때문이다. 그런 사회에서 여성이 취할 수 있는 방법이란 혁명적인 대결 구도를 제외하고는 아무 것도 없다. 그러나 그런 표출 방식은 어디에서도 이루어질 수 없다. 사람들이란 기성(旣成)의 제도 속에서 편안하고자 하는 것이 일반적이기 때문이다. 그래서 소설적 해결 방법으로 선택된 것이 남성으로의 위장(僞裝)이라고 할 수 있다. 이렇게 남장을 선택함으로써 여성의 자아 성취를 가로막는 제도를 직접 비판한다는 혐의(嫌疑)를 피할 수 있다는 점에서 <방한림전> 또한 여타의 여성영웅소설과 유사한 출발 방식을 보여주는 것이다.

따라서 어쩔 수 없이 선택한 남성으로의 위장을 소극적이라거나, 현실적인 방법이 아니라고 비판하는 것은 온당한 태도라고 할 수 없다. 여성의 사회 진출을 가로막는 제도 속에서 여성이 공적 활동을 할 수 있도록 하는 길은 남장 이외에는 없기 때문이다. 사회가 요구하는 여성으로서의 삶을 거부하는 일은 현실적인 삶에서 이루어질 수 없기 때문에 소설 속에서도 그려지기 어렵다. 왜냐하면 소설에서 형상화하고 있는 출발과 결말의 모습은 소설이 배경으로 삼는 사회의 모습과 일치해야 하기 때문이다. 타임머신을 타고 먼 과거의 세계로 가서 겪게 되는 다양한 경험도 결국 본래의 세계로 돌아오기 때문에 이루어진다.

문학을 여행으로 비유하는 것은 이처럼 출발지로의 귀환(歸還)이 전제되어 있기 때문인 것이다. 홍길동이 율도국의 왕이 되어 조선을 떠나는 것은 홍길동이 세우는 이상국의 모습이 조선에서 이루어지지 않았기 때문이다. <방한림전>에서 천자가 방한림이 여성임을 알고서도 남성으로 장례를 치르게 하는 것은 여성이 남성으로 위장하여 성의 혼란을 초래한 일이 실제로 일어날 수 없는 일이기 때문이다. 이처럼 여성이 공적 활동을 할 수 없는 상황에서 그나마 독자들의 양해 속에 설정한 방식이 남장을 통한 '여성 감추기'인 것이다. 따라서 남장이 갖는 의미에 대하여 다양한 논의는 할 수 있어도 이를 여성해방의식과 관련 없는 '통속적 흥미소' 정도로 치부할 수는 없는 것이다.[양혜란은 남장의 이유를 남성의 모양을 갖추지 않고서는 남성들과의 경쟁이 불가능한 현실과, 남성과 같은 지점에서 출발할 수 있어야 공정한 경쟁이 될 수 있기 때문이라고 설명하였다. 이런 관점에서 본다면 남녀의 우열이란 그렇게 만든 제도에서 비롯된 것이 된다. 양혜란, 「고소설에 나타난 조선조 후기소설의 성차별의식 고찰」, 『한국고전연구』 4(한국고전연구학회, 1998), 142쪽. 이에 대하여 그렇게 표현할 수밖에 없었던 여성영웅소설은 역설적으로 '영웅적 면모는 남성의 전유물이라는 통념을 보여준 것'으로, '불가능한 상황에 대한 흥미로운 뒤집어보기를 통하여 탄생한 것'으로 보기도 한다. 사진실, 「정수정전 이본의 계통과 변모양상」, 『한국고전소설과 서사문학』 상(집문당, 1998), 574쪽]

따라서 부모가 방관주를 남장을 하여 키운 점, 그래서 부모가 죽은 다음에도 지속적으로 남성의 모습으로 살아가는 것을 남성 콤플렉스로 치부하는 것은 당시의 제도가 갖는 결함과 문학이 존재하는 이유에 대한 성찰을 전제하지 않은 결과라고 할 수 있다. 만약 남성과 여성이 능력에 따라 동등하게 사회 활동을 할 수 있는 제도가 갖추어져 있었다면 방관주는 구태여 남장을 선택할 필요가 없었을 것이기 때문이다. 불합리한 제도를 벗어나기 위한 행동을 콤플렉스로 규정한 것은 방관주의 행동이 현실에 대한 투철한 인식 위에서 비롯된 것이 아니라는 점에서 출발하고 있다.[방한림의 남장이 남성에 대한 콤플렉스에서 비롯된 것으로 보는 견해를 소개한다. "방관주가 여도를 거부하고 남성을 지향하는 것은 남성 콤플렉스의 표출이라고 할 수 있다. 방관주는 당대 여성의 억압적 현실을 투철히 인식하는 인물이 아니다. 어려서는 무의식적으로 남장을 하고 커서는 그것이 습관화되어 자신을 남성으로 인식하고 있다. 그가 남장을 하여 남성의 행동을 하는 것은 당대 여성의 현실을 절절히 인식한 데 따른 의식적인 행위가 아니라 남성에 대한 일방적이고 무의식적인 지향이다. 따라서 그를 통해서는 당대 여성의 억압적인 모습을 추측할 수 있기보다는 당대 남성의 출세한 모습을 훨씬 더 잘 알 수 있게 된다. 곧 그의 남장은 당대 여성의 꿈을 반영한 것이 아니라 오히려 그 반대로 당대 남성이 지녔던 출세의 꿈을 반영하는 화소인 것이다. 그는 한마디로 여성의 몸을 한 남성이라 할 수 있다. 이와 같은 해석은 작품에 여성 현실에 대한 인식이 드러나 있지 않고, 또 나서부터 죽을 때까지 자신이 남자가 못 되었음을 한탄하는 내용이 지속으로 나오는 데서도 확인할 수 있다. … 방관주는 죽을 때까지 남자에 대한 콤플렉스를 끝내 버리지 못하고 있는 것이다."(장시광, 「방한림전에 나타난 동성결혼의 의미」, 『국문학연구』 6(국문학회, 2001, 267~268쪽)

이에 대하여는 다음과 같은 적절한 비판이 있었다. "장시광은 방관주가 어려서는 무의식적으로 남장을 하고 커서는 그것이 습관화되어 자신을 남성으로 인식하고 있다며, 그가 남성의 행동을 하는 것은 당대 여성의 현실을 절실히 인식한 데 따른 의식적인 행위가 아니라 남성에 대한 일방적이고 무의식적인 지향이라고 보았다. 그러나 방관주의 복식 선택을 무의식적인 행동으로, 방관주의 열망을 남성으로서의 행동이 습관화된, 남성에 대한 선망에 지나지 않는다고 평가하는 것은 작가의 의도를 지나치게 축소한 것이다. 복식은 그 사람의 행동 양식을 규정하는 것으로, 여복이 아니라 남복을 선택한 것 자체가 남성으로서의 삶을 살고자 하는 의지를 보여주는 것이다. 여복이 아닌 남복을 입었기에 여공 대신 시서를 공부할 수 있게 되었으며, 숙녀가 아닌 대장부로 성장할 수 있었던 것이다. 방관주는 습관화된 행동에 따라 자신을 남성으로 인식한 것이 아니라 남성으로서 교육을 받으면 받을수록 여성으로서의 삶과 대비되는 남성의 삶, 즉 여성은 욕망을 감추거나 포기해야 하는 데 반해 남성은 자신의 노력 여하에 따라 욕망 성취가 보장된다는 것을 체득하였기에 더욱 여성으로 돌아갈 수 없는 것이다. 처음 어떤 끌림에 의해 무의식적인 남복을 하더라도 자의든 타의든 자신의 성 정체성을 인식하고 있는 이상 이후의 행동들은 습관화된 행동이 아니라 시간이 흐르면 흐를수록 의식적이고 의도된 행동일 수밖에 없다."(김정녀, 「방한림전의 두 여성이 선택한 삶과 작품의 지향」, 『반교어문연구』 21, 반교어문학회, 2006, 237쪽의 각주 20)]

여성에게 불합리한 차별을 강요하는 제도에 대하여 조직적으로 대응하거나 논리적으로 자신의 견해를 개진(開陳)하는 것은 전통사회에서 유통된 소설에 대하여 요구할 수 있는 문제가 아니다. 또 소설이 그러한 사명까지를 감당해야 하는 것도 아니다. 소설은 그런 불합리한 사회 문제를 해결할 수 있는 대안(代案)이나 방책(方策)을 제시하기보다는 그런 제도가 가지고 있는 문제점을 구체적인 세계의 형상화를 통하여 독자에게 보여줄 수 있을 뿐이다. <방한림전>은 여성이 처한 부조리한 현실을 세세하게 드러내거나 설명하기보다는 자신의 여성임을 숨기는 구차한 방식을 보여주었다. 이를 통하여 독자는 그렇게 할 수밖에 없었던 행간(行間)의 사정을 안타까운 마음으로 바라볼 것이다. 그런 점에서 이 정도의 형상화도 전통시대의 작가로서 보여줄 수 있는 대단한 각성(覺醒)과 용기(勇氣)라고 할 수 있을 것이다.

3. 숨김의 지속을 위한 꾸밈

여성이 남성에게만 부여되어 있는 공적 활동을 하기 위하여 남장으로 출발한다는 점에서 <방한림전>은 여타의 여성영웅소설과 구별되지 않는다.

따라서 여성영웅소설이 추구하고 드러내고자 하는 지향은 이 작품에도 같이 적용된다고 할 수 있다. 여성의 대외적 활동이 불가능한 사회에서 여성이 자신을 드러내는 방식은 대리인(代理人)을 내세우는 경우와 남장(男裝)을 통하여 직접 나서는 경우로 구분할 수 있다. 전통사회에서 여성으로서는 금지된 활동을 하겠다는 의지를 표현하고, 이를 실천할 수 있는 방법을 스스로 개발하고, 이를 통하여 앞으로 도래(到來)하여야 하는 새로운 세계를 제시하였다는 점에서 그들은 '영웅'으로서의 자격을 충분히 가지고 있다.

<박씨전>의 박씨와 같이 대리인을 내세우는 불편을 해소하기 위한 조치가 남장으로 나타났다고 할 수 있다. 여성의 옷차림으로 있는 한 여성에 대한 사회의 요구에서 결코 자유로울 수 없기 때문에, 박씨는 해야 할 많은 일을 제쳐두고 여성들과의 모임이나 시부모에 대한 일 어느 하나 빠뜨리지 않고 최상의 모습을 보여야 했다. 그러나 이런 일은 가능하지도 않고, 또 하려고 작정할 일도 아니다. 현대의 여성들도 직업을 가지고 있으면서 육아(育兒)와 가정(家庭)을 동시에 책임지는 일이 불가능하기 때문에 결국 직업을 포기하고 마는 경우가 허다하다. 그들에게 요구되고 있는 '수퍼우먼'으로서의 박씨부인은 현실에서는 결코 이루어질 수 없는 초월적 세계의 존재인 것이다.

그래서 남성과 대등한 위치에서 공적인 일에 나서기 위해 선택한 것이 여성으로서의 외모를 감추고 남성으로 위장하는 행동이다. 적어도 위장하고 있는 동안만은 여성의 업무에서 해방되어 남성들과 공정한 경쟁을 할 수 있었다. '봉제사 접빈객(奉祭祀接賓客)'의 끊임없는 육체적 헌신도 없었고, 또 시부모나 남편을 뒷바라지 하는 일에서도 해방되었다. 당연히 임신과 육아에서도 해방되어 자신만의 성취를 위하여 전 시간을 할애할 수 있었다.

그런 공정한 경쟁을 해보니까 여성이 남성보다 우월한 능력을 가지고 있음이 드러났다. 당연히 남성을 아랫사람으로 거느리고 호령할 수 있는 위치에 서게 된 것이다. 그러나 이렇게 된다면 종족의 보존과 번영은 기약할 수 없게 될 것이다. 그러니 여성으로서의 뛰어난 능력을 발휘할 수 없기는 하지만, 종족의 보존과 번영을 위하여 집안에 들어앉아 남성이 성취할 수 있도록 하라는 것이 기존의 남녀 역할을 구분한 제도였다고 할 수 있다. 그런 희생이 있음에도 그에 합당한 보상 없이, 오히려 기왕 희생하고 있으니 아예 모두 떠맡아라 한 것이 전통시대 여성을 옭아맨 제도였던 것이다. 제도로 억압하고, 내면의 시름을 해소할 길이 없어 여성들의 한은 깊어졌다고 할 수 있다.

남성으로 위장하였기 때문에 이루어질 수 있었던 공정한 경쟁에서 우위를 확보한 것이 대부분의 여성영웅소설에서 그려진 모습이다. 그러나 이것이 지속하여 이루어지는 것은 현실의 진실한 모습이 아니다. 작품 속의 세계를 벗어나면, 거기에는 작품의 출발에서 제기하였던 문제적 현실이 그대로 이루어지고 있기 때문이다. 작품의 결말 부분에서 남장으로 위장했던 사실이 드러나고, 그래서 현실이 요구하는 대로 요조숙녀(窈窕淑女)의 자리로 돌아서는 것은 따라서 작품이 취할 수 있는 당연한 귀결인 것이다.

그러나 이런 종결이 이루어졌다고 하여 그 과정에서 분출되었던 여성성이 사라지는 것은 아니다. 소설은 그 출발과 결말만이 아니라, 과정의 '어떠함'에도 큰 비중을 두고 있기 때문이다. 오히려 출발의 논리를 뒤집을 수 있는 것이 그 과정의 어떠함에 있다고도 할 수 있다. 양가의 딸로 태어난 <감자>의 복녀가 간난(艱難)의 현실을 거치면서 악착스러운 여성으로 변하고, 복녀의 시신(屍身)을 두고 거래가 이루어지는 결말은 그렇게 될 수밖에 없는 과정이 있었기 때문에 이루어진 것이다. 이처럼 과정은 출발에서 제시된 상황과는 전혀 다른 모습을 보여주고 있기 때문에, 이미 격렬하게 분출되었던 여성성은 요조숙녀로의 회귀(回歸)라는 결말 처리에도 불구하고 독자에게 깊이 남게 되는 것이다.

그런데 <방한림전>은 일반적인 여성영웅소설의 결말 처리와는 다른 방식을 선택하였다. 남성으로 위장한 채 세상을 속이면서 삶을 영위하는 것은 현실적으로 불가능하다. 따라서 어떤 방식으로든 그 해결책을 제시해야 하는데, <방한림전>은 요조숙녀로의 회귀를 거부하고 여성과의 결혼을 통하여 위장의 상태를 지속하게 하였던 것이다. 여성과의 결혼이 이루어졌으니 당연히 후사(後嗣)의 문제까지도 고려하여 의외의 입양까지도 이루어졌다. 꼬리에 꼬리를 물고 정체를 숨겨야 하는 작업이 지속되어야 하는 것이다.

그러나 위장의 상태를 지속시키기 위하여 여성과 결혼하고, 또 이를 숨기기 위하여 입양(入養)이라는 극단의 방법까지 동원하였다 하여 여성의식의 강도가 일반 여성영웅소설과는 차이가 있다고 판단할 수는 없다. 앞에서 언급한 바와 같이 이 작품들은 모두 그 과정에 있어 여성성의 표출을 강렬하게 드러냈기 때문이다. 다만 이러한 차별성을 통하여 드러내고자 한 작가의 의도에 대하여는 보다 깊이 궁구할 필요가 있을 것이다. 이 작품은 일반 여성영웅소설의 바탕 위에서 이루어진 것이기 때문에, 작가는 차별화된 의식을 구현하고자 하는 노력을 기울였을 것이기 때문이다.

방관주가 남장을 지속한 것은 부모의 용인 아래 이루어졌던 과거의 습관을 단순히 반복한 것이 아니다. 그것은 타인에게 향하는 변명일 뿐, 그 내면에는 여성으로서 걸어가야 하는 순종적인 삶에 대한 명백한 거부 의지가 표명되어 있는 것이다.

> 독서를 부지런히 하고 더욱이 의사, 여도에 다다르는 냉락하여 일양 남자로 처사하고 비복을 위영하여 자가 본적을 친척도 알지 못하더니 일일은 유모 주유랑이 소저를 모셔 말씀하더니 유모 고왈, "이제 소저의 방년이 구세라. 규리의 여자 십 세에 불출문외라 하오니 원컨대 공자는 돌아 생각하시고 우스운 거조를 그만 고치사 나중을 어지럽게 말으사 선노야, 부인 영혼을 평안히 하소서." 공자 발연 변색 왈, "내 이미 선친과 모명을 받자와 행

한지 십년이 거의요, 한 번도 개복한 바 없나니 어찌 졸연히 나의 집심을 고
치며 선부모의 뜻을 저버리리오 내 마땅히 입신양명하여 부모의 후사를 빛
내리니 어미는 괴로운 언론을 다시 말라. 나의 본사를 타인께 말을 맑을 바
라노라." 청파에 유모 그 나이 어린 고로 힘이 없어 저런가 하여 다시 이르
지 않고 또 강열 엄위하여 비복 등도 불출구외라.(219쪽)

　여기에서 사용된 '집심(執心)'은 이 작품의 처음부터 끝까지 가지고 가는
방관주의 굳은 자세를 가리키는 것으로 이해할 수 있다. '마음을 다잡는'
강력한 의지가 있었기에, 그는 앞으로 닥칠 험난한 미래를 대비할 수 있었
던 것이다. 세상을 홀로 살아가기 위해서는 과거에 급제하여 자신의 우월
한 능력을 확고하게 인식시켜야만 했다. 이러한 인식에 이르는 과정으로
제시된 것이 여행(旅行)이다. 여행은 다른 세계와의 만남이며, 이는 자신의
존재를 더 확장시키는 의미를 갖는다. 여행을 출발할 때의 나와 여행에서
돌아왔을 때의 나는 결코 동일한 나일 수 없다. 새로운 자연과 인간관계의
확장으로 그 인생은 과거와는 다른 깊이와 폭을 갖게 되기 때문이다. 그는
1년 동안 여행을 하면서 자신의 살아갈 길과 해야 할 일에 대하여 심사숙
고하였을 것이다. 그리고 결국 과거(科擧)에 응시(應試)하는 결론을 택하였다.
　당연히 과거에서 그는 자신의 뛰어난 능력을 선보이고, 그래서 위장된
남성으로 살아갈 수 있는 교두보(橋頭堡)를 마련하였다. 방관주는 이런 자신
이 부모가 꿈꾸었을 모습으로 굳게 확신하고 있었다. 자신을 추스를 수 없
는 곤경이 닥쳐올 때마다 그는 이런 자기 최면(催眠)을 계속하였을 것이다.
이에 이르러는 남성으로의 위장을 못마땅해 하던 유모마저 '즐거워함을 마
지않게' 된다. 과거의 급제로 인하여 자신을 통제할 수 있었던 오직 하나
인 유모마저 방관주의 행동을 묵인하게 된 것이다. 이런 점에서 유모는 여
성으로서의 고단한 삶을 거부했던 방관주의 생각을 안쓰러운 마음으로 용
인했던 부모의 연장선상에 놓인 존재라고 할 수 있다.

 과거에 급제한 방관주는 옥당(玉堂) 제 일의 명사가 되어 천자의 사랑과 타인의 추앙을 받게 된다. 일시적으로 소인의 참소(讒訴)를 입어 외지(外地)로 나가고, 침입하는 북방의 오랑캐를 정벌하기 위하여 전쟁터에 나가기도 하는데, 방관주는 이를 통하여 자신의 능력을 더욱 드러내 보였다. 그런데 방관주가 대도독이 되어 오랑캐의 침입을 물리치는 과정은 여타의 여성영웅소설과는 달리 지나치게 소략하다. 영웅소설의 주인공들은 세계와의 대결을 위하여 뛰어난 스승을 찾아가고, 이를 통하여 세계와 대결하고 제압할 수 있는 능력을 배양한다. 따라서 위기를 극복하고 영웅이 되는 과정에서 조력자를 만나는 과정은 영웅소설에서 대단히 중요한 위치를 차지하고 있는 것이다. 뛰어난 스승을 만나고 또 수련을 하는 과정은 영웅을 만드는 데 있어 결정적인 요건이 되기 때문에 작품에서 상당한 분량을 차지하고 있고, 또 그 자체가 영웅소설의 흥미를 더해주는 요소이기도 하다. 그런데 <방한림전>에서는 이러한 스승과의 만남이나 수련의 과정이 나타나지 않는다. 외적과의 투쟁도 전투 장면을 사실적으로 묘사하지 않고, 서술을 통하여 전쟁의 진전(進展)을 보고하는 방식으로 기술하고 있다.[다만 이 작품에서도 적장(敵將)인 여성과 대결하는 장면이 등장하는 것은 <박씨전>과 동궤(同軌)의 것이라고 할 수 있다. <박씨전>에서는 이시백을 죽이기 위하여 여성인 기홍대가 자객으로 와서 박씨와 대결을 벌이는데, 이 작품에서도 자객으로 침입하였다가 죽은 율달의 총첩이 방관주와 대결을 벌인다. 이를 통하여 남성의 영역이라고 할 수 있는 전투에 여성이 적극적으로 나서고 있음을 보여주고 있다.]

 과거에 급제하고 뛰어난 능력을 보여주는 방관주에게 바로 결혼이라는 현실적 문제가 닥친다. 방관주는 자신의 앞에 닥치게 될 결혼에 대하여 깊이 생각했을 것이다. 여성이면서 남성으로의 위장을 지속하려면 당연히 결혼이라는 관문(關門)을 통과해야 할 것이고, 또 그 다음에는 후사(後嗣)가 있어야 하기 때문이다. 그래서 방관주가 영혜빙을 만나고, 또 하늘이 내려주는 낙성을 입양(入養)하는 일을 그저 우연한 일로 치부할 수는 없는 것이다. 여성으로서의 삶을 영위하기보다는 차라리 인륜(人倫)을 폐하는 것이 옳다고 믿는 영혜빙은 따라서 방관주의 오랜 꿈이 형상화된 것이라고 할 수 있는 것이다. 영혜빙과 같은 생각을 가진 여성이 없다면 방관주의 삶은 더 지속될 수 없기 때문에, 영혜빙이라는 존재는 이 작품에 반드시 등장해야 할 필연성을 갖게 되는 것이다. 성 차별이라는 제도에 대항하는 두 여성을 창조하고, 그들로 하여금 동지적 연대를 갖게 한 것이야말로 이 작품을 지속할 수 있게 하는 원천이라고 할 수 있다. 그런 작가의 의도가 있었기에 방관주는 미래의 삶에 대하여 낙관적인 전망을 갖게 된 것이다.[방관주의 사고와 행동이 지나치게 낙관적으로 이루어졌다는 점, 그리고 당시의 제도로 볼 때 결핍 요소를 지닌 인물을 택하였다는 점에서, 이 작품은 세계에 대한 우월성을 기본적으로 확보하고 있는 민담에 바탕을 두고 있는 것으로 볼 수 있다.]

> 문득 세상 부부의 영욕을 초월같이 배척하여 언언에 왈, "여자는 죄인이라. 백사에 이미 임의치 못하여 그 사람의 절제를 받나니 남아 못될진대 인륜을 그침이 옳으리라." 하며 모든 제형들의 구차함을 웃어 이제 형들이 활발타 조롱하니 부모 다 그 심정을 괴이하게 여기더니, 방한림을 영공이 크게 사랑하여 구혼함을 지극히 하니 한림이 괴로움이 극하나 또한 헤아리매 이미 남자로 행세하여 종신코자 하매 처자를 두지 않으면 방인이 의혹하리니 차라리 아름다운 숙녀를 얻어 평생 지기 있음이 마땅하나 차마 사람을 속여 인륜을 그르침이 어렵고 또한 불초 우인을 만나면 자기 본사를 누설할까 천사만상하나 계교 없어 다만 손사 왈(224쪽)

영혜빙의 '여자는 죄인이라'는 말은 바로 '내 일개 아녀자로 행세 이미 오랜지라'라고 말하는 방관주의 인식과 동일하다. 그런 인식의 공유가 있었기에, 그 둘은 사실상 한 존재의 양면(兩面)을 표현한 것이라고 할 수 있다. 그리고 현실에서는 이루어질 수 없는 여성과 여성의 결합을 선택하였

기에, 이 작품에서 가장 공을 들여 기술한 것도 바로 그 결합의 과정이라
고 할 수 있다. 방관주가 여성으로서의 삶을 거부하고 남성으로 위장하여
외부로 분출하는 적극적인 대응을 보여 주었다면, 영혜빙은 남성과의 혼인
을 거부하는 소극적인 대응을 보여 주고 있다는 차이를 보여주고 있기 때
문이다.

방관주는 남자로 행세하기 위하여 어쩔 수 없이 여성과의 결혼을 수행
해야 하지만, 그것은 자신의 위장을 묵인하고 동조하는 상대방을 만났을
때에만 가능하다. 그러나 '불초 우인을 만나 자기 본사를 누설'하는 일은
이 작품이 목표로 하는 일이 아니기 때문에, 방관주의 행동에 강력하게 동
조하는 영혜빙을 만나게 된다. 오직 혼자 서서 세상과 마주하고 있었던 방
관주로서는 그 허허로움과 스산함을 공유할 수 있는 '지기(知己)'를 얻게 된
셈이다. 둘만의 비밀스러운 결합이 있었기 때문에 세상과의 단절도 그들에
게는 별로 커다란 제약이 되지 않는다.[이 인이 다 웃고 또한 다행함은 지기를 얻
어 서로 매몰치 않음을 기뻐하더라. 차후 양인이 화락하여 한림이 조당에 갔다 오면 내
당에서 종일하고 외당에 손을 모으지 않으니 고요함을 더욱 칭찬하더라.(230쪽)]

영혜빙은 '형제의 의'를 맺어 지기로서의 삶을 살자는 방관주의 말에 동
의하며, 타인의 눈을 속이기 위하여 보다 철저한 아내의 모습을 보이겠다
고 다짐한다. 영혜빙은 둘 사이의 관계에서 보다 주도적인 위치를 차지하
고 이를 행동으로 실천하고 있는 것이다. 이러한 이유에서 영혜빙을 재인
식하기도 하지만, 앞서 말한 바와 같이 영혜빙은 방관주의 또다른 모습으
로 형상화된 인물이다. 따라서 둘 사이의 관계가 서로 대립하고 갈등하는
것처럼 보이는 경우도 있지만, 그것은 자신들의 비밀스러운 결사(結社)를
감추기 위한 기교라고 보아야 할 것이다.

방관주가 은연중에 여성임을 드러내는 행동은 수없이 많았을 것이다. 현
실적으로는 이를 숨길 수 있는 장치가 그 어디에도 없는 것이다. 그들의

비밀을 드러내기 위한 정적(政敵)이나 적대세력을 배치하지 않았다는 것만으로 위장의 비밀이 완벽하게 유지되지는 않는다. 그런 존재가 아니라 하더라도 방관주에게 조금만 관심을 기울인다면 그들의 본모습을 쉽사리 간파(看破)할 수 있기 때문이다. 주로 집에서 부인인 영혜빙과만 어울리면서 외부 인사와의 친교(親交)를 소홀히 하거나, 갑자기 낙성이라는 아들을 갖게 된 것이나, 더구나 신체적인 여러 여성 성징(性徵)들은 주의를 기울이지 않는다 하더라도 충분히 의심을 받을 만한 요소들이다.

그런데 이 작품에서는 비밀의 폭로와 관계되는 요소에 대하여 눈감고 있다. 그럴 수 있는 존재의 가능성을 아예 제거하고 있는 것이다. 만약 이런 존재가 설정되었다면 이 작품은 '남성으로의 위장과 그 폭로'라는 문제로 비화(飛火)되어 진행될 것이다. 마치 신분을 속인 남성의 이야기가 신분제도의 불합리함을 목표로 하지 않고, 오히려 신분제를 근간으로 하는 체제의 위협으로 그 문제가 이행되는 것과 같다. 신분문제를 정면으로 제기하였다는 의의가 사라지지는 않지만, 전통시대의 소설들은 이런 문제를 표면으로 드러내지 않음으로써 현실적인 제약을 벗어나고 있는 것이다. 배경을 중국으로 설정하거나, 춘향이 신분의 문제보다는 절개라는 유교 덕목을 내세워 변학도와 대결하는 것도 이러한 이유 때문이다. 이런 점에서 표면에 등장하고 있는 윤리나 이념은 작품이 선택한 전략(戰略)이라고 할 수 있는 것이다.

그런 존재가 없다고 하여 그들이 가지고 있는 불안감까지 없어지는 것은 아니다. '나이 많도록 수염이 나지 않아' 사람들이 의심할 것이라는 영혜빙의 말은 그들이 얼마나 심한 불안감에 싸여 있는가를 단적(端的)으로 제시하고 있다. 그 한 마디 말 속에 세상과 단절되어 비밀을 유지해야 하는 두 사람의 갈등과 번민, 그리고 회한(悔恨)이 가득 담겨 있는 것이다. 그런 불안감의 공유(共有)가 그들을 더욱 결속시켰다고 할 수 있다. 영혜빙이

은밀한 곳에서 유모를 힐난(詰難)하는 방관주에게 "문백 형은 어찌 우연한 일에 유모를 질타하시느뇨" 하며 자(字)를 부르거나, 외지로 떠나면서 그 이별을 못내 서러워하는 모습 등은 그들의 강한 동지적 결속을 보여주는 것으로 이해할 수 있다. 따라서 비밀의 폭로에 의하여 그들의 모든 것이 일시에 무너질 수 있다는 절박감의 공유는 이 작품을 읽는 독자가 가져야 할 중요한 관심사의 하나라고 할 수 있다.

꾸밈의 지속을 위한 최종적인 장치는 낙성을 통한 후사의 잇기로 나타난다. 비밀스럽게 얻은 낙성을 자신들이 낳은 아들이라 속임으로써, 그들은 명실상부한 부부로서의 모습을 보여줄 수 있기 때문이다.[낙성을 자신들이 낳은 아이라고 속인 것은 죽기에 임하여 천자에게 '낙성은 신의 생자 아니라 천의 정하신 바요 신이 양육한 바니'라고 말하는 점에서 알 수 있다.] 낙성을 그들의 아들로 속일 수 있었던 것은 하늘의 도움으로 이루어졌다.

문득 급한 벽력이 진동하고 일색을 불분하는지라. 동자 놀라 낯을 박고 엎어지니 신색이 자약하여 날빛이 나기를 기다리더니 호천 벽력 일성에 큰 별이 떨어지니 밝은 기운이 조요하여 서기 어리었더니 수유에 날빛이 명랑하거늘 안대 고쳐보니 별의 광채 없고 옥 같은 아이 놓였는지라. 대경하여 보니 그 아이 난지 수삭은 하여 뵈되 미옥이 비범하고 양목이 명경 같아서 옥 같은 용모 일월 정채 어렸는지라. 안대 대회 왈, "하늘이 나를 주심이라." 이에 자세히 보니 영기 발월하고 가슴에 낙성 두 자 분명하니 크게 괴이히 여겨 데리고 부중에 돌아와 유모를 구하여 기르니 이 아이 일일 무성하여 더욱 괴이하게 여겨 이름을 낙성이라 하다.(233~234쪽)

그들의 비밀을 유지하기 위하여 '벽력이 진동'하였고, 그래서 목격자일 수 있는 동자는 '놀라 낯을 박고 엎어'져야 했다. 여성들만의 결합에 의하여 아이를 가질 수 있다는 가능성은 현실적으로 불가능하기 때문에, 이러한 기적(奇蹟)을 통하여 처리할 수밖에 없었다. 이것이 동성간의 결합이라는 하나의 혼인 양상을 주장하는 것으로 확대 해석할 수는 없을 것이다. 그러나 이 작품이 추구하는 바가 전통적인 남녀관계의 비판에 있기 때문에, 입양을 통한 가족의 구성과 후사 잇기의 한 가능성을 제시했다는 점에서는 의의를 가질 수 있을 것이다.

이 작품은 여성이 남장을 통하여 영웅적 행위를 하였다는 점에서 여타의 여성영웅소설과 유사한 점을 보이고 있지만, 여성과의 결합, 그리고 후사 잇기를 통한 지속적인 속임의 면에서 그 차별성을 드러내고 있다. 특히 후사 잇기의 문제는 작품의 전반부에서부터 나타나고 있기 때문에 다른 어떤 요소들보다 중요한 위치를 차지하고 있다. 필사본 전체의 양은 74쪽인데 낙성의 출현은 29쪽에서 나타나며, 52쪽에서 낙성의 혼인이 이루어져 방관주를 중심으로 4대의 이야기가 이 작품에서 전개되고 있는 것이다.[후사 잇기의 중요성은 이 작품의 이본으로 <낙성전>이 존재하는 것에서도 확인할 수 있다.]

후사 잇기를 이처럼 강조하는 이유는 이것이 방한림 부부의 비밀을 유지하는 굳건한 장치가 된다는 점에서 찾을 수 있다. 낙성의 존재로 인하여 그들 부부는 외부의 의심을 떨치고 자유로운 활동을 할 수 있게 되었다는 독자들의 동의를 얻을 수 있다. 독자들은 비정상적인 부부의 결합에 대하여 현실적일 수 없다는 인식을 가지고 있었고, 그것은 독서의 진행을 방해하고 있었다. 그런데 낙성의 존재로 인하여 심정적 안정을 취할 수 있게 되었던 것이다. 또한 이 작품에서 후사 잇기를 강조한 것은 이 작품이 방관주를 중심으로 하는 가문소설로서의 의미를 가지고 있다는 점에서도 찾을 수 있다. 방관주가 낙성을 얻은 연유를 설명하니 영혜빙 또한 '기특히 여기며' 열성으로 길렀다는 점, 그리고 이어 낙성의 결혼과 아이의 순산이 이어짐으로써 가계가 번창하고 있다는 점은 바로 가문의 흥륭(興隆)을 꾀했던 전통 사회의 의식 체계를 잘 보여주는 것이라고 할 수 있다.[낙성은 첫부인인 김부인과의 사이에서 칠자 삼녀, 재취인 이부인과의 사이에서 일자 이녀를 두었다.

또한 "남손이 오십여 원이요, 여손이 이십여 원이라. 성만함이 비길 데 없고 십자가 다 승상 위의 승습하여 벼슬이 일품에 거하니 혁혁보성함이 명조의 으뜸이더라."(255쪽) 하여 가문의 융성을 그 목표로 하고 있음이 드러난다.]

4. 타자성에 대한 새로운 인식

어느 시대에나 주체적 삶을 거부당하는 소수자는 있었지만, 이들에 대한 관심은 일반 역사에서 드러날 수 없었다. 성공한 삶만이 역사 발전의 추동(推動)세력이라는 이러한 인식은 지금까지도 계속되고 있다. 그러나 역사의 그늘에서 주체적 삶을 거부당한 사람들의 모습 또한 그 자체로서 인간 문화의 가장 중요한 부분이라고 할 수 있다. 그러한 바탕이 있었기 때문에 돌출(突出)된 것처럼 보이는 역사의 전환이 가능했던 것이다. 그런 바탕을 새삼스럽게 조명(照明)하는 문화가 문학이고, 또 그런 점에서 문학은 그 존재 이유를 가지고 있다.

<방한림전>은 여성으로 존재하는 한 아무런 사회 활동을 할 수 없었던 전통시대의 이단아(異端兒) 방관주의 생애를 조명한 작품이다. 그는 여성으로서의 순종을 거부하고, 스스로가 주인이 되는 삶을 살고자 하였다. 그렇게 살 수 있는 방법은 오직 남성으로 위장하는 길밖에 없었다. 자신을 숨긴다는 것이 얼마나 힘들고, 또 두려운 일이겠는가. 그것도 40년의 짧은 인생 전체를 남성으로 위장하면서 산다는 것은 수많은 고통의 수반 속에서 이루어졌을 것이다. 하루하루가 번민과 두려움이었을 고통스러운 삶을 이 작품은 보여주고 있다.

독자들은 이 작품을 읽으면서 그렇게 살 수밖에 없었던 방관주의 삶에

대하여 깊이 생각하게 될 것이다. 그리고 그렇게 살게 된 연유(緣由)에 대하여 궁구해 볼 것이다. 작품이 세계에 대하여 던지는 메시지는 이렇게 구체적인 세계의 형상화를 통하여 발신(發信)된다. 그만큼 직접적이지 않으면서도 오랫동안 가슴속에 남게 된다. 그것은 이성적인 지식의 전달이 아니라 감성적인 감동과 울림을 통하여 변화시키는 것이다.

인류의 역사가 발전하였다는 것은 이러한 타자(他者)의 삶에 공감하고, 그들에게 주체적 삶을 부여할 수 있었다는 점에서 찾을 수 있다. 편리하게 살고자 만든 제도는, 그 제도에 의하여 편한 사람과 굴욕적일 수 있는 사람을 구분하였다. 그리고 그 편함과 굴욕을 당연한 것으로 생각하게 하였다. 신분의 차별이 그러하고, 또 남녀의 차별이 그러하다. 그것이 얼마나 인간을 야만(野蠻)스럽게 하는가 하는 자각은 그 제도 안에서 편한 사람들에게서 찾을 수 없다. 그래서 굴욕적인 삶을 형상화한 문학을 통하여 그것의 불합리함은 고발(告發)될 수밖에 없는 것이다. 그런 점에서는 모든 문학이 유토피아를 지향한다고 할 수 있다.["언젠가 인류애가 넘치는 어떤 법학자는 인간이 인간에게 취할 수 있는 최악의 나쁜 짓은 교수형이라고 말했다. 아니다. 인간이 인간에게 저지를 수 있는 더 나쁜 일도 있다!" 해리엇 비처 스토, 권진욱 옮김, 『엉클 톰스 캐빈』 1(글로리아, 2003), 39쪽]

<방한림전>은 본질적으로 여성의 불평등을 제도화한 사회를 고발한 작품이다. 남장이라는 어려운 멍에를 출발로 제시한 것부터가 그 문제점을 지적하고자 한 의도였던 것이다. 그래서 일생을 남성으로 위장하여 살았고, 또 자신과 같은 견해를 가진 여성과 비밀스러운 동성 결혼을 감행하였다. 그러나 이는 현실적으로 용인될 수 있는 일이 아니기 때문에, 그러한 비정상의 출발은 천상(天上)에서부터의 인연이라고 내세웠다. 그리고 그들을 죄인으로 몰아세우는 것으로 짐짓 현실의 비판을 벗어났다.

"음양을 변하여 임군과 사해를 속이매 그 벌이 없지 않으리로다. 천궁에
서 호색하기를 방자이 하니 차생에 금실지락을 끊었으니 스스로 죄를 아는
가. 그 못이 차면 넘치고 영화 극하면 슬픔이 오나니 옥제 옛 신하를 보시고
자 하시는도다. 원컨대 공은 명년 삼월 초사일 만나게 하라."(250쪽)

본래 하늘에서 부부로 살던 사람들이었기에 이 세상에서의 비정상적인
결합은 용인되고 있다. 그리고 다시 천상으로 돌아감으로써 이 세상에 있
었던 비정상적인 결합은 한낱 꿈으로 돌리고 있는 것이다. 그러나 출발과
결말의 세계가 하늘이지만, 꿈처럼 지냈던 과정은 바로 우리가 사는 세상
일 수밖에 없다. 하늘을 우리 삶의 양면(兩面)에 배치한 것은 내면의 폭발적
인 분출을 감추기 위한 장치로서의 기능을 가질 뿐이다.

또 천자는 방관주가 여성임을 알고서도, 그가 남성으로서의 역할을 하였
다는 이유에서 남성으로서의 장례를 치르게 하였다. 이는 여성으로서의 공
적 활동을 인정하지 않겠다는 강한 메시지로 볼 수도 있다. 그래서 여성이
면서 남성으로 위장한 방관주의 활동은 천자를 중심으로 하는 몇 사람에
게만 알려진 채 묻혀버리는 것처럼 보인다. 그런 이유에서 이 작품이 가지
고 있는 여성성의 분출은 상대적으로 그 의미가 퇴색(退色)된다고 할 수도
있다.

그러나 이는 소설이 가지고 있는 기교(技巧)라고 볼 때, 이 작품이 가지
고 있는 진정한 의미와 마주할 수 있다. 소설의 처음과 끝은 그 세계가 처
한 현실과의 일치를 요구받는다. 그래서 여성이 공적 활동을 할 수 없는
당대의 모습으로 결말은 이루어졌던 것이다. 그 결말이 그렇기 때문에 여
성성을 인정하지 않는 것으로 이 작품을 읽는다면, 그것은 작품을 논설문
(論說文) 읽듯이 독해(讀解)한 것이라고 할 수 있다. 소설은 결론(結論)을 추구
하는 문자행위가 아니기 때문이다. 문제를 삼았고, 그리고 그 문제가 가지
고 있는 심각성은 그 과정을 통하여 이미 폭발되었던 것이다. 따라서 다시

현실적인 모습으로 돌아간 것은 짐짓 하고도 하지 않은 체하는 문학의 속성(屬性)을 보여주는 것이다.

여성의 차별이 가지고 있는 문제의 심각성은 이미 진술되었기 때문에, 작가는 구태여 다른 논의로 확장시킬 필요가 없다. 여성이면서 여성다운 삶을 영위하지 못하는 사회, 그리고 여성이라고 하여 남성보다 능력이 뛰어나지 못한 것으로 치부하였는데 사실은 전혀 그렇지 않다는 것, 조선의 현실은 이런 잘못된 전제 위에서 이루어진 제도로 영위되고 있다는 것은 이미 모두 설파(說破)되었던 것이다.

이런 메시지를 제대로 파악하지 못하는 것은 표면적인 사건의 연결에 시선을 집중하게 하는 작가의 기교에 농락(籠絡)당하는 것이라고 할 수 있다. 문학의 언어는 일상적 의사소통도구인 언어를 사용하되, 일상 언어와 다르다는 문학 이해의 출발은 바로 일상적 언어 속에 감추어진 내면의 언어 구조에 도달되어야 한다는 것을 의미한다. 그러한 방식으로 <방한림전>은 결코 소수(少數)일 수 없는 타자(他者)로서의 여성을 그리고 있다.

판소리 〈적벽가〉의 〈삼국지연의〉 수용 양상*

1. 머리말

조선 초에 들어와 조선인들과 한데 어울렸던 〈삼국지연의(三國志演義)〉가 판소리와 만났다. 〈수호전(水滸傳)〉이나 〈서유기(西遊記)〉 등 이 작품과 비슷한 시기에 들어오거나 유사한 작품들이 많지만, 판소리가 자신의 예술과 결합할 수 있는 대상으로 선택한 것은 오직 〈삼국지연의〉 한 작품이었다. 〈삼국지연의〉는 여타의 작품들과 달리 진수(陳壽)의 『삼국지(三國志)』라는 역사서(歷史書)를 근간으로 하여 이루어진 역사소설이라고 할 수 있다.

그런데 조선조의 사대부들은 중국의 역사와 관련된 지식을 교양으로 축적하고 있었다. 그런 점에서 그들에게 이미 잘 알려진 역사적 내용을 바탕으로 이루어졌기 때문에, 이 작품은 상당한 정도의 애호(愛護)를 받을 수 있었다. 실제의 역사서는 읽지 않고, 〈삼국지연의〉만을 읽어 과거의 시험장에서조차 실제의 역사 기록이 도외시되는 경우까지 나타났다. 김만중(金萬重)은 통속소설이 흥미를 바탕으로 하여 접근하기 때문에 이는 당연히 나

---

* 『한중인문학연구』 16(한중인문학회, 2005)에 실린 글을 정리하였다.

타날 수 있는 현상이라고 말하였다.

그러나 이 작품이 역사적 사실에 바탕을 두고 있다는 점만으로는 판소리와의 만남이 해명되지 않는다. 역사적 사실을 바탕으로 하여 이루어진 서사물은 그 외에도 많이 있었고, 더구나 기존의 판소리 작품은 오히려 역사적 사실에 바탕을 둔 작품들을 배제하였기 때문이다. 판소리 열두 바탕으로 알려진 작품들은 모두 역사적 사실과는 일정한 거리를 둔 작품들이다. 더구나 <삼국지연의>에서 드러나고 있는 세계 인식이 판소리의 세계와 잘 어울린다고 할 수도 없다. 판소리의 발생 초기부터 지금까지 인기를 누리고 있는 <춘향가>나 <심청가>가 결핍의 상태에서 충족을 지향하는 민담적 사고에 바탕하고 있다는 점에서 영웅들의 활약과 의리를 보여주는 <삼국지연의>의 세계 인식은 오히려 판소리 일반의 지향과는 동떨어져 있기 때문이다.

여기에서 우리는 <삼국지연의>가 판소리와의 유사성(類似性) 때문에 선택된 것이 아니라, 차별성(差別性)에 기인(起因)하여 선택되었을 것이라는 추정(推定)을 할 수 있게 된다. 이렇게 되면 자연스럽게 그 차별성은 무엇인가, 그리고 어떤 점에서 이질적이라고 할 <삼국지연의>가 선택되었을 것인가 하는 문제가 대두되게 될 것이다. 이러한 차별성을 염두에 둔다 하더라도 우리는 또다른 문제에 봉착하게 된다. <삼국지연의> 중 왜 '적벽대전' 대목만이 선택되었는가, 그리고 어떤 특정한 인물이나 사건에 대하여 관심이 집중되고 다른 것은 배제되었는가 하는 문제의 해명이 기다리고 있기 때문이다. 이에 대한 많은 논의에도 불구하고 이 두 문제는 아직도 만족할 만한 수준의 해명이 이루어지지 않았다. 이에 대한 심도 있는 접근이 이 연구의 핵심이라고 할 수 있다. 이를 통하여 판소리의 서사물 수용과 시대에의 적응이라는 판소리사의 본질에 도달할 수 있을 것이다.

2. <삼국지연의>와 판소리의 만남

본래 <삼국지연의>는 한 나라의 건립과 같은 역사적 사실이 어떤 영웅 개인의 힘으로 이루어지는 것이 아니라 알 수 없는 예정된 운명에 의하여 이루어진다는 작가의 관점에 의하여 이루어졌다. 조금이라도 세계의 실상을 깊게 바라보고자 하는 사람이라면 돌아가는 세상사(世上事)가 자로 잰 듯이 이루어지지 않는다는 것을 알고, 그리고 절망하는 경우가 많을 것이다. 그래서 결국 어떤 알 수 없는 힘에 역사적 전개의 권한(權限)을 넘겨줄 수밖에 없을 것이다. 그 큰 역사 흐름 속에서 작가가 취할 수 있는 일이란 미래의 독자들을 향하여 이루어졌어야 할 인간사의 모습을 구체적으로 형상화하는 일이 될 것이다. 따라서 <삼국지연의>의 형상화는 잦은 중원(中原)의 통치 질서 교체, 이족(夷族)과 한족(漢族)의 탈취와 수복, 영웅들의 세력 다툼에 대한 면밀한 고찰을 거친 작가의 최종 선택이라고 할 수 있다.

역사상 지류(支流)에 머무르는 촉(蜀)의 정통성 부여를 통하여 한족(漢族)의 자존심 회복을 꾀하는 이 작품이 조선 초기에 유입된 이래 상층은 물론 하층 민중들 속에서도 많은 인기를 얻고 있었다. 이러한 인기를 바탕으로 상류층을 대상으로 한 원문(原文) 또는 현토문(懸吐文) 중심의 <삼국지>에서 민중들의 요구를 반영하여 한글로 표기 수단을 바꾼 번역 또는 개작(改作) <삼국지>가 다수 등장하게 되는 것이다. 이를 통하여 번역본 삼국지는 144종에 이를 정도로 대중화 되어, 가히 '삼국지 문화'가 형성될 정도였다. <삼국지연의>가 한국에 소개되는 양상은 다음과 같은 몇 가지의 단계로 나누어 생각해볼 수 있다.

처음 단계는 한문본의 직접적인 독서 단계를 상정할 수 있을 것이다. 이 과정에서 한문본의 독서와 병행하여 현토본이 나타날 수 있었다. 그러나 이는 독서층의 편협성(偏狹性)이라는 점 때문에 곧바로 번역을 통한 독서가 그 뒤를 이었다. 이 과정에서 단순한 번역이 아닌 개작 삼국지가 나타날 수 있었는데, 생소(生疎)한 지명이나 인명 등에 주석을 달고, 또 필요하지 않다고 생각하는 경우에는 원 작품의 시를 번역하지 않기도 하였다. 장회체(章回體)라는 연의소설(演義小說)의 형식이 파괴되기도 하였고, 적벽대전 등 중요한 전쟁은 충실하게 원문을 번역하였지만, 그 앞뒤의 소소한 부분은 간략하게 줄이거나 아예 생략한 번역본이 나타났다. 이러한 선택과 배제는 번역본을 향유하는 독서층의 기호를 반영하였다는 점에서 중요한 의미를 갖는다. 왜냐하면 이는 작품의 일부분만을 선택하여 번역하는 발췌(拔萃) 번역이나 특정 부분을 바탕으로 하여 새롭게 개작한 작품들이 나타날 수 있는 가능성을 타진(打診)하는 단계로 볼 수 있기 때문이다. 이러한 단계를 거쳐 자연스럽게 <적벽대전(赤壁大戰)>, <대담강유실기(大膽姜維實記)>와 같이 한 부분만을 번역한 작품이나, <화용도실기(華容道實記)>, <관운장실기(關雲長實記)>, <조자룡전(趙子龍傳)>, <산양대전(山陽大戰)>, <삼국대전(三國大戰)> 등과 같이 원 작품을 변용한 작품들도 나타났다.[<삼국지>는 이미 소설 영역을 뛰어넘어 '세상 살아가는 전략이나 방법'을 뜻하는 상징어로 자리매김되어 있다. 최근에는 이문열이나 황석영, 장정일과 같은 인기 작가들이 현대적 감각을 가미한 <삼국지>를 선보임으로써, <삼국지>가 영원한 베스트셀러임을 알려 주었다. 그러나 삼국지 열풍은 여기에서 머무는 것이 아니다. 애니메이션과 게임산업에서 삼국지는 부동의 위치를 차지하고 있어, 과거 문자로 향유되던 범위를 훌쩍 뛰어넘고 있다.]

이러한 열광적인 독서 열기의 확산 결과 이 작품의 내용과 관련된 속담이나 설화가 파생될 정도로 <삼국지연의>는 민중 사회에 깊숙하게 자리잡게 되었던 것이다.["돈이 제갈량이다."나 '조자룡 헌 창 쓰듯', 또는 '미련한 주창이야기', '추녀 황부인이야기'는 구비문학의 현장에서 쉽게 대할 수 있는 것들이다.] 이것이 민중예술인 판소리와 결합될 수 있는 일차적 소인(素因)이라고 할 수 있다.

그러나 <삼국지연의>가 판소리와 결부될 수 있는 이유가 여기에서 한정되는 것은 아니다. 이와 비슷한 사례인 <수호지>의 경우는 <삼국지연의>와 함께 사대 기서(四大奇書)에 포함되지만, 판소리와 결합되지 않았다. 이 또한 <삼국지연의>와 판소리의 만남에 대한 우리의 흥미를 더하게 하는 요인이다. 왜 어떤 작품은 선택되고, 어떤 작품은 배제되었는가? 우리의 문화 인식과도 깊은 관련을 맺는 것으로 볼 수 있는 이런 논의를 통하여, 우리는 문학을 넘어 삶의 문제로 논의를 확장할 수 있을 것이다.

<적벽가>는 <삼국지연의>의 적벽대전 대목을 판소리화한 작품이다. 이 대목은 오·위·촉 삼국의 수많은 영웅이 한 곳에 모여 자신의 용맹과 지략을 분출시켰던, <삼국지연의>의 압권(壓卷)이라 할 수 있는 대목이다. 여기에는 몸과 몸의 부딪침뿐만 아니라, 역사의 정통성과 이념의 논리성을 개진(開陳)하는 말의 성찬(盛饌), 승리를 위하여 속고 속이는 권모술수(權謀術數) 등 모든 것이 동원되어 있다. 따라서 영웅의 실상과 허상이 여실하게 드러나 있으며, 이러한 이유에서 이것은 남녀의 사랑이나, 한 인간의 성장을 그린 여타 작품들과는 그 규모나 사고의 폭이 다를 수밖에 없다.

그런데 <삼국지연의>가 판소리 <적벽가>로 수용되면서 기존의 판소리가 갖는 성격의 중요한 변화가 나타났다. <삼국지연의>, 그리고 이에 바탕을 두고 이루어진 <적벽가>의 모습은 기존의 판소리가 가지고 있는 세계관과 현격(懸隔)한 차이가 있기 때문이다. <춘향가>나 <심청가>가 기본적으로 결핍된 상황의 극복을 목표로 하고 있는 데 반하여, <적벽가>는 이와 달리 충족된 자의 자기 방어(防禦)와 전락(轉落)의 극복을 다루고 있다. <삼국지연의>가 지배집단의 기득권(旣得權) 옹호(擁護)와 긴밀하게 연관되어 있음은 작품 속에 등장하는 일반 사졸(士卒)의 인간적 면모에 대한 배려

가 전혀 나타나지 않고 있다는 점에서 확인된다. 촉(蜀)의 정통론(正統論)과 유비(劉備)를 중심으로 하는 집단에 대한 동정적 시각도 지배집단의 시각에 고정되어 있다는 점에서 기존의 판소리가 추구하고 있는 정신과는 상반된다. <삼국지연의>가 영웅주의에 철저히 함몰되어 있음은 유비와 관련된 다음의 기록에서 잘 확인할 수 있다.

유안은 예주 목사 유현덕이 왔으므로 산야의 음식을 대접할 생각이었으나, 갑자기 구할 도리가 없어 그날 밤에 아내를 죽여 고기 반찬을 만들어 들여갔다. 유현덕이 묻는다.
"이건 무슨 고기냐?"
유안은 대답한다.
"늑대 고기입니다."
유현덕은 의심하지 않고 배불리 먹은 다음에 잠을 잤다.
이튿날 새벽에 유현덕은 떠나기 전에 말을 끌어오려고 뒤곁으로 돌아갔다. 부엌 안에 한 부인이 죽어 있는데, 두 팔의 살이 도려져 없고, 뼈만 드러나 있었다. 유현덕이 깜짝 놀라 물어본즉, 어젯밤에 먹은 고기가 바로 그 아내의 살이라는 것을 알았다.
유현덕은 매우 감동하여 눈물을 씻으며, 말에 올라타자,
"유안아. 나와 함께 가지 않으려느냐?"
하고 묻는다. 유안은 고한다.
"어디까지나 주공을 모시고 싶사오나, 늙은 어머님이 계시므로 감히 멀리 떠날 수가 없습니다."
유현덕은 울면서 누누이 감사한 뒤에 작별했다.[김구용 역, 『삼국지』 2, 솔출판사, 2000, 57~58쪽. 이 번역본은 모종강본의 충실한 번역이라는 평가를 받고 있다. 앞으로 작품 인용 부분의 쪽수는 이 책의 것이다.]

이 부분은 유비가 여포에게 패하여 관우, 장비와도 헤어지고, 가족을 적의 수중에 남겨둔 채 조조를 만나러 가는 19회에 나타나 있다. 작자는 여기에서 유비를 대접하기 위하여 자신의 아내를 죽이고, 그 고기를 먹인 유

안의 행위에 대하여 전혀 비판의 화살을 돌리지 않는다. 오히려 영웅을 위하여 자신의 아내를 죽인 행위는 칭송의 대상이 되고 있다. 죽어 살이 도려진 여인의 처참한 모습을 바라보는 유비의 태도 또한 그렇게까지 자신을 대접한 유안의 행동에 대한 감동으로 점철되어 있다. 이런 태도가 작품 전편의 바탕을 이루고 있기 때문에, 전장에 끌려나온 병사 하나하나의 개인적 사정은 전혀 이야깃거리가 될 수 없었다. 그들은 그저 영웅들이 휘두르는 칼날에 목을 '뎅겅뎅겅' 날림으로써 영웅의 무용담(武勇談)을 장식하는 소재가 될 뿐이었다. 이런 태도의 절정에 이른 것이 판소리 <적벽가>의 배경이 된 적벽대전 대목이라고 할 수 있다.

> 불은 군사를 따라 맹렬히 타오르고, 군사는 불의 힘을 입어 용기 백 배 하니, 이것이 후세 사람이 말하는바 삼강수전(三江水戰)이요, 적벽대전이었다. 조조의 군사들은 창에 찔려 죽고 화살에 맞아죽고 불에 타 죽고 물에 빠져 죽으니, 그 수효를 어찌 다 계산할 수 있으리오.(18쪽)

영웅적 행위의 추앙이나 집단 위주의 사고만이 점철(點綴)될 뿐, 여기에서 개인이나 약자에 대한 배려는 찾아볼 수 없다. 그런 점에서 개인의 행동과 처지에 대한 따뜻한 배려라는 판소리 형상화의 기본 정신은 어디에서도 드러나지 않는 것이다. 그런 점에서 <삼국지연의>를 바탕으로 한 <적벽가>가 판소리의 한 레퍼토리로 추가된 것은 의외(意外)의 사태라고 할 수 있는 것이다.

<춘향가>의 다음 장면은 집단의 이념이 아니라 개인의 삶과 의식을 중요시하는 판소리의 시각을 잘 보여주고 있다. 그런데 이는 <춘향가> 한 작품에 국한된 것이 아니라, 판소리 전반에 나타나는 모습이라는 점에서 판소리가 갖는 보편적 특징이라고 할 수 있다.

사또가 도임 초에 춘향 행실 모르고서 처음에는 불렀으나, 하는 말이 이러하니 기특하다 칭찬하고 그만 내어 보냈으면 관촌(官村) 무사할 것인데, 생긴 것이 하도 예쁘니 욕심이 잔뜩 나서 어린 계집이라고 얼러보면 혹시 될까 절 자를 가지고서 한 번 잔뜩 얼러댄다.

"어허. 이런 시절 보소 기생 수절하단 말은 누가 아니 요절하리. 내 분부를 거절키는 간부 사정 간절하여 필연 곡절 있을 터니 그 소위가 절절 가통(可痛). 형장 아래 기절하면 네 청춘이 속절없다."

준절히 호령하니 춘향이가 절이 나서 불고사생(不顧死生) 대답한다.

"절행에는 상하 없어, 필부의 가진 정절 천자도 못 뺏거든 사또 탈절하실 테요. 예양(豫讓)의 본을 받아 재초수절(再醮守節) 하라시니 사또도 그 본받아 두 임금을 섬기시려오"

—강한영 교주, 『신재효 판소리 사설집(전)』, 민중서관, 1972, 41쪽.

<삼국지연의>의 시각대로라면 춘향은 주인공의 위치에 설 수 없었고, 더구나 개인의 삶에 대한 진지한 성찰도 나타날 수 없다. 기생이라는 제도를 바탕으로 하여 주어진 관장(官長)의 역할을 얼마나 성실하게 수행하였는가가 관심사가 될 수밖에 없는 것이다. 뇌양(耒陽) 현감(縣監)의 일을 맡은 방통(龐統)이 '고을 일을 다스리지 않고 밤낮 술만 마시고 즐기며, 돈과 양식과 일반 송사는 거들떠보지도 않자', 이를 징치(懲治)하도록 장비를 보내는 유비의 모습이 또 여기에서 재현될 수도 있는 것이다. 제도와 이념이 굳게 자리잡고 있는 상황에서 춘향과 같은 처지의 사람이 발언할 자리는 어디에도 없는 것이다. 그런 <삼국지연의>가 판소리의 세계 속에 편입되었다. 그래서 그것이 갖는 의미는 예사로운 것이 아니다.

판소리와 같은 형태의 민속 예술은 전국 어디에나 있었다. 외형상 긴 이야기를 음악과 일상적 어투의 이야기로 교직(交織)해 나가는 예술형태는 항상 나타날 수 있기 때문이다. 다만 그 이야기를 감싸는 음악은 각 지방의 것으로 이루어질 수밖에 없다. 그것이 각 지역의 예술 형태를 구별짓는 요

소가 되는 것이다.

서울, 경기 지역을 기반으로 하여 나타난 것으로 보이는 <배비장타령>이나 <왈짜타령>은 중인 이상의 관인 사회에서 있을 수 있는 소재를 판소리의 음악에 얹은 것이다. 이런 소재의 이야기는 사회의 저변을 이루고 있는 천민층의 것이라고는 할 수 없고, 따라서 초기의 향유집단은 서울 경기지역의 관인사회와 관련된 인물들이라고 할 수 있다. 이런 작품들이 공통으로 드러내고 있는 사실은 자신들이 소속된 사회에서 나타날 수 있는 사소한 이야기들이라고 할 수 있다. 자신들이 향유하고 있는 사회의 각 구성원이 보여주는 다양한 세상살이를 보여주고 있다는 점에서, 이는 <춘향가>나 <홍보가>, 그리고 <심청가>가 계층의 변동, 또는 공동의 삶을 추구하고 있는 것과는 구별된다. 본질적으로 이런 작품들은 사회 질서의 유지를 도모하고 있다는 점에서, 기존 질서의 유지 속에서 혜택을 누리는 기득권층의 의식을 대변한다고 할 수 있다.

영웅의 행위로 점철된 <삼국지연의>가 판소리의 세계 속에 수용될 수 있었던 까닭을 여기에서 찾을 수 있다. 즉 본래 천민층의 사회 변혁 의지와 관련된 민담적 세계가 판소리 사설의 중심을 이루었지만, 판소리는 그런 자신의 닫힌 세계를 열고, 다양한 계층을 끌어들였다. 그것을 가능하게 한 것이 판소리가 가지고 있는 개방성(開放性)인데, 이것이 바로 판소리를 살아 있는 장르로 남을 수 있게 하였다. 이런 개방적 성격이 있어 중인층이 판소리의 후원자가 될 수 있었고, 드디어는 판소리와 대립적인 영역에 놓여 있던 양반층, 그리고 왕실까지도 판소리의 열렬한 애호자가 되었던 것이다.

이 과정에서 새로 편입된 향유층들의 세계관을 충족시킬 수 있는 레퍼토리가 필요했다. 경기지역의 사람들을 위하여 <장끼타령>이 들어올 수 있게 하고, 또 중인들의 떳떳한 참여를 위하여 <배비장타령>이나 <왈짜

타령>이 마련된 것처럼, 양반 좌상객들을 위해 선택되었던 것이 바로 <삼국지연의>가 가지고 있는 이념적 기반이었고, 이것이 판소리 <적벽가>로 표현된 것이다. <적벽가>의 등장이 기존의 판소리 향유에 있어 배제되었던 집단을 판소리에 끌어들이는 역할을 하였다고 말하는 이유가 여기에 있다.

  <삼국지연의>에서 전체를 총괄하는 기본적 흐름은 명분(名分)과 이념(理念)의 확보 여하이다. 조조가 풍자의 대상으로 전락하는 것도 유비나 제갈공명이 명분의 편에 서 있기 때문이다. 이미 <삼국지연의>에서 확보된 촉의 정통론은 <적벽가>에서도 그대로 적용되는 것이다. <적벽가>는 판소리의 틀이 이미 확보된 뒤에 이루어진 작품이다. <적벽가>의 초기적 명칭은 <화용도타령>으로 추정되는데, 명칭이 바뀐 것은 그 담고 있는 내용의 변모까지도 수반하는 것으로 본다. 즉 <화용도타령>은 조조의 화용도 패주 장면이 보다 강화된 것이고, <적벽가>는 적벽대전 대목을 보다 강화(強化)한 것으로 추정할 수 있는 것이다. 조조의 화용도 패주 장면은 관우와 조조의 관계를 통하여 조조의 희화화(戲畵化)가 보다 두드러졌을 것으로 추정된다. 신위(申緯)의 <관우희(觀優戲)>에 그려진 <적벽가>는 명백하게 화용도 패주 장면이 중심으로 설정되어 있다.

> 궂은비에 화용도로 도망친 조조
> 관운장은 칼을 쥐고 말에서 볼 뿐
> 군졸 앞서 비는 꼴은 정녕 여우라
> 우습구나, 간웅들 모골이 오싹
> ─윤광봉, 『개정 한국 연희시 연구』, 박이정, 1997, 150쪽.

  화용도의 패주(敗走) 장면에서 적벽대전 장면으로 작품의 중심이 이행한 것은 <적벽가>의 향유층에 대한 고려 때문으로 추정된다. <적벽가>의 눈이라 할 수 있는 부분이 적벽강 불지르는 대목으로 변모하는 것도 이념의 지향을 선호(選好)하는 향유층의 기호에 영합한 것이라 할 수 있다. 즉 <적벽가>는 <춘향가>나 <심청가>, 특히 <흥보가>와 <수궁가>가 추구하는 바와는 달리 그 출발부터 명분과 이념에 기반하여 그 서사가 진행되고 있는 것이다. 물론 적벽대전에서 신분이 낮은 병사들에게 초점을 맞추기도 하였고, 참담한 전쟁의 분위기를 골계적으로 희화화하기도 하였다. 이렇게 영웅만의 활약이 아니라 그것을 가능하게 한 이름 없는 개인에게 초점을 맞추기도 한 것은 <삼국지연의>에서는 볼 수 없는 일이다. 이름 없이 사라져 가는 병사들의 모습을 통하여 수많은 인명의 희생(犧牲)을 바탕으로 이루어지는 영웅들의 공명과 전쟁에 대한 부정적 시각이 드러나고 있기 때문이다.

그러나 이러한 변개는 <춘향가>나 <심청가>, <흥보가>, <수궁가>가 대립되는 계층을 포용하기 위하여 변화하였던 것과 같은 의미로 파악할 수 있다. <흥보가>나 <수궁가>가 <흥보가>, <수궁가>로 남을 수 있는 최소한의 여건은 현실에 기반을 둔 것이었고, 그것은 다른 어떤 것을 포기하여도 괜찮을 만큼 강력한 것이었다. 마찬가지로 <적벽가>가 <적벽가>일 수 있는 최소한의 요건은 이념과 명분에 기반을 둔 것이었고, 그것은 다른 어떤 것을 포기하여도 괜찮을 만큼 강력한 것이다.[이런 점에서 기존의 <화용도타령>을 <적벽가>로 변용시킨 것은 의미심장하다. <화용도타령>식으로 양반 좌상객을 끌어들인다는 것은 사실 불가능하기 때문이다. 향유층을 판소리의 용광로 속으로 끌어들였다는 점에서, 이는 대단히 지혜로운 선택으로 평가된다.]

이러한 점에서 <적벽가>는 이념과 명분을 중요시하는 계층의 욕구와 일치하는 것으로 보아도 무방하다. 이념과 명분의 중시는 기본적으로 기존의 체제 유지를 목표로 한다. 이념 지향의 좌상객이라 할 또 다른 향유층이 <적벽가>를 선호한 것은 다음의 증언에서도 확인된다.

옛날에 대갓집에서 소리할 적에는 첫 번에 이럽니다. 소리하러 딱 들어가
잖아요, 광대가. 들어가면, 저 소리하러 왔습니다, 이럽니다. 지금은 레파토
리를 짜 가지구 가지만, 어림없어요, 옛날에는. <적벽가>를 할 줄 아시오,
이래 물어요 <적벽가> 잘 못헙니다. <춘향가> 헐 줄 아는가, 이래거든요
말이 떨어지지요. 잘못하면, <심청가> 할 줄 아냐, 이러고 대번에 격수가
탁 낮아집니다.
　　　　　　　　　—박동진, 「판소리 인간문화재 증언 자료」, 『판소리연구』 2,
　　　　　　　　　　　　　　　　　　　판소리학회, 1991, 227~228쪽.

　새로운 향유층으로 편입된 이념 지향의 좌상객들은 기존의 판소리를 자
신의 취향에 맞게 개작하도록 유도하였을 뿐만 아니라, 기본적으로 자신들
의 세계관과 일치하는 <적벽가>가 판소리의 중요한 레퍼토리로 정착되도
록 영향을 끼쳤다. 이렇게 되어 판소리는 현실에 기반한 작품만이 아니라,
이념과 명분에 기반을 둔 작품까지도 그 레퍼토리로 확보하게 된 것이다.
이것은 판소리의 중요한 향유층으로 영입된 양반층의 세계관까지도 판소
리가 포용하게 되었다는 것을 의미한다.
　조선 후기에 팽배했던 소설 배격론이 바로 판소리 사설과 같이 민담적
세계관에 기반한 작품들을 주 공략 대상으로 설정한 것에서도 볼 수 있듯
이, 양반층들은 <홍보가>나 <수궁가>의 지향을 잘 알고 있었다. 이러한
이유에서 판소리는 주제의 양면성(兩面性)과 같은 작업을 통하여 그 파괴력
과 공격성을 감추고, 동시에 <적벽가>와 같은 작품을 등장시킴으로써 모
든 계층을 아우를 수 있는 국민예술로 성장하였던 것이다.
　모든 존재는 변화하는 주변 여건에 적응하지 못할 때, 필연적으로 도태
(淘汰)의 길을 걷게 된다. 판소리는 자신의 존속을 위하여 끊임없는 변신을
도모하였다. 때로는 이질적(異質的)인 장르를 수용하면서 그 장르와 화학적
반응을 일으키기도 하였고, 또 때로는 대립되는 계층의 세계관을 수용할

수 있는 작품을 제작하기도 하였다. 그러나 이것이 결코 자신의 정체성(正體性)을 해치는 것으로 진행되지는 않았다. 끊임없이 대상을 포용하고 편입시킴으로써 자신을 살찌웠던 것이다. 이렇게 세계의 변모에 능동적으로 적응할 수 있는 역량(力量)을 가졌기 때문에 판소리의 생명은 지속될 수 있었다. <적벽가>의 등장은 판소리의 이러한 잠재력(潛在力)을 확인시켜 준 사건이라고 할 수 있을 것이다.

3. 적벽대전 대목의 선택과 의미

120회로 이루어진 <삼국지연의>에서 <적벽가> 구성의 바탕이 된 것은 37회부터 50회까지만이다. 물론 초기에 불려졌던 <화용도타령>은 그 범위가 더 축소되었을 것이다.[초기에 형성되었을 <화용도타령>의 범위는 앞 부분의 적벽대전 대목이 보다 소략하게 이루어졌을 것으로 본다. 이른바 '민적벽가' 계열의 작품은 '삼고초려대목'이 불리어지지 않는데, 그런 점에서 보다 고형(古形)의 것이라고 할 수 있다.]

<삼국지연의> 해당 부분의 장회 제목은 다음과 같다.

37회 : 사마휘는 다시 명사를 천거하고 유현덕은 초려(草廬)를 세 번 찾아간다

38회 : 천하삼분을 말하며 융중에서 계책을 정하는데 한편 손권은 장강에서 싸워 원수를 갚다

39회 : 형주성의 공자는 세 번이나 계책을 묻고 공명은 박망파에서 처음으로 군사를 쓰다

40회 : 채부인은 의논하여 형주를 바치고 제갈양은 불을 질러 신야를 태우다

41회 : 유현덕은 백성들을 거느리고 강물을 건너고 조자룡은 혼자서 아두 아기를 구출하다

42회 : 장비는 장판교에서 한 바탕 설치고 유현덕은 패하여 한진 어귀로 달
　　　아나다
43회 : 제갈양은 선비들과 토론을 벌이고 노숙은 모든 의견을 힘써 물리치다
44회 : 공명은 지혜를 써서 주유를 격동시키고 손권은 조조와 싸우기로 계책
　　　을 정하다
45회 : 조조의 군사는 삼강구에서 꺾이고 장간은 군영회에서 계략에 빠지다
46회 : 공명은 기이한 꾀를 써서 많은 화살을 얻고 황개는 은밀히 계책을 말
　　　하고 형벌을 받다
47회 : 감택은 몰래 거짓 항서를 바치고 방통은 교묘히 연환계를 일러주다
48회 : 조조는 장강에서 잔치를 하며 시를 읊고 군사들은 전선을 한데 묶어
　　　놓고 무기를 사용하다
49회 : 제갈양은 칠성단에서 바람을 빌고 주유는 삼강구에서 불을 지르다
50회 : 제갈양은 지혜로써 화용도를 계산하고 관운장은 의리로써 조조를 놓
　　　아주다

<삼국지연의>의 사건은 판소리 <적벽가>에 수용되면서 선택과 배제의
원칙을 적용받는다. 어떤 사건은 흔적도 없이 생략되고, 또 어떤 부분은 그
저 그런 사건이 있었다고 할 정도로 간략하게 언급하면서 지나간다. 신재
효본 <적벽가>에서 제갈공명이 등장하는 강동의 강성, 유표, 유기, 공융이
야기는 아예 삭제하였고, 신야 초전의 승리나 장판대전 등은 그 이름만 들
었다. 또 유비와 손권의 합작이 이루어지는 갈등 부분에서 '강동의 위엄'
대목만 그대로 인용했을 뿐, 노숙의 내방, 강동의 군유 설전이나 주유의 자
극, 주유의 질투, 화살 십만 개 얻기, 유비 해치기 실패, 장간의 실수, 황개
의 고육계와 봉추의 연환계 등도 그 이름만 들었다. 제대로 인용된 것은
적벽대전에 집중되어 있는데, 조조의 호기, 까마귀가 등장하고 유복을 죽
이는 일, 주유의 병을 공명이 화공법으로 치료하고, 동남풍 비는 대목, 조
자룡 활 쏘는 대목, 공명의 용병, 관우의 불평과 화용도행, 주유의 용병, 정
욱의 동남풍 충고, 황개의 선봉, 주유의 화공, 조조의 패전 모습, 병사 점

고, 장비 출현, 조조의 좀놈 비난, 조조가 관우에게 구명 등이 이에 해당한
다.[이러한 비교가 판소리 수용 과정에서의 성격을 밝히는 것이기 때문에 전체 판소리
창본을 비교의 대상으로 삼을 필요는 없다. 따라서 본고에서는 최초로 <적벽가>로 불
린 것이 신재효본이었다는 점에서 신재효본 <적벽가>만을 비교의 대상으로 삼는다.]

한 연구는 삼국지연의의 해당 부분을 65개의 단락소로 구분하고, 이를
①대부분의 창본에서 채택한 경우, ②일부의 창본에서만 채택한 경우, ③
대부분의 창본에서 채택하지않은 경우로 구분하였다. 이에 의하면 ①의 경
우는 36단락, ②의 경우는 10단락, ③의 경우는 19단락으로 나타났다.[김상
훈, 「적벽가의 이본과 형성 연구」, 박사학위논문, 인하대학교대학원, 1992, 17~21쪽] 물
론 여기에서의 일치는 축약(縮約)과 확장(擴張)에 관계없이 조금이라도 일치
를 보인 경우는 모두 계산하였기 때문에 그 질적인 문제는 다시 논의되어
야 한다. 하여튼 이 연구의 비교본으로 선택한 신재효본이 <삼국지연의>
와 일치를 보이는 부분을 가장 많이 가지고 있는데, 이로 보아 신재효는
자신이 개작할 때 끊임없이 원전(原典)을 참고하였던 것으로 보인다. 따라
서 조조의 전락(轉落)과 관우의 의리(義理)를 중심으로 한 단형(短形)의 <화
용도타령>이 불리어지다가, 적벽대전 대목이 확대되면서 현재의 <적벽
가>가 완성되었다고 할 수 있다.

대부분의 창본에서 채택한 단락 중, <삼국지연의>를 소재로 한 사설은
도원결의, 삼고초려, 박망파전투와 장판교 대전, 설전 군유, 동작대부, 공명
의 화살 십만 개 얻는 대목, 조자룡 활 쏘는 대목, 조조의 좀놈 사설, 인물
치례 사설이다. 그런데 이 단락들이 선택되는 양상은 앞에서 언급한 바와
같이 이름만 거론하는 경우와 상세하게 원전의 기록을 전하는 경우 등, 창
본에 따라 다른 양상을 보이고 있다. 이것은 각 창본의 지향과 관련되는 것
인데, 제갈공명의 영웅화와 관련된다는 점만은 공통적으로 지적할 수 있다.

판소리 <적벽가>가 가지는 중요한 의미는 <삼국지연의>와 관계없이

삽입, 부연된 부분이 어떤 모습으로 이루어졌는가 하는 점에서 찾을 수 있을 것이다. 이러한 단락을 '<삼국지연의> 소재 사설'과 구별하여 '<삼국지연의> 밖의 사설'이라고 할 수 있다. 이에 해당하는 것은 군사설움타령, 공명 축문, 청도기 사설, 관우 장령사설, 죽고타령, 조조 도망사설, 화병사설, 군사점고사설, 원조타령, 메추리사설, 백구사설, 장승타령, 정체확인형 사설(강하에 매인 배, 방포사설), 조조 꾀사설, 조조 애걸사설이다.

이 사설들은 다른 판소리와의 관련 속에서 생성된 사설, 무가와의 관련 속에서 생성된 사설, <적벽가>의 문맥 속에서 생성된 사설, 민요나 잡가와의 관련 속에서 생성된 사설, <적벽가>의 문맥 속에서 창작된 사설로 구분되는데, 여기에서 우리는 판소리와 무가, 민요, 잡가 등 판소리 향유층의 기층(基層) 예술이 집중적으로 수용되었다는 것을 확인할 수 있다. 특히 군사설움타령, 화병사설, 군사점고사설 등 대부분의 사설이 <삼국지연의>에서 소외된 개인의 문제로 집중되어 있다는 것은 중요한 의미를 갖는다. 왜냐 하면 본래의 <삼국지연의>가 역사의 흥망성쇠는 어쩔 수 없는 운명이고 그 진행을 명멸(明滅)하는 영웅을 통하여 보이고자 한 데 반하여 <적벽가>는 개인의 부각을 통하여 영웅이 등장하고 집단의 이념이 지배하는 전쟁에 대한 혐오(嫌惡)를 강하게 드러내고 있기 때문이다.

원전과 관계없이 확장, 수용된 사설은 제갈공명의 영웅화, 조조의 골계화, 병사 개인에 대한 시선의 확대 등과 긴밀하게 연관되어 있다. 제갈공명은 모든 사건을 통찰하고 주재하는 초월적 위치에 놓여 있다. 공명의 등장에 의하여 <적벽가>의 사건은 개막되고, 모든 사건은 조직되며 일사불란한 진행이 이루어진다. 따라서 공명을 경외(敬畏)의 대상으로 높이고 있다. 이는 공명에 대한 기술(記述)이 항상 존칭어를 수반하는 것을 보아서도 알 수 있다. 그리고 이러한 태도는 작품의 결말까지 일관되어 나타난다. 따라서 공명과 대립되는 인물에 대한 태도는 상대적으로 폄하될 수밖에 없다.

공명은 동남풍을 빌기 위하여 남병산에 단을 묻고 머리를 풀어 헤친 채 하늘과 직접 대면하는데, 이를 통하여 공명이 하늘과 맞닿아 있다는 인식을 보여주고 있다. 따라서 공명이 하늘에 빌고, 서성과 정봉의 추격을 피하여 조자룡과 함께 본진(本陣)으로 귀환하는 대목은 <적벽가>의 핵심적 부분이요, 이른바 <적벽가>의 '눈'이 되는 대목이다.

조조에 관한 사설도 원전과 관계없이 확장되어 있는데, 이는 제갈공명과 병사에 관한 사설의 확대에 따른 것으로 볼 수 있다. 즉 제갈공명과 병사들의 긍정적 형상화를 위하여 부정적 위치에 놓이는 조조의 확대는 필연적이기 때문이다.

> 조조 거동 장관이라 총 소리에 귀가 먹먹 내를 쐬어 눈이 캄캄 눈썹이 다 탔으니 용천아치 초를 잡고 낯이 데어 벗어지니 당창을 올렸는가 온몸에 내를 쐬어 전복 따러 가게 되고 두 코가 뻑뻑하여 재채기하는 모양 굴 속에 너구리가 고춧가루 총 맞은 듯 알몸으로 말에 앉아 아무리 숨자 한들 사면이 불빛이요 아무리 도망한들 사면이 복병이라 죽을 밖에 수 없으니 그래도 간웅이라 정욱을 돌아보며 재담하여 하는 말이 "내 마상 태가 어떠하냐?" 정욱이 여짜오되 "그대로 모셔다가 동작대에 앉혔으면 이교녀가 반하겠소"
> ―강한영 교주, 『신재효판소리사설집』, 민중서관, 489쪽.
> (앞으로의 <적벽가>의 쪽수는 이 책의 것을 가리킨다.)

여기에서 조조에 대한 골계 장면이 확장되는 것은 비장과 골계의 양면성 추구라는 판소리의 본질을 충족시키기 위해서이다. 판소리의 판짜기에 있어 비장과 해학의 동시적 추구는 본질적으로 요구되는데, <적벽가>에서 골계화시킬 수 있는 대상으로 조조와 조조를 중심으로 하는 집단을 선택하였던 것이다. 이와 함께 전쟁에 참여한 이름 없는 병사들의 개인적인 감정 토로가 강조되어 있는데, 이 또한 조조 집단의 골계화에 기능적으로 기여하고 있다.[전통판소리에서 추구하던 이러한 관습이 창작 판소리에서는 제대로 유지되지 않는 것처럼 보인다. <열사가> 등의 창작에 있어 해학과 골계를 담당하는 인물의 부재는 이 작품들을 시종일관 비장한 분위기로만 유도하고 있다. 따라서 부정적 인물의 형상화는 판소리의 재창조와 현대화에 있어 고려되어야 할 중요한 요소라고 할 수 있다.]

원전에 비해 확대된 이러한 부분들이 사건의 전개에서 차지하는 서사의 양은 극히 미미(微微)하며, 오히려 급박한 사건의 전개를 정지시키는 부정적 기능을 가진 것으로 볼 수 있다. 그러나 판소리의 관례[convention]는 사건의 전개를 목표로 하지 않는다. 이야기에 시가가 삽입되어 판소리라는 장르가 나타나면서, 판소리는 이전의 서사와는 달리 각 장면의 심리적 상황에 맞는 사설을 확장하거나 다양한 삽입가요 등을 자유롭게 포용하였다. 그 결과 판소리는 서사의 그늘에 가려 없는 것처럼 보였던 또 하나의 세계를 보여주게 되었던 것이다. <적벽가>는 적벽대전의 급박한 사건 전개를 전달하는 목적으로 판소리화한 것은 아니다. 그러한 서사 전달을 위해서는 원전인 <삼국지연의>를 읽는 것이 더 유용하다는 것을 판소리 향유자들은 알고 있는 것이다.

서사적 전개에서도 판소리가 담당하는 몫은 오히려 이름 없이 사라져가는 병사들의 모습을 통하여, 수많은 인명의 희생 위에서 얻어지는 영웅들의 활약과 전쟁에 대한 부정적 시각을 드러내고 있다. 이러한 점은 원전의 인식과는 전혀 대립적인 것으로 보인다. 실제로 판소리 현장에서 관객의 공감을 얻는 부분도 원전의 추구하는 바와 다른 정서나 사건이 극대화된 장면의 것으로 한정되기 마련이다. 이처럼 <적벽가>는 기본적인 큰 틀을 원전에서 받아들이면서 그 내면에서는 끊임없는 변화를 지향하는 것이다.

병사들의 개인적인 사정이 전면(前面)에 등장하면서 사건은 정지하고 작가의 시선은 병사 하나하나의 개인적인 모습과 감정에 머물고 있다. 집단과 전쟁이라는 측면에서 보면 지극히 사소(些少)할 수 있는 개인적 측면이 사건을 정지시킬 만큼 강력한 것으로 변모하는 것이다. 그리고 우상처럼 떠받들었던 영웅의 용맹이 오히려 덧없음을 드러냄으로써 그 왜소화(矮小化)를 초래하고 있다. 병사들의 신세타령은 전쟁에서 무시될 수밖에 없었던 부모 생각, 아내 생각, 자식 생각, 신방의 아쉬움, 형제애를 중점적으로 거론하고 있고, 심지어는 '두고 온 까치 새끼에 대한 그리움'을 곡진하게 드러내기도 한다.

> 한 군사가 썩 달려드는데 이 손이 인물도 준수하고 기력이 과인하여 매우 덤벙여 수인사 목을 권판 비슷하게 문자로 내놓는데 매우 유식하여 "고읍황금편에 피차없이 초면이오 남정부북환에 수고가 어떠하고 빈년불해병에 싸움으로 늙어오니 창망문가실에 고향이 어느 곳인고 접억무첨건에 생각하면 눈물이라 금석이 시하석고 달이 밝고 밤 길었네 장검대준주에 술이 좋고 안주 있다. 만사삼소파에 웃음 웃고 놀아보세."
>
> 한 군사 나앉으며 "너는 유식하고 호기 있는 사람이다. 내 서러운 말 들어보라 당상의 학발노친 이별한지 몇 해 되고 부혜생아하고 모혜육아하사 호천망극 큰 은혜를 어찌하여 다 갚을고 혼정신성 출고만면 조석이면 숙수고양 지성으로 다 한대도 수욕정이풍부지요 자욕양이친부대라 서산에 지는 해를 붙들 수가 없삽는데 슬하를 한번 떠나 몇 해 소식 없었으니 우리 부모 날 기다려 바람 텅텅 부는 날에 의망문이 몇 번이며 비가 죽죽 오는 밤에 의려망이 몇 번인고 자호피기 올라가서 바라나 보자 하되 군법이 지엄하여 잠시 천이할 수 없네 무상타 조승상은 군법도 모르던가 무형제 독신 나를 귀향하라 아니하고 천리 전장 데려다가 불효자가 되게 하네 애고애고 설운지고"(462~463쪽)

여기에서 나타나는 '아내 생각'이 추상적인 그리움의 표출임에 반하여, '신방의 아쉬움'은 아내와의 성애(性愛) 그 자체에 초점을 맞추어 개인 생활의 가장 비밀스러운 부분에 대한 심각한 고려를 강요하고 있다. 이에 이르러 우리는 과연 전쟁이 무슨 의미를 지니는가에 대한 깊은 성찰을 강요당하게 되는 것이다.

병사들의 죽는 모습을 보여주고 있는 단락에서는 각 개인들의 죽음에 대하여 직접적이고 구체적인 서술을 하고 있다. 원전에서는 그냥 '추풍낙엽처럼 사라지는' 하찮은 개인과 그 처절함에 대한 조명을 통하여 영웅이 아닌 평범한 인간의 삶과 죽음을 정면으로 보여주고 있는 것이다. 영웅의 위용을 드러내기 위하여 죽어져야 했던 병사들이 사실은 사랑하는 아들이요, 남편이요, 아버지임을 보여주고 있는 것이다. <적벽가>에서 병사들의 죽는 모습은 다음과 같이 제시되어 있다.

> 불 속에 타서 죽고 물 속에 빠져 죽고 총 맞아 죽고 살 맞아 죽고 칼에 죽고 창에 죽고 밟혀 죽고 눌려 죽고 엎어져 죽고 자빠져 죽고 기막혀 죽고 숨막혀 죽고 창 터져 죽고 등 터져 죽고 팔 부러져 죽고 다리 부러져 죽고 피 토하여 죽고 똥 싸고 죽고 웃다 죽고 뛰다 죽고 소리 지르다 죽고 달아나다 죽고 앉아 죽고 서서 죽고 가다 죽고 오다 죽고 장담하다 죽고 부기 쓰다 죽고 이 갈며 죽고 주먹 쥐고 죽고 죽어보느라고 죽고 재담으로 죽고 하 서러워 죽고 동무 따라 죽고 수 없이 죽은 것이 강물이 피가 되어 적벽강이 적수강 군장 복색 다 타진다(489쪽)

여기에서 죽는 양상은 무려 34가지이다. 이 34가지는 다시 각각 두 가지씩 짝이 되어 대응된다. 즉 불과 물, 총과 살, 칼과 창 등의 대응이 나타나는 것이다. 죽음에 있어 사실적일 수 있는 불, 물, 총, 활 등에서 마지막에 나오는 서러움, 동무 따라 죽음 등에 이르는 죽음의 양상은 자연 현상에서 무기에 의한 죽음, 인간과의 부딪힘, 감정의 흐름으로 향하는 일정한 방향을 가지고 있다. 이러한 방향은 외적 현상이 한 인간의 내면에 어떤 결과를 초래하는가를 보여주고 있다. 따라서 여기에서 중요한 것은 전쟁의 결과가 아니라, 그 과정에서 일어나고 있는 요모조모한 것들이다. 죽음의 반복적인 나열을 통하여, 죽음을 초래한 전쟁에 대한 증오(憎惡)와 죽어가는 생명에 대한 한없는 안타까움을 드러내고 있는 것은 이 때문이다.

상층부 자체 내에 있던 정욱이 비판적 존재로 변모함으로써 하층부의 불만은 그 집단 내에 머무르지 않고, 확대되는 모습을 보여주고 있다. 이와 함께 죽음의 경계를 넘어선 군사들의 조조에 대한 반발이 직설적으로 드러난 것이 병사 점고 대목이다. 상층부의 권위를 내세우는 조조는 그 권위를 인정하지 않는 군사들에 의하여 지속적으로 낭패를 당한다. '국가를 구하고 역적을 토벌하는' 영웅적 행위가 군사들에 의하여 한없이 왜소화되는 것이다. 병사 점고 대목은 화병에게 밥을 짓게 하다가 핀잔과 비판을 당하는 장면으로부터 시작된다. 각각의 병사들은 전쟁 상황에서는 무시될 수밖에 없었던 개인의 감정을 직설적으로 표현한다. 같은 계층 내에서 반발하는 세력의 제유적(提喩的) 표현이라고 할 수 있는 정욱에게서 비판을 받았던 조조는 이제 대립적 계층인 군사들의 직설적인 비판에 직면하게 되었던 것이다. 그리고 이러한 비판의 현장에 조조를 지원하는 세력은 이미 존재하지 않는다.

이러한 완전한 패배의 상황에서 조조는 관우를 만난다. 관우의 의로움과 아량이라는 원전의 의식은 <적벽가>에서도 그대로 수용된다.

> 얼레설레판에 조조와 제장들이 다 살아 도망하니 관공의 높은 의기 천고에 뉘 당하리 …… 이러한 장한 일을 사기로만 전하오면 무식한 사람들이 다 알 수가 없삽기로 타령으로 만들어서 광대와 가객들이 풍류 좌상 장 부르니 늠름한 그 충의가 만고에 아니 썩을까 하노라(529쪽)

여기에서 상층의 지속성을 대변하는 공명과 관우는 대립되어 있다. 앞에서 우리는 공명이 <적벽가>의 중심부에 놓이는 역할을 담당하였다고 하였다. 그런데 이 장면에서 대립되어 있던 공명은 사라지고, 조조의 생환(生還)에 기여하는 관우로 그 무게 중심이 이동하고 있다. 작가는 관우의 행동을 의(義)로 해석하고 따뜻한 시선을 보임으로써, 조조를 다시 원래의 상태로 회복시키고 있는 것이다. 관우는 전락된 조조를 다시 체제와 이념 속으로 끌어올리는 역할을 함으로써, 체제의 변화에 대한 강한 우려와 방어 욕구를 드러내는 상징적 존재로 형상화 되어 있다.

4. 결론

<적벽가>는 이미 존재하고 있던 소설 <삼국지연의>의 한 부분을 선택하여 판소리로 만든 작품이다. 판소리로 만드는 과정 자체가 판소리 발생의 비밀을 밝히는 중요한 실마리가 된다는 점에서, <적벽가>는 판소리 연구의 중심에 놓이게 되었다. 그러나 보다 중요한 것은 판소리사 연구에 국한되는 것이 아니라 판소리 자체의 생사(生死)와 관련되는 일이라고 할 수 있다.

<적벽가>의 생성은 판소리가 국민예술로 전환될 수 있는 중요한 기틀을 마련하였다. 서민예술, 지역예술로만 머물렀던 판소리는 여타 지역의 다양한 레퍼토리를 받아들여 전국의 예술로 그 범위를 확장하였다. <장끼타령>과 같은 경기지역의 예술을 수용하였고, <변강쇠가>와 같은 서북지역의 예술도 수용하였다. 각 지역의 음악적 요소도 수용하여 판소리 속에 다양한 민요의 경연장을 마련하기도 하였다. 이러한 수용을 통하여 전국의 예술로 전환될 수 있었다.

판소리는 여기에서 머무르지 않고, 각 계층의 기호에 영합하는 레퍼토리를 수용하고 개발하였다. 본래 천민계층의 예술로 머물렀던 판소리는 결핍된 자의 충족을 향한 고달픈 여정을 그리는 것이 대부분이었다. 그런데 여

기에 시정(市井)에서 떠도는 하찮은 이야기일 수 있는 <배비장타령>이나 <왈짜타령>을 수용하여 중인들의 판소리 참여를 가속화시켰다. 중인들이 판소리에 참여함으로써 판소리는 관청(官廳)의 연회(宴會)에 참여할 수 있는 기회를 얻을 수 있었다. 중인들은 경쟁적으로 판소리의 발전에 참여하여 판소리의 흥성을 가능하게 하였다.

<적벽가>의 탄생은 판소리 향유층과는 대립적 위치에 있던 양반 좌상 객을 끌어들이기 위한 전략적(戰略的) 상품이다. <삼국지연의>가 가지고 있는 기존 체제의 옹호라는 큰 틀을 받아들임으로써 양반층의 참여를 가능하게 하였다. 양반층의 향유층 편입에 따라 판소리 예술의 비약적 발전도 가능하게 되었다. 궁중으로까지 연행의 장소를 넓혀가면서 판소리 경연(競演)의 구체적인 기준도 만들어질 수 있었다. 천민 광대들이 명목상으로라도 양반만이 갖던 품계(品階)를 지닐 수 있게 되었다. 이에 이르러 판소리는 지역적으로는 전국성(全國性)을 띠게 되고, 계층적으로는 양반 좌상객을 아우르는 통합성(統合性)을 확보하게 되었다. <적벽가> 생성의 진정한 의미를 여기에서 찾을 수 있다.

제4부

작가의 삶과 문학

김시습(金時習)의 영재적 삶과 문학*

1. 영재(英才) 교육의 필요성과 김시습

　시습은 나면서부터 천품이 남달리 특이하여 난 지 8개월여 만에 스스로 글을 알았습니다. 최치운(崔致雲)이 보고 기이하게 여겨 시습이라고 이름을 지어주었습니다. 시습은 말이 느릿느릿하게 하지만 정심은 경민(警敏)하여 글을 볼 때에 입으로는 비록 읽지 못하나 그 뜻은 모두 알았습니다. 세 살 때에 시를 지을 줄 알았고, 다섯 살에 중용과 대학에 통하니, 사람들이 신동이라 하였습니다. 명공 허조(許稠)와 또 지명인사들이 많이 찾아와서 보았습니다.

　장헌대왕(莊憲大王)이 듣고 승정원에 불러 시로써 시험하여 보았더니, 과연 재빨리 아름다운 시를 지었습니다. 임금이 하교하기를 "내가 친히 보고 싶으나 일반 백성들이 해괴하게 여길까 두려워 그러니, 그 가정에 권하여 잘 감추어 교양하도록 하고, 그의 학업이 성취되기를 기다려 장차 크게 쓰리라." 하고, 비단을 주어 집으로 돌려보내었습니다. 그 때부터 그의 명성이 전국을 진동하게 되어, 그의 이름을 부르지 않고 다만 '오세(五歲)'라고만 불렀습니다.

―이이(李珥), <김시습전>, 『율곡집』

---

* 『개신어문연구』 28(개신어문학회, 2008)에 실린 글을 정리하였다.

'영재'란 선천적으로 높은 지적 능력을 타고났으며 높은 지적 성취와 학업적 성취를 이룰 수 있는 잠재능력을 가지고 있는 아동을 가리킨다.[Robert J. Sternberg ed.(이정규 역), 『영재성의 정의와 개념』, 학지사, 2008, 146쪽] 이런 정의에서 보듯이 영재란 대체로 인생의 출발기로 그 범위를 한정하여 말하는 것이 보통이다. 성인(成人)의 경우에 이를 말하는 것은 일반적으로 어린 시절에 보였던 영재성이 어떻게 유지되거나 성취되었는가, 또는 사라졌는가를 말하는 경우로 한정된다. 이렇게 본다면 영재성이란 영재적 능력을 발휘할 수 있는 '싹'을 말하는 것 같기도 하다.

김시습은 누구나 인정할 수밖에 없는 영재였다. 위의 인용문은 이율곡이 임금의 명을 받아 행장(行狀)을 기록한 '전(傳)'의 일부이다. 이율곡이 누구인가? 김시습과 같이 천재성을 발휘하는 유년(幼年) 시절은 없었지만, 어느 누구보다도 그 시대의 처한 환경을 간파(看破)하였고 그에 대한 대책(對策)을 강구하였던 인물이었다. 무엇보다도 그에게서 우리는 정직과 성실함의 표본을 발견할 수 있다. 그는 학문에 뜻을 두면서 스스로를 경계하기 위하여 <자경문(自警文)>을 지었는데, 그 중의 하나는 '스스로 있을 때를 경계하자[謹獨]'라는 것이었다. 『대학(大學)』과 『중용(中庸)』에 있는 '그 홀로 있음을 삼가함[愼其獨]'의 의미를 따서 경계를 삼은 이 교훈은 그가 죽을 때까지도 항상 되뇌던 것이었다. 그것이 그의 행동에서 도사적(道士的) 면모(面貌)를 발견하게 하는 요인이기도 하다. 요컨대 그가 지었기에 <김시습전>은 오직 사실로만 이루어진 글로 인정할 수 있는 것이다.

사실로 인정할 수 있는 김시습의 생애 속에서 우리는 과거의 한 시대를 살아갔던 영재의 출생과 과정, 그리고 그 결말이라는 영재적 삶의 전형을 발견할 수 있다. 그의 삶을 통하여 우리는 영재로서의 출생과 그것이 가지고 있는 사회적 의미를 아울러 생각할 수 있는 것이다. 어떤 의미에서 영재로서의 출생은 축복(祝福)이 아니라, 비극(悲劇)으로 인식할 수도 있다. 특히 우리가 집중적으로 다루고자 하는 김시습을 보면 이는 더욱 절실함으로 다가온다. 김시습을 보면서 우리는 개인의 축복을 그 개인만이 아니라 그가 소속된 집단의 것으로 확장시키기 위하여 어떻게 영재를 육성하며, 왜 그러해야 하는가라는 본원적(本源的) 질문을 할 수 있게 된다.

우리가 영재를 발견하고 그 영재성을 유지할 수 있도록 육성(育成)해야 하는 까닭은 여러 가지로 설명할 수 있다. 일차적으로 우리는 영재의 육성이 우리가 소속된 집단의 이익에 부합(符合)된다는 점에서 그 의의를 찾을 수 있다. 영재로 태어난 사람의 능력이 발휘되었을 때, 그가 속한 집단은 그 영재의 능력에 힘입어 그에 걸맞는 상승(上昇)을 맛볼 수 있기 때문이다. 그 한 사람에 의하여 수없이 많은 사람들은 그 능력의 발휘 속에서 편안할 수 있다. 그런 점에서 영재에게 우리와 동일한 활동과 집중을 요구하는 것은 오히려 불평등한 결과를 초래할 수 있다. 그가 이룬 성과는 일반 범인(凡人)이 이룬 성과와는 차별화될 수밖에 없기 때문이다. 그런 결과가 예측된다면, 영재에 대한 집중적인 투자(投資)는 당연한 현상으로 인식될 수 있다.

다음으로 영재 역시 일반인과 마찬가지로 그가 가진 능력을 발휘할 수 있는 기회가 주어져야 한다는 점에서 영재에 대한 배려와 육성은 그 의미를 획득하게 된다. 모든 교육이란 개인이 가진 능력을 발견하고, 이를 발휘할 수 있도록 한다는 점에서 그 의의를 가지고 있다. 뛰어난 교사나 부모는 아이에게 자신의 재능(才能)을 발견할 수 있는 기회를 부여함으로써, 자신이 나갈 길을 스스로 찾을 수 있게 한다. 스스로 흥미를 느끼는 일이라야 기대 이상의 효과를 거둘 수 있다는 점에서, 재능은 흥미와 상당 부분 일치한다고 할 수 있다. 대부분의 아이들이 지루하게 여기고 싫증을 내는 일에 대하여 유난히 집착하고 몰두하는 아이가 있다는 사실을 대하면서 우리는 전혀 놀랄 필요가 없다. 각각의 아이들은 자신이 가지고 있는 재능의 방향이 다르기 때문이다. 우리가 일반 교양 교육의 기반 위에서 각자에게 맞는 특성화 교육을 시켜야 하는 이유도 여기에서 찾을 수 있다. 영재성을 발견하고 이를 발휘하게 하는 것은 그러므로 일반적인 교육의 목표와 부합된다고 할 수 있는 것이다.

그러나 영재를 발굴하고 그에 합당한 교육을 하는 것이 보다 절실한 이유는 영재로서의 능력을 가진 아이가, 우리가 보호하고 육성해야 할 소수자(少數者)라는 사실에 있다.

> 세상에 백락이 있은 연후 천리마가 있는 것이다. 천리마는 늘 있지만, 백락은 늘 있는 것이 아니다. 따라서 명마가 있어도 노예처럼 다루는 사람의 손 아래서 치욕을 당하다가, 말 구유에서 다른 평범한 말과 함께 죽어 천리마로 일컬어지지 못한다. 천리를 달리는 말은, 한 번 먹을 때 혹 한 석의 곡식을 먹어야 한다. 그런데 말을 먹이는 사람이 그 천리를 달릴 수 있음을 알지 못하고 먹인다. 따라서 이 말은 천리를 달리는 능력이 있어도, 배불리 먹지 못해 힘이 달리고, 재주를 밖으로 표현하지 못한다. 또 평범한 말들과 함께 하려 해도 할 수 없으니 어찌 그 천리를 달릴 수 있는 재능을 펼치겠는가. 채찍질도 천리마를 다루는 방법으로 하지 않고, 먹는 것도 그 재주를 다할 수 있게 먹지 못하니, 울어도 그 뜻이 통하지 않는데, 사람은 채찍을 잡고 "천하에 좋은 말이 없다."고 한다. 슬프다. 진정 말이 없는 것인가? 아니면 말을 알아보지 못하는 것인가?
>
> ─한유(韓愈), <잡설(雜說)>, 『고문진보(古文眞寶)』

자신을 알아보는 사람이 없는 천리마는 보통의 말로 태어난 것보다 그 사정이 더 열악(劣惡)할 수밖에 없다. 천리마는 보통의 말과는 다른 환경 속에서 키워져야 그 가치를 드러낼 수 있는 것인데, 천리마를 알지 못하면 보통의 말과 같은 환경을 제공할 수밖에 없을 것이다. 체구(體軀)를 유지할 수 있는 충분한 먹이와 천리를 달릴 수 있는 환경이 주어지지 않았을 때, 천리마는 오히려 보통의 말보다 더 주어진 현실을 견딜 수 없을 것이다. 열악한 환경에 처한 천리마는 그런 점에서 오히려 보호받아야 할 소수자라고 할 수 있는 것이다.

우리 역사는 인간의 평등을 추구하면서 발전해 왔다. 같은 인간이면서 차별받는 것의 불합리함을 각 개인이 인식하고, 자신의 권리를 쟁취하면서 근대(近代)의 출발이 이루어졌던 것이다. 이에 따라 제도나 환경에 의하여 차별받지 않고 자신의 능력에 따라 질서가 재편(再編)될 수 있었다. 이러한 변화는 인류의 역사를 한 단계 상승시킨 것으로 평가할 수 있다. 신분을 구분하여 어떤 사람은 나면서부터 다른 사람을 노예(奴隸)로 부리고, 또 어떤 사람은 대를 이어 노예로서의 고단한 삶을 강요당하였는데, 그런 굴레에서 벗어날 수 있었기 때문이다. 또 단순히 여성(女性)이라는 이유로 공직(公職)에 나갈 수 없고 남성을 통하여 자신의 성취를 확인하였던 어둠의 시대가 가고, 자유로이 자신의 성취를 도모하는 것도 가능해졌다. 이것만으로도 우리는 인류의 역사가 발전되었다고 말할 수 있게 되었다.

그러나 근대의 인간에게 요구되는 능력이란 대체로 평균인(平均人)으로서의 능력을 상정(想定)하고, 그것에 도달하거나 뛰어넘는 것을 의미하는 것이었다. 거기에 미달(未達)된다고 생각하는 존재는 근대의 인간들이 향유(享有)하는 자유를 같이 누릴 수 없었다. 마치 전근대(前近代)의 착취당하고 무시당하던 사람들처럼 그들은 다시 근대의 혜택에서 소외(疏外)된 존재로 전락할 수밖에 없었던 것이다. 더구나 현실은 더 열악한 상황이 되었다. 근대인들은 능력에 미치지 못하여 차별받는 존재에 대하여 다른 어떤 변명도 통용되지 않는 엄격함을 보여주었기 때문이다. 자기 능력이 모자라 받게 된 차별이니, 어느 누구에게도 하소연할 수 없었다. 더구나 자신의 능력으로 성취를 이루었다고 생각하는 사람들은 전통시대의 혜택을 받던 사람들 이상의 막강한 권력을 누리게 되었다. 그것도 자신의 능력으로 성취한 것이니 더 기고만장(氣高萬丈)할 수 있었다. 여기에서 소외된 사람들이 안식할 곳은 아무 데도 찾을 수 없었다. 우리는 자신을 보호해줄 사람을 가지지 못한 지체부자유자(肢體不自由者)나 정신질환자(精神疾患者)자가 받았던 모멸감(侮蔑感)과, 천형(天刑)으로 자신을 포기했던 모습을 생생하게 기억하고 있다.

이렇게 소외된 사람들에 대하여 국가적 차원의 지원이 정당하다는 인식을 갖게 된 것은 그리 오래된 일이 아니다. 우리가 설정한 보통의 능력이라는 것이 결국은 누군가를 소외시키는 결과를 초래하였다는 것을 인식하는 데에는 오랜 시간이 필요하였던 것이다. 그러나 아직도 그들의 보호가 우리의 정당한 의무라는 것에 공감하는 사회적 분위기가 온전하게 형성된 것은 아니다. 어려운 일이 있을 때마다 소수자들의 보호는 자꾸 뒷전이 되고, 보호를 위한 예산은 맨 먼저 삭감(削減)되어야 했다. 전쟁이 일어나면 언제 그랬느냐 싶게 전통시대의 차별받던 여성과 소수자는 아무 말도 못하고 그 차별을 받아들여야 했다. 아직도 소수자(少數者)는 그렇게 소수자인 채로 존재하고 있는 것이다.

영재는 또 하나의 차별받는 소수자라고 할 수 있다. 영재란 어느 특정(特定)한 분야의 특출(特出)한 재능만을 가지는 경우가 일반적이다. 모든 면에서 일반인을 뛰어넘는 것은 가능하지 않을 뿐만 아니라 불필요하기까지 하다. 어떤 특정한 분야에 대한 강한 집착과 타 분야에 대한 몰이해(沒理解)라는 점에서, 이는 또 하나의 불구적(不具的)인 모습으로 비칠 수 있을 것이다. 그래서 일반 교양인을 강조하는 보통의 사회에서, 그들은 특정 분야를 제외하고는 당연히 소수자로서 받아야 할 혜택에서 제외되고 있는 것이다. 더 불행한 것은 바로 그들이 가지고 있는 영재성 때문에 일반인으로서의 삶도 용이(容易)하게 영위하지 못한다는 사실에 있다. 앞에서 제시한 천리마의 고단한 삶을 바로 이에 비견(比肩)할 수 있을 것이다.

물론 심각한 경제적 불균형과 폭력, 교육의 위기를 겪고 있는 이 시기에 영재를 발굴하고 교육에 집착하는 것은 지나친 엘리트주의의 산물이라는 비판을 받기도 한다. 그러나 가장 뛰어난 수준의 인간 능력에 대한 이해는 인간에 대한 본원적 성찰이나 과학의 발전을 위해서도 반드시 수행해야 할 과제이다. 마치 이상심리(異常心理)의 고찰을 통하여 평균적인 심리와의 비교가 가능하고, 그것이 인간에 대한 총체적 고찰을 가능하게 한 것과 같다. 그런 점에서 영재에 대한 고찰 없이는 인간에 대한 종합적 사고가 이루어질 수 없는 것이다. 따라서 영재성에 대한 관심을 엘리트주의의 산물이라고 보는 사고는 오히려 불평등을 조장하는 것이라는 인식을 가질 필요가 있다.

이제 영재를 발굴하고 정당하게 교육하는 것은 그를 정당한 인간으로 대접한다는 점에서 필수적인 과제로 우리에게 부과되어 있다. 외면으로 확인할 수 있는 지체부자유자나 정신질환자만이 아니라 특정 분야의 능력을 가진 영재에 대한 정당한 인식과 교육은 한 집단의 경쟁력을 강화하거나 개인의 성취를 도모한다는 효율적인 측면에서만 볼 것이 아니라, 인간으로서의 정당한 삶을 향유하게 한다는 측면에서 접근해야 하는 것이다.

김시습은 마치 현대의 영재가 제대로의 평가를 받지 못한 것과 같은 양상을 보여주는 삶을 향유하였다. 힘겹게 현실과 타협하려고 하였지만 그의 영재성은 보통의 논리가 통하는 현실에서 받아들여지기 어려웠다. 그런데도 불구하고 그는 자신의 영재성을 꽃피울 수 있었다. 한국 문학사에서 그는 최초의 소설 작품으로 평가되는 『금오신화』를 남김으로써 우리의 문학사를 풍요롭게 하였다. 또한 많은 작품과 사상적 기록을 남김으로써 자신의 영재성을 결코 사장(死藏)시키지 않았다. 그에게 특별한 제도적 영재 교육이 부여되었기 때문이 아니었음은 물론이다. 어떤 점이 그의 영재성을 발현(發顯)하게 하고, 후대의 문화에 큰 기여를 할 수 있게 하였는가를 따지는 것은 따라서 영재의 발굴과 교육에서 제대로의 방향을 찾지 못하고 있는 현대 영재 담론의 한 해결책을 발견하는 계기가 될 수 있을 것으로 생각한다.

2. 김시습의 영재적 삶

　김시습은 1435년 서울의 성균관 반궁리에서 출생하였다. 여덟 달만에 글을 알아 외할아버지는 천자문(千字文)을 가르쳤다고 한다. 이 시대의 영재적인 모습은 한문 전적(典籍)의 이해와 그 축적에 있었으므로 김시습의 문식력(文識力)은 그에 가장 부합되었다고 할 수 있다. 물론 특정 분야의 영재성을 발휘할 수 있었겠지만, 닫힌 사회에서 그 사회가 요구하는 능력 이외에는 특별하게 기록되거나 주목을 받을 수 없었다. 김시습이 우리에게 하나의 문제적 존재로 서 있고, 또 의미를 갖는 것도 그가 당대의 요구에 부응하는 능력을 보였기 때문에 가능했다고 할 수 있다.

　영재성은 복합적이기 때문에 어느 측면에 강조점을 두는가에 따라 그 설명이 달라질 수 있다. 이러한 다양한 측면을 R. J. Sternberg와 L. Zhang은 수월성(秀越性)과 희귀성(稀貴性), 생산성(生産性), 검증 가능성(檢證可能性), 가치성(價値性)의 다섯 가지 국면(局面)으로 제시하고, 이들 사이의 상호작용에 주목함으로써 영재성의 통합적 규정에 기여하였다. 수월성은 어떤 영역이나 차원에서, 동료와 비교하여 우위를 차지해야 한다는 점을 말한다. 영재는 다른 사람과 구별되는 특출한 능력을 가지고 있다는 점에 대한 설명으로 볼 수 있다. 희귀성은 단순히 어떤 분야에 대한 특출한 능력을 소유하였다 할지라도, 희귀하다는 판단이 결여되면 영재로 인정할 수 없다는 점을 말한다. 이런 점에서 희귀성은 수월성을 보완하는 성격의 규정이라고 할 수 있다. 생산성은 현실적으로나 잠재적으로 생산성을 지녔을 때에만 영재로 인정될 수 있음을 말한다. 이는 어린 시절의 잠재적 생산 능력이

성인으로 이행하면서 구체적 생산 능력으로 이행되어야 함을 의미한다. 따라서 어린 시절의 잠재적 영재성 발휘만으로 끝날 뿐, 실제적 생산성으로 변화되지 않는 경우 '학교—집 영재'라고 말하기도 한다. 검증가능성은 영재성을 결정하는 탁월성(卓越性)이 하나 이상의 타당한 검사를 통하여 검증(檢證)되어야 함을 의미한다. 이는 영재의 객관적 타당성을 설명해야 하는 검증 도구의 존재를 전제하고 있는데, 그 양상은 사회 집단에 따라 달라질 수밖에 없다. 영재적 타당성은 사회의 요구와 긴밀한 관계를 맺고 있기 때문이다. 이러한 사회의 요구는 가치성으로 규정된다.[Robert J. Sternberg ed.(이정규 역), 『영재성의 정의와 개념』, 학지사, 2008, 51~58쪽] 이렇게 본다면 R. J. Sternberg와 L. Zhang의 영재성 규정은 사회적 합의와 영재성의 성취 결과까지를 고려하여 마련한 것이라고 할 수 있다.

이에 대하여 Renzuli는 '창의적이고 생산적인' 사람이나 인간의 다양한 측면에서 뛰어난 성취를 이룬 사람에 대한 탐색적인 변인(變因)을 자세하게 기술한 연구를 바탕으로 극단적으로 높을 필요가 없지만 평균 이상의 높은 지적 능력(知的能力)과 자신의 일에 대한 열정을 바탕으로 하는 과제(課題) 집착력(執着力), 그리고 높은 수준의 창의성(創意性)을 갖추어야 한다고 하였다.[Robert J. Sternberg ed.(이정규 역), 『영재성의 정의와 개념』, 학지사, 2008, 147~148쪽] 이는 일반인과 구별되는 영재성을 정의하기 위하여 대단히 기능적으로 작용할 수 있는 기준이라고 할 수 있다. 과제집착력은 흔히 동기(動機)라고 설명되고 있는데, 이 때문에 Renzuli의 모형은 미성취 아동에게는 적용하기 어렵다는 평가를 받기도 한다. 그러나 김시습과 같이 아동기에 이미 영재로서의 검증을 마쳤고, 그 성취 또한 영재로서의 요건을 충족시켰다고 평가되는 경우는 현대적인 객관적 검증 자료를 통하여 접근하기보다는 Renzuli의 경우처럼 통합적이고 중층성(中層性)을 지닌 기준이 적용될 필요가 있다.

1) 높은 수준의 지적 능력

김시습은 타고난 천재였다. 그것은 단순히 부모의 아이 사랑에 기초한 것이 아니고 공인(公認)된 영재성으로 확인된 것이었다. 물론 아이로서의 영특함이 발견되었다고는 해도, 이웃에 살던 최치운이 그에게 『논어』학이편의 '학이시습지(學而時習之) 불역열호(不亦說乎)'에서 딴 시습(時習)을 이름으로 명명하였을 때만 해도, 그것은 단순히 그 아이의 미래에 대한 희망 정도로 이해할 수 있다. 그러나 천부적 자질을 알아본 외할아버지가 천자문을 가르치면서 그것은 단순히 아이에 대한 바람이 아니었음을 보여주었다. 전설(傳說)로 전해지는 것이지만 사람들은 그를 공자(孔子)가 환생(還生)한 인물로 생각하였다고 한다. 이른바 '나면서부터 알았던[生而知之]' 성인성(聖人性)과 그의 영재성(英才性)을 병렬(竝列)시켰던 것이다. 이미 두 살에는 외할아버지에게 『당현송현시초(唐賢宋賢詩抄)』를 배울 정도의 성취를 이루었다. 그래서 아직 말도 하지 못하는 김시습은 외할아버지가 '화소함전성미청(花笑檻前聲未聽 : 꽃이 난간 앞에서 웃지만 그 소리는 들리지 않는다)'고 읊자, 병풍의 꽃을 가리키며 '아아' 하였고, 또 '조재임하누난간(鳥在林下淚難看 : 새가 숲속에서 울지만 눈물이 흐르는 것은 보이지 않는다)'고 하자 또 병풍의 새를 가리키며 '아아' 하였다는 것이다.[김시습의 연보와 생애는 심경호, 『김시습 평전』(돌베개, 2003)에 잘 정리되어 있다. 김시습의 생애와 관련된 부분의 서술은 대부분 이 책의 내용을 바탕으로 이루어졌다.]

말을 하기 시작한 세 살부터 김시습은 본격적으로 시를 짓기 위한 기초를 다지기 시작하였다. 그 결과 문헌상 그의 최초의 시구(詩句)로 알려진 '춘우신막기운개(春雨新幕氣運開)'가 이루어졌다. "봄비가 갓 지은 초막에 내려 새 기운이 열리네."로 번역될 이 시구는 외할아버지의 '춘'이 놓이는 시구를 지어보라는 말에 따라 이루어졌다고 한다. 또 유모가 보리를 맷돌에 갈고 있는 것을 보면서 "비도 오지 않는데 천둥소리는 어디에서 나는가[無雨雷聲何處動] / 누런 구름이 풀풀 사방으로 흩어지네.[黃雲片片四方分]"라고 읊었다. 맷돌 가는 소리가 아이에게는 천둥소리처럼 크게 들렸을 것이다. 그리고 밖으로 퍼져 떨어지는 보리껍질이 누런 구름처럼 보였을 것이다. 천둥소리와 누런 구름이 있어 맷돌 가는 소리와 흩어지는 보리 껍질은 그 의미를 획득하고 있다. 김시습은 이 시기에 단순히 한시의 형식을 익힌 것뿐만 아니라 사물을 시로 인식하는 바탕을 터득하였다고 할 수 있다.

다섯 살 되던 1439년은 김시습의 절정기(絶頂期)였다. 나이로서야 절정기일 수 없는 것이지만, 김시습으로서는 영원히 담고 싶은 추억의 최고봉(最高峰)이 바로 이 시기였다. 사람들이 그를 '오세(五歲)'라고 불렀고, 자신도 이를 평생의 반려(伴侶)로 삼을 만큼, 이 시기는 그에게 충격과 환희의 순간이었다. 당대의 석학(碩學)인 이계전(李季甸)과 성균관 사예(司藝)였던 조수(趙須)에게 학문을 배웠고, 그들에 의하여 김시습의 영재성은 널리 알려지게 되었다. 70세의 정승이었던 허조(許稠)는 김시습을 직접 찾아와 그의 영재성을 확인하였다. 자신이 늙었기 때문에 '늙을 로(老)'로 시구를 지어보라는 허조의 말이 떨어지자마자 김시습은 "늙은 나무에 꽃이 피니 마음이 늙지 않은 것이지요[老木開花心不老]"라고 읊었다. 사대부들과 종친들이 그를 방문하여 후일을 기약하고 선물을 주었으니 이것만으로도 그의 기쁨은 한이 없었을 것이다. 그런데 결정적으로 당시의 임금인 세종이 그를 직접 불렀다. 세종의 지시로 승정원에 불려온 김시습은 승지의 무릎에 앉아 자신의 능력을 유감없이 발휘하였다. 이 말을 전해들은 세종이 친히 비단 도포를 하사하였으니 그 영광은 이루 말할 수 없었을 것이다.[후일 그는 이 감격을 다음과 같이 시로 표현하였다. "英廟聞之召丹墀 臣筆一揮龍蛟飛"<東峯六歌>(『매월당집』 권 14), "英陵賜錦袍 知申呼上膝"<敍悶>(『매월당집』 권 14)]

영재성과 관련된 숱한 행동으로 김시습에 대한 소문은 온 도성(都城)에 가득할 수 있었다. 이처럼 김시습은 끝없는 호기심과 집중성을 보여준 어린 시절을 보냈다. 대사성인 김반과 사성 윤상에게서 대부분의 일반 서적을 배운 뒤에, 그는 쉼 없이 책 속에 파묻혀 끝 모르는 지적(知的) 갈증(渴症)을 충족시켰다.

외모(外貌)는 그의 사유(思惟)의 결과라는 말이 있다. 그는 성격이 소탈하여 구속되는 것을 싫어하였고, 볼품없는 외모와 매몰찬 성격으로 자신만의 세계를 구축해 나갔다. 그가 그린 자화상(自畵像)은 아, 천재의 모습이란 이런 것이구나 하는 마음을 불러일으킬 정도로 전형적인 모습을 형상화하고 있다. 잔뜩 찌푸린 두 눈과 성근 눈썹, 그리고 얇게 꼭 다문 입술과 어느 한 구석 틈이 없는 볼은 그의 지나온 삶과 사유를 남김없이 보여주고 있는 것이다. 자신의 영재성을, 스스로는 결코 만족할 만큼 발휘하지 못하였다고 생각하는 고독한 인간의 모습이지만, 그것은 그의 생각일 뿐이다. 불멸(不滅)의 완성품으로 우리에게 남겨진 그의 업적은 그의 영재성에 걸맞은 것으로 기억되기 때문이다.

2) 과제집착력

그에게 있어 인생의 전환기는 삼각산(三角山)에서 공부하던 중에 일어난 세조(世祖)의 왕위찬탈사건(王位簒奪事件)이었다. 그를 인정하고, 후일을 기약하였던 사람이 세종이었고, 이어 문종과 단종으로 이어지는 왕실의 안정이야말로 김시습의 뜻을 세울 수 있는 기틀이었다고 할 수 있다. 그런 틀이 깨어졌기 때문에, 김시습은 과거를 통하여 자신의 초지(初志)를 관철시키고자 했던 계획을 접었던 것이다. 그러나 김시습이 재조(在朝)의 길을 포기하고 방외인(方外人)으로 들어서게 되는 조짐은 이미 드러나고 있었다. 열아홉에 치른 과거에서의 낙방(落榜)은 그에게 큰 자존심의 상처를 안겨 주었고, 또한 어머니의 죽음 이후 탐닉했던 불교와 도교의 세계에 깊이 들어서고 있었기 때문이다.[과거에서의 낙방은 이규보와 김시습, 박지원 등 우리가 알고 있는 특출한 문인에게서 발견되는 중요한 징표라고 할 수 있다. 이것이 과거의 경직성과 바로 연결되는 것은 아니지만, 분방한 기풍의 문인에게 있어 과거의 형식성이 넘기 힘든 관문이라는 점은 분명하다.]

모친이 별세하자 그는 조계산(曹溪山) 송광사(松廣寺)에 머물면서 준상인(峻上人)을 통하여 불교를 접하고 도가(道家)의 경전(經典)에도 깊이 심취(心醉)되었다. 이런 상황에서 그의 과거 낙방은 이루어졌고, 또 단종의 양위(讓位)와 사육신의 죽음을 지켜봐야 했던 것이다. 사육신의 죽음을 직접 지켜보고, 그들의 시신(屍身)을 수습하여 가장(假葬)한 것, 그리고 남효례의 딸과 결혼하여 가정을 이루었지만 오래 지속되지 못한 것 등 복합적(複合的)인 요인이 개재(介在)하면서 김시습은 방외인적 삶으로 스스로를 이끌었던 것이다. 자신의 앞날을 깊이 고민하던 그는 바로 승려 차림으로 조선의 자연을 유람(遊覽)하였다. 여행이야말로 인생의 압축적 표현이라고 할 수 있다. 그는 여행에 몰입(沒入)하고 집착(執着)하였다.

24살이 되는 해에 그는 먼저 관서지방을 유람하였고, 그 겨울 유람하면서 지은 시를 모아 <유관서록(遊關西錄)>을 엮고 그 후지(後志)를 작성하였다. 그리고 다음 해에는 관동지방을 유람하였고 마찬가지로 <유관동록(遊關東錄)>과 후지를 엮었으며, 가을에는 호남을 유람한 뒤 또 <유호남록(遊湖南錄)>과 그 후지를 엮었다. 그의 여행과 기록은 여기에서 그치지 않는다. <유금오록(遊金鰲錄)>, <관동일록(關東日錄)>, <명주일록(溟州日錄)>을 통하여 그는 여행과 그것이 주는 문학적 함의(含意)를 마음껏 드러냈다. 그는 여행 하나하나에 시와 기록을 남기며, 그 중독성(中毒性)에 깊이 함몰(陷沒)되었던 것이다. 그가 금오산(金鰲山) 용장사(茸長寺)에 거주하게 된 것은 나이 스물아홉이 되는 1462년이었다. 가끔씩 금오산을 나와 외지를 다녀오기도 했지만, 이 6~7년을 제외하고는 금오산에 거주한 일이 없기 때문에 그의 『금오신화』 창작은 이 시기에 이루어진 것으로 볼 수 있다.

여행은 다른 세계와의 만남이며, 이는 자신의 존재를 더 확장시키는 의미를 갖는다. 여행을 출발했을 때의 나와, 여행에서 돌아왔을 때의 나는 결코 동일한 나일 수 없다. 새로운 자연과 인간관계의 확장으로 그 인생은 더 하는 깊이와 폭을 갖게 되기 때문이다. 하기는 우리의 인생 또한 저 먼 곳에서 와서 이곳에 살다가 다시 먼 곳으로 떠나는 여행일 수 있기에, 태어날 때의 나와 죽을 때의 내가 동일할 수 없는 것과 같은 이치일 것이다. 여행은 이러한 철리(哲理)를 인위적으로 더 빨리 경험하고 숙성(熟成)시키고자 하는 것인지도 모른다. 그래서 여행은 수많은 작품 창작의 중요한 소재가 된다.

이 여행에 대한 탐닉은 그의 어쩔 수 없는 선택일지 모르지만, 그것이 갖는 교육적 효과는 이루 말할 수 없이 크다. 그래서 현실 정치와는 일정한 거리를 유지하였지만, 그의 여행 경험은 조선조 선비들의 공부와 학습에 하나의 전범(典範)이 될 수 있는 것이었다. 그래서 그의 방외인적 성격에도 불구하고 그의 방랑이 공부의 한 방법이 될 수 있다는 것, 그래서 일정한 정도의 학습 모델로 선정될 수 있음이 논의되기도 하였던 것이다.[어득강(魚得江)은 어전회의에서 젊은 문신들에게 김시습을 모범삼아 시문을 짓게 해야 한다고 건의하였다. 여행이 갖는 효과를 충분히 인식하고, 그는 젊은 문신들을 선발하여 각 지방을 탐방하게 해서 기(氣)를 배양해야 한다고 주장하였던 것이다. 심경호, 앞의 책, 34쪽]

그러나 어쩔 수 없는 선택이었다 할지라도 그의 여행과 수많은 기록은 그의 과제에 대한 집중력의 결과라는 점은 분명하다. 그와 같은 처지에 놓였던 사람은 많다. 그리고 유사한 경험을 해보고자 한 사람도 많았다. 그러나 그처럼 집중적으로 여행에 몰입하고, 이를 실천에 옮긴 사람은 많지 않

다. 더구나 이것이 곧바로 작품의 창작과 기록으로 이어진 것은 거의 찾아
볼 수 없는 것이다. 소회(所懷)를 곧바로 글로 옮기고, 그 많은 열의(熱意)를
다 담을 수 없어 써놓은 작품을 물에 흘려보내며 통곡을 했다는 그의 모습
은 포용하지 못하는 현실 앞에서 몸부림치는 영재의 모습이라고 할 수 있
을 것이다.

3) 높은 수준의 창의성

김시습에게 우리가 빚 지은 것이 있다면, 그로 하여 우리의 소설사가 다
른 나라와 같은 보조(步調)를 취할 수 있었다는 점, 그리고 최초의 소설에서
수준 높은 역량을 보여줌으로써 우리 소설사의 높이를 한껏 드높였다는
점에서 찾을 수 있을 것이다. 김시습은 그 이전에 존재하고 있던 구비문학
으로서의 설화를 바탕으로 새로운 시대의 요구인 소설 형식을 만들고, 이
에 합당한 작가의식을 기반으로 하여 소설시대를 열어 주었다. 귀신 이야
기, 꿈 이야기는 어느 시대에나 있었다. 그러나 이를 소설적 결구(結構)를
통하여 새로운 시대를 열어준 것은 김시습을 기다려서야 가능했던 것이다.
이런 새로움의 창출(創出)이야말로 영재가 갖는 창의성의 발로라고 하지 않
을 수 없다. 『금오신화』는 모두 다섯 편으로 이루어져 있는데, <만복사저
포기>와 <이생규장전>, <취유부벽정기>는 귀신과의 교유(交遊)를 다룬
작품이고, <취유부벽정기>, <남염부주지>, <용궁부연록>은 꿈을 소재로
하여 자신의 세계관을 표명한 작품이다.

죽음과 꿈이야말로 영원히 우리의 앞에 놓인 풀어질 수 없는 화두(話頭)
일 것이다. 그래서 죽음을 뛰어넘고자 하는 종교가 성행하고, 현실의 저편
에 존재하는 무의식의 세계를 엿보는 중요한 도구로 꿈은 선택될 수밖에
없는 것이다. 이런 화두이기에 작가라면 누구나 이에 관심을 가질 수밖에

없을 것이다. 그래서 시와 설화로 즐겨 향유하는 소재가 되었던 것이다. 그러나 이를 소설로 드러낸 것은 역시 천재로서의 김시습을 기다릴 수밖에 없었다. 남원과 개성, 평양, 경주라는 우리 삶의 구체적 현장에서 벌어지는 진솔한 이야기의 구슬들이 김시습에 의하여 하나로 엮어질 수 있었기 때문이다. 그래서 김시습이 있기 전에는 꿈과 죽음은 이야기로만 존재할 뿐, 구체적 픽션으로서의 영역에 들어설 수 없었던 것이다.

김시습은 명나라 구우(瞿佑)의 『전등신화(剪燈新話)』를 즐겨 탐독하였다. 당대의 많은 지식인에게서 『전등신화』의 독서 경험은 자못 유행처럼 일었음이 여러 기록을 통하여 증명되고 있다. 중국의 문화 현상이 조금의 시차(時差)를 두고 바로 유입되고 유행함을 볼 때, 당대 지식인들의 지적 탐구에 대한 열망을 짐작할 수 있다. 그러나 이를 창조적으로 계승하여 자신의 것으로 환골탈태(換骨奪胎)한 인물은 오직 김시습이 있을 뿐이다. 그는 『전등신화』를 읽고, 이에서 영향 받았음을 '신화(新話)'라는 명칭을 사용함으로써 분명하게 드러냈다. 그러나 구우가 사용한 신화는 장르의 명칭이라기보다는 기왕의 이야기를 글로 모으면서 자신의 시각에 의하여 정리하였다는 의미를 갖는 것으로 사용되고 있다. 그 책에서 펼쳐놓은 이야기는 중국에도 있었고, 또 조선에도 있었다. 그것은 과거에도 있었고, 지금에도 있고, 또 미래에도 존재할 수밖에 없는 것이다. 그런 이야기를 모아 하나의 책으로 엮어 놓은 것만으로도 구우의 업적은 인정을 받을 수 있을 것이다. 조선조의 지식인들이 열광한 이유도 이러한 이야기를 접하지 못해서가 아니라, 이런 집대성(集大成)과 기록화(記錄化)에서 찾을 수 있는 것이다.

김시습의 차별성과 영재성은 구우를 받아들이면서 전형적으로 드러났다. 구우는 그 이전에 구전되고 있던 이야기를 체재를 정하여 엮었다는 의미를 갖는 것이지만, 김시습은 소설 시대의 도래(到來)를 이 작품과의 관련 속에서 예견(豫見)하고 이를 실현하였던 것이다. 구우가 중국의 문학사에서

단 몇 줄의 문학사적 위상으로서만 거론되는 데 반하여 김시습이 우리의 문학사에서 막중한 위치를 차지하게 되는 이유가 여기에 있는 것이다. 구우의 소설사적 위상은 소설이 도래하는 시대에 과거의 자취를 엮어 놓음으로써 소설의 기반이 되는 제재를 충분하게 확보하였다는 의미에 머문다. 그런데 김시습은 타인의 것을 보되, 시대정신에 바탕을 둔 자신의 시각으로 이를 재창조함으로써 영재가 가지고 있는 창의적 사고의 모습을 여실하게 보여주었던 것이다.

김시습의 영재성은 각 작품의 구성에서도 여실하게 드러난다. 그는 필요하다면 그 이전에 존재했던 다양한 양식을 그대로 받아들이거나, 변용하여 받아들였다. '—기(記), —전(傳), —지(志), —록(錄)' 등의 다양한 문체를 우리의 양식으로 재창조하여 사용함으로써, 문체나 형식이 사고의 확장을 뒷받침하는 도구라는 점을 분명히 하였다. 또한 기왕의 '찬(讚)'을 서사 속에 받아들임으로써 산문 속에 시(詩)를 엮는 편리함을 보여 주었다. 산문 속에 시가 삽입됨으로써 얻는 효과는 여러 가지가 있을 것이다. 서사(敍事)의 정지(停止)를 감수하면서까지 그가 시를 편입한 것은 그가 단순히 시를 잘 짓는 뛰어난 시인이었기 때문만은 아니었다. 시가 가지는 서정성과 압축성은 서사의 정지를 감수하면서까지 추구해야 하는 장르적 전략이라는 것을 그는 간파했던 것이다. 이런 발상은 판소리나 무가(巫歌)에서 창과 아니리의 교체를 통하여 드러내는 효과의 극대성에서도 찾을 수 있다. 이러한 실험과 호기심의 노출도 그의 영재성을 드러내는 요소의 하나로 추가할 수 있을 것이다.

3. 김시습의 영재성 발현과 환경

　전통시대 교육의 최종 목표는 국가적인 면에서는 인재의 양성이었고, 개
인적으로는 입사(入仕)하여 자신의 경륜(經綸)을 펼치는 일로 귀결되었다. 국
가의 번영을 위해서는 뛰어난 인재의 발굴이 대단히 긴요한 일이었고, 개
인의 영달을 위해서도 관리로 등용되는 것이 필수적이었다. 전통시대의 지
식인들은 자신이 사람답게 살기 위하여 우선 자신을 다스리고 수양할 필요
가 있었다. 그러나 그것은 결코 자신만을 위한 소승적(小乘的) 차원의 것이
아니었다. 그들은 그렇게 닦여진 몸으로 세상에 나아가야 했다. 세상을 교
화(敎化)하기 위하여 만들어진 제도가 바로 영달(榮達)이요, 관직(官職)이었다.
자신을 닦고, 집안을 가지런히 하고, 나아가 나라를 다스리며, 천하를 평안
히 하는 것—이것이 바로 그들이 추구하는 지고(至高)의 과제였던 것이다.
　또한 전통시대의 지식인들에게 있어 삶의 기반이 되는 효(孝)의 실천도
그들을 필연적으로 관직에 나아가게 했다. 학문마저도 뒤에 놓아야 할 정
도로 만행(萬行)의 근본에 효를 놓았던 전통적 사고에서 효의 처음과 끝은
다음과 같이 규정되었다. "효를 어디에서 시작할 것인가? 우리의 몸 하나
하나는 모두 부모님이 물려준 것이다. 그러니 이를 헐거나 훼손하지 않음
이 그 출발이다. 효는 어디에서 끝나는가? 세간에 나아가 뜻을 펴 영달하
고 그 이름을 후세에 드날릴 것이다. 이로써 그 부모를 또한 세상에 드러
내게 될 것이니, 이것이 곧 효의 마침이다."[『효경(孝經)』, 개종명의(開宗明義).]
효의 실현을 위해서도 그들이 관직에 나아가는 길을 선택하는 것은 필연

적이었던 것이다.

전통시대의 국가와 개인의 욕구가 만나는 접점에 놓여 있는 제도가 바로 과거(科擧)라고 할 수 있다. 따라서 과거의 시험 과목이 무엇인가 하는 문제는 교육의 내용을 결정하는 핵심적인 사항이었다. 공식적으로 우리나라의 과거시험은 고려 광종 때 중국에서 귀화한 쌍기(雙冀)의 건의에 의해 처음 실시되었다.[『고려사』 권 73 지 권 27 선거 1 과목 1.] 그러나 이전에도 관리를 선발하는 제도는 방식의 차이는 있었지만 이미 존재하고 있었다. 신라의 원성왕대에 실시된 독서삼품과(讀書三品科)는 그 대표적인 예이다. 독서삼품과는 그 이전까지 시행되었던 인물 본위의 천거(薦擧)를 통한 등용(登用)에서 학벌 또는 시험 본위의 선택적 등용으로 변화시켰다. 고려시대에 실시된 과거제도도 이 독서삼품과의 시험 방식과 유사한 것이어서, 그 선발 기준은 유교적 교양과 봉건적 지식이었음을 알 수 있다. 독서삼품과에서 부과한 시험 과목은 유학의 오경(五經 : 『역(易)』, 『시(詩)』, 『서(書)』, 『예(禮)』, 『춘추(春秋)』), 삼사(三史 : 『사기(史記)』, 『한서(漢書)』, 『후한서(後漢書)』), 그리고 제자백가서(諸子百家書)였다. 또한 고려시대에 문신을 선발하기 위한 시험은 제술업(製述業) 시험과 명경업(明經業) 시험이 있었는데, 제술업시험은 시(詩), 부(賦), 송(頌), 책(策) 등 문학의 역량을 평가했고, 명경업시험은 『서』, 『역』, 『시』, 『춘추』 등 유교의 경전에 대한 이해를 평가하는 것이었다. 여기에서 으뜸으로 삼은 것은 제술업시험이었기 때문에, 과거에 대비하는 교육이 어떤 방식으로 이루어졌는지는 미루어 짐작할 수 있다.

조선의 과거제도도 고려시대의 그것에서 크게 벗어나지 않았다. 국가의 통치와 국가기구의 운영에 참여하게 될 관리의 후보자를 선발하기 위해 과거를 치른 것이나, 유학의 경전에 대한 이해와 문예적 재능을 평가의 기준으로 삼은 것도 또한 같다. 다만 유학의 이념에 충실하고자 하는 조선조의 지향 때문에, 과거시험의 비중이 더욱 높아졌다는 점은 고려의 경우와

구별된다고 할 수 있다. 그 결과 비록 무과(武科)나 잡과(雜科) 등이 있었지
만, 문관 중심의 관료제도와 숭문적(崇文的) 사회 풍토가 더욱 강화되었던
것이다. 이렇게 된 이유는 사대부로서 지녀야 할 교양을 경학과 문학의 조
화로운 통합에 두었기 때문이다. 이것은 결과적으로 실무 지식에 밝은 유
능한 행정 관료를 선발하는 것이 아니라, 통치의 사유적 측면을 중시하는
교양인의 양성이 과거를 통한 교육의 목표로 설정되었음을 의미하는 것으
로 볼 수 있다. 구체적인 실무를 담당하는 역할은 중하급 관료군인 중인에
게 미루었던 것이 조선조 통치의 중요한 원리였던 것이다.

대체로 세 단계에서 이루어지는 과거에서 첫 단계에 사서와 오경이 부과
되었고, 다음 단계에서는 문학 능력이 평가되었으며, 마지막에 부과된 것은
이러한 모든 독서 능력을 총괄적으로 묻는 대책(對策)이었다. 그리고 중간
단계의 문학을 위하여 더 추가되어야 할 목록으로『문선(文選)』,『고문진보
(古文眞寶)』와 같은 서적들이 있었다. 그런데 문학의 평가는 자신의 독창적
능력이 아니라, 확립된 전범(典範) 속에 자신의 뜻을 응축(凝縮)시킬 수 있는
능력의 측정에 집중되어 있었다. 경전에 대한 비판이 용납되지 않은 것처
럼 문학에서도 기왕에 확립된 전범에서의 일탈은 용납되지 않았던 것이다.
더구나 과거에서 최종적으로 부과되는 대책(對策)은 어떤 현상에 대한 자신
의 견해와 해결책을 묻는 것이 아니라, 대체로 성현의 말이 이루어진 경위,
또는 그 실천 방안에 대한 설명으로 이루어졌다. 과거에서 제출된 책문이
국가 정책의 시행에 있어 구체적인 자료로 활용되지 않았던 것은 이러한
이유 때문이었다. 전통시대의 지식인들에게 있어 관직에의 진출은 필연적
사항이었다. 따라서 그 관문인 과거제도의 요구에 부응하는 교육이 이루어
질 수밖에 없었다. 획일화된 사고와 표현으로의 지향은 사회의 통합을 추
구하는 국가 이념과 대단히 밀접하게 연관되어 강요되었던 것이다.

김시습은 13세에 이르기까지 약 8년 동안 어떤 의미에서 일종의 영재교

육을 받았다. 대사성 김반(金泮)으로부터는『논어』,『맹자』,『시경』,『서경』,
『춘추』를 배웠고, 사성 직에 있던 윤상(尹祥)에게서는『역경』과『예기』를
배웠다. 그는 인생의 출발 즈음에 이미 꼼꼼하게 학문의 기반을 다지고, 또
배워야 할 내용을 속성(速成)으로 마침으로써 그의 영재성이 돋보일 수 있
는 기초를 마련하였던 것이다. 이것이 앞에서 서술한 전통시대의 교육 내
용과 일치하였음은 물론이다.

　그러나 전통시대의 일반 선비와 같이 영달의 길을 준비하고 있던 그에
게 가정적인 것으로부터 먼저 불운이 닥쳐왔다. 15세 되던 해에는 어머니
를 여의었고, 또 아버지마저 중병으로 가정을 돌보지 못할 정도가 되었던
것이다. 무신(武臣)의 가계에서 태어난 것 등 당시의 모든 객관적인 조건이
그로 하여금 순탄한 길을 밟지 못하게 하였을 뿐만 아니라, 계속하여 일어
나는 가정 파란으로 마음껏 학업을 계속할 수 없었다. 그러다가 단종 손위
(遜位)의 사건을 당하자, 홀연히 방랑의 길을 떠나고 말았던 것이다.

　조선시대의 선비들은 과거에 급제하여 영달의 길에 들어서면서, 조용히
자신을 돌아볼 수 있는 시간을 갖기가 어려웠다. 해야 할 일은 많고 사람
과의 관계 유지에 많은 시간을 소비할 수밖에 없었다. '봉제사(奉祭祀) 접빈
객(接賓客)'은 주부가 가장 관심을 두어야 할 일일 뿐만 아니라, 마찬가지로
선비가 치러야 할 가장 중요한 업무이기도 했다. 이런 일에서 해방된다는
것은 거의 불가능했기 때문에, 유배(流配)는 어떤 의미에서 일상의 번잡함
으로부터 해방되는 기간이기도 했다. 유배의 기간에 인사(人事)와 관련되는
일에서 벗어나 자신을 되돌아보는 시간을 갖고, 또 한사(閑事)일 수 있는 문
학 활동이 가능했던 것은 이 때문이다.

　그런데 김시습은 일찍부터 이런 세상의 번잡한 일에서 벗어나 있었다.
그에게 부정적인 요소로 작용하고 있는 제반 여건이 오히려 그로 하여금
영재성을 발휘할 수 있는 긍정적인 여건으로 변화되었던 것이다. 이렇게

주어진 상황을 효과적으로 이용하여 차분히 열람(閱覽)할 수 없었던 역사서
와 제자백가서를 일정한 스승 없이 스스로 공부하였다. 왕성한 지적 호기
심을 충족시킬 수 있었던 행운을 그는 이렇게 표현하였다.

> 내가 만일 환로에 있었다면 이 좋은 경관을 즐기고자 해도 가히 얻을 수
> 없었을 것이며, 또 능히 자유로이 유람을 즐길 수 없었을 것이다. 아, 이 세
> 상을 살아가면서 명리를 급급하게 좇고 생업을 영위하느라 그 몸을 곤궁하
> 게 하는 모습이 마치 작은 비둘기가 능소화를 그리워하고, 박과 오이가 나
> 무에 의지하여 삶을 누리는 것과 같구나. 이 어찌 고통스럽지 않을 것인가.
> ―『매월당집』권 9, <탕유관서록후지(宕遊關西錄後志)>

이 기회를 활용하여 그는 유불도 삼교에 걸친 사상 편력을 이루었는데,
이러한 예는 한국 사상사 전체에서 유례를 찾아보기 힘들 정도이다. 그가
종파(宗派)의 경계선을 허물며 자유롭게 교통(交通)하고, 그럼으로써 여러 사
상들을 회통(會通)시키려 했다는 점에서 그는 유불도의 삼교를 초월하였다
고 할 수 있다. 김시습 당시의 불교 승려들은 저술을 남기지 않았다. 저술
이 남아 있지 않으므로 당시 불교의 현황과 사상을 알 수 없을 뿐만 아니
라, 불가에 학승(學僧)이 존재하지 않았다는 비판까지 받을 수밖에 없었다.
그 시기에 바로 김시습이 있음으로써 불교는 저술의 공백을 메울 수 있었
던 것이다.[김영태, 「설잠 당시의 대불교정책과 교단 사정」, 『매월당―그 문학과 사
상』(강원대학교출판부, 1991), 35~36쪽] 또한 도가(道家)의 학풍이 형성되지 않았
으므로 도가사상을 체계적으로 익히지는 못하였지만, 『도덕경(道德經)』과
『남화경(南華經)』은 물론이고 도가의 경전이라고 할 『황정경(黃庭經)』에도
깊이 탐닉하였다. 이처럼 그는 행동의 자유뿐만 아니라 사상의 자유를 마
음껏 누리는 생활을 만들고 스스로 이를 즐길 수 있었다.

4. 김시습 문학의 영재성 발현

김시습의 문집 『매월당집』은 모두 23권인데, 이 중 15권이 시로 채워져 있다. 현재 시문집에 전하는 시는 2,200여 수에 이르지만 실제로 지어진 작품의 수는 훨씬 더 많았을 것이다. 남효온(南孝溫)은 그의 『사우명행록(師友明行錄)』에서 "매월당의 시는 수만 편에 이르나 거의 흩어졌다."고 하였기 때문이다. 이율곡도 <김시습전>에서 그의 시문은 십분의 일 정도만 남았을 뿐이라고 하였다. 그렇다면 얼마나 많은 작품들이 전해지지 않고 있는지를 가히 짐작할 수 있다.

김시습의 작품에 대하여 문장보다 시가 뛰어나며, 고체시(古體詩)보다 근체시(近體詩)가 더 뛰어나고, 그 가운데 율시(律詩)가 뛰어나다고 한다. 그러나 그에 대한 다양한 평가에도 불구하고 그의 문학이 자유로움을 추구하고 있으며, 인간의 본질을 추구하고 있다는 점에서는 그 견해가 일치한다. 이러한 자유로움을 포용할 수 있을 만큼 그의 능력은 대단했기 때문이다. 그에 대하여 타고난 영재이면서 동시에 그 영재성을 지속시킨 사람이라고 할 수 있는 까닭이 여기에 있다.[그는 자신의 삶을 되돌아본 작품 <아생(我生)>에서 자신의 무덤에 세울 묘표(墓表)에 쓸 말은 다만 '꿈꾸며 살다 죽은 늙은이[夢死老]'라고 하였다. 이것이야말로 그의 삶과 문학이 추구했던 자유로움의 추구를 적실하게 표현한 것이라고 할 수 있다.]

그에게 있어서 문학은 자신이 살아온 삶의 자취이자 정신적 가치를 실현하는 도구였다. 김시습만큼 자신의 모든 것을 문학으로 나타낸 사람은 거의 찾아보기 힘들다. 우선 그는 자신의 삶을 그대로 시로 읊었다. 그의 삶이 곧 시였고, 그의 시가 바로 그의 삶인 셈이다. 그래서 그의 시는 함축성을 지니면서도 산문으로서의 기록성을 동시에 지니고 있다. 그의 시가 그의 생애와 사상을 정리하는 데 있어 중요한 자료로 사용될 수 있는 까닭이 여기에 있다. 이런 점에서 그는 시의 영역을 보다 확장시켰다고 할 수 있다.

그는 문장을 단순히 교화의 도구로만 생각하지 않았다. 그는 시를 쓰는 행위 자체를 중요시하였다. 따라서 시에는 그의 정서나 감정뿐만 아니라 생활에 관한 모든 것이 드러나 있다. 그런데 유가적 문학관으로 본다면, 문장은 도(道)를 위주로 삼아야 하며 문장으로 나라의 다스림에 올바르게 기여해야 한다. 이 때문에 시는 문장보다 중요시되지 않았다. 시는 여기(餘技)일 뿐이었던 것이다. 그런데도 그는 온통 시에 몰두한데다가 불문(佛門)에 의지한 탓에 기존의 사회적 규범과는 거리가 멀었다. 그의 행적이나 시작(詩作)에 대해 후대 사대부 문인들의 평가가 그리 좋지 않은 것도 이 때문이다.

김시습의 시에는 감정을 자연발생적으로 표출하는 작품들이 많다. 앞에서 말한 바와 같이 그는 자신의 생애를 술회할 때도 대부분 시로 표현하였다. 또 고금의 흥망성쇠에 눈물짓고 역사 속의 어진 임금을 추모하는 회고의 정도 당연히 시의 제재가 되었다. 이러한 역사, 시간 등의 제재를 활용하여 지은 작품 속에서 그는 평소의 그가 되뇌었던 방황, 굴절, 원망의 심정을 여과 없이 드러냈다. 그의 삶이 그러했기 때문에 사랑이나 고향을 노래하는 서정성보다는 자연과의 교유를 노래하는 기행(紀行) 위주의 글이 많을 수밖에 없었다.

한편 그의 시는 어렵게 살아가는 농민들의 심정을 대변하는 사회비평적인 내용도 많이 담고 있다. <오호가(嗚呼歌)>, <영산가고(咏山家苦)>, <기농부어(記農夫語)>, <산여(山畬)> 등이 그러한 경향을 보여주는 작품들이다.

그의 글 <애민의(愛民義)>에서는 민심이 돌아오면 만세(萬世)에까지 군주가 될 수 있을 것이고, 민심이 떠나가면 하루도 견디지 못하고 필부(匹夫)가 될 것이라고 하였다. 또한 <기농부어>에서는 가난과 가뭄, 그리고 세금 수탈과 징병 등 당시 백성들이 겪는 고충을 직접 농부의 입을 통하여 사실적으로 묘사하고 있다. 이와 같이 그는 시의 영역을 산문의 영역까지 확대하여 시적 서정을 효과적으로 사용하였다.

『금오신화』는 경주의 금오산에 머물던 시기에 지어진 작품으로 추정되는데, 자신의 생애 가운데 가장 활달한 시기에 이르러 인생을 해석하고 우주의 신비를 추구했던 지적 노력의 결과물로 파악된다. 다시 말하면 현실에 대한 불신(不信)이 이상의 추구로 바뀌는 시점에서 창작된 것인데, 이 시기가 금오산에 머물렀던 기간인 것이다.

김시습은 이 작품을 지은 뒤 곧바로 세상에 발표하지 않고 석실(石室)에 감춰두고는 후세에 반드시 자신을 아는 사람이 있을 것이라고 하였다. 그러나 많은 사람이 이 작품을 읽었고, 그 존재에 대하여 언급하였다. 김안로(金安老)는 『금오신화』가 『전등신화』를 본받아 썼다고 지적하였는데, 그 영향 관계는 김시습이 지은 <제전등신화후(題剪燈新話後)>를 통하여 확인할 수 있다. 이황, 김인후 등도 이에 대한 기록을 남겼고, 송시열은 이를 읽고자 널리 수소문하였으나, 이룰 수 없었음을 안타까워하는 마음을 기록하였다.

『금오신화』는 작품의 배경을 우리나라로 설정함으로써 우리 민족의 자주성과 함께 향토색을 보여주고 있다. 배경이 되는 도시는 남원, 개성, 평양, 경주 등인데, 이 도시들은 모두 한 시대를 풍미(風靡)하다 그 시대적 사명을 다른 도시에게 넘겨주고, 과거를 되돌아보는 회고의 감정을 어쩔 수 없이 지니고 있다는 공통점을 가지고 있다. 과거의 도시, 추억의 도시에서 『금오신화』의 이야기는 이루어지고 있는 것이다.

이 공간적 배경이 지니는 정서는 등장인물들의 행태를 어떤 방식으로든 제약하고 있는데, 그것이 외로움으로 나타나고 있다. 사람들과의 복잡한 만남이나 떠들썩함은 애초부터 배제되는 것이다. 그들의 만남은 타인의 매개에 의하여 이루어지지도 않는다. 그것은 오로지 자신만의 선택이나, 꿈속에서의 은밀한 만남으로 이루어지는 것이고, 따라서 그에 대한 책임도 그들만이 가지는 것이다. 누구도 그들의 관계에 개입할 수 없을 만큼 그들의 관계는 밀착되어 있다. 그들의 만남은 외부에 노출되지 않을 만큼 철저히 비밀에 싸여 있기 때문이다.

여기에 등장하는 인물의 상대역은 모두가 현실의 존재가 아니다. 귀신이거나, 또는 꿈속의 존재들이다. 죽음과 꿈이야말로 가장 개인적인 만남의 대상이다. 같이 죽을 수도 없고 또 같이 꿈을 공유할 수 없는 것이기 때문이다. 그렇기 때문에 그들과의 만남은 누구의 간섭도 받지 않고 이루어질 수 있었다. 이승과 저승, 그리고 현실과 몽환의 세계로 나뉘어 있으면서도 그들은 만남을 지속할 수 있는 연속성을 지니고 있는 것이다.

등장하는 남성은 현실적으로 외로운 상황 속에 처해 있기 때문에 그들과 만날 수 있는 가능성을 가지고 있다. 외롭지 않은 사람이라면 그 한적한 자리에 찾아갈 필요가 없었을 것이고, 또 꿈을 꿀 필요가 없기 때문이다. 양생은 달밤이면 만복사(萬福寺)의 배나무 밑을 거닐면서 "한 그루 배나무 외로움을 달래주나 / 휘영청 달 밝으니 허송하기 괴롭구나"라고 읊었고, 최랑의 연시(戀詩)를 받은 이생은 또 "이 몸의 외로운 꿈 수고롭게 하지 마오 / 구름 되고 비가 되어 양대(陽臺)에서 만나보세"라며 자신의 심회를 토로하였다. 부벽정(浮碧亭)에 오른 홍생의 심정도 "정자에 올라 시 읊어도 즐겨줄 이 없으니 / 밝은 달 맑은 바람에 이 마음만 들뜨누나" 속에 잘 드러나 있다. <남염부주지>의 박생은 '뜻과 기상이 매우 고상해서 세력에 굴복하지 않았으므로, 세상에서는 그를 오만한 청년'으로 인식하였다. 한서생 또한 용궁에서의 인연을 소중하게 간직하고 '세상의 명예와 이익에는 생각을 두지 않고 명산에' 들어가서 일생을 마친다. 이처럼 이 작품에 등장하는 남성들은 우리가 생각하는 선비의 풍모를 지니고 있지 않은, 정감 어린 존재들인 것이다. 이 남성을 작가인 김시습의 투영(投影)이라고 말하는 이유도 여기에 있다.

　이들을 인도하고 결연을 맺고 있는 여성 또한 이러한 남성들과 만날 수 있는 요건을 지닌 존재들이다. <만복사저포기>의 여인은 왜구의 침입으로 죽음을 당했고, 최랑 또한 홍건적의 침입으로 이생과의 인연을 끝내야 했다. <취유부벽정기>의 여인은 위만(衛滿)에게 나라를 잃은 기씨(箕氏)의 딸이다. 따라서 이들 모두 현실에서 이루지 못한 인연에 대해 한(恨)을 지니고 있는 존재라는 공통점을 지니고 있다. 그런 여인들이, 망설이고 두려워하는 남성을 현실 저편의 세계 속으로 인도한다. 그 세계가 이성이 지배하는 논리의 세계가 아니라, 감성이 지배하는 정감의 세계라는 점은 분명하다. 이성의 세계에서 감성의 세계로, 그리고 현실의 세계에서 과거와 추억의 세계로 가는 인도자는 이렇게 여성으로 설정되어 있는 것이다. 이런 점에서 이런 구성은 남성이 주도하는 논리의 세계를 거부하고 여성이 주도하는 감성의 무한한 세계 속으로 편입하고자 하는 강한 의지를 표현한 것으로 볼 수 있다. 삶과 죽음의 분리, 이별은 그 속에서만 극복될 수 있기 때문이다. 그들에게 동조하는 친구 하나 설정되어 있지 않은 까닭을 여기에서 찾을 수 있다. 그들은 본질적으로 외로울 수밖에 없는 운명이었던 것이다.

　전혀 이질적인 세계의 존재와 만나고 사랑을 나누는 것은 내면적으로는 세계와의 대립을 전제하고 있다는 것을 의미하는 것으로 볼 수 있다. 삶과 죽음으로 분리되는 세계, 그리고 시간과 공간의 제약을 받는 세계의 질서를 뛰어넘고자 하는 것 자체가 세계와의 기본적인 대립을 전제하는 것이다. 죽은 자는 죽은 자의 세계로 가야 하고, 또 꿈은 꿈으로 끝날 수밖에 없다. 그런데 그들은 이러한 세계의 질서를 받아들이지 않고 비밀스러운 만남을 지속하였던 것이다.

외로운 사람들의 외로운 만남이지만, 그것이 결코 외로운 것만은 아니다. 많은 사람들과 부딪치며 분주하게 사는 삶이 실제로는 허위(虛僞)로 가득 찬 것이라면, 그것이야말로 진정 외로운 삶이다. 그런데 그들은 둘만의 단출한 만남이지만, 진실한 대면을 통하여 결코 외롭지 않은 삶을 영위하였던 것이다. 이러한 점에서 『금오신화』는 우리의 일상적 삶에 대한 근원적인 물음을 제공하고 있다. 외로운 삶을 보내면서 진실한 삶을 갈망했던 김시습은 현실에서 이루어지는 거짓된 만남을 배격하고 진실한 만남의 모습은 어떤 것인가를 드러내고자 하였던 것이다. 그런 점에서 이 만남은 일상의 세계에서는 접하기 어려운 충격적인 사건이고, 작가의 상상력을 통하여 이루어진 꿈이라고 할 수 있다.

그러나 작품에 드러난 충격적 만남이 반드시 현실과 동떨어진 것만은 아니다. 현실과의 깊은 관련성을 견지(堅持)하면서도, 문학이 존재하는 본질적 측면을 여기에서 명확하게 드러내고 있기 때문이다. 김시습의 영재성은 이와 같이 그 사회가 추구하는 과제에서 벗어나 새로운 창조의 영역에서 더욱 빛을 발휘할 수 있었다. 이것이 새로운 장르의 탄생으로 이어졌다는 점에서 김시습 문학, 그리고 『금오신화』의 가치를 생각할 수 있다.

5. 결론

김시습의 삶을 영재성과 관련지어 파악하고, 이것이 그의 문학에 어떻게 드러나 있는가 하는 점을 밝히고자 한 것이 이 글의 의도였다. 근래 영재

판별의 도구를 제작하거나, 판별된 영재의 교육 방향에 대한 논의가 많이 이루어지고 있다. 그러나 여기에서 논의되는 것들이 대부분 서구(西歐)나 현대의 이론적 탐구에만 매달려 있다는 점은 크게 우려(憂慮)되는 바라고 할 수 있다. 영재란 어느 시대, 어느 지역에나 존재하는 하나의 현상이고, 또 그 사회는 나름대로의 영재 판별이나 그 교육에 대한 고려를 하고 있었기 때문이다. 이런 과거의 한 전범적 사례를 발굴하고, 이로부터 이 시대 영재 논의의 한 방향을 탐색하는 것은 이러한 이유에서 의미를 갖는다.

김시습의 영재성은 지적능력, 과제 집착력과 창의성에서 다른 사람들보다 높은 수준을 보여주었다는 점에서 찾을 수 있다. 당시의 필수적 과제로 인식되는 영달과 관리 임용이 여러 사정으로 이루어지지 않았을 때, 그는 이를 지속시키는 다양한 방법을 추구하였다. 국토에 대한 사랑으로 표현된 여행은 이러한 방법의 대표적인 것이라고 할 수 있다. 이를 통하여 그는 인생의 폭을 넓히고, 그 깊이를 더할 수 있었던 것이다. 김시습처럼 영달의 길이 막혔던 사람은 많았지만, 그와 같이 또 하나의 가능성을 찾아 매진한 사람을 발견하는 것은 쉽지 않다. 이런 탐구와 창의성이 그의 학문과 문학을 가능하게 하였던 것이다.

여기에서는 이러한 영재성이 발현될 수 있었던 환경을 정리하고, 그의 문학에서 나타난 영재성의 측면을 찾아내고자 노력하였다. 그런 환경으로 전통적 방식의 교육과 그의 방외인적 삶을 들 수 있었다. 전통적인 교육을 통하여 그는 당대의 규범에서 벗어나지 않는 보편성을 획득할 수 있었고, 방외인적 삶을 통하여는 그의 특수성을 키워나갈 수 있었다. 이 보편성과 특수성이 그의 문학에 드러난 영재성과 연결된다는 점에서 그의 삶과 편력에 대한 탐구는 현대 영재 교육에서 고려해야 할 중요한 과제라고 할 수 있을 것이다.

더불어 말할 수 있는 사람과의 만남*

1. 시(詩)로 다가가는 김인후(金麟厚)의 인식

공자는 뜰을 걸어가는 아들에게 시(詩)를 배웠느냐고 물었다. 어찌 그 아들이 시를 배우지 않았겠는가. 그러나 아들은 자신의 생각보다 더 깊은 경지의 것을 말하는 것으로 알고 배우지 못하였다고 말하였다. 그러자 아버지는 시를 배우지 않으면 말을 할 수 없다고 하였다. 그 아들이 생각한 시와 아버지의 생각이 달랐던 것은 물론이다. 그래서 아들은 다시 아버지가 생각하는 바의 시를 배웠다.

우리가 일상적으로 아는 시란, 세상을 보면서 느끼는 감흥을 압축하여 표현한 언어이다. 그러나 그것만으로 그치는 시란 바로 '도본문말(道本文末)'의 경지를 가리킨다. "詩三百 一言而蔽之 曰思無邪(『시경』의 시를 한 마디로 요약한다면 바로 생각함에 사특함이 없다는 것이다"라고 했을 때, 시는 이미 글만으로 이루어진 평면적 차원을 뛰어넘고 있다. 그것은 사고(思考)와 행동(行動)을 아우르는 개념인 것이다. 이러한 시의 경지를 바탕으로 사람을 대하였

---

* 『하서 김인후의 사상과 문학』 4(하서학술재단, 2010)에 실린 글을 정리하였다.

을 때, 그 사람의 말은 진실성을 획득하게 된다. 그래서 비로소 진지(眞摯)
한 사람으로서의 대화가 이루어질 수 있는 것이다. 그런 점에서 공자가 말
한 '말할 수 있음'은 바로 진정성의 압축적 표현을 말하고 있음으로 이해
할 수 있다.

하서(河西) 김인후는 드물게도 도학(道學)과 절의(節義), 문장(文章)을 겸비
한 인물로 평가받고 있다. 누구는 도로, 또 누구는 문으로 자신의 자신임을
드러냈고, 절의에 자신의 전 생애를 던지기도 하였다. 그런데 김인후는 이
를 구유(具有)하여 치우침이 없었던 인물로 지칭(指稱)할 수 있는 몇 안 되는
인물인 것이다. 그의 도학과 절의에 관하여는 문묘(文廟) 봉향(奉享)이 바로
그 점과 관련된다는 점에서 많은 논의가 있었다. 따라서 여기에서는 김인
후의 문장이 가지고 있는 성격을 시의 본질과 관련하여 살피고자 한다.

2. 타인(他人) 가르치기의 시학(詩學)

조선조의 학자들은 누구나 공자의 후예임을 자처하였고, 그래서 사람의
도리와 하늘의 이치를 궁구하였다. 그리고 이를 몸소 실천하는 궁행(躬行)
의 인물이었다. 그들은 하나같이 도학자였고, 정치가였고, 그리고 예술가인
전인적 인간을 추구하였던 것이다.

정치와 실천은 구체적인 생활 속에서 드러나는 삶의 한 모습이다. 사람
과 사람이 보대끼며 살아가는 삶이란 그래서 조금의 착오도 없이 착착 진
행되어야 할 질서이다. 조금의 착오만으로도 사람 사이의 갈등은 흐트러진
실타래처럼 그 처음과 끝을 알 수 없게 되기 때문이다. 세상에서 가장 힘
든 일이 바로 사람과 더불어 살아가는 것이라고 말하는 까닭이 여기에 있

다. 공자가 다른 자리에서 아들에게 "예를 배우지 않으면 설 수 없다[不學禮 無以立]"고 말한 것도 그러한 삶의 고단함을 에둘러 말한 것이리라. 그래서 시의 가는 길과 예의 가는 길은 사람 사는 중요한 두 축(軸)으로 설정되어 있다.

시는 인류가 문화생활을 영위하면서부터 함께 누렸던 화석(化石) 장르이다. 구체적 삶의 모습을 하나하나 규정한 실용적 문화가 아닌데도 시는 그렇게 오랜 역사를 견뎌 왔다. 시는 예(禮)가 추구하는 질서나 규범과는 그 형식과 내용부터가 달리 설정되어 있어, 그 하나하나를 다시 풀어 해설하는 것은 시의 본령을 벗어나는 것처럼 보이기도 한다. 시는 그 형식이 차근차근 대상의 행동을 규정하는 것이 아니라, 자유로운 선택이 가능한 여백(餘白)을 그 중요한 요건으로 확보(確保)하고 있기 때문이다. 따라서 시를 규범(規範)의 산문(散文)으로 풀어 독해(讀解)하는 것은 시의 여백을 추구한 시인의 의도를 무시하는 것으로 볼 수 있는 것이다. 사람이 취해야 할 행동 강령(綱領)은 상상력의 도움을 받아 꿈꿀 수밖에 없는 여백의 시보다는 사람답게 살아야 할 행동 하나하나를 정확하게 규정하는 산문으로 표현되는 것이 보다 효과적이기 때문이다.

조선조의 선비들이 누구나 그러했던 것처럼, 김인후 또한 자신의 학문을 즐겨 시로 표출하였다. 그러나 우리는 그의 시가 작품의 기반이 되는 학문을 직설적으로 드러낸 경우는 그렇게 많지 않았음에 주목할 필요가 있다. 그러한 경향의 시도 대체로 학문을 해야 하는 이유를 설명하거나, 이를 독려(督勵)하기 위하여 지어진 것이었다. 말하자면 자신이 이미 터득하고 성취한 학문을 다른 사람에게 권유하거나, 학문의 방법을 제시하기 위하여 시를 그 그릇으로 사용하였던 것이다. 그는 학문의 요체(要諦)를 함축적 언어로 이루어진 시로 표현하기보다는 정확한 산문의 언어로 표현하는 것이 효과적임을 알고 있었던 것이다.

천금보다 중한 제 몸 생각을 해서	愛爾千金重
망녕된 생각을랑 부디 말아라.	丁寧莫妄想
대소학에 마음을 두어야 한다.	游心大小學
이게 바로 성역의 뿌리와 터전.	聖域是根基

큰 공부는 대학에 들어 있으니	大學工夫在
남아가 이 밖에 또 무얼 구하리.	男兒莫外求
사장이란 오래 가지 못하는 거라.	詞章非久遠
고운 꽃은 가을 앞서 시들고 만다.	灼灼忌先秋

—<호아에게 주다(與虎兒)> 1, 2

번역은 『국역 하서전집』(하서선생기념사업회, 1987)의 것을 따랐다.
앞으로의 번역과 인용은 모두 이 책의 것을 따른다.

충효를 가업으로 전해 내리니	忠孝傳家業
아들 손자 각기 다 조심해야지.	兒孫各戰兢
진지한 언어 행동 그 이면에서	丁寧言行上
사랑과 공경이 곧 양능이니라.	愛敬是良能

—<아들을 훈계하다(戒子)>

주부자가 항상 말하기를 "평생 공부가 대학에 있다." 하며 그 글에 대하여 장구도 만들고 혹 문도 만들었으니 다 그 의를 발명하자는 까닭이며, 또 강의 한 편을 지은 바 있으니 이는 주부자가 영종의 강관이 되었을 때에 편집하여 올린 것이다.

—<대학강의 발(大學講義跋)>에서

<호아에게 주다>는 소학과 대학이 성인의 영역에 들어가는 바탕이 된다는 것, 따라서 이를 충실하게 해두어야 함을 강조하고 있다. 또한 <아들을 훈계하다>는 충효를 가업으로 전할 것, 그리고 모든 행동의 기본에 애경의 마음을 두어야 할 것을 강조하고 있다. 이 작품에는 아랫사람을 가르

치고 훈육하는 어른의 모습이 짙게 드리워 있다. 충군(忠君)이나 효심을 강조하는 노래처럼, 이러한 경향의 작품은 이념적 언사로 가득 채워져 있는 것이다. 이런 내용의 시도 물론 필요하다. 세상은 이념과 질서의 현시(顯示)로 이루어진 부분이 많은 것이고, 시는 이러한 세상의 모습도 적실(的實)하게 표현할 필요가 있기 때문이다.

<대학강의 발>은 대학의 내용을 직접 설명한 글 뒤에 덧붙인 글이다. 학문의 요체나 본질의 설명은 이 글과 같이 정확한 표현으로 이루어져야 독자에게 그 실상이 명확하게 전달될 수 있다. 이치를 밝히고, 사람 사는 도리를 설명하는 것은 이처럼 정확한 언어로 표현함으로써 독자의 자유로운 해석을 방지할 필요가 있는 것이다. 그런 점에서 김인후는 정확하게 전달하고자 하는 내용에 따라 그 표현 방식을 선별적으로 채택하였음을 알 수 있다.

이성적 전달을 목표로 하는 실용적 문장과 달리 시는 함축과 여백의 시어(詩語)를 통하여 독자의 감동과 참여를 촉발한다. 이처럼 시와 산문은 그 목표하는 바가 다른 것이다. 그런데도 김인후가 학문과 관련되는 내용의 '시'를 쓴 것은 앞에서 말한 바와 같이 시가 가지고 있는 형식적 완결성(完結性)과 낭송을 통한 이념 구현의 효용성(效用性)을 잘 알고 있었기 때문이라고 할 수 있다.

이념 구현을 목표로 하는 시에는 자신의 학문적 결심을 다짐하는 내용도 들어 있다. 다음의 시가 여기에 해당한다.

> 시의 도는 다름 아닌 성정이 근본이라   詩道非他本性情
> 읊어보면 선과 악이 각기 다 분명커든.   吟來善惡各分明
> 조용히 바로 곧장 화평한 데 이르면   從容直到和平處
> 사물이 앞에 올 때 이치 절로 드러나네.   事物當前理自呈
> ─<읊어서 경범과 중명에게 보이다(吟示景范仲明)> 15

김인후는 무엇보다도 성정(性情)의 함양(涵養)을 중시하였다. 따라서 시란 성정의 함양을 위한 도구이며, 그래서 이를 읊다 보면 선악의 분별이 저절로 이루어진다고 하였다. 이것은『시경』의 시에 대한 공자의 평가와 같은 것으로, 말하자면 시의 본령에 대한 하서의 시론(詩論)으로 평가해도 무방할 것이다. 즉 시가 선악을 절로 분별하고, 이치를 저절로 드러내는 것이 아니라, 시란 모름지기 이러해야 함을 선언(宣言)하는 것이라고 할 수 있는 것이다.

그래서 하서는 아예『시경』이 '경(經)' 된 이유는 그 안에 '사특(邪慝)함과 바름이 있고, 아름다움과 찌름이 있으며, 세상에서 여기는 아름다움과 궂음, 정치의 잘잘못과 국가의 흥폐가 모두 갖추어 있지 않은 것이 없기 때문(夫詩經之爲經 有邪有正有美有刺 而俗尙之美惡 政治之得失國家之興廢不畢備)'이며, 따라서『시경』을 정성껏 읽으면 인간의 '성정'을 바르게 할 수 있다고 보았다. 그는 자신의 시가『시경』의 이러한 경지에 이르기를 희원(希願)했을 것이다. 현대의 시인들이 '시를 위한 각서(覺書)'로 자신의 시가 지향하는 바를 규정하는 것과 같은 범주에서, 이러한 시를 '시론적(詩論的) 시'라고 규정할 수 있을 것이다.

3. 자신 드러내기의 미학(美學)

시는 대단히 경제적인 문학 활동이라고 할 수 있다. 짧은 글 속에서 어느 장문(長文)도 도달하지 못하는 거대한 목표를 지향하고 있기 때문이다. 시는 대상에 대한 직설적 해설이 아니라 독자의 참여를 허용하는 여백과 언어의 압축적 사용에 의존하고 있다. 비유하자면 말에게 물을 먹이는 것

이 아니라 물로 말을 인도함으로써 말의 선택을 존중하는 것이다. 그래서
시는 정답(正答)을 제시하지 않는다. 우리의 삶 또한 시처럼 정답을 가지고
있지 않다. 시가 우리 삶의 진실한 모습을 순간적으로 포착하여 제시한다
는 의미는 바로 여기에 있는 것이다.

시가 우리에게 감동을 주는 까닭은 어디에 있는가. 그것은 시인이 표현
하고자 하는 대상과의 진실한 만남이 전제된다는 점, 그리고 독자의 자유
로운 접근이 가능하다는 점에서 찾을 수 있을 것이다. 진실함이 전제되지
않았을 때 독자는 그 허구성을 바로 눈치채는 것이다. 시인은 자신의 진정
성에 기초하여 대상을 파악하기 때문에 세계는 자아와 화해로운 일치를
도모하게 된다.

> 시 지어도 좋은 말 아니 나오고 　詩成無好語
> 술을 다 마셨으니 잠에 취하세. 　酒盡且酣眠
> 떨어지는 매화를 차마 못 봐라. 　不忍梅花落
> 내 역시 시들어서 빛을 잃었네. 　吾衰亦黯然
>
> 　　　　　　　　　　　　　　—<우음(偶吟)>

이 시에서 매화와 나는 '떨어짐'과 '빛을 잃음'에서 소멸(消滅)로 향한다
는 공통점을 가지고 있다. 왕성한 생명력과 젊음은 이제 지나간 과거의 추
억이 되고 있을 뿐인 것이다. 흥함이 있으면 쇠함이 다가오고, 개화의 끝이
낙화임은 세계의 철리(哲理)일 것이다. 그 진실을 받아들이는 것이 당연하
지만, 그러나 마음은 그리 쉽게 진정되지 않을 것이다. 시란 어찌 생각하면
'좋은 말'을 탐색하는 고난의 과정이다. 그런데 자신이 생각하기에 그 좋은
말 없이 시는 이루어졌다. 어찌 고난을 거친 시가 좋은 말로 이루어지지
않았겠는가. 고난을 같이 견디게 한 술은 다 끝나가고 있는 것이다. 그래도

느끼는 미흡함과 한 단계 이루어낸 홀가분함이 있어 시인은 세상에 눈 감고 취하여 잠에 빠져든다.

시인은 세계에 대한 깊은 사고(思考)와 응시(凝視)라는 시적 체험을 바탕으로 시를 짓는다. 독자는 그 진실한 자세를 바라보면서 글자와 글자 사이, 행과 행 사이에서 시인의 고뇌와 슬픔을 읽어내게 되는 것이다. 이처럼 시인은 가르치지 않고, 설명하지도 않으면서 독자를 자신의 세계 속으로 끌어들이고 있다.

> 만리나 머나먼 관서의 달이 　　　　萬里關西月
> 바람에 불리어 서울에 왔군. 　　　　風吹度漢城
> 한 가을 어울리는 하얀 그림자 　　　高秋宜皓景
> 삼경의 깊은 밤에 서로 대하네. 　　相對夜三更
> ─<옥당에 숙직하면서 짓다(直玉堂作)>

독자들은 이 시 속에서 깊은 밤 달을 바라보는 시인의 모습을 그리게 될 것이다. 그런데 그 달은 다른 달이 아니라 만리 밖에 떨어진 관서(關西)의 달이다. 그 먼 곳의 달을 시인은 옥당으로 끌어 들여 마주하고 있는 것이다. 고향의 달도 아니고, 서울의 어둠을 밝히는 달도 아니라는 점에서 관서는 옥당을 책임지고 있는 관리의 마음을 억누르고 있는 존재일 것이다. 관서는 저 북쪽 변방(邊方), 그래서 관서를 걱정하는 '자아'와 그 관서의 사태를 알리고자 달려온 '달'은 이 시 속에서 화해로운 일치를 도모하고 있다.

시인은 자신의 속마음을 진실한 모습으로 표현하고 있다. 그래서 독자에게 자신의 속내를 가감 없이 드러내고 있는 것이다. 진정한 의미에서의 소통이란 이렇게 자신을 툭 터놓고 얘기하는 데서 이루어질 수 있다. 사회를 향한 역할[persona]만으로 대상에게 접할 때, 그 대상은 그가 쓴 가면만을 바라보게 된다. 자신은 직무(職務)로 무장하면서 상대방과 열린 대화를 할 수는 없는 것이다. 진실한 순간의 포착과 진정성이야말로 상대방과 진심어린 말을 할 수 있는 전제가 된다는 점, 이것이 바로 공자가 말한 '말할 수 있음'의 실체일 것이다.

4. 진정성에 근거한 소통

김인후의 일생은 학문과 절의로 점철되어 있다. 그러나 이것만으로 이루어졌다면, 우리는 그에게서 차디찬 이념의 경직성만을 발견하게 될 것이다. 그의 행적에는 유난히도 '울음'이 많고, '통음(痛飮)'이 많이 나타난다. 세상에 대한 걱정과 한(恨)이 참 많았던 사람이었던 것을 알 수 있다. 이러한 감성적 모습을 통하여 그는 매서운 선비의 반듯함보다 일상의 사람 사는 모습을 우리에게 보여주었다. 우리와 의견이 통할 수 있는 이러한 인물이 문묘(文廟)에 배향(配享)될 수 있음은 그래서 우리에게 희망을 안겨주는 일이라고 할 수 있다.

그의 진정성은 대부분의 한시뿐만 아니라 남아 있는 세 편의 시조에서도 잘 드러나고 있다. 아니 오히려 번역으로서가 아니라 직접 대면 가능한 시조에서 그의 소통을 위한 진정성은 더욱 확연하게 표현되고 있다. 한시가 언어 사용의 한계를 가진다는 점에서 언어 전달의 제약을 가져오는 것과 달리, 시조는 누구나 참여하는 대중적인 시 장르였다. 『시경』의 시가 그렇게 대중적인 언어문화였음을 우리는 잘 기억하고 있다.

> 엊그제 버힌 남기 백척 장송 아니런가.
> 저근덧 두었던들 동량재 되리러니,
> 이 뒤 명당이 기울면 어나 남기 밧치리.

로화 픠온 곳에 락하를 빗겨 띄고,
삼삼오오히 섯겨노는 져 백구야.
우리도 강호구맹을 차자볼가 하노라.

청산도 절로절로 록수도 절로절로
산도 절로 물도 절로 하니 산수간 나도 절로
아마도 절로 삼긴 인생이라 절로절로 늙사오리.

　김인후의 시조는 유장(悠長)하다. 호당(湖堂)에서 학문을 논의하던 벗의 죽음 앞에서도 그는 일정한 거리를 유지하였다. 가슴 속에 깊은 한이 응어리지면서도 그는 통곡하지 않았다. 그에게 있어 그럴 수 있는 대상은 오직 하나인 임금으로 국한되어 있었던 것인지도 모른다. 그런데 이처럼 절제된 속에서의 응축된 언어는 우리를 더 깊은 슬픔의 세계로 끌어가고 있다. 자연을 향하는 자신의 심사가 결코 한가하고 예사롭지는 않았을 것이다. 그러나 훌훌히 떠나갈 뿐 어떤 이유를 달지 않았다. 그리고 종국에는 자연의 자연스러움과 하나 되는 혼연일체(渾然一體)의 경지를 드러냈다.

　공자는 시의 중요성을 제자들에게 강조하였다. 시를 알게 되면 대상을 자세히 관찰할 수 있고, 그것이 담고 있는 진실과 마주할 수 있다고 하였다. 또한 억울한 일이 닥쳐도 원망할 뿐 성내거나 상하지 않는다고 하였다. 이는 시가 보편적 정서에 기본한다는 사실을 설명한 것으로 이해해도 괜찮을 것이다. 궁벽진 곳에 치우치지 않고 세계를 호흡할 수 있어야 진정한 소통은 이루어질 수 있기 때문이다. 더불어 말할 수 있음은 이러한 열린 시각에서 가능해진다.

　그런 점에서 그의 시에 대한 더 이상의 해설과 설명은 그의 작품을 읽는 독자의 몫일 것이다. 수백 년을 격(隔)하여 그는 자신의 진정성을 우리에게 토로(吐露)하였기 때문이다. 말할 수 있는 자는 그곳에 서 있는데, 그와 더

붙어 말할 수 있는가는 독자 자신의 문제가 되었다. 그렇게 그는 우리를 '말할 수 있음'의 세계로 이끌고 있다.

고원 시조에 나타난 생활과 연륜*

1. 시조(時調)는 시(詩)이다

　고원 시인은 이미 11권의 시집을 가지고 있는 원로 시인이다.[고원 (1925~2008)은 충북 영동에서 출생하였으며, 본명은 고성원이다. 혜화전문을 거쳐 동국 대학교 영문학과를 졸업하였고, 아이오와 대학에서 문예창작으로 영문학석사, 뉴욕 대학 에서 비교문학으로 박사학위를 받았다. 캘리포니아와 UC Riverside, 라번 대학에서 강의 를 담당하였다. 1952년 시 <시간표 없는 정거장>으로 데뷔하였으며, 2006년 『고원문학 전집』이 출판되었다. 2010년 그의 문학세계를 기리기 위하여 '고원기념사업회'가 결성되 었으며, 해마다 고원문학상을 시상하고 있다.] 그런 그가 또 시조를 쓰고, 이를 모 아 시조집을 낸다. 그는 시로서는 만족하지 못할 그 무엇이 있는가? 그리 고 시조의 창작을 통하여 무엇을 충족하고자 있는가? 왜 그는 새삼스레 죽 은 장르라고 여기는 시조를 택하여 끊임없는 실험을 하는 것일까? 이런 비 밀을 우리는 시조가 가지고 있는 역사성과 그의 연륜을 통하여 이해하고 자 한다.

---

* 고원 시조집 『새벽별』(태학사, 2000)의 해설로 쓰인 글을 정리하였다.

주지하는 바와 같이 시조는 고려 말에 그 정형성을 획득하였고, 조선조 500년 동안 전통시가의 핵심 장르로서의 위치를 확고하게 누렸다. 그러나 다른 모든 전통 문화가 그러하듯 서구 문화의 유입과 함께, 시조도 그 생명력을 상실하였다. 모든 문화란 그것을 가능하게 한 토양(土壤) 위에서 의미를 지니는 것이기 때문에, 그 환경이 변하면서 그 문화 또한 생명의 종식(終熄)을 가지고 왔던 것이다. 그렇다면 시조가 가지고 있는 토양은 어느 것인가? 일차적으로 시조의 향유층은 서구 문학의 유입과 함께 형성된 향유층과 구별된다. 전통적인 계층과 질서 속에서 향유 전승되었던 시조가 일탈과 자유를 표방하는 문화 속에서 그 생명력을 유지하기란 대단히 어려운 일이었다. 시조가 일상생활과 긴밀하게 밀착되었던 전통적인 사대부, 그리고 그들을 중심으로 이루어졌던 도저한 여유와 유흥은 더 이상 존재할 수 없었다. 더욱 분명한 사실은 시조는 현대시와는 달리 노래와 결합되어 전승되었다는 점이다. 시조란 읽거나 읊조리는 방식으로 전승되지 않았다. 유장한 창(唱)의 방식이 항상 언어인 내용을 싣는 도구로서의 기능을 다하였고, 그럴 때에만 시조는 시조로서의 의미를 획득할 수 있었던 것이다.

이 시조를 가능하게 했던 향유층은 이미 역사적 실체로서의 사명을 다하였고, 또 시조를 가능하게 했던 음악적 형태도 더 이상 살아있는 것이 아니었다. 그런데도 시조의 부흥 운동은 일어났고, 그것은 1세기를 거치면서 고원의 시조까지 연속되고 있다. 생각컨대 시조라는 이름의 생명력은 앞으로도 결코 사라지지 않을 것으로 보인다. 문학 장르로서의 생명력을 가능하게 하는 향유층과 그 외피(外皮)로서의 음악성이 상실되었는데도 이러한 생명력을 획득할 수 있었던 까닭은 어디에 있는가? 시조 부흥운동을 펼쳤던 가람 이병기(李秉岐)나 노산 이은상(李殷相)은 시조의 부흥, 또는 생명력을 지나간 역사의 회고 속에서 찾고 있었다. 그들은 과거는 단순히 과거로 끝나는 것이 아니고, 현재를 가능하게 하는 자양(滋養)이라고 생각하였다.

　이병기가 가장 심혈을 기울였던 부분은 문학세계의 품격(品格)이었다. 유장한 시조의 역사성은 품격으로 대치될 수밖에 없다고 보았던 것이다. 그의 시조가 즐겨 난(蘭)과 수선화(水仙花)를 선택한 것은 바로 이러한 이유에서였다. 이러한 품격과 전아(典雅)함은 산사(山寺)에서 수도에 정진하는 수도승의 문학세계로 이어졌고, 이는 우리 시조의 큰 주류를 형성하게 되었다. 이은상의 시조에서 두드러진 것은 국토와 역사에 대한 깊은 관심이라고 할 수 있다. 서구(西歐)와의 관련 속에서 이루어진 현대시의 모습이 개인의 서정과 근대정신으로 매진하고 있을 때, 그는 짐짓 뒤로 물러나 역사의 향기를 호흡하고 있었던 것이다. 전통과 역사를 따지는 사람들에게 그는 언제나 돌아가 포근한 안식을 취할 수 있는 고향으로 시조의 세계를 제시하였던 것이다. 이러한 선각자들의 새로운 시 세계 개척에 대한 열망이 지금의 시조를 가능하게 하였다.

　그러나 이보다 더 분명하게 인식해야 하는 사실은 시조는 시(詩)일 뿐이라는 분명한 사실의 확인이다. 시조가 시이지 않고는 살아있는 문학으로서의 생명력을 획득할 수 없다. 시가 가지는 중요한 장르적 속성을 시조는 그대로 받아들여야만, 시조는 시로서의 위치를 획득하게 되는 것이다. 시가 가지는 특성을 우리는 세계를 시적 안목으로 바라본다는 것으로 요약할 수 있다. 압축과 긴장을 통하여 드러내는 시 정신을 통하여 산문과 다른 함축적 세계를 드러내는 것이 시가 지향하는 방식인 것이다. 이것이 이미지의 형상화를 통하여 드러나는 것임은 물론이다. 고원은 시조가 시임을 대단히 깊이 인식하고 있다. 이미지의 형상화가 아니라면 다음의 시조는 시이기를 포기할 수밖에 없다.

타야 할 맘이래서
몸을 바쳐
대가 녹고
살이 녹아 흐를수록
심지 머리 밝아져
끝내는
불꽃
떨다가
촛물 속에 묻히네

—<촛불> 전문

이러한 시 정신의 추구를 통하여 그는 시조가 시라는 점, 그리고 훌륭하게 시정신을 드러낼 수 있는 문학 형태임을 확인시켜 주고 있다.

2. 왜 시조인가

그렇다면 이제는 그가 왜 시와 함께 시조를 또 하나의 문학 형태로 추구하였는가에 대한 해명을 해야만 한다. 그의 시조가 추구하고 있는 시정신이란 시가 가지고 있는 무한한 자유로움 속에서 같이 안존할 수 있기 때문이다. 그의 시가 추구하고 있는 세계는 시조가 추구하는 바와 상당한 정도의 유사성을 지니고 있다. 그는 외국에 거주하면서 드러낼 수밖에 없는 고국에 대한 열렬한 향수를 그의 시 정신의 기본 바탕으로 삼고 있다. 이는 그의 시 세계에서 처음부터 일관되게 나타난 현상인데, 특히 열두 번째의 시집인 <무화과 나무의 고백>에서 두드러지게 나타나고 있다. 떨어져 있는 것에 대한 그리움의 유별난 표현이 세계인적 시각에서 벗어나 있음은 물론이다. 그 결과 고국에서 일어나고 있는 역사적 현실은 단순히 역사적 사실로 끝나지 않는다. 그것은 어느 사이 자신의 삶의 중핵으로 자리잡게 되는 것이다. 다음의 시조는 명백히 오월의 광주를 떠올리게 한다.

선 채로 묻힌 돌에
아로새긴 얼굴들이
땅을 왈칵 뒤집는 밤
별은 쏟아져
타고
튀고

오월의 불꽃 기둥이
목맨 하늘을 찢는다.

—<선 채로 묻힌 돌에> 전문

또한 조국에서의 하나하나의 행사들이 그에게 있어서는 시적 형상화의 소재로 등장한다. 그는 조국을 떠나 멀리 있으면서, 오히려 조국의 현실에 더 밀착되어 있다. 가까이 있어 오히려 일상적일 수 있는 사실이 그에게는 대단한 흥분으로 몰려오는 것이다. 구(舊) 조선총독부(朝鮮總督府) 청사의 돔을 자르고, 건물을 해체했던 행사에 대하여 그가 감격하는 것은 남다르다.

옛
조선총독부
꼭대기를 들어냈다.

욕된 집
정수리를
잘라서 내린 날
뿌리째
뽑고 난 자리

새로 해방 맞는 듯

—<조선총독부> 전문

실제 있었던 행사를 여과(濾過) 없이 직설적으로 드러내고, 또한 감격하는 시인의 기본적인 바탕은 무엇일까? 그 비밀을 그는 <업어 키워>라는 시조에서 드러내고 있다. 그에게 있어 조국은 설명이나 논리를 통하여 접근되는 대상이 아니라, 무조건적인 실체였던 것이다.

등을 굽혀 업어서
키운 뼈와 살이라
어머니
치맛자락
고무신 자국까지
지금은 조국의 모습
업고 업혀
뜨거워.

—<업어 키워> 전문

그의 시조가 지향하는 세계가 이러한 사유의 바탕에 놓여 있기 때문에, 조국과 관련되는 일상적 사건 하나하나가 그에게는 시심(詩心)을 자극하는 기폭제가 되는 것이다. 동포가 조국과 연관될 때만 의미를 지니기 때문에 그는 명백히 인종차별로 보이는 사건도 그냥 넘어가지 않는다. 그는 <도망치는 젊은이>에서 한국 교민에 대한 차별 대우와 이에 대한 분노를 직설적으로 표현하고 있다. 이것이 실제인가 아닌가 하는 것은 문학 세계에서는 별로 문제되지 않는다. 그는 이러한 열정을 표현할 때 시조라는 장르를 선택하였다는 사실이 중요한 것이다. 먼 역사를 되돌아서만 접점을 찾을 수 있는 조국과 시조가 그에게는 타국의 현실 속에서 자연스러운 결합을 이루고 있는 것이다.

조국에 대한 그리움과 아쉬움이 향수(鄕愁)와 연결되는 것임은 물론이다. 그는 자연물들을 노래한 이 시조집 전반부에서도 자연물을 결코 자연물 그대로 인식하지 않는다. 모든 자연물은 시인에게 고향을 환기하는 대상이 었던 것이다. <배꽃나무>는 고향이 '타관에 피어 / 새로 나서 셋인가'라고 읊고 있는 것처럼 자신의 현재 위치를 명백히 인식하고, 개별적일 수밖에 없는 자연물에 외로움의 정서를 드러내는 대치물로서의 역할을 부여하고 있다. 그런 그이기에 조국에 돌아가는 일은 항상 진한 설렘으로 다가오고 있다. 이는 노년의 여유나 성숙으로서도 감출 수 없는 일이다.

자다 깬 잠자리
암만 해도 이상하다.

창문 밖에

무슨 불이
저렇게도 밝은가

하하아
칠월 보름 밤
서울 가기 전날이지

—<전날 밤> 전문

고향에의 그리움과 조국에 대한 애틋한 사랑은 다시 끈끈한 가족애로 연결된다. 특히 이국에서 역경을 헤쳐 나간 가족 간의 사랑은 더욱 유별난 것이다. 조국과 관련되는 모든 일상적 사물이 시조의 영역 안에 놓여 있기 때문에 그의 가족에 대한 직설적 애정 토로는 또한 시조를 통하여 구체화

되고 있다. 아마도 그는 시가 다루는 영역과 시조의 그것을 이런 점으로
설정해 놓고 있는 듯하다. 따라서 가족에 대한 사랑은 조국이나 동포의 경
우와 마찬가지로 어찌 보면 지나치다 생각할 정도로 이성적 영역 밖에 놓
아두고 있는 것이다.

> 윤주를 혼자 두고
> 차마 못
> 돌아선 길
>
> 서로들 끌어안고
> 흐느껴 흐느껴(<딸을 놔두고>의 일부)
>
> 당신 생일 기다려
> 밤새에 꽃 피었네
>
> ―<새봄맞이>의 일부

이러한 진술은 대단히 사적(私的)이고 개인적인 고백으로 이루어져 있어,
그의 사생활을 알지 못하는 사람에게 있어서는 암호(暗號)와 같은 차원에
머무르기 일쑤이다. 정서의 일반화라는 과정을 생략한 채 이를 독자의 앞
에 드러내는 것은 어느 경우에 가능할까? 더구나 '어머니 떠나신 후 / 장모
님도 가시고'(<어머니날에>의 일부)와 같은 표현은 이제 시인이 시조의 문학
적 세계에 대하여 어떻게 인식하고 있는가 하는 근본적인 문제의 해결을
강요하고 있다. 이러한 문제의 해결이 있어야만 이 시인의 시 세계에 대한
올바른 접근이 이루어질 수 있기 때문이다.

우리는 그의 시가 대단히 사적인 차원에 머무르면서도, 결코 품격을 잃
지 않았던 이유를 그의 신앙에서 찾을 수 있게 된다. 그의 시조가 드러내
고 있는 또 하나의 중요한 정서로 기도(祈禱)와 묵상(默想)의 세계를 언급하

는 이유가 여기에 있다. 이것은 여럿 중의 하나가 아니라, 모든 것을 가능
하게 하는 기반으로서의 위치를 차지하고 있다고 해야 마땅하다. 시인 자
신이 '아픈 영혼의 고백이 자신의 시의 주조를 이루고 있다'고 할 정도로,
그의 시는 신(神)과의 대화를 주된 톤으로 삼고 있다.

영혼의 갈구와 신에 대한 경도는 주된 시적 자산이기는 하지만, 이러한
신앙 표현은 가족과 동포, 조국에 대한 그의 경도(傾倒)와 마찬가지로 시 정
신을 압살(壓殺)할 정도로 강렬하다. 기원과 묵상에 관한 한 그는 시정신의
치열함마저 젖혀두고 신앙에서의 정형화된 틀을 끌어오고 있기 때문이다.
형식과 이미지의 창조가 시인의 중요한 사명이라고 할 때, 그는 신앙 앞에
서 시인으로서의 자유로움을 헌납(獻納)하는 듯한 느낌마저 들 정도이다.
신앙 속에서 이미 죽은 비유일 수밖에 없는 언어가 시의 핵심어로 등장할
때, 그것은 시인의 창조의 자유로움과는 이미 멀리 떨어져 있는 것이기 때
문이다. 그러나 이 또한 시인이 원하는 것일 뿐, 무엇이 문제이겠는가. 신
앙인인 시인이 도달하는 길은 결국 신에 대한 감사와 찬미가 될 수밖에 없
을 것이고, 이 또한 그의 연륜이 도달한 깊이로 파악될 수 있을 것이기 때
문이다. 시조가 고래(古來)로 나이 든 사람의 것이었다는 사실이야말로 그
가 시조를 택한 중요한 이유의 하나일 것이다.

> 그 중에서도 한 가지
> 주님 사랑
> 당신 사랑
> 사랑도
> 은혜도 하나
> 갚을 대로 갚을래.
>
> ─〈할 일이 많은 중에〉의 일부

3. 생활인의 문학을 위하여

이제 지속적으로 제기하였던 물음인 고원 시인이 시라는 형식과 함께 왜 시조라는 형식을 택하였는가에 대한 해명의 차례가 되었다. 그가 시조 속에서 드러내고자 하는 세계는 그의 일상과 대단히 밀접한 관련을 맺고 있다. 일반적으로 시가 드러내는 형상 세계는 대상에 대한 시인의 인식이 기 쉽다. 그 결과 시에서 드러내는 세계는 시인의 창조물로 변형되는 것이 고, 이것이 시의 보편성과 연결되는 것이라고 할 수 있다. 시에 등장하는 '소나무'는 현실의 소나무가 아니라, 시인이 창조한 전혀 새로운 '소나무' 인 것이다. 이것은 시의 자유이면서 동시에 제약으로 작용한다. 왜냐 하면 시 속에서 시인의 구체적 삶은 희석(稀釋)되고 투명(透明)해질 수밖에 없기 때문이다.

고원의 시조에서 드러내는 세계가 조국에 대한 향수, 가족에 대한 사랑, 그리고 기원과 묵상의 세계로 대별됨은 앞에서 살펴보았다. 그리고 이것은 시인 자신과 대단히 밀착되어 있어, 작가와 긴밀하게 연관되어 있는 수필 을 보는 것과 같은 느낌을 받게 된다. 이것은 시가 드러내는 관념성, 또는 형상화와는 거리가 먼 것이라고 할 수 있다. 시이면서 자신의 사생활과 밀 착될 수 있는 장르로 그가 선택한 것이 바로 시조라고 할 수 있다. 이 시 조가 가지는 정형성과 전통적 율격은 그의 생활적 제재와 긴밀하게 연관 될 수 있는 가능성을 확인하였기 때문이다.

나이가 들면서 동심(童心)으로 돌아간다고 한다. 고원 시인은 동심의 천 진성과 율격의 자유로움을 바로 시조에서 발견하고, 이를 자신의 속내를

드러내는 방편으로 사용하였다. 시조가 가지는 정형적 율격이 오히려 자유
로울 수 있음을 발견하는 것은 웬만큼 나이가 들거나 사색한 결과가 아니
고서는 도달하기 어려운 경지이다. 시조의 율격으로 여겨지는 4음보의 호
흡과 글자 수라는 제약을 그는 오히려 자유로움으로 느낄 수 있을 만큼 연
륜이 든 것이라고 할 수 있다.

그러나 그가 전통적 율격에 주저앉아 편안한 것만은 아니라는 것이 그
의 다양한 실험 정신에서 확인할 수 있다. 모국어권 속에 함몰되어 있는
사람들에게는 너무 일상적이어서 인식할 수 없는 실험을 그는 신기한 듯
이 반복하고 있는 것이다. 내리는 '비'와 '빌다'에서 드러나는 음성적 연관
성, 또는 모음의 반복을 통하여 시적 세계의 확대를 꾀하는 것 등은 그의
시조 곳곳에서 발견되고 있다.

> 빈 자리
> 애타는 자리에
> 하루 내내 비가 온다.
> 비는
> 비는 마음을
> 달래러 오는
> 당신의 눈물
>
> ―<비는 비는 마음에>의 일부

> 사슴 한 마리
> 언덕을 헤매느냐
> 사슴의 가슴은 지금
> 첼로와 가야금
> 단조와 산조다.
>
> ―<단조, 산조>의 일부

그가 드러내고 있는 실험정신은 여기에서 머물지 않는다. 시조가 가지는 외형에 대한 끊임없는 모색이 바로 시조 형식의 변화를 통하여 드러난다. 전통적인 시조라면 3행의 단순한 모습으로 종결될 형식에 대하여 그는 아직도 완결되지 않은 실험을 계속하고 있는 것이다.

① 3·4/4·4/4·4/5/2/2//3·5/5·3
② 4·4/4·4/3/5/3·3//4·5/2/2/3
③ 3·4/3·4/4·3/3·5//4/5/5·3
④ 4·3/4·3/3/4/3·4/3·5/4/3
……

형식에 대한 실험은 이러한 종류의 나열에서 멈추지 않는다. 그는 타는 목마름을 마치 형식에 대한 탐구에서 찾으려고 하는 것처럼 형식에 대한 자신의 실험적 행보(行步)를 그치지 않고 있는 것이다. 고원 시인이 시험하고 있는 시조의 형식은 단순히 행의 변화, 연의 변화에 머물지 않는다. 그는 시조가 쓰여 있는 지면의 공간적 배치에까지 끊임없는 고심을 한 흔적들을 보여주고 있다. 그리고 그러한 시도가 완결성을 보여주지 않았다는 점에서 그는 이러한 형식의 변화가 어떤 심상(心象)의 차이를 드러내는가에 대한 결론은 아직 내리지 못하고 있는 듯하다. 따라서 그는 시조가 아직도 종식되지 않은 장르라는 인식을 가지고 있는 것이다. 그리고 이것이야말로 그가 '시조는 바로 시임'을 인식한 결과라고 해석되는 것이다.

그의 시조가 가지는 일상성에의 영역 확대는 우리의 시 현실에서 대단히 중요한 의미를 갖는다. 우리는 시인에 의하여 시가 이루어진다는 고정관념을 가지고 있다. 문학은 문학을 직업적으로 하는 전문인에 의하여 이루어진다는 통념을 은연중 묵수(墨守)하고 있는 것이다. 그러나 문학은 인류가 이 지구상에 태어난 이래 있었고, 다른 동물과는 구별된 문화 향유 방식으로 존재하고 있었다. 문학은 전문인의 문학 이전에 모든 인류가 향유하면서 동물과는 다른 문화생활을 누리는 방편으로 작용하였던 것이다. 그런 문학이 어떤 한 부류의 전문적인 범주로 획정(劃定)되고, 대다수의 사람들이 그 문화의 수혜자로 전락하는 것은 본래 문학이 가지는 속성상 옳은 일이 아니다. 그것이야말로 문학의 생산성과 건전성을 망각하는 것이라고 할 수 있다.

그런 점에서 고원시인이 시조를 통하여 삶의 일상성을 끊임없이 문학의 영역으로 끌어들이는 일은 중요한 의미를 갖는다. 더욱이 우리의 전통적 장르인 시조를 통하여 이러한 시도를 보이는 것이야말로 시인의 연륜에서 우러나온 것이라고 할 수 있다.

정재완(鄭在浣) 시인의 삶과 문학*

1. 시란 무엇인가

석화(石話) 정재완선생과 내가 만난 것은 1982년 봄이었다.[정재완(1936~2003)은 전남 장흥 출신으로 시인이며 국문학자이다. 1960년『현대문학(現代文學)』의 추천을 받아 시인으로서의 길을 걸었으며, 전남대학교 교수를 역임하였다.『하늘빛』,『저자에서』,『해바라기』 등 10여 권의 시집과『현대한국문학의 연구』,『한국 현대시의 반성』 등의 연구서, 그리고 번역서로『문학의 이해와 비평』이 있다.]

그는 내가 강단에 서고자 했던 학교의 원로 교수여서, 나는 그를 하느님처럼 우러르며 치어다볼 뿐인 관계로 그와 만났다. 그렇지 않은가? 신병훈련소에 갔을 때 계급장을 단 기간 사병(基幹士兵)이 그렇게도 나이 많아 보였던 기억처럼, 그는 항상 나에게는 반백(半白)의 원로(元老)로 각인되어 있었다. 한참 유행하던 김수희(金秀姬)의 노래를 열창하는 열혈(熱血)의 젊음을 보이기도 했지만, 그는 그래도 나에게는 참 멀리 떨어져 있는 고참일 뿐이었다. 몇 번의 교수 세미나를 통해서, 그러나 그는 서서히 그의 본색을

---

*『석화 정재완 교수 정년기념논총』(동 간행위원회, 2002)에 실린 글을 정리하였다.

드러내 주었다. 사실은 모두가 다 아는 사실이었지만, 새롭게 하나하나 나에게 보여지는 원로의 비 원로적(非元老的)인 모습은 퍽으나 경이스러움으로 다가오는 것이었다. 술자리에서 2절 3절, 청중과는 무관하게 기어코 마이크로 불러대는 모습과 개울가에 앉아 돌인 듯 정지해버린 모습—이런 이중적인 모습을 보며 나는 시인의 포즈와 시란, 참 가까우면서도 먼 존재라는 것을 실감하는 것이었다.

시란 무엇인가? 그 많은 독서와 토론을 통하여 체득(體得)했다고 믿었던 기본 상식은 시인과의 교우를 통하여 하나하나 무너지고 있었다. 먼저 말해야 할 것은 나는 시인이 되는 것이 그렇게 쉬운 일이 아니라는 것, 그래서 좀 동떨어져 있는 사람이라야 시인이 될 수 있다고 믿었다는 점이다. 우리의 주위에 그렇게 쉽사리 널려 있는 것이 시인이 아니라는 것을 오랜동안 나는 실감하고 있었다. 강의실에 낮게 엎드려 술기운을 토해내고, 사회를 아파하던 모습들을 보며 나는 시인은 참 되기 어려운 존재라는 의식을 남몰래 가지고 있었던 것이다. 그래서 시인은 나의 주위에서 참 희귀한 존재일 수밖에 없었다.

그런데, 광주에 와보니, 웬걸 모두 시인이었다. 그것도 혼자 시인의 포즈를 취하며 저 좋아라 하는 정도의 시인이 아니라, 문단의 탄탄한 추천을 통과한 분명한 프로들이 시내에, 그리고 나의 주위에 지천으로 널려 있는 것이었다. 아, 이곳이 바로 시인의 태반(胎盤)이구나. 왜 이곳을 예향(藝鄕)이라고 하는지, 나는 어렴풋이 알 수 있을 것 같았다.

내가 천상(천상을 天上만으로 한정해서 이해하지 말아주기 바란다. 나에게 있어 그는 그저 시인일 수밖에 없는, 시인 아니면 참 어디에도 끼어들 수 없는 그런 모습으로 그는 비쳐졌다. 시인이라는 직업이 있다는 것은 그에게 있어 얼마나 다행스러운 일인가.) 시인일 수밖에 없는 그에게서 배운 가장 중요한 것은 이렇다. 시란 모든 것이면서, 동시에 아무 것도 아님을. 그래서 시인이란 참 알쏭달쏭한 존재

라는 사실을. 규범적 생활인이기를 갈구하는 나로서는 그래서 내가 시인
아님을 참 감사하게 생각했고, 시인으로서 우리 문화의 모퉁이를 지키고
있는 그에게 또 감사함을 가질 수밖에 없었다. '군자가 인에서 편안하다(君
子安仁)'는 것은 그만큼 인에 습관화되어 인(仁)과 인(人)이 뗄 수 없는 존재
가 되었다는 것을 의미한다(仁人也). 소인이 습관화되지 않은 인을 행하려고
노력하는 것은 얼마나 힘들고 괴로운 일일 것인가! 그는 내가 참 돈을 주
며 하래도 못할 시인의 포즈를 그저 무심하게 생활하고 있었다. 또는 중요
한 듯이 주석(酒席)을 가득 채웠던 열기의 정점(頂點)에 우리를 남겨두고 그
는 언젠지 모르게 훌훌 떠나 자신의 빈 자리만을 우리에게 남겨주곤 했었
다. 그것이 그의 일상이라 우리는 또 그런 모습에 쉽사리 익숙해질 수 있
었다. 그는 시인이니까.

아, 그리고 또 하나 그에게서, 그리고 그의 시에서 배운 중요한 사실은
내가 갈수록 시를 모르게 되었다는 점이다. 우리는 어쩔 수 없이 대상(對象)
의 정의를 우리의 삶처럼 해 나가며 사는 사람이다. 그래서 정의에 대한
가장 최상의 정의는 이렇다. 정의란 정의되는 대상을 남김없이 포함하고,
정의되는 대상 이외의 것을 남김없이 배제해야 한다. 그러나 이 순정(純正)
한 정의에의 열정은 최초의 문턱에서 여지없이 무너지고 만다. 그에게서,
그리고 그의 시에서 이런 좌절의 씨앗은 비롯되었다. 도대체가 그의 생활
은, 그의 시는 시의 범위를 한없이 넓게 했고, 또 한없이 좁게 했다. 이 범
위의 설정은 나의 영역을 벗어난 것이었다. 그래서 나는 이렇게 정의했다.
"시란 시인이 시라고 하는 문학 형태를 가리킨다." 여기에서 시인은 대단
히 한정된 의미로 쓰이고 있다는 것을 이해해 주기 바란다.

시인에게 기대어 쉽사리 자신의 의무와 열정을 포기할 수밖에 없었던
순간을 나는 그로 인하여 가질 수밖에 없었다. 그 시절이 나는 퍽 그립다.
그 순간만은 적어도 그 정의되는 대상은 정의로 인하여 박제화(剝製化) 되

지 않았고, 조금만 손대면 꿈틀 그 모습을 변형시키는 살아 숨쉬는 존재였기 때문이다. 이런 과정을 거쳐가면서 나는 대상을 정의한다는 것이 얼마나 어려운 일인가를 알게 되었고, 만유(萬有)의 존재 앞에서 겸손해져야 한다는 삶의 한 원리를 배워갈 수 있었다.

2. 침묵(沈默)과 다변(多辯)의 사이

그는 아호(雅號)를 수아(樹芽)라 하였다. 그의 아호가 지어진 경위를 나는 알지 못하거니와, 그가 기대고 있는 바실라르식으로 표현한다면, 그가 지탱하고 있는 나무는 위로 솟구치는 상상력의 날개였음이 분명하다. 새는 날개가 있어 나는 것이 아니라, 상상력에 의해 난다는 이 믿음이야말로 그를 몽롱한 꿈속의 세계, 시의 세계로 밀고 갔을 것이기 때문이다. 다분히 가위눌린 듯한 그의 꿈들은 그래서 그의 자유에 대한 열정을 역설적으로 보여주고 있다. 이처럼 억눌림과 자유의 사이에서 그의 싹[芽]은 자리하고 있기 때문에, 그것은 한 존재의 삶과 관련되는 진중한 무게를 지니고 있다. 외계(外界)의 환경은 어떨 것인가? 나가도 얼어죽지는 않을 것인가? 삐죽이 내밀어 사람들의 웃음이나 사지는 않을 것인가? 그의 근심은 한이 없다. 억눌린 꿈이 환기하는 정서는 이렇게 복잡한 그의 심사(心思)를 담고 있다. 그런데도 우주의 중심에 우뚝 서 있는 나무와 연하디 연한 미래의 존재로서의 싹이 결합되어 있는 그의 아호는 겉으로는 싱그런 색깔로 포장되어 있다. 이것이 그의 본마음이 아닐 것이라는 사실을 아는 데 걸리는 시간은 그리 길지 않다. 그는 시인이니까.

그의 아호가 그러한 것처럼 문청(文靑)다운 파릇한 색채와 그 발음이 주는 뉴앙스로 인하여 그는 퍽으나 싱그럽고 재잘거리는 모습으로 나에게 다가왔다. 그는 적어도 어느 순간 나에게는 하고 싶은 말이 퍽 많은 사람으로 보였다. 철학을 사색하고 20대의 가슴 두근거리는 나이에 시인으로 자신의 설 자리를 확보하고, 그리고 떨어지는 광주의 꽃잎들을 하릴없는 백수(白手)의 모습으로 바라볼 수밖에 없었던 그가 왜 할 말이 많지 않겠는가. 사실 1982년 광주에 왔을 때, 나는 그 광주의 격동(激動)에 대해서 아무런 소리 하나 들을 수 없었다. 비밀스런 술자리에서마저 그 세월을 견뎌냈던 그때 그 사람들은 약속이나 한 듯이 입을 굳게 다물었다. 그 숨막히는 침묵의 자리에서 그의 김수희 열창과 울분은 광주의 아픔을 느끼게 하는 중요한 통로일 수밖에 없었다. 그런 과묵(寡默)이 온 시내를 뒤덮고 있을 때도 그는 쉼없이 재잘거렸고, 그리고 또 고래고래 소리를 질러대곤 했다. 그것이 그때는 우리 마음 속에서 용인될 수 있었다. 지금 하라면 죽어도 하지 못할 그 열정이. 그렇지 않은가. 일제의 식민지 상황에서 전문학생들은 술에 취해 벌금을 먼저 파출소에 던지고 방뇨(放尿)하였음을, 그것이 어려웠던 시절의 반항의 몸부림이었음을 우리는 이해하지 않는가. 그래서 퇴근하면서 수퍼에서 간단한 입가심으로 시작되었던 술자리가 드디어는 새벽 두시에도 우리를 반겼던 노랑대문집까지 이어져도 그건 또 그때의 울분(鬱憤)이었던 것이다. 이런 우리의 억눌린 심사를 시인은 맨 먼저 또 그렇게 드러내 주어 우리를 참 처연하게도, 또는 얼마나 당황스럽게도 만들었는가. 그것이 싹트는 나뭇잎의 세상모르는 천진함과 얼마나 닮았는가. 언제 찬바람이 불어 자신을 얼게 할지도 모르는데, 쑥 내밀기만 할 뿐 다시는 속으로 끌어당기지 못하는 나무 싹[樹芽]의 가는 길은, 돌아갈 방법이 있다는 것을 모르는 수아 시인의 저돌성(猪突性)은 우리를 얼마나 당황스럽게 만들었는가.

그렇게 그의 저녁이 다변의 극점으로 치닫는 것과는 달리 문화와 생산을 위한 낮의 시간은 내가 알기에는 무척 신중한 행보였던 것으로 기억한다. 늦은 저녁 주점에서 술을 마시다 남의 아파트에 세워 놓은 차에 관한 애정은 그 시가 나오기 전에는 얼마나 많이도 토설(吐說)되었던 것인가.(밤, / 차를 안가지고 / 귀가해도 / 아파트 공간에 / 차가 / 가득하다. / 차여 나의 망아지여 / 술 마신 주인 때문에 / 남의 아파트 공간에서 눈총받으며 / 찬이슬 맞는 차여 / 울어다오 세모의 찬 공중에 / 말처럼, / 생명과 사랑 / 유정하여 / 울어다오 <차에게>)

김유신(金庾信)은 취한 자신을 천관(天官)의 집으로 태우고 간 말의 목을 쳤다. 아무리 술이 취해 정신을 잃었다 하여도, 앞으로 국가의 큰일을 해야 할 주인의 뜻을 헤아리지 못하고 기녀의 집에 데려 갔기 때문이다. 이것이 어찌 말의 뜻이겠는가? 어느 순간 무사(武士)와 말은 일심동체가 되어 서로를 분별하기 어려워진다. 그러니 김유신은 말의 목을 친 것이 아니라, 인간의 감정에 약할 수밖에 없는 자신의 또다른 한 측면을 베어 냈다고 해야 할 것이다. 그 야멸차고 공적인 일로 매진하는 김유신에게서 따스한 인간적 정취를 찾지 못하는 것은 너무도 당연한 것이라고 할 수 있다.

또 하나 있다. 많은 무사들은 활을 쏜 뒤 말을 달려 과녁에 가보니 화살이 없어 말이 늦게 달린 것으로 알고 말의 목을 쳤다는 이야기들도 있다. 목을 치고 나니, 그 때야 화살이 날아 와 딱 하는 소리가 났고, 뉘우쳤지만 이미 말은 죽은 뒤라는 것이다. 그런 무사들이 대체로 실패한 영웅의 이야기와 결부되어 있는 것은 퍽 흥미롭다. 똑같이 말의 목을 쳤는데도 김유신은 실패한 영웅이 아니다. 삼국 통일의 기반을 이루어서 그가 성공한 영웅인가? 그러나 말을 목 베고, 사랑하는 정인(情人) 천관의 가슴에 못을 박고, 그래서 절에 숨어들게 하면서까지 성취한 영웅의 결과는 썩 바람직한 것이 아니다. 아니, 그러한 삶도 있을 수 있다. 그러나 자신의 주위 존재와 함께 애정을 나누고, 안쓰러워하고, 혹 자신 때문에 주위의 존재가 피해를 보는 일은 없는지 다시한번 돌아보는 삶은 삼국 통일보다도 어느 면에서 더 위대하다. 하잘 것 없다 내버려두어도 괜찮을 저 말, 차(車)에게 향하는 시인의 따스한 시선이 있어 우리의 세상은 포근하다. 삼국 통일이 있어 우리의 삶이 인간적인 것은 아니다.

그러나 그런 시가 나온 뒤에는, 그는 다시는 차에 관한 이야기를 하지 않았다. 그 점에서 다변(多辯)은 아직도 그에게 있어 형상화되기 이전의 칙칙한 뭉치채의 앙금이거나 분노였음이 분명하다. 그의 시가 일상의 것과 긴밀하게 연관되어 따뜻한 사랑의 시선을 드러내고 있기 때문에, 그는 아직 분노의 대상을 사랑으로 받아들이지 못했던 것으로 보인다. 시인과 분노의 대상 사이에 그의 음주(飮酒)는 놓이고 있다. 음주라 하니, 어디 찔끔거리는 두보(杜甫)의 쓴 약(藥) 먹는 듯한 음주가 아니다. 그렇다고 하여 술이 있는 대로, 시가 있는 호방한 이태백(李太白)의 음주도 여기에서는 거리가 멀다. 어쩌면 몸을 갉아먹는, 그래서 세상사 초월하고 싶은 도연명(陶淵明)이 어울린다고나 할까. 구태여 술을 찾아가지는 않지만, 어느 한 순간 발동이 걸리면, 그 술의 쫓김에 몸을 맡기고 한없이 자신을 떠나보내는 모습. 그것은 또 하나의 반항과 존재의 확인이다. 일상 속에서 숨죽이고 있었던 자신에 대한 서글픈 억제가 억누를 수 없는 분노로 폭발하기에, 그의 음주 뒤끝은 항상 서글픈 자신으로 돌아가고 만다. 이 모습을 보며 세상을 살아간다는 것의 힘겨움을 새삼 깨달을 수 있어 나는 그와의 음주를 참 좋아한다. 그리고 어쩔 수 없이 분노하는 그 순수함 때문에 우리는 술의 고마움을 느끼곤 했던 것이다.

아, 술이면 우리는 '여러가지문제연구소'를 떠올리게 된다. 감히 환한 대낮의 주인공은 될 엄두도 내지 못하고, 해가 지면 이제 나서도 괜찮겠지, 광주의 밤을 미친 듯이 포효(咆哮)하던 몇몇의 지인(知人)들은 이런 일 저런 일로 모여 습관적인 음주를 하곤 했다. 꼭 한 방울만, 한 모금만 더 하자는 서로의 약속에서 그 밤의 음주는 시작되는 것이었지만, 그 약속이 지켜진

다면 그것이 무슨 문제가 되겠는가. 그러면 왜 그 약속이 지켜질 수 없었
는지 우리는 연구해야 했고, 그래서 참 많은 여러 가지 문제를 논의하노라
숱한 음주의 시간이 소요될 수밖에 없었다. 이 해결과 미해결의 문제는 이
렇게 표현된다. 차가 그러하듯, 그래서 술은 또 시인의 정체를 드러내는 끈
질긴 동지가 된다.(참 잘 만났다. / 너 한 번 붓자. / 더러는 / 으슥진 델 피하듯 / 널 피해
가기도 하지만. // 너와 아주 / 떠남은, / 나무의 물관 없듯 / 나는 없는 것 // 아니면 / 너는, /
예수님의 / 포도주<술 노래 2>)

　숱한 시간, 술과의 전쟁을 치르지 않은 술꾼은 없을 것이다. 불가근 불
가원(不可近不可遠)의 대상으로 설정해 두고서 관리 잘 한다 마음놓고 있었
지만, 어느 순간 술은 살며시 우리의 옆구리까지 와 있던 기억을 우리는
선명하게 기억하고 있다. 그러나 모든 잘못이 어디 술에게 있느냐고 짐짓
아량을 보이는 게 술꾼들의 마음가짐이다. 여기에서 동원되는 것이 '예수
님의 포도주' 아니겠는가. 우리를 죄로부터 구하고, 아니 새로운 삶의 입김
을 불어 넣어준 '예수님의 / 포도주'로부터 그가 자유로워질 수 있는 시간
은 언제 올 것인가. 그에게 있어 술은 단순한 음료에서 벗어나 삶의 중요
한 한 손님으로 격상되어 있다.

　술마저도 손님으로 등장하는 이 삶과의 치열한 대면을 통하여 그는 서
서히 변화하고 있다. 나무의 싹이 되어 영롱한 이슬만 먹어도 될 것 같은
그는 그러나 어느 한 순간 술과, '술보다 독한 바람'을 마시며 새로운 모습
으로 자신을 바꾸었던 것이다. 맨처음 그의 시집에는 다만 참 파릇한 '수
아'만이 그의 아호로 등재(謄載)되더니, 어느 순간 슬며시 그 뒤에 석화(石話)
가 따라붙었다. 그 과정은 이렇다. <수아 → 수아, 석화 → 석화, 수아 →
석화> 정년에 도달한 그의 좌표가 '돌과의 대화'로 변한 까닭은 무엇일까?
비상의 이미지마저 접어버리고 그냥 뭉뚱그려진 돌에서 그가 찾아낸 것은
무엇일까? 일차적으로 우리는 그가 도달한 '돌'이 동양적 의미의 과묵(寡默)

과 부동(不動)이 아니라는 점은 분명하다. 이규보는 돌을 부동과 안분(安分)으로 파악하고 이를 뛰어넘는 유연성의 가치를 오히려 돌에서 발견하고 있다.

> 나는 하늘이 낳아 준 물건으로서 땅 위에 살고 있다. 편하기로 말하면 엎어놓은 그릇과 같으니 진실로 뿌리가 있어서 심어진 것처럼 안정되어 있다. 다른 물건이 움직이려 해도 움직여지지 않고 사람들이 옮겨 놓으려 해도 능히 옮기지 못하며 항상 나의 본성을 보전하고 나의 곧은 성품을 온전하게 지니고 있으니 실로 즐겁기만 하다. … 나는 안으로는 실상을 온전케 하고 밖으로는 연경(緣境)에 얽매이지 않기 때문에 물에 얽매이기도 하고 물에 무심하기 때문에 사람에게 끌리기도 하고, 사람에게 아무 거리낌이 없기 때문에 흔들면 움직이고, 부르면 가고, 행할 만하면 행하고, 그칠 만하면 그치니 가(可)한 것도 가하지 않은 것도 없다. 너는 빈 배를 보지 않았는가? 나는 이 빈 배와 같은 유(類)인데, 네가 어찌 나를 힐난하느냐
>
> ─이규보, <돌의 물음에 답함(答石問)>

대상이란 이런 것 아니겠는가? 이렇게 보면 이렇게 보이는 것이고, 또 저렇게 보면 저렇게 보이는 것이다. 사람들은 모두 제각각의 대롱[管]을 가지고 대상을 볼 뿐이다. 그래서 대상에 대한 총체적 파악은 저 멀리 사라지고, 오직 관견(管見)만이 우리의 앞에 놓여 있는 것이다. 이 엄연한 사실 앞에서 우리는 겸손해질 수밖에 없지 않겠는가. 누군가 장님이 코끼리를 만지며, 코끼리는 이렇다 저렇다 하는 것의 어리석음을 말한 바 있는데, 사실은 이를 어리석다고 말하는 것이야말로 얼마나 더 어리석은 일인가! 우리가 대상을 총체적으로 바라볼 수 있다는 환상으로부터 벗어날 때, 우리는 아마도 진실에 보다 근접할 수 있을 것이다. 그래서 우리는 우리 자신을 냉철하게 돌아보고 인식하게 된다. 우리는 오로지 대상 앞에 선 장님일 뿐인 것을.

그래서 그가 방향성을 지닌 생명력의 나무에서 무생물인 돌로 그 존재의 모습을 변화시킨 것은 그만큼 대상에 대한 깊은 사색의 결과이리라. 그가 좋아하는 바실라르로 다시 돌아간다면, 돌은 비상의 의지를 함축한 것이 된다. 왜냐 하면 그 존재 자체는 지향성을 지니고 우리에게 그 의미의 해독을 요구하고 있으니까. 돌의 그 처연(悽然)한 지향성을 우리는 세계인의 보편성에 기인(起因)한 한 이야기에서 발견하게 된다.

> 인색하기 그지없는 한 부자가 살고 있었다. 그는 남을 돕기는커녕, 못 사는 사람을 부지런하지 못한 결과라 하여 경멸하였다. 또 시주를 부탁하는 스님의 바랑에는 소똥을 퍼주면서 일을 하라고 다그치기도 하였다. 하루는 한 도사가 와서 시주를 부탁하는데, 또 마찬가지로 그 도사를 능멸(凌蔑)하여 내쫓는 것이었다. 마침 일을 하고 있던 그 집의 며느리는 몰래 쌀 한 바가지를 퍼서 도사에게 달려가 시주를 하며 시아버지를 용서해 달라고 하였다. 도사는 며느리에게 자신을 따라오되, 뒤에서 무슨 소리가 나든, 절대 돌아보지 말라고 하였다. 며느리는 아이를 업은 채 도사의 뒤를 따라갔다. 한참 가니 뒤에서는 천둥과 벼락 소리가 나고 소나기가 내리퍼붓는 소리가 났다. 그 사이로 시아버지와 남편, 그리고 동네 사람들의 살려달라는 외침도 들려 왔다. 며느리는 도사의 돌아보지 말라는 말도 잊고, 뒤를 돌아보았다. 온 마을은 큰 못으로 변했고, 사람들은 허우적거리며 빠져죽고 있었다. 너무 엄청난 광경을 본 며느리는 그 자리에서 꼼짝도 할 수 없었다. 그리고 서서히 돌로 변하였다. 마을은 큰 못으로 변하였고, 그곳을 바라보는 며느리의 바위가 서게 되었다. 며느리 바위는 머리를 못쪽으로 돌리고, 등에는 아이를 안은 모습으로 서 있다.

'소돔과 고모라형'으로 알려져 있는 이 이야기는 세계적으로 널리 알려져 있어, 돌이 가지고 있는 이미지를 보편화하는 데 기여하고 있다. 며느리의 가슴은 저 먼 세계, 도사가 가버린 세계를 향하고 있다. 도사가 말한 대로 그냥 따라 갔다면, 우리는 이런 이야기를 전승할 필요도 없다. 이 깨어진 금기(禁忌) 때문에, 우리는 저 먼 세계를 향하고자 하는 인간의 이상과, 그것만으로는 설명할 수 없는 인간의 복잡한 실체를 만나게 된다. 이러한 깨어진 금기는 단군설화의 호랑이에게서도 있었고, 또 아담과 이브의 원죄(原罪)에서도 나타났다. 그렇다면 금기란 깨어지기 위해서 존재한다는 것을 우리는 쉽사리 짐작할 수 있을 것이다. 그 깨어진 금기로 인해서 우리는 그 벌(罰)을 알게 되었고, 그 벌을 감수하면서까지 지켜져야 할 소중한 또 하나의 가치를 발견하게도 된다.

그 며느리가 도사의 말을 따라 그냥 하염없이 갔다면, 종당에는(이 '종당'은 시인이 즐겨 쓰는 단어이다. 더 이상 양보할 수 없는 마지노선을 설정해 놓고, 이제는 안 돼, 이제는 안 돼 하는 것 같지 않은가. 그러나 종당에는 그 마지노선이 허물어질 것이다. 그 허무 때문에 그는 계속 시를 쓰고 있는 것인지 모른다.) 그 도사와 마찬가지로 우리와는 다른 세계의 존재가 되었을 것이다. 이 세계를 두고, 자신만이 홀홀 더 나은 세계, 그렇게 인식되어지는 세계에 살게 되었을 것이다. 그러나 그것이 무슨 가치가 있는가? 뒤에서는 나 살려라 하는 지인(知人)들의 외침이 있는데, 나 몰라라 홀홀 떠나는 것이 과연 사람으로서 할 수 있는 일인가? 그것이 무슨 의미를 갖는 것인가? 아, 그렇다. 종교적 인간이란 그렇게 할 수 있다. 그러나 이 이야기는 인간을 향한 것, 인간 중심으로 이루어진 것이라는 점을 환기할 필요가 있다. 더구나 뒤에는 자신의 의지만으로 데려갈 수 없는 아이가 있는데. 천국을 가건 지옥을 가건, 아이의 의지와 상관없이 데려갈 수는 없는 것 아닌가.

이제 이쯤 되면 우리는 돌이 갖는 이미지의 영역을 짐작할 수 있게 된다. 그 돌은 바로 인간 의지의 최절정(最絶頂) 상태를 정지시킨 것이다. 어찌할 수 없는 방황과 고뇌가 극대화되어 정지된 상태가 바로 며느리가 변한 바위인 것이다. 그래서 그 모습은 바로 우리에게 인간이 가지는 비극과 왜소함을 확인하게 한다.(이것이 증거물을 채택한 전설의 속깊은 의미일 것이다.)

왜 시인은 '돌과의 대화'를 원했던 것일까? 그의 시가 담고 있는 고뇌와 분노는 결국 이런 돌로서의 결정(結晶)을 목표로 하면서 서서히 해소되고 있다. 그런 점에서 시인은 돌을 통하여 스스로의 해결을 도모하고자 하였는지도 모른다.

그리고 그 '돌'은 그를 시인으로 추천해 준 청마(靑馬) 유치환(柳致環)이 즐겨 쓴 이미지라는 사실에도 유의할 필요가 있다. 청마가 허무 의지의 극복을 도모한 시인이라는 사실은 문학사에서 확인된 바인데, 그 허무함은 어디에서 비롯되는 것인가? 맨 처음 우리는 청마를 '깃발'에서 만나게 되었다. 그 깃발이 담고 있는 서정성 때문에 우리는 깃발이 가지는 본래의 의미를 지나치고는 했는데, 깃발은 바람이 있을 때만 깃발이다. 바람이 없다면, 깃발은 다만 뭉쳐진 헝겊일 뿐인 것이다. 그런데 바람이란 무엇인가? 왜 줄기차게 청마는 바람을 그리고 있는가? 사전적으로만 말한다면, 바람은 높은 기압의 곳에서 낮은 기압의 곳으로 이동하는 공기의 흐름일 뿐이다. 그러나 바람은 이 정도로 끝나는 것이 아니다. 바람은 살랑살랑 불어 만물을 그대로 두는 경우도 있지만, 대부분은 자신의 주위를 그냥 두지 않는다. 월명사(月明師)의 <제망매가>처럼 낙엽을 멀리 날려 흔적도 없이 사라지게 하고, 더 강력한 태풍이 불어 집도 나무도 모두 없었던 것으로 만들기도 한다. 그래서 바람은 허무(虛無)를 동반한다. 깃대는 그 바람을 붙들어 매 둔 지주(支柱)이다. 우리는 왜 청마가 깃발을 노래하고, 나아가 바람에도 꿈쩍하지 않는 '바위'를 노래했는지 여기에서 알 수 있게 된다.

시인은 청마와 같이 자신을 바위 속으로 함몰시키고 있다. 허무를 극복하기 위해 그는 나무를, 바위를 끌어들이고 있는 것이다. 여기에서 우리는 시인이 그린 스스로의 모습을 점검할 필요가 있다.

공간에 지워져
없어져 버리는 나의 그림을
생각해 본다.
그렇게 있고 싶다.
나무가 되고 바위가 되고
산이 되고 물이 되고 싶다.
그처럼 바라보고
서로 이야기 나누고 싶다.

—<자화상>

이렇게 자신을 붙들어 두고자 노력하는 시인은 종당에는 바위가 되고
싶은 욕구로 스스로의 정체성(正體性)을 확인한다. 또 있다. 그의 눈은 만물
을 바위와 연관시켜 보도록 조정되는 것이다.(벌레가 운다. / 새벽— // 웅크린 침
묵 / 바위의 만가지 사연 / 기지개켜는 소리 / 울려나는 걸까 // 별빛같이 맑게 / 쏟아지는 걸
까 // 때 묻지 않은 / 자연의 등 타고 / 앉는다 // 야생의 바위 / 그 위 / 편안히—.<가을>)

우리는 그의 정체성이 무엇인가 하는 비경(秘境)의 해답을 막연하게나마
그의 아호의 변화에서 확인할 수 있었다. 그러나 이는 단순한 추측일 뿐이
다. 또는 수없이 변화하는 과정의 한 부분일 뿐이라는 것을 잘 알고 있다.
왜냐하면 그는 시인이니까.

3. 다시 떠날 시인의 길

이제 다시 시인이란 무엇인가? 시인이란 창조자라 할 때, 그 창조의 개
념은 무엇인가? 시인이 뭐간대 천지 창조와 같은 거창한 의미의 창조라는
단어를 자신의 것으로 가지는가. 뭔지 모르지만, 우리는 시인에게 창조에

버금가는 대단한 그 무엇을 요구하는 것인지도 모른다. 무엇일까?

시인은 창조자이다. 그러나 그는 새로움을 만들어내는 존재가 아니라, 새로움을 발견해내는 자이다. 하늘 아래 새로운 창조가 어디 있겠는가? 누군가가 만들어 감추어 놓은 그 엄청난 영역을 조금씩 넓혀가면서 우리는 살아갈 뿐이다. 시인은 언어의 세계를 넓혀가는 자이다. 사전에 등재되어 이미 낡아빠진 구태의연함을 벗어던지고, 새로움을 부여하는 자인 것이다. 그러기 위하여 그는 긴 밤 꼬박 앉아 있기도 하고, 하염없이 저 강을 바라보기도 하는 것이다.

끊임없는 영역 허물기와 새로움의 모색이 있기에, 우리의 삶은 진부(陳腐)하지 않다. 여기까지만 살아라 하는데, 시인은 벌써 저 다른 세계를 꿈꾸고 있다. 시인은 그래서 우리의 세계를 새로이 하는 자가 되는 것이다. 그래서 또 시인은 새로운 그릇을 만들어 본다. 그것이 자신의 내면에 담긴 시상(詩想)과 부합되는 것이라면, 그는 한없는 자유를 누리면서, 끝없는 여행을 계속하는 것이다. '1행시'의 탐색[전봇줄에 제비들이 새긴 아마득한 설형문자<10> / 공사장 인부는 개미 집짓는 재미라도 있을까.<3> / 뭔가 안 생각히우는 소중한 것의 이미지<낮달>], 한없이 이어져 가슴을 답답하게 하는 '이야기시'의 존재는 이러한 이유에서 시인의 방랑의 소산이라고 할 수 있다.[밤도아 연탄 구멍구멍마다께 시중들었다. 이튿날 딸애의 학교에서 모임이 있어 세수도 않고 주섬주섬 걸치고 허리띠도 매지 않은 채 학교로 갔다. 연탄은 꺼져가는 참이었는데 그냥 버려둔 채로(집에서는 연탄 갈 때 부엌과 바짝 붙은 허청 사이가 이상하게 나무토막과 짚, 벽돌로 쌓아져 불이 위험한 데서 불을 갈아야 했다. 아뿔사 불이 붙고 단짓물로 용히 끌 수 있었다). 어쩐 셈인지 꺼져가는 연탄까지 든 채로 갔는데 학교에선 굳이 임원석에 앉히려 했다. 고집 세워 어느 학부모 함께 한떼의 애들 뒤에 그냥 서 있었다. 자꾸 안으로 들라는 학교측 친절, 끝내 애들도 흩어지고 학부모들 보고 같이 어울려 엉겨 붙자는 채근이다. 그냥 추레한 몰골이 스스로 부끄러워 밖에 나갔더니 성화처럼 불이 이글거리고 행상

노파의 얼굴이 빛나고 있었다. 시진한 연탄은 그 위 얹혀둘까 타는 불로 가져 갈까 망설이던 중 귀영치의 휴지를 주워 자연보호사업으로 버릴 곳 찾다가 길가 초가의 허청께에 날려버렸는데, 저봐 종이가 자꾸 나비 날으듯 파알락 날아 허청의 나무섶 위에 앉는게 아닌가. 마침 구덕 맨 넝마주이 차림의 사내가 종이를 거푸 줍는 체하면서 귀한 장작까지 집어 구덕에 그득 재워넣는다. 이를 향리의 형과 얘기하는데 낌새챘던지 녀석 패의 하나가 옥쩍 뭉뚝한 나무토막으로 마구 애먼 형의 정수리께를 옥댄인다. 애만 닳아 하다가 기어이 삽을 들어(연탄 집게였는데) 후리치니 수상한 녀석 얼굴에 좀은 생채기다. 누군가 중재하여 병원행 택시를 잡으러 홀비탕 길거리를 찾아 헤매다가 잊어먹은게 녀석(가해한) 차 가냄버이다. 허우적 어쩌고 저저다가 집에 당도해서 꿈을 깬 첫마디가 "집게를 꺼꾸로 잡고 불을 들고 왔어야"<이야기 3>]

적어도 시인은 이런 방황의 족적(足跡)을 가져야 한다. 그렇지 않다면 귀족의 집안에서 태어나 아무 고생 없이 살다가 또 그렇게 죽어가는 존재와 무엇이 다를 것인가. 그런 방황이 있기에, 그의 시는 항상 긴장을 동반한다. 그의 삶처럼, 그의 시 어디에서 새로운 그 무엇이 돌출할 것인지 우리는 항상 숨을 죽이고 바라보는 것이다.

그러나 이런 실험만이 창조의 국면을 이루는 것은 아니다. 일상의 삶이 그의 손에 들어가면 언젠지 모르게 따스한 시의 세계로 변모되어 있는 것이다. 그 바탕에 깔려 있는 따스함과 사랑, 그리고 아련한 비극성을 언뜻 내보이면서. 도대체가 그에게 있어 시의 영역은 경계가 없다. 욕심사납게 줄 그어놓고, 이곳은 내 땅이야 하는 법이 없다. 참 유연하다. 사랑인 채로

> 한밤
> 저 멀리 都心의
> 불빛.
> 무엇을 말하는가.

사랑 안에 살면
인생은 다숩고

사랑 밖에 살면
인생은 춥다.

　　　　　　　　　　　　—〈都心의 불빛〉

　시인은 이 불빛을 소중하게 간직하고, 이를 후세에 전수(傳授)하는 씨앗
과 같은 자이다. 그가 이러한 시인의 사명을 한시도 잊었겠는가. 본래 시인
이 자신의 시를 해설한 글이란 별로 중요한 의미를 지니지 않는다고 나는
평소 생각한다. 그것이 없어야 한없이 넓은 시의 세계를 유영(遊泳)할 수 있
기 때문이다. 그러나 여기서 그의 이 시에 대한 말을 잠깐 귀기울일 필요
가 있다. 그의 시가 근거하고 있는 비밀을 언뜻 드러내 보이고 있기 때문
이다.

　　시작은 언제 밝아올지 모를 어둠 속에서 어둠을 밝혀 줄 일점 불빛에의
　　인간의 창조적 영성의 애틋한 희원이다. 그 오랜 갈망의 깨달음 그 의미는
　　의외로 쉬운 진리이다. 바로 자신의 가슴 속을 밝히고, 그 가슴 속 불빛을
　　소외된 이웃에게 다스하게 비추어 줌이다. 시의 창조적 비전을 통한 깨달음
　　의 의미와 실천을 시작으로써 각인함이 시인적 숙명인 것이다.

　간직과 베풂의 사이에 그의 시는 존재한다. 그렇다. 이런 이유에서 그의
시는 그 영역이 일상의 돌멩이에서 저 그리스도, 부처에 이르기까지 종횡
무진했던 것이다. 흑묘백묘(黑猫白猫)라 할까. 쥐만 잡으면 되지 하얀 고양
이, 검은 고양이가 무슨 의미를 갖겠는가. 적어도 시인은 큰 것 앞에서 작
은 것을 버릴 줄 아는 겸양을 가지고 있다. 그의 종교가 종교적이지 않은
이유가 여기에 있다. 사랑의 마음으로 그는 이곳저곳을 우리에게 비쳐주고

있는 것이다.

"나란 말이요, 어머니"
이름까지 크게 말씀드려도

그래도 감감이시다.
귀가 안 열리시나 보다.

이튿날 보청기를
걸어 드렸다.

어머니 ……
가만한 부름도
환히 알아들으시고
웃으신다.

길가 이름 모를 작은 꽃이
멍석같이 커 보인다
흰 점 꽃이
함박꽃으로 웃는다.

—〈전화〉

　어머니 앞에서 자유로울 수 있는 한국인이 어디에 있겠는가? 논리도 없고, 끝도 없는 어머니에 대한 아련함, 그러나 어머니의 모습을 이렇게 그린 시는 그렇게 흔하지 않다. 그는 일상의 작은 것이 참으로 큰 것임을 우리에게 이렇게도 소상히 알려주고 있는 것이다. 큰 것들이야 역사에서, 그리고 정치나 경제에서 할 일이다.(그들 하는 일이 그렇게 큰 것인지에 대하여 나는 전혀 수긍하지 않지만, 그들이 그렇게 말하는데 그렇게 둘 수밖에 없지 않은가.) 그 큰 일 한다고, 저 멀리 어머니 사는 집을 쳐다보며, 물 맛 보고 그냥 지나치는 김유신은 그래서 우리에게 참 위대한 존재이지만, 아 나는 그렇게 되고 싶지는 않다. 보대껴도 좋으니, 가슴에 피가 돌고 눈에는 눈물이 맺히는 그런 존재이기를 바라는 사람들에게 그는 참으로 따뜻한 마음을 선사하고 있다. 어머니에 대한 그의 정은 곳곳으로 퍼져가고 있다. 나뭇잎도 그저 범상한 나뭇잎이 아니다. 그에게 있어 주변의 모든 것은 '길들여진[tame]' 존재인 것이다. 그러니 어떻게 범상한 존재일 수 있겠는가?

> 토요일
> 다음 월요일 아침
> 첫시간 강의 준비물 복사를 한다.
>
> 사대 1호관 아래층 복사실 두 아주머니가
> 복사 일을 하신다.
>
> 달구어진 복사기에서 나온 따뜻한
> 복사물 손에 쥐고서
> 아주머니께 한 말씀
>
> 우리 마음도 이렇게
> 따땃했으면 쓰겠소잉
>
> ─〈복사〉

노 시인의 이런 마음이 있어 '다음 월요일 첫 시간 강의'는 얼마나 '따땃'하겠는가. 이 마음이 있어 우리는 그래도 이 세상은 살 만한 곳이구나 하면서 살아가지 않겠는가. 자로 잰 듯이 말에서 내리지도 않고, 거만하게 자신을 통제하는 그런 사람만 있다면, 아 얼마나 세상은 삭막하겠는가. 그래서 시인의 시는 끝없이 지속될 필연성이 존재한다. 본래 시인이란 시대를 넘보는 지사(志士)였다지만, 우리는 그런 거창한 요구를 시인에게 하지 않는다. 시인이란 그런 거창함을 받아들일 생각도 없을 뿐만 아니라, 그런 정도의 경지를 훌쩍 뛰어넘은 사람이기 때문이다. 어디 그런 협량(狹量)이 시를 옥죄일 수 있겠는가. 그래서 시인은 항상 자유롭고, 그런 자유를 인정하지 않을 때, 시인은 삐에로의 모습으로 웃음을 지어야 하지 않겠는가?

이제 그러한 사랑과 번민을 그의 식대로 따라 배우면서 참 의미 없는 글을 그치려 한다. 본질은 항상 그 자체에 있는 것이지, 어디 딴 곳에 있겠는가? 저 달을 볼 것이다. 보면서 달의 무한함을 생각할 것이다. 그 가리키는 손가락이야 무슨 의미를 갖겠는가. 마디 굵은 할머니의 손가락일 수도 있고, 소동파(蘇東坡)의 날렵해빠진 긴 손가락일 수도 있는 것을 그의 시가 인도하는 대로 우리는 그냥 그 깊은 속내로 들어가면 되는 것이다.[중국의 항주(杭州)에는 소동파가 이 지역의 책임자였을 때 만들었다는 소제(蘇堤)가 있다. 서호 옆에 있는 그의 기념관 앞에 그의 전신을 보여주는 석상이 있는데, 옷은 휘날리고, 손가락이 참 가늘고 길어 시인의 모습을 잘 형상화했다는 생각이 들었다.] 오아시스만 있는 것이 아니라는 생각만 하게 되면, 그리고 그대 있다면, 사막도, 그리고 '저승'도 얼마나 다정하게 느껴질 것인가.

> 정치도 좋고
> 무엇도 다 좋겠지만
>
> 나는 한세상
> 인간 붙잡고
> 울고 웃고 노래하겠다.
>
> 저승까지의
> 험한 노정.
>
> 알고도

어데 모르는 그대
손 꼭 쥐고 감이

바램이고
사랑이어라.

—<시인>

제5부

책 읽기와 세상살이

전통적 글쓰기의 원리와 이해*

1. 머리말

우리들의 일상은 수없는 만남으로 이루어져 있다. 자신과 만나고, 또 성숙한 의식을 가지고 다른 사람과 만난다. 이러한 만남을 통하여 우리는 서로에게 영향을 주고받는다. 우리의 문화는 이렇게 서로에게 영향을 주고받으면서 형성되었다고 할 수 있다. 그런데 만남에 있어 언어가 중요한 도구로 사용된다는 점에서 인간은 다른 동물과 구별된다. 말과 문자를 사용하여 우리는 축적된 문화를 전수받고 또 전수한다. 특히 문자를 통하여 우리는 동등한 문화를 지향하고, 이러한 이유에서 문자의 보급은 평등한 사회를 지향하는 지름길로 인식되기도 하는 것이다.

우리의 일상은 끊임없이 글짓기 문화와 관련되어 있다. 보다 나은 상태로의 상승을 위하여 글짓기 문화의 선택은 필수적이기까지 한 것이다. 이러한 이유에서 우리는 전수된 글짓기 문화를 익히고 이를 또 다음 세대에게 전수하고자 한다. 근래 각 대학은 논술 능력을 학생 선발의 한 요건으

---

* 『어문논집』 6(숙명여대 국문과, 1996)에 실린 글을 정리하였다.

로 채택함으로써 그 중요성을 선명하게 부각시키기도 하였다. 우리 사회에서 대학 입시가 차지하는 비중을 생각할 때, 논술은 단순한 시험 이상의 의미를 지니고 있는 것이다. 논술이 선발 고사의 한 영역으로 채택되면서, 논술의 규범과 평가 방식에 대한 논의가 활발하게 이루어진 것은 이러한 이유에서 당연한 현상이라고 할 수 있다.

그런데 이러한 논술의 전통에 대한 논의가 대체로 신교육(新敎育) 실시 이후에 한정되어 있는 것이 현실이다. 따라서 그 규범과 이론, 평가의 방식도 대체로 서구의 학문적 성과를 그 바탕으로 하고 있다. 그러나 이는 논술을 과거(科擧)의 중요한 영역으로 포함시키면서 축적해 온 우리의 글짓기 문화를 사장(死藏)하는 것이어서, 올바른 전통의 계승이라고 할 수 없다. 이러한 이유에서 전통시대의 논술을 점검하는 일은 축적된 논술 문화를 이해할 뿐만 아니라, 논술이 지향하는 방향을 역사적 관점에서 정리해본다는 점에서도 대단히 필요한 일이라고 할 수 있다.

이 글에서는 논술의 전통을 확인하는 구체적인 예로서 나세찬(羅世纘)의 책문(策文)을 검토하고, 이를 통하여 전통 시대의 논술이 지녀야 하는 규범과 사회적 의미를 고찰하고자 한다. 나세찬은 그의 삶이 글짓기 문화와 대단히 밀접한 관련을 맺고 있고, 또 그가 남겨 놓은 결과는 당대 글짓기 문화의 수준과 지향을 잘 보여주고 있다. 더구나 그는 글짓기 행위가 사회적 용인 속에서 이루어져야 함을 구체적으로 보여 주었다. 그가 쓴 글로 인하여 그는 하옥(下獄)과 유배(流配)를 당함으로써 글짓기의 사회적 책무를 우리에게 일깨우고 있기 때문이다. 이러한 이유에서 나세찬은 논술 문화의 이해와 지향을 점검하고자 하는 이 글의 의도와 대단히 부합하는 인물이라고 할 수 있다.

2. 나세찬의 삶과 논술

조선조의 유학자들에게 있어 책을 읽고 글을 짓는 행위는 일상적으로 이루어지는 생활이었다. 특히 책을 읽는 것은 삶과 직결되는 것으로 인식하였고, 나아가 사람다움을 함양(涵養)하는 방편으로까지 생각하였다. 이러한 상황에서 책을 읽지 않는 것은 바로 사람다운 삶을 포기한다는 것으로까지 확대될 수 있는 것이었다. 이율곡(李栗谷)의 다음과 같은 말은 이러한 유학자들의 생각을 잘 대변하고 있다.

> 배우는 자는 항상 이 마음을 보존하여 환경의 노예가 되지 않도록 하여야 한다. 모름지기 이치를 궁구하고 선을 밝힌 뒤에야 마땅히 행하여야 할 길이 확연하게 보이게 되어 앞으로 나아갈 수 있게 된다. 그러므로 도에 들어감에 있어 이치를 궁구하는 일이 가장 먼저 하여야 할 일이다. 그런데 이치를 궁구하는데 있어 독서를 하는 것보다 먼저 할 것이 없으니, 이는 성현의 마음을 쓴 자취와 선악의 본받을 만한 것, 경계할 만한 것이 모두 책에 있기 때문이다.
>
> —『국역 율곡집』 1, 민족문화추진회, 1982

성현의 언어가 이념으로 작용하던 시기에 이를 접할 수 있는 계층과 그렇지 않은 집단은 지배와 피지배의 관계로 나뉘어졌고, 또 책을 통하여 얻은 지식은 피지배자를 효과적으로 통치하는 지배 이념으로 활용되기도 하였다. 이러한 이유에서 독서에 관한 논의는 효과적인 삶을 영위하고자 하는 사람이거나, 사람다움을 궁구하는 모든 사람들에게 있어 항상 부딪칠 수밖에 없는 문제였던 것이다. 유학자들이 자신들의 저작(著作)에서 반드시 독서에 관한 언급을 빠뜨리지 않고 있는 것은, 독서야말로 그들의 도저(到底)한 현재를 가능하게 하였던 문화적 기반이었기 때문이다.

이러한 이유에서 독서의 목적이나 범위, 그리고 방법에 대하여 많은 논의가 이루어졌는데, 이는 대체로 실제적 삶과 관련되는 독서와 사람다운 삶을 목표로 하는 독서로 구분된다. 실제적 삶과 관련된 독서는 독서를 실용적인 목적과 연관지어 바라보는데, 과거를 통한 입신출세는 이 범주를 대표한다고 할 수 있다. 이에 반하여 사람다운 삶을 목표로 하는 독서는 바람직한 삶 자체에 대한 탐구를 하는 것이기 때문에 실용적인 것과는 구별되는 것처럼 보인다. 그러나 조선조 유학자들에게 있어 이러한 실용성과 순수성은 엄격하게 구분되지 않은 것으로 보인다. 그들은 학문 자체가 영달이요, 삶의 전체였기 때문에 그들에게 있어 독서의 목표는 실용성으로 귀일(歸一)될 수밖에 없는 것이다.

선인들의 삶이 독서와 직간접적으로 관련되어 있었기 때문에, 독서에 관한 논의는 많이 이루어졌다. 그러나 독서와 함께 그들의 삶의 중요한 한 부분을 이루고 있었던 글짓기에 대한 견해는 쉽게 발견되지 않는다. 일상적으로 그들은 시(詩)를 짓고, 또 문(文)을 지어야 했다. 전통시대의 사람을 평가하는 기준으로 이른바 신언서판(身言書判)을 규범화 하였는데, 여기에서 서(書)는 단순히 글씨만을 말하는 것이 아니라 글 짓는 능력까지를 포함한다는 점에서 글짓기는 그들이 갖추어야 하는 중요한 교양이었다. 더구나 글짓기 능력을 평가하는 과거가 실시되었고, 이를 통과하는 것은 그들이 지향하는 삶의 목표를 달성하는 데 있어 대단히 중요한 의례(儀禮)였다. 자신의 수양과 그 결과를 국정(國政)에 반영하는 최선의 방법은 관료 선발의 공식적 통로인 과거에 합격하는 것이었기 때문이다. 이러한 당시의 상황에 비추어볼 때, 글짓기에 대한 유학자들의 체계적 논의에 쉽게 접할 수 없는 것은 대단히 의아(疑訝)한 느낌을 준다.

체계적인 논의 없이도 계속 글은 지어졌고, 또 전승되었다. 규범과 형식
이 정해져서 중요 어휘의 대체만으로 가능한 글을 제외하고서도 많은 글
은 그러한 명시적 규범 없이 계속 지어졌다. 그렇다면 명시적은 아니라 하
더라도 그들이 표준으로 삼는 글짓기의 준거(準據)가 분명히 존재하였다고
보아야 할 것이다. 그리고 그 준거나 규범은 그들이 산출한 저작물을 통하
여 역(逆)으로 재구성할 수 있을 것이다. 그들은 규범으로 삼는 글을 선택
하고 그 글이 가지고 있는 준거를 충실히 지킴으로써 글짓기의 훈련을 하
였을 것이기 때문이다. 이러한 재구(再構)의 한 소중한 예를 우리는 나세찬
의 글과 삶에서 찾을 수 있다.

나세찬을 글짓기와 관련되는 삶의 대표적 유형으로 설정하고, 이를 통하
여 글짓기의 방식을 살피고자 하는 것은 그의 뜻을 펼치는 출발과 과정,
그리고 그의 삶에 있어 중대한 분수령(分水嶺)을 이루는 사건들이 글짓기와
밀접하게 관련되어 있기 때문이다. 나세찬의 많은 삶은 조선조의 글짓기
문화와 직결되어 있는 것이다.

공식적으로 드러난 그와 글짓기 문화의 관련은 다음과 같다.

> 중종 20년 정시(庭試) 초시(初試)에서 <숭절의론(崇節義論)>으로 장원
> 중종 21년 삭제(朔製)에서 <속상책(俗尙策)>으로 장원
> 중종 22년 정시 초시에 <희우부(喜雨賦)>로 장원
> 중종 23년 부시(覆試)에서 <예제책(禮制策)>으로 장원
> 중종 23년 전시(殿試)에서 <제노소상책(齊魯所尙策)>으로 입격
> 중종 31년 중시(重試)에서 <예양책(禮讓策)>을 써 하옥과 유배를 겪음
> 중종 31년 옥중 혈소(獄中血疏)를 써 자신의 무죄를 밝힘
> 중종 33년 탁영시(擢英試)에서 <위무공 억계론(衛武公 抑戒論)>으로 장원

그의 문집에는 위와 같이 공식적으로 인정된 글들이 수록되어 있다. 그
런데 흥미로운 것은 글을 짓게 한 책문(策問)이 함께 있어, 조선조 글짓기

문화의 한 패턴을 확인할 수 있다는 점이다.[물음인 책문(策問)과 답변인 책문(策文)이 같이 존재하는 것은 나세찬의 경우 외에도 많은 문집에서 확인할 수 있다. 그러나 문집에 드러난 대부분의 경우는 이율곡의 경우와 같이 사상의 편력을 드러내는 자료로 사용되고 있다. 나세찬의 경우는 제시된 책문이 시무(時務)를 묻는 책(策)의 성격을 잘 보여주고 있고, 그에 대한 답도 또한 장원으로 채택된 것이라는 점에서 특이한 예라고 할 수 있다.] 책문의 검토를 통하여 우리는 조선조의 문제 제작 방식과, 이를 통하여 측정하고자 하는 능력을 확인할 수 있다. 또한 그 문제를 이해하고 답안을 작성하는 방식도 그의 문집을 통하여 확인할 수 있을 것이다. 더구나 제시된 그의 글은 대부분 장원으로 선발된 것이기 때문에, 조선조 선비의 문제 이해와 글짓기의 방식을 알 수 있는 중요한 자료로 평가할 수 있다. 나세찬의 책(策)을 검토함으로써 우리는 소략하게만 이해되었던 조선조 글짓기 문화의 한 규범을 파악할 수 있을 것으로 본다.

3. 인식 공유형(認識共有型)과 시무 해결형(時務解決型)의 양식화(樣式化)

자신의 생각과 주장을 논리적으로 진술하는 전통시대의 글 양식은 논(論)인데, 이는 "시비(是非)를 정확히 판별하고, 현상을 구명하고, 무형한 것을 추구하고, 단단한 것을 뚫어 통로를 구하며, 깊은 못에 낚시를 드리워 궁극을 끌어내기 위하여" 쓰는 글로 정의되어 있다.[유협(최신호역), 『문심조룡』, 현암사, 1975, 75~78쪽] 따라서 논의 요체는 '표현과 마음을 밀착시켜서 논적(論敵)이 타고 들어오는 여유를 주지 않는 것'에 있다. 이 논에 해당하는 것으로 조정이나 관부와 관련되는 공식적인 글에는 표(表), 책(策), 계(啓), 주(奏),

소(疏)가 있어, 각각 그 소용에 따라 형식이 선택되었다. 책은 대책(對策)과 사책(射策)으로 구별하기도 하는데, 과거에서 부과되는 책은 일반적으로 대책을 의미한다.[대책은 조책(詔策)에 응해서 정치에 대한 의견을 진술한 것이며, 사책은 문제를 찾아서 자설(自說)을 헌상하는 것이다. 유협,(최신호역),『문심조룡』, 현암사, 1975, 103쪽] 책은 글의 문제인 책문(策問)이 제시된다는 점에서 다른 글과 차이가 있는데, 문제가 제시되는 까닭은 책이 대체로 시무(時務)와 관련되어 출제되었다는 점에서 기인한다.

책의 물음인 책문은 그 자체가 하나의 완결된 글로 인식되었다. 관료를 선발하기 위한 과거나 현직의 관료를 대상으로 하는 시험에서 책문을 출제하는 것은 커다란 영광이었고, 이러한 이유에서 그 책문은 개인 문집에서도 중요한 위치를 차지하고 있다. 또 출제의 위촉(委囑)은 당대 학문의 수준이나 지향과 관련되는 것이어서, 이의 검토를 통하여 출제자 개인은 물론이고 당시 사상계의 흐름을 파악할 수 있을 정도이다. 다음에 제시된 이퇴계(李退溪)의 책문은 그 자신의 사상적 지향을 잘 보여주는 글이다.

> 맹자가 말하기를 '선비는 뜻을 숭상한다.' 하였으니, 대개 선비의 숭상하는 것은 시대의 성쇠에 관계되는 것이니, 삼가지 않을 수 있겠는가. 옛날에 동한(東漢)의 선비들이 절의를 숭상하여 세도(世道)를 붙들었고, 조(趙) · 송(宋)의 선비들이 도덕을 숭상하여 인심을 맑게 하였으나, 세도에 붙던 자가 마침내 사직을 호위하지 못하고 인심을 맑게 하려는 자가 마침내 간사하고 사특함을 감화시키지 못하였으니, 이같이 도덕과 절의가 국가에 이익됨이 없는 것인가. (중략)
> 하늘이 큰 운수를 열어 성스러운 임금이 잇달아 나서 호오(好惡)를 올바른 것으로 인정하고, 시서(詩書)의 혜택으로 젖어 들어가니, 문왕을 기다려서 일어나는 것이 바로 이때이다. 그러면 우리 조정의 선비 숭상하는 바를 얻어 들을 수 있겠는가. 도덕을 말하기는 하나 참됨을 얻기 어렵고, 절의를 높이기는 하나 박(薄)한 것이 걱정이며, 문사는 비록 성하나 점점 저하됨은 무

슨 까닭인가. 제군들은 장차 과거로 말미암아 입신할 사람들이니, 문사의 숭상은 면할 수 없으나, 도덕을 가지고 절의를 닦으며, 뜻을 숭상하고, 옛 것을 의논하는 것이 가슴 속에 정해진 지가 오래일 것이니, 각기 숨김없이 진술하라.[『국역 퇴계집』 1, 민족문화추진회, 1977, 443~444쪽]

이퇴계의 책문은 대답하여야 할 내용과 방향이 물음 속에 내재되어 있다. 따라서 그 물음의 의미를 정확히 이해하는 것이 책 작성의 전제가 된다. 물음 속에서 의문을 제기하고 이의 답을 궁구하는 과정을 보임으로써, 이 물음은 평가를 지향하기보다는 출제자의 의도를 널리 확산시키고자 하는 목표가 잘 드러나 있다고 볼 수 있다. 책문의 출제가 당대의 석학(碩學)에게 의뢰되고, 그 결과가 당대의 사상계를 주도하였던 것은 이러한 이유 때문이다. 따라서 이 물음은 전거(典據)나 인용(引用)을 통하여 자신의 견해를 주장하고 설득하는 것이 아니라, 책문에 제시된 추상적 인식에 대한 공감적 표현이 논리적으로 진술되도록 요구하고 있다. 이러한 물음의 방식을 우리는 '인식공유형(認識共有型)'이라고 할 수 있다.

책문은 인식의 공유를 드러내는 것만으로 이루어지지는 않는다. 다음에 제시되는 이율곡의 책문은 그야말로 시무에 대한 구체적 방안을 묻고 있어 이퇴계의 책문과는 구별된다.

임금은 말하노라. 나라를 다스리는 도는 진실로 한 가지만이 아니니 대체 요긴한 것으로 말하면 인후함과 밝은 판단과 학문을 좋아함과 절약하고 검소함과 몸가짐을 단속함과 어진 이를 높이는 것, 이같은 것일 따름이다.

(중략)

역대의 제왕들이 능히 세 가지(정사의 믿음, 백성의 식량, 견고한 국방을 말함)를 갖출 수 있었던 것은 어떤 방도를 썼기에 그렇게 되었으며 세 가지를 갖추지 못했던 것은 또한 어떤 과실(過失)이 있었기에 그렇게 되었는가. 내가 대대로 선왕의 끼친 다스림을 이어받아 선왕의 법헌(法憲)을 공경히 하여 어지럽고 게으르게 하지 않았으나 창고는 다하여 나라에 삼년의 비축이 없으니 거의 먹을 것이 없음에 가깝고 군사에 관한 정무는 해이하여 활시위 당기는 사람이 드무니 거의 군사 없음에 가깝고 하찮은 오랑캐의 무리가 변방을 범하매 원병을 징발해도 이르지 아니하니 가히 믿음이 없다고 이를 만하다. 세 가지가 모두 결핍되어 있으니 나라를 어떻게 다스릴 것인가. 내 마음의 근심스러움은 마치 큰 내를 건너매 닿을 언덕을 보지 못함과 같다. 어떻게 하면 재화(財貨)를 생산하고 군졸을 단련시켜 백성들로 하여금 웃사람을 공경하고 높은 이를 위해 죽을 줄 아는 의로움을 가지게 할 수 있는가.

모든 유생들은 평소 경전을 궁구했는지라, 반드시 응용할 만한 모책(謀策)을 쌓아 왔으리니 각자 남김없이 진술하고 숨기지 말라.

—『국역 율곡집』 1, 민족문화추진회, 1982, 285~287쪽

중간에 생략된 부분은 양(梁)나라의 무제(武帝), 오(吳)나라의 손량(孫亮), 한(漢)의 원제(元帝)와 같은 역대의 왕들이 왕으로서의 덕을 갖추고, 올바로 다스리려는 노력을 기울였음에도 결국 망국(亡國)을 맞게 되었음과 자신의 노력에도 불구하고 점점 기울어 가는 국력을 개탄하는 내용으로 이루어져 있다. 이율곡의 책문은 출제자가 임금 자신의 위치에서 사태를 파악하고, 이에 대한 답을 요구하고 있는 점에서도 위에서 제시한 이퇴계의 책문과는 구별된다. 답변자는 난국을 극복하기 위하여 임금으로서 취할 수 있는 일을 구체적으로 진술하도록 요구받고 있다. 이러한 내용의 책문은 구체적인 해결책의 제시를 요구하고 있다는 점에서 '시무해결형(時務解決型)'이라고 할 수 있다.

대체로 인식공유형의 책문은 과거 응시자에게 부과되고, 시무해결형은 그 대상이 과거의 과정을 거쳤고, 현재 정사의 실무를 담당하는 조정의 중신에게 부과된 문제라는 점에서 구별된다. 이로 볼 때 과거 응시자에게 요구하는 덕목은 관료로서의 정체성(正體性) 확립이 가장 중요한 것이었음을 알 수 있다. 그들은 군주에게 대하는 신하의 도리와 백성에게 대하는 관료

로서의 책무 등 유교적 소양을 갖추고, 이를 논리적으로 전개할 수 있어야 하기 때문이다. 이에 반하여 직접 실무에 종사하고 있는 관료들은 군주나 백성들을 대하는 관료로서의 인식이나 자세가 아니라, 실무와 관련되어 해결하는 구체적 행위를 논리적으로 전개하여야 했다. 이미 확보된 관료로서의 자세를 바탕으로 이루어지는 행동에 보다 초점을 맞추었던 것이다. 일반적으로 책문이 현실적인 문제의 해결을 위한 구체적 접근이 아니라는 지적은 과거에서 제시되는 책문을 말한 것으로 이해할 수 있다.[선비들은 이렇게 과거 응시에서 뿐만 아니라, 조정에 진출하여서도 끊임없이 책문과 마주쳐야 했다. 어느 단계에 이르면 책문의 출제를 담당하기도 했다. 모범적인 책문의 출제와 답변을 위하여 그들은 인간에 관한 사항은 물론이고, 이를 둘러싼 물상(物象)과 인간을 관련시켜 파악하는 사고의 훈련을 하였다. 그리고 이를 위하여 각각의 현상들이 갖는 의미를 정리하기도 했는데, 『책류(策類)』는 이러한 필요성 때문에 만들어진 책이다.

『책류』는 모두 7책으로 이루어져 있는데, 전체를 천도(天道)·지도(地道)·인륜(人倫)·유도(儒道)·군도(君道)·신도(臣道)·인사(人事)·천관(天官)·지관(地官)·춘관(春官)·하관(夏官)·추관(秋官)·동관(冬官)의 13문(門)으로 나누어, 각 문에 관한 고인의 현명하고 주요한 말과 우리나라의 고사를 기록했다. 과거 응시자들은 책문의 유형과 경향을 파악하기 위하여 필수적으로 『책류』를 섭렵하였다. 『책류』는 당시의 책(策)이 가지는 보편적 성향을 기록하였기 때문에, 어떤 의미에서든 당시 책의 방향을 결정하는 데 있어 영향을 끼쳤다고 할 수 있다. 따라서 『책류』의 검토는 조선조 논술의 주제와 방향을 파악하는 데 있어 반드시 거쳐야 하는 작업이라고 할 수 있다.]

나세찬의 문집에 기록된 책문은 대체로 시무해결형의 글로 이루어졌다. 그리고 그 글들이 장원으로 선택된 것이었다는 점에서 나세찬의 현실 인식은 그만큼 구체적이고 실무적이었다는 것을 알 수 있다. 그가 문제를 이해하는 방식 또한 대단히 규식(規式)과 정통(正統)을 따르는 방식이라고 할 수 있다. 그는 제시된 문제의 대강과 부분을 속속들이 드러내고 나열하는

방식을 취하고 있다. 다음에 제시된 것은 그가 답하기를 요구한 책문(策問)
이다.

       <물음>

① 국가의 치란과 흥망이 모두 창업한 임금에게 근원하니 규모와 제도의 득
    실을 다만 자손이 능히 그 업을 지키지 못함에 미루는 것은 불가한지라.

② 삼대(三代) 성인의 일은 진실로 경솔히 의논하는 것이 불가하나 서한(西
    漢)이 외척(外戚)에게 망하였고, 동한(東漢)이 환관(宦官)에게 망하였고,
    당나라가 번진(藩鎭)에게 망하였고, 송나라가 호로(胡虜)에게 망하였으니,
    이는 한나라의 고조(高祖), 광무(光武)와 당나라의 태종(太宗)과 송나라 태
    조(太祖)의 기틀을 세움에서 연유(緣由)함이 아니겠는가.

③ 여러분들이 고조와 광무와 태종과 태조의 조정에 있었다면, 무슨 의론을
    세우고 무슨 정책을 베풀어 그 외척과 환관과 번진과 호로의 폐단을 미
    연에 구제하겠는가. 소견의 고하(高下)를 이에 시험하려 하노라.

        —나갑주(羅鉀柱)·김영재(金永載) 역, 『국역 송재유고집(松齋遺稿集)』,

                          송재사(松齋祠), 1985, 165~166쪽.

        앞으로 제시되는 나세찬의 글은 위의 책을 그 자료로 사용하였다.

다만 어법에 맞지 않거나, 명백한 오역이 있을 경우는 인용자가 고쳤다.

이 <물음>은 세 단락으로 구분되어 있는데, 그 요지는 ①에 제시되어
있다. ①은 국가의 치란 흥망의 근원은 그 규모와 제도를 마련한 창업주에
게 귀속되는 것이어서, 치란과 흥망이 이루어진 당대의 후손에게만 책임을
묻는 것은 옳지 않다는 출제자의 견해를 제시하고 있다. ②는 앞에 제시된
견해를 뒷받침하는 역사적 사건을 열거하여 자신의 논거로 삼고 있다. 이
는 어떤 일을 시행함에 있어 눈앞에 닥친 일에 즉흥적으로 대처하지 말고,
그것이 먼 후일 어떤 결과를 초래할 것인지를 숙고하여 수행하여야 한다
는 것으로 요약될 수 있다.

    그러나 외척이나 환관 등이 결과적으로는 나라를 망하게 하였지만, 그

제도는 또 건국 초기에는 나름대로의 이유가 있어 시행되었다. 따라서 시행하되, 먼 후일 국가의 패망을 초래하지 않도록 하는 방법은 무엇인지를 강구하는 것이 이 <물음>의 핵심이라고 보아야 하는 것이다. ③은 이러한 역사적 통찰력까지를 포괄하여 대답하기를 요구하고 있다. 현실과 미래를 아울러 바라볼 수 있는 경륜을 시험하고자 한다는 점에서, 이는 응시자에게 혼동을 주어서는 안 된다는 출제 원칙을 성실하게 지키고 있는 것이다.

이러한 문제 이해의 전제 위에서 그의 답안을 검토하기로 한다.

<답안>
① 어리석은 제가 작고 누추한 집에서 십년을 홀로 경서를 궁구하면서 일찍이 옛 제왕의 어렵고 험난한 환경 속에서 나라의 기초를 세우지 아니함이 없었는데도 그 자손은 능히 평온한 시대에 선업을 계승하지 못하고 도리어 위태롭고 망하기를 재촉함을 보고 책을 덮고 재삼 탄식하지 않을 수 없었습니다. 이제 선생님께서 이에 관하여 물으신 즉 어리석은 제가 비록 민첩하지는 못하나 감히 묵묵할 수 있겠습니까.

② 이르시기를 국가의 일어남이 비록 조종(祖宗)의 현덕으로 말미암고 그 망함이 후사(後嗣)의 재주 없음에서 연유한다 하였습니다. 그러나 재앙이 일어남의 연유는 그 일어난 날에 있지 아니하고 그 처음 지음에서 유래한 바가 있을 것입니다. 이와 마찬가지로 난(亂)의 일어난 연유도 그 때에 있지 아니하고 그 일어남과 함께 이미 있습니다. 그러니 나라를 세우고 왕통(王統)을 드리운 임금은 자손의 법이나 자손의 치란 흥망과 직접 관련된다 할 것입니다. 모든 일은 그 후손을 위한 도를 얻고, 도를 잃는 것이라 할 것입니다. 이런 까닭으로 조종이 되는 이는 마땅히 그 창업하는 처음에 몸을 닦고 집을 바르게 하여 그 근본을 세우고 정미(精微)롭게 생각하며 힘써 행하여 그 근원을 맑게 하고 철인(哲人)을 널리 구하여야 할 것입니다. 또한 이를 후손에게 끼치기를 더욱 멀고 더욱 오래하여 모두 정다움으로써 하여 결함이 없게 하여야 할 것입니다. 혹 규모를 넓게 하지 못하여 제도를 선하게 하지 못하고, 또 안일하고 상스럽고 방탕한 자손이 계승할 수 있는 여지를 마련한다면 그 나라가 망하지 않을 수 없

을 것이니 그 징조는 이미 선대에 마련된 것이라 할 것입니다.

③ 어리석은 저는 청컨대 의논하려 합니다마는 옛적 삼대의 성한 때를 생각하니 우탕(禹湯)과 문왕(文王) 무왕(武王)이 인(仁)으로써 벼리를 삼고 의(義)로써 그 줄을 삼아 이 둘로 뿌리를 삼는데, 그 뿌리를 심음이 견고하였고, 그 근원을 발함이 깊어 무궁한 아름다움을 열었은즉 그 크게 계승하는 공적이 참으로 이른바 '진실로 가볍게 의론하는 것이 불가하다' 함과 같습니다. 한나라의 고조가 일어남에 그 활달한 큰 도량으로 볼 때, 마땅히 그 자손이 염려할 유산이 없을 것이나 한 번 전하여 안록산(安祿山)의 걱정이 있었고, 두 번 전하여 왕망(王莽)의 전권 남용이 있었으니 외척의 권세가 성함이 아니었습니까. 광무의 중흥에 미쳐서 밝은 지혜와 뛰어난 용맹이 앞의 폐단을 감계하고 그 줄을 베풀었으니 마땅히 그 계산이 실책이 없을 터인데, 전하여 환왕(桓王)과 영왕(靈王)에 이르러 형인(刑人)이 정권을 잡고 임금은 실속 없는 자리에 앉아 정사가 그치고 나라가 따라서 폐허가 되었으니 환시(宦侍)의 세력이 치열함이 아니었습니까. 당나라 태종이 진양(晉陽)에서 등극하여 험난을 경략함이 이미 많았고, 무를 누르고 문을 닦아 어진 위풍이 멀리 베풀어졌으니 형세가 가히 길이 안보될 것처럼 보였습니다. 그러나 중세에 미쳐서 중(重)함에 거하여 경(輕)을 어거(馭車)하는 정책을 잃어 꼬리가 커서 흔들기 어려운 근심을 이루었습니다. 그 결과 외적의 말이 장안의 풀에 배가 부르고 서역의 병정이 황후의 궁전에까지 들어왔으니 번진의 화망(禍亡)이 참혹하였던 것입니다. 또 송나라 태조가 진교(陳橋)에서 창업하여 재주가 문무를 겸하였고 덕이 어질고 지혜로움을 갖추어 그 조리를 구획함이 섬실(纖悉)하게 구비되어 가히 짝할 수 없는 공렬(功烈)을 드리울 것인데 두어 대에 이르러 변방의 외적이 해마다 침노하여 두 임금이 막북(漠北)에서 사냥을 하다 만승천자(萬乘天子)가 호로(胡虜)의 뜰에 굴복하였으니 이적(夷狄)의 걱정이 극하였습니다.

④ 그런즉 서한이 외척에게 망하고, 동한이 환관에게 망하였으며 당나라는 번진, 송나라는 호로로부터 후사를 능히 지키지 못함은 모두 조종의 제도를 잃음으로 말미암은 것이 아니겠습니까. 재앙과 우환은 이룬 바가 있고, 하루 아침과 하루 저녁의 연고가 아닌즉 세 나라의 자손이 쇠미(衰微)하여 떨치지 못함은 어찌 그 조선(祖先)의 끼치신 법을 믿지 아니함이

아니겠습니까. 복숭아꽃 오얏꽃이 겨울에 꽃을 핌이 이미 한나라의 처음
에 있었은즉 왕씨가 한나라와 세를 겨루는 것은 이미 고조에게서 시작하
였다고 할 수 있습니다. 정사를 삼 정승에게 맡기지 아니하고 대각(臺閣)
에 위임하였으니, 나라를 위태롭게 한 부인과 환관의 교체는 이미 광무
에서 시작하였습니다. 태종이 망한 수나라의 고립함을 징계하여 십이도
로 나누어 영진을 세웠은즉 변방을 지키는 장수의 힘이 날마다 강하여지
고 도성을 경계하는 군사의 힘은 날로 약하여졌으니 이는 번진의 발호가
태종이 외적을 막는데 편중하였으므로 말미암은 것입니다. 또 태조가 오
조시대에 사람들이 전쟁의 참화로 인하여 피폐함을 탄식하고 병권을 멀
리 한 채 오로지 인의를 썼으므로 무력이 강하지 아니하였으니, 호로의
침략은 태조가 내치에만 힘을 편중함에서 연유된 것입니다.

⑤ 아, 창업한 어진 임금을 의론하는 사람이 삼대 이하에서는 모두 한나라
의 고조와 광무, 당나라 태조, 송나라 태조를 말하니, 이들이 일시의 규
모와 제도는 가히 굉원(宏遠)하고 상밀(詳密)하였다 하겠으나 또한 천 번
생각에 한 번 실수를 면하지 못하였습니다. 어리석은 저는 여기에서 창
업하는 임금은 후환을 염려하기를 불가불 삼가하여야 하며, 한 법을 세
우며 한 일을 행함에 더욱 불가불 살펴야 함을 알았습니다.

⑥ 이제 우리에게 이르시기를, 만약 고조, 광무, 태종, 태조의 조정에 있었다
면 무슨 의논을 세우며 무슨 정책을 베풀어 그 폐단을 구하겠는가 하셨
으니, 이는 우리의 본래 지닌 포부가 어떠함을 보고자 한 때문으로 생각
합니다. 그러나 가생(賈生)은 통곡하고 볼기뼈에 칼날이 꺾이었으되 수
(隋)의 문제(文帝)가 그를 쓰지 아니하였고, 경방(京房)은 임금이야말로 널
리 사람들의 말을 들어야 함을 극간하였으되 원제(元帝)가 깨닫지 못하
였습니다. 또 반장(叛將) 강번(强藩)의 재앙을 당의 한유(韓愈)가 의론하였
으되 능히 헌종(憲宗)의 의혹을 돌리지 못하였으며, 호로의 조정에 추배
(趨拜)하는 욕을 송의 호전(胡銓)이 진술하였으되 마침내 고종의 어리석
음을 깨치지 못하였습니다.

⑦ 어리석은 제가 비록 그 때에 섰더라도 그 도움이 있을 수가 없음을 아오
나 억측하는 뜻으로써 가령 의론하여 말한다면 '두어 군자가 폐단을 구
출하는 계책을 극간하였으나 모두 그 근본을 헤아리지 아니하고 그 끝만
가지런히 하려 한 것입니다.' 어찌하여 그러한가 하면 맹자가 이르기를

'사람들이 항언(恒言)하기를 천하 국가라 하니 천하의 근본은 나라에 있고, 나라의 근본은 집에 있고, 집의 근본은 몸에 있다' 하였습니다. 그러니 천하 국가를 바르게 함은 임금의 한 마음에 있지 아니합니까. 그 마음을 바르게 하고자 하면 학문보다 먼저 할 것은 없으며 학문은 춘추(春秋)보다 먼저 함이 없습니다.

⑧ 삼가 춘추를 살펴보니 거기 이르기를 민이 오자여제(吳子餘祭)를 시해(弒害)하였다 한 것은 형인(刑人)을 가까이 함을 기롱함이 아니겠습니까. 또 이르기를 휘가 군사를 거느렸다 한 것은 그 병권을 빌려준 것을 경계함이요, 당에 맹서하였다고 말한 것은 이적(夷狄)이 중국을 넘보려 하는 징조를 경계하려 함입니다. 그러므로 임금이 되어 춘추의 의리를 알지 못하면 폐단을 구하여도 폐단이 도리어 나오고 재앙을 제거하여도 재앙이 다시 일어날 것입니다. 따라서 춘추의 의리를 알아 정의에 생활하고 정도를 몸받아 천왕과 재상이 한 마음이 되고 궁중과 부중이 한 몸이 되어 어진이에게 맡겨 어진이가 자리에 있고, 유능한 자를 부리어 유능한 자가 직장에 있게 되면 외척의 집에 세록을 하여도 세관은 없고, 궁중의 안에 형벌이 끊어지고 안으로 닦고 밖으로 물리쳐 지킴이 사이(四夷)에 있게 될 것입니다. 이렇게 되면 견빙(堅氷)의 징조가 외가(外家)에서 인연하는 일이 없을 것입니다. 또 어찌 내시들이 작은 일을 모아 헐뜯는 일을 감히 할 수 있겠습니까. 나라에 편중하는 걱정이 없어 사이(四夷)가 조공하면, 이는 『시경』에 이른바 '과처(寡妻)의 전형(典型)이 되어 가방(家邦)을 어거한다'는 말이나, 『서경』에 이른바 '먼 곳의 백성을 따라 순종하게 하며 정성을 다하여 덕화를 베풀고 어려움에 닥쳐 뛰어난 사람을 쓰면 모든 오랑캐가 능히 복종한다'는 말을 실현하는 것입니다.

⑨ 이와 같이 한다면 비록 외척이 있어도 외척이 걱정되지 않을 것이며, 비록 환관이 있어도 환관이 병이 되지 않을 것이며, 진번이 모두 나의 간성이며 울타리와 날개요, 이적이 산을 넘고 바다를 건너와서 정성을 드릴 것입니다. 아, 삼대의 어진 임금이 적덕으로써 기초를 창립하였으나 자손들이 거칠고 나태하여 공경하지 아니하면 일찍이 그 왕통을 떨어뜨리지 아니함이 없거든 하물며 한당송의 임금은 덕을 백년이나 쌓음이 없었습니다. 그런즉 자손의 쇠망함은 조종의 규모와 제도의 실책에 말미암은 것이며, 조종의 혁혁한 왕업이 전복한 것은 또한 자손의 안일무사한

죄로 말미암은 것입니다.

⑩ 어리석은 저의 적은 소견은 이미 앞에 진술하였고, 끝으로 그윽히 드릴 말씀이 있습니다. 당무(當務)하신 선생님께서 한당송의 임금의 흥망과 치란을 자상히 의론하고 지금을 놓고 말하지 아니한즉, 이는 지금 어진 임금이 위에 있고 어진 신하가 아래 있어 같이 조심하고 함께 공순하여 하나도 가히 말할 일이 없는 까닭입니다. 그러나 나라를 근심하는 신하는 이미 다스렸음으로써 다스렸다 아니하며 이미 편안함으로써 편안하다 아니하고 항상 측량하지 못할 걱정이 조석(朝夕)에 날까 두려워하여 재앙을 미리 제거할 계책을 평소 일이 없을 때에 계획하는 법입니다. 이리하면 어떤 걱정도 국가의 근심이 되지 않음이 환하게 밝은 일이니, 그 미연에 방비하는 계책을 불가불 먼저 대비하여야 할 것입니다. 그런즉 지금을 위하는 계책은 창업의 간난함을 염려하며 지키는 것이 쉽지 아니함을 생각하는 일입니다. 정학(正學)을 힘쓰고 정인(正人)을 가까이 하여 정도(正道)를 행하고, 사설(邪說)을 물리치며 사인(邪人)을 멀리 하고 사행(邪行)을 제거하면 조정의 안팎이 정다움으로 가득하게 될 것입니다. 양(陽)이 길어지며 음(陰)이 녹아지고, 가까운 데는 즐거우며 먼 데는 와서 국가가 반석같이 안정하여 영세토록 아름다울 것인즉, 외척과 환관이 한나라의 걱정은 되어도 이 나라의 걱정은 되지 않을 것이요, 번진과 호로가 당나라와 송나라의 근심은 되어도 이 나라의 근심은 되지 않을 것입니다. 옛적 우임금이 순임금을 경계하여 이르기를 '그 그침을 공경하여 오직 살피고 오직 평화로우며 그 보필하는 신하가 곧으면 오직 움직임에 크게 응하여 내 뜻을 기다리리니 밝게 상제를 받들면 하늘이 거듭 명하여 아름다움을 쓰리다' 하였으니, 어리석은 저는 이로써 당세를 위하여 진술하오니 어리석은 의견은 이와 같음을 삼가 대답하나이다.(166~171쪽)

이 글은 내용으로 볼 때, 크게 10개의 항목으로 이루어져 있다. 논의의 전개를 위하여 위 글을 항목화 하면 다음과 같다.

① 답변자의 <물음>에 대한 공감적 이해 표현
② <물음>에서 제시된 견해의 상세화

③ ②의 견해에 대한 구체적 역사 자료 제시

④ ③에서 제시한 나라들이 멸망한 원인 강구

⑤ <물음>에서 제시한 견해로서 ②③④의 결론을 삼음

⑥ <물음>에서 답변을 요구한 의도와, 그 답변의 어려움을 개괄적으로 제시

⑦ ⑥에서 제시된 어려움의 원인으로 임금의 자세를 적시함

⑧ ⑦의 견해를 바탕으로 취할 수 있는 행동을 구체적 역사 자료와 연관지음

⑨ ⑧의 구체적 행동이 초래한 바람직한 결과를 제시함으로써 <물음>의
결론을 삼음

⑩ 위의 논의된 결과가 당대의 상황에 적용되어야 할 필요성 제시

위 요약된 결과에서 보듯이 이 글의 10항목은 3단락으로 묶을 수 있다. 1단락은 ①~⑤로 이루어지고, 2단락은 ⑥~⑨로 이루어지며, 3단락은 ⑩으로 이루어진다. 1단락은 출제자의 기본적 견해를 역사적 자료의 논증을 통하여 구체화한 단락이다. 그리고 2단락은 출제자가 구체적으로 답변하기를 요구한 물음에 대하여 자신의 소신을 밝힌 단락이라고 할 수 있다. 그리고 3단락은 <물음>과 답변을 통하여 이루어진 결과가 현실에 적용되어야 함을 역설한 단락이다.

출제자는 건국 초기 제도와 규모를 만드는 시기에 답변자가 있었다면, 어떻게 미래의 멸망을 방지할 수 있는 제도를 강구할 수 있겠는가를 묻고 있었다. 이러한 물음을 위하여 멸망의 원인은 반드시 멸망한 당대에서 그 원인을 찾을 것이 아니라, 제도와 규모를 마련한 건국 초기에서 찾을 수 있을 것이라는 출제자의 견해를 앞에 제시하였다. 답변자도 이러한 출제자의 견해에 대하여 전적으로 동조하는 자신의 견해를 제시한다. 이것이 1단락인데, 이러한 점에서 1단락은 문제를 궁구하는 전제로서 필요한 관습적이고, 의례적인 단락이라고 할 수 있다. 이러한 단락은 자신의 본격적 견해를 밝히는 단락이 아니기 때문에, 되도록 간결하고 명확하게 제시되는 것

이 일반적이다.

그런데 나세찬의 글에서는 불필요하다고까지 생각할 수 있는 의례적 단락이 글 전체의 반 이상을 차지하고 있다. 이것은 무엇을 의미하는가? 의례적 단락은 반드시 본격적 논의를 위하여 압축되고 간결하게 제시되어야 하는가? 나세찬의 글은 이러한 일반적 원칙에 대한 의문을 제기하고 있다. 결론부터 말하자면 이러한 일반적 견해는 글짓기의 구체적 상황에 모두 적용되는 것은 아니다. 오히려 이러한 의례적 단락만으로 글짓기가 이루어지기를 바라는 상황이 얼마든지 가능하다. 예를 들어 추도(追悼)나 기념(紀念)의 자리에서 이루어지는 글은 그 대부분을 이러한 의례적 언사로 충당하고 있는 것이다. 더구나 나세찬의 글에 사용된 의례적 언사는 본격적 논의인 2단락을 예비하고, 논의를 가능하게 하는 전제 단락의 단계를 벗어난 것으로 생각된다. 그의 본격적 논의인 2단락은 필연적으로 1단락이 가지는 의례적 성격의 과다(過多)를 요구하고 있기 때문이다.

2단락은 당연히 이 글의 핵심 단락이다. 1단락이 물음에서 제시한 세계 인식과 동일한 견해를 표방한 것이라면, 2단락은 이러한 견해에 기초하여 구체적으로 자신의 경륜과 소견의 고하(高下)를 드러내는 단락이기 때문이다.

고조, 광무와 태종, 태조는 국가를 건설하고, 후대의 왕들에게 규범을 만들어 준 왕들이다. 따라서 그들의 조정에 있다는 것은 창업의 순간, 그리고 국가의 제도와 규모를 만들어 가는 국가적 사업에 동참하고, 이를 획정(劃定)하는 공동 책임을 지닌다는 것을 의미한다. 그 자리에 서서 결과적으로 나라를 흥하게 하는 제도를 올바로 시행하는 방법을 강구하는 것이 물음의 핵심이기 때문에, 응답자는 구체적인 해결책을 제시하여야 한다. 그러나 이에 대한 해결은 건국 초기에 그러한 제도를 채택하였던 연유와, 그 정책이 시행되어 온 경과, 그리고 그것이 가지는 공과(功過)를 낱낱이 평가한 뒤에나 가능한 일이다. 그것으로도 부족하다. 그것은 시행되는 각 시대의 다양한 상황의 영향을 받으면서 변화할 수 있는 것이기 때문이다. 따라서 시대 상황이나, 그것을 집행하는 인간과 또 다양한 지역 편차까지를 고려한다 하여도 만족할 만한 해답을 제시하기 어려운 것이 이 <물음>이 가지는 모호함인 것이다. 앞에서 우리는 이 <물음>이 응시자의 혼동을 초래하지 않도록 명확하게 진술되어야 한다는 출제 원칙을 충실히 지키고 있다는 지적을 하였다. 그러나 문제의 해결, 실천 방안과 관련지어 볼 때, 그것은 구체적이고 현상적인 차원의 처방과는 거리가 먼 것을 알 수 있다. 문제의 명확성은 언어적인 것이었을 뿐, 실천적인 것은 아니었던 것이다. 이는 조선시대의 과거에서 부과된 책문이 어떤 문제의 구체적 해결보다도 이념의 수호에 더 관심을 기울였다는 지적과도 상통한다.

그렇다면 이에 대한 대답은 어떻게 이루어져야 하는 것인가. 하나하나의 상황을 낱낱이 지적하여 그 대책을 강구한다는 것은 지극히 번거로운 일이고, 또 실제로 가능한 일도 아니다. 이렇게 볼 때 이 물음은 표면적으로는 시무의 구체적인 해결을 묻고 있지만, 최종적으로는 인식공유형의 책문과 마찬가지로 응답자의 이념 지향과, 이를 논리적으로 전개하는 능력을 측정하고자 한 것임을 알 수 있다.

나세찬은 전제군주국가의 정책 결정이 최종적으로는 군주에게 귀속된다는 일반적 원칙을 확인하는 것으로 이를 해결하고 있다. 군주의 결정에 자문하고 보조하는 역할에 머물러야 하는 것이 이 시대의 신하들이었다. 이를 뛰어넘는 것은 오히려 군주의 권위를 손상시키는 것이기도 하다. 따라서 앞의 논의에 충실하기 위하여 구체적 대안을 제시하는 것은 군신의 관계를 왜곡시키는 것으로 파악할 수도 있다. 그가 정책 하나하나를 검토하거나 그 해결책을 강구하지 않고, 모든 일의 대강을 군주의 결심으로 돌린 것은 따라서 전통적인 책문의 규범을 따른 방식인 것이다.

"그러니 천하 국가를 바르게 함은 임금의 한 마음에 있지 아니합니까."

임금이 어떠한 결정을 내리는가에 모든 것을 귀결시킴으로써, 그는 전제 군주국가의 현상과 이념을 명확히 인식하고 드러내고 있다. 여기에서 우리는 의례적이고 부수적이라고 할 수 있는 1단락이 질과 양의 면에서 강조되었던 이유를 찾을 수 있다. 그는 자신에게 부과된 물음을 정책의 결정 기관인 군주에게 미루었고, 또 이것이 물음의 진정한 의미였음을 간파(看破)하였던 것이다.[그러한 실상을 한비자(韓非子)는 다음과 같이 말하고 있다. "임금에게 대인군자를 가지고 논하면 임금은 자신을 간접으로 풍자한다고 생각하고, 천한 사람을 가지고 논하면 임금의 권력을 천한 사람들에게 팔려고 한다고 생각한다. 임금이 좋아하는 사람을 가지고 논하면그 사람의 힘을 빌려 발판으로 삼으려 한다고 생각하며, 임금이 미워하는 사람을 가지고 논하면 임금을 시험하려 한다고 생각한다." 남성만(南星晚) 역주, 『신역 한비자』, 현암사, 1984, 161쪽.

이에 대한 구체적 자료를 우리는 그가 쓴 <예양책(禮讓策)>에서 확인할 수 있다. 다른 책문과 달리 <예양책>은 구체적 정책 방안을 제시하고 있다. 나세찬이 이 글로 인하여 곤욕을 치른 것은 책문이 가지는 한계를 뛰어 넘었기 때문으로 생각된다. 이에 대한 상세한 논의가 다음 장의 내용이다.]

이러한 진술과 함께 나세찬은 문제에서 제시한 세계 인식에서 한 걸음 더 나아가고 있다. 그는 한 국가 멸망의 기미(機微)가 건국 초기의 제도와 규모를 만드는 과정에서 이미 존재하지만, 실제로 멸망이 이루어진 것은 신하의 충언을 임금이 받아들이지 않은 것에서 찾아야 한다고 본다. 임금이 갖추어야 할 덕목으로 그가 역사의 교훈을 항상 염두에 두고, 인재를 적재적소에 부릴 줄 알아야 한다고 역설한 것도 올바른 신하의 충언을 듣고 이를 시행하여야 한다는 의미로 쓰여진 것이다. 이러한 인식은 국가 멸망의 책임이 모두 임금에게 귀일(歸一)된다는 것을 의미하고 있다. 그런데 그러한 논지의 전개는 군주의 잘못을 직접 드러낸다는 점에서 군신관계를 무너뜨릴 수 있다는 의심을 받을 수 있다. 이러한 가능성을 차단하고 방지하기 위해서도 1단락의 의례적 진술은 길어져야 할 필연성을 지닌다.

2단락은 논의의 핵심이되, <물음>의 본질을 비껴가고 있다. 구체적 해결책을 제시하지 않고, 임금의 자세를 언급함으로써 그 해답을 제시하고 있기 때문이다. 절대군주시대의 신하가 취할 수 있는 유일한 방법이 임금의 마음을 움직이는 것에 있다는 것을 우리는 확인한 셈이다. 이러한 확인 위에서 3단락은 논의된 결과를 당세의 문제로 끌어들이고 있다. 창업의 제도와 규모를 제정한 군주만이 신하의 충언을 들어야 하는 것은 아니다. 더구나 나라의 멸망은 창업에서만 그 원인이 제공된 것이 아니라, 모든 역사의 중간 중간에 나타날 수 있다. 따라서 모든 과정마다 항상 창업의 순간처럼 멸망의 기틀이 제공되지 않는지를 점검하고 이를 성찰하는 노력은 지속적으로 이루어져야 하는 것이다. '지금을 위하는 계책은 창업의 간난함을 염려하며 지키는 것이 쉽지 아니함을 생각하는 일'인 것이다. 이러한 당세로의 간언이 3단락의 주요 내용을 이루고 있다. 한비자도 이미 언급한 것처럼 당세의 일로써 임금에게 간하는 것은 현실 정치의 비판으로 받아들여질 수 있기 때문에 신중하게 이루어져야 한다. 이러한 위험성은 글짓기가 감수하여야 하는 사회적 책임과도 연관된다. 의례적 성격의 1단락이 길어진 것, 그리고 당세를 논의한 3단락이 간결하면서도 원론적인 지적으로 이루어진 이유는 이러한 사회적 상황과 연관지어 이해할 수 있다.

이렇게 모든 역사 활동의 주체적 책임을 군주에게서 묻고 있는 것은 유교적 정치를 실현하는 국가의 신하가 취하는 일반적 행동 방식이었다. 국가의 통치를 군주와의 관계에서 살핀 맹자의 논의는 바로 이러한 전통을 명확하게 드러내고 있다. 자신의 글 속에서 맹자를 인용한 것과 같이 나세찬도 이러한 전통적 사유 방식을 자신의 글짓기의 토대로 사용하고 있다.

이러한 군주 책임론의 전개를 위하여 전제되어야 하는 것이 의례적 단락임은 말할 필요가 없다. 그리고 이를 바탕으로 군주의 책임을 거론한 것은 그의 글에서 일상적으로 발견되고 있어, 그의 글짓기에 있어 하나의 관습으로 이루어진 느낌이다. 이러한 예에서 보듯이 그는 사태의 본과 말을 냉철하게 파악하여 결코 본말(本末)이나 일의 종시(終始)를 혼동하지 않았던 것이다. 이러한 사유 방식이 그 나름의 글짓기 관습을 이루었다고 할 수 있다.[이러한 예는 전집 159쪽, 161쪽, 162쪽, 179쪽, 190쪽, 192쪽 등 그의 책문 도처에서 발견된다. 구체적인 예는 다음과 같은 것이다. "방금 어진 임금님께서 위에 계셔서 능히 부지런하고 능히 검박한 덕을 다하시고 현량(賢良)이 아래에 있어 절검(節儉)하고 정직한 풍속이 있은즉 치세의 아래에 마땅히 이와 같은 사치롭고 폐단스러운 습관이 없어야 할 터인데 오히려 유감이 있으니 어리석은 저는 두려워하옵건대 허물이 어찌 민심에 있을 따름이리오 이는 어찌 민심을 선하게 하는 도리가 오히려 지극하지 못한 바가 있어 그러함이 아니겠습니까."]

4. 글짓기 관습의 사회학

나세찬이 39세가 되던 1536년은 그의 인생에 있어 커다란 전환기를 이루었던 해이다. 그는 이 해에 정 구품의 직위인 예문관 검열이 되었는데, 사건의 발단은 바로 글짓기와 관련된 것이었다. 10월 중종(中宗)은 사정전(思政殿)에서 문관들에게 책(策)과 율시(律詩)로써 시험하는 행사를 베풀었다. 오언율시는 중종이 직접 상화(賞花), 조어(釣魚)라는 제목을 내렸고, 책문의 제목은 시관인 김안로(金安老)가 작성하였다. 여기에서 나세찬이 제출한 책문은 '의론을 세움이 정당하지 못하다'는 김안로의 비판을 받았다. 나세찬은 이로 인하여 하옥되었고, 골수(骨髓)가 부서지는 문초를 받았고, 조정의 오랜 논난을 거쳐 고성(固城)에 위리안치(圍籬安置)되었다.

여기에서 검토하고자 하는 것은 이 책문의 주변을 둘러싼 정치 상황이 아니다. 다만 어떤 글짓기 방식이 이러한 모함을 유발(誘發)하게 되었는가를 확인하고자 할 뿐이다. 나세찬은 책문이란 '반드시 묻는 뜻에 따라서 논리적으로 글을 써야 한다'고 생각하였다.[197쪽] 이러한 견해에 따라 그는 물음의 항목을 하나하나 상세화하고, 이를 검토하였다. 이러한 글짓기의 방식은 앞의 책문에서 확인한 바와 같이 하나의 관습으로 굳어져 있었다. 그런데 그러한 관습을 따라 이루어진 <예양책(禮讓策)>은 많은 비판과 모함을 받기에 이르렀다. 그러한 결과를 초래한 것을 우리는 당시의 정치 역학(力學) 관계에서보다 나세찬의 글이 가지는 성격에서 찾아보고자 하는 것이다.

그가 답하기를 요구한 책문(策問)은 '상세의 정치에서 행하여지던 예양의 숭상을 회복할 수 있는 방안의 강구'였다.

<물음>
정치를 하는 도는 불가불 예양(禮讓)을 숭상하고 풍속을 선하게 함에 있을 따름이다. 상세(上世)의 정치에서 조정은 장하게 서로 양보하는 아름다움이 있었으며, 백성은 잇달아 봉(封)할 수 있는 습속이 있었으니 막연히 의론하지 못할 것이다. 그 이후로도 혹은 풍류를 두되 두터움을 숭상하여 사람의 과실을 말하기를 부끄럽게 여기어 삼대의 풍속에 가까움이 있었으니 무슨 도를 닦아서 이에 이르렀을까. 말세의 때에는 또 어찌하여 점점 소강(小康)하다 일컫는 명호(名號)가 없으랴. 그 풍속의 순박하고 스며들며 도탑고 엷음이 동일하지 아니함을 두루 수를 세어 말할 수 있는가.

내가 부덕(不德)한 사람으로서 조종의 큰 왕통을 이어 능히 계승하지 못할까 두려워함이 지금까지 이십 구년이 되었으되, 선비의 학문이 밝지 아니하고, 인심이 의혹하여 조정의 위에 있어 조심하고 함께 공순하는 아름다움이

없으며, 의론하는 즈음에 시비가 서로 의견이 맞지 않아 충돌하는 형세가
있으며, 또한 공(公)을 뒤로 하고 사사로움을 따르며 표방하여 미혹하고, 협
기를 좋아하고 무리짓기를 귀하게 여기는 습관이 장차 일어나며 어른을 능
멸하고 귀한 이를 방해하는 풍습이 날로 불어나니, 예의를 지키는 선비들도
오히려 그러하거든 하물며 말다툼만 하는 무지한 백성이랴. 자식이 어버이
에게 잔인하고 종이 주인을 죽이며 이서(吏胥)들이 그 관장을 도모하고 처첩
이 그 지아비를 도모하며 교화와 풍속의 파괴됨이 한결같이 이에 이르렀으
니 내가 심히 슬퍼하노라.
　이제 예양의 풍속과 잇달아 봉할 만한 풍속을 만회하고자 하면 그 도가
무엇으로 말미암겠는가. 그 각각 모두를 숨김없이 진술하라.(185~186면)

　이상(理想)으로 설정된 시대와 비교할 때 현실이란 항상 미흡한 상태일
수밖에 없다. 현실의 부족과 결핍을 제거한 추상적 시대가 바로 이상시대
이기 때문이다. 그러니 이상의 시대에는 '조정에는 장하게 서로 양보하는
미풍이 있었으며, 백성에게는 잇달아 가히 봉할 풍속이 있었다.' 그런데 지
금의 현실은 '의론하는 즈음에 시비가 서로 알력하는 형세가 있으며, 또한
공을 배반하고 사사를 따라 표방하여 유혹함이 있고, 의협을 좋아하고 붕
당을 귀하게 여기는 습관이 장차 일어나며, 어른을 능멸하고 귀한 이를 방
해하는 풍습이 날로 불어나고' 있는 것이다. 이 책문은 이러한 현실을 직
시하고 이를 타개할 수 있는 방안의 제시를 요구하고 있다는 점에서 앞에
제시된 이율곡의 책문과 같은 유형의 것이라고 할 수 있다. 즉 출제자가
군주의 위치에 서서 당세의 문제에 대한 구체적 해결책을 묻고 있는 것이
다. 따라서 앞에서 검토한 바와 같이 우리는 이 물음이 구체적 실무에 관
한 것이지만, 그것은 최종적으로 조정에 참여하는 관료들의 공통된 인식을
지향하고 있는 것으로 파악할 수 있다. 이것이 나세찬의 책문을 검토하면
서 우리가 얻은 결론이었다.[그의 속상책(俗尙策), 예제책(禮制策), 제노소상책(齊魯
所尙策)에서 전개된 방식은 모두 이러한 규범에서 벗어나지 않고 있다.]

이러한 전제 위에서 우리는 그의 책문(策文)을 검토하기로 한다.

<답안>

신은 대답하겠습니다. 신은 들으니 하늘이 일원(一元)의 기운으로써 위에서 화하여 여러 물건이 이루어지고, 임금이 일심(一心)의 덕으로써 위에서 화하여 만민이 다스려진다 하니 화(和)의 덕은 얼마나 큽니까. 내리신 책에 이르시기를 '다스리는 도를 두루 세어 말할 수 있겠는가' 하셨으니, 신이 엎드려 두세 번을 읽고 밑으로 굴러 떨어지는 느낌을 이기지 못하였습니다.

신은 듣사오니 예양은 정치를 함에 있어 가장 힘써야 할 바이며, 풍속은 국가의 으뜸되는 기운입니다. 천하의 인심이 풍속에 관계되고 천하의 풍속은 예양에서 이루어지니, 이런 까닭으로 그 풍속을 바르게 하고자 하면 반드시 예양을 숭상하여야 하며, 예양을 숭상하고자 하면 반드시 그 인심을 화하게 하여야 합니다. 왜냐하면 인심이 불화하면 예양은 이미 그 숭상하는 근본을 잃은 것이니 예양을 무엇으로 높일 수 있겠습니까. 예양을 높이지 아니하면 풍속이 이미 그 선하게 하는 터전을 잃은 것이니 풍속이 무엇으로 말미암아 선해질 수 있겠습니까. 대저 민생이 본래 후하며 민심이 본래 화한 것이니, 예양이 행하여지지 않고 풍속이 선하지 않음에 이르는 것은 이것이 어찌 풍속의 죄가 되겠습니까. 돌아보건대 그 근본이 먼저 망한 까닭입니다. 본래 후한 것이 민생이나 항상 후할 수 없으며, 본래 화한 것이 민심이나 항상 화할 수 없으니, 이 어찌 세상 사는 도리의 오르고 내리는 기틀이 아니겠습니까.

말씀하신 바와 같이 옛을 상고하여 보니 상세의 요임금과 순임금은 확연히 밝힌 덕으로써 표준을 위에 세우고 백성을 화함으로 인도하였습니다. 그 조정을 물은즉 구덕(九德)이 갖추어 일하여 장하게 서로 임금의 덕이라 하고 신하의 덕이라 하는 겸양의 아름다움이 있었으니, 조정의 화함이 이와 같은즉 백성의 화함을 가히 알 것입니다. 그 백성을 물은 즉 백성이 명랑하고 화목하여 잇달아 봉할 만한 풍속이 있었으니 백성의 화함이 이와 같은 즉 만방(萬邦)의 화함을 가히 알 것입니다. 백성을 밝게 다스리는 것이 만방을 협화(協和)하는 근본이 아니겠습니까. 만방을 협화하는 것이 구족(九族)의 화목함에 근본이 아니겠습니까. 구족이 이미 화목하고 백성이 공명정대하게 다스려지니 당시의 천하가 모두 태화(泰和)의 중심과 자연의 천리(天理)에 있었습니다. 어찌 예양의 아름답지 못함과 풍속의 두텁지 않음을 족히 염려하겠습니까. 진실로 멀고 멀어 그 가히 의론하지 못하겠습니다.

삼대 이래로 내려오며 천하에 예양이 행하지 않음이 오래더니 한나라의 고조가 포악한 진나라의 분열된 뒤를 이어 관대하고 어진 장자(長者)의 풍모로써 한나라 일대의 가업을 이루었으니 그 관대하고 어진 한 명맥이 또한 족히 천하의 마음을 화하게 하였습니다. 당시의 풍류가 두터움을 숭상하여 다른 사람의 잘못을 말하기를 부끄럽게 여겼으니 인심이 가히 화하지 아니하다 이르지 못할 것이요, 풍속이 가히 후하지 아니하다 이르지 못할 것입니다. 그러나 다만 성인의 중화(中和)의 일단을 빌어 장구한 정치를 이루고자 한 까닭으로 그 퇴폐하고 부진한 인심이 이미 교화의 큰 해독이 되어 필경 왕실의 참람한 화망을 구하지 못하였은즉 어찌 족히 더불어 풍속과 교화를 의론하겠습니까. 한당 이래로 어찌 도를 아는 임금이라 칭호함이 없겠습니까마는 혹은 큰 강령이 부정한 이도 있었고, 혹은 온갖 조목이 베풀지 아니한 이도 있어 오히려 투박하고 격동하여 서로 기울어지는 풍습을 면하지 못하였으니, 어찌 족히 전하의 오늘날 도라 하겠습니까.

내리신 책에 이르시기를 '내가 부덕에 머물러 있어 내가 심히 슬퍼한다' 하시니 신이 엎드려 읽기를 두세 번 하며 밑으로 굴러 떨어짐을 이길 수 없었습니다. 삼가 생각하오니 주상전하께서 태평성대의 오램에 처하시고 많은 할 일을 맞아 이제 삼왕(二帝三王)의 도로써 마음에 맹세함이 거의 삼십년이 되었습니다. 그 예양 풍속의 도에 유지하고 작양(作養)하는 공이 그 극함을 쓰지 아니한 바가 없으니, 이는 마땅히 도가 흡족하고 정사가 다스려지며 민풍이 순박하고 세속이 아름다워지는 징후일 것입니다. 그런데 어찌하여 선비가 된 사람이 성현의 광명정대한 학문을 힘쓰지 아니하고 사사로운 의견을 고집하여 각각 다른 마음을 품으며, 인수를 한 조정의 고관에 이르러서도 망연히 같이 조심하고 함께 공순하는 것이 무슨 일이 됨을 알지 못하고, 좋아하며 미워함이 분명하지 아니하고 시비가 동일하지 아니하여, 의론의 즈음에 주장하여 따를 바가 없은즉 이 어찌 인심의 크게 어그러짐이 아니겠으며 전하의 조정이 가히 화평하다 이르겠습니까.

혹은 공심(公心)이 구름과 같이 쓰러지고 사의(私意)가 별과 같이 달려 사사로이 서로 표방하여 마침내 서로 속이는 이가 있고, 협기를 좋아함이 군자의 익힐 바가 아니거늘 이제 모두 익히며, 무리 짓기를 귀하게 여김이 군자의 숭상할 바가 아니거늘 이제 모두 숭상하며, 젊은이가 어른을 능멸할 수 없는 것인데 이제 능멸하는 자가 있으며, 천한 이가 귀한 이를 방해할 수 없거늘 이제 혹 방해하니, 이 어찌 사습(士習)의 불행이 아니겠으며 전하의 풍속이 가히 두텁다 이르겠습니까. 아들의 천지는 부모인데 이제는 혹 손에 칼을 잡는 사람이 있으며, 종이 복종하고 섬길 사람은 집의 주인인데 이제는 혹 해롭게 하여 죽이는 사람이 있으며, 이서(吏胥)는 관장의 부림을 받는 것인데 도모하는 사람이 있으며, 처첩은 남편에게 부양되는 사람인데 도모하는 사람이 있으니, 이 어찌 지켜야 할 윤기의 큰 변괴가 아니겠으며 전하의 민심이 가히 화평하다 이르겠습니까.

아, 이러한 조종으로써 예양을 이루고자 하면 또한 어렵지 않겠습니까. 이러한 민심으로써 풍속을 선하게 하고자 하면 또한 어렵지 않겠습니까. 서로 양보하는 아름다움은 어찌 홀로 상고의 조정에서만 이루어지고 홀로 전하의 조정에서는 드러나지 않는 것입니까. 집집마다 잇달아 봉할 만한 민심은 어찌 홀로 상고(上古)의 민심에서만 행하여지고 홀로 전하의 민심에서는 드러나지 않는 것입니까. 이것은 어찌 인심의 화합이 상고에만 넉넉하고 지금의 때에는 홀로 인색한 것입니까. 조정이란 선비 된 사람들의 터전인데, 조정이 이와 같으니 이는 선비의 학문이 밝지 않음을 괴이하게 여길 것이 없습니다. 선비는 만민의 우러러보는 바인데, 선비가 이와 같으니 이는 만민의 화평치 아니함을 괴이히 여길 것이 없습니다.

신이 일찍이 여러 당무자의 뒤에 있어 말을 하고자 한 지가 오래였는데 전하의 말씀이 이에 미치시니 천지신명의 복입니다. 신이 『서경(書經)』을 보니 이르기를 '은(殷)의 주왕(紂王)은 신하가 억만이나 억만의 마음이 있으며, 주(周)나라는 신하 삼천이나 오직 한 마음이라' 하였습니다. 이로 보면 천하의 인심은 진실로 통일되어야만 하고, 조정의 인심은 더욱 통일되지 않으면 안됩니다. 그런데 통일하는 도는 화함에 있지 아니합니까. 조정이 화함을 잃은 근본을 제가 감히 알지 못하겠으나 그 이르게 된 까닭이 있지 않겠습니까. 옛적 폐조 시(廢朝時)에 온 나라의 민심은 난리를 싫어함에 있어 하나였습니다. 전하께서 수화(水火) 중에서 구제한 뒤로부터 온 나라의 인심은 함께 다스림을 좋아 하였는데, 알지 못하겠습니다. 화함을 잃은 단초가 어떤 일에서 일어났으며, 그 단초가 어느 도로부터 이루어졌습니까.

아, 이제 조정의 마음은 알지 못하겠습니다. 그 몇 억만이나 되는 것입니까. 차마 말할 수 없습니다. 차마 말할 수 없습니다. 그윽이 지금의 조정에 선 사람을 보건대 스스로 도가 같아 벗을 삼았다 말하지만, 각각 편벽되이 무리 지을 마음을 품고 있습니다. 사정(邪正)의 소장(消長)으로써 국가 치란의 큰 염려를 삼지 아니하고, 얻는 근심 잃는 근심이 항상 마음에 있는 까닭에 서로 배척하는 것으로 겨를이 없습니다. 그러나 각처의 원한을 머금은 사람들이 후일에 어지러운 기틀이 됨을 알지 못하니 이것이 유식한 사람들에 대하여 가지는 한심함입니다. 전하께서 만약 이 때에 조금이라도 공정하지 않거나 바르지 않은 손에 떨어지신다면, 전하의 조정은 불화가 그치지 아니할까 두렵습니다. 어찌 사슴을 가리켜 말이라 하는 간사한 사람이 홀로 진(秦)나라의 조정에서만 나오겠습니까.

신은 들으니 『중용(中庸)』에 이르기를 '중화를 다하면 천지가 제 자리에 서며, 만물이 잘 길러진다.' 하였으니, 천지도 가히 제 자리를 찾는데 하물며 근본 후한 민생이겠습니까. 만물도 가히 길러지는데 하물며 근본 화한 민심이겠습니까. 중화의 도로써 황극(皇極)의 덕을 세우고 먼저 그 호오시비(好惡是非)의 마음을 바르게 하여 그 인물의 나아가고 물러남이 한 사람의 말로써 의심하여 움직이는 바가 있지 않을 것입니다. 본심의 덕으로 하여금 본심의 평형에 거슬리게 하지 않으면 조정의 선비가 또한 모두 전하의 중화의 덕으로써 편벽되지 아니하고 무리를 짓지 않는 원칙을 다하여 좋아하고 미워함을 가히 동일하게 할 것이며, 시비를 가히 안정지어 조정이 거의 화할 것입니다. 조정이 이미 화하면 장대히 서로 겸양하는 것이니 옛적에 그 예(禮)가 있었으며, 이제도 또한 그 예가 있을 것입니다. 집집마다 연이어 봉할 수 있는 것이 옛적에 그 풍속이 있었으니 이제도 또한 그 풍속이 있을 것입니다. 의론은 가히 다투지 않을 수 없으나 마침내 화함에 돌아가지 않을 수 없을 것이요, 시비는 가히 분별하지 않을 수 없으나 마침내 화함에 돌아가지 않을 수 없을 것입니다.

하물며 무리를 짓고 원만하지 못함은 소인이니 젊고 나이들거나 귀하고 천한 분수는 곧 하늘이 정한 바인데 어른을 능멸하고 귀한 이를 방해하는 풍속을 그 능히 고치지 않을 수 있습니까. 부자의 도리를 하늘로 삼고 부부의 도리를 의로 삼는 것은 예로부터 일찍이 인멸하지 아니하였으니 한 사람의 지켜야 할 윤기의 크게 변하는 것이 어찌 효치(孝治)에 교화되지 않을 것

입니까. 종이 주인에게 대하는 것이나 이서가 관장에게 대하는 상하의 구분
이 또한 하늘이 정한 질서의 예에 그 바탕이 있으니 한 때의 존비의 불행함
이 어찌 선치(善治)에 교화되지 않겠습니까.

이러한 까닭에 특히 염려하여야 할 것은 조정의 화하지 않음일 뿐입니다.
『주역』에 이르기를 '아생(我生)을 보아 백성을 보라.' 하였으니, 전하께서는
어찌 전하의 풍속을 보아 조정을 보지 않으시고, 조정의 풍속을 보아 그 몸
에 있는 것을 보지 않으십니까. 신은 그런 까닭으로 조정의 불화에서 두어
가지의 폐단이 일어난다고 보는 것이니, 조정의 불화는 누구에게 그 허물을
맡기겠습니까. 순(舜)임금의 신하인 고도(皐陶)가 그 임금에게 경계하여 '마
음이 합하여야 합니다.' 하였습니다. 신은 더욱 조정의 불화가 큰 걱정이 되
니, 화함에 이름으로써 조정의 근본을 삼아야 함을 알았습니다.

전하께서 화함에 이르는 근본을 듣고자 하시니, 송나라의 신하인 주자(朱
子)가 이르지 아니하였습니까. 스스로 삼가고 두려워하여 사물이 응하는
곳에 이를 것이니 조금의 차이나 잘못이 없이 가는 데마다 반드시 그러한다
면 그 화함을 다하게 된다 하였습니다. 임금이 된 사람이 진실로 능히 한 마
음의 덕을 화하게 하여 천하의 인심으로 하여금 모두 왕도의 평탄한 가운데
로 돌아가게 하면, 이는 비유하건대 천지 일원(一元)의 가운데와 같아 어찌
한 물건이라도 그 천성을 이루지 않겠습니까. 이윤(伊尹)이 말하되 "자신이
나 탕 임금이 모두 하나의 덕이 있으면 능히 천심을 받는다." 하였으니 이제
또한 힘써 이윤의 말한 바 원성(元聖)같은 사람을 얻어 하늘이 정한 위치를
맡겨 묘당의 위에서 같이 공순하게 한다면, 날마다 삼덕과 육덕을 베푸는
것이니 또한 태화 원기(泰和元氣)의 한 물건에 지나지 않을 것입니다. 그러
니 백료(百僚)들이 함께 다스림에 이르러 화한 기운이 천지의 가운데 가득
배어 익고 투철하게 될 것입니다. 인심의 화함이 이에 이르게 되면 예양이
나 풍속 등의 일은 특히 교화를 하는 가운데 풀어갈 나머지일 따름입니다.
어찌 족히 염려하겠습니까.

신은 책의 끝 물음에서 더욱 두려운 바가 있었습니다. 신은 이 때의 하여
야 할 일도 알지 못하니 어찌 감히 조정의 일을 의론하겠습니까. 신이 일찍
이 한나라의 신하인 동중서(董仲舒)의 말을 외었으니 말하기를 "임금이 마음
을 바르게 하여 조정을 바르게 하고, 조정을 바르게 함으로써 백관을 바르게
하고, 백관을 바르게 함으로써 만민을 바르게 한다." 하였으니, 원컨대 이로

써 우러러 임금께서 물으신 바의 만분의 일이라도 책임을 다하려 합니다.

신은 감격하고 황송하여 갈팡질팡함을 이기지 못하여 삼가 죽을 줄을 모르고 대답하였습니다. 삼가 대답하였습니다.(186~192쪽)

나세찬은 물음에 대한 답변을 그가 이미 관습처럼 제시한 방식으로 보여주고 있다. 그는 먼저 물음에서 제시한 항목을 상세화하여 의례적 단락으로 삼고 있다. 본론의 앞에 제시된 이 단락에서 그는 각 시대 예양의 습속을 상세히 검토하고, 그것이 의미하는 바를 밝힘으로써 자신이 답변하여야 할 내용을 한정한다. 이는 그의 글에서 일반적으로 볼 수 있는 관습이다. 그러나 여기에서 우리가 주목하여야 하는 것은 의례적 단락이 다른 책문에서와 같이 비정상적일 정도로 확대되지는 않았다는 점이다.

더구나 물음에 대한 구체적 답변으로 이루어지는 두 번째 단락에서 그는 상당한 양을 현실의 비판에 할애하고 있다. 비판의 실마리는 답안을 유도하기 위하여 제시된 물음에서 개괄적으로 제시되었다. 그러나 답안의 글에서는 이를 상세하게 기술함으로써 그 자체가 대단히 강렬한 현실의 비판으로 인식된다. 또 군주의 책임으로 귀속시키던 해결책도 여기에서는 나타나지 않고 있다. 이러한 진술 방식은 나세찬이 다른 책문에서 보여주었던 것과는 상당한 차이가 있다. 그는 다른 글에서는 군주의 잘못을 전제하지 않고, 군주로서 취하여야 하는 자세만을 언급하였기 때문이다. 그리고 그것이 일반적으로 책문에서 요구하는 관습이기도 하였다. 이러한 관습에서 벗어나 비판을 받은 주요 항목들은 다음과 같다.

① 조정에서 동도(同道)로 벗을 삼는다 하고 서로 배척하기를 오히려 틈을 타지 못할까 두려워 하니 어찌 치도(治道)를 바라겠습니까.
② 전하께서 만약 공정하지 못한 손에 떨어지시면 조정이 장차 화목하지 못하는 데 그치지 않을 것입니다.
③ 공도(公道)는 눈이 흩어진 듯하고 사도(私道)는 구름이 일 듯할 것입니다.

④ 수(受)는 신하가 억만이 있으나 억만의 마음이로되 나는 신하가 삼천이 있으나 한 마음이다 하였거늘 이제 조정의 인심은 몇 억만의 마음인 줄을 알지 못하겠습니다.

⑤ 산지(散地)에 원한을 품은 사람들이 타일(他日)에 치란(治亂)의 한 기회가 될 줄을 알지 못할 것입니다.

　　　　—위의 글은 왕조실록 중종 29년 갑오 10월 갑오(甲午) 삭(朔)
　　　　　병진조(丙辰條)로 『국역 송재유고집』 417쪽에서 재인용함.

이상의 내용에 대하여는 사헌부와 사간원이 동일한 지적을 하고 있다. 사헌부의 계달(啓達)은 이 발언을 '사특한 말을 하여 상하를 공동(恐動)케 하며 시비를 현란(眩亂)케 할' 목적으로 작성한 것이라 하였다. 사간원과 홍문관은 이에서 한 걸음 나아가 나세찬의 책문이 사특한 배후의 조종을 받아 이루어진 것이라는 의문을 제기하였다. 또한 사국(史局)인 예문관에 나세찬을 천거한 사람까지 죄를 물어야 한다고 하였다. 이에 따라 나세찬은 옥에 내리고 문초를 받게 된 것이다.

실록에는 이에 대한 많은 논의가 계속되고 있는데, 나세찬은 옥중 소(獄中疏)를 통하여 자신의 발언이 충직한 고언(苦言)에서 출발한 것임을 강조하고 있다. 그는 위의 문제되는 항목에 대하여 다음과 같이 변호하고 있다.

① 동도를 벗을 삼는다는 것은 물음에서 제시한 호협을 좋아하고 당을 귀하게 하는 현실을 상세화한 것이지, 조정의 붕당(朋黨)하는 사람을 가리킨 것이 아니다.

② 편당의 의견을 품었다는 것은 물음의 인심이 두 마음을 가졌다는 것을 구체화한 것이지, 공론에 비기어 편당을 하고자 한 것이 아니다.

③ 각지에서 원한을 머금었다고 말한 것은 소인의 간사함을 막는 임금의 도리를 게을리 할까 두려워서 한 것이지, 산지에 있는 사람을 덮어주고 보호하기 위한 것이 아니다.(197~198쪽)

이러한 나세찬의 변호와 관계없이 그의 글에 대한 비판은 계속되었다 그 비판은 시관이었던 김안로에 의하여 총괄적으로 제시되었다. 그는 "의론을 세움이 정당하지 못하면 비록 잘 지었을지라도 족히 취할 수 없거늘 하물며 잘 짓지도 못하였다."고 평가하였다.(417쪽) 여기에서 의론을 세움이 정당하지 못하다는 것은 사헌부와 사간원에서 제기한 비판과 동일한 견해를 가리킨다.

대체로 좋은 글이란 문제되는 상황에 대한 충분한 이해를 그 내용으로 하여야 하고, 그 상황을 해결하는 과정이 논리적이어야 하며, 그 해결 과정이 언어로 이루어졌다는 점에서 좋은 표현으로 이루어진 글을 가리킨다. 이 내용과 논리, 표현은 자신의 견해를 상대방에게 효과적으로 전달하는 글을 지을 때 필수적으로 요구되는 능력인 것이다. 내용은 문제의 핵심 파악, 내용의 풍부성, 내용을 조직하고 연계하는 방법의 유연성, 그리고 독자적 관점과 관련된다. 그리고 논리는 통일성과 일관성의 유지, 논리상의 오류, 언어적 논리의 오류, 과도한 일반화나 단정 등과 관련되며, 표현은 글의 기본 조건 준수, 문장의 정확성, 어휘의 풍부함과 관련된다.

나세찬의 글이 문제된 것은 논리나 표현에 관련된 것이 아니라, 내용과 직결된 것이었다. 그를 비판한 집단은 그의 물음 이해 방식과, 글을 전개한 바탕으로서의 기본 인식을 계속 문제삼고 있기 때문이다. 나세찬과 김안로는 책문에 대한 인식에 있어 차이를 보인다. 나세찬과 김안로의 책문에 대한 인식은 다음과 같다.

> 성책에 예양을 높이고 풍속을 좋게 하는 것을 으뜸으로 하는 것으로써 물음을 하셨으므로 신의 망상으로 생각하기에는 무릇 책문을 대답함에는 반드시 발문(發問)하는 뜻을 따라 추연(推演)하여 편장을 이루는 것이니, 예(禮)가 실제 생활에 적용될 때 화(和)함이 가장 귀한 까닭으로 드디어 화(和)의 한 글자로써 한 편의 대지(大旨)를 세웠습니다.(427쪽)

성상께서 친림(親臨)하시어 시험을 하시는 것은 다만 사장(詞章)의 아름다운 것을 취하시려는 것이 아니요, 또한 배운 바의 어떠함을 보시려고 한 것입니다. …… 선비가 평생토록 쌓은 바는 다름이 아니오라 배워서 뜻을 세우고 달하면 행할 따름이온즉 시험하여 취하려는 즈음을 당하여 그 포부가 실로 책문에 나타나는지라 시관이 된 사람이 채택하는 것이 이는 부화(浮華)한 문장을 취하려고 한 것이 아닙니다. 임금의 덕의 현부(賢否)와 당시의 정치적 득실(得失)이 또한 이에 관계되었으니, 진실로 채택하여 쓰지 않을 수 없습니다.(418쪽)

여기에서 나세찬은 사태의 본질로써 현실을 파악하고, 이를 광정(匡正)함에 책의 뜻이 있다 하였고, 김안로는 '임금의 계책을 찬조하고, 태평을 꾸미는' 데 책의 목적이 있다고 주장한다. 우리는 앞에서 인식 공유형의 책문과 시무 해결형의 책문을 구별한 바 있는데, 나세찬의 주장은 실무 해결형의 것을 가리키고, 김안로의 주장은 인식 공유형의 책문을 말하는 것으로 이해할 수 있다.

그런데 실무 해결형의 책문도 결과적으로 인식 공유형의 지향과 같음은 나세찬의 책문에서도 잘 드러나고 있었다. 그가 다른 책문에서 적용한 규범은 김안로의 주장과 큰 차이가 없었던 것이다. 따라서 책문의 규범과 일치하는 현실적인 해답은 당연히 김안로의 주장에서 찾을 수 있다. 나세찬이 이 책문에서 자신이 지켜온 규범을 일탈(逸脫)한 것은 어떤 다른 이유에 근거한 것이 아닌가 생각하는 까닭이 여기에 있다.

그가 자신의 규범을 일탈하면서까지 드러내고자 하였던 것은 그의 문초(問招) 내용과 후일의 평가에서 확인된다. 문초에서 그는 다음과 같이 보다 진실에 근접한 내용을 말한다.

신은 지난 무자년에 문과에 출신하여 나주 교수를 차제하였습니다. 박상(朴祥)이 마침 목사가 되어 항상 나에게 일러 이르기를 "기묘년(己卯年)의 모

든 사람들이 비록 군자로서 자처하나 하는 일이 실수가 많았다. 그러나 심
정(沈貞)의 배척함이 너무 심하였다. 기묘년의 모든 사람들이 또한 어찌 선
류(善類)이겠는가마는 산지에 두었으니 어찌 유감과 원한이 그 사이에 없겠
는가."라고 하였습니다. 신이 평상시에 마음에 이르기를 기묘년의 모든 사람
들이 심정의 배척한 바가 되어 원한을 머금었고, 심정이 또한 죄악 때문에
사형을 입어 여러 간사한 무리에게 아부하다가 그 굴혈(窟穴)을 잃었으니 원
한을 머금음이 또한 심할 것입니다. 이제 기묘년의 사람들을 점점 다시 서
용할 단서가 있으니, 만약 이 때에 아부하는 무리들을 아울러 수용하게 되
면 서로 배척함이 전일보다 심함이 있어 치란의 기회가 될까 두려운 까닭으
로 마침 친책(親策)을 받들어 이로써 대답하였던 것입니다.(441쪽)

또한 그의 연보는 나세찬의 책문이 당시 국정을 전단(專斷)하던 김안로를
지목하여 통렬한 비난을 한 것으로 기술하고 있다.[261쪽. 이러한 인식은 당대
나 그의 사후의 평가에서도 동일하게 드러난다. 그의 행장(行狀)은 이 사실을 다음과 같
이 기록하고 있다. "병신년에 중시에 장원하여 인하여 봉교(奉敎)에 올랐다. 당시에 김안
로가 나라 일에 집권하여 흉악과 방자함이 날로 심하여 사람들이 모두 두려워하고 말을
못하여 감히 누가 어떻게 하지 못하였다. 공이 중시 대책에 그 무군(無君)의 마음을 통렬
히 배척하여 지록(指鹿)의 간사한 사람이라는 등의 말까지 하였다." 311쪽]

그리고 이러한 사태 인식은 역사의 흐름과 관련지을 때는 정당한 것이
라고 할 수 있다. 다음 해인 1537년 그가 비판하던 김안로는 죽음을 당하
였고, 사태를 판단하는 위치에 있던 중종은 사건의 전말이 모두 김안로에
게서 비롯된 것이라고 말하였기 때문이다. 그리고 정적인 김안로가 죽자,
나세찬은 중종의 신망을 받아 중직을 제수받게 되었던 것이다.["나세찬의 일
은 나도 또한 의론하려고 한다. 나세찬의 책문은 금일로써 보면 실로 정당한 의론인데
그 때에 김안로가 시관으로서 어전에서 고시를 하고 과차를 하다가 김안로가 보고 이르
기를 입론이 정당치 못하다 하여 인하여 죄를 의론하게 되었고 송세행은 나세찬에게 부
회(傅會)하였다 함으로써 따라서 배척을 입었다." 505쪽]

　이러한 시말을 나세찬의 앞에서 검토한 책문과 비교하여 볼 때, 우리는 그가 제출한 <예양책>이 그가 일상적으로 사용하던 책문의 규범에서 벗어났다는 것, 그리고 그것은 특정한 의도에서 비롯된 것이라는 점을 확인할 수 있었다. 그는 자신의 특정한 의도를 드러내기 위하여 기존의 규범을 깨뜨리고 과감한 현실 비판을 감행하였다.

　그러나 나세찬이 비판하고자 하였던 것은 당시의 글짓기 관습으로는 상소(上疏)라는 형식을 사용하여 이루어져야 할 내용이었다. 글짓기 규범의 경직성과 자신의 진정한 발언을 위하여는 기존의 규범은 깨뜨려질 수밖에 없다는 사실, 그리고 가장 중요한 것은 이러한 규범에서 벗어났을 때 필연적으로 사회적 압력이 가해진다는 것을 우리는 나세찬의 필화(筆禍)를 통하여 확인할 수 있는 것이다.

5. 결론

　나세찬은 조선조의 기틀이 확립되어 가던 중종조에 국가의 현량(賢良)으로 활약하였던 인물이다. 지방의 한 선비가 중앙의 정계에 진출하여 중심적 인물로 부상한 것은 그의 탁월한 능력 때문으로 생각할 수 있다. 그러나 우리가 여기에서 검토하고자 한 것은 그의 글짓기 방식이 그의 삶과 어떤 관련을 가지는가 하는 문제였다. 그는 당시 글짓기의 모범으로 평가할 수 있는 책문에서 여러 차례 장원을 하였다. 그리고 그의 글은 문제와 함께 그의 문집에 보존되어 있다. 우리는 당시 글짓기의 최고봉에 위치하는 그의 글을 검토함으로써 당시 글짓기의 규범과 수준, 그리고 지향을 짐작할 수 있게 된다. 이러한 문제 인식에서 본고의 논의는 시작되었다.

그는 제시된 물음을 충실하게 이해함으로써 자신의 논의를 전개하고 있다. 그러한 충실한 이해는 문제를 보다 구체화 하고, 자신의 문제 이해의 깊이를 드러낸다는 점에서 대단히 가치있는 전개 방식이라고 할 수 있다. 그런데 특히 그의 글에서 주목할 수 있는 것은 이 문제 이해의 단락이 일상적인 정도를 넘어서 대단히 확장되어 있다는 점이다. 사실상 문제 이해의 단락은 본문의 전개를 위한 기능을 지닌다는 점에서 의례적인 것이라고 할 수 있다. 그런데 그는 이 의례적인 단락을 대단히 확장하고 있는 것이다. 이것은 그가 문제에서 제기하는 세계 인식과 동일한 기반을 가지고 있다는 인식의 공유를 표출하기 위한 의도로 평가된다. 그러한 동류의식의 바탕 위에서 논의가 전개되었기 때문에, 그의 글은 체제의 옹호와 이념의 수호라는 책문의 본질과 잘 융화되었던 것이다.

그의 글에 있어 또 하나의 중요한 특질은 항상 사태의 본질을 꿰뚫고 있는 그의 인식을 글 속에서 드러내고 있다는 점이다. 절대군주국가에서 모든 행위는 군주로부터 연유된다고 할 수 있다. 따라서 문제의 해결에 있어 군주를 도외시하는 논의는 사실상 무의미하다고까지 할 수 있는 것이다. 이러한 본질적 인식을 그는 항상 그의 글 속에서 강조하고 있다. 군주의 마음가짐에 대하여 계속 논의하는 것은 그의 글 전반에서 나타나는 중요한 특질이라고 할 수 있다.

그러나 군주의 책임을 너무 강조할 때, 그것은 군주의 실정을 비판한 것으로 확대될 소지를 갖는다. 평형을 이루었던 그의 글짓기 방식은 <예양책>에 이르러 그 균형이 파괴되었다. 그는 자신이 지켜왔던 규범을 깨뜨리면서까지 현실의 비판에 강경한 집착을 보였다. 세계에 대한 문제의식을 스스로 제기하고, 이를 논리화 하여 상대를 설득하는 글의 양식으로 우리는 상소라는 전통을 지니고 있었다. 나세찬은 상소가 가지는 이러한 성격을 책문에서 사용하였다.

　그의 현실 비판은 전통적인 글짓기의 규범을 지킬 만큼 자유롭지 않았던 것인지도 모른다. 그러나 그 결과는 그를 하옥과 유배로 이어지는 불운으로 내몰았다. 어떤 규범이든 그것의 파괴는 이러한 진통을 수반한다는 것, 그러나 전통적인 글의 규범은 또한 항상 깨어질 운명을 지니고 있다는 값진 교훈을 우리는 나세찬의 글짓기에서 확인할 수 있다. 세계에 대하여 용기 있는 발언을 하기 위하여는 기존의 세계가 마련한 규범에서 일탈할 수밖에 없을 것이기 때문이다. 전통을 계승하는 창조의 길인가, 아니면 전통을 인습의 굴레로 변화시키는 묵수(墨守)의 길인가.

　나세찬이 부딪칠 수밖에 없었던 이 명제는 지금도 역시 유효하다. 글의 규범은 반드시 지켜져야 한다. 특히 글의 수련 단계에서 이것은 절대적으로 부과되는 강요 사항이다. 그러나 그 단계를 지났을 때, 규범은 철 지난 외투처럼 벗어야 할 대상으로 변한다. 어떤 태도를 취할 것인가는 결국 개인의 선택에 맡기는 문제일 수밖에 없다. 그러나 한 개인이 개인으로 머물지 않고, 역사적 의미를 가진 존재로 확대되기 위하여는 어쩔 수 없이 나세찬의 삶과 글짓기를 검토하여야 할 것이다. 나세찬이 강조한 바대로 역사에서 값진 교훈을 받음으로써 우리가 성숙한 인간이 되는 것이라면, 우리는 필연적으로 나세찬이라는 역사를 통과하여야 하는 것이다.

전통적 독서관과 그 현대적 의미*

1. 머리말

우리는 왜 책을 읽는가 하는 이유를 알지 못하면서도 삶의 자양(滋養)이 된다는 지극히 추상적인 생각만을 가지고 책을 읽어 왔고, 그리고 그것을 바탕으로 하는 일에 종사하기도 한다. 그런 사람들에게 있어 독서란 바로 삶의 문제로 인식된다. 삶이란 설명의 필요 없이 그냥 지나갈 수 있는 것이고, 더 나아가서는 이념이나 당위의 문제가 아니라 현실이고 존재에 해당하는 문제일 것이다.

삶의 현장을 살아가는 사람에게 있어 왜 사는가 하는 문제는 당혹스런 질문이기 쉽다. 삶과 이념은 하나로 용해되어 서로를 분리해내는 것은 대단히 어려운 일이고, 또 어떤 면에서 그것은 문제를 위한 문제의 제기와 같은 성격도 갖기 때문이다. 항상 책을 놓을 수 없는 사람들에게 있어 '책을 읽는 이유'는 바로 그러한 삶의 문제와 동일한 것으로 인식되는 것이고, 이 또한 항상 곁에 있기 때문에 오히려 설명하기 지난(至難)한 것으로 생각

---

* 『독서연구』 1(한국독서학회, 1996)에 실린 글을 정리하였다.

할 수도 있다.

그런데 독서와 삶을 동일한 궤도 위에 놓고 생각하는 것은 우선 문화 현상으로서의 독서를 존재의 필연적 모습인 삶만큼이나 큰 문제로 인식하고 있었던 데서 기인(起因)하는 것으로 보인다. 그리고 그러한 착각은 아마도 읽고 가르치는 일로 생활하는 사람들의 자기 현시(自己顯示)에서 비롯된 것일 수 있다. 따라서 이러한 착각에서 벗어나 우리가 전업으로 하는 일의 기반이 되는 독서 행위를 인간이 영위하는 수많은 문화 중의 하나로 끌어내릴 때, 그것은 우리가 직면하고 있는 삶 자체와는 차원이 다른 대상이 될 수 있을 것으로 생각한다. 그것은 그렇게 대단하거나 엄청난 것도 아니고, 따라서 독서를 기반으로 삼지 않는 다른 사람들이 자신의 행위를 객관적으로 놓을 수 있는 것처럼, 독서 또한 충분히 그런 존재로 기능할 수 있다고 보는 것이다.

너무도 당연하고 의심할 바 없는 일에 대하여 의문을 제기하고, 그것의 해답을 추구하는 과정이 바로 인간의 역사라고 할 수 있다. 그 당연하고 의심할 바 없는 일이란 사실은 그렇게 인식하도록 길러진 결과라고 할 수 있다. 그래서 그 길러진 안목으로는 결코 새로움을 보지 못하리라는 점에서, 의심할 바 없는 일에 대한 새삼스러운 질문은 우리의 보다 나은 삶을 위하여 반드시 필요한 작업일 것이다. 우리의 옆에 분신처럼 존재하여 필요성을 느끼지 않았던 이 새삼스러운 질문을 떠올리고, 또 그 해답을 구하는 것은 다른 모든 것이 그러했던 것처럼 독서 문화의 질적 변화를 초래할 수 있는 중요한 계기가 될 것으로 생각할 수 있는 것이다.

이러한 이유에서 여기에서는 전통사회에서 바라보았던 독서에 대한 논의를 재검토하고 그것이 가지는 현대적 의미를 탐구하여보고자 한다. 우리의 현재는 결코 앞에 놓여진 현상 자체가 아니라, 과거와의 연관 속에서만 그 의미를 가질 것이기 때문이다. 더구나 우리에게 있어 독서의 전통이란 대단히 관습적이고 견고한 것이어서, 그러한 논의는 우리의 현재를 점검하는 데도 유용할 것으로 생각한다. 그러한 관례(慣例)가 가지는 의미까지도 포괄하여 검토함으로써 미래의 독서를 예측할 수 있을 것이다.

2. 책이란 무엇인가

독서에 대한 기본적 관념을 알기 위하여 우리는 책이란 무엇인가에 대한 해답을 먼저 마련하는 것이 순서라고 생각한다. 대상이 확정되어야 그 대상을 향한 주체의 행위는 의미를 획득할 수 있기 때문이다. 결론부터 말하자면 책은 어떤 가치가 있는 것이다. 그리고 그 가치는 우리가 읽어 습득하여야 하는 것이고, 그러한 이유에서 책은 읽어야 하는 당위적 존재이다. 그 가치는 무엇이고, 그 가치는 왜 우리가 습득해야만 하는 것인가를 따져보는 것이 앞으로 이루어져야 할 과제라고 할 수 있다.

인간은 자신 이외의 존재와 만나면서 자신을 형성하고 또 변화시킨다. 태어나면서 자신의 의지와 관계없이 주어진 환경과 만나고, 또 주어진 시대와 만난다. 그 주어진 환경과 시대는 그 사람의 앞날을 예측하게 하는 객관적 존재로 자리잡게 된다. 그러나 누구에게나 보편적으로 적용되는 환경과 시대가 개별적인 것이 되기 위하여는 인간과의 만남이 필수적인 전제가 된다. 동일한 시대와 동일한 환경에 놓여진 존재의 다양한 생활 방식은 그와 관계를 맺는 인간의 개별성에서 비롯하는 것이기 때문이다.

인간에게 영향을 주는 타인이란 결국 그에게 짐지워진 역사성으로 달리 말할 수 있다. 그것은 당대적인 것으로는 특정한 인간으로 구체화되지만, 그것은 역사와 문화의 축적을 전수하는 역할을 담당하는 추상적 존재로 확장되어 설명할 수 있다. 사회에 길들여지고, 또 그 길들이는 주체로 활약하는 그들에게 있어 그 길들이는 내용은 결국 그들이 이룬 문화에 다름 아닐 것이기 때문이다. 또한 과거를 바탕으로 하여 보다 나은 현재를 설계하고, 현재를 바탕으로 미래를 꿈꾸는 전수의 흐름은 바로 그 개인이나 국가의 문화적 역량을 드러내는 척도로 작용한다. 그 전수의 통로가 차단되거나 왜곡되는 것은 그러므로 문화의 흐름을 가로막는 장벽과 같은 것이다. 그리고 그 차단이나 왜곡이 다시 회복되거나 바른 길로 돌아서기 위하여는 그렇게 한 만큼의 대가를 반드시 치르게 하는 것이 역사의 진리이다. 어떻게 하면 그 흐름을 원활하게 하는가 하는 문제는 그러므로 한 개인을 살찌우고, 한 국가를 도탑게 하는 지고(至高)의 과제라고 할 수 있는 것이다. 그 결과 그 전수의 양(量)이 어떠하냐, 또는 그 질(質)이 어떠하냐는 한 인간, 또는 한 국가의 능력을 드러내는 징표(徵標)가 되기도 한다. 그것이 곧바로 한 나라나 개인의 문화적 역량으로 귀결되는 것은 이러한 이유에서 지극히 타당하다.

그런데 당대(當代)의 인간에 의하여 직접적으로 이루어지는 전수의 양은 지극히 한정될 수밖에 없다. 인간이란 어차피 시간적으로 공간적으로 제약을 받는 존재이고, 그러니 아무리 뛰어난 능력을 소유하고 있다 하여도 그 축적의 양은 한정될 수밖에 없는 것이다. 책은 이러한 시간적 공간적 제약을 뛰어 넘기 위하여 만들어진 문화유산이다. 책을 구성하는 문자가 이미 말의 제약을 벗어나기 위하여 만들어진 것이다. 그러니 책을 통하여 우리는 먼 지역의 사람과 대화하고, 또는 오래 전의 시대를 살았던 사람과 만나기도 한다.

3. 실제적 삶과 독서

책과의 접근은 전통사회를 유지하는 근간으로 작용하였다. 그것은 광범
위한 독서 대상을 설정하지도 않았고, 또 그러한 필요성을 인식하지도 않
았다. 오히려 통치의 필요상 책과 관련되는 계층의 범위를 축소할 필요도
있었다. 열악(劣惡)한 출판문화의 여건도 그 전승의 범위를 일부분으로 한
정시키는 요인이었다. 이렇게 한정된 범위의 사람들에게만 유통되었기 때
문에 그 책이 보고하는 정보는 당대 상층 문화의 수준을 보여주는 것이었
다. 책과 접할 수 있었던 집단은 일차적으로 당대의 고급문화 정보를 독점
함으로써 이에서 소외된 계층과 배타적(排他的) 위치에 놓일 수 있었다.

그 독점을 통하여 책과 관계되는 계층과 그렇지 않은 계층은 지배와 피
지배의 관계로 구분되기도 하였고, 그 지식은 피지배자를 효과적으로 통치
하는 지배 이념으로 활용되기도 하였다. 독점적이고 배타적인 독서 형태는
전통사회를 유지하는 하나의 근간(根幹)으로 작용하였다. 이러한 사실은 시
민 사회의 성립이 독서인(讀書人)의 확대(擴大)와 관련된다는 점, 그리고 근
대 사회로의 전환이 출판문화의 질적 양적 성장을 통하여 가능하였다는
점에서 확인된다. 훈민정음(訓民正音)의 창제가 독서인의 확대라는 점에서도
다시 재평가될 수 있는 이유가 여기에 있다.

전통사회에서 독서인은 사회 참여를 위한 예비 인력으로 인식되었다. 독
서를 통하여 그들은 관직에 나아갈 수 있는 가능성과 동질적 유대감을 형
성하였다. 더구나 중국과의 외교가 대단히 중요한 국사(國事)의 하나였기
때문에 중국과 관련되는 지식의 습득은 관료에게 요구되는 필수적 사항이

었다. 그러한 지식의 습득이 독서를 통하여 이루어진 것은 물론이다. 중국과 공유될 수 있는 한문 지식은 상위의 관직에 나아갈 수 있는 요건으로 작용하기도 하였다. 이른바 해외 유학파와 국내 수학파의 갈등이 표출되고, 신라나 고려의 기간을 통하여 해외 유학파의 중용(重用) 현상이 존재하였던 것은 이러한 이유에서 설명이 가능하다. 특히 고려 말의 우리 역사는 원(元)의 실질적인 영향권 아래 있었기 때문에 이러한 현상은 더욱 첨예하게 드러났다고 할 수 있다.

이러한 상황 때문에 관료들의 한문에 대한 이해는 그들의 영달만이 아니라 국익과도 관련되는 것으로 이해되었다. 이를 위하여 독서인들은 중국과 관련되는 정보를 되도록 많이 확보하고자 하였다. 당연한 결과로 중국에서 수입되는 품목의 상당량을 서적이 차지하였고, 이를 통하여 선진된 정보를 습득하였던 것이다. 이러한 현상은 중국의 변방에 위치하면서 국체(國體)를 유지하여야 했던 우리나라 지식인으로서는 어쩔 수 없는 선택이기도 하였다. 다음에 제시한 이제현(李齊賢)의 일화는 이러한 사정을 잘 반영하고 있다.

무릇 시의 용사(用事)에는 마땅히 출처가 있어야 한다. 자기의 뜻을 나타내는데 그친다면 그 말이 비록 세련되었다 하더라도 비평하는 사람들의 비판을 면하기 어렵다. 고려 충선왕(忠宣王)이 원나라 조정에 들어가 만권당(萬卷堂)을 열자, 염복, 요수, 조자앙과 같은 학사들이 다 왕과 함께 시를 즐겼다. 어느 날 왕이 시 한 줄을 짓되, "닭 소리가 문 앞에 늘어진 버들과 같다." 하니, 여러 학사들이 용사의 출처를 물었다. 왕은 잠자코 있었다. 익재 이문충공이 곁에 따라 있다가 곧 해명하였다. "우리나라 사람의 시에 '집 앞에서 첫날 금닭이 우니 하늘하늘 길게 늘어진 수양버들 같다'라는 작품이 있는데, 여기에서는 닭 우는 소리를 하늘하늘한 버드나무 가지에 비하였습니다. 우리 임금님의 시구는 이 뜻을 취한 것입니다. 또 한퇴지의 거문고라는 시에는 '뜬 구름 버들개지는, 뿌리도 꼭지도 없다.' 하였으니, 옛사람도

소리를 버들개지에 비한 것이 있습니다." 자리에 앉아 있던 모든 사람들은
익재의 대답을 칭찬하고 감탄하였다. 충선왕의 시는 익재 노인의 구제를 받
지 않았다면 비평자들의 위세에 눌러서 몹시 괴로움을 당했을 것이다.
　　　　　　　　　　　　　　　　　　　　　　　—『동인시화(東人詩話)』권 상

　우리나라의 문화국임이 그들의 지식에 의하여 확인되기도 하였고, 그러
한 이유에서 중국과 공유할 수 있는 지식에의 접근은 대단히 필요한 일이
었다. 또 그것은 현대에서도 당연히 요구되는 독서 이유이기도 하다.
　이들에게 있어 독서는 곧 통치 세력에의 편입을 의미하는 것인데, 그것
은 그들이 공유하는 지식 체계에서 볼 때 당연한 귀결이기도 하다. 그들의
삶과 학문의 목적은 여러 가지로 설명할 수 있지만, 공자는 글을 공부하는
것은 사람이 되기 위하여서라고 설명하고 있다. "행하고 남는 힘이 있으면
글을 공부한다."[行有餘力 則以學文『논어』학이편] 여기에서 행함이란 구체적
으로는 효도를 의미하는데, 총괄적으로는 사람답게 사는 것으로 확대되어
해석된다. 사람답게 살기 위하여서도 또 글의 공부는 필요한 것이다. 이러
한 관계를 『대학』은 다음과 같이 설명한다. "대학을 배우는 이유는 무엇인
가? 하늘이 내려 준 본래의 밝음을 밝히는 데 있다. 그리고 이 드러난 밝음
으로 사람들과 접하면서 그들을 또한 밝게 하여야 할 것이다. 그들은 이
만남을 통하여 그 전과는 다른 새로운 인간으로 탈바꿈하게 될 것이다. 온
천하를 다니며 이렇게 어리석은 사람과 친하여 그들을 새롭게 할 때, 온
천하는 이상국이 될 것이다. 이에 이르러서야 학문의 길은 끝난다고 할 수
있다."[大學之道 在明明德 在新民 在止於至善『대학』총론 삼강령] 학문의 목적이
이상국의 건설에 있기 때문에, 그들은 학문의 길을 영원한 것으로 인식하
였다.
　이제 우리는 여기에서 왜 유학자들이 그렇게도 줄기차게 영달(榮達)을 목
표로 하였는가를 알 수 있다. 그들은 자신이 사람답게 살기 위하여 우선

자신을 다스리고 수양할 필요가 있었다. 그러나 그것은 결코 자신만을 위한 소승적(小乘的) 차원의 것이 아니었다. 그들은 그렇게 닦여진 몸으로 세상에 나아가야 했다. 그렇지 않다면 그 몸은 무엇 하러 열심히 닦는다는 말인가? 세상을 교화하기 위하여 만들어진 제도가 바로 영달이요 관직이었다. 백성은 그들이 모셔야 하거나, 교유하는 동등한 대상이 아니라, 벼슬하지 않은 존재, 이른바 교화될 대상으로서의 의미만을 지녔던 것이다. 자신을 닦고, 집안을 가지런히 하고, 나아가 나라를 다스리며, 천하를 평안히 하는 것—이것이 바로 그들이 추구하는 지고의 과제였던 것이다.

또한 그들에게 있어 중요한 실천 항목이었던 효도 또한 이러한 그들의 행동을 정당화 시켜주고 있다. 학문마저도 뒤에 놓아야 할 정도로 만행(萬行)의 근본에 효를 놓았던 전통적 사고에서 효의 처음과 끝은 무엇인가? "효를 어디에서 시작할 것인가? 우리 몸 하나하나는 모두 부모님이 물려준 것이다. 그러니 이를 헐거나 훼손하지 않음이 그 출발이다. 효는 어디에서 끝나는가? 세간에 나아가 뜻을 펴 영달하고 이름을 드날릴 것이다. 이로써 그 부모를 또한 세상에 드러내게 될 것이니, 이것이 곧 효의 마침이다."[身體髮膚 受之父母 不敢毁傷 孝之始也 立身行道 揚名於後世 以顯父母 孝之終也. 『소학(小學)』] 효의 실현을 위하여도 그들이 관직에 나아가는 길을 선택하는 것은 필연적이었던 것이다.

그들에게 있어 독서의 목적은 처음부터 분명하게 정해져 있었다. 관직에의 진입은 개인 차원에서 뿐만이 아니라, 효를 실현하는 길이었고, 또 배운 바 능력을 펴 보임으로써 자신을 계발하는 것이었고, 나아가 국가에 충성하는 길이기도 하였다.[정약용은 관직만을 목표로 하는 과거지학의 폐단을 '문자나 도둑질하고 문구나 훔치며 붉은 것이나 뽑고 푸른 것이나 빼내어 잠깐 남의 눈을 현란케 하는 것'이라고 비판하였다.(<오학론(五學論)> 4, 『여유당전서(與猶堂全書)』 1집 2권) 그러나 이러한 태도가 관직에 충당할 인물을 선발하는 과거제도 자체를 부정하는 것은 아니다. 그는 독서를 통한 지식의 과시(誇示)와 같은 부정적 측면을 지적하였던 것이다. 이는 그가 자신의 아들에게 보낸 다음의 서간에서도 확인된다. "집안이 망해도 잘 처신하는 길은 오직 독서뿐이다. 독서는 인간의 제일 가는 맑은 일이기 때문이다."(<기이아(寄二兒)>, 『여유당전서』 1집 21권)]

그들에게 있어 정도의 차이는 있지만, 독서의 목적은 모두 이러한 방향으로 수렴되어야 했던 것이다. 이러한 점에서 그들에게 있어 독서는 바로 삶, 그 자체였다고 할 수 있다. 독서를 통해서만 그들은 과거의 길로 나아갈 수 있었고, 다른 사람을 교화할 수 있었고, 결과적으로 자신의 삶의 존재 이유를 확인할 수 있었기 때문이다.[이러한 태도는 이덕무(李德懋)의 글에서도 잘 표현되어 있다. "사군자(士君子)가 한가로이 지내면서 하는 일도 없으면서, 책조차 읽지 않는다면 다시 무엇을 하랴. 책을 읽지 않으면 작게는 정신없이 잠을 자거나 헛된 기예에 빠지고, 크게는 남을 비방하고 돈벌이나 여색에 힘쓰게 된다. 아아, 그러니 내가 책을 읽지 않고 무엇을 할 수 있는가." 『청장관전서(靑莊館全書)』 권 50]

이렇게 독서의 목적이 현실 생활과 직접적으로 관련되었을 때, 그들의 독서 방향과 범위는 자연히 이 목적과 관련지어 규정될 수밖에 없었다. 그들은 과거 시험이 요구하는 범위와 함께 문학 창작 능력까지도 겸유해야만 했다. 독서나 관직에의 진입이 일부 계층에 한정되어 있었기 때문에 그 범위나 체계는 규식화 되어 있었다. 정해진 순서에 따라 차근차근 나아가면 그 목표에 도달할 수 있을 정도로 체계화 되어 있었던 것이다.

대체로 3단계로 이루어지는 과거에서 첫 단계는 사서오경(四書五經)이 부과되었고, 그 다음 단계에서는 문학 능력이 평가되었으며, 마지막에 부과된 것은 이러한 모든 독서 능력을 총괄하는 대책(對策)이었다. 그런데 중간 단계의 문학을 위하여 더 추가되어야 할 목록은 『문선』과 『고문진보』와 같은 서적들이 그 전범으로 규정되어 있었다. 문학은 자신의 독창적 능력보다는 확립된 전범 속에 자신의 뜻을 응축시킬 수 있는 능력의 측정에 집중되었다. 사서오경에 대한 비판이 용납되지 않은 것처럼 기왕에 확립된 전범에서의 일탈은 허용될 수 없었던 것이다. 그것이야말로 중국과의 동질감 유지에 도움이 되기도 하였다. 더구나 과거에서 최종적으로 부과되는 대책은 어떤 현상에 대한 자신의 견해와 해결책을 묻는 것이 아니라, 대체로 성현의 말이 이루어진 경위, 또는 그 실천 방안에 대한 설명으로 이루어졌다. 과거에서 제출된 책문이 국가 정책의 시행에 있어 구체적인 자료로 활용되지 않았던 것은 이러한 이유 때문이다.

그들의 독서 범위나 독서 방법은 이러한 독서 현실과 밀접한 관련을 가지고 있다. 과거에 소용되는 사서오경과 대책에 필요한 역사서, 그리고 문장의 수련을 위한 문학 서적이 그들의 중요한 독서 범위였다. 그리고 그 독서는 대상에 대한 비판적 이해보다는 수동적으로 받아들이는 태도가 지배적일 수밖에 없었다. 과거의 것을 전범으로 삼는 현실에서는 전범에 대한 재해석이나 일탈은 용납될 수 없기 때문이다.

> 무릇 성현의 언어를 볼 때는 옛사람들이 이미 그러했던 자취의 고찰을 참고하고, 그것을 내 자신에게 돌이켜 적당한 변통책을 강구해야 하는데, 즐겨 따르고 부러워하며, 고마워하고 간절임이 마치 바늘로 몸을 찌르는 것 같아야 한다. 고인의 독서는 대개 이러한 본령이 있었으니 이와 같이 아니하면 모두가 거짓 학문이 되고 만다.
> 고인이 지은 글은 의리와 일의 이루어진 공적에서는 물론이고, 시문을 짓는 방법이나 글을 시작하고 맺는 것과 같이 글을 짓는 데 있어 사소한 기예라 할지라도 모두가 각각 그 뜻이 담겨져 있지 않은 것이 없다. 이제 나의 뜻으로써 고인의 뜻을 잘 헤아려 빈틈없이 합하고, 혼연히 풀리어지면, 이는 고인의 정신과 견식이 내 마음 속에 스며든 것이라 할 수 있다.
> ─홍대용(洪大容), <여매헌서(與梅軒書)>, 『담헌서(湛軒書)』 권 1

그런데 관직에 진출하고 자신의 뜻을 펴는 실용적인 것에 독서의 목적을 두었을 때, 독서는 자신을 둘러싸고 있는 환경과 깊은 관련을 맺게 되었다. 그들에게 있어 독서는 삶과 긴밀한 관련을 가지게 되었던 것이다. 외교 문서를 작성하고, 주어진 문제를 해결하고, 백성과 관련되는 실제적인 일에 즉각적인 도움을 주는 것이 독서로 인식되었기 때문에, 독서는 바로 자신이 영위하고 있는 삶의 모습을 유지하는 한 방편으로 인식되었던 것이다.[이러한 태도는 특히 조선 후기 실용주의 노선을 표방한 실학자의 저술에서 발견된다. 그들은 이전의 독서인들이 선입견 없이 성현의 글을 따라야 한다고 강조한 것을 비판하였다. 정약용은 책을 읽기 전에 먼저 자신의 문제의식이나 주관이 확고하게 수립되어 있어야 함을 강조하였다.]

이 때문에 실제 생활과 관련되는 서적이나, 백성들 사이에서 구전(口傳)되는 이야기를 모은 책들이 백성들의 교화에 도움을 준다는 이유로 독서의 범위에 추가되기도 하였다. 또 독서의 본령에서 벗어난다고 할 수 있는 시화(詩話)나 골계(滑稽)를 다룬 서적들이 독서의 중요한 대상 속에 포함되기도 하였다. 초기의 지식인들이 이러한 골계류나 시화류를 읽고, 또 저술하였던 것은 어떤 의미에서는 그러한 교조적(教條的)인 태도에서 벗어났기 때문에 가능한 것이라고 할 수 있다. 엄격한 교조주의를 목표로 하였던 도학파(道學派)들이 독서와 실제적 생활을 연관지었던 사장파(詞章派)의 태도를 공격하였던 것도 이러한 교조에서의 일탈에 대한 비판으로 해석할 수 있다.

4. 사람다운 삶과 독서

조선 왕조가 중기에 접어들면서 조선조의 지배 이데올로기였던 성리학은 인간 본성에 대한 탐구가 더욱 강조되었다. 독서나 학문이 다른 사람을 위한 것이라는 생각과 함께 자기 자신의 수양도 우선해야 한다는 사고가 팽배하게 된 것이다. 이른바 위인(爲人)의 학문과 함께 위기(爲己)의 학문도 함께 학문의 중심에 놓이게 되었고, 나아가 영달을 꾀하는 태도를 비난하기에 이르렀다. 이에 이르러 왜 사는가, 또 학문은 왜 하는가에 대한 궁구(窮究)가 보다 철저하게 탐색되었던 것이다.

그들은 공부는 오로지 자신의 수양을 위한 것이며, 또 배운 바를 실천하기 위하여 사는 것이라고 생각하였다. 또한 성현의 말이 의미하는 바를 잘 해석하고 이를 생활과 연결시킴으로써 그 가르침을 원칙대로 따르는 것이 진정한 학문의 길이라고 믿었다. 그 결과 성현의 말에 대한 해석의 차이가 학풍을 결정하는 기준이 되었고, 이러한 심도 있는 논의와 토론의 과정을 거치면서 우리나라의 유학은 보다 사변적인 방향으로 나아가게 되었다.

조선 중기 이전의 유학자들이 보다 실제적 삶과 관련되는 이유에서 독서를 중시하였다면, 중기의 도학자들은 자기 자신의 수양을 위한 독서에 보다 중점을 두었다고 할 수 있다. 이러한 변화의 원인은 조선조가 안정기에 접어들면서 관료로 충당될 수 있는 인력이 이전에 비하여 보다 늘어났다는 점에서 찾을 수 있다. 관료를 충당할 수 있는 예비 인력군이 형성되었고, 이들은 나중에 있을지도 모르는 자신의 능력 배양을 위하여 보다 많은 노력을 기울일 수밖에 없었다. 그리고 그러한 태도는 관료가 되어 영달을 꾀하는 참여 유학자들과 자신들을 구별하는 기준으로까지 확대되었다.

무릇 독서를 하는 자는 반드시 단정하게 팔짱을 끼고 무릎을 꿇고 앉아 공경하여 책을 대하여야 한다. 마음을 다하고 뜻을 극진히 하여 생각을 정밀히 하며 숙독하고 깊이 생각하여 그 의미하는 바를 깊이 헤아려 구절마다 반드시 그 실천할 방법을 구할 것이다. 입으로는 읽되 마음으로 체득하지 못하고 실천하지 않는다면 글은 글이요 또 나는 나대로 있을 뿐이니 무슨 이익이 있을 것인가.

—이이, 『율곡집』

엄선된 성현의 책을 선정하여 그것이 의미하는 바를 깊이 궁구하기 때문에, 그 책을 깊이 탐구하고 정독하는 것은 필수적이었다. 많은 자료를 섭렵하고, 여가를 이용하여 잡학(雜學)까지도 용인하였던 과거의 전례는 배척되었다. 그들은 이단(異端)의 서적 읽기를 철저히 배격하였고, 책을 읽는 순서까지도 규정하고자 하였던 것이다. 이퇴계는 '이단의 글은 전혀 알지 못하여도 관계없다' 하였고, 이율곡은 독서의 순서를 '오서 오경을 돌려가면서 읽고, 나아가 『근사록』, 『가례』, 『심경』, 『이정전서』, 『주자대전』, 『주자어류』와 같은 서적과 그 밖의 성리학설을 읽고, 남은 힘으로는 역사를 읽되, 잠시라도 이단이나 잡되고 옳지 못한 서적은 보아서는 안된다'고 말한다. 그들은 오로지 성현의 말이 의미하는 바를 깊이 궁구하고, 그것의 의미를 확충하는 것이 자신들의 진실한 임무라고 생각하였던 것이다. 그들의 저작에서 경전의 주해(註解) 작업이 주를 이루었던 것은 이러한 태도 때문이다. 자신의 행위와 현실에 대한 판단의 기준을 성현의 언어와 과거의 것에서 찾고 있었다는 점에서 그들의 태도는 복고적(復古的)이며 호고적(好古的)이라고 할 수 있다.

성현의 글을 읽고 자기를 돌이켜 보아서 깨닫지 못할 곳이 있거든 모름지기 성인이 준 가르침이란 반드시 사람이 알 수 있고 행할 수도 있는 것에 대해서 말한 것임을 생각하라. 성현의 말과 나의 소견이 다르다면 이것은 나의 힘씀이 정하지 못한 까닭이다. 성현이 어찌 알기 어렵고 행하기 어려운 것으로 나를 속이겠는가. 성현의 말을 더욱 믿어서 딴 생각이 없이 간절히 찾으면 장차 얻는 곳이 있을 것이다.

—이황, 『퇴계집』 언행록

주해 작업의 중요성은 이후의 유학자들에게서도 동일하게 나타나는데, 이들은 이 주해 작업을 통하여 자신의 견해를 효과적으로 상대방에게 전달하고자 하였다. 정약용의 경우 이를 통하여 중기 도학파들의 경전 이해를 비판하고, 실생활과 관련짓는 학문 태도를 견지한 것은 잘 알려져 있다. 경전의 해석은 그들의 학문의 방향을 결정짓는 중요한 행위였던 것이다.

5. 전통적 독서관의 현재적 의미

전통 사회에서 독서는 삶과 직결되는 것으로 인식되기도 하였고, 또는 사람다움을 함양하는 방편으로 인식되었다. 삶과 직결되는 독서 태도를 편의상 실제적 삶과 관련되는 실용적인 것으로 파악하였지만, 사실은 우리가 사는 모든 행위는 결국 실용성과 관련되는 것이라고 할 수 있다. 존재의 문제로 독서를 연관시켰던 도학자들의 태도 또한 그들의 사는 하나의 방식이었고, 그것은 바로 독서를 통하여 길러졌던 것이다. 다만 그들이 목표하는 바가 어디에 있었는가의 차이점이 존재할 뿐이라고 할 수 있다.

이러한 결론에 도달한다면 우리가 사는 현재의 모습 또한 시공(時空)의 다름에서 유래하는 차이를 제외하고는 과거의 것과 큰 차이가 없음을 알게 된다. 어떤 한 공간에서 시간을 배제함으로써 선인과 대화할 수 있고, 그들의 훈도(薰陶)를 받는다는 것은 그렇게 희귀한 일은 아니다. 독서는 바로 이러한 기회를 제공하는 중요한 문화인 것이고, 이는 과거나 지금이나 변함없이 통용되는 진리라고 할 수 있다. 이러한 점에서 다음의 진술은 지금도 변함없이 통용된다.

배우는 자는 항상 이 마음을 보존하여 환경의 노예가 되지 않도록 하여야 한다. 모름지기 이치를 궁구하고 선을 밝힌 뒤에야 마땅히 행하여야 할 길이 확연하게 보이게 되어 앞으로 나아갈 수 있게 된다. 그러므로 도에 들어감에 있어 이치를 궁구하는 일이 가장 먼저 하여야 할 일이다. 그런데 이치를 궁구하는 데 있어 독서를 하는 것보다 먼저 할 것이 없으니, 이는 성현의 마음을 쓴 자취와 선악의 본받을 만한 것, 경계할 만한 것이 모두 책에 있기 때문이다.

—이이, 앞의 책

문화는 한 시간과 공간에 처한 인간의 최상의 선택이다. 다른 공간과 시간의 문화를 자신의 관점에서 비판할 수는 있지만, 그 비판은 또한 한시적일 뿐이다. 언제든지 그것은 또 시간과 공간을 달리하여 비판받을 수 있는 것이고, 과거의 것이 오히려 더 현명한 선택이었다는 결론에 도달하기도 하는 것이다.

J. 러스킨은 그의 『양서론』에서 양서에 들어가기 위한 전제로 '그들에게서 가르침을 받고 그들의 사고(思考)의 궁전(宮殿)에 들어가려는 참다운 욕구를 가질 것, 저자가 말하고자 하는 것을 알고자 할 것이지 자신의 것을 거기에서 찾으려고 하지 말 것'을[J. 러스킨 : 『양서론』, 시사영어사, 1981, 97~98쪽] 말하고 있는데, 이는 다음의 태도와 유사하다.

　무릇 처음 학문을 하면서 의심을 품지 못하는 것은 모든 사람들이 가지는 병통이다. 그런데 그 병의 근원은 뜬생각에 따라 좇으며 뜻을 책에 오로지 하지 못하기 때문이다. 그러므로 뜬생각은 없애지 않은 채 억지로 의심을 품으려고 하면 멀고 더디며 얕고 경솔하여 참다운 의심을 품지 못하는 것이다. 따라서 의심을 품으려면 먼저 뜬생각을 없애야 할 것이다. 그런데 뜬생각 또한 억지로 없앨 수는 없다. 억지로 배제하려고 하면 이로 인해 도리어 한 가지 생각이 더하게 되어 마침내 정신적인 혼란만을 더하게 되는 것이니, 오직 어깨와 등을 꼿꼿이 세우고 뜻한 바를 고쳐시켜 한 글자 한 구절에 마음과 입이 서로 부응하게 되면 뜬생각은 자신도 모르는 사이에 사라질 것이다.

　　　　　　　　　　—홍대용, <여매헌서>, 『담헌서』 권 1

　언어로 이루어진 책과 그것을 읽는 행위는 대상과 관계를 맺고, 또 그에 대한 지식을 습득하기 위하여 만들어 낸 수많은 문화 현상의 하나이다. 독서란 문자가 생긴 이후 지식을 습득하고 관계를 맺어가기 위하여 만들어진 방식이기 때문이다. 책의 범위가 과거의 것처럼 좁은 의미만으로 한정되지는 않지만, 현재의 상황에서도 문자언어를 도구로 하여 이루어지는 책만큼 광범위하고 강렬한 전파력을 지닌 것은 존재하지 않는다. 고고학적(考古學的) 유산이나 음악, 또는 그림 등을 통하여서도 우리는 그것을 제작한 사람들의 감정의 깊이에 도달할 수 있다. 그러나 그것은 다시 언어로 치환(置換)되어 우리에게 의미를 부여한다. 그런데 책은 그 자체로서 우리에게 다가온다. 언어 이상의 정확한 표현 수단을 우리는 가지고 있지 않기 때문이다.

　그렇다면 개인을 살찌우고, 국가의 풍요를 바란다면 당연히 책을 읽어야 한다는 결론에 도달한다. 지속적인 독서가 현실적인 영달로 귀결되었던 시대이거나, 인간성의 풍부함에 기여하는 것으로 그 의미가 한정되는 시대이거나 독서의 가치가 조금도 시들지 않는 이유가 여기에 있다고 할 것이다. 인간의 인간다움은 선인들이 마련한 틀 위에 자신의 새로움을 더하는 행위에서 이루어진다. 인간다움의 덕목을 실현하기 위하여도 우리는 책을 선택하지 않을 수 없는 것이다. 그리고 우리의 앞에 놓인 수많은 정보는 그것을 간과(看過)할 때, 다시는 받아들이기 어려운 급박한 것이거나, 우리의 생존을 위협할 만큼 중요한 것일 수 있다. 따라서 책을, 독서를 전제하지 않고서는 우리의 삶을 말할 수 없게 된 것이다. 책을 읽지 않아도 살아갈 수 있는 시대, 그리고 인간다움을 영위할 수 있는 시대는 이제 없다고 말할 수 있다.

앞에서 독서와 삶의 문제는 변별(辨別)되어 이해되어야 한다고 하였지만, 이제 여기에서 우리는 독서와 삶이 결코 떨어져 존재하지 않는다는 사실로 돌아가야 한다. 우리는 삶을 영위하기 위하여, 마치 숨을 쉬는 행위와 같이 책을 읽어야 하는 것이다. 어떤 책을 읽어야 하고, 또 어떻게 읽어야 하는가 하는 문제는 추후(追後)의 문제이다. 그리고 보다 효과적인 방법이나 선택의 기준도 여기에서 제시될 수 있을 것이다. 그러나 방법이나 선택보다 책을 읽어야 하는 당위(當爲)는 아무리 강조되어도 지나침이 없다는 것이 우리가 선인들의 독서관을 검토하면서 얻은 결론이라고 할 수 있다. 과거와 마찬가지로 독서가 인간이 향유하는 고급의 문화 행위라는 인식은 현재에도 그대로 유용하고, 또 책에 대한 인식도 과거의 것에서 크게 벗어나지 않았기 때문이다.

청소년의 책 읽기와 세상 바라보기*

1. 책읽기의 경로

우리의 고전 <심청전>에서 심청과 심봉사의 모든 소원은 소설 후반부의 맹인 잔치에서 장엄하게 이루어진다. 심청은 자신의 효행으로 아버지의 눈을 뜨게 하고 자신은 왕후의 자리에 이르게 되었음을 알 수 있게 되었다. 그리고 심봉사는 그리도 한스러워 했던 맹인 신세를 벗어나게 되었으며, 아마도 일생 따라다닐 뻔했던 '딸 팔아먹은 아비'라는 소리를 이 맹인 잔치에서 말끔하게 씻을 수 있었다. 심봉사가 눈 뜬 덕분에 그 자리에 참석한 맹인은 물론이고, 온 나라의 눈 먼 사람들도 다 눈을 뜨게 되었으니, 갑자기 이 세상은 광명의 세계로 변화하였다. 광명은 그 맹인에게만 해당하는 것이 아니다. 그들에게는 없던 것과 마찬가지였던 세계가, 새로이 자신을 바라볼 줄 아는 존재들로 말미암아, 새로운 모습으로 생겨나게 되었던 것이다.

그렇다! 보지 못해, 있어도 없는 것과 마찬가지였던 세상이 환히 보이게

---

* 『교육월보』 170(교육부, 1996)에 실린 글을 정리하였다.

된 것은 그 무엇과도 바꿀 수 없는 행운이라고 할 수 있다. 이 '눈 먼 아득함'이 맹인의 답답한 상태를 말해 주는 것이라면, 글을 읽지 못하는 '문맹(文盲)의 아득함'은 무지의 답답함에 연결되는 것이다. '문맹'이나, "낫 놓고 기역자도 모른다."는 말은 다 글을 읽지 못하는 사정을 눈 먼 불행과 연관지어 한 말이다. 글자를 모르는 것은 이렇게 눈 먼 것과 마찬가지로 엄청난 재앙일 수 있는 것이다. 있어도 없는 것과 마찬가지의 상태이기 때문이다. 인류가 현재의 문명을 구가(謳歌)하게 된 것도 거의 대부분 이 문자의 발명과 글의 해독에서 연유한 바가 크다.

이러한 이유에서 글을 읽는다는 것은 새로운 세계로의 진입이며, 새로운 문화를 건설하기 위한 기반이 된다. 글을 읽지 못하는 것은 중요한 정보의 세계에서 멀어져 있다는 것을 의미하며, 이런 이유에서 글을 읽는 행위가 보편화된 것은 그만큼 정보의 공유를 통하여 인간의 평등에 기여하게 된 일이라고 할 수 있다. 글을 읽는다는 것이 바로 인간의 가치 있는 삶과 연관되고, 결과적으로 평등한 삶을 이룰 수 있게 된다는 점에서, 글 읽기는 현대를 살아가는 인간의 필수적인 문화행위라고 할 수 있는 것이다. 글이 아니고는 인간다운 삶이 보장될 수 없다고 할 만큼 글 읽기는 대단히 중요한 것이다.

이 글 읽기의 경로(經路)를 살피는 데서 책읽기의 의미가 발견된다. 독자는 대상으로서의 책을 마주하고 있다. 책은 무엇인가, 그리고 그 책이 어떠해야 하는가 하는 문제는 올바른 독서를 위하여 반드시 짚고 넘어가야 할 문제이다. 올바르지 않은 정보는 단순히 시간을 소비하게 할 뿐만 아니라, 독서의 올바른 경로에서의 이탈을 조장한다. 한 번 올바른 독서의 경로에서 이탈하면 다시 정상으로 돌아가는 일이 거의 불가능하기 때문에 올바른 책의 선택에 대하여 깊은 관심을 가져야 하는 것은 너무나도 당연한 일이다.

독자와 대상으로서의 책이 마주하고 있을 때, 이 둘을 이어주는 고리로서 방법론의 문제를 생각할 수 있다. 흔히 대상이 있고 그 대상에 접근하고자 하는 의지를 가진 주체가 있으면, 그 방법론은 당연히 나타나게 된다고 생각하는 사람들이 있다. 그러나 그러한 생각은 일정한 정도의 수준에 도달한 사람일 때에만 적용될 수 있다. 좀 더 쉬운 길은 없는가? 시행착오를 피할 길은 없는가? 이에 대한 대답을 준비하는 것은 바른 독서의 경로를 추구하는 사람이라면 누구나 진지하게 고민해야 하는 문제들이라 할 수 있다.

독서를 통하여 독자는 무엇을 지향하는가? 자신의 삶을 살찌우고, 그 살찌워진 자신의 정신적 삶을 또 후세에 전달하는 것이 이상적인 독서인의 모습이 아닐까. 그런 점에서 독서는 삶을 살찌우는 대장정(大長征)이라고 할 수 있다.

2. 읽어야 읽을 것이 보인다

책을 마주하면서 가장 먼저 전제되는 것은 독자의 책을 읽고자 하는 의지의 문제이다. 말을 시냇가로 끌고 갈 수는 있어도 말에게 물을 먹일 수는 없기 때문이다. 왜 책을 읽는가? 이에 대한 명확한 의지를 확인하고서야 책을 읽는 것의 필요성을 느끼고 이에 빠져들 수 있게 될 것이다.

독서의 필요성에 대하여는 그 실용성과 순수성에 대한 논란이 많이 있어 왔다. 책을 읽는 것이 바로 출세와 영달(榮達)의 길이 되었던 전통시대에는 책을 읽는다는 것이 행운이었고, 또 영달을 위한 확실한 방편이었다. 전통시대에 책을 읽는다는 것은 아무에게나 허용된 것이 아니었고, 양반 계층에 한정된 특권이었기 때문이다. 따라서 독서의 양과 질이 어떠한지에 따라 동일한 계층에서의 영달이 보장되었다. 이런 관점에서 보면 독서란 분명히 실용적이고, 실제적인 것이었다고 할 수 있다. 그러나 이러한 시대에도 자신의 인간적 가치를 고양하는 순수한 의미에서 독서를 한 사람들은 있었다.

　근대의 가장 중요한 가치 가운데 하나는 인간의 평등이라 할 수 있다. 누구나 자신의 능력에 따라서 자신에게 합당한 위치를 얻을 수 있게 되었다. 적어도 선언적 이념으로는 그러하다. 이 시대에도 전통시대의 불평등이 당연하다는 인식을 가지는 사람들이 있지만, 그것은 근대를 획득하기 위하여 흘린 역사의 피를 거스르는 반동적 사고에 불과한 것이라고 할 수 있다. 같은 인간으로 태어나 자신의 노력 여하에 따라 가치를 실현시킬 수 있다는 이 엄연한 평등의 역사 앞에서 누군들 게으를 수 있고, 또 주저앉을 수 있겠는가? 이 평등의 역사에 부응하는 구체적인 노력이 바로 독서를 통해서 이루어진다. 물론 독서의 방향과 종류, 그리고, 그 매체의 방식은 사람에 따라, 그리고 시대나 장소에 따라 달라질 수 있다. 그리고 이러한 선택의 자유야말로 다양한 문화를 추구하는 이 시대의 축복된 모습이라고 할 수 있다. 그러나 이 모든 것은 결코 독서의 넓은 범위를 벗어나지 않는다. 자신이 이 세상에 태어나고 살아가는 가치를 드러내기 위해서도 독서는 필연적인 문화행위가 된 것이다.

　근대적 인간으로서의 삶을 누리기 위해 독서가 필연적이라는 사실은 한 개인의 문제로 한정되지 않는다. 그것은 자신이 속한 사회와 국가, 그리고 세계를 풍요롭게 하는 활동으로 확대되기 때문이다. 따라서 인간의 문화를 살찌우고, 보다 나은 삶을 영위하는 데 귀중한 초석이 되기 위해서는 독서를 해야 한다는 자세를 다지는 것이 필요하다. 독서에 대한 자신의 의지를 다지고, 그리고 독서에 매진하겠다는 자세가 확립된 뒤에라야 비로소 무엇을 읽을 것인가 하는 문제가 뒤따르게 된다. 청소년을 독서인으로 만들기 위한 독서 교육의 목표에 앞서 독서인의 바른 모습을 강조하는 인간교육이 놓여야 하는 이유가 여기에 있다.

독서에 대한 목표를 분명하게 하고 난 뒤 나타나는 문제가 독서의 내용이다. 무엇을 읽을 것인가에 대하여는 수많은 사람들이 고전을 읽으라고 충고하여 왔다. 고전이란 삶의 한 전범으로서의 위치를 공인받았기 때문에, 인생의 목표를 설정하고자 하는 청소년들에게는 가장 확실한 모범답안이 될 것이기 때문이다.

그러나 고전은 그것이 고전인 까닭에 청소년들이 쉽게 접근하지 못하는 먼 위치에 놓여 있는 경우가 많다. 그래서 고전의 독서는 심도 있는 내용 경험으로 축적되기보다는 그 어렵고 험한 고전의 길을 스쳐 지나서 다녀왔다는 성취감만으로 끝나는 경우가 많다. 청소년 시절에 『신곡』을 위하여, 그리고 『파우스트』를 읽기 위하여 기울였던 처절한 노력을 많은 사람들은 기억하고 있다. 그 자체가 대단히 값진 노력이고, 또 의미 있는 일이라고 할 수 있다.

그러나 책이란 즐거운 마음으로 읽어야 한다고 생각한다. 즐거움이란 자신의 정도보다 조금 높을 때 이루어지는 것이지, 너무 차이가 현격하면 아득하여 주저앉게 된다. 따라서 그것은 즐거움이 아니라 고역(苦役)이 되기가 쉽다. 청소년기의 독서에 있어 가장 중요한 것은 독서의 습관을 기르는 것이고, 그런 점에서 특히 즐거운 마음으로 읽을 수 있는 책을 선정해야 하는 것이다. 더구나 우리를 무겁게 짓누르고 있는 고전이란 어떤 의미에서는 전 시대의 이념을 연장하고자 하는 의지의 산물일 수 있을 것이다. 지난 시대의 고전이라고 하여 이 시대의 미래를 꿈꾸는 청소년들에게 반드시 읽혀야 하는 것은 아니다. 고전도 시대와 지역에 따라 변화하는 대상이라고 할 수 있다. 전통시대의 선비들이 줄줄이 외워야 했던 성인들의 경서 전적(典籍)들이 반드시 이 시대에도 통용되는 고전일 수는 없는 것이다. 미국의 독서 단체인 그레이트 북스는 고전에서 근대문학에 이르는 책 중에서 청소년들이 읽어야 할 필독서 144권을 선정하였는데, 거기에서 동양권의 책이라고는 공자의 『논어』가 유일한 것이었다. 그들은 그렇게 자신들의 청소년들을 키워나가고자 계획하는 것이다. 그들의 고전과 우리의 고전이 일치하지 않는 것은 어찌 생각하면 너무도 당연한 일이다. 역사가 다르고 생각하는 미래가 다르고 또 그 현재가 다른 데도 그 선택이 일치한다면, 그것은 기적일 수밖에 없다. 고전이 이념의 산물이라고 말하는 까닭이 여기에 있다.

이러한 이유에서 고전의 중압감에 너무 억눌리지 말고, 자신의 삶과 관련되는 주변의 책으로부터 독서의 범위를 넓혀나가는 것이 필요하다고 말해 주고 싶다. 그리고 우리는 스스로 자신이 읽어야 할 책을 선택하는 위치를 확보할 필요가 있다. 이때 선택의 기준으로 가장 중요시해야 하는 것은 미래에 성취하고 싶은 자신의 모습 그 자체이다. 독서란 누구도 아니고 오로지 자신을 위해서 이루어지는 문화이기 때문이다. 인간으로서 어떻게 살아 나가고자 하는가? 인간으로서의 가치를 고양하고, 남과 더불어 같이 성장하는 삶이야말로 바람직한 삶이 아닐까? 그런 점에서 독서의 대상인 책의 선택은 흥미와 함께 도덕적 열정도 고려하여 이루어지는 것이 바람직하다고 생각한다.

이러한 조건이 충족된다면 되도록 많은 책을 읽는 것이 좋다고 생각한다. 많이 읽어야 스스로 선택할 수 있는 역량도 길러지게 마련이다. 문학으로 한정하여 말한다면, 대체로 교과서에 수록되어 많은 청소년들에게 읽히기를 바라는 한국의 현대문학과 고전문학 작품을 고등학교 과정에서 다 읽는 것이 좋다. 이것으로 끝나지 않고 세계문학의 영역까지 그 범위를 넓혀갈 필요가 있을 것이다. 풍부한 독서의 편력이 주는 효과는 첫째로 독서에 대한 자신감이고 둘째로는 세상에 대한 통찰력 증진이다. 문학은 일상의 글과는 달리 구체적인 삶의 모습을 통하여 독자들을 변화시킨다. 문학의 독서를 통하여 이루어진 독서의 습관은 다른 일상적 독서물에 대한 독서 능력과 독서 감식력을 높여 준다. 이러한 이유에서도 특히 청소년기에 많은 책을 읽는 것이 중요하다.

3. 문학은 허구적 산물이다

어떤 소설가는 자신의 주변에서 일어나는 일상적 사건들을 그의 소설로 즐겨 발표하고 있다. 이러한 모습은 필연코 소설과 현실이 같은 것인가 하는 회의를 일으키게 할 수도 있다. 그러나 분명한 것은 그는 현실의 모습을 그대로 그리지 않고, 자신의 의지에 따라 재구성된 세계를 보여준다는 점이다. 지나치게 늘어져 여러 상황들과 연관되어 있는 현실을 소설가는 한 목표를 향하여 필요한 것은 더 늘이고, 또 필요하지 않은 것은 과감하게 생략하여 정제된 모습으로 다듬어 보여주는 것이다. 따라서 이광수가 『단종애사』에서 그린 수양대군은 실제의 수양대군이 아니고, 또 김동인이 『대수양』에서 그린 수양대군도 실제의 수양대군이 아닌 것이다. 독자는 작가가 그리는 소설 속의 인물을 실제의 인물로 착각하고, 그에 빠져든다. 독자는 사건을 이루는 뼈대인 역사적 사실만이 아니라, 이를 바탕으로 하여 살아 있는 구체적 인물로 형상화했기 때문에 더 감동에 빠져드는 것이다.

모든 문학은 정도와 질의 차이는 있지만 허구의 산물이라는 점에서 동일하다. 시인을 그의 공화국에서 추방하고자 한 플라톤의 생각은 바로 이러한 문학의 허구성을 염두에 둔 것이라고 할 수 있다. 그러면 왜 허구인가? 문학은 허구가 아니고는 실제의 세계를 여실하게 보여줄 수 없기 때문이다. 그런데 작가에게 있어 허구란 단순한 거짓이 아니라 '필연적인 구성'을 의미한다. 실제의 세계 또한 보는 사람에 따라 전혀 다른 모습으로 보여지게 마련이다. '1980년 서울의 봄'을 어떤 사람은 자유를 숨쉬는 공간으로 보았고, 또 어떤 사람들은 제거해야 할 혼돈으로 파악하였다. 그래서 그 해결책도 다르게 제시하였다. 같은 코끼리를 만지면서도 코를 만지는 사람은 코끼리를 파이프처럼 생긴 동물로 알고, 배를 만지는 사람은 벽과 같은 동물로, 또 다리를 만지는 사람은 기둥처럼 생긴 동물로 아는 사람들이 있다면, 이들은 세계를 자신의 관점으로만 바라볼 수밖에 없는 사람들이다. 따라서 모든 보여지는 것은 우리의 관점으로 재해석되어 받아들여지는 것인지도 모르는 것이다.

이것이다. 우리가 진실된 것으로 알고 있는 것이 사실은 거짓의 가면으로 덮여져 있는 것일 수 있는 것이다. 허구란 이러한 삶의 모습을 구체적으로 형상화하여 제시하는 하나의 방법이다. 여기에서 독자는 어느 것이 진실한 것이라는 작가의 말을 듣지 못한다. 문학의 독서가 다른 독서와 달리 인간 체험의 총체성을 동원하여야 하는 이유가 여기에 있다. 독서는 이처럼 단순히 작가가 제시한 세계를 수동적으로 받아들이는 행위가 아닌 것이다. 오히려 작가가 형상화한 세계는 독자를 만나면서 살아 있는 현장으로 바뀐다. 그런 점에서, 독자야말로 독서에서 주체적인 역할을 하는 존재이다. 이것이 독자의 권리이다.

그러나 독자는 그 권리를 행사하기 위해 반드시 의무의 이행을 전제해야 한다. 그 의무는 바로 문학의 관습을 이해하는 것이라고 할 수 있다. 시를 시로 읽고, 소설을 소설로 읽기 위해서 독자는 반드시 문학의 관습을 익혀야 한다. 한 문화의 관습을 존중하고, 그 관습에 따라 대상을 바라보는 것이야말로 성숙한 문화인의 자세라고 할 수 있다. 자신의 관점으로 대상을 파악하는 것은 그 문화를 파괴하는 행위이다. 서구의 식민지 경영이 철저하게 원주민의 문화를 짓밟았던 것도 바로 그들의 관점으로만 대상을 파악하였던 결과이다. 문화를 파괴하는 행위가 야만이라면, 문화인으로 자처했던 서구인이야말로 바로 진정한 의미의 야만인인 셈이다. 야만이지 않기 위해서도 우리는 그 관습들을 익혀 두어야 한다.

그 관습을 익히는 것은 단순히 교양의 차원에서만 유용한 것이 아니다. 자신의 관점으로 바라볼 때는 꽁꽁 숨어 보여지지 않던 대상의 비밀스런 모습이 관습의 이해를 통하여 환하게 드러날 수 있기 때문에 우리는 그 관습을 익힐 필요가 있는 것이다. 자신의 관점으로 대상을 보고자 하는 사람에게 있어 대상은 그저 지나치는 사물일 뿐이다. 그러나 진정으로 들어가고자 하는 사람에게 있어 그 대상은 한없이 넓은 세계를 보여주는 존재로서의 찬연한 빛을 발하는 것이다. 이는 의무를 수행한 사람만이 얻을 수 있는 값진 결과라고 할 수 있다. 이러한 한 차원 높은 세계의 체험을 위해서도 문학의 관습을 이해하는 일은 필수적이다.

이처럼 책은 독자의 선택과 독서에 의하여 그 진가를 발휘한다. 이럴 경우 독자는 그 해석에 있어 절대적인 권위를 지니는 것으로 보인다. 그러나 독서는 이것으로 완결되는 것은 아니다. 우리는 지금까지 대상인 책의 작가에 대한 논의를 하지 않았다. 그 까닭은 작가의 존재가 중요하지 않아서가 아니라, 더 깊은 논의를 위하여 소중하게 아껴두었기 때문이다. 책은 작가에 의하여 책으로서의 의미를 갖게 된다. 작가의 중요성은 말하지 않았다고 하여 감소되는 것이 아니다. 그리고 작가는 그 작품을 이 세상에 내보냈을 뿐만 아니라, 또한 그 작품의 최초의 독자이기도 하다. 후끈후끈한 생명체를 최초로 바라보면서 파악하는 작가의 모습은 그래서 마치 아이를 낳고 사랑스러운 모습으로 아이를 바라보는 어머니의 모습으로 비유될 수 있다. 누가 산고를 겪은 어머니만큼 그 아이를 사랑할 수 있을 것인가? 앞에서 작품은 사랑하는 만큼, 그리고 바라보는 만큼 그 실체를 드러내 보인다고 하였는데, 그 사랑과 바라봄은 작가에게서 극대화된다고 할 수 있다. 그러니 그 사랑과 바라봄의 태도는 작가에게서 배울 필요가 있지 않겠는가? 독자는 그러므로 더 깊은 독서를 위하여 작가의 태도를 꿈꿀 필요가 있는 것이다. 작품은 독자의 주체적 독서와 작가의 사랑을 아우르는, 살아 있는 실체로 탈바꿈하게 되는 것이다.

4. 독서는 창조를 지향한다

현대는 정보의 홍수이다. 자고 일어나면 신문 지면에 새로운 책이 줄을 이어 소개되고 있는데, 사실은 그 소개된 책이 빙산의 일각에 해당할 뿐이다. 소개되지 않은 책은 한없이 많고, 더구나 이를 전 세계까지 확대해서 바라본다면, 우리가 읽어야 할 책의 분량은 상상을 초월할 정도로 많은 것이다. 따라서 일정한 정보를 획득하면 다른 사람보다 앞에 설 수 있었던 지난 전통시대나, 또는 해외에서 반입된 이론서를 획득하면 또 전문가로 행세할 수 있었던 전후 시대의 모습은 현재로서는 상상도 할 수 없는 상황에 이르렀다. 이것이 행복인가, 아니면 불행인가?

모든 시대는 그것을 바라보는 사람에 의하여 규정되어진다. 비극적으로 바라보는 사람에게 있어 세계는 항상 암울한 어둠의 장벽일 뿐이다. 낙관적인 사람에게 있어 세계는 그래도 살 만한 공간이 된다. 지금의 독서인에게 있어 요구되는 것은 낙관이나 비관을 떠나 적극적인 사고방식이라고 할 수 있다. 이것이 특히 배움의 과정에 있는 청소년이라면 더욱 필요한 일이다. 필요로 하는 자에게 한없이 열려 있는 정보들, 그런 세계란 얼마나 축복된 일인가. 더구나 어떤 제약 없이 대상에 접근할 수 있다는 것은 지난 어느 시대에도 이루어지지 않았던 특혜라고 할 수 있다. 따라서 자신의 조건에 따라 세계의 실상을 바꾸려는 노력보다는 그 시대의 조건을 자신의 성장과 공동의 발전에 이용하는 것이 보다 현명한 선택일 것이다.

그렇게 하기 위해서는 독서의 방식도 바뀌어져야 한다. 어떤 책은 지금도 역시 꼼꼼하게 읽고, 그것을 암기해야 하는 경우가 있을 수 있다. 필요하다면 그렇게 해야 하겠지만, 대부분의 책은 자신의 필요에 따라 독서의 방식을 선택하는 것이 필요하다. 그 필요란 무엇인가? 여기에서 우리는 다시 심봉사의 눈뜨는 대목을 상기할 필요가 있다. 심청이 태어났을 때 심봉사는 이미 세상을 볼 수 없는 상태였다. 그러니 아무리 딸이라 하지만, 황후의 모습을 한 심청을 알아볼 리가 없다. 심봉사가 눈뜬 후 딸을 알아보게 된 것은 그가 심청을 낳기 전 태몽이 있었기 때문에 가능한 것이었다. 그것이 없었다면, 심청은 영원히 그에게선 낯선 타인일 수밖에 없었을 것이다. 다음 대목을 보기로 하자.

> 심생원도 그제야 정신차려 좌우를 살펴보니 칠보금관 황홀허신 어떠허신 부인 한 분이 옆에가 앉았거늘 깜짝 놀래 내외헌다고 선뜻 돌아아 하는 말이 "내가 이것 암만 해도 꿈을 꾸는 것이 아닌가?" 황후 부친을 붙들고 "아버님 제가 죽었든 청이옵니다. 살아서 황후가 되었나이다." 심생원 깜짝 놀래 "에잉 아이고 황후마마 군신지의가 지당허온디 황송무비 허옵니다. 어서 전상으로 납시옵소서." 심생원이 말소리 듣고 전후 모습을 잠간 보더니마는 "올체 인제 알것구나. 내가 인제야 알것구나. 내가 눈이 어두워서 내 딸을 보지 못했으나 인제 보니 알것구나. 갑자년 사월 초파일 밤 꿈속에 보던 얼굴 분명한 내 딸이라."
>
> —김연수 창본 <심청가>

그렇다. 대상은 이렇게 선입견을 통하여 인식되는 것이 일반적이다. 어떤 대상을 투명한 백지 상태에서 아무런 전제 없이 바라보는 것은 사실은 거의 불가능한 일에 가깝다. 우리가 책을 읽을 때에도 이는 마찬가지이다. 어떤 책을 앞에 대하면서 우리는 그 책에 대한 기대와 일정한 사전 지식을 전제하게 된다. 이 '전제'와 책의 전달하고자 하는 '내용'은 상호교감을 이루게 된다. 이런 점에서 독자는 단순히 책의 내용을 받아들이는 소극적인 존재가 아니다. 자신의 선입견에 따라 독자는 적극적으로 책에 대하여 간여하고, 책의 내용을 비틀기까지 하는 것이다. 그것이 과도할 때, 그것은 왜곡된 독서가 되기도 한다. 하지만 '전제'가 개입하는 것을 일정한 정도 허용함으로써 독창적이고 생산적인 독서로 유도할 수도 있다.

현대인에게 있어 가장 중요한 독서의 이유는 아마도 아이디어의 개발과 관련되는 것이라고 할 수 있다. 독자는 작가가 이루어놓은 결과를 필요로 하기도 하지만, 대체로는 그 과정에 대하여 관심을 기울이고, 또 그것을 자신과 연관지어 보기도 한다.

이러한 목표와 관련된 독서란 아무래도 추려 읽기, 또는 뽑아 읽기가 될 수밖에 없다. 한 권의 책이 자신의 세계에 대한 발언을 충실히 제공했다면 그 책은 일정한 사명을 완수하였다고 할 수 있다. 그 결과는 독자의 창조로 이어지기 때문이다. 적극적인 독자는 이제 세계에 대하여 발언하는 자, 그리고 세계의 창조에 참여하는 자로 변모하게 된다. 하나의 책이 밑거름이 되어 새로운 꽃을 피움으로써 독서의 긴 사이클은 완결되는 것이다. 이에 이르러 독자와 작가는 분리된 존재가 아니고, 상호 화해하여 손잡는 동일체로 탈바꿈한다. 그리고 서로의 대화가 이루어지는 것이다. 그러므로 독서교육이 종국에 이르러 창작의 교육으로 전환되는 것은 문화 전파의 당연한 과정(過程)이라고 할 수 있다.

어문교육의 인문학적 기반과 지향*

1. 서언

  말과 글이 우리의 생활에서 차지하는 비중은 이루 말할 수 없이 크다. 이는 인간의 개인생활뿐만 아니라 집단을 이루어 사는 질서의 확립과 틀을 결정하는 데 있어 대단히 중요한 기능을 갖고 있기 때문이다. 일차적으로 말과 글은 개인이나 집단의 소통에 있어 기본적인 수단이 된다. 따라서 그 수단에 잘못이 나타난다면 소통의 장애를 일으킬 수밖에 없다. 개인이나 집단의 소통에 있어 언어의 문제가 차지하는 비중이 얼마나 큰가는 긴 역사가 증명한다. 개인 간의 불화는 물론 대부분의 전쟁은 바로 그러한 소통의 부재에서 비롯된 것으로 볼 수 있기 때문이다. 말과 글은 그러한 역사와 경험으로서의 문화를 축적한 도구가 된다. 그래서 말과 글을 통한 소통에 문제가 발생하면 문화의 단절이 일어나게 되고, 만약 그 코드를 잃게 되면 문화는 단순히 기억 속에 존재하는 경험의 파편으로만 남게 된다.

  언어의 중요성이 이러하기에 개인이나 집단은 언어가 가지고 있는 도구

---

* 『어문연구』 154(한국어문교육연구회, 2012)에 실린 글을 정리하였다.

로서의 효용성에 대하여 깊은 관심을 가질 수밖에 없었다. 오랫동안 글이 없었던 시대에는 기억력이 뛰어난 사람들을 통하여 문화를 전수하고 집단의 정체성을 확보하게 하였다. 그러한 능력의 보유자를 확보함으로써 그렇지 못한 개인이나 집단을 통치할 수 있었다. 흔히 인간이 동물을 지배하게 된 1차적 원인을 불의 발명으로 꼽지만, 이러한 불의 발명도 사실은 인간 경험의 전수를 가능하게 한 언어의 정교성에서 찾을 수 있다.

불의 발명이 인간과 동물을 전혀 다른 차원의 존재로 구분하였다면, 인간의 차별이 명확하게 드러난 것은 문자의 사용에 의해서라고 할 수 있다. 같은 인간이라 하더라도 문자를 사용하는 집단과 그렇지 않은 집단은 차원을 달리 하는 삶을 누리게 되었다. 문자를 사용함으로써 한 개인이 가지고 있는 기억의 용량은 큰 의미를 상실하였다. 그리고 엄청난 문화의 축적에서 소외되어 다른 집단의 지배를 받게 된 집단은 영원히 그 지배를 벗어날 수 없게 되었다. 그러한 이유에서 대부분의 지배 집단은 비밀스럽게 문자의 향유를 즐겼고, 다른 집단으로 문자가 확산되는 것을 차단하였다. 세종의 위대성은 이러한 지배 집단의 공통된 속성을 거부하고 사용하기에 편한 문자를 만들어 모든 백성이 자기의 뜻을 펼 수 있게 하였다는 점에서 찾을 수 있다.

이런 새삼스러운 원론을 다시 확인하는 까닭은 말과 글의 중요성에 대한 인식이 근래 심하게 퇴조하고, 그 규범성에 대한 노력이 기울여지지 않고 있다는 판단 때문이다. 언제 그랬냐는 듯이 잠잠해졌지만 한때 영어의 공용어화 주장은 그야말로 대단한 기세를 자랑하였다. 이를 이어받아 영어 몰입교육 또한 그 필요성을 내세우면서 우리 사회가 고민해야 하는 커다란 화두로 떠올랐다. 외국어 습득의 필요성에 대하여는 누구나 공감할 수 있는 것이지만, 이것이 그 정도를 넘어 자국어 교육의 황폐화로 이어진다면, 이는 심각한 일이 아닐 수 없다. 이런 현상에 대한 처방이나 고민 없이 초등학교는 물론이고 유아 시기부터 영어에 대한 투자가 이루어져 그야말로 천문학적인 수요의 재정이 영어 교육에 투여되고 있는 것이 현재의 실정이다.

개인의 성장과 미래에 도움이 된다면, 그리고 미래의 경쟁력까지를 감안하여 경제적인 효과가 있다면 영어에 대한 이러한 열기를 반드시 부정적으로만 볼 수 없다. 이러한 현상은 조선조에 있었던 한문 습득의 광풍과도 비견할 수 있는 것이어서, 조선조의 한문 습득 여부는 지배와 피지배의 구조를 확연히 나누었던 것이다. 그런 상황이라면 누구나 현재의 궁핍을 참아가면서 외국어 습득의 열기 속에 참여할 수밖에 없는 것이다. 현재의 영어 수요나 경쟁력의 지수는 평등을 향한 역사 변화에 힘입어 오히려 한문의 습득보다 더 강한 것으로 인식되고 있다.

이런 상황에서 영어 열기를 잠재울 방법은 없는 것이고, 또 그럴 권리는 어느 누구도 가질 수 없는 것이다. 그런 점에서는 영어 열기를 탓하기보다 우리말과 글에 대한 교육의 내실을 기하는 정도로서의 길이 오히려 요구된다고 할 수 있다. 이상적이긴 하지만 어문교육 체계와 역량이 확고하게 확립되어 있다면 이러한 외국어 교육은 오히려 강조되어 무방하다고 할 수 있는 것이다. 그런 상황이라면 외국어 교육의 개선은 우리 어문교육을 보완하는 역할을 할 수 있기 때문이다. 물론 이러한 이상적 상황의 설정이 우리 국가가 놓여 있는 위상에 영향 받을 수밖에 없다는 것은 당연한 현상이라고 할 수 있다.

여기에서는 이러한 한계에도 불구하고 현재의 상황에서 우리 어문교육이 나아갈 방향과 미래에 대한 몇 가지 사고의 궤적을 밝히고자 한다. 어문교육의 환경이 황폐화되고 있다는 인식이나 오랜 논쟁으로 이어지고 있는 한자교육, 필연적으로 국력과 관계될 수밖에 없는 외국인을 위한 한국 어문교육, 그리고 어문의 확대 개념으로서의 한국문화 교육에 대한 견해가 이에 속하게 된다. 이러한 문제는 현재의 문제일 뿐만 아니라 미래에도 여전히 우리 어문교육의 핵심으로 남는다는 점에서 이에 대한 사고와 역량을 축적하는 것은 반드시 이루어져야 할 것으로 본다.

2. 어문교육의 인문학적 성격

어문교육을 포함하는 인문학의 위기가 논의된 것은 퍽 오래 전 일이다. 국력은 과학이나 경제 등 표면으로 드러나는 분야의 발전을 통하여 결정된다고 보기 때문에, 국가는 재정 집행의 우선을 이런 분야에 두기 마련이었다. 당연히 외면적으로는 그 결과가 잘 드러나지 않는 인문학 분야가 소외당하는 것으로 생각하는 것은 당연한 듯이 보인다. 그러나 이러한 상황은 꼭 이 시대의 일만은 아닌 것으로 보인다. 조선 후기 사회의 실상을 통하여 실질적인 삶의 모습을 강조한 박지원의 <허생>에서 '공부하는' 사람의 모습은 다음과 같이 형상화 되어 있다.

> 허생이 변씨를 보고서 길게 읍하며,
> "내 집이 가난해서 무엇을 조금 시험해 볼 일이 있어 그대에게 만 금을 빌리러 왔소"
> 했다. 변씨는
> "그러시오"
> 하고는 곧 만 금을 내주었다. 그러나 그는 감사하다는 말 한 마디 없이 어디론지 가버렸다. 변씨의 자제와 빈객들은 허생의 꼴을 본즉 한 개의 비렁뱅이였다. 허리에 실띠를 둘렀으나 술이 다 뽑혀버렸고, 가죽신을 꿰었으나 뒷굽이 자빠졌으며, 다 망그러진 갓에다 검은 그을음이 흐르는 도포를 걸쳐 입었는데 코에는 맑은 물이 훌쩍훌쩍 내리곤 한다. 그가 나가버린 뒤에 모두들 크게 놀라며,

"아버지, 그 손님을 잘 아십니까?"

하고 물었다. 변씨는

"모르지."

"그러시다면 어찌 잠깐 사이에 이 귀중한 만 금을 평소에 면식도 없는 자에게 헛되이 던져 주시면서 그의 성명도 묻지 않음은 무슨 까닭이십니까?"

했다. 변씨는

"이건 너희들이 알 바 아니다. 대체로 남에게 무엇을 요구할 때엔 반드시 의지를 과장하여 신의를 나타내는 법이다. 그리고 얼굴빛은 부끄럽고도 비겁하며, 말을 거듭함이 일쑤이니라. 그런데 이 손님은 옷과 신이 비록 떨어졌으나 말이 간단하고 눈 가짐이 오만하고 얼굴엔 부끄런 빛이 없음을 보아서 그는 물질을 기다리기 전에 벌써 스스로 만족을 가진 사람임에 틀림없는 것이다. 아마 그의 시도하려는 방법도 적지 않거니와, 나 역시 그에게 시도함이 없지 않는 거다. 그리고 주질 않는다면 모르려니와 벌써 만 금을 줄 바에야 성명을 물어서 무엇 하겠느냐."

하였다.

—『열하일기』 II(경인문화사, 1977), 299~300쪽

허생의 보여지는 모습은 천상 '비렁뱅이'였다. 책만 읽고 있는 허생은 그 시대의 인문학자로 볼 수 있다. 정약용이나 박지원이 그러했던 것처럼, 허생은 사물의 이치를 과거의 문화와 경험이 담긴 책을 통하여 궁구하고 있기 때문이다. 그래서 책 속에 파묻혀 있는 허생은 이 시대의 인문학자처럼 궁상스러운 모습으로 드러나고 있는 것이다. 그런데 그가 책을 덮고 현실로 뛰어나오면서 보여주고 있는 모습은 이 시대의 정태적인 인문학자의 형상에서 벗어나고 있다. 갑부인 변씨는 그러한 파격과 변신이 허생이 가진 내면의 '오만'과 '자족'에서 비롯한 것임을 간파하였다. 그리고 그가 하고자 하는 일이 결코 작은 일이 아닐 것임을 알고 선뜻 그의 요구를 들어주는 것이다. 이 시대의 인문학자의 모습이 반드시 허생과 같을 수는 없지만, 어느 일면 이런 양면성이 존재한다는 것은 부인할 수 없다.

허생은 본래 글 읽기로 십년을 기약하였다. 그런데 삼년을 채우지 못하고 아내의 성화를 이기지 못하여 사람들의 시선을 받는 곳으로 나오게 된다. 위의 장면은 세상과의 첫 접촉에 나서고 있는 허생의 모습을 묘사하고 있다. 아내의 성화가 없었다면 그는 계속 사람들과 관계를 맺지 않고 책만을 읽었을 것이다. 그는 책을 통하여 무엇을 얻고자 했을까? 그런 대답은 결국 허생이 취한 일련의 행동을 통하여 짐작할 수 있다.

허생은 먼저 장안의 갑부에게 가서 만 금을 빌렸다. 아내가 장사라도 하라고 하자, 그는 밑천이 없어 할 수 없다고 대답하였다. 그런데 갑부에게 가서 만 금을 빌렸으니, 그가 장사를 할 것이라는 것은 능히 짐작할 수 있다. 과연 그는 안성으로 내려가 나라의 잔치나 제사에서 사용할 과일을 두 배의 가격으로 매점(買占)하였고, 이를 다시 열 배의 가격으로 되팔았다. 그가 바라본 조선의 실상은 이처럼 만 금으로 좌지우지할 수 있는 열악한 형편이었다. 그리고 다시 제주도에서 필요로 하는 농기구와 포목을 사들였고, 이를 가지고 제주도에 건너가 팔아 이득을 남겼다. 그는 다시 제주도의 말총을 모두 사들였고, 거래할 수 있는 말총이 없어지자 의관의 상징인 갓과 망건을 만들 수 없게 되어 그 값은 다시 열 배로 뛰어 오르게 되었다. 여기까지 보여준 그의 활동은 조선의 취약한 경제 구조를 이용하여 엄청난 폭리를 취하는 것으로 요약된다.

이것만으로 허생의 활동이 이루어졌다면, 그는 경제적 허점을 이용하여 개인의 치부를 도모하는 악덕 상인에 머무는 존재일 것이다. 그런데 그는 이 돈을 바탕으로 나라의 분란 요소가 되어 있는 도둑의 무리를 모았고, 이들을 무인도로 데려가 나라의 근심을 없앴다. 그리고 이들로 이루어지는 새로운 형태의 집단을 만들었고, 그들의 생산 활동을 통하여 얻은 곡식을 흉년이 든 일본으로 가져가서 은 백만 냥을 거두었다. 그리고 나서 그는 '조그만 시험'이 끝났다고 말하였다. 그리고 오십만 냥은 바다에 던졌고,

나라 안을 두루 돌아다니며 가난하고 의지 없는 사람들을 구휼(救恤)하였는데, 그러고도 남은 돈이 십만 냥이 넘었다. 그 남은 십만 냥은 만 냥을 빌려주었던 부자에게 돌려주었다.

허생의 이야기는 박지원이 옥갑(玉匣)에서 사신의 일행으로 참여한 비장(裨將)과 마주앉아 나누었던 이야기 중에 포함되어 있다. 비장들의 이야기가 끝나자, 박지원도 당시 장안의 부자인 변씨가 많은 돈을 확보하게 된 연유를 이야기하였다. 그 치부의 과정에 기인(奇人)의 모습을 한 허생이라는 존재가 개입되어 있다는 것이 이야기의 발단인 것이다. 이야기꾼이란 자신의 말에 신빙성을 부여하기 위하여 듣는 사람들이 믿을 수밖에 없는 여러 사건들을 배열하고, 이를 자신이 직접 경험하였거나 보았다고 말한다. 작중 화자는 이러한 이야기를 윤영(尹映)이라는 사람에게 들었고, 윤영이 실제 존재한 인물이라는 것을 다시 작품의 후기(後記)에서 언급하고 있다. 그런 점에서는 박지원은 훌륭한 이야기꾼의 모습을 닮아 있는 것이다.

이제 여기서 우리는 허생이 말한 '시험'이 무엇을 말하고 있는가에 대하여 생각할 필요가 있다. 허생이 보여주는 일련의 행동을 보면서 우리는 박지원이 이 작품을 통하여 취약한 경제 구조를 개선해야 하는 실용주의적 사고를 보여 주었고, 또한 도둑들이 평등하게 사는 사회를 통하여 기존의 사회구조와는 다른 새로운 형태의 집단을 소망하고 있다는 평가를 할 수 있을 것이다. 그러나 이는 문학을 역사로 읽는 방식이다. 여기에서 드러나고 있는 취약한 경제는 당시의 조선이 지니고 있는 취약성의 제유적(提喩的) 표현인 것이다. 허생이 십년을 기약하여 도달하고자 하는 세계의 완성이 제도적으로 이루어질 수 없다는 점, 그리고 독서를 통하여 얻은 경륜(經綸)을 구체적인 활동을 통하여 사회에 환원할 수 없는 구조를 지니고 있다는 점, 이러한 세계의 사실적 표현을 통하여 작가는 다양한 시각으로의 해석을 요구하고 있고, 그러한 방면으로의 사고도 필요하다는 암시를 던져주

고 있기 때문이다. 작가는 당시의 조선을 치유할 수 있는 방도로 허생의
활동을 제시하고자 한 것도 아니고, 실제로 그것이 해결의 방도가 될 수는
없는 것이다. 말하자면 허생의 활동은 해결을 위한 방편이 아니라 독자의
사고를 확장하기 위해 제시된 문학적 장치일 뿐인 것이다. 그런 점에서 문
학은 결론을 통하여 해결책을 제시하는 문화가 아니라, 상징과 은유를 통
하여 독자의 상상력을 자극하는 일련의 과정이라고 할 수 있다. 그래서 독
자는 작품과의 만남을 통하여 자신의 시각을 확장하고, 새로운 세계로 진
입할 수 있는 가능성을 발견하면, 그것으로 좋은 것이다.

　여기에서 우리는 허생의 정체성이 무엇인가를 살펴볼 수 있다. 이에 대
하여 중국에서의 이주민이라는 기상천외의 생각도 발표된 바 있으나, 여기
에서는 앞에서 말한 배고픈 인문학과 관련하여 허생을 인문학자로 볼 수
있음을 말하고자 한다. 그가 공부하는 선비라는 점을 굳이 강조하고 있기
때문이다. 그런데 기존의 인문학에 매몰되어 있을 때의 그는 아내의 구박
에 따라 비빌 데 하나 없는 도성으로 나가야 하는 가난뱅이일 뿐이다. 그
런 가난뱅이 인문학자가 벌인 일은 인문학과는 전혀 관련이 없는 것처럼
보이는 상행위(商行爲)였다. 그것도 현재의 안목으로 볼 때 파렴치한 매점매
석(買占賣惜)의 방법을 취한 것인데, 이는 과거라고 하여 용서받을 일은 아
닐 것이다.

　상행위는 인문학의 영역이 아닌가? 허생은 자신을 상인이 아니라 선비
라고 강변(强辯)하였다. 공자는 선비의 이상적 형상인 군자를 다양하게 설
명하였는데 그 중의 하나가 '불기(不器)'라는 것이었다.[『논어』위정편] '그릇
이 아니라 함'은 일차적으로 어느 한 용도에 국한되지 않음을 의미한다고
볼 수 있다. 인간으로서의 기본이 갖추어져 있기 때문에, 어느 방면에 투입
해도 반드시 옳은 일을 하게 되는 것이다. '옳은 일은 아무리 작아도 반드
시 행하고, 그른 일은 아무리 작아도 반드시 행하지 않는' 것이 군자의 가

는 길이다. 허생의 독서 목록에서 가장 처음 놓이는 것은 아무래도 유학의 경전이 될 것이다. 그렇게 사람으로서 당연히 해야 할 일과 하지 않아야 할 일을 그는 독서를 통하여 습득하였던 것이다. 그리고 그런 간접 경험의 축적을 현실에 직접 활용해 본 것이다.

독서를 통한 간접 경험의 축적은 글을 읽는 사람들 모두가 갖는 행운일 수 있다. 그러나 이를 직접 현실에 적용하고 독서의 경험을 사회에 환원하는 것은 모두가 할 수 있는 일은 아니다. 바로 이 지점에서 기존의 독서인과 구별되는 허생의 진면목이 드러난다. 그리고 그것이 바로 이 작품을 실학과 연관하여 해석하는 이유가 되기도 한다. 그는 상행위를 단순히 돈을 벌기 위한 직업으로 인식하지 않고, 자기가 익힌 원리의 적용이나 활용의 한 방법으로 선택하였던 것이다. 그리고 그 결과를 사회에 환원하였다. 그렇게 되면 그가 익히고 배운 지식은 관념 속에만 머무는 것이 아니라 삶과 직접 연관되는 살아 있는 지식이라고 할 수 있다.

서울을 떠나 강진의 유배지에 도착했을 때, 정약용(丁若鏞)에게는 아무것도 없었다. 귀양 가는 사람이 바리바리 책을 싸들고 갈 수 없었고, 살림살이 일습(一襲)을 다 챙겨갈 수 없었다. 그러나 선비인 정약용에게는 곧바로 생활의 터전이 제공되고, 또 수많은 전적(典籍)이 앞에 놓이게 된다. 스승으로 모시는 지역민들의 보살핌이 있었고, 외가인 해남 윤씨의 엄청난 전적을 마음껏 활용할 수 있는 지리적 특혜를 얻었기 때문이다. 이것이 그의 새로운 학문을 가능하게 한 밑바탕이 되었다고 하지만, 이것만으로 그의 학문적 완성을 설명할 수는 없다. 역설적이게도 그는 귀양을 통하여 현실을 더 깊이 바라볼 수 있었고, 객관적으로 바라본 현실에 대한 안목이 그의 학문을 가능하게 하였던 것이다. 전적에 제시된 수많은 논의는 현실과 관련되어 다시 살아 숨쉴 수 있었다.

같은 시기에 흑산도로 귀양간 그의 형 정약전(丁若銓)은 정약용만큼의 행운도 얻지 못했다. 그는 책을 만날 수 없었고, 망망대해 아득함만 대할 수 있을 뿐이었다. 그러나 인문정신의 소유자인 그는 그저 멍하니 현실을 방기(放棄)하지 않았다. 그는 바다의 고기를 대상으로 자신의 학문적 분출을 도모하였다. 『자산어보(玆山魚譜)』는 이렇게 이루어졌고, 그것은 우리의 문화를 한 단계 끌어올렸다. 학문은 현실을 오라 하지 않고, 거기에 다가갔다. 그리고 그것과 마주 하면서 더 많은 충격과 결실을 이루어낼 수 있었다.

허생과 정약용, 그리고 정약전에게서 발견할 수 있는 공통점은 현실과의 대면을 통하여 새로운 길을 개척하였다는 점이다. 현실을 대상으로 삼지 않고 그 속에 함몰되어 거리감을 잊는다면 그는 주어진 현실에 안주(安住)하고 즐기는 평범한 위치에 머물렀을 것이다. 그들이 취했던 현실과의 대면은 현재의 인문학자들에게도 적용되는 문제이다. 어느 위치로 올라가는 데까지 쓰이고 곧 사장(死藏)되는 지식, 다른 사람에게 과시하는 명함(名銜)으로서의 장식적 기능만을 갖는 지식이라면 허생의 몰골이나 유배지에 도착하여 헛헛하게 서 있는 정약용의 탄식에 머무를 수밖에 없는 것이다. 자신도 살고, 주위의 현실에 도움이 되는 살아 있는 지식이라야 진정한 인문학이라고 할 수 있는 것이다.

3. 세종의 양면성

광화문 앞에는 우리의 지도자로 추앙할 만하다 하여 세종대왕과 이순신 장군 두 분의 동상이 있다. 그 두 분은 일상 사용하는 우리의 화폐에서도 항상 볼 수 있을 정도로 많지 않은 우리 선인 중 존경받는 인물로 평가를 받고 있다. 세종은 우리 역사상 최대의 성군이라고 칭송을 받고 있다. 성군이라는 의미는 백성을 사랑한다는 점이 가장 중시되는 개념이다. 백성 없이 임금이 있을 수 없다는 인식이야말로 성군이 되는 지름길이며, 이는 백성을 널리 포용한다는 의미가 될 것이다. 그런 결정판이 바로 한글의 창제이다. 피지배자를 종속물로 생각하고 자신의 권력만을 생각하는 인물이라면 백성들이 되도록 문맹(文盲)이 되기를 희망할 것이다. 자신의 정책이 소수에게만 소통되고 대다수의 백성들은 짐승처럼 그저 명령을 따르는 것이 다스리기에 편하다고 생각할 것이기 때문이다.

그러나 소수의 머릿속에서, 더구나 자신들의 사리사욕만을 생각하려는 무리들의 머릿속에서 원대한 미래의 비전은 나타날 수 없다. 세종대왕은 자신의 의사를 전달하지 못해 힘들어하는 백성들의 고통을 아파하였다. 그래서 새로운 문자를 창제하였는데, 이것은 거의 세종의 단독 작품이라고 하여 과언이 아니라고 한다. 거센 반발을 물리치며 백성들과의 소통을 위하여 문자의 창제를 감행하였던 것이다. 그래서 세계 역사상 한 시기에 개인의 뛰어난 영도력에 의해 문자가 발명되는 기적을 창출하였던 것이다. 한 시기에 의도적으로 만들었기 때문에 그 시기까지의 문자과학을 면밀히 검토하여 최상의 문자를 만들 수 있었다. 세계에서 가장 과학적인 문자가 나타날 수 있었던 까닭은 문자 창제에 대한 강력한 필요성의 인식과 과거의 업적을 면밀히 검토하여 이를 반영하고자 하는 과학 탐구의 정신, 그리고 강력한 영도력에 의하여 이루어질 수 있었던 것이다.

이런 창의력과 추진력은 주어진 과거의 혜택에 안주하지 않았기 때문일 것이다. 세종은 당연히 왕통을 잇는 장자가 아니었다. 셋째 아들로 태어나 왕이 되기까지 참으로 많은 험난한 과정을 거쳤을 것이다. 그냥 가만히 있는데 임금 자리가 저절로 굴러온 것은 아닐 것이다. 끊임없는 음모와 시기 등 모든 어려움을 극복하고 세종은 만인지상의 자리에 오를 수 있었다. 나라를 새로 건국한 주몽(朱蒙)이나, 도저히 될 수 없을 것 같은데 임금이 된

선덕여왕이나, 아버지가 뒤주에 갇혀 운명하고 정적들에게 둘러싸여 언제 죽을지 모르는 위난에 처해 있으면서도 왕이 되었던 정조 등은 그런 만난 (萬難)을 딛고 성취를 이룬 인물들이다. 그래서 그 역사적 소명을 자각하고 자신이 해야 할 일을 추진하고자 노력했던 사람들이다. 어떤 의미에서 역사는 그런 개척정신과 강한 추진력, 그리고 해보겠다는 의지와 할 수 있다는 긍정적 사고를 지닌 인물에 의하여 변화되어 왔다. 그들이 끊임없이 드라마의 주인공이 되는 이유는 창작의 자유가 비집고 들어갈 수 있는 굴곡의 과정이 존재하였기 때문이다.

그런 세종이었지만, 세종의 백성은 한정된 범위의 인물에만 머물렀다. 그는 그렇게 백성을 사랑하였지만, 그 백성 속에 여성을 넣지 않았고, 또 상민을 넣지 않았다. 백성을 편가르고 어쩔 수 없는 신분으로 얽매어 놓은, 말 같지도 않은 제도에 대하여 언급하지 않았다. 어머니가 첩이라는 이유로, 노비라는 이유로 어머니의 신분을 따라 서자(庶子)나 얼자(孼子)의 극심한 차별을 받는 제도가 고착되면서 편가르기가 오히려 더 심화되기도 하였다. 적자와 서자의 차별을 공고히 하고 관직의 임용을 금지한 것은 그 이전부터 비롯되었지만, 공식적으로 확립된 것은 세종시대부터이다. 서얼 (庶孼)은 현관(顯官)이 될 수 없고, 관료가 되어도 오품(五品)으로 제한하는 규정이 세종 5년에 편찬한 법전에 수록되었기 때문에 이는 세종시대의 법으로 인식하게 된 것이다. 1771년(정조 1년)에 이르러서야 서얼허통(庶孼許通)이 공표되지만, 이 또한 완전한 것이 아님은 물론이다.

아버지가 같으면 어머니가 누구냐에 관계없이 차별대우를 받지 않았던 이전의 관행에서 벗어나, 전혀 이질적인 존재로 취급을 받게 되니 당사자들로서는 이를 엄청난 충격으로 받아들일 수밖에 없었을 것이다. 그들만이 아니라 주변의 사람들에게까지 황당한 일로 받아들여졌지만, 제도로 확립되어 새로운 관행으로 굳어졌다. 자신이 그렇게 태어나고자 한 것도 아닌

데, 어느 날 갑자기 차별을 당하고 전혀 별종(別種)인 것처럼 전락하게 되었
으니 그들로서는 그야말로 날벼락을 맞은 것이 될 것이다. 그런 차별은 자
신만으로 끝나지 않고 대를 이어 상속되었다. 그런 공황상태는 상당 기간
계속되었고, 그래서 온 천지에 흉흉한 기운이 팽배했을 것이다.

그런 시대의 흐름을 예리하게 포착하고 서얼차별의 문제점을 형상화한
<홍길동전>의 시대 배경으로 세종시대를 설정한 사람이 허균이다. 그래서
세종은 최초의 국문소설에서 홍길동에게 수모를 당하는 임금으로 형상화
되었다. 그러나 또 세종시대일 수 있겠는가 하는 마음으로 시대 배경을 연
산군 시대로 바꾼 소설가도 있었다. 그건 세종이라는 존재 하나라도 남겨
두고 싶은 작가의 안목을 반영한 것이다. 이 모두가 그 시대를 바라보는
다양한 시각을 드러낸다.

세종을 바라보는 두 가지의 시선에서 우리는 창의성과 평등성의 추구야
말로 소중하게 받들어야 하는 가치임을 알게 된다. 자신의 굴곡 속에서 이
루어진 창의성은 우리의 문화를 몇 단계 상승시켰지만, 역사의 흐름을 저
해한 평등성의 훼손은 불만에 가득 찬 집단을 양산하는 결과를 초래하였
다. 이는 단순히 역사의 퇴보만을 의미하는 것이 아니라 인간의 존엄성을
짓밟은 야만의 행적이라고 할 수도 있다.

4. 어문교육의 지향

앞에서 제시한 허생의 생각과 세종의 교훈은 이 시대 우리에게도 여전
히 의미 있는 메시지가 된다. 특히 인문학의 한 분야인 어문교육이 나가야
할 방향의 설정에 있어 창의성과 현실성, 평등성은 반드시 고려해야 할 중

요한 지침이 될 수 있는 것이다. 그런 점에서 어문교육과 관련되는 몇 가지를 점검하고자 한다.

지금도 한시(漢詩)를 짓고, 이를 돌려보며 감상하는 모임이 존재하고 있다. 또한 조선조 가사(歌辭)가 담당하던 역할을 그대로 따라 가사를 짓고, 이를 문학의 중요한 장르로 향유하는 경우도 있다. 구한 말 의병들의 기개를 드러냈던 가사문학과는 달리 대체로 영남의 부녀들 사이에 전해오던 규방의 문학적 향유 방식이 온전히 전수(傳授)되고 있는 것이다. 이런 사례를 통하여 이 시대에도 한시나 가사는 살아 있는 장르라고 말하기는 어려울 것이다. 특히 한시를 포함하는 한문은 지난 역사의 한 때를 담당하는 중요한 문화였지만, 이 시대에도 통용되는 코드라고는 할 수 없는 것이다. 한문으로 이루어진 문화를 연구하고 해석하며 이를 현대에 적용하는 일은 당연히 이루어져야 하지만, 한문으로 문화를 축적하고 기록하는 일은 더 이상 요구되지 않고 있기 때문이다. 기록의 방편은 이미 한글에게 그 사명을 넘겨주었다는 점에서 한문의 교육이 일상적으로 이루어져야 함을 강조할 수는 없을 것이다.

그러나 한자의 경우는 다르다. 한자는 고유어와 함께 우리의 언어를 풍부하게 하는 또 하나의 소중한 도구이다. 한자는 우리 말이다. 우리는 '韓國'을 '한국'으로 읽지, '한꿔'로 읽지 않는다. 그래서 한자는 우리말의 체계를 흩트리지 않는다. 그건 우리말이기 때문이다. 그러나 'computer'라 써놓으면 어떤 사람은 외래어 표기법에 따라 '컴퓨터'라고 읽을 것이고, 또 어떤 사람은 '컴퓨러'라고 읽을 것이다. 영어에 사생결단(死生決斷)할 듯이 목숨 거는 이 시대의 젊은이들은 당연히 후자(後者)로 읽을 것이다. '터'인데 '러'가 된다. 그렇게 해서 우리 말이 거기에 종속되는 것이다. 이런 혼란이 가중되고 영어의 보편화가 이루어지면 그런 혼란을 초래하느니 아예 영어를 공용어(公用語)로 사용하자는 주장도 잘못된 것이 아닐 것이다.

새로운 도구나 문물이 들어오면 이를 가리키는 말이 생겨나야 한다. 그래서 본래의 말을 쉽게 이해할 수 있는 번역어의 제정이 요구된다. 고속도로의 바깥쪽에 위급 상황을 대비하여 경사(傾斜)지게 만든 임시 도로를 영어로 'shoulder'라고 한다. 우리는 아예 평평하게 하여 쌩쌩 달릴 수 있게 만들었지만, 본래는 비상시에만 천천히 달릴 수 있도록 경사지게 만든 모습이 어깨처럼 보이니 그런 말을 붙였다고 한다. 이런 말을 일본인들은 '노견(路肩)'으로 불렀다. 본래의 말을 충실하게 전달하기 위하여 그들답게 번역한 것이다. 대단히 가상한 일이다. 그냥 '쇼울더'의 음에 따라 번역하지 않고 그 뜻을 밝혀 정확하게 전달하고 있기 때문이다. 고속도로의 본선(本線)만으로도 충분했던 시대에는 이 'shoulder'에 관심을 둘 필요가 없어 그 명칭을 고민하지 않았다. 그런데 교통량이 증가하면서, 본래 비상시에만 사용하는 이 길로 다니는 차가 많아지니, "이곳으로 가지 말라." 하기 위하여 '이곳'을 가리키는 말이 필요하게 되었다. 이는 대단히 쉬운 일이다. 일본인들이 힘들여 만든 '고속도로(高速道路)'도 그대로 가져다 썼으니, 또 이것도 그대로 가져다 쓰면 되기 때문이다. 그래서 '노견통행금지'라는 표지판을 써 붙였다. 그러자 그것이 무슨 말이냐, 일본어를 그대로 쓰느냐는 비판이 쏟아졌고, 그래서 이는 '길어깨 통행금지'로 바뀌었다. 참 안이하게 '路肩'을 '길어깨'로 바꾼 것이다. 당연히 비판이 빗발쳤고, 그래서 오랜 숙성을 거쳐 '갓길'이 탄생하였다. 'shoulder'와 '노견'이 그 형상(形象)을 본떠 만든 명칭인데, '갓길'은 그 위치를 기준으로 만든 말이다. 형상에만 사고가 머물러 있었다면 그 이상의 좋은 이름이 나타날 수 없었을 것이다. 그런데 이것을 위치에 따라 붙일 수 있지 않느냐 하고 발상을 전환하니 이런 이름으로의 개안(開眼)이 이루어진 것이다. 이런 긴 시간을 두고 발상의 전환을 이루어 만들어진 아름다운 말은 많다.

그러나 그 조어(造語)의 능력에 있어 우리 고유어가 가지는 능력은 아무래도 한계를 가질 수밖에 없다. 자꾸 사용하면 될 것 아니냐는 반론도 있지만, 그런 기다림이 영어의 천국을 만들게 했다고 할 수 있다. 앞에서 우리는 한자가 우리말이라고 했다. 고유어의 조어능력을 증진시키는 것은 물론이거니와 쏟아지는 새로운 문물에 명칭을 부여하기 위해 조어능력이 뛰어난 한자라는 또 하나의 도구를 활용하는 것이 필요하다. 중요한 자산이 있는데도 이를 활용하지 못하여 우리가 만든 물건에도 영어로 이름을 붙이는 세태가 이루어짐은 참으로 안타까운 일이다. 이렇게 된 이유도 한자를 우리말에서 추방한 결과라고 할 수 있다.

한자의 교육이 이루어지지 않으니 그렇게 자란 세대에게는 한자나 영어나 비슷한 낯선 문자일 뿐인 것이다. 그래서 최고의 속도를 자랑하는 고속철도(高速鐵道)의 이름 하나 우리의 것으로 짓지 않고 'KTX'라 하여도 스스럼없이 받아들이게 된다. 이런 문화의 무국적(無國籍) 상태를 초래하게 된 원인의 하나를 한자의 퇴출(退出)에서 찾을 수 있는 것이다. 한자를 젊은 세대에서 추방한 것은 고전으로 들어가는 길목을 폐쇄하고, 그곳으로 나갈 수 있는 싹을 자르는 것과 같다. 다만 여기에 덧붙이고 싶은 것은 앞에서 말한 현실성과 실용성이 여기에도 적용될 필요가 있다는 점이다. 한자를 아는 것이 거창한 민족이나 이념 때문이 아니고 당장 써먹을 수 있는 도구라는 것을 알 수 있게 해야 하는 것이다. 약학(藥學)과 관련된 분야의 학생에게는 생약(生藥)의 재료인 한약재(韓藥材)가 한자로 이루어져 있어 이를 읽고 해석할 수 있어야 한다는 실용성을 알게 해야 할 것이다. 또 음악이나 미술의 경우 한국음악과 미술에 대한 조예를 가지는 것만이 세계화에 대비할 수 있고, 그에 대한 이론서는 한자의 습득을 필연적으로 요구하고 있다는 점들을 체감할 수 있게 해야 하는 것이다. 심지어는 회사의 입사 시험에도 한자의 문제가 반드시 등장한다는 것을 문제지를 통하여 확인시킬 필요도 있다.

　다음으로 이 시대 어문교육에 있어 문제가 되는 것으로 외국인을 위한 한국어문 교육을 들 수 있다. 한국어문화 교육의 현장에서 우리가 만나는 외국인들은 다양하다. 그들은 인종이나 성도 다르고, 또 한국에 대한 인식의 정도도 천차만별이다. 더구나 한국의 문화를 알기 위한 전제일 수 있는 한국어의 능력도 제각각이다. 한국어를 전혀 알지 못하는 사람도 있고, 미국의 대학에서 만나는 학습자 중에는 한국에서 고등학교를 졸업하고 미국의 대학으로 온 학생도 있었다. 그들은 같은 기숙사의 같은 방 친구였다는 이유로 강의를 신청했고, 또 한국에서 건너와 너무 많은 학습량에 질려 있던 판에 잠깐 쉴 수 있다는 이유로 신청하기도 했다. 같은 반에서 학습하는 것이 불가능할 정도로 다양한 학생들이 강의실에 앉아서 교수를 기다리고 있는 것이다. 한국어를 가르치기 위하여 등급판정시험을 실시하고, 반을 정해주는 국내의 경우와는 너무도 사정이 다른 것이다.

　일반적으로 우리는 한국어문화 강의는 한국어 능력을 전제로 한 학생들이 듣는 것으로 생각하고 있다. 그러나 강의실에서 교수를 기다리는 학생들의 공통점이란 그 나라의 언어를 자유로이 할 수 있다는 점만으로 한정된다. 그들은 한국에 대한 약간의 관심을 가지고 있는 학생으로부터 한국에 대한 깊은 이해를 지니고 있는 학생까지 그 편차가 대단히 심한 것이다. 교수로서는 강의를 원만하게 운영하기 위해 수준을 설정하고, 그에 맞지 않은 학생들에게 강의 포기를 권하기도 할 것이다. 또는 한국어만이 유일한 수단인 교수는 한국어가 전혀 속수무책인 상황 앞에서 당황하게 될 것이다. 물론 한국에서 이루어지는 교육 현장에는 한국문화를 배우겠다고 작정하여 온 사람들이니 이런 어려움에서 벗어날 수 있을 것이다.

　대상인 학습자의 공통점이 그 나라의 언어밖에 없다면, 강의자는 그 학생들이 가지고 있는 공통 자질을 공유하여야 한다. 그 현장에서 강의자는 학습자를 선택할 수 없기 때문이다. 이런 이유에서 외국에서 이루어지는 한국어문화의 강의는 거의 모두 그 현지어를 가르치는 교수로 충당되었던 것이다. 미국이나 영국에서 이루어지는 한국어문화 교육은 당연히 영문학 전공 교수가 맡아 하였다. 프랑스에서 이루어지는 것은 또 당연히 불문학 전공 교수가 맡아야 했다. 그 밖의 경우도 다 마찬가지이다. 그 나라의 언어에 정통한 사람이 없을 때는 영어를 할 줄 아는 교수를 보내는 것이 일반적이었다. 모두들 기억할 것이다. 외국문학 전공 교수들이 한국어문화 가르치러 간다고 외국의 대학으로 나가고, 그것을 참 부러운 눈으로 바라보았던 우리들의 과거를. 지금 한국문학 비평을 하는 많은 외국문학 교수들은 거의 대부분 그 나라에서 한국문학을 가르치면서 한국문학에 길들어졌다는 공통적 경험을 가지고 있다. 그것이 가져왔던 긍정적이거나 부정적인 결과는 그러한 출발에서 연유된다. 한국문화 전공자들이 외국인을 가르칠 도구를 갖지 못하는 상황에서 지금까지 이룩한 그들의 공은 당연히 치하해야 할 것이다.

그러면 정작 한국어문화 전공자는 외국인을 위한 교육에서 무엇을 담당할 수 있는가? 그것은 너무도 명약관화한 일이다. 외국인을 위한 교육 내용을 정리하고 체계화하는 일이야말로 그들이 지금까지 해 왔던 중요 관심사였고, 또 가장 자신 있는 일이기 때문이다. 외국인에게 하나라도 더 한국인의 정신과 독자성을 전파시키기 위해, 그 내용은 가장 한국적인 것으로 꾸며지게 된다. 외국인을 위한 한국문학 교재의 맨 처음에 예외 없이 <단군신화>가 실려 있는 것은 이 때문이다. 이러한 내용 체계를 만들고, 이에 기반한 학습 자료를 정리하여 번역자에게 맡기는 것으로 그들의 일은 끝나는 것처럼 보이기도 한다. 그 이상 더 간여할 수 있는 역량을 가지고 있지 못한 것도 사실이다.

이 상태를 지속하는 한 한국 어문교육의 미래는 암울할 수밖에 없다. 허생처럼 오만하게 대상을 바라보지 말고, 정약용과 정약전처럼 현실을 재빨리 받아들이고 거기에 자신을 맞추는 노력을 기울여야 하는 것이다. 대상과 현실을 알지 못한 채 자신의 것만을 고집하는 교재의 제작에 머무르지 말고, 직접 현장과 대면하여 그에 맞는 교재를 제작하고 또 가르쳐야 하는 것이다. 여기에서 요구되는 것은 당연히 해당 국가의 언어 능력이 될 것이다. 한국어문교육의 담당자가 될 사람은 외국문학 전공자가 아니라 한국문학 전공자가 되어야 하고, 필수적으로 외국어 능력을 갖추도록 해야 하는 것이다. 세종시대에 한글을 창제할 수 있었던 것은 세계어문인 한문을 자유롭게 해독하고 사용할 수 있는 능력에서 기인하였다는 점을 상기할 필요가 있다.

국내의 한 대학에서 외국인을 위한 한국문화 담당자를 양성하기 위하여 한국문화 강의를 영어로 진행하는 것은 그래서 현실을 직시한 해결책으로 평가된다. 영어로 강의를 듣고, 영어로 작성된 자신의 강의안으로 직접 실습하는 과정이 그 강의의 핵심이다. 이처럼 내용과 실제가 조화롭게 결합되었을 때, 우리가 목표하는 한국어문화의 교육은 가능하다. 도구인 외국어는 외국어 전공자에게 미루고, 그 내용만 책임지는 단계에 머무른다면, 그것은 지금까지의 시행착오를 반복하는 일일 수밖에 없다. 외국에서 고전문학 전공자를 애타게 찾는 이유도 외국어 전공자들은 고전문학을 할 수 없다는 생각에 바탕을 두고 있다. 해결책은 결국 한국어문화 전공자가 담당할 몫인 것이다.

5. 결론

말하기와 글쓰기의 관계에서 볼 때, 우리의 언어 역사는 말만 있었던 시대에서 말과 글이 공존하는 시대로 바뀌어 왔다고 할 수 있다. 그런데 말이라는 형식을 가졌지만 실제로는 글인 경우와, 그 반대로 글이라는 형식을 가졌지만 실제로는 말인 경우도 있다. 학술 발표회에서 우리는 대부분 발표 요지를 복사하여 청중에게 나누어주고, 그것을 읽어 나간다. 그 발표문은 밤을 새우며 가다듬은 정련된 글인 경우가 많다. 우리는 아무래도 요지를 적은 쪽지 하나 들고 나와 그 자리에서 수정하고 보완하는 것에는 썩 익숙한 것 같지 않다. 이 경우의 말하기는 말하기의 형식을 빌었을 뿐, 실제로는 쓴 글을 읽어 나간 것이라고 할 수 있다. 반대로 요즘 유행하는 컴퓨터 통신의 경우는 우리에게 글로 전달되지만, 그것은 음성만 없을 뿐 사실은 말이다. 그래서 정서법과 같이 글이 요구하는 체제도 여기에서는 파괴된다. 물론 숙달된 사람의 경우는 착오가 많이 나타나지 않지만, 그렇지 않은 경우 일상적인 말투가 그대로 등장하고 그것은 흠이 되지 않는 것이 그쪽 세계에서의 관습인 것 같다.

어문 교육의 근본인 언어의 환경은 시간이나 공간의 변화와 함께 수없이 변화하였다. 언어가 사회의 변화를 반영하는 것이니, 그 사회의 변화 폭이 얼마나 될 것인가는 미루어 짐작할 수 있다. 그 변화가 우리의 교육을 변화시켰고, 우리의 사유 방식을 변화시켰다. 이런 점에서 사회의 변화, 언어의 변화에 무감각하다는 것은 고고한 모습의 자랑이 아니라, 자신을 변화에 대응하지 못하는 사체(死體)로 인식한다는 선언과 같은 것이다. 자신의 근원인 대상은 빠르게 바뀌어 저 멀리 가고 있는데, 변하지 않는다면 그것은 인문정신의 포기이다. 변화의 원인과 과정과 그 지향까지도 포괄할 수 있어야 인문정신은 그 존재 이유가 있기 때문이다.

교육은 기본적으로 지식을 전달하는 행위이다. 전달되는 지식은 그러나 끊임없이 변화하고 있다. 그리고 같은 지식이라 하더라도 대상에 따라 전달되는 방식은 달라져야 한다. 전달의 내용과 전달의 방법에 대한 끊임없는 연찬(研鑽)이 교사에게 요구되는 중요한 항목이다. 주위의 변화를 재빨리 교육 현장에 수용하고, 이를 응용하려는 자세가 교사를 젊게 하는 것이라고 할 수 있다. 해방 후 양주동(梁柱東) 선생이 가르치던 지식과 방법은 그 때는 대단히 산뜻하고 유용했지만, 그것이 지금도 그대로 통하는 것은 아니다. 교사는 한 노래를 계속해서 불러도 괜찮은 가수가 아니라, 한 번도 같은 소재를 되풀이 할 수 없는 개그맨이어야 한다는 말은 참 어려운 주문이지만, 경청(傾聽)할 필요가 있다. 좌우(左右)의 대립과 남북(南北)의 대치(對峙), 그리고 급변하는 주변 상황을 교육은 받아들이고, 정면에서 이를 설명해야 한다. 교육이 다만 학교 안에서 이루어지는 것으로 한정되던 시대는 지난 것이고, 끊임없이 학교 밖의 사회와 연관되어야 한다. 변화하지 않는 존재는 죽은 시체일 뿐이다.

저자 정병헌

서울대학교에서 공부하고, 한국교육개발원 연구원, 전남대학교 교수를 거쳤으며, 숙명여자
대학교에서 정년을 맞이하였다.
국어국문학회 대표이사, 판소리학회 회장, 한국공연문화학회 회장, 한국인문학총연합회 공
동회장 등을 맡으면서 활발한 학회 활동을 하였다.
저서로『신채효 판소리 사설의 연구』,『판소리 문학론』,『판소리와 한국문화』,『한국고전
문학의 비평적 이해』등이 있다.

한국문학의 만남과 성찰

초판 인쇄 2016년 9월 3일
초판 발행 2016년 9월 13일
저 자 정병헌
펴낸이 이대현
편집·디자인 이홍주
펴낸곳 도서출판 역락
         서울시 서초구 동광로 46길 6-6 문창빌딩 2층
         전화 02-3409-2058(영업부), 2060(편집부)
         팩시밀리 02-3409-2059
         이메일 youkrack@hanmail.net
         역락 블로그 http://blog.naver.com/youkrack3888
         등록 1999년 4월 19일 제303-2002-000014호
ISBN 979-11-5686-593-3 93810

정 가 28,000원
* 파본은 교환해 드립니다.

이 도서의 국립중앙도서관 출판시도서목록(CIP)은 서지정보유통지원시스템 홈페이지(http://seoji.nl.go.kr)와 국가
자료공동목록시스템(http://www.nl.go.kr/kolisnet)에서 이용하실 수 있습니다.(CIP제어번호 : CIP2016021381)